U0122086
W.S. Maugham

千 里 远 景 ， 如 在 尺 寸 之 间 。

# 一

# 毛姆
# 戏剧五种

[英] 威廉·萨默塞特·毛姆 著
冯瀚辰 译

中国工人出版社

# 目录

# 理发师谢皮

## —人物—

谢皮：理发师，本名米勒，谢皮为其昵称。

米勒太太：艾达，谢皮的妻子。

弗洛丽：米勒夫妇的女儿。

厄内斯特·特纳：厄尼，弗洛丽的未婚夫。

布莱德利先生：美发沙龙的店主，谢皮的老板。

阿尔伯特：理发师，谢皮的同事。

葛兰奇小姐：美甲师，谢皮的同事。

詹姆斯小姐：收银员，谢皮的同事。

维克多：理发师，谢皮的同事，在剧中没有台词。

博尔顿先生：理发店的常客，谢皮的主顾之一。

贝茜·莱格萝斯：妓女，谢皮的朋友。

库柏：小偷，曾被谢皮报警抓捕。

杰维斯医生：谢皮的医生。

两位理发店顾客和一位记者。

故事发生在英国伦敦，场景为布莱德利位于杰明街[1]的美发沙龙和谢皮位于坎伯韦尔[2]的家中。

---

1 位于英国伦敦西区的一条特色商业街，因销售男士用品而为人熟知，也被称为“男人街”。——本书注释均为译者注

2 位于伦敦南部的一个街区。

# 第一幕

[这一幕发生在布莱德利位于杰明街的美发沙龙里。舞台后方是收银员所处的店面前台，紧挨着通向街道的店门。门内挂着门帘，延伸出一道走廊，一路通向店内。店内立着一排镜子，每面镜子前面都配有一个洗脸盆，再前面是一把理发椅。正中是一张桌子，摆放着一些报纸和杂志，旁边还有两三把供客人等候休息的椅子，以及一个圆形的衣帽架和雨伞架。旁边还有一扇内门，通向助手闲暇时休息用的房间。

[大幕拉开，两位客人正在接受服务。阿尔伯特刚为顾客A剪完头发，美甲师葛兰奇小姐正在给这位顾客修剪指甲。谢皮在为顾客B刮脸。谢皮是一个胖乎乎的中年男子，面色红润，双目炯炯有神，有一头浓密的黑色波浪卷发。他看上去心情愉悦、气色也不错，是个蛮有个性的家伙，而他对自己的秉性也心知肚明。葛兰奇小姐看上去端庄文雅，颇有气质。

**阿尔伯特**　打点儿东西吗，先生？

**顾客A**　别弄得头发太油就好。

**阿尔伯特**　试试我们的三号产品怎么样，先生？

**顾客A**　行。

[阿尔伯特在顾客A的头上洒了一点生发液，在接下来的交谈中，他一边说话，一边用刷子和梳子为客人打理头发。

**阿尔伯特** 今天还要怎么弄弄吗，先生?

**顾客A** 不用。

**阿尔伯特** 头发很干啊，先生。

**顾客A** 我就喜欢让它干一点。

**阿尔伯特** 头顶上的位置有点薄，先生。

**顾客A** 我觉得这样就不错。

**阿尔伯特** 悉听尊便，先生。我特别向您推荐我们正在用的这款三号营养液，卖得可好啦。

**顾客A** 你可别想给我推销。

**阿尔伯特** 好吧，先生。我只是想说，这款产品对头发简直好极了。布莱德利先生亲自调配出来的，用的全是上等原料，这点我可以打包票。

**顾客A** 闭上你的嘴吧!

**葛兰奇小姐** 您不想给指甲做个深度抛光吗?

**顾客A** 普通抛光就行。

**葛兰奇小姐** 您要是愿意的话，我可以给它们擦得亮亮的。

**顾客A** 我可不想在指甲上看见自己的脸，懂吗?

**葛兰奇小姐** 要是一位绅士的指甲擦得太亮，我也不喜欢看。

**顾客A** 我敢说你是对的。

**葛兰奇小姐** 我的意思是，那样子会让他看上去像个外国人。

**顾客A** 哦，你觉得会有这种效果吗?

**葛兰奇小姐** 我认为一定有。没有谁会想让自己看上去像个阿根廷人，不是吗？

**顾客A** 你知道，阿根廷人看上去可是有钱得很呢。

**葛兰奇小姐** 您要是想的话，我可以把您的指甲擦得要多亮有多亮。

**顾客A** 哦，算了，不用麻烦了。

**葛兰奇小姐** 嗨，一点儿也不麻烦。您只要想，说一声就行了。

**顾客A** 好吧，只要它能让我的指甲看起来干净又整齐。

**葛兰奇小姐** 我就是这个意思，干净又整齐，一点儿不俗气。

**谢皮** （对着他正在刮脸的顾客B）剃刀的力度还行吧，先生？

**顾客B** 是的。

**谢皮** 今天的天气还不错呀，先生。

**顾客B** 是的。

**谢皮** 晚上说不定还会下点儿小雨呢，先生。

**顾客B** 是吗？

**谢皮** 我听说那匹法国马跑赢了三点半的比赛，先生。

**顾客B** 是嘛。

**谢皮** 要再抹点儿什么吗，先生？

**顾客B** 是的。

**谢皮** 您可真走运，先生。

**顾客B** 是吧。

**谢皮** 我把注全押在了大学男孩[1]身上，先生，每次一先令。

---

1 Varsity Boy，此处是赛马的名字。

**顾客B** 是吗？

**谢皮** 那家伙本来有机会跑赢的。

**顾客B** 是啊。

**谢皮** 您的头脑一定灵光得很，每次都能押中赢家。

**顾客B** 是的。

**谢皮** 可赌马完全是蠢人的游戏。

**顾客B** 是的。

**谢皮** 话虽然这么说吧，可人总得做点什么刺激的事，寻个开心。赛马可是贵族的消遣，人家都这么说。

**顾客B** 是的。

**谢皮** 可惜，好多马主都不干这行了。

**顾客B** 是的。

**谢皮** 这年头，谁的日子也不好过啊。

**顾客B** 是啊。

[博尔顿先生从店门上场，他是一个穿着入时的中年男子。店主布莱德利迎了上去，替他掀起门帘。

**布莱德利** 这边请，先生。

**博尔顿** 我来得不算太晚吧？

**布莱德利** 一点儿也不晚，先生，我们七点才关门。我让另外一位美甲师回去了，不过葛兰奇小姐还在这儿。（冲里面喊）三号！[1]

1 此处的三号使用英文大写，指的是理发师的编号。

**博尔顿** 我等谢皮完事儿吧。

**布莱德利** 就依着您，先生。

**谢皮** 我用不了两分钟就好，先生。

[三号理发师从休息室的门上场。

**布莱德利** 没事了，维克多，博尔顿先生等着谢皮呢。

[三号理发师点了点头，又回到了休息室。布莱德利接过博尔顿先生的帽子和手杖。

**布莱德利** 看晚报吗，先生?

**博尔顿** 下午好，葛兰奇小姐。

**葛兰奇小姐** 下午好，先生。您可好久没来啦。我这就完事。

**博尔顿** 我还没想好今天要不要做指甲。

**葛兰奇小姐** 从您上次做完到今天，都足足有两个礼拜了，博尔顿先生。

**博尔顿** 我今天只是来刮个脸。

**葛兰奇小姐** 这点儿时间对我来说足够了。谢皮给您刮脸的工夫，我都给您做完指甲了。

**谢皮** 你可别激起我的胜负心，葛兰奇小姐。我要是动作快的话，四分半钟就能给客人刮好脸。

**博尔顿** 你也别拿我来破纪录啊，谢皮。

**葛兰奇小姐** 我虽然不敢说能在你这么短的时间里把指甲修出花儿来，但也能把活儿干得像模像样。

**布莱德利** 这话说得一点儿也不假，博尔顿先生。我这辈子也算见过不少的美甲师了，可我不记得有谁能比我们的葛兰奇小姐还要手脚麻利。

**葛兰奇小姐**　哈哈，人们都说熟能生巧，万事功到自然成。我想让绅士一伸出手来，就叫人看出他是个绅士，至于他自己知不知道，那倒无所谓。（对她正在服务的顾客A）好了，先生，我想它们看上去不错。

**顾客A**　棒极了。

［顾客A站起身来，阿尔伯特取下他的围布，拿起一柄毛刷快速地打扫他身上的头发。

**阿尔伯特**　我给您打扫一下，先生。

**顾客A**　哦，不用了。

**葛兰奇小姐**　（调皮的口气）您知道，我们得让您干干净净地从店里走出去呀。

**顾客A**　一共多少钱？

**阿尔伯特**　请到前台结账，先生。

［顾客A从兜里掏出一先令小费，给了葛兰奇小姐。

**葛兰奇小姐**　谢谢您，先生。

**布莱德利**　（帮顾客A穿外套）我来帮您，先生。

**阿尔伯特**　（拿着一瓶生发液走向他）这就是我们的三号产品，先生。

**顾客A**　很漂亮。

**布莱德利**　我们卖出去可不少呢，先生。

**顾客A**　刚刚这位给我理发的先生说过了，对这东西，我实在没什么好说的。

**布莱德利**　市面上没有任何一种生发水能比得上它，这还真不是我自卖自夸。

**阿尔伯特**　它能让您的头发光彩照人，您用了准会惊喜的。

**顾客A**　我讨厌惊喜。（对他们点头致意）再见。

［顾客A在阿尔伯特的带领下离场。

**谢皮**　鬓角也刮一刮吗，先生？

**顾客B**　不刮。

**谢皮**　好的，先生。您今天要不要买瓶营养液走呢？

**顾客B**　不买。

**谢皮**　剃须刀片呢？

**顾客B**　不要。

**谢皮**　这有一款刚刚上市的安全剃刀，漂亮极了，我想您看上一眼就会喜欢的。

**顾客B**　不看。

**谢皮**　好的，先生。要我给您打理一下头发吗？

**顾客B**　不打。

**谢皮**　好的，先生，那这就完事啦。

［顾客B站起身来，谢皮为他取下围布，他掏钱给谢皮小费。

**谢皮**　谢谢您，先生。（对博尔顿先生）现在该为您服务了，先生。

**布莱德利**　（对顾客B）我给您清理一下，先生。

［博尔顿先生在谢皮的理发椅上坐好，葛兰奇小姐把她的美甲

工具拿了出来，谢皮发现围布都用过了，转身到休息室去取一条干净的。与此同时，布莱德利用刷子打扫顾客B的衣服，又把他的帽子递了过去。

**葛兰奇小姐** 现在让我瞧瞧您的指甲，博尔顿先生。哦，我说博尔顿先生，我敢打赌，您准是背叛了我。

**博尔顿** 这话从何说起呢，葛兰奇小姐？

**葛兰奇小姐** 我用半只眼睛就瞧得出来，有人把您这双手给糟蹋了。哦，博尔顿先生，这可真是太不像话了。

**博尔顿** 我在乡下打高尔夫球的时候，弄断了一节指甲，我总得找人来补救一下吧。

**葛兰奇小姐** 唉，真是太叫人失望了，我从没想过您会让别人碰您的手。现在我也没办法还您一个完整的指甲了。在这个世界上，谁都靠不住啊。

**博尔顿** 我向您道歉，葛兰奇小姐。

**葛兰奇小姐** 哦，我不是在说您，先生。您是一位真正的绅士，这一点谁都看得出来。我说的是那位把您的指甲给修理成这样的姑娘。好吧，我问您——

[谢皮从休息室上场，手里拿着一件新的围布，系在了博尔顿先生身上。

**博尔顿** 谢皮，我很遗憾地通知你，葛兰奇小姐生气啦。

**葛兰奇小姐** 我确实有点儿不高兴，这我不否认。

**谢皮** 怎么，出什么事了吗？

**葛兰奇小姐** 博尔顿先生对我不忠。

**谢皮** 男人嘛，你懂的，葛兰奇小姐。只要他们一离开你的眼皮底下，就指不定能惹出什么乱子来。

**葛兰奇小姐** 没错，这一点我可再清楚不过了。

［谢皮开始往博尔顿先生的脸上涂抹剃须膏。这时，阿尔伯特再次上场。

**博尔顿** 我说谢皮，你好像没把刚才那位客人伺候好啊。

**谢皮** 他可真不是个健谈的家伙，您说是不是？打他坐下来，我就知道我跟他之间没什么好聊的。可我还是得问他要不要这、要不要那的，以免他觉得自己被怠慢了。

**博尔顿** （对阿尔伯特）阿尔伯特，你那瓶三号生发水，也没卖出去啊。

**阿尔伯特** 让您说着了，先生。那可是一位嘴紧手也紧的家伙，话不多说，钱也不会多花一个。

**葛兰奇小姐** 我觉得你干得不错，阿尔伯特，能做的都做了。

**谢皮** 可还是没做对，我一直在听你们说话。

**阿尔伯特** 当一位先生跟你说，他就喜欢秃顶掉头发——我问问你，该怎么办？

**葛兰奇小姐** 我得说，那位先生确实让人不舒服，不管你跟他说什么，他总有话等着你。

**谢皮** 这种跟你开玩笑、抖机灵的客人，最容易拿下了。

**葛兰奇小姐** 得了吧，谢皮，要我看，你也未必能卖他点儿什么。

**博尔顿**　怎么，谢皮是个带货好手吗？

**葛兰奇小姐**　您问问布莱德利先生就知道啦。

**布莱德利**　他确实是我手下最好的推销员。

**博尔顿**　告诉我，谢皮，你都有什么手段？

**谢皮**　哦，雕虫小技罢了，先生，当然，也得熟能生巧。

**博尔顿**　你告诉我也无妨，知道为什么吗？在我这儿，你是一分钱也赚不走。随便你怎么忽悠，到世界末日那天我也不掏钱。就你们店里这些东西，就这些杂七杂八的破烂儿，送给我我都不要。

[趁着博尔顿先生不注意，谢皮给布莱德利和阿尔伯特使了个眼色，布莱德利旋即转身离场。

**谢皮**　我知道，再过一百年，也别想让您从这儿买走什么。干我们这行，要紧的是识时务，碰上您这号人物，我再怎么努力都无济于事。

**博尔顿**　谢谢你，这话我听了舒心。

**谢皮**　我们是瞄着人类的虚荣心赚钱的，实话跟您说，在注重外表这方面，男人跟女人根本不相上下。

**博尔顿**　要我说，简直有过之无不及。

**谢皮**　但是从您的身上，别说虚荣了，我连一丁点儿的矫揉造作都看不到。

**博尔顿**　你的判断非常准确。

**谢皮**　我当然知道我是对的了。我的意思是，您但凡是个爱慕虚荣的人，也不会舍得让自己看上去比实际年龄还要老，您说是不是？

**博尔顿**　什么，我才四十出头呀。

**谢皮**　您确定吗，先生？哦，有可能，毕竟两鬓斑白会让人看上去有点儿显老。

**葛兰奇小姐**　哦，可我就喜欢这两抹白色，谢皮。我认为这让一位绅士看上去更有味道。

**谢皮**　我并不是说它就没有味道了。我只是说，这种成熟的味道会让人看上去比实际年龄大上五岁。就拿博尔顿先生来说吧，要是他没有这两绺白头发的话，他看上去绝不会超过三十五岁。

**葛兰奇小姐**　哦，谢皮，他才不会那样呢。

**博尔顿**　我不会为了迎合你说的话，就把自己的头发给染了的，谢皮。

**谢皮**　我也不会为此而责备您的。我永远不会劝一位绅士去染头发，那样看起来太不自然了。

**葛兰奇小姐**　我一直觉得，染发以后，人的表情都会变得很僵硬。

**谢皮**　我想说的是，既然您不在乎自己看起来像三十五岁，还是像四十八岁，那为什么还要费劲儿染头发呢？

**博尔顿**　话也不能这么说，我也不想让自己看上去像个一只脚已经进了棺材的人，不是吗？

**谢皮**　葛兰奇小姐，你猜我想起一件什么东西来了？

**葛兰奇小姐**　那件德国货，对吧？

**谢皮**　请原谅，先生，我绝不是要卖给您任何东西。

**博尔顿**　那就好，因为我绝不会花钱买的。

**谢皮** 我向来是支持英国货的。对于那些外国佬，还有他们做的东西，我根本瞧不上。当那个德国游商带着他那堆瓶瓶罐罐到我们店来的时候，我是双手反对，完全不建议买他的货。可是他软磨硬泡，非要布莱德利先生卖一个试试。这一试不要紧，您要是知道我们一共卖出去多少瓶，准会大吃一惊的。

**葛兰奇小姐** 尤其是把价钱考虑在内，您就更想不到了。

**谢皮** 加上税金，还有这些那些杂七杂八的费用，我们一瓶得卖二十五个先令才能回本。

**博尔顿** 到底是什么东西，染发水吗？

**谢皮** 不，不是染发水，完全不沾边。它的作用是让头发焕发出原先自然的颜色来。当然是循序渐进的，一般人谁也不会注意到。就这么说吧，但凡有人买上一瓶，回去试上一试，不出三个星期，他的脑袋上就连一根白头发也找不到了。

**博尔顿** 你不会指望我相信这种离谱的事吧？

**谢皮** 我骗您干什么呢？我知道您是无论如何也不会想要尝试的，我说得对吗？毕竟您是一位不重外在的绅士，自己看上去老不老的，又有什么关系？

**博尔顿** 你这不是在取笑我吧？

**谢皮** 何出此言呢，先生？

**博尔顿** 我看你是在跟我耍花招，玩手段。

**谢皮** 就为了把那玩意儿卖给您？我从来不干这样的事情。往这儿瞧，先生，我告诉您一个秘密。要是你想让顾客买你的东西，就得时刻用眼睛盯着他，注视他的一举一动，就像擂台上的拳击手一样。您再看看我，我盯着您瞧了吗？

**博尔顿**　我刚才没注意。

**谢皮**　那不结了嘛。那天发生了一桩有趣的事。我想您认识特维克南侯爵[1]吧，先生？

**博尔顿**　不，我并不认识。

**谢皮**　他，还有他的弟弟约翰勋爵，都是我们这儿的老主顾了。他点名要求试用我们这款产品。他那一头可怜的头发白得太快了，这让他心烦意乱。长话短说，有一天早晨，一位绅士走进店里来，坐到了我这把椅子上。我一看，这不是约翰勋爵吗，赶紧跟他打招呼：早上好啊，约翰勋爵。结果他笑了，他说："我不是约翰勋爵，我是特维克南侯爵。"你能相信吗，我把他认成是他的弟弟了，因为他头上一根白头发也找不着啦。

**葛兰奇小姐**　谢皮当时都蒙了，一看他那张脸，我就笑起来没完。

**谢皮**　可不是吗，侯爵大人告诉我，他跟他弟弟可足足相差了十五岁呢。

**葛兰奇小姐**　要我说，那简直就是个奇迹。

**博尔顿**　你说的那个东西，它叫什么？

**谢皮**　阿尔伯特，拿一瓶样品来，请博尔顿先生看一看。

**博尔顿**　那倒不用麻烦了，我就是顺口一问。

---

1　特维克南，位于伦敦西南，泰晤士河沿岸的一个区域。

**谢皮** （冲阿尔伯特使了个眼色）我们也是顺手一拿，满足一下您的好奇心嘛。今天赛马，您有没有去押上一注呢，先生？

**博尔顿** 不，我没有下注。

**谢皮** 我也巴不得自己没下注呢。

［阿尔伯特向前台走去，由此离场。

**博尔顿** 赌马是蠢人的游戏。

**葛兰奇小姐** 谢皮可不这么觉得。您要是知道他都在谁身上下过注，准会吓一跳的。

**谢皮** 当然了，我每次下注都不会超过一个先令。毕竟家里还有妻子女儿等着吃饭呢，太大的风险我可承受不起。不过我确实喜欢小赌一把，这倒是真的。

**博尔顿** 只要赢的比输的多，你就肯定是个聪明的家伙。

**谢皮** 嗨，这么跟您说吧，我主要靠的是运气，好在一直以来运气都不差。

**葛兰奇小姐** 人们都说，生在富贵人家不如生来好运相伴，难道不是吗？

**博尔顿** 你买爱尔兰大乐透[1]吗？

**谢皮** 当然买，我忘了什么也不会把它给忘了的。自从他们开票的那一天起，我就期期必买，一次也没有落下。

---

1 爱尔兰大乐透，全称爱尔兰医院大乐透彩票（Irish Hospitals' Sweeptakes），曾是国际上最广为流行的彩票系统之一，1930 年由爱尔兰政府授权成立，是为医院募集资金，发行时间长达五十多年。

**博尔顿** 但我猜你一次也没赢过，是不是？

**谢皮** 目前还没赢过，但我对未来充满信心。

**博尔顿** 这一期的开奖是在昨天，对不对？

**谢皮** 没错，他们今天会把安慰奖也开出来，搞不好我能捞上一个呢。

**葛兰奇小姐** 要是你明天一早翻开报纸，在中奖那一栏找到了自己的名字，那该有多好啊。

**谢皮** 那也是意料之中的事，我都买这么久了。

[阿尔伯特上场。

**阿尔伯特** 谢皮，福蒂斯克上尉打电话来了，他想知道你明天上午十一点半的时候有没有空？

**谢皮** 是的，我有空，你给他预订上吧。

**阿尔伯特** 好的。

[阿尔伯特离场。

**葛兰奇小姐** 他今天上午来过一次了，谢皮。当他发现你不在店里的时候，那反应可真够吓人的。

**谢皮** 好吧，可那也不能怪我呀。

**葛兰奇小姐** 他骂了好些难听的话，整条街都能听得见。

**谢皮** 我知道。本事不大，脾气不小，明明就是个上尉，老把自己当成是上校。

[阿尔伯特再次上场。

**阿尔伯特** 他说，他对你无礼的忍耐是有限度的。要是明天上午十一点半，你没有在这儿等着他的话，他就要你好看。

**谢皮**　我想他们准是给他升官了，突然当了个总司令什么的。

**博尔顿**　你今天上午怎么会没有按时上班呢？我还以为你这十四年以来一天都没有缺勤过呢。

**谢皮**　我确实是一天也没有缺勤过，除去每年夏天有半个月休假不算。不过今天一整个上午，我都在兰贝斯的治安法庭[1]呢。

**博尔顿**　你是喝醉酒闯祸了，还是做了什么违背公序良俗的行为？

**谢皮**　跟我没有关系。我只在每天中午吃饭的时候喝上半品脱的酒，晚上下班以后再喝半品脱，每天就这点儿。

**葛兰奇小姐**　有一桩案子，需要他出庭做证。

**谢皮**　有一个小偷，当时正从医生的汽车里偷他的大衣。那辆车就停在我隔壁的房子外面，我出门的时候刚好撞上了。

**博尔顿**　可不能把东西放在车里，这年头世风日下啊。你把这家伙交给警察了？

**谢皮**　没错。可回头想想，我又有点儿后悔不该报警。他丢了工作，两天一口东西也没吃。这情况叫你没法不同情啊。

**葛兰奇小姐**　你这人就是太心软了，谢皮，老是觉得他们失业了就很可怜。我相信，如果一个人真想要去工作，总能找到一份合适的差事。

**谢皮**　你要是知道我今天上午在法庭上听到了什么，就不会这么说

1　位于伦敦南部的地方法庭，用于处理一些和治安相关的民事纠纷。

了。我这桩案子最后一个才审，我就一直坐在那儿听着别人说话，感觉实在是不舒服。

**博尔顿** 怎么说?

**谢皮** 这个嘛，你瞧，我早上出门之前美美地吃了一顿早餐，本来心情还是不错的。偶尔一次不用来店里上班，对我来说也算是放个小假。但往法庭那儿一坐，我就发现大部分案子实在是一言难尽。

**博尔顿** 有意思吗?

**谢皮** 唉，我实在不知道能不能说它们有意思。有个女人，因为从餐厅里偷一块牛排被抓了起来。可她每个礼拜只能挣到十八先令[1]，这些钱除了用来养活她自己，还得养活她的三个孩子。从外表看上去，她也是个体面的正派人。

**博尔顿** 毫无疑问，如今这个世道上，让人感到痛心的事情实在太多了，可谁也无能为力。

**葛兰奇小姐** 我就这么说吧，这个世界上向来有富人就有穷人，以后也会一直如此。

**谢皮** 在咱们这样一个国家里，居然还有这么多人在挨饿，想想也怪荒诞的。

**葛兰奇小姐** 只要你每天能吃上三顿饭，头顶上还有片瓦遮身，就偷着乐去吧。别人的事嘛，我说就别操心了。

1 原文使用 bob 一词，为俚语中对先令的称呼，这里提到的十八先令价值不足一英镑。

**谢皮**　嗯，我通常也不会关心这些事情。只是你看，像今天早上这样，突然之间一股脑儿地把这些事硬塞给我，着实让我有些措手不及。那些人就站在被告席上，普通得不能再普通了，丝毫没有特别之处，他们看起来就像——就像你和我一样，如果你懂我在说什么。我不禁对自己说：要是他们也能跟你一样挣钱糊口的话，是一个也不会往那儿站的。

**博尔顿**　你能赚到钱、过上好日子，是因为你工作稳当，又勤劳奋进。

**谢皮**　这我知道。不过他们要是也有我这样的机会，干得也不会比我差的。

**葛兰奇小姐**　谢皮，你今天可有点儿不正常，铁定是身体的问题，哪儿不舒服吧？

**博尔顿**　啊，七点钟了。去喝一杯吧，一杯酒下肚，你就会感觉好些了。

**谢皮**　也许我是该喝一杯了。通常来说，我晚餐会吃上一块牛排，配上一点蔬菜，可是不知怎的，我今天一点儿胃口也没有。

**葛兰奇小姐**　希望你没有因为跟那些脏兮兮的下等人待了一上午，就染上了他们的晦气病。

**谢皮**　你要是吃完了上顿，连下顿的影子都不知道在哪儿的话，也就没心思管自己到底干不干净了。至于病不病的，对一个连基本营养都无法满足的人来说，灵魂不出窍就是好事了。

**葛兰奇小姐**　哦，可别一个劲儿说这些奇怪的话了，你听上去简直都像个社会主义者了。我还一直当你是一个温和的保守派呢。

**谢皮** 我是个保守派不假，但我把话放在这儿，葛兰奇小姐，等哪天咱们不忙的时候，我带你去治安法庭坐一个上午，看看到时候你会怎么样。

**葛兰奇小姐** 你可别带我去，我不想给自己找罪受。要我说，眼不见，心不烦。我们要操心的事已经够多了，哪还有时间会在乎别人呢。

**博尔顿** 你看，谢皮，这是唯一可行的处世方式了。每个人都知道这世界上有太多人在受苦受穷，可是你帮不上什么忙啊。这个事实你就得接受，就好像是得了流感，或者打牌的时候手气不好一样。况且话说回来，在咱们这个国家，没有谁会真的给饿死，总有那么几家机构会帮他们解决一顿饭，也总有那么几处避难所会让他们睡上一个好觉的。

**葛兰奇小姐** 我确信，之所以有很多人在路堤上睡觉，是因为他们就喜欢睡在那儿。

**博尔顿** 你那桩案子的被告，他最后怎么样了？

**谢皮** 还押候审一个星期，先生。

**博尔顿** 我不介意跟你打个赌，这绝不是那家伙第一次作案。一个人之所以去偷，不是因为他饿得吃不上饭了，他去偷是因为他打骨子里就是个贼。

**葛兰奇小姐** 就算真是因为吃不上饭吧，那他在监狱里有吃有喝，难道不好过在外面饥寒交迫吗？

**博尔顿**　为了那些无能为力的事情烦恼，实在是划不来。许多比你更聪明的人已经想方设法去解决这个问题了，如果他们没能解决的话，那你多半也解决不了。

**葛兰奇小姐**　用我的话说就是，人不为己天诛地灭。

**谢皮**　我确实是个无知的人，这我清楚得很。只是一想到我自己亲手把那个可怜的家伙送上了法庭，我的心里就难受得要命。

**博尔顿**　你做了一件正确的事情，社会正义必须有人维护，而按照法律的规定行事是每一个公民的责任和义务。要是都能够人人为我、我为人人，你做的事正好有益于整个社会，那就再好不过啦。

［阿尔伯特掀开门帘上场。

**阿尔伯特**　谢皮，有你的电话。

**谢皮**　就说我在忙，让他们留言好了。

**阿尔伯特**　是你的妻子，她说有要紧事找你。

**谢皮**　管他是谁，我这会儿就是不方便听电话。我妻子知道我在工作的时候从来不接电话的。

［阿尔伯特下场。

**博尔顿**　谢皮，你还是去接一下吧。我没什么要紧事，等上一会儿也无妨。

**谢皮**　不用管她。女人嘛，这您是知道的，先生，你让她一寸，她准会要你一尺。

**葛兰奇小姐**　也许真是有重要的事呢，谢皮。自打我在这儿工作以来，从没见她给你打过一个电话。

**谢皮**　我看不会有什么要紧事。在家里，我对自己的妻子向来俯首帖耳、唯命是从，没什么话好讲的。但在店里就是我说了算，这一点她非常清楚。

[ 阿尔伯特再次上场。

**阿尔伯特**　她说这件事儿没法留言，要你一定亲自听她说。

**谢皮**　那你就转告她，哪怕是英格兰国王从白金汉宫打电话来，要给我颁一枚嘉德勋章[1]，我也绝对不会把客人晾在这儿，去听她的电话！

[ 阿尔伯特再次下场。

**博尔顿**　谢皮，你结婚有多久了？

**谢皮**　整整二十三年了，先生。借用咱们那位国民诗人[2]的话来说，我一天都不嫌多。

**博尔顿**　（笑道）好吧，那这是二十三年以来，你妻子头一次在你工作的时候打电话来，我觉得你去接一下，并不会有什么损失，听听她怎么说嘛。

**谢皮**　如果您也跟我一样，干一行干了这么久，先生，那您一定就会

1　Order of the Garter，英国荣誉体系中级别最高的骑士勋章。嘉德勋章的造型为圣乔治十字架搭配外围的吊袜带，并以金色字体铭刻着骑士团的格言——心怀邪念者蒙羞（Honi soit qui mal y pense）。该勋章向来由英国君主直接颁发，首相无权过问。

2　此处的国民诗人指的是英国著名歌手、喜剧演员阿尔伯特·舍瓦利埃（Albert Chevallier,1861-1923）。剧中歌词“我一天都不嫌多”，取自舍瓦利埃在1892年创作的歌曲《我的老情人》（My Old Dutch），这首歌以轻松诙谐的口吻讲述了一对老夫老妻之间的浪漫情感。

知道，在婚姻当中有一件事是万万不能做的，那就是开先例。

**葛兰奇小姐** 就你这种说话的口气，谢皮，我真不知道还有谁会比米勒太太更善良，能容忍得了你。

**博尔顿** 谁是米勒太太？

**谢皮** 就是我老婆，我的名字其实是米勒。

**博尔顿** 真的吗？我从没听你说过。

**谢皮** 大家管我叫谢皮，因为我出生在那儿。肯特郡的谢皮岛，这您一定知道。他们总拿我开玩笑，说我这人浑身上下都散发着岛上的气味。

**葛兰奇小姐** 听他讲话，这个世界上再没有第二个地方能比得上那个岛啦。

**谢皮** 绝对没有。一到休假我就会到那儿去，等我哪天退休了，也会在那儿安度晚年。

**葛兰奇小姐** 有一次公共假期，我到那儿去了一趟，也没觉得有什么特别呀。

**谢皮** 在我眼里，它是英格兰的后花园。我已经看上了一座房子，等到哪天发达了，我就把它买下来。两英亩的土地，可以看得到大海，正是我们两口子想要落叶归根的地方。

[布莱德利上场，后面跟着阿尔伯特和一位年轻的女子——她是担任收银员的詹姆斯小姐。

**布莱德利** 把剃刀放下吧，谢皮。

**谢皮** 怎么，出什么事了吗？

**布莱德利** 你买的大乐透彩票中奖了。

**谢皮** 就这事儿？完全没有必要让我把刀放下嘛，活儿还没干完呢。

［谢皮正要继续工作，博尔顿先生按住了他的手。

**博尔顿** 不，你停手吧，我怕你一激动把我的脖子给抹了。

**谢皮** 这点儿微不足道的小事，完全不会影响我的发挥。您怕我激动呀？我把话放这儿了，哪怕圣詹姆斯宫殿[1]让炸弹给端了，整条杰明街都燃起熊熊大火，我也绝不害怕，该给哪位绅士刮脸，还给哪位绅士刮脸。

**博尔顿** 我害怕。我还没有绅士到出了那么大的事还非得刮脸不可的地步。

**布莱德利** 我亲自给博尔顿先生刮完，剃刀给我（伸手）。

**博尔顿** （把他的手从自己面前推开）不，谁也别给我刮了，这就行了。

［布莱德利在面盆里拧干一条毛巾，给博尔顿先生擦脸。

**阿尔伯特** 有一封从都柏林发给你的电报，《每日回音》[2]报也给你家打过电话了，他们想知道你在哪儿工作。

**布莱德利** 你那张彩票还没丢吧？

**谢皮** 我什么时候丢过东西，随身带着呢（从口袋里掏出笔记本，取

---

1 St James's Palace，伦敦历史最为悠久的宫殿之一，兴建于十六世纪上半叶，至今仍作为皇室的御用官邸使用。

2 Daily Echo，自1888年开始发行的地方小报，总部位于南安普顿，全称为《南方每日回音》，简称为《每日回音》或《回音报》。

出里面夹着的彩票)。

**葛兰奇小姐** 他中了多少钱，布莱德利先生?

**阿尔伯特** 米勒太太没说，她整个人有点儿激动过头了，又哭又笑的。不过，彩票的安慰奖通常是一百英镑。

**博尔顿** 虽然不多，那也是一笔钱了。

**谢皮** 那我就收下吧。

**葛兰奇小姐** 你看上去一点儿也不兴奋呀，谢皮。

**谢皮** 嗨，说老实话，我就知道自己能中奖，我这人生来就运气好嘛。

**葛兰奇小姐** 要是我的话，准会激动得手舞足蹈、满屋子放凯瑟琳烟花[1]了。

**谢皮** 我可不认为布莱德利先生会允许你这么做，葛兰奇小姐。阿尔伯特对你也会有看法的，他毕竟还没结婚呢，你懂的。

**葛兰奇小姐** 哦，谢皮，别乱开腔，你知道我不喜欢这种玩笑。

[博尔顿先生已经擦好了脸，从他的椅子上站了起来。

**博尔顿** 你最好给《每日回音》打个电话，问清楚他们到底有多少钱。

**布莱德利** 不是说一百英镑了嘛。

**博尔顿** 我听说除了安慰奖，还有十个余额奖[2]呢，你怎么知道自己到底中了哪个?

1 Catherine wheels，一种旋转式的烟花。

2 当奖金没有被完全领取的时候，会另行开奖对剩余金额做出处理。

**谢皮**　那我可从来没想过。

**布莱德利**　我看也不大可能吧。

**阿尔伯特**　报纸会专门增加一个特别版公布中奖名单，说不定这会儿已经刊登出来了。

**布莱德利**　你去外面转一圈，阿尔伯特，看看是不是这么回事。

**阿尔伯特**　好的，先生。

［阿尔伯特下场。

**博尔顿**　（给谢皮小费）拿着吧，谢皮，恭喜你中奖。

**谢皮**　谢谢您，先生。

**博尔顿**　不管得了多少钱，都别头脑一热乱花掉了。

**谢皮**　不会的，先生。关于怎么处理这笔奖金，我早就已经做好打算了。

**葛兰奇小姐**　都还不知道奖金是多少钱呢，你怎么做打算的？我的意思是，万一你中的是那十个余额奖之一呢？（接过博尔顿先生递给自己的小费）谢谢您，先生。

**谢皮**　只要是三万英镑以下的金额，我都已经安排好用途了。

**博尔顿**　谢皮，我告诉你我会怎么办吧——为了沾沾你的喜气儿，我打算买一瓶你说的那个什么德国货。

**谢皮**　太好了，先生。您是现在就带走呢，还是我给您送货上门呢？

**博尔顿**　实话跟你说，我并不相信这东西能有效。但就听你的，试上一试吧。

**谢皮**　放心吧，先生，我包您会对它喜出望外的。

**博尔顿** 那我就带一瓶走好啦。

**谢皮** 布莱德利先生，博尔顿先生要打包一瓶“白发去无踪”，劳您驾。

**布莱德利** 我这就给您取过来，先生，麻烦您现金支付。

**博尔顿** 晚安了，各位。

**众人齐声** 晚安，先生。

［詹姆斯小姐领着博尔顿先生下场，布莱德利为他掀起门帘，待他走后，也跟了出去。

**葛兰奇小姐** 你可真是不同凡响呀，谢皮。

**谢皮** 我知道自己是有那么点儿与众不同。在咱们这个行业里，再也别想有第二个人能让博尔顿先生买上一瓶染发液了。任他们说破嘴皮子，也无济于事。

**葛兰奇小姐** 哦，我想的可不是这个。

**谢皮** 不是吗？不过你看到我怎么跟他周旋的了，我插科打诨的本领简直堪称经典。他说到世界末日那天也不会买咱们的东西，搞得我费了好大力气才撬开他的钱包。他这人到底不傻，不像有些年轻人，你说什么他们都信。我刚才跟他说话的时候，自己也留神听着呢，那些话说得漂亮极了。我在心里边一个劲儿对自己讲：好样的，谢皮，毫无疑问，你是最棒的。

**葛兰奇小姐** 哦，你真把我搞晕了，谢皮。卖出去一小瓶染发液，你就美起来没完；可是你刚刚赢了爱尔兰大乐透，却一点儿也不为所动。

**谢皮** （脱下他身上的白色工作服）实话跟你说吧，葛兰奇小姐，耳听为虚、眼见为实。除非我在报纸上看到自己的名字，不然我是不会相信的。

**葛兰奇小姐** 阿尔伯特回来了。

［阿尔伯特上场。

**阿尔伯特** 报纸还没出来呢。

**葛兰奇小姐** 哦，真讨厌。

［布莱德利上场。

**布莱德利** 我让詹姆斯小姐给《每日回音》去电话，但愿能问出个所以然来。七点整，把百叶窗关上吧，阿尔伯特，下班回家了。

**阿尔伯特** 好的，先生。

**布莱德利** 回家吧，谢皮，一路开心。

**葛兰奇小姐** 你太太跟你女儿肯定高兴坏了。

［撞铃响起，接着是店门被推开的声音。

**布莱德利** 哦，又是谁来了？

**葛兰奇小姐** 每次一到下班时间就来客人，真是要命。

**布莱德利** 不要紧，阿尔伯特会跟他说，我们已经打烊了。

［阿尔伯特上场。

**阿尔伯特** （小声道）是《每日回音》的人，来找谢皮。

**葛兰奇小姐** （大吃一惊）哦！

**布莱德利** 请他进来吧。

**葛兰奇小姐** 天哪！可是——我还没准备好呢（拿出化妆品往脸上擦

粉补妆）。

**谢皮** 你有什么可准备的？

**葛兰奇小姐** 我不想给咱们店丢人。

**阿尔伯特** （穿过门帘上场）这边请，先生。

[记者上场，他是一位面色白皙的年轻男子，手里拿着照相机。詹姆斯小姐跟在他身后上场。

**记者** 请问哪位是米勒先生？

**谢皮** 我就是，不过大家都叫我谢皮。

[两人握手。

**记者** 恭喜恭喜！

**谢皮** 小事一桩，不足挂齿。

**记者** 报社派我过来，简单给您做个采访。

**谢皮** 您来得正是时候，再过五分钟，店里就一个人也没有啦。

**记者** 看得出来，您这会儿心情不错。

**谢皮** 还不错。

**记者** 之前中过奖吗？

**谢皮** 没有，这是头一次。

**记者** 这么说您之前也买过彩票了？

**谢皮** 从它发行那一天开始，一期也没落下过。

**记者** 呃，如果我在报道里说，这是您第一次买彩票，您不介意吧？我的意思是，新闻嘛，戏剧性强一些比较好看。

**谢皮** 完全不介意，就这么说吧。

**布莱德利**　您进来之前，我们正要给报社打电话呢。

**记者**　哦？有何贵干呢？

**葛兰奇小姐**　就是想知道到底中了多少钱。我猜是那一百英镑的安慰奖，对吗？

**记者**　这么说，你们还都不知道呢？米勒先生中的是余额奖，整整八千五百英镑！[1]

**谢皮**　真的吗？这么大一笔钱呢。

［詹姆斯小姐喜极而泣。

**布莱德利**　哦，詹姆斯小姐，你怎么啦？

**詹姆斯小姐**　（啜泣着）非常抱歉，我实在是情不自禁。八千五百英镑，我听都没听过这么多钱，简直要晕过去了。

**葛兰奇小姐**　那你最好晕到厕所里去。

**詹姆斯小姐**　哦，不用管我，我一激动就会这样。

**谢皮**　可怜的姑娘，我看她是肠胃有问题。

**记者**　您打算怎么处置这笔钱呢？我想，您可能还没来得及考虑呢吧。

**谢皮**　别说傻话了，您怎么会这么想呢？我在买下这张彩票的时候，就已经决定好了。我打算用这笔钱作为买房子的尾款。我在谢皮岛上相中了一处产业，两英亩的土地，一幢别致的小房子，正是

1　二十世纪三十年代的英国正处在大萧条时期，根据通货膨胀，这笔钱换算到今天约八十万英镑。

我梦寐以求的那种生活。

**葛兰奇小姐** 天哪，谢皮，没想到你马上要成有产业的人了呢，我们该管你叫乡绅了。

**谢皮** 还有，我的女儿该嫁人了，我得给她操办一场最高规格的婚礼，香槟、鱼子酱全都不能少。我还要再给家里请个用人，我那可怜的老婆就不用再干重活儿了。

**阿尔伯特** 如果我是你的话，我就再买一辆奥斯汀小轿车[1]。

**谢皮** 谁说我就不准备买了？有一辆车的话，从城里到我那乡村小别墅的这一路就方便多啦。

**记者** 那您就不准备再继续工作了吧？

**谢皮** 我？我要是不工作的话，就不知道该干什么好了。我可是一个有艺术家精神的理发师，您说是不是，老板？

**布莱德利** 对极了，就算把我送上法庭，我也绝不会否认这一点。

**谢皮** 答案是“不”，我年轻的朋友，我不会让上帝赐给我的这份天赋就此埋没掉的。

**记者** 能给您拍一张工作照吗？登出来大家一定很爱看。可惜我来得太晚，已经没有客人了。

**葛兰奇小姐** 布莱德利先生可以假装一下顾客。

**布莱德利** 没问题，给我拿块围布来，阿尔伯特。

---

1 1905年营建的英国公司，以生产经济实用的紧凑型轿车而闻名，几经起伏后于2000年宣告破产，后被中国南汽集团收购。

**阿尔伯特**　好的，老板。

**布莱德利**　谢皮，把工作服穿好吧。

**谢皮**　马上就好。您是要刮脸，还是要剪头发？

**记者**　我觉得刮脸比较好，看起来更自然。

**布莱德利**　我这就往脸上打点儿肥皂沫。

**葛兰奇小姐**　我也把工具拿出来，假装在给您修指甲。

**谢皮**　嘿，到底是谁要拍照，葛兰奇小姐，你还是我？

**葛兰奇小姐**　别这么小气嘛，谢皮，我只是想让照片显得更上档次。

**谢皮**　你跟那些社交名媛一样，什么场合都想来凑一凑。接下来阿尔伯特也该来抢镜头了。

**记者**　有她在也行，效果更好。

［几个人都摆起了姿势，记者拿起相机准备拍照。

**布莱德利**　你别这么站嘛，谢皮，这样人家就看不见我的脸，只能看见我两条腿了。

**谢皮**　不重要，看见我的脸就行了，对不对？

**记者**　您站到另一边去吧。

**谢皮**　那不就拍不到我了吗？

**记者**　拍得到，站那儿正好，把您的剃刀亮出来。

**布莱德利**　离我的脸远一点儿，谢皮。

**记者**　不要动，保持住。

［谢皮挪了一下举着剃刀的手，让姿势更好看。

**记者**　就这样，别动了。

[ 阿尔伯特悄悄挤进镜头做姿势，布莱德利注意到了他。

**布莱德利** 你干吗，阿尔伯特？出去出去，别挡镜头。

**谢皮** 你会破坏画面平衡的，知不知道？

**阿尔伯特** （闷闷不乐）好吧。瞧你们这大惊小怪的样子，跟一辈子没照过相似的。

**记者** 好，现在往我这儿看。都高兴点儿，这又不是参加葬礼，他刚刚赢了爱尔兰大乐透的奖金，笑一个不吃亏。好！保持住——行了！感谢你们的配合。

[ 众人一直僵硬地保持着做作的假笑，当拍照结束后，立马恢复到正常状态。布莱德利拿起毛巾擦掉了脸上的泡沫，从椅子上起身。葛兰奇小姐把她的工具收进箱子。

**葛兰奇小姐** 这照片明天能见报吗？

**记者** 应该没问题。

**葛兰奇小姐** 哦，我可太激动了。

**谢皮** 今天晚上报纸就登出来了，对吧？我说的不是照片，是开奖结果，获奖名单什么的。

**记者** 对，你们还没看报纸吗？我正好随身带了一份，上面有您的地址，我就是按这个找过来的。

**谢皮** 不介意让我看一眼吧？要知道，我还从没在报纸上读到过自己的名字呢。说老实话，不见到白纸黑字登出来，我这心里总是不踏实。

**记者** （从怀里掏出报纸递给他）拿去吧，头版就是。

[谢皮接过报纸，仔细端详。

**谢皮**　没错，奖金是八千五百英镑。这儿提到谢皮岛了，也就是我的外号。约瑟夫·米勒，家住玫瑰花园，坎伯韦尔区摩尔街道，邮编 SE17。全对上了。哎哟，没想到我还真有今天（猝不及防地摘下假发，露出了光秃秃的脑袋，一边出神一边伸手挠头）。

**记者**　（吓了一跳）您戴的是假发啊？

**谢皮**　（回过神来）什么？我？哦对。我上班的时候都戴假发。客人们很难搞的。你要是给他推荐生发水之类的东西，自己却是个光头，他们准会说，这玩意儿恐怕不大好使吧。

**记者**　您突然把它摘下来，着实吓了我一跳，还以为换人了呢。

**谢皮**　呃，这个不会也见报吧？

**记者**　（笑道）想见报也不是不行。

**谢皮**　不行不行，千万不行。我的意思是，我们俩的立场是一致的，对不对？我们的目标都是服务大众。大众的品位，你懂的，人家就是想看点儿开心的东西，可不想倒胃口啊。

**记者**　（开心地）好吧好吧，那我就当没看见好啦。谢谢大家的配合，祝你们晚安。

**布莱德利**　晚安，先生。您哪天要是想剪头发，直接来找我们好啦。谢皮会亲自为您服务的。

**谢皮**　乐意之至。

**记者**　有一个条件，可别给我推荐你们的生发水啊。

**谢皮**　先生，这我可说不好。

**记者** 晚安。

**众人** 晚安，先生。

[记者下场，阿尔伯特陪同他一起到门口后再回来。

**葛兰奇小姐** 哎，这人要是运气好，拦都拦不住。

**谢皮** 我的运气确实不错。

**詹姆斯小姐** 而且你还那么的波澜不惊，这我怎么也想不通啊。

**谢皮** 嗨，这种事情我都见怪不怪了，我这一辈子老是走运。

**布莱德利** 我也想不通，这人怎么能老是走运呢？

**谢皮** 我告诉您吧，您可得相信我。当我还是个年轻小伙子的时候，姑娘们就都对我另眼相看。您知道我怎么把她们搞到手的吗？全靠一张嘴，吹！运气也一样，你吹得越大，运气就越好。

**葛兰奇小姐** （把头一甩）哼，说得跟真的一样。没人能光靠吹牛就把我追到手。我瞧得上的人，一要有个体面的身份，二要银行里有点儿存款。

**詹姆斯小姐** 男人总是说一套做一套，现在看来千真万确。

**谢皮** 看你的脸色，詹姆斯小姐，准是肚子又不舒服了。

**布莱德利** 得了，我该走啦。俗话说得好，时间不等人呀[1]，转眼都这么晚了。

**谢皮** 老板留步，咱们大伙得先干上一杯嘛。这样，我这就到钥匙酒

---

1 原文为拉丁语 tempus fugit，译为“光阴飞逝”。文学上最重要的拉丁语词组之一，源自古罗马诗人维吉尔的《农事诗》，许多建筑物门前的日晷上都会刻着这句话，提醒人们珍惜时间。

吧买一瓶香槟回来。

**葛兰奇小姐** 哦，谢皮，我这会儿太需要一杯香槟了。

**谢皮** 我去去就来。

[*谢皮匆匆下场。*

**葛兰奇小姐** 想想都觉得好笑，好像我自己中了奖似的，真叫一个开心呀。

**布莱德利** 这说明你有一颗善良的心，葛兰奇小姐。

**葛兰奇小姐** 干这一行的，整天都要听男人们没完没了地唠叨那些蠢话，不善良点儿能行嘛。

**阿尔伯特** 我就无所谓，左耳进右耳出，什么都不往心里去。

**葛兰奇小姐** 你是好说，客人不挑剔理发师，可是会难为我们这些做美甲的。不光指望你手脚麻利，脑袋还得灵光。当他们讲一些蠢笑话的时候，你还非笑不可，不然他们就会觉得你毫无幽默感可言。

**布莱德利** 这也算是我们的职责所在吧。

**葛兰奇小姐** 我知道，我又没抱怨。毕竟这些男人偶尔也会请你吃个晚餐，或者一起看个戏什么的。

**阿尔伯特** 回家路上，还少不了要在计程车里搂搂抱抱、亲个嘴儿什么的。

**詹姆斯小姐** 你的想法真庸俗，阿尔伯特。

**葛兰奇小姐** 庸俗归庸俗，要是一位姑娘不让那位请她吃饭、看戏的绅士亲一下作为回礼的话，那就有点儿不知好歹了。我的意思是，点到为止总是无伤大雅的。只要你是个体面的女人，对方也会规规矩矩的。

**阿尔伯特** 我猜，他们请你看戏的时候，都是坐在前排的贵宾席吧？

**葛兰奇小姐** 也得分情况。如果对方是个单身钻石王老五，就会坐在前排。可要是碰上个有妇之夫，通常就会在二楼找一个不那么引人注目的位置，低调又安全。

**布莱德利** 到咱们这儿来的净是一些有头有脸的人物，小心一点儿也可以理解。

**葛兰奇小姐** 嗨，我也不是责怪他们。只要他们提出来自己不方便，我总是会说我非常理解。君子不立危墙之下[1]，你们懂我的意思吧？

［正当大家聊得尽兴的时候，谢皮拿着一瓶香槟上场。他旁边跟着一位样貌姣好、浓妆艳抹的女人，看起来已经不那么年轻了，穿着浮夸，但看得出来并不是什么上档次的衣服——她就是贝茜·莱格萝斯。

**谢皮** 我回来了。上好的香槟，十四先令外加九个便士。

**阿尔伯特** 我的天啊！这么贵，一定是上等货。

**布莱德利** 谢皮，这位女士是？

**谢皮** 一位朋友。呃……好吧，其实也谈不上朋友，但我们还挺熟

---

1 原文为法语 noblesse oblige，译为“贵族义务”。是一种起源于欧洲中世纪封建制度的传统社会观念，认为贵族阶层有义务为社会承担责任，所谓地位越高、责任越大，其引申义也可指一个人的言行举止必须与其社会地位相符，强调作风检点之意。

的。我每天下班都要到一串钥匙酒吧去喝上一杯啤酒，而她刚好也在那儿喝酒。同样的时间，同样的地点，懂了吧？

**布莱德利**　（冲贝茜点头示意）很高兴认识你，女士。

**贝茜**　我也很高兴。

**谢皮**　总之我们就这么聊起来了。然后我刚才到酒吧去，看到她也在那儿，就跟她说，今天别喝啤酒了，女士，跟我一起过来喝上一杯香槟吧。

**贝茜**　我没说行，也没说不行——有首歌就是这么唱的。[1]

**布莱德利**　但你还是来了。

**贝茜**　我一开始并没有想要来，这是真的。我对米勒先生说，哦，我去太多余了，大家不会欢迎我的。可是他说："一起走吧，我敢打赌，你有几个月没喝过香槟啦。"这倒是让他说着了。

**布莱德利**　我们欢迎你的到来，今天是谢皮请客。

**阿尔伯特**　让我来开香槟吧，谢皮，我可比你有经验多了。

**谢皮**　听他吹的。好吧，你小心点儿就行。姑娘们，杯子在哪儿呢？

**詹姆斯小姐**　我们来准备。

**葛兰奇小姐**　维克多，盥洗室里还有一个杯子。

［维克托下场去拿杯子，少顷再次上场。詹姆斯小姐在店里走来走去，到处找杯子。

1　原文 I didn't say yes and I didn't say no，来自作曲家杰罗姆·科恩和词作者奥拓·哈巴赫在 1931 年创作的流行歌曲 *She Didn't Say Yes*。

**贝茜** （对布莱德利）你们这儿布置得可真漂亮。

**布莱德利** 这一行竞争激烈，不花点儿心思可不行呀。

**贝茜** 哪一行都不容易，要我说，应该立一条法律，禁止同行竞争。

**布莱德利** 你要是知道我们为了应对竞争，储备了多少东西，一定会大吃一惊的。来，我带你看看。

[布莱德利领着贝茜去往前台。

**葛兰奇小姐** 谢皮，过来，我有话对你说。

**谢皮** （走向她）怎么了？

**葛兰奇小姐** 她是个妓女。

**谢皮** 我知道。

**葛兰奇小姐** 那你就不应该带她过来。

**谢皮** 为什么？

**葛兰奇小姐** 我和詹姆斯小姐还在这儿呢，你得对我们尊重一点儿！

**谢皮** 哎呀，亲爱的，要是你有一天到女士沙龙去工作，人家店里也会有妓女光顾呀。可别跟我说，妓女就不做美甲了。你要是那么想的话，那简直是疯了。

**葛兰奇小姐** 在工作上跟她们有些往来，我完全不反对；但社交消遣就是另一回事了，我绝不赞成。

**谢皮** 哦，别那么小气嘛，葛兰奇小姐。话说回来，人总不会三天两头都能中八千五百英镑的彩票，对不对？就让我放纵一下吧。

**葛兰奇小姐** 好吧，只要你心里有数，我也没什么可介意的。就像他们说的，身正不怕影子斜。[1]

[这个时候，阿尔伯特已经打开了香槟，布莱德利和贝茜也从前台转了回来。

**阿尔伯特** 都过来吧，香槟好啦，先到先得。

[大家围聚过来，纷纷端起酒杯。

**布莱德利** 谢皮，这一杯祝你健康。我是没有中彩票的命了，但是能看到你赢钱，我打心里替你高兴。

**阿尔伯特** 我们都替你高兴。

**众人一起** 干杯！[2]

**谢皮** 谢谢，真是太感谢你们了，我的好朋友。此刻我的心里百感交集，都不知道该说什么好了。来，我也祝大家健康！

**葛兰奇小姐** 不得不说，我实在是太喜欢香槟了。

**贝茜** 优雅的选择。

**葛兰奇小姐** 我可不是那种每天都要贪杯的人。

**贝茜** 哦，我不是这个意思。我是说，如果你每天都喝香槟的话，它就显得没那么优雅了，不是吗？

**阿尔伯特** 我说谢皮，这让我想起了我妹妹婚礼上开的那瓶上等香槟。

**谢皮** 没有花钱的不是。他们本来想卖我一瓶十二先令零六便士

1 此处原文为 to the pure all things are pure，源自《圣经》。

2 原文为唱词 for he’s a jolly good fellow, for he’s a jolly good fellow, and so say all of us。源自十八世纪的法国民谣，往往在聚会上祝贺某人时进行合唱。

的，我说不行，在今天这个特别的日子，必须要最好的酒才能配得上。

**布莱德利** 呃……谢皮，虽然说你赢了一大笔钱，但也不应该由着性子乱花呀。

**谢皮** 放心好了，我还没有到忘乎所以的地步，我知道自己在干什么。

**布莱德利** 你这么说我就踏实了。现在，我该回家了，不然我老婆准以为我在外面乱搞呢。谢皮，你走的时候会帮我把店门关好吧？

**谢皮** 包在我身上。

**阿尔伯特** 我也得走了，我们家那位还等着我一起去看电影呢。

[阿尔伯特和维克多一起到休息室去换工作服。

**葛兰奇小姐** 你走不走，詹姆斯小姐？

**詹姆斯小姐** 这就走。

**布莱德利** 晚安，大家明天见。

**众人一起** 晚安，先生。

[布莱德利下场。

**葛兰奇小姐** 亲爱的，你今晚还有别的安排吗？

**詹姆斯小姐** 不，没有了。我昨天买了件双绉衫，今天要好好试一试。

[葛兰奇小姐和詹姆斯小姐一起前往休息室。

**贝茜** 我也要走了。

**谢皮** 不，别急着走。还剩了一点儿酒，要是浪费掉就太可惜啦。

**贝茜** 那就喝完它吧。

［阿尔伯特和维克多从休息室出来。

**阿尔伯特** 晚安。

**谢皮** 晚安。

**贝茜** 祝你和你的太太玩儿得开心。

**阿尔伯特** 谢谢啦。

［阿尔伯特和维克多下场，葛兰奇小姐和詹姆斯小姐从休息室出来，她们已经换好了衣服、戴上了帽子。

**谢皮** 怎么都急着要走呢？

**葛兰奇小姐** 我没多少时间，今天桥牌俱乐部有活动，我可不能让大家都等着我。

**谢皮** 好，那晚安了。

**葛兰奇小姐** 晚安，谢皮。（勉强地向贝茜欠身）晚安。

**贝茜** 晚安，女士。

［葛兰奇小姐和詹姆斯小姐下场。

**谢皮** 我去把门锁上。

［谢皮离开的时候，贝茜独自在场。她疲惫地瘫坐在椅子上，逐渐扭曲成痛苦的表情，一声呜咽从她喉咙中挤出来。她紧握双手试图控制自己，但眼泪还是流了下来，她从包里拿出手绢擦拭。这时谢皮回到场上。

**谢皮** 哦，你怎么哭了？

**贝茜** 不，我没哭，只是眼泪不自觉地流下来了。

**谢皮** 出什么事了?

**贝茜** 没什么。只是……这里实在太美妙了，你们都好友善。不用管我，我一会儿就好。

**谢皮** 来，把这杯香槟喝了。

**贝茜** 不，不能再喝了，我还什么都没吃呢。空腹喝酒总是不太好，我想这就是我不舒服的原因吧。

**谢皮** 你之前没吃点心吗?

**贝茜** 没有，也没吃晚饭。我最近在节食呢。

**谢皮** 哦，节食可是件蠢事，完全没那个必要。

**贝茜** 你要是没钱的话，节食可是唯一的选择。我兜里只有十便士了。我坐公交过来花了三个便士，还得留三个便士回家，不然今晚就得去陪谁睡了。刚才你来酒吧找我的时候，我正打算用剩下的四个便士喝一杯啤酒。

**谢皮** 这么说，我还是给你省了四便士的。

**贝茜** 我当时感觉，要是不喝杯啤酒的话，我就没办法在街上晃荡，一下走几个小时的路了。

**谢皮** 我猜你一定饿坏了吧?

**贝茜** 哦，那倒没什么，我现在已经习惯饿肚子了。我担心的是我的那间屋子。我已经三个星期没有交房租了。要是我今晚还接不到客人的话，房东就会把我赶出去了。

**谢皮** 哦，原来如此。

**贝茜** 不过，这会儿时间还早。永远不要放弃希望，这是我的座右铭。今天的天气也算干爽，这还是不错的，麻烦的是潮湿天，我实在受不了。

**谢皮** 恕我直言，这种日子恐怕过得并不舒坦吧。

**贝茜** 舒坦？信不信由你，跟舒坦二字一丁点儿也不沾边。

**谢皮** 要是房东真赶你出来了，你会怎么办？

**贝茜** 我不知道。去救世军的收容所吧。[1]可是在那儿，你必须得跟着唱赞美诗。要是不下雨的话，路堤倒是个好去处，离泰晤士河也近，想不通的时候干脆一跃而下。

**谢皮** 你的家人呢？

**贝茜** 他们不在伦敦。我一直跟他们说，我在这边好着呢。我是不会去投奔他们的，那对我来说是一种羞辱。

**谢皮** 我没有要害你伤心的意思，咱们之前在酒吧聊天的时候，也从来没聊到过这个话题。不过，你给我的印象，一直是个体面的姑娘。现在听到你说要……呃……露宿街头，我还是挺意外的。

**贝茜** 我也一样意外。实话跟你说，我还从来没有像现在这么潦倒过。要是你一年半以前跟我说，“你有一天会沦落成这样”，我准会回敬你一句，“做梦去吧！”

**谢皮** 我就说嘛。咱们第一次碰面以后，我对自己说，这可是个上流社会的女士。我的意思是，你完全不像别的女人那样浅薄。跟你

1 救世军是一个国际宗教慈善组织，1865年成立于伦敦，其宗旨是“以爱心代替枪炮的军队”，专为穷人提供救济服务。

聊天很有意思，狗呀，足球呀，政治呀，我们无所不谈，聊得多开心呀。

**贝茜** 我不是那种肤浅的人，这我知道。

**谢皮** 后来，知道你是做这一行的，我还吃了一惊呢，你懂我的意思。

**贝茜** 都是大萧条惹的祸，这之前我过得不错。我在肯宁顿[1]有间漂亮的小公寓，每周可以挣到七八英镑。有三四个绅士常来我这儿光顾，都是有头有脸的人物，家里也有妻子，这你明白，其中一个还是治安法官。[2]他们喜欢我，因为他们知道我信得过。如果你是一个结了婚、有一定社会地位的男人，做事总得要格外小心，不是吗？

**谢皮** 是的，我想是这样。就我个人而言，自从成家以后，我从来没有左顾右盼、动过什么歪心思。

**贝茜** 这我理解。但是像你这样的人太少见了。我的经验是，大多数男人都会时不时地想要找点儿乐子。不知道为什么，他们不想和自己的妻子探讨同样的话题。

**谢皮** 你后来怎么样了？

**贝茜** 我运气不好，得了双侧肺炎，不得不离开伦敦，休养一段日子。当我回来的时候，过去常来找我的一个绅士已经破产了，正

---

1 位于伦敦泰晤士河南岸。

2 原文为J.P.，即Justice of the Peace，一种由政府委任民间人士担任维持社区安宁、防止非法刑罚及处理一些较简单的法律程序的职衔，也译作太平绅士。

在变卖他的家当。还有一个，说我是个奢侈品，他再也负担不起我了。我敢说，我的样子也不像从前那样好看了。总而言之，一切都朝着越来越糟的方向在发展。最后，我不得不放下自己的尊严，到这边来讨生活。

**谢皮** 你还从没告诉过我你叫什么名字呢。

**贝茜** 贝茜·莱格萝斯。

**谢皮** 原来你是法国人。

**贝茜** 其实不然。但是每当男人们问我叫什么名字、我告诉他们贝茜·莱格萝斯的时候，他们就会兴致盎然，一个劲儿强调他们的巴黎情结之类的。这就是我给自己取这个名字的原因。当我还住在肯宁顿的公寓里的时候，我管自己叫格洛斯特夫人，因为我来到伦敦以后，去的第一个地方就是格洛斯特广场。[1]格洛斯特夫人是一位优秀的女人，和我认识的其他女人都不一样，我感觉自己好像欠她点什么，就用了她的名字。

**谢皮** 这也算是向她致敬了。

**贝茜** （起身）好了，要是想挣够租金，我现在就得开工了。越是疲倦的人越是得不到休息。上帝啊，这算是什么生活。

**谢皮** 这是奴隶的生活，一点儿没错。

**贝茜** 管家用人的日子不也是这样吗，和奴隶没什么区别。而干我这

1 位于伦敦的贝克街附近，因格洛斯特公爵威廉王子而得名。贝茜提到的格洛斯特夫人意指威廉王子之妻玛利亚公主。

一行，就跟赌博一样，多多少少还有点儿运气成分，你知道的。

**谢皮** 运气来的时候，当然是好事。

**贝茜** 运气就是一半一半，要么有钱赚，要么空手回，你得坚持下去。

**谢皮** 听我说，一想到你要空着肚子去街上转悠，我就跟着一起难受，这对你没有任何好处。我这儿有五先令，你可以先去吃一顿正经的晚餐，剩下的留着以备不时之需。（从口袋里掏出钱来递给对方）

**贝茜** 我并不想收。

**谢皮** 为什么不想？

**贝茜** 好吧，但我当这是从一个朋友手里借的。我的意思是，这跟我从那些绅士那儿得到的钱不是一码事。我会尽快还你的，我保证。我向来只靠自己的工作过活，除了房租，我从没欠过任何人超过六便士的钱。

**谢皮** 你知道我给你推荐什么吗？一块上好的牛排，配上一份烤土豆。

**贝茜** 好的，米勒先生，我会按你说的做，谢谢你的建议。

**谢皮** 我跟你一起出去。我想我妻子这会儿一定正激动呢，他们说她又哭又笑的。我的艾达呀。（他站起身，突然用手扶着额头）哦，我有点儿头晕，感觉很不舒服。

**贝茜** 你还好吗，米勒先生？来，快坐下。

**谢皮** 头晕眼花的。

[谢皮瘫倒在椅子上，随机又跌倒在了地上。

**贝茜** 我的天啊！（她俯身跪在谢皮身边，摇晃着他的身体）米勒先生。米勒先生。谢皮，振作起来！别傻躺着。哦，我的上帝！我想他一定是晕过去了。谢皮，快起来！醒过来啊！哦，天哪，天哪！

**谢皮** （苏醒过来）憋死我了。

**贝茜** 等一下，我帮你松开衣领。天啊，怎么这么紧。男人穿的衣服真是要命。

**谢皮** 我在哪儿？

**贝茜** 上帝啊，你吓死我了。我还以为你死了，而我会因为谋杀被起诉呢。你现在感觉怎么样？

**谢皮** 感觉像是一条变质的鱼。

**贝茜** 别动，先躺着歇一会儿。

**谢皮** 我这辈子从来没有晕倒过，这是头一次。

**贝茜** 在我看来更像是痉挛了。

**谢皮** 我家里从来没有痉挛的病史。

**贝茜** 我想一定是那瓶香槟有问题。

**谢皮** 不可能是酒的问题，花了十四先令九便士呢，你看着我付的钱。

**贝茜** 可能是因为你喝不惯它吧。

**谢皮** 我现在感觉好些了，让我坐下来歇一会儿。

**贝茜** 我帮你。

［贝茜搀扶着谢皮起身，帮他在椅子上坐好。

**谢皮** 我很快就能恢复过来，不用担心我，我可以照顾好自己。

**贝茜** 那你怎么回家呢？

**谢皮** 从皮卡迪利广场搭公交车。

**贝茜** 你的身体情况不适合搭公交，你应该叫一辆计程车回去。

**谢皮** 如果我坐计程车，我老婆肯定会觉得我疯了。

**贝茜** 那也得叫一辆，亲爱的。我不认为你一个人能安全回家，需要我陪你一道吗？

**谢皮** 我自己就行了，别因为我耽误了你的工作。

**贝茜** 哦，不要紧，这个时候生意都很冷清。我先送你回家，再赶回来时间刚好。

**谢皮** 好吧，实话实说，我确实有点儿不舒服。

**贝茜** 那你赶快回家再好不过了。你的帽子在哪里？

**谢皮** 在休息室里，从那扇门进去，我的外套也在里面。

［贝茜走进休息室，很快便拿着谢皮的衣帽出来了。

**谢皮** 就是这些，谢谢你。

**贝茜** 我帮你穿上。（帮谢皮穿好衣服）店里怎么关门呢？

**谢皮** 等我们出去以后，使劲儿把门撞上就可以了。那儿的灯还亮着。

**贝茜** 我一会儿去关。（搀扶着谢皮走到门口，谢皮一直倚在她的手臂上）感觉还好吗？

**谢皮** 还好，心中充满阳光，脸上洋溢着幸福。

**贝茜** 这可是好事，我总是说，这个世界上的幸福太少了。

**谢皮** 我希望每个人都能过得幸福。

**贝茜** 那不大现实，没有足够的幸福可供大家分享呀。

**谢皮** （指着电灯开关）开关在这儿。

**贝茜** 我关哪个，全部吗？

**谢皮** 全都关上。

［贝茜按照谢皮说的关上了灯，然后扶着他穿过门帘走向前台，消失在黑暗中。

—— 幕落 ——

# 第二幕

[这一幕发生在位于坎伯韦尔的谢皮家客厅，陈设如下：一套烟熏色的橡木家具，是谢皮一家多年前通过分期付款的办法购买而来；一台破旧的乡村钢琴，白色琴键已经明显泛黄；一把上了年头的老爷椅，上面盖着褪色的斜纹布罩；一个壁炉；壁炉上方的炉架整齐地摆着一排瓷器饰物，中间是一个古旧的镀金鼻烟盒；绒面窗帘；墙壁的置物架上摆放有手绘的盘子、镶嵌在镀金相框里的光铜版画和一张放大的全家福照片。整个客厅显得非常拥挤，让置身其中的人多少觉得有点儿发闷。

[时间是星期六的下午，天色有些渐晚了，距离上一幕的事件已经过去了一个多星期。

[米勒太太坐在椅子上补着袜子，她的女儿弗洛丽坐在餐桌旁，正在做法语的语法练习。米勒太太是一位中年女性，身材丰腴结实，善良纯朴，眼神温和，笑容愉悦。她的仪表端庄整洁，但由于结婚太久的缘故，已经不太在意自己的外表打扮了。弗洛丽比较时尚。她穿着打折购买的连衣裙、尼龙丝袜和非常高的高跟鞋，还给自己的一头短发烫了卷，造型别致。她看起来既漂亮又聪明，还充满自信。她在金融城做过一阵打字员的工作，颇有些博闻强识，认为这个世界上的事情没有什么是她不知道的。

**米勒太太** 时候不早了，恐怕又要准备晚餐。

**弗洛丽** 哦，妈妈，你一直唠叨个没完，我还怎么学法语呀。

**米勒太太** 抱歉，我还是不大习惯你周六下午待在家里，这么一来规矩都变了。

**弗洛丽** 足球队到克里克伍德[1]打比赛，厄尼得过去当裁判。

**米勒太太** 他整个星期都在学校工作，好不容易熬到周六，难道还得不到休息吗？

**弗洛丽** 哦，别说了，妈妈。

**米勒太太** 好吧。你也别看太久的书，会伤到眼睛的。

**弗洛丽** 我不是在看书，是在写东西。别跟厄尼说。

**米勒太太** 我跟他说什么？你写的这些东西像天书一样，我一个字也不认识。

**弗洛丽** 这是练习题，我在学法语呢。不过这是个秘密，对谁也不能说。

**米勒太太** 弗洛丽，你学法语干什么？那玩意儿对你一点儿用处也没有。

**弗洛丽** 爸爸现在有钱了，我和厄尼打算到巴黎去度个蜜月。

**米勒太太** 哦，你们说去就去？我和你爸爸在这件事情上也有发言权吧？不过确实，对于新婚夫妻来说，巴黎是个好去处。

**弗洛丽** （狡黠一笑）那对未婚情侣来说，也一样吧？

1 伦敦西北部的一个地区，位于查令十字西北处。

**米勒太太** 别这么说话，弗洛丽，你知道我不爱听这些俗里俗气的话。

**弗洛丽** 你太古板了，妈妈。去巴黎旅行是很有教育意义的，你知道厄尼对文化是多么感兴趣。

**米勒太太** 我当然知道他有学问了。不然的话，他能当上郡立学校的老师吗？[1]

**弗洛丽** 所以，我打算给他个惊喜。如果你到了法国，却连一句法语也不会说，看上去得有多蠢呀。而我，可以深情地望着他的脸，一边用法语向服务生要一杯咖啡，一边用法语问乘务员火车几点出发，多有情调呀。[2]

**米勒太太** 我的天啊！

**弗洛丽** 我很有语言天赋，对吧？还记不记得咱们去年夏天在码头上碰到的那个吉普赛人？她夸了我半天，尤其对我的语言天赋赞不绝口。

**米勒太太** 我惊讶的倒不是这个，是另外一件事。还记不记得你以前总是爱逛街看电影，把脸贴在商店的橱窗上，眼里什么也没有，就是那些花花绿绿的裙子。谁能想到，现在的你也跟着厄尼读起书来了，还能自学法语，真是了不得。

1 原文为 County Council School，指由英国政府出资兴办的公立学校，归郡教育委员会管辖。

2 原文为 parlez-vous français, garçong, apportez-moi une café-au-lait, a quelle heuere parti le traing, oui, oui. 直译为“你会说法语吗，服务员，给我来一杯加奶的咖啡，火车几点出发，是的，是的”。法语不熟练的弗洛丽有意炫耀自己，结果说了一串没有逻辑的话。

**弗洛丽** 那是自然而然的嘛，我不想让厄尼觉得我是个草木愚夫。

**米勒太太** 是个什么？

**弗洛丽** 草木愚夫，无知的人。他说我的头脑很聪明，只是没机会像他那样好好提高一下，他说他很愿意体谅我这一点。

**米勒太太** 他能这么说，实在是太好了。不过，一个小伙子能娶上一个本分的妻子已经足够幸运了。姑娘家嘛，能给自己的丈夫缝衣做饭，拿着他交回家的钱量入为出地过日子，这就可以啦。起码在我那个年代，情况就是这样。

**弗洛丽** 我知道，但是今天的情况不同了。现在的女孩子必须像男孩子一样接受教育，教育就是一切。我想说的是，只有通过教育，我们才能让世界变成它应该成为的那个样子。

**米勒太太** 这么大的工程谁来做呀，你和厄尼吗？

**弗洛丽** 你瞧，我知道厄尼觉得跟我结婚有点儿屈就自己了。当然他没这么说过，可我知道他肯定这么想过。毕竟爸爸只是个理发师，甚至连自己的店也没有，还在给别人打工。

**米勒太太** 你爸爸挣的钱，可比很多自己开店当老板的人还多。况且打工人有打工人的好，不用承担那么多的责任。

**弗洛丽** 这不是钱的问题，是地位的问题。厄尼的父亲在金融城工作，[1] 妥妥的绅士阶层，这对厄尼来说，就是他在社会立身的本钱。

---

1 原文 the Clty，即 City of London。位于伦敦市中心，占地面积仅为一平方英里，却聚集了大量的银行、证券交易所、黄金市场等金融机构，相当于伦敦的“华尔街”，也是全球最重要的金融中心之一。

拿你来说吧，妈妈，你也不想让人知道你在嫁给爸爸之前，是在别人家帮佣的，对不对？

**米勒太太** 我并不会因此而感到低人一等。如果厄尼认为，我能做出那道让他赞不绝口的馅儿饼，却没有在人家当过厨师的话，那他就比我想象中的蠢多咯。

**弗洛丽** 他对吃没有那么在意。我的意思是，他当然知道你做的饭好吃了，但他满脑子都是别的事，不会花工夫琢磨这么多。你不了解，厄尼可真是有一个了不起的头脑。

**米勒太太** （会心一笑）那我还真不了解。但有一件事我非常清楚，那就是你对他的感情，超过了我所知道的任何一个人。

**弗洛丽** （入迷地）我知道，妈妈，我就是这么痴迷于他，完全不能自制。

**米勒太太** 不怪你，亲爱的，真爱就是这样，一辈子就这么一次。看你这么不顾一切地爱着他，我敢说他人还不错。你一直是我们的好女儿，我希望你们也能像我和你爸爸一样，幸福地过一生。除此之外，也就别无所求啦。

**弗洛丽** 我亲爱的妈妈。

[门外响起敲门声。

**米勒夫人** 应该是厄尼来了。

**弗洛丽** （起身向窗边走去）不，不是他。他敲门的声音，我从千里之外都能听得出来，比这要威严得多。（向外看去）是一位绅士，开着车来的。

**米勒太太**　去看看是谁。

**弗洛丽**　好的。

［弗洛丽开门出去，米勒夫人走到窗前往外看。片刻后，弗洛丽又回来了。

**弗洛丽**　妈妈，是布莱德利先生，他来找爸爸。我跟他说爸爸不在家，他还蛮惊讶的。

**米勒太太**　请他进来吧。

［弗洛丽再次走到大门前，拉开门向外喊。

**弗洛丽**　您要不要进来坐坐呀，先生？

［布莱德利旋即进门。

**布莱德利**　米勒太太，你好。我的名字叫布莱德利，是特地来看你丈夫的。

**米勒太太**　请坐，先生。

**布莱德利**　非常感谢。

**米勒太太**　他这会儿出去了。

**布莱德利**　看起来他好像不怎么爱在家待着。

**米勒太太**　我请医生来给他看过了，医生说，他应该尽量卧床休息。我也是这么对他说的，可他就是不听。他好像一天到晚都坐不住似的，总是往外跑。

**布莱德利**　他去哪儿了？

**米勒太太**　这我就不知道了。我怀疑他自己也不知道。

**布莱德利**　要是他能活蹦乱跳到处跑的话，我看他也能回来上班了吧。

**米勒太太**　医生不许他工作。他还没有完全康复呢。星期五——不是昨天那个星期五，是上星期五，也就是彩票开奖那天，他是坐计程车回来的，他说自己晕倒在店里了。

**布莱德利**　这我知道，他第二天早上跟我说了。

**米勒太太**　我原本不想让他第二天一早就去上班的，可他自己一定要去，说跟一位总司令客户约好了。

**布莱德利**　（笑道）没错，福蒂斯克上尉。谢皮管他叫总司令，因为他老是摆出一副派头儿。

**米勒太太**　就是那天下午，吃过晚饭以后，我就看出来他有点儿不舒服了。然后突然他就昏倒了，像块石头一样倒下了。天啊！我害怕极了。幸好有弗洛丽在这儿帮我。

**布莱德利**　就是你的女儿吧？

**弗洛丽**　是的。

**布莱德利**　很高兴见到你们。

**米勒太太**　弗洛丽赶快给医生去了电话，医生说，他觉得这不像是昏厥，倒像是中风了。

**布莱德利**　如果真是那样的话，他幸好没有因此而瘫痪。

**米勒太太**　医生说，这笔钱给他带来的兴奋和激动，加上谢皮一直以来的高血压毛病，他很确定这次跟他在店里晕倒那次不一样，但之前那次也是某种程度的中风表现。

**布莱德利**　我完全理解你现在的焦虑心情。如果谢皮这两次都是中风的话……呃，人们都说第三次就没救了。

**米勒太太** 医生倒是叫我们不要太担心。现在他的血压降下来了，最起码接下来二十年不会有什么大问题。

**布莱德利** 还是要多加留心，医生说的也不一定全对。

**米勒太太** 他下星期一一早就会去上班的。

**布莱德利** 是吗？我就是来跟他商量这事的。

**米勒太太** 要是不让他工作，他会难受死的。他把职业操守看得比什么都重。

**布莱德利** （瞟了一眼米勒太太）他昨天晚上给我写了一封信。

**米勒太太** 是吗？他没跟我说呀。

**布莱德利** 他一定是自己送到店里去的，上面都没贴邮票。

**弗洛丽** 信上说什么？

**布莱德利** 我不确定我有没有权利擅自把信上的内容给说出去，最好还是先跟谢皮商量一下比较好吧。

**米勒太太** 他就快回来了。他知道今天我们会早一点儿开饭，因为弗洛丽和她的未婚夫吃完饭要去看电影。

**布莱德利** （对弗洛丽）哦，对了，谢皮跟我说，你很快就要结婚了。能否冒昧地问一句，婚期定在什么时候了呢？

**弗洛丽** （端庄而有教养地）七月份。我的未婚夫从事教育工作，我们得等学校里的孩子们放暑假了，才能举办婚礼。

**布莱德利** 那天谢皮知道自己中奖以后，脑子里冒出来的头一桩事就是这个。（模仿谢皮）我现在能给我的宝贝女儿办一场像样的婚礼了。

**弗洛丽** 我未婚夫的父亲在证券交易所供职，有时候我未婚夫自己也会纠结，没能子承父业算不算一种失策，毕竟收入前景大不一样，这您肯定了解。但是我对他说，钱不能代表一切，在教育行业工作毕竟也很体面，还有不少的假可以休。

**米勒太太** （对布莱德利）就是假期，寒暑假什么的，这你知道。可要不是因为你爸爸中了彩票，你这婚还真不知道什么时候才能结。在郡立学校里上班，那点儿钱可是不够花的。

**布莱德利** 哦？这么说他是在寄宿学校教书了？

**弗洛丽** 是的没错。既然从事教育行业，就不能指望像商人那样赚钱了。

**米勒太太** 我实在不知道他们怎么养活自己的妻子，外加两三个孩子，更别说还要保持自己的身份地位跟生活品质不下降了。

[门外传来与此前不一样的敲门声。

**弗洛丽** 这次是厄尼，我听得出来。

[弗洛丽飞快地冲出房间。

**布莱德利** 米勒太太，谢皮的运气着实不错啊，一下子中了那么多钱。

**米勒太太** 是啊，正好弗洛丽急着要结婚。她之前一直在金融城做打字员，不过知道谢皮中奖以后，很快就辞职了。

**布莱德利** 这笔钱对你也会有所帮助的。

**米勒太太** 我也是这么指望的，能雇个女佣来替我干活儿再好不过了。不怕你笑话，我从来就不喜欢洗碗，天知道我这辈子洗过多少碗了。像我这样的家庭主妇，如果身边时刻有个女佣替我干这些粗活儿，那就完全不需要自己动手了，你说是不是。

[弗洛丽领着厄内斯特·特纳上场。厄尼是一位非常年轻的男子，二十二三岁的样子，相貌英俊，一表人才，留着长长的卷发，双目炯炯有神，侧脸看上去像个电影明星。他穿着灰色的法兰绒裤子和棕色的粗花呢外套，宽松、随意，甚至有些破旧了，但他的生活态度是不去注意吃穿这些小事。他很精明、活力充沛，并且就像他们说的——有一股迷人的气质。

**厄尼** 你好吗，米勒夫人？

**米勒太太** 厄尼，快进来。这位是布莱德利先生，弗洛丽爸爸的老板。

**厄尼** （热情地和对方握手）见到您非常高兴。

**布莱德利** 我也一样。听说你和这位年轻的小姐订婚了，我向你表示祝贺。

**厄尼** 我们已经订婚两年了，不过您的祝福也没有落空，我就快要当新郎了。

**布莱德利** 如果肯赏脸发我一封请帖的话，我一定会带着礼物欣然赴宴的。

**米勒太太** 我们当然会邀请你的，布莱德利先生，你能来，我们家蓬荜增辉。

**布莱德利** 千万别这么客气，谢皮已经在我店里干了十五年了，我一直把他当朋友一样看待。你知道我们都管他叫谢皮吧？

**厄尼** 是的，我知道，我也喊他谢皮，这个名字很衬他。

**米勒太太** 连我自己都习惯这么叫他了。

**布莱德利** 他跟顾客特别合得来，很多人点名就要他理发，换谁都不行。要是谢皮正忙，他们索性就在旁边等着，或者干脆改天再来。

**米勒太太** 我都忘了问你要不要喝茶，布莱德利先生。

**布莱德利** 不，谢谢了，不麻烦你啦。

**米勒太太** 这有什么麻烦的，顺手的事，我正好要去厨房准备晚饭呢。

**弗洛丽** 你要是愿意让我妈妈开心一下，就说要她带你参观一下厨房，那她就光彩啦。

**米勒太太** 谢皮在我生日那天，买了一台新的鹰牌炉子作为礼物，你还别说，用起来真是大不一样呢。

**布莱德利** 这我知道，他在店里的时候就说起来过。不过耳听为虚，我还挺想见识一下的。要是真有这么好，我自己也想去买一台。

**米勒太太** 我很乐意领你去看看。

**布莱德利** （向弗洛丽）请容我失陪一会儿，小姐。

[米勒太太领布莱德利下场。弗洛丽转身看着厄尼，含情脉脉，面带笑意。

**厄尼** 你胆子真不小，就这么把人给支走了。

**弗洛丽** 他肯定对家用电器感兴趣，我一眼就瞧出来了。

**厄尼** 你这双眼睛，还真是会看人呢。

[厄尼走向弗洛丽，傍身过去；弗洛丽也靠近过来，向前探身；两人的嘴唇碰在一起，紧接着厄尼搂住弗洛丽献上一个长吻。她脱开身，如释重负地长叹一声。

**弗洛丽** 哦！我感觉好多了。

**厄尼** 我也这么觉得。

**弗洛丽** 你们比赛赢了吗？

**厄尼** 那还用说？有我当裁判呢。当然我也跟另一位裁判提前打了招呼。我可不想自己带的学生在一群克里克伍德小子面前吃败仗，这不能怪我。

**弗洛丽** 我理解。为了你的学生，你可以赴汤蹈火，对不对？

**厄尼** 没错，我喜欢他们，这是不争的事实。他们也喜欢我。他们这会儿正在众筹攒钱呢，一人一便士，为了给我买一份结婚礼物。

**弗洛丽** 他们可真好。

**厄尼** 众筹都是自愿的，但要是哪个孩子没出钱，我也绝不会给他小鞋穿的。教书育人是一桩伟大的事情，捧起一颗颗年轻的心灵，对他们善加诱导。当他们仰起头看着你的时候，那感觉真叫人激动不已。

**弗洛丽** 要是他们不那样望着你，我准会惊掉下巴的。

**厄尼** 不排除这种可能，但那一眼就意味着责任。他们是未来社会的公民，但究竟会成为什么样的公民就完全取决于我的引导了。几乎可以说，今天我所思考的问题，明天就会出现在整个坎伯韦尔的脑海里。

**弗洛丽** 这就是责任所在，我懂了。

**厄尼** 吻我吧。

[ 两人再次拥吻。

**弗洛丽** 哦，厄尼，我真是太爱你了。

**厄尼**　我感受得到。

**弗洛丽**　希望你像我爱你一样地爱我。

**厄尼**　我只能说，我爱你胜过世间的任何人。但你不要忘记，爱情只是男人生命里的一部分；可对女人来说，它却是全部。

**弗洛丽**　你太有野心了。

**厄尼**　那你不希望我有野心吗？

**弗洛丽**　希望，我不会妨碍你的，厄尼，我知道你想要一往直前。

**厄尼**　我没有不这样做的理由。我是说，想想我现在所拥有的优势资源吧，还有你将会拥有的这笔钱。两者加在一起，准会不同凡响的。我怎么就不能在议院里有一席之地呢？

**弗洛丽**　哦，厄尼，那样的话就太好啦！

**厄尼**　改变命运的机会，一生就只有这么一次。老一辈已经完成了他们的使命，现在是我们年轻人的时代了。世界一团糟，谁来重整乾坤呢？年轻人！你和我，如果我们不想看到整个文明在自己脚下分崩离析的话，就得忙活起来。人们需要一位领袖。

**弗洛丽**　你不能指望自己立马就成为领袖，厄尼。

**厄尼**　也许没有这么快，但是历史上也不乏其人呀。皮特二十四岁的时候就当上首相了。[1]你不介意住到唐宁街[2]去吧？去哪儿都方便。

**弗洛丽**　厄尼！

---

1　即小威廉·皮特，活跃在十八世纪和十九世纪之交的英国政治家，二十四岁成为首相。时至今日，他依然是英国历史上最年轻的首相。

2　历任英国首相的官邸。

**厄尼** 为什么不行呢？看看菲利普·斯诺登[1]和拉姆齐·麦克唐纳[2]吧。如果他们都能做到，我们怎么就不行呢？凭借我的头脑和你的美貌，我们什么事情都办得到！

**弗洛丽** 逆光的时候看，你倒也挺漂亮的，厄尼。

**厄尼** 外表对于男人来说无足轻重，闪光的是他卓尔不群的气质。这就是我为什么想去巴黎和你共度蜜月——培养一下我们的气质。

**弗洛丽** 我刚和妈妈说了，她好像不是很喜欢这个主意。但爸爸会给我们一百英镑旅行基金，到时候我们想去哪儿都行。

**厄尼** 这钱都够我们去瑞士玩儿一圈了。

**弗洛丽** 哦，厄尼，我一直想爬勃朗峰呢。[3]

**厄尼** 我完全不介意换个地方。况且，八月份的瑞士正是教育从业者理想的度假胜地。很多人都会到那儿去避暑，我们会遇见不少同事的。

**弗洛丽** 还可以去迷人的卢塞恩逛逛。[4]

**厄尼** 只有一件事情我比较介意；我们用你的钱这么去玩儿，似乎有些不太合适。

---

1 十九世纪后期至二十世纪中期的英国工党籍政治家。因谴责资本主义的不道德以及对社会主义式乌托邦的建设承诺而在英国工会中广受欢迎。他也是首位工党籍的财政大臣，于 1924 年、1929 年至 1931 年担任该职。

2 英国工党政治家，1924 年 1 月至 11 月出任英国首相兼外务大臣，1929 年 6 月至 1935 年 6 月二度出任首相。

3 阿尔卑斯山最高峰，位于法国、瑞士、意大利三国边境的交界。

4 位于瑞士中部的小城，旅游胜地。

**弗洛丽**　说什么傻话呢。那不是我的钱，是我们的钱。

**厄尼**　当然了，旅行也是一种自我投资。我们并不是单纯为了享乐，而是去开阔我们的眼界和思想。就像那些从没来过英格兰的人，他们怎么会了解英格兰到底是什么样子呢?

**弗洛丽**　说得没错。

**厄尼**　我们必须锤炼自己的心智，这样当机会来临的时候，我们就能抓得住它。人生在世不能光想着自己，也要心存他人。把生命投入为大众服务的事业中去，那就是我向往的生活。

**弗洛丽**　厄尼，为了你，我会尽力而为的。

**厄尼**　我相信你。但听我说，我们得从一点一滴开始做出改变。有一天咱们出人头地了，你还管我叫厄尼，我还管你叫弗洛丽，听起来就有点儿傻了。在这个习惯变得难以改正之前，我们应该及时停下来。

**弗洛丽**　厄尼，你在说什么呢?

**厄尼**　我是在说，我应该叫你弗洛伦丝，而你该叫我厄内斯特。

**弗洛丽**　（笑）你这想法直让我发笑。

**厄尼**　哎呀，试试看嘛。要是我当了首相，你能直呼其名，管首相叫厄尼吗?那样的话，人们对他就不会有尊重了。

**弗洛丽**　好吧，我倒也不介意试一试。不过得等到我们的蜜月结束以后。只要我们还在蜜月期里，你就是我的厄尼。

**厄尼**　就这么办吧。

**弗洛丽**　哦，生活真是太美好啦!

**厄尼** 生活确实很美好。我是个乐观主义者，我坚信这一点。凡事都哭丧着一张脸，能带来什么好处呢？我知道这个世界并不完美，但有失就有得，不能总想着一蹴而就。我对未来的日子满怀憧憬，对我们这一代人也充满了希望，一切都会好起来的。

**弗洛丽** 吻我。

[正当厄尼准备拥吻弗洛丽的时候，布莱德利上场，打断了他们。

**布莱德利** 弗洛丽小姐，你的母亲要你过去一下。

**弗洛丽** 哦，她找我？好吧。

[弗洛丽下场。

**布莱德利** 我说，你不打算向我道个谢吗？

**厄尼** 为什么呢？

**布莱德利** 因为我给你和这位年轻的小姐制造了独处的机会呀。我看出来了，你想让我回避一会儿，但又找不到合适的借口，对不对？我是过来人了，年轻人的心态我都懂。

**厄尼** 确实如此，姜还是老的辣呀。

**布莱德利** 干我们这行的，没点儿小聪明可不行。一名不懂得察言观色的理发师，就好比一只不会唱歌的金丝雀。来吧，让我们单独聊一聊。

**厄尼** 洗耳恭听。

**布莱德利** 我自认为我看人的眼光不算差。刚见到你的第一眼，我就对自己说，这个年轻人识大体、知进退，头脑一定灵光得很。

**厄尼** 我知道什么时候该做什么事，如果您是这个意思的话。

**布莱德利** 你肯定猜不到我今天为什么到这儿来。现在谢皮有了这么大一笔钱，还让他在我的手底下干活儿就不合适了。（声情并茂地）我今天来，是想请他做我的合伙人。

**厄尼** 您不是开玩笑吧？

**布莱德利** 诚心诚意。告诉你，这可是笔稳赚不赔的划算买卖。店里的账目井然有序，任谁想看都可以。我会给他百分之十的股份，再加上利润分红。

**厄尼** 听起来不错。

**布莱德利** 但愿他能一口答应下来。但谢皮是个怪人，他可能不愿意担负额外的责任。所以，我需要你从中帮我一把。

**厄尼** 乐意效劳。我不想叫别人觉得我是个势利眼，与其让自己的岳父一辈子当理发师，我还是更希望他能成为杰明街高端美发沙龙的联合经理人。

**布莱德利** 这两个身份当然是天差地别了。那就这么说定了。不过，我还有两句话得告诉你。

**厄尼** 请讲。

**布莱德利** 谢皮昨天晚上去了趟西区，给店里留了封信。我们对面有一家酒吧，叫一串钥匙，他老去那儿吃午饭。

**厄尼** 这我知道。一块牛排、一份烤蔬菜，再加上半品脱啤酒。他的生活每天如此，跟钟表一样准。

**布莱德利** 每天晚上打烊以后，他会再过去喝半品脱的酒。他就是这么个人，循规蹈矩、日复一日，所以才值得信赖。这不，我听说他昨晚上又去了。

**厄尼** 这不是很正常嘛。

**布莱德利** 不，不正常，因为他在那儿认识了一个妓女。他知道自己中了彩票那天，还把那女人带到我的店里来一块儿喝酒了。具体细节就不说了，总而言之，他昨天晚上又跟那女人搞在一起啦。

**厄尼** 不会吧！

**布莱德利** 我当然知道这不关我的事了。我只是想说，如果他要跟我共同经营这家店的话，就不能再跟这些不三不四的女人来往了，这要求不过分吧？要是他因为手上有了点儿钱，就开始搞这些歪门邪道的东西，那就太可惜啦。

**厄尼** 您这话着实让我大吃一惊，没想到他竟然会做出这种事情来。

**布莱德利** 唉，这些女人都是什么样的货色，你还不知道吗？

**厄尼** 可他为人处世一直都很稳重啊。

**布莱德利** 这我知道。我说这番话也不是为了指责他，只是想说，这套作风实在是不体面。

**厄尼** 那关于这件事，您想要我怎么做呢？

**布莱德利** 我想，要是你能给你那位未婚妻一些小暗示的话，她一定立即就能理解，现在的女孩子懂的可多了。如果她能再给她母亲一些暗示的话，她的母亲就能盯着点儿她的父亲……一个好女人的影响力是很大的。我的经验是，你的妻子一旦对你有所怀疑了，你再想瞒天过海就得费上九牛二虎之力，那可就不容易了。

[谢皮上场。此时的他满面红光、两眼发亮，但除此之外，在装扮和外形上与上一幕并没有多大区别。当然，私底下的他就不穿工作服，也不戴那顶工作时才会佩戴的假发了。

**谢皮**　晚上好，先生们。

**布莱德利**　你终于回来了。

**谢皮**　我妻子说你在这儿等我呢，先生。实在抱歉，让你久候了。

**布莱德利**　不碍事。看见你气色这么好，我就放心了。

**谢皮**　我一切都好，医生说我恢复得不赖。

**厄尼**　您最好别让医生知道您又跑出去啦，他可是再三叮嘱您要待在家里静养的。

**布莱德利**　喏，我年轻的朋友，要是你不介意的话，我想跟谢皮单独聊两句。

**厄尼**　我这就走，一会儿再见。

[厄尼下场。

**布莱德利**　收到你的来信，谢皮，我并不感到意外。

**谢皮**　请坐吧，先生。

**布莱德利**　不，如果你不介意的话，我想站上一会儿。你坐吧。

**谢皮**　那我就坐下啦。今天干了一堆事，实在是有点儿累了。

**布莱德利**　老实说，看到你辞职信的时候，我着实是吓了一跳，毕竟我们一起共事了十五年呢。但从另一方面，我倒也想到了会有这么一天。我当时就对自己说，现在谢皮发达了，他肯定不会愿意继续给人打工的。我想，这也是人之常情嘛。

**谢皮**　先生，为你工作的这些年，我感到非常快乐。你是一位好老板，我也一直全力以赴，尽量做到让您满意了。

**布莱德利**　你是我最好的帮手，谢皮，不管别人怎么想，你都是店里的顶梁柱。应酬客人你自有一套，他们也都喜欢你，尤其是你的乐观幽默。

**谢皮**　我想有那么一点儿幽默细胞吧。有时候我讲的那些话，我自己听了都忍不住要笑。

**布莱德利**　我想，就算给你涨薪水，大概也留不住你了吧。

**谢皮**　不，先生，不是薪水的问题。我并不是为了要一份加薪，才给您写那封辞职信的。您待我很好，这一点我很知足。

**布莱德利**　我就不拐弯抹角了，我向来是直来直去。实话实说，谢皮，我不想让你走。

**谢皮**　天下没有不散的筵席呀。

**布莱德利**　我知道你到底想要什么，谢皮，我打算满足你的需求。

**谢皮**　您这话是什么意思，先生？

**布莱德利**　哦，得了吧。我也是过来人了，咱们打开天窗说亮话。你瞧，你不必再管我叫"先生"了，从今天起，你就直呼其名，喊我吉姆就可以。打从第一眼看到你那封信，我就知道你在玩什么把戏。好吧，既然如此，我就同意了。

**谢皮**　实不相瞒，您的这番话，我是一句也听不懂呀。

**布莱德利**　你怎么可能听不懂呢，你心里明白着呢。我都说了，我完全同意让你跟我合伙一起干。当然了，关于具体的合作条款，咱们肯定还得再商量商量。我看店名就别改了，老招牌，客人们都熟悉了，叫起来也响亮嘛。

**谢皮** 您的意思是，我们一起经营布莱德利理发店？

**布莱德利** 就是这个意思。

[ 谢皮吃惊地看了看他，稍稍迟疑了一下，然后用低沉刺耳的声音说道——

**谢皮** 退下吧，撒旦！[1]

**布莱德利** （吓一跳）谢皮！你这是什么意思？

**谢皮** 你知道我一直最想要的，就是能在布莱德利理发店入伙，这简直是我一生之中最大的梦想。每天晚上关店之前，我都会暗暗地告诉自己，我一定要成为吉姆·布莱德利的合伙人。

**布莱德利** 今天你的梦想不就实现了？

**谢皮** 不，实现不了了。太晚了，我对人生已经另有打算了。

**布莱德利** 你不是要在别的理发店入伙了吧？谢皮，我们可有十五年的交情啊，你不能连声招呼也不打，就这么把我给坑了吧。这样吧，咱们把招牌改一改，把你的名字也加进来，“布莱德利和米勒美发沙龙”，等它挂出来的时候，你看了一定会振奋不已的。

**谢皮** 不是这个问题，布莱德利先生。我准备洗手不干，告别理发行业了。

**布莱德利** 你不会因为有了钱，就打算去过那种荒唐的日子了吧？

1 源自《圣经·新约·马太福音》，是耶稣斥责魔鬼时的语气。

**谢皮** （笑）但愿吧。到这个年纪，想荒唐也来不及啦。

**布莱德利** 怎么来不及，老当益壮啊。我知道你现在有钱了，但钱总有花完的时候吧。纵情声色、花天酒地，用不了多久，你就会被掏个一干二净。

**谢皮** 我不准备花钱，我准备投资。

**布莱德利** 跟我合伙就是投资呀。你再也找不到比这更划算的买卖了。

**谢皮** 关于这点，我保留意见。

**布莱德利** 可你天生就是当理发师的材料呀，这么一走了之实在是太浪费了。你打算怎么用这笔钱呢？

**谢皮** （心不在焉地）用在绝对值得的地方。[1]

**布莱德利** 哦，我的朋友，你可千万不要贸然行事。去跟你妻子商量一下吧，她是个头脑清楚的女人。我知道，我这个提议来得太突然了。你先好好想想，别急着拒绝。

**谢皮** 谢谢您，但我已经打定主意了。

**布莱德利** 我自己的经验是，一个结了婚的男人，首先得听听自己的妻子怎么说，然后再下结论，那才是成熟的表现。就这样吧，我先走了。你下星期还是会来上班的，对吧？

**谢皮** 会的，不到正式离职的那天，我都会坚守岗位的。

**布莱德利** 我给你一个星期的时间好好考虑一下。代我向你太太说声

---

1 原文 treasure in heaven，源自《圣经·新约·马太福音》。耶稣告诫人们不要将财宝藏在地上，那样会导致腐化和丢失；相反，存在天上的财宝永远不会变质。谢皮用这句话比喻自己会稳妥投资。

再见，好吗？

**谢皮** 没问题，我送您出门。

**布莱德利** 不用麻烦，我自己走就好啦。

**谢皮** 好的，那么祝您晚安，先生。感谢您特地过来一趟。

［布莱德利下场。谢皮走到窗前，向外看去。米勒太太、弗洛丽、厄尼上场。

**厄尼** 我们听见他走了。

**谢皮** 他那辆车真漂亮。上帝呀，我的这位老板可真够拉风的。

**弗洛丽** 你很快也会有一辆好车的，爸爸。

**米勒太太** 厄尼都告诉我们了。

**谢皮** 告诉你们什么了？

**弗洛丽** 哦，爸爸，你就别藏着掖着了。

**米勒太太** 亲爱的，我真为你感到高兴。我知道你日思夜想的就是这件事，现在终于实现了，我激动得都要哭了。

**谢皮** 你们都在说什么呀？

**厄尼** 是这样的，谢皮，布莱德利先生刚刚暗示了我一句。呃，事实上不止一句，是好几句。他说他要邀请你做他的合伙人了。

**谢皮** 哦，这事啊。

**弗洛丽** 别假装镇定啦，爸爸，你不感到兴奋吗？

**米勒太太** 等哪天我在杰明街上走着，一抬头，瞧见你的名字和布莱德利先生的名字并排写在那块招牌上，哦，那将是我生命中最难忘的一天。

**弗洛丽** 哦，我的天哪。

**米勒太太** 当然，我们的社会地位也得跟着提升一下了。我必须得请一个女佣来打理家务。

**弗洛丽** 没必要请女佣，雇一个钟点工，每星期来擦两次地就行了。

**米勒太太** （开心地咧嘴直笑）想不到我有生之年也能过上阔太太的生活了。

**厄尼** 为什么不行呢？

**谢皮** （冷静地）我来告诉你为什么不行吧，因为我已经谢绝了老板的提议。

**弗洛丽** 爸爸！

**米勒太太** 为什么要拒绝呢？你心心念念的不就是想要自己当老板吗？

**谢皮** 曾经确实如此。

**厄尼** 你没有直截了当地拒绝人家吧？

**谢皮** 我还挺直接的。

**厄尼** 通常来说，谈判的人不会一下子就把底牌全亮出来。他还跟我说来着，说具体的合作方案还得再商量。

**米勒太太** 谢皮，你不是因为害怕担责任，才拒绝他的吧？

**谢皮** 不是。

**厄尼** 这可是千载难逢的好机会呀。

**弗洛丽** 爸爸，你好不容易熬到可以使唤别人的时候了，不会还想让别人继续使唤你吧。

**谢皮** 我昨天晚上已经递交了辞呈。当然，我会继续再干一个星期作为交接，然后彻底结束。

**米勒太太** 你是说，你以后什么工作都不打算做了吗？你向来是个闲不住的人啊，亲爱的，没事干的话，你会不开心的。

**厄尼** 按照现在的行情，把钱存在银行里，利息绝不会超过百分之三点五。再扣除所得税，还有那些杂七杂八的费用，剩不下太多钱。我的意思是，日子恐怕还是会有点儿紧张。

**弗洛丽** 再加上我跟厄尼快要结婚了，爸爸，我们原本指望你能支援我们一把呢。

**谢皮** 我不会以三点五的利息来投资我的钱。要是只有那么一点儿回报，我是不会出手的。

**厄尼** 那你打算怎么办呢？

**谢皮** 嗯，情况是这样的。你们知道，自打我那天到法院去给人出庭做证以后，最近就一直愁眉不展。我看着那些被告犯法的人，心里就想，他们不就跟你我一样吗？你要是在大街上碰见他们，会发现他们跟别人毫无二致。可就这些人，四个里面有三个都站上了被告席，这是为什么呢？原因简单到令人发指，因为他们吃不饱。这真是让我感到震惊。

**厄尼** 那是政府的错。

**米勒太太** 听他说完，厄尼。

**谢皮** 就在我出庭的那天晚上，我在西区遇见了一个女人，她居然也已经一天一夜没吃一口东西了。

**厄尼** 是的，时代不景气，谁都不容易。

**谢皮** 现在，我有钱了。我当然可以随心所欲地去花，但事实是，我并不需要这笔钱。我想说的是，跟那些一日三餐都没着落、大冬天连火都生不起的人相比，我真的不需要这么多钱。

**厄尼** 或许是这样没错。可现在中彩票的人是你，不是他们。每个人都有自己的命运，而你生来就运气好，这话我都听你讲过几十次了。

**谢皮** 我知道，而我最幸运的就是现在终于遇到了一个好机会。

**米勒太太** 亲爱的，你这话是什么意思？

**谢皮** 嘿，要我独享这笔钱，实在是没有道理。

**弗洛丽** 那就交给我和厄尼吧，我们很愿意替你分担这份痛苦。

**谢皮** （笑）你们也不会想要的。

**厄尼** 那你打算拿它你怎么办呢？

**谢皮** 你读过福音书[1]吗，厄尼？

**厄尼** 当然读过。福音书里尽是些至理名言，文体也好。当然，今天的人已经不那么写东西了。

**谢皮** 我上星期在家休养，没法去上班，天天就捧着这几部书读。不过我不像你受过高等教育，能看出那么多门道，厄尼。我读的是里面的故事。

1 指《圣经·新约》的前四卷，《马太福音》《马可福音》《路加福音》和《约翰福音》，这四部书约占《新约》的一半篇幅。

**厄尼**　故事写得也不错，这是不争的事实。

**谢皮**　其中有那么一段话，我读到的时候惊讶极了，简直就像是专为我写的一样。

**厄尼**　哪一段？

**谢皮**　（背诵福音）变卖你一切所有的，分给穷人，就必会有宝藏在诸天之上等候，跟从我来吧。

**厄尼**　这段我知道。（接着他背）富人进天国难如骆驼穿针眼。两千年以来，有钱人一直在尝试回避这个话题。

**谢皮**　这句话就像一道耀眼的圣光，清晰地照亮了我眼前的道路。我要把这笔钱，分给那些比我更需要它们的人。

［众人如遭雷劈，紧张地交头接耳。

**米勒太太**　谢皮，你在说什么啊？

**厄尼**　这太疯狂了！你不能这么做。

**弗洛丽**　在这件事情上，你也得听听妈妈的看法吧。

**米勒太太**　你不是认真的吧，谢皮？

**谢皮**　千真万确。

**厄尼**　这太荒唐了。

**弗洛丽**　要我说，这简直是犯罪！

**厄尼**　说到底，八千英镑又能起得了什么作用呢？对于整个社会来说微不足道。你不如把它扔进下水道里，还能听个响。

**米勒太太**　谢皮，你没那个本钱，就别做这种善事。西区有那么多富得流油的人，让他们去施舍才说得过去。

**谢皮** 他们什么也做不了。因为他们觉得，自己的钱还没多到花不出去就难受的地步。

**厄尼** 这个理论我从来没听说过。

**谢皮** 我这不就说给你听了吗？我知道自己在做什么。在布莱德利先生的店里，我们经常能见到一些上流人士，其中有一些，还是这个国家里有头有脸的人物。那天就有一位绅士过来理发，他说，如果形势再不好转的话，他要么会卖掉自己的游艇，要么就卖掉自己的马场。

**厄尼** 他没有必要非留着马场不可，对吗？

**谢皮** 他经营马场并不是为了自己，而是为了国家的经济效益。这话他跟我说过好几遍了。

**厄尼** 那你就信了？

**谢皮** 你瞧，他是一位体面的绅士，完全没有必要对我说谎，不是吗？而且，举办赛马会的成本有多高，说出来你会觉得难以置信。我上星期给米尔斯顿勋爵刮脸的时候，他对我说，“谢皮，你知不知道现在的生活开销有多高？我女儿要进入社交界了，我得给她办一场舞会，一共得请七百个来宾，还得准备十八先令一瓶的高档香槟酒。我儿子负责维护一个选区，每年也要花掉我一千五百英镑。更要命的是，我还得掏两千英镑去买一只钻石手镯送给我妻子，作为我们的银婚纪念。我就跟你直说了吧，谢皮，如果形势再不好转的话，我也没钱再过来刮脸了，自己在家对付两下拉倒”。你瞧，有钱人的钱也不是大风刮来的，他们连自己的开销用度都顾不过来呢，事实就是这么回事。况且，他们也不了解穷人的疾苦。

**厄尼** 他们早晚会了解的，不是吗？看看报纸，什么民间疾苦全都知道了。

**谢皮** 这个嘛，等他们读完了社会法制专栏，再看看离婚丑闻、体坛新秀什么的，这份报纸就扔到一边去了。有钱人可不想去读那些让人郁闷的新闻，这也不怪他们。但说到头，只有穷人才能真正帮到穷人。

**厄尼** 说得对。谁都知道，穷人的心地是最善良的，他们互相帮助。那些描写穷苦大众的作家都这么说——互相帮助。说到这一点，施舍得先及亲友呀。

**弗洛丽** 太对了。如果一个人要大发善心，应该优先考虑跟他最亲近的人。

**厄尼** 你要明白，我并不否认丹麦就是一座大监牢，[1]但这不是任何个人能够改善得了的。这是一个非常严重的问题，需要全社会上下一心、共同解决。我不是说慈善事业就不能做，确实需要有人多行善举。但有一件事我无比确定，那就是仅凭个人良心盲目搞出来的慈善活动，往往弊大于利。这件事情已经被反复多次证明过了。我要强调的是，全英格兰没有哪家慈善机构不会告诉你，在

1 厄尼在这里引用了莎士比亚名剧《哈姆雷特》中的说法，将丹麦比作监牢来强调英国当时的糟糕境遇。

大街上给乞丐钱是一种违法犯罪行为。

**谢皮** 也许你是对的。可是，当你看见一个瘸了一条腿的老人在寒冬的街头卖火柴，却不肯给他一个铜板的话，未免有些太没人性了。

**厄尼** 不，确实不应该给钱。要是给了，就等于变相在鼓励大家都去靠乞讨来过活。人应该把眼光放得长远一些。生活的法则简单得很，就像 ABC 排序一样，要么上进，要么落后。要是一个人连糊口都做不到，他就不是一个有用的人，对他自己和整个社会而言都是如此。这种人被淘汰是自然法则。如果你纵容这些本应该被淘汰的人，那就会让我们其他人的日子更难过。

**谢皮** 我没受过多少教育，但我相信自己的眼睛。我看不出来幸存者跟被淘汰的人有多大区别。是好是坏，于我来说也没有本质差异。你究竟会往哪个方向发展，就像抛硬币一样，完全随机。你还记得《圣经》里那个故事吧，有些种子撒在了沃土里，有些种子却落到了石头上。

**厄尼** 谢皮，你理解错了。那些种子没有发芽是因为它不能适应环境。物竞天择，适者生存，这正好佐证了我刚才的说法。

**谢皮** 我的理解和你不同。我想，如果有人能给那些种子浇一下水、遮一点荫，它可能就会好了。你瞧，那些慈善机构都不错，就是给一套一套的繁文缛节给套住了。他们并没意识到，有些穷人的自尊心非常强，他们不喜欢寻求帮助，还有些人胆怯到不敢开口，当然也有不少人是非常愚蠢的，这一点我不否认。

**厄尼**　那你又能为此做些什么呢？

**谢皮**　让我告诉你我能做什么吧。我会睁大眼睛去找，张开嘴去聊，这儿给几块先令，那儿给几个便士，纯粹作为我个人的捐助。给那些冬天烧不起炉子的人送一袋煤，给那些没鞋穿的孩子买一双鞋。

**厄尼**　你得知道，会有一大群骗子、无赖跟在你屁股后面的。你觉得你给出去的那些钱，他们会用在什么地方？全都拿去喝酒了。

**谢皮**　我敢说会有这种情况发生的，我大概是会犯些错误，但我不认为那有什么大不了的。再说了，就算一个落魄至极的家伙，宁愿把钱花在喝酒上，也不想去吃口热饭睡个好觉，那也是他自己的选择。

**厄尼**　你从中又能得到什么好处呢？

**谢皮**　哦，我也不知道，图个良心上的安宁吧。说不好我以后也能上天国呢。

**厄尼**　那结果呢？用不了一两年，你的钱就会花光。你认为这个世界会因此变得不同吗？

**谢皮**　这谁也说不好。也许，将来会有人接手我这项事业，继续做下去。如果大家能够明白我的用意，我就等于是为后来人做了个表率。总得有人这么做吧。

**厄尼**　你觉得一个理发师这么做就合适了？

**谢皮**　我不认为有什么不合适的。耶稣也不过是木匠出身，我说得对吗？

**弗洛丽** 爸爸，别拿自己和耶稣相提并论，亵渎神明可是会遭雷劈的。

**厄尼** （不高兴地）行吧，反正这笔钱不是我的，你想拿来怎么用也与我无关。不过你要是肯听我的意见，那就三思而后行。

**谢皮** （眼睛发亮）我从来都乐意听从年轻人的建议。

**弗洛丽** 那我和厄尼的婚礼怎么办呢？我们本来也不愿意操之过急，但当你赢了彩票之后，我们就想趁热打铁把婚结了。我都已经提交了离职申请，一心就等婚礼了。

**谢皮** 按照之前定好的时间继续进行就是了。你们的这场婚礼，绝不会比我和你妈妈当年办的差。

**弗洛丽** 现在的情况可跟当年不同了。再说厄尼也不像你，他要保住自己的社会地位。我们原本指望你资助我们公寓的房租呢。

**谢皮** 你们可以住在这儿。

**弗洛丽** 住在这儿？我结婚了，就得有属于自己的地方住。妈妈，你说句话呀。你不能让他拿着咱们家的钱，出去打水漂儿吧。

**米勒太太** 我现在都分不清东西南北了。

**厄尼** （生气地）行啦，嘴里说着要造福世人，却让自己的家人忍饥挨饿，这种事情也不是第一次发生了。

**弗洛丽** 我尽力了，厄尼。

**谢皮** 我知道这件事情让你们大失所望。

**厄尼** 你知道自己错在哪儿了吗，谢皮？你错就错在太过于咬文嚼字了。《新约》就本质而言就是一部小说。也许它写得感人至深，但那也是小说，是虚构的。但凡受过教育的人都不会把福音书里写的东西当成现实。事实上，世人普遍认为耶稣根本就不存在。

**谢皮** 这跟我们讨论的问题有什么关系呢?

**厄尼** 就在刚刚，我为你想从这样的乐善好施中得到什么回报，你说你想进天国。

**谢皮** 我是这么说的。但有时候我觉得，天国就在我的心中。

**弗洛丽** 你疯了。

**谢皮** （笑）就因为我想要像耶稣那样生活?

**弗洛丽** 对，谁听说过有人想在今天这个时代过耶稣那样的生活？这简直是对上帝的亵渎。

**厄尼** 还有另外一件事，你必须要搞清楚。谁都知道那四部福音书是由几个无知的人写出来的。我的意思是说，他们不过就是凡夫俗子。书里面那些寓言什么的，所面向的受众群体跟周六晚上去伍尔沃思[1]大采购的那帮人没什么两样。

**谢皮** 嗯，也许这就是为什么我会对里面的内容产生强烈的共鸣，因为我自己就是这么一个无名之辈嘛。

**厄尼** 对，但你还不明白吗，这些内容需要得到阐释才行。为什么会有神学教授和博士呢?他们的任务就是向人们解释，耶稣说出那些话的时候，他内心真实的意图是什么。

---

1 即 Woolworth，1909 年创建于利物浦，是英国最大的家庭日用品超市，常在周六晚上打折促销以吸引低消费群体。

**谢皮**　也许你是对的，但我瞧不出来耶稣的原话有什么不妥。

**厄尼**　对它们的运用，得要合乎情理才行。那些教义，还有《登山宝训》之类的，可能非常适用于乡下的农民，对于我们这样的大国子民来说，它就行不通了。

**谢皮**　你说的这一点，我并不怎么了解。从我个人的角度出发，我并不认为有任何人尝试把《圣经》里的话付诸实践。

**弗洛丽**　没错，这不正说明它们是行不通的吗，爸爸。我的意思是，如果它们真的切实可行，那牧师啊，教士啊什么的，不早就照着去做了。

**谢皮**　也许他们并不真的相信这些东西。

**弗洛丽**　我不这么觉得，我认为他们是虔诚的。但是人家那种信法跟你这种完全不是一回事，人家是把它当作一个……一个……

**厄尼**　一个信仰，她的意思是这个。

**弗洛丽**　对，人家是把它当作一个信仰放在那儿，而你是信了就要去做。我想说的是，你相信一匹赛马能跑赢比赛，跟你相信在下雨天出门会被淋湿，是不一样的。

**厄尼**（对谢皮）当然了，我理解你的用心，理想主义嘛。但是你一定不能忘记，理想只是一个目标，一旦你达成所愿，它就会变得黯然失色。

**谢皮**　它对我来说并不是理想，只是再直白不过的常识罢了。

**厄尼**　好吧，这是我听过最胡说八道的歪理了。

**谢皮**　我也不认为你所理解的福音就是真理。

**弗洛丽** 厄尼是受过高等教育的人，爸爸，而你不是。

［门外传来了敲门声。

**米勒太太** 去看看是谁，弗洛丽。谁会在这个时间来咱们家呀?

［弗洛丽来到窗前向外看。

**弗洛丽** 妈妈，门口是一位女士，穿着一条丝绸长裙，那双鞋子看起来实在不怎么样。

**谢皮** 我知道是谁来了，我正等着她呢。我去开门吧。

［谢皮下场。

**弗洛丽** 这到底是怎么回事，妈妈?

**米勒太太** 我什么也说不上来，整件事情太出乎我的意料了。

**厄尼** （对弗洛丽）你说得对，弗洛丽。你一语中的，分毫不差。

**弗洛丽** 什么意思?

**厄尼** 他疯了。

**米勒太太** 哦，厄尼，你这话可太吓人了。

**厄尼** 我不是说他永久性疯掉了，但眼下确实如此，这显而易见。你说，我去找医生过来给他看看，怎么样?

**弗洛丽** 这是个好主意，厄尼。

**米勒太太** 我也不知道说什么好，但他今天是不大正常。

**弗洛丽** 快去吧，厄尼，拿着我的钥匙。

**厄尼** （接过钥匙）我马上就回来。

［厄尼下场。

**米勒太太** 他平常一向是头脑清醒的呀。虽然有点儿玩世不恭，那是性格使然，但他绝不会把到手的钱就这么扔出去啊。

**弗洛丽** 厄尼很失望。

**米勒太太** 他有什么可失望的？

**弗洛丽** 哦，妈妈，换作是你，能不失望吗？我们必须阻止这场闹剧。我不想失去厄尼，我不能失去他。

**米勒太太** 哦，别说傻话，弗洛丽。你怎么会失去厄尼呢？

**弗洛丽** 你不了解男人的心思。我了解。

**米勒夫人** 你这叫什么话。我要是不了解男人，怎么把你生出来的？

**弗洛丽** 女人只要结了婚，过上一两年就会把什么都忘了。我看得出来，厄尼非常失望。

［谢皮和贝茜·莱格萝斯上场。

**谢皮** 进来吧，亲爱的。我带了一位朋友来看你。这位是我的妻子，还有这是我的女儿弗洛丽。

**米勒太太** 哎呀，谢皮，我还没正经打扮一下呢。（对贝茜）晚上好，您请坐吧。

**贝茜** 很高兴认识你。（向弗洛丽示以微笑）晚上好。

**弗洛丽** 晚上好。（她用东伦敦区独有的口音回复了贝茜，同时上下打量对方，当心中有了想法以后，她噘起了嘴）

**谢皮** 她来看看我们，顺便跟我们一块儿吃晚饭。

**米勒太太** 哦，你应该早点儿跟我说。

**谢皮** （对贝茜）家常便饭，你不介意吧？

**贝茜** 当然不介意，荣幸之至。

**谢皮** 我们每次烧菜量都很大，足够分的。我的妻子是个出色的大厨，你只要吃上一口她做的美味佳肴，准会感到惊艳的。

**弗洛丽** （对贝茜）你跟爸爸认识很长时间了吗？

**贝茜** 这个嘛，说长也长，说短也短。

**谢皮** 一开始，我们只是一面之缘。我每天下班以后，都会到“一串钥匙”去吃晚餐，而她也总是在那儿，这么一来二去我们就聊上了。上个星期我突然晕倒在店里，是她把我救回来的，还叫了一辆计程车，一路把我送到家门口。

**贝茜** 以当时的情况，我担心他一个人乘车回家有点儿困难。

**米勒太太** 实在太谢谢你了，我一定要好好招待你一顿像样的晚餐。我很高兴谢皮能请你到家里做客。

**弗洛丽** （怀疑地）爸爸，你不是在理发店关门以后才晕倒的吗？

**谢皮** 是的。当时店里的人都走了，但是香槟还剩一点儿，我俩就又喝了一杯，庆祝彩票中奖。

**弗洛丽** （尖酸地）哦，是这样呀。

**谢皮** 听着，弗洛丽。我希望你俩能交个朋友，就当她是你的姐妹吧。我还希望妈妈能当她是自己女儿一样。

**弗洛丽** 我们才刚认识，这也太唐突了吧？

**谢皮** 她现在遇到了麻烦，我希望你能帮她一把。在我晕倒的那天，她一整天都在饿肚子，我相信她今天也没吃多少东西。今晚她也没有地方过夜，我跟她说了，可以在家里给她提供一个临时的落脚处。

**米勒太太** 谢皮，我们没有多余的房间了。

**谢皮** 有的，我们还有阁楼。我们可以拿那张旧床给她睡，就是你之前说要卖掉的那张。

**米勒太太** 我不愿意让人睡在我们的阁楼里。

**贝茜** 我跟你说过了，人家不会高兴的。没关系，我会自己想办法的。

**谢皮** （对米勒太太）听我的吧，亲爱的。你要是拒绝这个提议，她就只能到路堤或者街上去过夜了。

**弗洛丽** 她在那些地方肯定觉得宾至如归吧，不是吗？

**谢皮** 没叫你说话的时候就不要说话，弗洛丽。（对米勒太太）她是一位正派的好姑娘，请你一定不要拒绝，我很少开口请你帮忙的。

**米勒太太** （决定让步）今晚就请你住下来吧，小姐。

**贝茜** 你真是太好了。我可算松了一口气。实话跟你说，我真的不知道还能去哪儿了。

[厄尼上场。他朝弗洛丽点头示意，表示事情已经办妥了。

**谢皮** 嘿，厄尼，你上哪儿去啦？

**厄尼** 我去外面买了包烟。

**谢皮** 鼻烟盒里不是还有几根吗？

**厄尼** 哦，我还以为那就是个摆件呢。（注意到了贝茜）有客人吗？

**谢皮** 这是厄尼，弗洛丽的未婚夫。这是贝茜。

**厄尼** 贝茜什么？

**贝茜** 莱格萝斯。

**谢皮** 她并不是法国人。

**贝茜** 不是，这只是我用来做生意的名字。

**弗洛丽** 爸爸是在“一串钥匙”认识她的。

**厄尼** （猛然想起布莱德利之前告诉他的那番话）哦，是吗？我明白了。

**米勒太太** 好了，我去看看晚餐烧得怎么样了。

[米勒太太下场。

**弗洛丽** 我去把桌子摆上。

**贝茜** 如果有什么我能做的，我很乐意帮一把手。

**弗洛丽** （轻轻哼了一声）我搞得定。

**谢皮** （对贝茜）我想让你看看我的鼻烟盒。（他走到壁炉跟前，从架子上取下鼻烟盒）我的一位顾客在他的遗嘱里，把这玩意儿留给了我。他是一位很好的绅士，入殓之前，我还为他刮了一次脸。

**贝茜** 真漂亮。

**谢皮** 他告诉我说，这东西是乔治四世国王[1]赠给他祖父的。

**贝茜** 那一定非常名贵。

**谢皮** 其实不怎么值钱，但我看重的是它的情感价值。人家特地把东西留给了我，对不对？既然如此，就算给我一千英镑，我也绝不

---

1 1820年至1830年在位的英国国王，生平沉迷奢华生活，热衷于引领彼时的时尚潮流。

会把它卖掉。

**弗洛丽** （在旁边铺桌布）爸爸，你没再请别的客人了吧？

**谢皮** 啊，你倒是提醒我了。我确实还请了一个人。

**弗洛丽** 不是吧，爸爸？

**谢皮** 是的。你还记得那个偷医生外套被我逮到的家伙吗？我让他也来了。

**弗洛丽** 爸爸！

**厄尼** 他不是应该在监狱里吗？

**谢皮** 没有。法官开恩，说这次再放他一马，因为他失业太久，而且两天没有吃过东西了。

**厄尼** 但警察不是告诉你说，这人已经被抓过两三次了吗？

**谢皮** 是呀，实在是时运不济。就是没人给他一个翻身的机会。

**弗洛丽** 哦！你还打算给他这个机会呀？

**谢皮** 是这么想的。

［门被打开，杰维斯医生上场。他是一个面色泛红的中年男人，看得出来非常豪爽。

**医生** 我可以进来吗？

**谢皮** 快进来，医生。你从哪儿冒出来啦？

**医生** 我刚好路过，想来看看你恢复得如何了。

**谢皮** 好得不能再好了。我下周一就回去上班。

**医生** 你可不要过度劳累呀。彩票的奖金，他们什么时候会给到你？

**谢皮** 一两周以内吧，我估计。

**医生**　为什么不去谢皮岛待两天呢？再看看你打算买的那栋小房子。

**谢皮**　我现在不准备买房了。

**医生**　啊，为什么不买了呢？我还以为你一心一意惦记的就是那栋房子呢。

**谢皮**　（叹一口气）我知道，但我不能买，至少现在不行。不然的话，我的内心将永无宁日。

**医生**　那你得找到一个安全的投资渠道，可别把所有的鸡蛋都放在一个篮子里呀。

**谢皮**　我刚才一直在跟家里人商量这件事呢。你来得正好，要是你能告诉他们，我现在头脑清楚得很，我将会不胜感激。

**医生**　怎么，出什么事了吗？

**谢皮**　是这么回事。你看，钱是我中的，对吗？我为什么就不能按照自己的意愿，想怎么花就怎么花呢？

**医生**　那你打算怎么花呢？

**谢皮**　给赤身裸体的人添件衣服，给卧病在床的人送去安慰，给饿着肚子的人买些吃的，给口渴难耐的人一口水喝。

**医生**　值得赞扬的行为，只要适度就行。是什么让你有了这种想法呢？

**谢皮**　它就是突然出现在了我的脑子里，像一道圣光。

**医生**　啊，我明白了。当然，这件事情值得考虑。但在此之前，我们得把你的身体调理好，身体是革命的本钱嘛。到了你这个年纪，人就不能不顾自己的身体，想干吗干吗了。说句实话，你的血压这么高，我可是有点儿担心。它会给你带来一些奇怪的影响。你现在看得见东西吗？

**谢皮** 我看见你了。

**医生** 当然，我的意思是说，你有没有看见一些别人看不见的东西？

**谢皮** 我看见邪恶和堕落正扇动它们的翅膀，击打着这片土地。

［医生看着他若有所思，心里琢磨着接下来该问点什么。此时，米勒太太上场。

**米勒太太** 谢皮，门口来了个人，说是你请他到这儿来的。

**谢皮** 没错。

［库柏上场。他戴了一顶鸭舌帽，围着一条围巾，身上穿的衣服有些破旧。

**谢皮** 进来吧，朋友，很高兴见到你。一路上没走错吧？

**库柏** 这个地方我记得清楚极了。

**谢皮** 你会留下来吃晚餐吧？

**库柏** 我不介意吃点儿东西。

**米勒太太** 这是谁呀？

**谢皮** 他是你的兄弟。

**米勒太太** 什么！他怎么会是我的兄弟呢？我压根儿就没有兄弟姐妹，这一点你再清楚不过了。

**谢皮** 他既是你的兄弟，也是我的兄弟。

**米勒太太** 我只有过一个兄弟，他的名字叫珀西，七岁的时候就患脑膜炎死掉了。（对库柏）你叫什么名字？

**库柏**　库柏，太太。吉姆·库柏。

**米勒太太**　我认识的人里，一个叫库柏的都没有。（对谢皮）你把他找来干什么？

**谢皮**　他饿着肚子，我准备给他点东西吃。他无家可归，我准备给他个地方住。

**米勒太太**　什么地方？住在哪儿？

**谢皮**　就在这儿。住在我的房子里，睡在我的床上。

**米勒太太**　睡在我的床上？那我睡哪儿？

**谢皮**　你可以跟弗洛丽挤一挤。

**弗洛丽**　我可以告诉你这个人是谁，妈妈。他就是爸爸之前逮到的那个偷医生外套的家伙，在这之前已经坐过好几次牢了。他是个小偷。

**库柏**　喂，你说谁是小偷呢？

**弗洛丽**　哼，说的就是你，难道我说错了吗？

**库柏**　我也许是个小偷，但你要是个男人，我看你还敢不敢这么叫我。

**弗洛丽**　（对贝茜）至于你嘛，你是个妓女。

**贝茜**　你想怎么喊我都行。不过，当我还住在肯宁顿那间小公寓里的时候，我管自己叫演员。

**米勒太太**　晚餐已经准备好了。弗洛丽，你要是不想糟蹋一顿饭菜的话，最好赶快把桌布铺好。

［弗洛丽倒在椅子上，啜泣不止。

**弗洛丽**　真是羞辱！对于我们这样体面的人来说，这简直是奇耻大辱！

**米勒太太**　我原以为这张彩票会带给我们安定、幸福的日子，现在看来没希望了啊。

**谢皮**　我们一直想要的不就是安定跟幸福吗，可是应该到哪里去寻找呢？

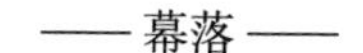

—— 幕落 ——

# 第三幕

[场景与前一幕相同。

[弗洛丽坐在窗边，正在向外面看。贝茜上场，手里拿着一个练习本。

**贝茜**　你的母亲问，这本书怎么丢在厨房里了？她差点儿给扔掉。

**弗洛丽**　扔掉就扔掉吧，我不在乎。那是我的法语练习册，不过现在也去不成法国了。

**贝茜**　未来的事情，谁说得好呢。

**弗洛丽**　几点了？（她再次向窗外看去）

**贝茜**　快六点钟了。你在等人吗？

**弗洛丽**　是，也不是。

**贝茜**　这条街还真够死气沉沉的，一个人也没有呀。

**弗洛丽**　因为它是一条上流街道，所以没什么闲人。

**贝茜**　我并不是这个意思。

**弗洛丽**　你还打算在我们家住多久啊？

**贝茜**　这得看你父亲怎么说了。就我个人而言，人家不欢迎我，我肯定也不愿意多做逗留。你不喜欢我，是不是？

**弗洛丽**　哦，我无所谓。就是刚见到你的时候有点儿震惊，毕竟你是个不检点的女人，而我品行端正。不过除此之外，别的地方也没有多大不同。

**贝茜** 我也瞧不出，咱们有什么两样。

**弗洛丽** 起初我还以为你对爸爸有什么企图呢。

**贝茜** 我？我当他是一位好朋友，仅此而已。

**弗洛丽** 厄尼说，如果你们之间没有纠缠过一段时间的话，那才奇怪呢。

**贝茜** 他完全不知道自己在说什么。

**弗洛丽** 厄尼是正派人。如果你也像他一样，就会相信江山易改，本性难移。

**贝茜** 看得出来你在担心厄尼，是吗？

**弗洛丽** 嗯，发生的这一切让他感到大失所望、惴惴不安。

**贝茜** 我完全能理解。对男人来说，惊喜就是惊吓。他们总是希望一切都能按部就班地走。这点跟女人不一样，女人就喜欢新鲜感。男人啊，真是一群古板的动物。

**弗洛丽** 你瞧，我们原本打算下个月就结婚的。现在这么一闹，这事不知道猴年马月才能办成了。

**贝茜** 哦，我知道这种感觉。你本来已经万事俱备，偏偏在临门一脚的时候出了岔子。

**弗洛丽** 他想跟我分手。

**贝茜** 他这么说了吗？

**弗洛丽** 没有，但我知道他心里就是这么想的。只是出于自尊心的考虑，总得要找个借口。妈妈说，如果他提出分手，就证明他并不是真的爱我。可是她不了解男人。我了解。

**贝茜** 他们想要心照不宣，这也没什么可指责的。

**弗洛丽** 我希望你能给我点儿建议，毕竟你比世界上大多数人都更懂男人的心思。

**贝茜** 好，那我就给你说说。男人爱慕虚荣，要是能溅起个水花儿让人瞧见，他们就乐意一掷千金；可要是没人知道，他们就会捂紧钱包，比见了肉的猫还要吝啬。男人也脆弱得很，你要是在大庭广众之下给他难堪，他准会当场崩溃。有些男人看不得女人哭鼻子，你可要小心别掉太多眼泪，不然就把他们吓跑了。根据我的经验，男人一旦离开你，就再也不会回来。要是碰上那些喜欢阿谀奉承的男人，那就简单了。你就一个劲儿给他们灌迷魂汤，亲爱的，他们尤其受用。溜须拍马对他们而言，就像吃饭喝水一样重要，他们能连续听上几个小时也不嫌累。等你讲得口干舌燥、嗓子眼儿都冒烟儿了，他们还是一副容光焕发的样子，听得过瘾着呢。

**弗洛丽** 这些套路，对你来说倒是容易。可我对厄尼是真爱，我可以无条件原谅他的一切。

**贝茜** 你要是到这个份儿上，情况可就不妙了。这份感情会让你无药可救的。

**弗洛丽** 要是你也像我爱厄尼这样爱过一个人的话，你就知道这有多让人苦恼。

**贝茜** 我知道，有时候爱一个人就是这么不讲道理。

**弗洛丽** 厄尼一心全扑在政治仕途上。

**贝茜**　你得忍受一个男人的胡思乱想。根据我的经验，他们是真的什么也不了解，但你千万不能让他们知道你是这么觉得的。

［门外传来敲门声。

**弗洛丽**　这是厄尼在敲门。哦，我心跳得厉害，快要受不了了。

**贝茜**　我去给他开门，你在这儿坐着。

**弗洛丽**　谢谢你了。我现在两腿发软，想走到门口都费劲。

**贝茜**　振作起来，亲爱的。如果让一个男人知道他对你有这么重要，他就会压你一头，让你吃尽苦头的。

［贝茜下场。过了一小会儿，厄尼上场，手里拿着一份晚报。

**弗洛丽**（热情而愉快地）哦，厄尼！我没听出来是你在敲门，这真叫人惊喜呀。

**厄尼**（有点板着脸，不耐烦地）我不是说了今天会过来吗。

**弗洛丽**　我不知道你要这么晚才能来。你一定是太忙了，不知不觉时间就过去了。

**厄尼**　我看见那个女人还在这里，那个男的呢？走了吗？

**弗洛丽**　你是说库柏吗？他也在这儿。我一直担心，他会不会趁着夜深人静的时候，把我们挨个杀死在床上。

**厄尼**　你爸爸呢？

**弗洛丽**　出门了，我也搞不清楚他要去哪儿。（按捺不住自己的感情）厄尼，你是不是忘了什么事情？

**厄尼**　什么事？

**弗洛丽**　你还没有亲我呢。

**厄尼** 抱歉。（向弗洛丽走去）

**弗洛丽** 你要是不想的话，就不要勉强。

**厄尼** 别说傻话。（亲吻弗洛丽）

**弗洛丽** （搂着厄尼的脖子）哦，厄尼，我太难过了。

**厄尼** 你当然会感到难过，这再正常不过了。眼看着自己的老爸干出那种蠢事，谁还能一笑了之呢。

**弗洛丽** 我真希望他一开始就没赢那笔钱，我们本来过得很开心呀。

**厄尼** 我本以为你妈妈会在这桩事情上有所作为。

**弗洛丽** 我也是这么跟她讲的，可她说爸爸什么也听不进去。

**厄尼** 实在是浪费，为了这笔钱，你都已经辞掉工作了。

**弗洛丽** （瞥了他一眼）事到如今我能做的就只有再找一份工作了。

**厄尼** 逃避现实没有什么好处，弗洛丽，我不知道咱们还怎么结婚。

**弗洛丽** 我料到你会这么说。

**厄尼** 毫无疑问，这是个令人失望的结果。不过，我们本来也做好了等待的准备，那就不妨再等一段时间吧。

**弗洛丽** （紧握双手、悲伤不已）你要是想分手的话，直接告诉我就好了。

**厄尼** 分手？你怎么会有这种想法呢？

**弗洛丽** 我看出来了，你就是这个意思。

**厄尼** 弗洛丽，我不会对不起你的，这个世界上没有任何事情能让我放弃你。

**弗洛丽** 如果没有好处可捞，订了婚也无济于事。

**厄尼**　什么叫没有好处可捞？

**弗洛丽**　你不像之前那样爱我了，一个月以前的你不是这样。

**厄尼**　这不是真话。

**弗洛丽**　听着，厄尼，我非常爱你，我必须知道你到底是怎么想的。这种模棱两可的态度，我实在是受不了。

**厄尼**　亲爱的，请你理智一些。我只是说，我们应当暂缓婚事，直到我能为你提供一个稳定的生活。这样一来，你就没必要非工作不可了。到那时候，我们大概也会有一两个孩子了，你得有足够的时间照顾家庭呀。

**弗洛丽**　哦，别这样，厄尼。听你这么说，我感觉糟透了。

**厄尼**　你也得站在我的角度考虑一下吧。

**弗洛丽**　你这是什么意思？

**厄尼**　我是有雄心壮志的。我知道自己有这个实力，我的脑子也算好使。

**弗洛丽**　没有人否认这些，厄尼。

**厄尼**　既然我能力出众，就应该善加利用。我不想就这样庸庸碌碌地过下去。俗话说得好，春苗总有破土之日，可要是给它压上一块磨盘石就不好办了。

**弗洛丽**　你是在说我吗？

**厄尼**　当然不是，我并没有在说你。我爱你，弗洛丽。除了你以外，我从来没想过自己会跟任何人结婚，以后依然如此。

**弗洛丽**　你说这些话，不是为了哄我开心吧？

**厄尼**　不，我发誓绝不是这样。你千万别觉得，我接下来要说的这一番话，意味着我不再像以前那样爱你了。只要一切顺利，我们完全可以明天就结婚，整个伦敦都不会有比我更幸福的人了。

**弗洛丽**　好吧，你要说的是什么？

**厄尼**　事情是这样的，你爸爸要做什么是他的自由，那是他自己的钱，他想怎么花就怎么花，但我不会让任何人瞧我的笑话。

**弗洛丽**　怎么会是瞧你的笑话呢？

**厄尼**　如果我的岳父过着耶稣基督一样的生活，人家当然会瞧不起我了。要是让我的学生们知道，我的岳父喜欢跟最卑贱的下等人打成一片，而且还是个肆意挥霍钱财的蠢老头，我还怎么在他们面前保持威严？他们会把我当成一个笑话来看的。

**弗洛丽**　这对我和妈妈来说也不好吧。

**厄尼**　对你可怜的妈妈来说尤其不好。当然了，对你倒不见得有多大的影响，如果你继续在金融城上班的话。而且自然而然，那里的人也不会知道这些八卦。

**弗洛丽**　可对我来说还是一样的。我不知道要怎样才能摆脱这种丢人现眼的感觉。

**厄尼**　你这么想就对了。现在，站到我的立场上来考虑这件事情。

**弗洛丽**　你有什么提议？

**厄尼**　你跟着我做，见机行事就行了。

**弗洛丽**　我明白了。

［米勒太太上场。

**弗洛丽**　妈妈来了。

**厄尼**　哦，晚上好。

**米勒太太**　哦，厄尼，你可真是稀客呀。

**厄尼**　学校这两天有一大堆事务要我处理，实在抽不开身。

**米勒太太**　这个家已经让贝茜，还有那个叫库柏的家伙，给搞得闹翻天啦。

**厄尼**　要我说的话，这实在是颜面扫地啊。

**米勒太太**　多出来一堆家务活儿要做，我是没工夫想什么脸面不脸面的了，这倒也好。

**弗洛丽**　这哪儿还是家呀，简直成了流浪汉的收容所。

**厄尼**　谢皮到哪儿去了？

**米勒太太**　他跟医生约好了四点钟看诊。这会儿都六点多了，怎么还不回来呀？

**弗洛丽**　妈妈，你怎么不告诉我爸爸去看医生了呢？

**米勒太太**　我想，还是不要声张的好，毕竟不是什么光彩的事儿。

**厄尼**　怎么？发生什么事了吗？

**米勒太太**　我真不愿意开口。

**弗洛丽**　哦，说出来吧，妈妈。我们早晚都要知道的。

**米勒太太**　好吧，事情是这样的。鉴于你爸爸现在的神智状态，杰维斯医生打算给他做一个全面检查。我是不大赞成这个主意的，可医生说非做不可，因为你爸爸看起来有些问题。

**厄尼**　这是什么意思？

**米勒太太**　杰维斯医生把谢皮喊过去了，假装要给他做心脏检查。他说诊室里的条件比家里好，各种仪器设备都有，检查得比较彻底。

**厄尼**　嗯，谢皮有高血压，这个我们都知道。要是他的心脏真有点儿小毛病，我是不会感到惊讶的。

**米勒太太**　杰维斯医生还请了他的一个朋友过来。那人似乎是一位专家，杰维斯医生托了好大的人情才把他给找来——他是伯利恒医院[1]的主管之一。

**厄尼**　那家疯人院！

[弗洛丽紧握双手、两唇发抖，似乎在喃喃自语着什么，但并未发出任何声音。

**米勒夫人**　他会假装自己只是过来喝茶聊天的，然后杰维斯医生会让谢皮留下来一起喝茶。他们两个会通过谈话，来对谢皮的情况做出诊断。杰维斯医生说，可能需要一个小时甚至更长的时间，才能得出结论。老实说，我真心不能接受。一想到我那可怜的丈夫要走进人家设下的圈套，我心里就难受。

**厄尼**　这也是为了他好，不是吗？

**米勒太太**　（注意到弗洛丽）弗洛丽，你在念叨什么呢？

**弗洛丽**　向上帝祷告。

---

1　前身为1247年建立的圣玛丽伯利恒修道院，十七世纪开始收治精神病人，是英国现存最古老的精神病院。

**米勒太太** 别在客厅里这么做，弗洛丽，这样不合规矩。

**弗洛丽** 上帝啊，让他们说他疯了吧！上帝啊，让他们说他疯了吧！上帝啊，让他们说他疯了吧！

**米勒太太** 哦，弗洛丽，你怎么能向上帝祈求这种事呢？

**弗洛丽** 只要上帝让医生们说他疯了，他就会被关起来。这样一来，他就没法再胡乱花钱了，也不会让自己再出洋相了。（继续小声祷告）上帝啊，让他们说他疯了吧！上帝啊，让他们说他疯了吧！

**米勒太太** 他们不能把他关起来，我不想要那样的结果。哦，弗洛丽，停下来！

**弗洛丽** 我不会停止祷告的，这关系到我的人生幸福。上帝啊，让他们说他疯了吧！我愿意在整个大斋节里喝茶不放糖。[1]

**米勒夫人** 你这算许的哪门子愿，你明明是因为怕变胖才不吃糖的嘛。

**弗洛丽** 那也算是放弃了一样自己喜欢的东西，对不对？上帝啊，让他们说他疯了吧！我保证下个月都不去电影院了。（双手合十，眼睛盯着天花板，不住地自言自语着）

**米勒夫人** 我真不应该听杰维斯医生的话。我怎么就没想到，他们可能会把他关起来呢。

**厄尼** 显而易见，他已经生活不能自理了。

1 基督教的斋戒节期，是一段用于忏悔的时间，倡导信徒在此期间放弃各种享受行为。

**米勒太太** 你怎么会这么想呢？

**厄尼** 这还不明显吗？他都想要千金散尽了。

**弗洛丽** （短暂地从祷告的状态里出来，插话）还把那些不三不四的人搞到家里来。上帝啊，让他们说他疯了吧……（声音减弱，直到听不见，但依然在无声地祈祷）

**厄尼** 谁也没法否认，这些不是一个正常人能干出来的事儿。

**米勒太太** 你怎么就知道是他不正常呢？也许是我们这些人疯掉了呢？

**厄尼** 这太荒唐了。正常的标准，是人家做什么，你就做什么，人家想什么，你也想什么。这是整个民主制度的基础呀。要是一个人的言行举止跟其他人都不一样，那他就只有一个地方可去了——疯人院。

**弗洛丽** 别跟她白费口舌了，厄尼。上帝啊，让他们说他疯了吧……

**米勒太太** 耶稣的言行就跟所有人都不一样。

**弗洛丽** 哦，妈妈，别什么都扯到耶稣身上。那是对神明的亵渎，要遭报应的。你没看见我正在做祷告吗？

**厄尼** 况且，那也是几千年以前的事儿了。我之前不是也跟谢皮说过吗，时移世易。现在是文明社会了。还有——请注意，我接下来这番话可没有要冒犯的意思，走自己的路，也让别人有路走，这是我的座右铭，我向来是个宽宏体贴的人——公平地讲，耶稣是很伟大，但站在他对面的人就那么可鄙吗？我敢说，要是我处在彼拉多[1]的位置上，我也会做出跟他一样的选择，把耶稣钉上十字架。

**米勒太太** 我从小受过的教育，跟你这种完全不同。我一直生活在农村里，不像今天的女孩子那样，有机会接受系统的教育。我十五岁就开始自谋生路了。

**弗洛丽** （尖刻地）妈妈，我们不想听你讲那些八百年以前的故事。

（继续无声地祷告着）

**米勒太太** 可我们也是信教的人，我还上过一段时间的主日学校。[2]谢皮讲的每一句话我都熟悉得很，用你们的话来说，一点儿也不新鲜。

**弗洛丽** （惊讶地）妈妈，你这么说是什么意思？

**米勒太太** 我的意思很明确，谢皮说的话我都懂。那些话我打小就听过，听了一遍又一遍。我那时候太年轻，听了也就听了，不会上心。但那天让谢皮一提，过去的场景又都历历在目了。

**厄尼** 你这些话信息量有点儿大，恕我愚钝，没听明白。

**米勒太太** 对于耶稣说过的话，谢皮的理解一点儿不差。什么乐善好施、爱邻如己之类的。那些话我现在全都记起来了。

**厄尼** 我敢打赌，你的记忆完全准确。可你见到有谁真这么做了吗？

---

1 本丢·彼拉多，罗马帝国犹太行省总督。根据《圣经·新约》的记载，彼拉多曾多次审问过耶稣，并不认为对方有罪，但在仇视耶稣的犹太宗教势力的压力下，还是下令将其处死。

2 为穷人家的孩子和在工厂做工的年轻人提供宗教教育和识字教育的免费学校，通常只在星期日开课。

没有吧？

**米勒太太** 我们那会儿都是上主日学校的小姑娘，就算真有人要这么做，其他人也不会喜欢的。人家会说你在装清高呢。

**厄尼** 没错，这就是装清高。如果你觉得你比别人懂的都多，你就是自命不凡、自负清高。

**米勒夫人** 我相信谢皮不是那个意思。没有谁比他更清楚自己所处的位置了。我听他说过不下二十次，他说“我虽然喜欢开玩笑，但我绝不会去冒犯我的客人，就像我也不想他们来冒犯我一样，己所不欲、勿施于人嘛”。

**弗洛丽** （几乎是痛苦地）妈妈，你不会要站在爸爸那边吧？妈妈，你不能这样做，想想我跟厄尼。

**米勒太太** 这不是站在哪一边的问题，我希望大家都能好。但凡事要讲道理。如果医生说他的头脑不大正常，那他就是不正常。但如果人家说他没问题，那不让他做他认为是对的事情，还有道理可言吗？

**弗洛丽** 妈妈！妈妈！这太可怕了。（几乎声泪俱下地）上帝啊，让他们说他疯了吧！上帝啊，让他们说他疯了吧！

**米勒太太** 我不是说他的想法不古怪。我也知道他这么搞，会弄得大家都不开心。但是我不能一口咬定，他这么做就是错的呀！

**厄尼** 我早该预料到，你的生活常识也就到这个份儿上了。

**米勒太太** 我不像你那么聪明，厄尼。我是茶壶煮饺子，感触多得很，就是表达不出来。可我心里面一直有个声音在说：亲爱的老头子呀，你可真是个不寻常的人。

**厄尼** 你是不是想说，你打算坐在那儿，什么也不干，眼睁睁地看着他把所有的钱都扔进下水道？

**米勒太太** 我当然会不高兴了。我原本的想法是买下那栋心仪的房子，再雇一个女佣来替我干家务活儿。但我心里那个声音告诉我，这些都不重要；如果谢皮想要按照耶稣的嘱托行事，那么好吧，你从小不就是被这么教育的吗？

**弗洛丽** 等钱都花干净了，你打算怎么办呢？等爸爸出尽洋相以后，你觉得哪个理发店还想雇他回去工作呀？

**厄尼** 现在这光景，工作可不好找啊。特别是对谢皮这个岁数的人来说。

**米勒太太** 这个嘛，他一直是个好丈夫，从来没对我说过一句不好的话。这么多年来，都是他在养家糊口，也该换换班了。我能养活得了自己，也能养活得了他。

**厄尼** 说来轻巧，哪儿那么容易呢。

**米勒太太** 像我这种能烧一手好菜的厨师，做人老实本分，想找份工作一点儿不难。现在那些给人帮厨的女孩儿，没有一个比得上我。上帝保佑，我可不是在自卖自夸，我知道自己的手艺值钱。只要有个趁手的灶台，再把材料都备齐了，就算英国女王亲自下厨，她也弄不出来我这一桌饭菜。来吧，女儿，帮我一块削土豆。

**弗洛丽** 好吧，妈妈。你来不来，厄尼？

**厄尼** 我一会儿就去，我想先看一眼报纸。

[弗洛丽迅速地咬住自己的手指，抵着牙深吸一口气，将夺眶而出的眼泪咽了下去。两个女人下场。厄尼翻开报纸，但根本没心思看，直勾勾地盯着前面看，闷闷不乐。贝茜上场。厄尼看了她一眼，但并没有说话，又将视线挪回到报纸上。

**贝茜** 报上有什么新闻吗?

**厄尼** 没有。

**贝茜** 那你看什么呢?

**厄尼** 新闻。

**贝茜** 赛马新闻?

**厄尼** 不是，政治新闻。

**贝茜** 弗洛丽说，你想当国会议员。

**厄尼** 现在没戏了。

**贝茜** 我猜，你是指望谢皮能帮你一把。

**厄尼** 换作是你就不想吗?

**贝茜** 嗨，不管怎么说，弗洛丽现在死心塌地地爱着你，这也算幸事一件了。她是个好女孩儿，长得又漂亮。以她的条件，什么人找不着呀。

**厄尼** 听你的意思，她嫁给我是受委屈了?

**贝茜** 情人眼里出西施嘛，感情这笔账是没办法计算的。我只是好奇，像她这种天天在金融城上班的姑娘，怎么没叫那些有钱人给追到手呢?

**厄尼** 你行行好，可别给弗洛丽灌输这种思想观念。她的终身大事已经决定好了。如果还有别的什么人追求她，我可就要好好跟那家伙聊上两句了。

[贝茜听到这话，暗自一笑。这时，库柏推开门，悄无声息地上场。

**库柏** 你们下午好啊。

**贝茜** 哎呀！你怎么进来的，我怎么没听见敲门声呀？

**库柏** 门锁上有个安全扣，稍稍一碰就开了。我没必要叫人大费周章地过来给我开门。

**贝茜** 我得说，这可是个好消息。

**库柏** 有烟吗？

**贝茜** 我身上没有。

**库柏** 那我只能抽自己的了。

[库柏从兜里拿出一包烟，点上一根。

**贝茜** 我猜，你不打算给我一根了？

**库柏** 不，我不赞成女士抽烟。

**厄尼** （从自己的口袋里掏出一包烟，递给贝茜）我这里还剩一根，你想抽就抽吧。

**贝茜** 谢谢。

**库柏** 三点半那场赛马谁赢了？

**厄尼** 我还没看。

**库柏** 那你买报纸干什么？简直是浪费。

**厄尼** 你们两位要是有话谈，就容我回避一下了。

**贝茜** （故作姿态地）哦，请别介意。

[ 厄尼下场。

**库柏** 还挺像个绅士，哈？

**贝茜** 他还不错，就是有点儿没长大。上学时候，稀里糊涂地把九九乘法表什么的都给咽了下去，结果卡住了嗓子眼儿，上也上不来，下也下不去，如今就变成这副浑身不自在的样子啦。

**库柏** 谢皮呢？

**贝茜** 出门了，不知道又到哪儿去了。

**库柏** 他一天到晚都在忙些什么？我是真搞不懂他。

**贝茜** 对我来说，他也是个谜呀。

**库柏** 我猜，他准是去搞那些宗教活动了。

**贝茜** 我不这么想。宗教这件事，我还是略知一二的。当我还住在肯宁顿那间小公寓里的时候，有一位经常来光顾我的客人，他就是个虔诚的信徒。他本身是做布料生意的，买卖干得有声有色。与此同时，他也是一个很有名望的浸礼会教徒。[1]他总是在每个星期二跟星期五过来找我。享受完以后，就开始高谈阔论聊宗教，但也就是点到为止。他经常说，整个南部伦敦，再没有哪个布料商能像他这样，从一卷棉线里面榨出那么多的油水了。

---

1 也称浸信会，是十七世纪从英国清教徒中分离出去的一个宗派，主张教众成年后才可受洗，且受洗者须全身浸入水中，因此得名。

**库柏** 这年头哪儿都竞争激烈，要想生存下来，是得精明点儿才行啊。

**贝茜** 干你这一行的，也是这样吗？

**库柏** 只要干得出类拔萃，总有你的一席之地。

**贝茜** 吹牛都不打草稿。

**库柏** 等等，什么叫干我这行的？

**贝茜** 小偷小摸嘛，难道不是吗？

**库柏** 哼，你以为自己是谁啊？你没资格瞧不起我。

**贝茜** 我可没有瞧不起你，我也犯不上这么觉得。我只是在想，隔三岔五就得进趟监狱，做你这一行，日子恐怕不好过吧。

**库柏** 不，我跟你说，干这一行，图的就是那份刺激。哪怕在你得手之后，心里还是会怦怦直跳，兴奋得不行，你懂我的意思吧。每每想到自己有多么的足智多谋，你都会不由自主地笑出声来。但说一千道一万，刺激才是最要紧的。

**贝茜** 我能理解。你看，当我被房东赶出来，经历了那么多事情以后，现在总算有一个地方可以落脚，一日三餐不用再发愁了，我该心满意足了吧？但实话告诉你吧，每天一到这会儿，到我该打扮得漂漂亮亮去西区找生意的时候——哦，我心里别提有多空虚啦。

**库柏** 你是说真的吗？

**贝茜** 你知道我昨天晚上干了件什么事吗？我穿上了一条漂亮的裙子，美美地化了个妆，再往身上喷了点儿我过去常用的香水，然后就这么在屋子里站着，幻想自己正走在杰明街上。

**库柏** 你都打扮好了，为什么不出去呢？

**贝茜** 哦，为了我那可怜的朋友谢皮吧，我想是这样。

**库柏** 他好像不打算回来了。

**贝茜** 你这么急着要见他，又是为了什么呢？

**库柏** 你要是想知道的话，我就实话跟你说吧。每天晚上酒吧一开门，我就有点儿坐不住了，我想找他要个一先令，去买上一杯啤酒。

**贝茜** 哦，是这样，这也难怪。

**库柏** （准备离开）要是他问起我来，就说我到街上去了，一会儿就回来。

［贝茜迅速打量了一下屋里的陈设，发现壁炉架上的鼻烟盒不见了，连忙起身拦住库柏的去路。

**贝茜** 鼻烟盒呢？

**库柏** 什么鼻烟盒？

**贝茜** 你知道我在说什么。谢皮的鼻烟盒，之前放在架子上那个。

**库柏** 我怎么会知道？

**贝茜** 那是谢皮最宝贝的东西，给他什么都不换。

**库柏** 估计是你来了以后，女主人为了安全起见，就把它放到别的地方去了。

**贝茜** 我亲眼看见，一分钟前它还在这儿。

**库柏** 我可帮不上忙，我都不知道你说的是个什么东西。

**贝茜** 你当然知道，赶快把它交出来。

**库柏** 喂，你跟谁这么说话呢！

**贝茜** 你这么着急要一走了之，我就知道准是你拿了没错。

**库柏** 听我说，姑娘，你最好不要多管闲事，不然可是要遭殃的。

**贝茜** 你这种肮脏的小偷可吓不倒我。

**库柏** 闪开，别挡我的路。你以为我会自降身段，去跟一个廉价妓女吵嘴吗？

**贝茜** 把那个鼻烟盒交出来。

**库柏** 我说了，我没有拿。

**贝茜** 不，就是你拿走了。放在你的口袋里，我都看见了。

**库柏** （下意识地用手捂着裤子的口袋）你胡说。

**贝茜** （以一种嘶哑而得意的声调）哈哈！让我抓到了。我就知道准是你拿的！

**库柏** （试图推开贝茜）哦，你闭嘴吧！

**贝茜** 不把东西交出来，你休想走出这扇门。

**库柏** 这关你什么事儿呢，啊？

**贝茜** 谢皮也许是个老傻瓜，但他心地善良，你想偷他的东西，我绝不会坐视不管的。

**库柏** 我跟你说了，我得去喝上一杯啤酒。

**贝茜** 你在外面干什么都与我无关。但在这里，你别想得逞。

**库柏** 你要是再不让路，我就一拳打断你的下巴。

**贝茜** （直勾勾地瞪着他的脸）你敢！你这个肮脏的小偷，下流的杂

种，你这个狗娘养……（一边说一边伸手要从库柏的口袋里抢走鼻烟盒）

**库柏** 喂，你别动手。

**贝茜** 去你的吧！

［两人纠缠在一起，这时谢皮上场。

**谢皮** 嘿，这是怎么啦？

［两人分开，气喘吁吁地怒目相对。

**贝茜** 他拿走了你的鼻烟盒。

**谢皮** 拿就拿吧，有什么大不了的？

**贝茜** 他准备拿去当掉。

**谢皮** 吉姆，你为什么要这么做呢？

**库柏** 她是在血口喷人。

**谢皮** 鼻烟盒确实不见了。

**库柏** 要是有谁拿了，那准是她。你知道这些女人都是什么德行，她想要嫁祸给我。

**贝茜** 把你的口袋掏出来看看。

**谢皮** 给我看看你的口袋里有什么，老伙计。

**库柏** 我不会照做的，谁也别想这么对待我。难道就因为我是你的客人，你就有权羞辱我吗？

**贝茜** 哦，老天，听听你说的话吧。

**谢皮** 这样可不好啊，老朋友，恐怕你必须得给我看看你口袋里的东西了。

**库柏** 谁说的？

**谢皮** 我说的。如果有必要的话，我会强迫你这么做。

**库柏** 我受够了！我这就走。

［库柏试图推开谢皮，但谢皮出人意料地一把将他揪住，脚下一使劲把他绊倒在地，接着用膝盖抵着他的胸口，从他的裤子口袋里翻出了那个鼻烟盒。

**谢皮** 站起来吧，你为什么不能老老实实地交出来呢？

**库柏** 啊，你差点儿扭断了我的胳膊。

**贝茜** 哦，谢皮，你吓了我一跳呀。我都不知道你身手这么利索呢。

**谢皮** 我年轻的时候练过一阵子摔跤。

**贝茜** 要我叫警察吗？

**库柏** （急得直跳）你不会把我交给警察吧，先生？我不是有意要偷走它的，只是一时让鬼迷了心窍，我都不知道我当时在干什么。

**贝茜** 哼，说呀，继续说吧。

**谢皮** 不，我不打算把你交给警察。法官之前说过，如果再看见你站上被告席的话，他一定会从严宣判。

**贝茜** 你不会就这么放他走了吧？你帮了他那么多，结果他还这么对你。

**谢皮** 我没帮过他什么。我所做的一切，不过是为了我自己罢了。如果我刚刚伤到你了，老伙计，我非常抱歉。我比看起来是要强壮一点儿，有时候下手的确会没轻没重。

**库柏** 没人有权利随便把东西乱丢在那儿。既然你用不着，不如给我换点儿钱花。

**谢皮** 它不是金子做的，你要知道，上面只是镀了点儿银。我看重的并不是它的实际价值，而是它所代表的情谊。是一位我服侍了多年的老顾客，把这个东西留给了我。在他最后的那段日子里，仍然会每天叫我去他家里为他刮脸。就在他离世的前一天，他对自己的女儿说："如果我能像个绅士一样，体体面面地出现在上帝的面前，那都是谢皮的功劳。"喏，你拿去吧。（把鼻烟盒递给库柏）

**库柏** 你这是干什么？

**谢皮** 我把它送给你。

**库柏** 为什么要送给我？

**谢皮** 你想要这东西，不是吗？

**库柏** 不，不想要。

**谢皮** 那你为什么要把它偷走呢？

**库柏** 那是两码事。偷东西，我不会有心理压力。但要我收下这样一份礼物，我可不干。我偷走它只是为了换一两个先令去喝上几杯啤酒。我原本想把典当行的收据拿回来给你的，我是说真的。

**谢皮** 如果你只是想要几块钱的话，为什么不早说呢？（伸手在兜里摸出一个先令）给你，拿去吧。

[库柏低头看了看那一先令，又抬头看了看谢皮，脸上写满了疑虑。

**库柏** 等等，你这么做什么意思？

**谢皮** 如果一个人只能在酒桌上找到上帝的话，那也不失为一种方法。总归比哪儿也找不着强吧。

**库柏** 这是在给我下套吗?

**谢皮** 别说傻话。

[库柏困惑不解，看看那一个先令，再看看谢皮。

**库柏** 我不喜欢这样。这整件事情都太奇怪了。你到底想要说明什么?你在打什么主意?把钱收回去吧，我不会要的。我要是拿了这钱，准会倒大霉的。我走了，这地方我受够了。我要到别处去，去一个我知道自己在哪儿的地方。这里让我浑身上下都起鸡皮疙瘩，我真希望从没有来过这儿。

[库柏匆忙离场。

**贝茜** 也好，总算摆脱这个垃圾了。

**谢皮** 谁能想到，他会做出这样的决定呢?

**贝茜** 你怎么还想把鼻烟盒给他呀?

**谢皮** 唉，我就是控制不住我自己。

**贝茜** 我说，你可得多留个心眼儿。要是你对待好人坏人都是一个样，总有一天是要吃大亏的。

**谢皮** 可事实情况是，我看不出好人坏人之间有什么分别。

**贝茜** 别开玩笑了，谢皮。那个库柏，他就是个不折不扣的坏蛋。

**谢皮** 我知道他是这么个人。但不知道为什么，我并不怎么介意。

**贝茜** 我明白了，谢皮，你是没有道德观念。

**谢皮** 我想这就是原因吧。好在我天生运气好。

**贝茜** 你是因为做事谨慎，才没有捅出什么娄子来。

**谢皮**　他就这么走了，实在令人遗憾，我都已经习惯有他在房子里的时候了。

**贝茜**　谢皮，我也要走了。

**谢皮**　什么？你也要走？你跟艾达还有弗洛丽相处得不好吗？

**贝茜**　不是因为这个，我是想要回到西区了。我很高兴能在你这儿得到休整自己的机会，这让我受益很多。但我太想念那条街了，太想念街上跟我一样的那群女孩子了。当你跟她们混久了以后，就会对那种生活产生依赖感。往后的日子，谁知道是什么样呢？我并不是喜欢跟男人缠绵悱恻，而是喜欢一觉醒来以后，从他们怀里脱身时的感觉。我的意思是，觉得好像是我得分了一样。还有——哦，我不知道还有什么了，大概就是这些吧。这种生活就是有起有落，我不否认，但它真的很刺激；就算你让他们缠着没法脱身，心依然怦怦直跳。这就是我想说的，你能明白吗？

**谢皮**　我还以为，你已经厌倦了那种日子呢。

**贝茜**　我曾经一度是这样的。我感到疲惫不堪，心情也很糟糕。但现在情况不同了。我知道，这让你觉得失望。我很抱歉，谢皮。谢谢你为我所做的一切。

**谢皮**　好吧，既然你想，就按自己的想法去做好了。等有一天想回来的时候，这里永远有你的位置。

**贝茜**　你是说，你还是会收留我吗？

**谢皮**　当然会。我并不为此而责怪你，我希望大家都能快快乐乐的。

**贝茜**　我自认为对男人还是有所了解的。但不得不说，我真的没有办法读懂你。就这样吧，再会了。

**谢皮** 你现在就走吗？

**贝茜** 对，我一分钟也等不了啦。我这就去换身衣服，然后神不知鬼不觉地溜走，什么也不跟别人说。

**谢皮** 好吧。别忘了，什么时候你想回来，这儿永远欢迎你。

**贝茜** 这真是个奇怪的世界呀。

［贝茜下场。不一会儿，米勒太太上场。

**米勒太太** 我听见你回来了，但我一直在厨房里忙活，抽不开身。我正给罗宾森太太做美味的牛脚冻呢。

**谢皮** 太好了，亲爱的，她一定会喜欢的。

**米勒太太** 她家有四个孩子，其中一对还是双胞胎，我跟你说过吧？

**谢皮** 说过。

**米勒太太** 你的情况怎么样？医生是怎么说的？

**谢皮** 哦，我们忙活了好半天。他来了一位朋友，也是个医生，名字叫恩尼斯莫亚，看起来像个顶级名流。杰维斯医生说，既然他在那儿，就可以借这个机会，让他也给我诊断一下。

**米勒夫人** 原来如此。

**谢皮** 他人很好，非常聪明。对于我那个周济穷人的计划，他感到非常有趣，非让我给他讲一遍不可。上帝呀，他还问了我很多奇怪的问题，我都要笑出声来了。他问我，有没有见过我父亲洗澡。我说见过啊，每个星期六的晚上，他都会喊我帮他擦背。

**米勒太太** 怎么会检查了这么久呢？

**谢皮** 是久了点儿。我们一直在聊，估计得有两个小时吧。然后我就出来了。杰维斯医生说，他们两个还要再商量一下，然后他会过来，把诊断结果告诉我的。

［门外响起敲门声。

**谢皮** 可能是他来了。

**米勒太太** 哦，我恨死医生了。

**谢皮** 怎么了，你担心吗?

**米勒太太** 是的。

**谢皮** 别犯傻了，我一点儿事也没有，这辈子都没像现在这么好过。

［弗洛丽前去开门。

**弗洛丽** 妈妈，你能过来一下吗?

**谢皮** 是医生来了吗?（走到门口）进来吧，医生。

［杰维斯医生上场，厄尼跟在他的后面。

**杰维斯医生** 下午好，米勒太太。

**米勒太太** 下午好，先生。

**杰维斯医生** 你的丈夫都跟你说了吧? 谢皮到我那儿去的时候，我的一个朋友，西区的一位专家医生，碰巧也在那里。

**谢皮** 我们正好在聊这事呢，他给我留下了深刻的印象。

**杰维斯医生** 关于你的情况，我们已经得出结论了。要知道，你的心脏有点儿虚弱，我们一致认为，休养一段时间会对你有好处。

**谢皮** 说的是我吗?

**杰维斯医生** 我们准备送你去一个疗养中心，调理一段时间。在那儿会有专人照顾你，保证你过得舒舒服服的。

[米勒太太、弗洛丽和厄尼一听这话，立刻意识到了这意味着什么。米勒太太几乎难以掩饰她的一脸惊恐。

**谢皮** 我哪儿也不去。没时间哪，我是个大忙人。

**米勒太太** 我们不能在家里照料他吗？

**杰维斯医生** 这是两回事。我的那位朋友，是一家顶尖医院的领导阶层。你会在他的直接照料下接受治疗。我不是说你病得很严重，但你确实生病了，需要得到专业的护理。

**谢皮** 你要知道，医生说的也不一定都对。

**杰维斯医生** 我们也不会妄下结论。

**弗洛丽** 别说傻话了，爸爸。如果杰维斯医生说你有病，那你就是有病。

**谢皮** 比起他，我更了解自己的健康情况。

**杰维斯医生** 你这叫什么话。你怎么就不说，你比我更了解人们的头发呢？

**谢皮** 请坐，让我瞧瞧你的头发。

**杰维斯医生** 哦，我的头发没毛病。

**谢皮** 谁都这么说。现在的伦敦，满大街都是秃顶的男人，如果他们当初听了我的建议，早就秀发飘飘了。

**杰维斯医生** （迁就地）好吧，那就请你给我瞧瞧吧。

[杰维斯医生坐下。谢皮走到他身边，从口袋里掏出眼镜戴上，仔细检查医生的头发。

**谢皮** 最近掉头发了？

**杰维斯医生** 掉了一点儿，这没什么吧，很快就能长回来。

**谢皮** 跟我预料的一样。如果你再不采取点儿措施的话，不出六个月，你就会变得跟我一样秃。

**杰维斯医生** 什么！不可能吧。

**谢皮** 千真万确。真遗憾哪，你的头发本来挺漂亮的。我也算阅人无数了，但在我的印象里，拥有这种质地的头发的绅士，实在少之又少。

**杰维斯医生** 你还真说到我心坎儿里去了，我妻子一直说我的头发不错。

**谢皮** 她这话也说不了几天了。

**杰维斯医生** 什么！那可如何是好啊？我完全没主意了。

**谢皮** 我有。只要你每天早晚各做五分钟的头皮按摩，再配合我们特别研制的三号营养液，我保证你六个月之内长出一头跟以前一模一样的秀发来。

**杰维斯医生** 你觉得我会相信吗？

**谢皮** 完全不信。

**杰维斯医生** （心平气和地）哎，好吧。那就这么着，等哪天我到杰明街去的时候，一定会上你们店里买一瓶回去。

**谢皮** 不必那么麻烦。我总会在家里留上一些存货，以备亲朋好友们的不时之需。我一会儿就去给你拿过来。要八先令六便士的，还是十三先令四便士的？

**杰维斯医生** 十三先令四便士的。反正都是吃亏上当，干脆豁出去得了。[1]

**谢皮** 你不会后悔的。我去去就来。

［谢皮下场。

**杰维斯医生** 当然了，我是为了让他高兴点儿才这么做的，你们懂的。

**米勒太太** 哦，医生，你到底葫芦里卖的什么药呀？

**杰维斯医生** 我的那位朋友，恩尼斯莫亚医生，是英格兰精神病学领域的权威专家。他给你丈夫做了一次非常彻底的检查，结果毫无疑问，谢皮患有急性狂躁症。

**米勒太太** 哦，上帝呀。

**杰维斯医生** 我们希望你能劝劝他，让他到疗养院去治疗一段时间，这完全是在为他着想。我明天会再过来跟他谈谈，假如他还是不愿意，我们就只能下诊断证明了。[2]

**米勒太太** 有这个必要吗？只要一想到他会被关起来，我的心里就承受不了。

**杰维斯医生** 我得跟你说实话，像他这个情况，愈后恐怕都不大理想。在他做出对自己或者其他人不利的行为举动之前，最好还是把他给控制起来。

---

1 原文 I may as well be hanged for a sheep as a lamb 为英国谚语，直译为：既然偷一只小羊羔和偷一只成年绵羊同样都会被绞死，那还不如去偷成年绵羊呢。根据剧中语境，也可译为：早死晚死都得死，干脆现在让我死个明白吧。

2 此举意味着谢皮将被强制收入精神病院治疗。

**厄尼** 我不想强调自己多有先见之明，但事实情况就是这样，我一早就说他疯了吧。

**杰维斯医生** 很明显，一个有清醒理智的正常人是不会把所有的钱都分给穷人的。正常人会从穷人手里赚钱，然后去经营连锁商店、资助房屋互助协会，或者投入市政工程里。

**米勒太太** 谢皮总是对别人怀抱着同理心。可以说，他深深地爱着自己的同胞。

**杰维斯医生** 你要知道，这可不是什么好兆头。一个正常的人应该是自私贪婪、损人利己、爱慕虚荣又纵情享受的。我们通常所谓的那种道德，都是社会群体强加给我们的，让我们不得不压抑自己的本能，这毫无疑问是导致精神错乱的诸多原因之一。恩尼斯莫亚医生刚才就跟我说，他几乎可以肯定，仗义疏财这个毛病就是对同性恋情结压制的结果。

**厄尼** 真的吗？这可太有趣了。

**杰维斯医生** 他还说，只要对年轻人进行足够的理性教育，完全可以把乐善好施这种病态的行为，从这个国家彻底清除出去。

**厄尼** 他听上去很有头脑，我真想认识认识他。

**杰维斯医生** 他还问了谢皮一些更深入的问题。看起来，谢皮这个病的根源，很可能源自他的恋父情结。

**厄尼** 俄狄浦斯那一套，这我知道。

**杰维斯医生** （对米勒太太）他叫我问问你，谢皮第一次出现这些反常的举动，是在什么时候。

**米勒太太** 我从来不觉得他有什么反常的。就是那天，他突然说要过耶稣那样的生活。

**杰维斯医生** 他一直以来，都是个虔诚的教徒吗？

**米勒太太** 不，不是这样的。我是说，他不怎么去教堂。每个星期天上午，他都会把时间花在家里，修修这儿、补补那儿的。[1] 他要真是个罪人，就不会这么做啦。如果非得要信了教才算是好人的话，那才叫滑稽呢。

**杰维斯医生** 那当他突然之间捧起《圣经》来读的时候，你就没察觉到他出问题了吗？

**米勒太太** 我一五一十地跟你说吧。他最经常读的是《晨报》，看一看社会新闻，谁又跟谁订婚啦之类的。他觉得这些内容，是他跟顾客打交道的谈资。

**杰维斯医生** 我明白。

**米勒太太** 他生病那几天，都是我替他把报纸取回来的。星期一一大早，我把报纸递给他的时候，他对我说，我们家里是不是有本《圣经》来着？我说有啊。然后我就拿给他了。我并不觉得这有什么问题，我以为他是要玩儿报纸上的填字游戏，才拿《圣经》来参考的。

**杰维斯医生** 这就是精神病患者最爱玩儿的把戏。你很难让他们明确

1 星期天为教会的礼拜日，教徒通常会在这一天前往教堂。米勒太太在这里强调的是，虽然谢皮不去教堂，但并不妨碍他做一个有益于社会的好人。

承认自己神智失常了。上个星期，我问他是不是能看到一些别人看不见的东西。他说，他看见邪恶和堕落挥着翅膀到处攻击。这话着实让我吃了一惊。挥着翅膀到处攻击——不免让人浮想联翩啊。然后他又提到了一束圣光。恩尼斯莫亚医生坚信，谢皮一定是有幻视症。可他自己会承认吗？他固执得像头骡子一样。

**米勒太太** 他一点儿也不固执，他是个讲道理的人。

**杰维斯医生** 他的症状非常典型。两眼放光、脸颊通红、躁动不安、整夜失眠。恩尼斯莫亚医生向来谨慎得很，没有把握的事，他是不会下结论的。他郑重其事地告诉我，在他的职业生涯中，从来没有见过比这有代表性的宗教妄想狂了。

**米勒太太** 谢皮的家族里从没出过一个疯子，这简直让我们蒙羞啊。

**杰维斯医生** 快别这么想，米勒太太。按照恩尼斯莫亚医生的观点，我们每个人都是疯子。他说，我们要是不疯狂一点儿的话，就没法在这个世界上生存了。

[谢皮上场，他把那瓶生发液整整齐齐地打包在一个纸袋子里。

**谢皮** 这是给你的，医生，我替你打包好了。

**杰维斯医生** 给你现金吗？

**谢皮** 不用，算我送你的。我知道这款三号产品有多好用，你只要擦上一次，就再也离不开它了。

**杰维斯医生** 好吧，那我就先走了。

**谢皮** 我送你出去。

**杰维斯医生** 再见，米勒太太。（向其他人点头示意）晚安。

**米勒太太** 晚安，先生。

［谢皮陪同杰维斯医生一起下场。

**厄尼** 我对你深表同情，米勒太太，真心话。但不得不承认，对所有人来说，这已经是最好的结果了。

**弗洛丽** 要是真把那些钱都散给别人，那才让家族蒙羞呢。

**厄尼** 我们要不要去看个电影，弗洛丽？待会儿正好有一场。[1]

**弗洛丽** 可以呀。妈妈，你不需要我陪着你吧？

**米勒太太** （迟疑了一下）不需要，亲爱的。

**弗洛丽** 哦，你怎么了？

**米勒太太** 我没想到你今天晚上还要去看电影，你可怜的父亲都已经这样了……

**弗洛丽** 我待在家里也帮不上他什么忙。而且，我接下来这几天想多看两场电影，毕竟下个月就看不了啦。

**米勒太太** 为什么看不了呢？

**弗洛丽** 因为我已经跟上帝许过愿了，只要医生们说爸爸疯了，我就一个月不看电影。

**厄尼** 你不会真拿这事当真了吧？那不过是封建迷信而已嘛。

**弗洛丽** 我不在乎是不是迷信。既然开了口，我就要遵守自己的诺言。有一天，我也许会向上帝祈求点儿别的什么东西，要是我没

---

1 原文为 early show，直译为早场。考虑到剧情时间已经是傍晚，所指的应是“很快会有一场”。

有信守承诺的话，不就不会应验了吗？

**厄尼** 你不会觉得上帝真有那么灵吧？

**弗洛丽** 谁也说不好，厄尼。我已经向上帝保证过了，他为我做一件事，我也会为他做一件事。现在他已经帮了我，我也得对得起他才行。

**厄尼** 哦，行吧，亲爱的，你开心就好。

**弗洛丽** 再说了，我们也得为婚礼做准备呀。爸爸到时候会在精神病院里，有我们忙活的，下个月也没时间去电影院了。

**厄尼** 你真是个好女孩儿，弗洛丽，没有你，我都不知道该怎么过日子了。

**弗洛丽** 你现在不想跟我分手了吧？

**厄尼** 分手？怎么会呢，我从来就没这么想过。

**弗洛丽** 得了吧，你想过，我不怪你就是了。

**厄尼** 哎，我实话跟你说了吧。当时，我正在做激烈的思想斗争。是坚持内心的意愿跟你结婚呢，还是把精力放在尽忠职守上呢？当然了，我说的尽忠职守，是指要对整个社会履行我的责任。

**米勒太太** （一声叹息之后，以宽容的口吻说）哦，你们去吧。人这一辈子毕竟只年轻一次啊。

**弗洛丽** 走吧，厄尼。再不出门的话，就只能看半场电影啦。

[弗洛丽和厄尼正要离开，正好撞上谢皮上场。

**谢皮** 哎哟，你们俩这是要去哪儿呀？

**弗洛丽** 去看电影。一会儿见！

［弗洛丽和厄尼下场。

**米勒太太**　你看上去累坏了，亲爱的，快回房间躺下吧。

**谢皮**　不，我不准备那么做。我去椅子上坐一会儿，兴许打个四十分钟的盹儿吧。说真的，今天实在是太多事了，我都有点儿忙不过来了。

**米勒太太**　你不出门了吧？我帮你把鞋脱掉。

［米勒太太半跪下来，帮谢皮把靴子脱掉。

**谢皮**　你一直都是位好妻子，艾达。

**米勒太太**　哦，别傻里傻气的。你要是再说这种话，我会真觉得你病了，然后弄个暖水袋，把你赶到床上去。

**谢皮**　我说的是真心话，你确实是位好妻子。而我却经常惹你生气，有时候还挺不可理喻的。

**米勒太太**　哦，别这样。你再这么说下去的话，我就只好大哭一场了。

**谢皮**　我知道，在钱的这件事情上，我的做法让你挺失望的。你一直都想买下那栋房子，再雇个女佣打理家务。

**米勒太太**　谢皮，我们不要再谈这件事了好不好？

**谢皮**　亲爱的，我们必须要谈一谈。对弗洛丽来说，这也许并不算什么。起码她还有厄尼。那小子有点儿骄傲自负，但那是因为他还年轻。总的来说，他还是个好小伙子。弗洛丽会把他管教得服服帖帖的，让他围着自己团团转，就像我对你一样，亲爱的。

**米勒太太**　真是那样的话，就太好啦。

**谢皮**　可对你来说，就不一样了，这一点我非常清楚。所以我才希望你能像我一样看待这件事情。看到这个世界上，有这么多人还在受苦，我就觉得难受。

**米勒太太**　哦，谢皮，难道你不觉得，这是因为你太过劳累了吗?

**谢皮**　我跟你说，我这辈子从来没有像现在这么好过。我觉得自己身轻如燕，要不是因为穿了这双沉重的靴子，我整个人都能飘起来。

**米勒太太**　你要是像蝴蝶一样到处乱飞，场面就太滑稽了。

**谢皮**　我有预感，艾达，我的好日子就要来啦。

**米勒太太**　你真要这么做吗，亲爱的?

**谢皮**　请别以为我不感激你为我所付出的一切，艾达，也别以为我没有因为让你失望而感到难过。只是，我必须要这么做。

**米勒太太**　我知道，要不是心里万分确定这是条正路，你是怎么也不会走的。

**谢皮**　你心里不会怨我吗，亲爱的?

**米勒太太**　说的好像我曾经怨过你似的。即使你再讨人嫌，我对你也不会有任何抱怨。

**谢皮**　你好久都没有亲过我了，艾达。

**米勒太太**　快别说了。像我这个岁数的老女人，谁会想让我亲他一口呢。

**谢皮**　我第一次亲你的时候，你狠狠地打了我一巴掌。

**米勒太太**　那是因为我觉得你太随便、太轻佻了。

**谢皮**　你不是说你不会抱怨我吗？过来吧，艾达。

［谢皮走上前去，米勒太太也抬起了头，两人得体地轻吻了对方。

**米勒太太**　哦，这让我觉得自己好傻哪。

**谢皮**　你今天晚上准备了什么好吃的？

**米勒太太**　我做了一个乡村馅儿饼。

**谢皮**　你知道我想吃什么吗？

**米勒太太**　什么？

**谢皮**　要是能吃上两条烟熏鲱鱼[1]，就再好不过了。你知道我爱吃这口。

**米勒太太**　我当然知道。这样好了，我一会儿就出门，给你买两条回来。

**谢皮**　你确定不麻烦吗？

**米勒太太**　这有什么麻烦的。你就坐这儿歇着吧，瞧瞧能不能打上个四十分钟的盹儿。

**谢皮**　好的。

**米勒太太**　晚饭做好之前，我不吵你。差不多等弗洛丽和厄尼回来的时候，就可以吃上了。

**谢皮**　那太好了，我确实想要好好休息一会儿。

**米勒太太**　我给你把窗帘拉上。

［米勒太太走向窗前，拉上窗帘，然后下场。谢皮到那把有扶

1　英国乡村常吃的腌制鲱鱼，做法是将鲱鱼对半剖开、烟熏入味，成品的名字叫 kipper。

手的老爷椅上坐定，待他坐好后，人就埋在椅子里看不到了。灯光渐暗，表示几小时的时间已经过去了。当灯光再次慢慢亮起的时候，夜幕已经降临。透过窗帘的缝隙，可以看见窗外点亮的路灯。谢皮所坐的那把老爷椅隐约可见。这时，敲门声响起。谢皮起初并未回应。敲门声继续。

**谢皮** （苏醒过来）进来吧。

[门口没有动静。

**谢皮** 进来呀。（站起身来）我明明听见有人敲门的。

[门缓缓敞开，无声无息，好像并没有人推开它，而是它自己凭空打开了。贝茜站在门口，她穿着一件很长的黑色斗篷，但并没有戴上兜帽，因此可以看清她的脸。

**谢皮** 哦，是你呀？我说好像有人敲门呢。

**贝茜** 我并没有敲门。

**谢皮** 你没敲门吗？那我准是睡着了，做梦呢。快进来吧，亲爱的。

[贝茜进门。门在她身后自动关上了，依旧无声无息。

**谢皮** 有人跟你一起吗？

**贝茜** 没有人。

**谢皮** 那门怎么自己关上了？真奇怪。我一定是睡糊涂了。（走到门口，打开门，向外四处张望）没人呀。

**贝茜** （淡淡一笑）没有人。

**谢皮** 你没走太久嘛。

**贝茜** 你在等我吗？

**谢皮** 我想你可能会回来的，也算是意料之中吧。我去把灯打开。

[谢皮走过去，打开一盏落地灯，房间里有了一丝光亮。贝茜始终站在门口，一动不动。

**谢皮** 你站在那儿干什么？进来呀。

**贝茜** 谢谢。

[贝茜进屋。她的举止变得和之前不同了，这让谢皮感到非常奇怪，但又说不上来问题出在哪儿，显得有些局促不安。

**谢皮** 是我妻子给你开的门吗？

**贝茜** 房子里没人。

**谢皮** 我想，她应该还在外面买烟熏鲱鱼呢。我们不知道你要回来吃晚餐。

**贝茜** 我通常都是不请自来。

**谢皮** 不，不，我不是这个意思。我之前说了，这个家永远欢迎你，你想什么时候回来都行。

**贝茜** 头一次听到有人欢迎我，非常感谢。

**谢皮** 我说，你怎么突然之间这么讲话了呢？感觉怪怪的。

**贝茜** 是吗？这我倒不知道。

[贝茜原先的口音已经不见了，这个女人此刻的语调中性平和。

**谢皮** 就跟那些上流人士讲话一样，一点儿口音也不带。（模仿贝茜）“房子里没人”“头一次听到有人欢迎我，非常感谢”。你不用在我面前刻意矫正自己，完全没有必要。

**贝茜** 恐怕你只能接受这样的我了。

**谢皮** 哦，得了吧，好好说话。你又跑去喝酒了？

［贝茜没有答话，谢皮疑惑地看了她一眼。

**谢皮** 你今天晚上到底怎么了？你是贝茜·莱格萝斯吧？你长得跟她一模一样。（走近她）不过好像也有点儿不一样。（先是困惑，然后惊讶）你不是贝茜·莱格萝斯！

**贝茜** 不是。

**谢皮** 那你是谁？

**贝茜** 死神。

**谢皮** （用他一如既往的热情和幽默打趣道）嗨，我以为是谁呢，原来是死神呀。幸好你告诉我，要不然就认错了。来来来，请坐吧，死神小姐。

**死神** 不，不坐了。

**谢皮** 赶时间吗？

**死神** 时间不等人。

**谢皮** 你是赶着去罗宾森太太家吧？我妻子今天下午还给她做小牛脚冻来着呢。如果你是要收那对双胞胎，我想他们应该不至于难过。他们已经有四个孩子了，再加上她丈夫罗宾森也都失业八个月了。少两张嘴也算是解脱吧。

**死神** 是吗？但我没准备去那里。

**谢皮** 行吧，你自己的工作，你自己最了解。

**死神** 我有我的计划。

**谢皮** 你的计划就是扮成贝茜·莱格萝斯？

**死神** 你喜欢开玩笑，是吧？

**谢皮** 喜欢得不得了。天生幽默是我的加分项。我的那群顾客总是跟老板说，“不，不要别人给我服务，我等谢皮，就他能逗我开心”。

**死神** 我的客人从来不会这么说。

**谢皮** （礼貌但戏谑地）总的来看，我想人们还是更愿意跟你开房间，不愿意跟你去阴间。

**死神** 我很少受到欢迎，但有些时候，人们见到我又会非常开心。

**谢皮** 嗯，这可就不好说了。讲一句对女士而言不太中听的话，你的外表跟你的职业，这俩可搭不上呀。

**死神** 也许是这个原因吧。

**谢皮** 你瞧，我把你当成贝茜·莱格萝斯了，这可真滑稽。可再说上两句话，我就发现你一点儿也不像她。当然了，在大家眼中，她不过是个姿色平平的妓女。可她身上就是有那么股劲儿，让你喜欢得不行。（掐了掐自己的胳膊）

**死神** 你在干什么？

**谢皮** 我掐一下自己，看看我是不是在梦游呢。我是在做梦，但我知道自己正在做梦。真够有趣的，是不是？

**死神** 你为什么认为自己在做梦？

**谢皮** 我知道这是梦。此时此刻，真正的我正坐在椅子上打盹儿呢，不是吗？最近净做一些稀奇古怪的梦，真是够呛。今天下午，我还在跟医生讲这些呢，他觉得我疯了。（幸灾乐祸地）不过我也没饶过他，忽悠他买了一瓶三号生发液。

**死神** 你很聪明。

**谢皮** 我知道我很聪明。他假装自己是为了哄我开心才买的。听他瞎说！[1]就是因为我给他洗脑了，他才买的。而且他准会每天早晚都按时擦的，就像我告诉他的那样。只要我张嘴，想让谁买就让谁买，连你也得带一瓶走。

**死神** 我可用不上它。

**谢皮** 你还别这么说。人家越这么说，越会激发我的斗志，让我看看你的头发。

**死神** 我说了，时间不等人。

**谢皮** 我不是说你的头发不好，但是你得知道怎么保养它呀。

［门再次被打开，库柏溜了进来。

**谢皮** 哎哟，这是谁呀？

**库柏** 是我，老板。

**谢皮** 你回来了？

**库柏** 我一直在街对面等着，直到没人了才过来。他们都走了。

**谢皮** 对，我知道他们走了。

**库柏** 我从这儿出去的时候，正好听见他们在交头接耳。我索性躲在厨房那扇窗户的外面，他们说的每一句话我都听得一清二楚。他们要把你关起来，老板。

1 原文为：all my eye and Betty Martin。据说源于十七世纪，一个英国水手错将意大利人用拉丁语进行的祷告“Ah! Mihi, bea’te Martine”（啊！受祝福的马丁，保佑我吧）错听为此。后成为一种常见的否定说法，类似于“胡说八道”。

**谢皮** 把我关起来？这是为什么呢？

**库柏** 因为你疯了。

**谢皮** 别胡说了。

**库柏** 上帝呀，这是真的，老板，我可以起誓。弗洛丽跟她那个小白脸，他们打算把你关起来，这样就能拿到你的钱了。你老婆也跟他们穿一条裤子啦。

**谢皮** 你在逗我玩儿呢。我妻子绝对不会让他们碰我一根头发。

**库柏** 他们准备说服你去精神病院。如果你不肯的话，他们就让医生开诊断证明，把你绑过去。

**谢皮** 是吗？那你打算怎么做呢？

**库柏** 我来给你通风报信。

**谢皮** 你是个好人，对此我深信不疑。

**库柏** 之前我以为你头脑清楚，可你的那套做法让我不寒而栗，所以我赶紧跑了。现在真相大白，原来你是疯了——好吧，那就是另一回事了。我跟你这种人打过交道，我妈妈的叔叔就是个疯子，过去跟我们住过一段时间。他觉得自己是一块糖，所以总是不肯洗澡，害怕一沾水就化掉了。

**谢皮** 还挺好玩儿的。

**库柏** 你对我很好，救过我一命，我也打算知恩图报。趁着现在没人，你赶快跟我一起离开这里吧。我会照顾你的，听明白了吗？别想着钱的事啦。

**谢皮** （对死神）你有什么要说的吗？说实在的，他这人也不坏。

**库柏** （吓一跳）你在和谁说话？

**谢皮** 跟那位女士。

**博库** 在哪儿？我没看见有人啊。

**谢皮** 在那儿，好好看看。

**库柏** 那儿一个人也没有。

**谢皮** 他拿我找乐子。明明直勾勾地盯着你看，硬说谁也看不见。

**死神** 这不奇怪。

**谢皮** （对库柏）你听见了吗？

**库柏** 什么？

**谢皮** 她说她不觉得奇怪。

**库柏** 除了你和我，这儿没人说话。

**谢皮** 他现在也听不见了。

**死神** 听不见奇怪吗？我也没有话要对他说。

**谢皮** （对库柏）在你进来之前，我正准备卖她一瓶三号生发液呢。女人呀，总是觉得自己很精明，实际上和男人一样，都容易上当。

**库柏** 听着，老板，如果你打算离开这里的话，最好立刻开溜。过不了多会儿，他们就回来了。

**谢皮** 我不走。我也不敢让一个耳聋眼瞎的家伙领着我到处跑啊。

**库柏** 你没听明白我说的吗？你要是留下来的话，他们会把你关进疯人院的！

**谢皮** 也许你说的是真的，也许不是，也许你是一个化了装的魔鬼，想要引诱我走入歧途。我是个堂堂正正的公民，绝不会做出鲁莽冲动的行为。

**库柏** 可别说我没提醒过你。

**谢皮** 放心吧。我正在和这位女士进行一场有趣的谈话，请不要打断我。

**库柏** 好吧，你自求多福吧。

［库柏溜了出去。谢皮回头，对死神一笑。

**谢皮** 他看不见你，这还真是桩怪事。

**死神** 为他准备的那条绳索，现在还没有编织完成。

**谢皮** 这话放在谁身上，可都不爱听啊。

**死神** 可结果对谁来说，都会是一样的。

**谢皮** 不过，如果你不是真的站在这里，我怎么能看得到你呢？

**死神** 猜不出来吗？

**谢皮** （突然感到惊慌不安）你不会是为我而来的吧？

**死神** 是的。

**谢皮** 你在开玩笑。我以为你只是过来聊天的。对不起，亲爱的，今天没戏了。你下次再来吧。

**死神** 我很忙，没有下一次了。

**谢皮** 我认为，这样对我很不公平。你刚进来的时候，我还乐乐呵呵的呢。要是我知道你要干什么，我刚才就应该跟库柏一起溜之大吉。

**死神** 那么做没用。

**谢皮** 我后悔了。医生建议我去谢皮岛的时候，我就应该听他的。那样的话，你就找不到我了。

**死神** 从前，有一个巴格达商人，打发他的仆人去市场买东西。不久以后，仆人回来了，他脸色惨白，颤抖着说："主人，刚才的市场里人山人海，有个女人撞了我一下，我回头看过去——居然是死神。她看着我，做了一个吓人的手势。主人，快把你的马借给我，我要离开这座城市，躲开这桩厄运。我会一路骑到萨马拉，那样死神就找不到我了。"商人把马借给了他，仆人骑上马，挥鞭一催，扬长而去。商人来到市场，在人潮中找到了我，他走上前对我说："今天早上，你看到我仆人的时候，为什么要做出那种吓人的手势？"我告诉他，"那不是为了吓唬他。我只是感到有些惊讶，明明今晚要在萨马拉见到他的，为什么这会儿，他却出现在了巴格达呢？"[1]

**谢皮** （略微发抖）你的意思是，我无论如何也躲不开你吗？

**死神** 没错。

**谢皮** （试图哄骗死神）我并不想就这么离开这个世界。我对眼下的一切感到非常满意，我的家在这里。到我这个年龄，还想要踏上另一段冒险旅程，那就太傻了。

**死神** 你害怕了吗？

**谢皮** 害怕什么？审判日吗？（笑道）不，并不是这样。你瞧，这个

1 这个故事发生在伊拉克，巴格达为其首都，萨马拉为一片沙漠。

问题我是这么看的：我带过十几个徒弟，他们粗心大意、跌跌撞撞、净干蠢事，现在的年轻人都这样，玩世不恭；当然了，我叫他们通通滚蛋，可我从没有因此而记恨他们呀。要是上帝连我这点儿幽默感也没有，我是不会相信他的。

**死神** 你准备好了吗？

**谢皮** 准备好什么？

**死神** 跟我走。

**谢皮** 现在？此时此刻？我真没想到你是这个意思。这么着急干什么？我得先跟我妻子商量一下。凡事我都要先咨询她的意见，不然我是不会做决定的。

**死神** 她帮不上忙。

**谢皮** 她这会儿正给我买烟熏鲱鱼呢。要是她费了这么大劲买回来，我却不在家吃晚饭的话，她肯定会不高兴的。

**死神** 总有人替你消受的。

**谢皮** 实话实说，我这会儿已经非常累了，实在不想出门。

**死神** 你不会觉得累的。

**谢皮** 还有一件事。我敢说你肯定从来不看报，所以也没听说过这桩新闻。我赢了八千多英镑的爱尔兰大乐透彩票，我已经决定要用这笔钱做一项特别的事业。如果我就这么死了，那会是一件荒谬至极的事情，因为我正准备为这个世界做一点好事。

**死神** 这种荒谬的事情时有发生。这个世界没有你也会照样转，你们男人好像总是无法接受这一点。

［外面传来关门的声音。

**谢皮** 我妻子回来了，要我告诉她一声吗?

**死神** 她听不见。

**谢皮** 你知道，自打我们结婚以来，还从来没分开过呢。我要是就这么扔下她一个人走了，她会很伤心的。

**死神** 接下来的路，她没法跟你一起走。

**谢皮** 这个家里要是少了我，她会无所适从的。当然，我不在的话，她也能轻松很多。不用再给我做饭洗衣服，余下来的生活倒是会简单不少。但一开始的时候，还是会不习惯的。

**死神** 所有人都一样，慢慢都会习惯。

**谢皮** 寡妇们的日子尤其难挨，我注意过。嘿，我还没死呢，就把艾达说成是寡妇了，她要是听了准会发疯的。

**死神** 时间一久也会淡忘。

**谢皮** 这话可安慰不了我。这样吧，我提个建议，从我彩票的奖金里拿出一千英镑给你。你带着我的钱，哪儿来的回哪儿去。

**死神** 钱对我没用。

**谢皮** 哎呀，我这会儿感觉不大舒服，我需要看医生。

**死神** 很快就没有痛苦了。

**谢皮** 怎么我说什么，你都有话接啊，就好像预先掌握了一切问题的答案。唉，没法把心心念念的事业践行到底，想想都觉得可惜呀。当然，他们也一直在强调，我真放手去干的话，一定会带来更多的伤害。耶稣那话怎么说来着？愿你的旨意得到成全。[1]（叹一口气）说真的，我太累了，什么都不在意了。

**死神** 我知道，这也常常令我感到好奇。人们在临死之前总是非常害怕，年龄越大越是如此。但到死亡降临的那一刻，他们又变得满不在乎了。

**谢皮** 在离开之前，我还有一件事情想要问你。死后的世界是什么样的？

**死神** 这个问题，我也常想。

**谢皮** 你的意思是，你不知道吗？

［死神摇头。

**谢皮** 你是想说，你到处去勾别人的魂儿，老的少的一视同仁，不由分说就把人带走，可是带到哪儿去，你完全没数？

**死神** 那不是我要关心的。

**谢皮** 我觉得你这么做有失公平。我的意思是，你都没有办法为此负责。

**死神** 说实话，有时候我也在想，这会不会是一场天大的误会。

**谢皮** （气呼呼地）算了，就让我自己去看看吧。我们从哪儿出去？

**死神** 从门出去。

**谢皮** 那太没气势了。我还以为我们会从窗户飞出去，或者从烟囱里

1 原文 Thy will be done，源自《圣经·新约·马太福音》，指上帝的意志在人间得到贯彻。

冒出去呢。你懂的，得有视觉效果。

**死神** 不需要。

**谢皮** 好吧，等我穿上鞋。（四处寻找）你瞧，我那个聪明的老婆，怕我偷着跑出去，把鞋给藏起来了。

**死神** 用不着穿鞋。

**谢皮** 不穿鞋走路，看上去会很滑稽。

**死神** 没人会介意。

**谢皮** 那我把灯关上吧，节约点儿电费。

［谢皮来到门口，关掉房间里的灯。门自动打开，他跟着死神走了出去。在空荡荡的房间里，响起了一声喘息——声音从谢皮打瞌睡的老爷椅上传来，是他临终前的最后一声呼吸。门再次被打开，厄尼跟着弗洛丽一起上场，顺手打开了灯，然后转身对后面的米勒太太喊话。

**厄尼** 不，他不在这里。

**弗洛丽** 也许他出去了。

**米勒太太** （在门口）不可能，他的帽子还在门厅挂着呢。他应该是回房间躺下了吧，咱们等晚餐准备好了再叫他。弗洛丽，你去铺桌子。

**弗洛丽** 好的，妈妈。

［米勒太太从观众的视线里消失。弗洛丽从餐边柜上取下桌布和刀叉，厄尼帮她铺桌布。

**厄尼** 看起来，今晚没有那些不三不四的人来过夜了。

**弗洛丽** 谢天谢地。

**厄尼** 他们都去哪儿了？

**弗洛丽** 我不知道，也不在乎。不过，我倒是不讨厌那个贝茜。

**厄尼** 可惜我没能跟她好好谈谈。人们说，她所从事的是世界上最古老的职业。要是能澄清一下我对她们的偏见，也是桩趣事。

[米勒太太端着托盘上场，上面放着水壶、杯子和一条长面包。

**米勒太太** 电影好看吗？

**弗洛丽** 好看极了。

**厄尼** 对我来说有点儿庸俗，我讨厌这种渲染伤感的片子。

**弗洛丽** 我看见你哭得可起劲儿了。

**厄尼** 胡说八道。

**米勒太太** 没什么好害羞的，我有时候也喜欢好好哭上一场。（再次走出去）

**厄尼** 演劫匪的那个人倒是很帅，这我承认。

**弗洛丽** 他没有你帅。

**厄尼** 别瞎说了，弗洛丽。

**弗洛丽** 我是认真的。

**厄尼** 哦，是吗？

[他们在留声机旁站住，互相拥抱对方，然后亲吻了起来。

**弗洛丽** 你爱我吗，厄尼？

**厄尼** 胜过世间的一切。

[厄尼伸出空闲的手打开了留声机，他们开始贴着面跳舞。

**弗洛丽** 妈妈今晚有点儿情绪低落。

**厄尼**　我想，她是在担心你爸爸。

**弗洛丽**　这也在情理之中吧。那天医生告诉她，爸爸可能随时都会走掉。

**厄尼**　这话你可别信。住在疯人院里的人都很长寿，他起码还能再活二十年。

**弗洛丽**　一切都会慢慢好起来，一想到这儿我就开心。

**厄尼**　你非得说话不可吗？

［厄尼和弗洛丽热情拥吻，然后继续跳舞。米勒太太再次端着托盘进来。上面放了一个馅饼和买给谢皮的两条烟熏鲱鱼。

**米勒太太**　你们两个真不害臊。让你们收拾一下餐桌，就给收拾成这样？

［厄尼和弗洛丽停了下来，厄尼关掉音乐。

**厄尼**　是她引诱的我，我情不自禁地陷进去了。

**弗洛丽**　没错，怪我吧。

**厄尼**　我也说不上来因为什么，可我就是觉得她可爱得不得了。

**米勒太太**　天啊，别说傻话了，你们两个都是一丘之貉。就跟别人没谈过恋爱似的。上楼跟你爸爸说，晚餐已经准备好了。

［厄尼不经意地瞥了一眼那把老爷椅。

**厄尼**　用不着上楼，他已经在这儿等着了。

［厄尼上前，推了一下老爷椅，椅子摆了两下，一只胳膊从椅子上耷拉下来。

**弗洛丽**　怎么，爸爸睡着了。

［米勒太太走上前去，猛地怔住。

**米勒夫人** 不，那不是在睡觉。（看了他一会儿）他总说自己生来运气就好，他走的时候，也是一样。

——幕落——

# 神圣爱火

本剧的剧名受到了英国诗人柯勒律治的诗作《爱》的启发。在 1928 年的初版剧本中，毛姆以这首诗的第一节作下题记：全部的思想、激情、与快乐，那些挑动人心魂的一切，都不过只是爱的使从，在滋养着他那神圣之火（All thoughts, all passions, all delights, Whatever stirs this mortal frame, All are but ministers of Love, And feed his sacred flame）。

## —人物—

塔布莱特夫人：塔布莱特家族的家长，莫里斯和科林的母亲。

莫里斯：前飞行员，因一次飞行事故而瘫痪在床。

科林：莫里斯的弟弟，在拉丁美洲经营咖啡种植园。

斯黛拉：莫里斯的妻子。

哈维斯特医生：塔布莱特一家的私人医生。

维兰护士：负责照顾塔布莱特一家的私人保姆。

利昆达警长：塔布莱特夫人的旧相识。

爱丽丝：女仆。

故事发生在塔布莱特夫人位于伦敦近郊的家中，此地名为加特利花园[1]。

1　一个虚构的府邸，在今天的英国境内并无此地。

# 第一幕

[ 场景是加特利花园的客厅。这是一个宽敞舒适、陈设颇显古朴的房间。屋里摆着几把宽大的扶手沙发，套着已经褪色的印花棉布；几只盛满鲜花的碗状花瓶；几件英国瓷器；几幅维多利亚时期的水彩画；还有几张装在银制相框里的旧照片。这间客厅属于一位年迈的女士，她从没有跟任何一位室内设计师打过交道，仅凭自己打小以来的印象和理解完成了全部装潢。第一次踏进这扇门的人，多半不会赞叹房间有多美；但如果他／她对周遭的环境加以留心，或许会发现这是一个吃烤松饼、喝下午茶的好地方。倘若他／她再敏感一些，将手伸向沙发靠垫的后面，一定可以找到几包散发着淡淡香气的薰衣草袋。

[ 时值六月的一个夜晚，天气非常好，客厅有一扇法式落地窗敞开着，直通外面的花园。透过窗户，可以看到繁星点点的夜空。

[ 幕启时，出现在场上的是塔布莱特夫人、莫里斯、哈维斯特医生和维兰护士四人。塔布莱特夫人身穿一条黑色的半正式晚礼裙，正在打理手上的挂毯。她满头白发、身材瘦削、个子不高，外表温柔端庄，脸上则带着坚定的神色。一方面，她看起来似乎经受了命运的连番折磨；另一方面，她又格外镇定自若，好像已经找到了应对不公的信念和勇气，以及不屈不挠的

斗争精神。

[维兰护士没有着正装，而是穿了一条简单漂亮的连衣裙，凸显了她傲人的身材。她是一个二十七岁左右的女士，相貌清秀，有一双明亮的眼睛。此时的她正在看书，看上去有点儿愁眉苦脸。不过，她这个年龄的女孩子通常都会有这样的神色：心中充满渴望，面上略带哀怨。

[哈维斯特医生和莫里斯两人正在下国际象棋。哈维斯特是这个家庭的私人医生，他的岁数还算年轻，气色看起来也不错，搭配着身上的晚礼服，称得上仪表堂堂、干净利落、友善和蔼。莫里斯身着睡衣、盖着毯子，躺在一张病床上。他身材匀称、仪容整洁，看上去刚刮过胡子，头发也剪得很短。他有一张英俊的脸庞，举止得体、心态开朗。但他非常的瘦弱，两颊苍白凹陷，深邃的双眼看起来更大了。可幸的是，他的脸上始终洋溢着微笑，丝毫没有自怨自艾的迹象。

[棋局下到一半，医生停下来思考对策。

**莫里斯** （心情愉快地挖苦对方）象棋的精髓在于速度，我的老伙计。你再慢点儿，天可就亮了！

**哈维斯特** 塔布莱特夫人，你倒是管管这个恶霸，他一直挤对我。

**塔布莱特夫人** （笑）依我看，这局面你应付得来，医生。

**莫里斯** 如果你想给我点儿颜色瞧瞧的话，可以动一动你的象。

**哈维斯特** （面色沉着地思考着棋局）到我需要你提建议的时候，我自己会开口的。

**莫里斯** 母亲，在你们年轻的时候，受人尊敬的私人医生都是这样跟患者讲话的吗?

**塔布莱特夫人** 你一直叽叽喳喳说个没完，叫可怜的维兰护士还怎么看书? 我连自己织毛毯的声音也听不到了。

**护士** （抬起头来看了众人一眼，面露微笑）没关系，塔布莱特夫人，不用管我。

**莫里斯** 我这悦耳的声音，她差不多听了五年了。现在不管我说什么，维兰护士都像完全没听见一样，我就跟个聋哑人没区别。

**塔布莱特夫人** （干巴巴的口气）这能怪人家吗?

**莫里斯** （高兴地）即便我给疼痛折磨得眉头紧锁、指天骂地，像五万个骑兵那样气势汹汹，也没法让她清秀的脸颊上泛起一丝红晕。

**护士** （微笑）我知道，这让你很苦恼。

**莫里斯** 何止是苦恼啊，护士小姐，你实在太不体贴了。要是能看到你被我吓得脸色苍白，用胶布把嘴贴个严严实实，只是为了不让自己哭出声来，倒是会给我几分宽慰……快看，医生要出招了。老兄，你可得小心点儿，现在的形势险得很哪。

**哈维斯特** （移动棋子）我出马。

**莫里斯** 要是我碰一下那边儿的兵，然后嘟囔一声“将军”，你会怎么样?

**哈维斯特** 我会说：你想怎么下是你的权利，但这步棋有点儿粗鲁。

**莫里斯** 如果我是你的话，你知道我现在会怎么做吗?

**哈维斯特** 不知道。

**莫里斯** 我会假装把脚卡在桌腿中间，然后一个不小心，把桌子踢翻在地。这是你眼下唯一能从我手里逃过一劫的方法。

**哈维斯特** （*移动棋子*）你休想。

**莫里斯** 哦，你想硬碰硬，是不是？来吧。

［*女仆爱丽丝上场。*

**爱丽丝** 请原谅，夫人，利昆达警长过来了。他想问，现在进来喝一杯酒会不会太晚了？

**莫里斯** 一点儿也不晚。他在哪儿呢？

**爱丽丝** 就在门口，先生。

**塔布莱特夫人** 请他进来。

**爱丽丝** 好的，夫人。

［*爱丽丝下场。*

**莫里斯** 你认识警长吧，老伙计？

**哈维斯特** 不认识，我从来没见过他。不过，我听说有人刚把高尔夫球场边上的那栋房子给租下来了，拎包入住。就是他，对不对？

**塔布莱特夫人** 没错。很多年以前，我还在印度的时候就认识他了，这也是他为什么到这儿来生活的原因。

**莫里斯** 他曾经是母亲众多追求者当中的一个，但听说母亲对他态度很不好。

**哈维斯特** 我完全相信。这位警长是不是仍然怀着那份对您不可救药的热情呢，塔布莱特夫人？

**塔布莱特夫人** （接受了这份揶揄中奉承的那部分）我完全不知道，哈维斯特医生，你最好还是去问问他吧。

**哈维斯特** 他是个军人？

**莫里斯** 不，他之前是个警察，最近刚刚退休。他人很好，我相信他高尔夫也打得不错，科林跟他一起打过两三次球。

**塔布莱特夫人** 我本来想请他今天一起共进晚餐，这样莫里斯就可以组团打桥牌了，可惜他没能来得了。

［爱丽丝领着利昆达警长上场，向众人宣布完后，旋即下场。

**爱丽丝** 利昆达警长。

［利昆达警长是一位体形高大的中年男子，满头白发，一张脸叫太阳晒成了古铜色，身材匀称，看上去很有活力，也很机灵。此刻的他穿着一件晚礼服。

**塔布莱特夫人** （和他握手）你好，警长。你能来看我们真是太好了。

**利昆达** 我正准备回家，路过你们这儿，看见屋里还亮着灯，就想进来看看有没有人能跟我喝上一杯。

**塔布莱特夫人** 请便，（扭过头去点了一下）威士忌在桌上。

**利昆达** （走到桌子前，给自己倒上一杯酒）谢谢招待。你还好吗，护士小姐？

**护士** 你好，警长。

**利昆达** 我们的病人怎么样了？

**莫里斯** （神态轻松地）考虑到他要忍受的这些乱七八糟的事情，病人状况还算不错。

**利昆达** （微笑）你的情绪还是这么高昂。

**莫里斯** 我始终对生活心怀感激。就像一位太太曾经说过的，她刚给自己的丈夫买完保险，才踏出保险公司的门，她丈夫就让一辆摩托车给撞了。

**哈维斯特** （被他逗乐）莫里斯，你这个傻瓜。

［医生和警长握手。

**哈维斯特** 你好。

**利昆达** 塔布莱特夫人跟我说，您是一位非常出色的医生。

**哈维斯特** 我会竭尽所能，向我的病人们证明这一点。

**莫里斯** 唯一的问题就是，他误以为自己会下象棋。

**利昆达** 别让我妨碍你们的游戏。

**莫里斯** 游戏已经结束了。

**哈维斯特** 离结束还早着呢，我还有三种方法可以脱困。（下一步棋）你怎么说？

**莫里斯** （下一步棋）将军，你这招蠢到家了。

**哈维斯特** 该死。

**塔布莱特夫人** 他输了吗？

**莫里斯** 一败涂地。

**护士** 要我把棋盘收起来吗？

**莫里斯** 如果你不介意的话。

［护士整理棋盘和棋子，与此同时，对话继续。

**利昆达** 我就不打搅你们了，等喝完这杯我就走。说真的，我只是过来打声招呼，没能参加晚餐，实在抱歉。

**莫里斯** 别着急，你知道的，我还要过几个小时才去睡觉。

**塔布莱特夫人** 我们正在等斯黛拉和科林回来，他们去看歌剧了。

**利昆达** 我也是个夜猫子，除非迫不得已，不然我从不早睡。

**莫里斯** 你真是太对我的胃口了。

**哈维斯特** 我明天还得工作呢，再喝几口威士忌缓解掉失败的痛苦，我就得走了。

**莫里斯** 警长，让我们把其他人都打发到床上去睡觉，然后咱们两个好好聊聊天吧。

**利昆达** 乐意之至。

**塔布莱特夫人** 如果你今天想熬夜的话，莫里斯，让维兰护士先帮你整理一下。等你什么时候困了，翻身上床就好，科林回来以后可以帮你。

**莫里斯** 好吧。护士，你觉得可以吗？

**护士** 悉听尊便。我也可以熬上一会儿，等莫里斯夫人回来再去睡。等你跟她道过晚安以后，我再扶你上床休息。

**莫里斯** 哦，没这个必要，你已经够累了。

**塔布莱特夫人** 你的脸色看上去不大好，护士。我觉得，你该给自己休个假了。

**护士** 哦，我接下来几个月都不想休假。

**莫里斯** 那就到轮子这边来吧，护士小姐，请你温柔地把这位折翼的英雄送进他的卧室。

**哈维斯特**　要我帮忙吗？

**莫里斯**　想都别想，该死。被一个人折腾来折腾去已经够烦的了，我可不想再多一个人折腾我。

**哈维斯特**　很抱歉。

**莫里斯**　我十分钟就回来。

［维兰护士调整了一下病床下的轮子，推着莫里斯离开房间并关上门。

**利昆达**　护士小姐可真是一个好姑娘。

**塔布莱特夫人**　是的，她很能干。而且我必须说，她非常温柔善良，特别是对莫里斯，她很有耐心。

**利昆达**　自从可怜的莫里斯出事以后，你就把她招过来了，是不是？

**塔布莱特夫人**　哦，不是。在她之前，我们还雇过三四个护士，她们都或多或少有点儿不讨人喜欢。

**哈维斯特**　维兰小姐是一位极其称职的护士，有她帮衬，你们真是太幸运了。

**塔布莱特夫人**　我们确实非常幸运。唯一的美中不足就是她这人太保守了，身上没有一点儿迷人之处。除了每年八月休一个月的假期以外，她这五年来几乎每天都陪在我们身边，而我最近才知道她的名字叫碧翠丝。她管孩子们叫莫里斯先生和科林先生，管斯黛拉叫莫里斯夫人，总是这么一板一眼的，好像心存戒备。她绝对不是那种，跟谁都能自来熟的女孩。

**哈维斯特**　我必须承认，我没办法想象在主日学校里，有谁会跟她玩儿到一块儿去。[1]

**塔布莱特夫人** 当然，她有点儿不懂人情世故，似乎从来没注意到，莫里斯也会想跟妻子有独处的空间。可怜的孩子，留给他的时间不多了。他总是要在每天睡前跟斯黛拉互道晚安，而且不喜欢有旁人在场。这就是他为什么到现在还不睡觉的原因。

**利昆达** 可怜的孩子。

**塔布莱特夫人** 要是在睡前没能吻一下斯黛拉，他会睡不着觉的。可是维兰护士呢，她总能在那最后一分钟里找点儿事做。莫里斯不忍心直接让她离开房间，害怕那样做会伤到她的感情。而且，他也怕别人觉得他多愁善感，所以总是想尽各种办法把维兰支开。

**哈维斯特** 但是，上帝啊，你为什么不告诉她呢？毕竟，一个男人想亲吻自己的妻子、跟她说一声晚安，这是天经地义的事。

**塔布莱特夫人** 维兰护士敏感得可怕。你有没有注意到，凡是不懂得人情世故的家伙，总是格外敏感？他们不小心踩到你的脚，你自然而然会把脚收回来，可仅仅这样一个动作，就会让他们感觉受到了冒犯。这真是让人感到难过。

**利昆达** 我猜，莫里斯非常依赖他的护士吧？

**塔布莱特夫人** 极端依赖。那些难为情的、羞于启齿的事情，都必须得靠她帮忙才行。可怜的莫里斯，他害怕让任何人看到自己脆弱

1 为了奖励那些按时出勤或表现好的孩子，主日学校往往会给他们准备零食等小礼物。这里的意思是，维兰护士为人如此规矩，从小一定就没有什么朋友。

的一面，尤其是斯黛拉。

**哈维斯特** 是的，我也发现了，他不想让斯黛拉跟自己的病情有任何交集。

**利昆达** （对哈维斯特）他真的不会再好起来了吗？

**哈维斯特** 恐怕不会了。

**塔布莱特夫人** 他还能活着，就已经是个奇迹了。

**哈维斯特** 你知道，他经历的那场事故非常惨烈。他的下脊椎整个摔断了，再加上飞机失火，他还受到了严重的烧伤。

**利昆达** 真是太不幸了。

**塔布莱特夫人** 回想起来，整个战争期间，他一直在天上飞，从来没有发生过丁点儿意外。谁知道，偏偏在试飞一架新飞机的时候，出现了这样的事故。这太愚蠢了，真叫人出乎意料。

**利昆达** 他没有在结婚后辞掉飞行员的工作，现在看来委实遗憾。

**塔布莱特夫人** 现在说什么都晚了。

**哈维斯特** 他天生就是当飞行员的料儿。大家都说，他似乎对飞行有着某种潜在的本能。

**塔布莱特夫人** 这是他唯一的兴趣所在了。不管发生什么，他都不会放弃飞行。而且他做得那么好，我从来没想过他有一天会出事故，他给人的感觉向来是安全的。

**利昆达** 我听人说过，他这人英勇无畏。

**哈维斯特** 还有，你知道吗，最奇怪的是，他现在对这一切的兴趣并没有丝毫减少。所有重要的飞行、测试，他通通都有关注。要是有人做出了什么新花样，他能把全身心都扑在这上面。

**利昆达** 这份勇气让我赞叹，我从来没见他沮丧或者失落过。

**塔布莱特夫人** 从没有过，他的精神状态向来很好。哪怕是疼痛难忍、大汗淋漓的时候，他都能强撑着跟你开个玩笑。看他这样，我的心都碎了。

**哈维斯特** 想到科林很快就要离开了，我不由得感到惋惜，塔布莱特夫人。我认为，他待在这里对莫里斯很有好处。

**塔布莱特夫人** 他们两个打小就非常要好。你知道，并不是所有的兄弟都能做到这样亲近。

**利昆达** 确实如此。

**塔布莱特夫人** 科林离开家太久了。你知道，他在莫里斯出事前就去了中美洲。

**利昆达** 那他还要回去吗？

**塔布莱特夫人** 他父亲留给他的那部分遗产，他一股脑儿地都投进了一家咖啡种植园里，现在发展得不错。再加上，他也喜欢那边的生活。要他放弃已经拥有的一切，回来照顾他的残疾哥哥，似乎太过残忍了。

**哈维斯特** 如果那样的话，我也会觉得很不公平。谁也没有权利要求另一个人放弃自己所追求的生活，尤其在对方蒸蒸日上的时候。

**塔布莱特夫人** （带着一丝苦笑）无论如何，对于年轻人可以提要求，但得到他们同意的可能性非常小。

**哈维斯特** 并不尽然，塔布莱特夫人。咱们这个国家里有许许多多的女性，她们为了照顾久病的母亲而放弃了自己的生活，几乎油尽灯枯。

**利昆达**　我前不久在巴斯[1]的时候，见到了不少这样的案例。说老实话，我有时候真想不通，为什么这些女孩子不干脆把她们的母亲杀掉算了。

**哈维斯特**　事实上，她们经常这样做。任何一个医生都会告诉你，他对自己名下病人的突然离世抱有强烈的怀疑。有一些老妇人可能因为活得太久，就被自己的亲戚给毒死了。但他会格外注意自己的言行，不会轻易透露这些消息。

**利昆达**　为什么？

**哈维斯特**　哦，对行医之人来说，这种情况简直糟糕透了。没有什么比卷入一桩谋杀案更能摧毁你的事业了。

**塔布莱特夫人**　我经常思考这样的问题。像我这样不再年轻的女人，身体状况也大不如前，对于我们来说，最佳的处理方案是不是应该像一些非洲部落那样，到一定的年龄，就把我们领到河岸旁边，温柔而有力地这么一推？

**利昆达**　（微笑）要是她们会游泳可怎么办？

**塔布莱特夫人**　她们的家人已经为此做了准备。他们会站在岸上，向自己垂死挣扎的祖母投掷石块。这会打消她们为求生所做的最后

1　巴斯（Bath）位于英国西南部，其原意为洗浴，据说古罗马人在此地发现了温泉，并兴建了规模庞大的浴场，因此得名。现为著名的旅游城市，古典优雅、风光旖旎。

一点努力。

［维兰护士推开门，医生站起身来，帮她一起推着躺在病床上的莫里斯重新回到屋里。

**莫里斯** 我们又回来了。现在的我已经准备好迎接后面的娱乐活动了。我们打开留声机放点儿音乐，怎么样？

**哈维斯特** 我必须得走了。

**塔布莱特夫人** 维兰护士也该去休息了。

**护士** 我这就去收拾一下东西，然后跟你们说晚安。你确定莫里斯太太和你弟弟看完歌剧以后，不会去吃一顿晚餐吗？

**莫里斯** 我确定他们会的。我特别告诉斯黛拉，要尽情享受一顿美食。可怜的人啊，她平常很少出门放松。

**护士** 那他们在四点之前不会回来的。

**莫里斯** 你说这话，是不准我熬夜了吗？你可真是个铁石心肠的冷血女人。

**护士** 哈维斯特医生也不会支持你的，对吗？

**哈维斯特** 完全正确。不过我也知道，自己的妻子安全到家之前，莫里斯是不会去睡觉的。而我的理论是，人们偶尔放纵一下自己，做点儿平常不应该做的事情，只会有益无害。

**利昆达** 你真是太对我的胃口了。

**哈维斯特** 那你得赶快得个什么久治不愈的缠绵病，这样我就可以在花园里铺一个网球场，等你来找我切磋了。

**利昆达** 我会尽力而为的。

**莫里斯** （竖起耳朵认真听）什么声音？

**塔布莱特夫人** 怎么了，莫里斯？

**莫里斯** 我好像听见了汽车的声音。没错，朱庇特在上，是斯黛拉回来了。我从一千英里以外就能听得出来那辆车的声音。

［现在，汽车由远及近驶来的声音几乎清晰可辨。

**利昆达** 你是说，距离这么远的声音，你都能听得一清二楚？

**莫里斯** 当然没问题，那是我家的车子，我一下就能听得出来。现在，医生，请你稍等片刻，见一见斯黛拉吧。她今天把最好的衣服穿出去了，绝对能让你眼前一亮。

**利昆达** 今晚的歌剧院演了什么？

**护士** 《特里斯坦与伊索尔德》[1]。

**莫里斯** 所以我坚持让斯黛拉一定去看看。我们就是在看完这部戏之后才订婚的，你还记得吗，母亲？

**塔布莱特夫人** 当然记得。

**莫里斯** 我们看完了歌剧，准备一起去吃晚餐。我当时开着一辆两座的小轿车，载着斯黛拉在摄政公园[2]里兜圈子。我对她发誓说，如果她不答应我的求婚，我就这么一圈一圈不停地开下去。那部戏演的时间太长，她早就饿坏了，所以第二圈还没开到一半，她就

1 《特里斯坦与伊索尔德》源自一段流传百年的爱情传说，讲述了勇士特里斯坦与敌国公主伊索尔德的悲剧故事。此处指德国作曲家理查德·瓦格纳所改编的歌剧，与贝多芬的《第九交响曲》并列称为十九世纪最有影响力的音乐作品。

2 摄政公园的前身是中世纪的皇家狩猎花园，后于十九世纪初经建筑设计师约翰·纳什之手改建成为公园。现地处伦敦西区，是伦敦仅次于海德公园的第二大公园。

忍不了了，“哦，该死的，如果我必须在嫁给你和饿死之间做出选择的话，我宁愿嫁给你算了”。

**哈维斯特**　塔布莱特夫人，这个故事里有一句话是真的吗？

**塔布莱特夫人**　那我就不清楚了。那段日子里，他们两个人都像疯帽匠[1]一样忘乎所以。我只记得，那天我们其他人刚在餐厅点好晚餐，他们就闯进来了，像两只刚刚吞了金丝雀的猫一样，张口就说他们订婚了。

［房门打开，斯黛拉上场，身后跟着科林·塔布莱特。斯黛拉二十八岁，美丽动人，身着晚礼裙，披着斗篷。科林三十岁出头，身材高大、相貌英俊，穿着一整套晚礼服，外面披着大衣，打着白色的领结。

**莫里斯**　斯黛拉。

**斯黛拉**　亲爱的，你想我了吗？

［斯黛拉走向莫里斯，在他的额头上轻吻了一下。

**莫里斯**　你这个不听话的女孩儿，怎么这么早就回来了？你答应我要去吃顿晚餐的。

**斯黛拉**　这部戏叫我心潮澎湃、激动万分，我觉得自己什么东西也吃不下了。

**莫里斯**　真该死，你本可以到卢西恩[2]那里跳一两支舞、喝上一瓶香槟

1 《爱丽丝漫游仙境》中的人物，性格怪诞疯癫。

2 餐厅名。

的！我煞费苦心、精挑细选地给你买了这条新裙子，你却不让任何人看它一眼。（对利昆达）她说这条裙子华丽过头了，不适合穿去歌剧院，但我行使了我作为丈夫的权利，强迫她穿出去了。

**斯黛拉** 亲爱的，我本来想在中场休息的时候穿着它去炫耀一番，但实在没有勇气招摇过市，所以我自始至终都披着这件斗篷。

**莫里斯** 好了，现在把斗篷摘掉，让绅士们瞧瞧你的新裙子吧。大家本来都准备散了，是我硬要他们留下，就是为了等你回来一饱眼福的。

**斯黛拉** 这太荒谬了，就好像利昆达警长和哈维斯特医生能看出什么名堂来似的。

**莫里斯** 不要这么轻视男性的眼光，斯黛拉。把斗篷脱下来，让我们好好看看你。

**斯黛拉** 你真是个粗鲁的家伙，莫里斯，你都让我不好意思了。（坐到莫里斯的床边，解开衣服外面的斗篷）

**莫里斯** 站起来吧。

[斯黛拉犹豫了一会儿，然后用斗篷遮着腰，站起身来，接着松开手，斗篷顺势滑落到地上。

**哈维斯特** 确实非常漂亮。

[斯黛拉突然踉跄了一下，压着声音叫了一声。

**莫里斯** 哎呀，你怎么了?

[科林扶住了她，搀着她坐在椅子上。

**斯黛拉** 没什么，我突然感觉头晕得厉害。

**塔布莱特夫人** 哦，亲爱的。

**莫里斯** 斯黛拉。

[护士和医生同时走向斯黛拉。

**哈维斯特** 没事的，莫里斯，不用担心。（对斯黛拉）别着急，把头低下来。

[医生用手按着斯黛拉的脖子，尽量让她低头。维兰护士伸出手来，似乎想要扶着她，但被斯黛拉推开了。

**斯黛拉** 不，别过来，别离我这么近。过上一会儿我就没事了。嗨，我真是太愚蠢了。

**莫里斯** 对不起，亲爱的，是我不好。

**斯黛拉** 没关系的，我感觉好些了。

**塔布莱特夫人** 根据我个人的经验，她准是因为太久没吃东西才头晕的。你们什么时候吃的饭？

**科林** 我们还没有吃饭。在歌剧开始之前，我们只是吃了点儿鱼子酱，喝了半瓶气泡水。

**塔布莱特夫人** 你们两个简直是乱来。

**斯黛拉** 我发现，空腹听瓦格纳的音乐更能投入其中。我现在真的没事了。

**塔布莱特夫人** 护士，你能不能去一下厨房，看看有没有什么东西可以拿给这两个傻年轻人吃？

**护士** 当然可以，厨房应该还有一些火腿，我可以给他们做两个三明治。

**塔布莱特夫人** 科林，你去地窖里拿一瓶香槟上来。

**科林** 好的，母亲。

[科林为维兰护士打开门，两人双双下场。

**科林** （边走边说）家里还有冰块吗？我口渴得不行了。

**利昆达** 好了，我也该告辞了。（对斯黛拉）看你这么难受，我感到非常心疼。

**斯黛拉** 一会儿吃口东西，我就会好起来的。我想塔布莱特夫人说得对，我这会儿需要的是一大块火腿三明治，再抹上一大勺芥末酱。

**莫里斯** 你现在看起来好多了。你知道吗，刚才那一瞬间，你的脸色简直像纸一样白。

**利昆达** 那么，再见了，诸位。

**塔布莱特夫人** 再见，谢谢你特地过来看望我们。

[利昆达警长下场。

**哈维斯特** 如果你们不介意的话，我打算再待上一小会儿。对于那些不好好吃饭的年轻姑娘，我实在是放心不下。

[塔布莱特夫人看了一眼莫里斯和斯黛拉，知道他们想要独处一会儿。

**塔布莱特夫人** （对哈维斯特）既然如此，我们一起去花园散个步怎么样？今天暖和得很，外面非常舒服。

**哈维斯特** 走吧。希望维兰护士也能给我切一块三明治，我也有点儿饿了。

［医生和塔布莱特夫人双双下场，屋里只剩下莫里斯和斯黛拉两人。斯黛拉走向她的丈夫，给了他一个爱意绵绵的长吻，莫里斯把手搭在了她的脖子上。

**莫里斯** 亲爱的。

［斯黛拉放松下来，在病床上坐下，握着莫里斯瘦弱的手。

**斯黛拉** 我很抱歉，我把自己弄得像个傻瓜一样。

**莫里斯** 你这个小东西，你把我的魂儿都给吓出来了。你为什么不找个什么地方，吃上两口东西再回家呢？

**斯黛拉** 我不想吃东西，只想赶快回家。

**莫里斯** 对我说实话，你没有去吃饭跳舞，是因为你觉得我正在家里等你回来吗？

**斯黛拉** 这还用说吗？你知道我心里一直惦记着你，而你也巴不得我赶快回来呢。再说了，你难道不知道我压根儿就不喜欢跳舞吗？

**莫里斯** 你这个小骗子。你如果对舞蹈没有一股狂热的爱的话，怎么会跳得那么好呢？你是我最好的舞伴。

**斯黛拉** 哦，可你知道，人都是会变的。现在人们跳的舞都跟以前大不相同了，而我也不像以前那样年轻了。

**莫里斯** 你才二十八岁，还是个小姑娘呢。你应该尽情地享受生活，而不是放弃所有，和我一起烂在家里。哦，亲爱的，这对你而言太不公平了。

**斯黛拉** 哦，亲爱的，不要这样，千万别这么想。我放弃掉的那些东西，对我而言全都一文不值，一刻也不要怀疑我的话。

**莫里斯**　那你也得让我有自己的想法呀。不管怎么说，幸好有科林在这儿，我还能强迫你跟他出门走走。

**斯黛拉**　亲爱的，听你这么说，就好像我是个关在教会里的修女一样。我经常出门的。现在演的那些戏，我一部也没落下，全都看过了。

**莫里斯**　没错，跟我妈妈一起去看的下午场。她是个可爱的老太太，但并没有那么让人兴奋。说一千道一万，趁着年轻，你就应该多跟同样年轻的人待在一起。别管老人怎么看，年轻人就是该说一些傻话、做一些傻事。老人们总是面带微笑，因为他们都是过来人了，都有一个清醒的头脑跟一颗包容的心。但是，该死的，年轻人并不需要他们的包容。年轻人想要犯傻，因为他们还年轻。对于他们而言，难得糊涂才算不枉此生。

**斯黛拉**　亲爱的，你可别弄这么多名言警句出来。他们跟我说，这都已经过时了。

**莫里斯**　我本来希望你能在餐厅里跳到两腿发软，然后趁着月光出去兜一兜风。你还记得吗，我们有一天晚上就是这么干的，彻夜狂欢，一直到第二天早晨，我们穿着晚礼服到河边的酒吧去吃早餐，真是太带劲儿了！

**斯黛拉**　那会儿的我们，就像两个疯子一样。但今时不同往日，我太疲惫了，动也不想动，只想回家。

**莫里斯**　实话实说，你已经失去了狂欢的能力，疯不起来了。

**斯黛拉**　如果你不能陪在我身边的话，我对狂欢这种事就完全提不起兴趣。

**莫里斯** 你这想法可是太蠢了，我可怜的孩子。真希望科林那个笨蛋不要这么快离开，还能再陪你玩儿一阵子。

**斯黛拉** 他本来只打算回家待六个月，现在已经将近一年了。

**莫里斯** 你答应过我的，要试着说服他多留一段时间。

**斯黛拉** 他必须得回去工作了。

**莫里斯** 我不明白，他怎么就不能把那个种植园卖掉，回家安顿下来呢？

**斯黛拉** 他要是留在英格兰，就会像离开水的鱼一样，什么也做不了。当一个人习惯了在外闯荡的生活方式以后，再让他去过那种循规蹈矩、坐办公室的日子，简直比登天还难。

**莫里斯** 恐怕确实如此。换作是我，也一定会受不了的。可我现在考虑的不是自己，也不是母亲——自己的两个儿子帮不上忙，这种情况她也早就习惯了。我是在为你着想。

**斯黛拉** 别为我担心，亲爱的，我完全有能力照顾好自己。说到底，我可是个非常自私的女人。

**莫里斯** 我可怜的宝贝，你不能因为我的背断了，就觉得我成了一个流着口水的傻子，整天就知道躺在床上指手画脚。

**斯黛拉** 那我还能怎么想呢？你仅仅是以为我过得不开心就大惊小怪成这个样子，活像一只保护幼雏儿的老母鸡。可事实是，我并没有不开心。我想做的事情，你从来都没有阻拦过。这个世界上，没有谁比你对我更体贴了。我从早到晚忙前忙后，日子就这样一天天过去了，完全不会觉得无聊。说老实话，我还嫌时间不够用呢。

**莫里斯** 我知道，你做得很好……向来都很好。你把一份糟糕透顶的工作做到了极致，没错。可我这么做是因为没得选，你为什么也非这么做不可呢？对我来说，生活就是咬碎了牙往肚子里咽，这我早就接受了。但这种生活跟你这样的姑娘，又有什么关系呢？

**斯黛拉** 哦，亲爱的，快别这么说了，这种想法一刻都不要有。我嫁给你，是因为我爱你。而现在的你，也比以往更需要我的爱。如果我在这个时候离你而去，那简直就是个没良心的畜生。

**莫里斯** 哦，亲爱的，我们不能把爱情等同于责任。不管它要来还是要走，都不是我们自己能控制得了的。

**斯黛拉** （敏锐地察觉到了什么，看着对方）莫里斯，你这是什么意思？（看向一旁）难道是我做了什么，让你觉得我变了吗？

**莫里斯** （深情地）没有，亲爱的。你对我而言，一直都是天使般的存在，一直如此。（吓了一跳）怎么了？发生什么了？你的脸色一下子苍白成这样。你不是又要晕倒了吧？

**斯黛拉** 不，我没有。我不知道自己的脸色又变了。

**莫里斯** 要知道，或许我时常表现出一副玩世不恭的样子，好像把你的付出当作理所当然，但请不要觉得，我没有意识到自己对你的亏欠。

**斯黛拉** 你真是太傻了，我的宝贝。除了和颜悦色以外，我并不觉得自己为你付出了多少。你从来都不要求我去为你做些什么。

**莫里斯**　我从来没有让你照顾过我，以前没有，以后也不会有。我不能容忍让你看到我被病痛折磨的那一面，那太恶心了。（痛心地）我的宝贝，我不想让你闻到消毒水的味道，我想让你尽情地拥抱黎明，呼吸清晨的气息。我非常感激你所做的一切，斯黛拉。

**斯黛拉**　上帝啊，你完全没有理由这样。

**莫里斯**　（漫不经心地）你知道我永远也不会好起来了，对吗，斯黛拉？

**斯黛拉**　不，我不这么看。康复是一个相当漫长的过程，这个我们都清楚，但我绝对相信你会好起来的。

**莫里斯**　医生告诉我，过段日子，他们会再进行一次手术，看看能不能把我治好。我知道，这根本是个谎言。他们假装能为我做点儿什么，不过是为了不让我放弃希望。我也假装相信他们，因为除此之外，我也不知道还能做什么了。我非常清楚自己会在这张病床上度过我的余生，斯黛拉。

［片刻的停顿。这是斯黛拉第一次意识到，莫里斯已经不对自己的未来抱有任何希望。

**斯黛拉**　（真诚而深切地）那就让我们在你身体还强健的这段日子里，从彼此的陪伴中得到快乐和安慰吧。对你曾给予我的爱，那份坚贞不渝的爱，我会永远心存感激。

**莫里斯**　你以为我现在就会有所改变吗？不，我对你的爱还像以前一样深切，一样执着。我不是经常像今天这样吧？又傻又多愁善感的。

**斯黛拉**　（浅浅一笑）难道多愁善感就那么傻吗？不，你并没有总像今天这样。

**莫里斯** 你就是我的全世界，斯黛拉。说老实话，每个人都对我非常友善，只有当你像我这样，病到生活不能自理的时候，才会发现大家对你有多好。他们都是最好的人。但是，如果有那么一天，我不得不在你和他们之间做出选择的话，那么，只要能让你在生活中免于痛苦和麻烦，我会毫不犹豫地送他们下地狱，哪怕搭上我自己。

**斯黛拉** （以一种轻松的口吻，回到了此前开玩笑的对话模式）哎呀，如果我是你的话，这话可不能当着他们的面说，你会把大家都吓跑的。

**莫里斯** （微笑着）按理说，我应该感到害怕，因为我是如此依赖着你。但我并不害怕，因为我知道——不仅是我的理智和情感在告诉我，我的每一根神经、每一丝感触、每一寸疼痛都在告诉我——你是多么美好。

**斯黛拉** （试图轻松地对待他的话）现在，亲爱的，你的表现越来越夸张了。如果你继续这样下去的话，我就要让你去睡觉了。

**莫里斯** 我的宝贝，你可以随便嘲笑我，但我也在你美丽的双眼里，看到了泪水在打转儿。

**斯黛拉** （情绪突然激动起来）莫里斯，我是一个极其脆弱、极其平凡，甚至是有罪的女人啊！

**莫里斯** （突然改变了态度，但仍怀着极大的爱意）到我怀里来，你这个小傻瓜。

**斯黛拉** （不由得感到有些不安）你为什么要在今天晚上跟我说这些话呢？

**莫里斯** （笑）对于一个快到中年、一天到晚被拴在病床上的男人来说，没完没了地讲笑话实在算不上什么绅士之举。笑料也有用完的时候，请你一定要原谅我。

**斯黛拉** 你真的没有在担心什么吗？

**莫里斯** 要知道，当你像我一样成天被关在家里的时候，你的感官会逐渐敏感起来，周围的事情似乎都变得有趣了。这大概就是身为一个残废所能得到的幸运补偿吧。当然，人们会对你抱以同情，但你可不能滥用他们的同情心。他们或许会关心你生活得怎么样，实际上并不是真的在乎。这也正常，因为生活毕竟属于那些活着的人，而我已经是个死人了。

**斯黛拉** （感到有些困惑）哦，莫里斯，我亲爱的。

**莫里斯** （接着说）如果你是我的话，你很快就会明白这个道理，然后你对那些关心你的人说，我过得好极了，像一把刚调试过的小提琴一样，音准弦正。你必须格外小心，不要让来看望你的人觉得无聊。而且你会发现，如果让话题一个劲儿地围着自己绕，他们很快就会感到无聊。让他们说说自己的事儿吧，那才是人家感兴趣的，你只负责认认真真地听就好。那样人们都会称赞你，“哦，这家伙多么识大体呀”。然后，你再给他们讲笑话，能讲多少讲多少——不管是好笑的、不好笑的，还是中规中矩的——当你把他们逗得前仰后合的时候，他们就不会为你的处境感到抱歉了，这对他们来说也是一种道德上的解脱。只要你这么做了，大家离开的时候都会对你格外友善。

**斯黛拉** 哦，我的宝贝，你让我的心都碎了。想到你不得不看到这些残酷的真相，我就难过得不行。

**莫里斯** 亲爱的，一切也没有你说的那么惨。都只是人的本性使然罢了，而我也从观察这些事情当中获得了不少乐趣。没必要觉得我可怜。我已经学会了从各种各样的事情里面找乐子，像别人的经历，或者他读的书，这些我以前压根儿不会在意。我本不应该提起这些，但我想告诉你，是你给了我继续撑下去的勇气。我并非不快乐，只是不知道自己还有几年可活。但是如果你肯帮助我，亲爱的，我想我一定可以坚持到底。我亏欠你太多了。当我想到明天、后天，以及接下来的每一天里，都还能看到你，其他的一切就都不重要了。当我感到疼痛难忍的时候，我会想象你走进房间来亲吻我的画面，我会感受到你温柔的双唇抚慰着我跳动的心脏。

**斯黛拉** （情绪崩溃地）莫里斯，我不配得到你这样的爱。这让我羞愧难忍。我太自私了，太不体贴了。

**莫里斯** 没有这回事。

**斯黛拉** 你为什么非让我今晚出去不可呢？你觉得我会因此而感到开心吗？

**莫里斯** 我当时并没有想到这一点，我想的是自己开心。我想让你到剧院里去，再听一听我们订婚那晚一起听过的音乐。当时的我，简直为你而疯狂。你还记不记得，在《特里斯坦和伊索尔德》的第二幕里，他们唱起那段二重唱的时候，我在黑暗里握住了你的手，而你哭了。你为什么要哭呢？

**斯黛拉** 我哭是因为我爱你，我为此感到非常快乐。

**莫里斯** 你今天晚上也哭了吗？

**斯黛拉** 我不记得了。

**莫里斯** 那段音乐太惊艳了，不是吗？

**斯黛拉** （含着眼泪微笑着）大家好像都觉得它还不赖。

**莫里斯** 你刚进门的时候，我似乎还能从你的眼睛里，看到那段旋律余音绕梁。它让你的双眼明亮地闪耀着，就像两座深邃的光池。你从来没有像今晚这样美艳动人，就算维纳斯站在你身边，也会像一块奶酪一样，让你比下去的。[1]

**斯黛拉** （从情绪里恢复过来，再次换上了轻松的口气）继续说吧，亲爱的，这种话我从来都听不腻。

**莫里斯** 我可以一连说上好几个星期。

**斯黛拉** 那可不行，奉承的话说多了就会变成偏见。你说到三明治端上来就行了。

**莫里斯** 把你的手给我。

**斯黛拉** 不，别这样。让我们都理智点儿，聊聊别的话题吧，比如马

---

1 原文 you made the Venus of Milo look like a lump of cheese，直译为“你让米洛的维纳斯看起来像个干酪球”。米洛的维纳斯，指的便是古希腊雕塑家阿历山德罗斯的名作《断臂的维纳斯》。

上要举办的国家障碍赛马大会[1]。你认为谁会赢呢？

**莫里斯** 我向上帝保证，如今的你比我们结婚的时候还要漂亮。是什么让你突然像现在这样光彩照人呢？你看上去就像一位刚刚创造了世界的女神，正准备踏上这块新大陆一探究竟。

**斯黛拉** 我并不觉得自己跟往常有什么不同。

**莫里斯** 我每天都会盯着你的脸欣赏很久，你一丝一毫的变化，我都能觉察得到。一年前的你神经紧绷，好像被什么东西压得喘不过气来似的。但如今，你的脸上只有平静，这变化还挺新鲜的。你获得了一种独特的气质，一份美丽的从容。

**斯黛拉** 我可怜的宝贝呀。你要这么说的话，我恐怕只能把它归结于岁月对我的雕琢了。很快，你就会在我的额头上看到第一道皱纹，然后是第一根白头发。

**莫里斯** 不不不，你可千万不能老去呀。单是这念头，就让我受不了。哦，多么残酷呀，你所有的美貌、所有亮丽而璀璨的青春……

**斯黛拉** （迅速地打断他）不，莫里斯，别这样，我求求你了。

**莫里斯** 还不如让我在坠机的时候直接死掉，那样对我们两个来说都好。现在的我只会拖累你，我会拖累所有人。

**斯黛拉** 哦，莫里斯，你怎么能这么说呢？你知不知道，当他们跟我说你出事了、受伤了的时候，我有多么无助跟害怕？在一连好几

1 The National Grand，指一年一度在利物浦举行的英国国家障碍赛马大会。

天焦虑不安的等待以后，当他们终于告诉我你脱离了危险的时候，我又是怎样的解脱和感激？

**莫里斯** 他们就不该让我活下来。在我摔成那个样子的时候，他们为什么不把我从痛苦之中解脱出来呢？只需要比平常多一点儿的麻醉药就可以了。把我从鬼门关里拉回来，这才是真正的残忍。对我来说是这样，对你而言，更是十倍的残忍。

**斯黛拉** 我不许你再这么说下去了。这不是真的，通通不是真的！

**莫里斯** 如果我们有一个孩子的话，我也许就可以忍受这种生活了。哦，斯黛拉，如果我们有一个孩子的话，我就可以在心里暗暗告诉自己，那就是你和我，那就是我们生命的共同延续。而那也会给你带来些许的宽慰。说到底，女人总归是要生孩子的，那样你就不会觉得自己的人生被浪费掉了。

**斯黛拉** 可是，莫里斯，亲爱的，我并没有觉得自己的人生被浪费掉了呀。你今天晚上太奇怪了，是因为生病，还是因为太累了？哦，你到底在发什么神经呢？

**莫里斯** 我爱你，斯黛拉。我想像过去一样，把你搂在怀里。我想要亲吻你的嘴唇，看着你闭上眼睛仰过头去，感受你纤柔的身体在我的臂弯里不住地颤抖。斯黛拉，斯黛拉。哦，我受不了了。

［莫里斯痛哭流涕，扑倒在斯黛拉的怀里。

**斯黛拉** 莫里斯，亲爱的，别这样，不要哭。

［莫里斯歇斯底里地哭着，斯黛拉母亲一般地抚摩着他的头。片刻后，莫里斯控制住了自己。

**莫里斯** （完全控制住了自己的语气，以一种平静的腔调）哦，上帝啊，我真是个该死的傻瓜。给我递一条手帕来。

［斯黛拉从枕头下面取出一条手帕递给他，莫里斯接过来擤了擤鼻子。

**斯黛拉** 亲爱的，你吓到我了。

**莫里斯** 这就是他们所说的神经风暴。幸好只有你在场，要是让维兰护士看到我这个样子，那可就要闹翻天了。

**斯黛拉** （努力让自己进入开玩笑的节奏）要是你扑到她丰满的怀里去，那就更热闹了。

**莫里斯** 既然你都这么说了，我必须承认她的身材确实很好。

**斯黛拉** 现在已经不流行穿她那种胸衣了。

**莫里斯** 我说，你身上有镜子吗？

**斯黛拉** 我的天使，作为一个女人，要是不带镜子的话，平时怎么涂口红呀？（从自己的包里拿出一面小化妆镜递给他）

**莫里斯** （自嘲地笑着）我的天哪，作为一个英勇无畏的飞行员，因为这么点儿小事哭成这样，实在是丢脸啊。（用手绢擦眼泪）

**斯黛拉** 让我给你的鼻子擦点粉吧。当你心烦意乱的时候，美美地补个妆，别提有多解压了。

**莫里斯** 给你自己补吧。你要是不介意的话，可以给我倒一杯威士忌苏打。

**斯黛拉** 好吧，但要等我先给自己擦完粉。

**莫里斯** 我现在感觉好多了。

**斯黛拉**　真希望能有人解释一下，为什么拍一点儿粉，就可以瞬间把女人的鼻子从一个庞然大物变得小巧玲珑。没人能否认，一个漂亮的鼻子就是女人美貌的名片。

**莫里斯**　这就是报纸上说的科学奇迹。

**斯黛拉**　好了，我现在去给你倒一杯威士忌苏打。

**莫里斯**　科林来了，我改喝香槟吧。

［科林端着一个托盘上场，托盘上有几个玻璃杯、一桶冰块和一瓶香槟酒。

**科林**　我恐怕花了不少时间吧。

**莫里斯**　我就知道，让你一个人去酒窖是不靠谱的，我们正准备派一支搜查队去找你呢。

**科林**　这个嘛，我先是找不到凿冰块的工具，然后又找不到剪铁丝的钳子。好不容易弄完了，我又突然想到，还是把车停到车库去吧，我可不想让它在外面过夜。

**莫里斯**　在你忙这些事的同时，斯黛拉已经快要饿死了。

**科林**　维兰护士这就到。我刚瞧见她正做培根三明治呢，味道闻起来非常不错。

［护士端着盖有盖子的菜盘进来。

**斯黛拉**　她来了。谢谢你，护士，你太好了。要说我最喜欢吃的东西，那就是培根三明治了。

**护士**　我没有拿刀叉过来，我想你可以直接用手拿着吃吧。

**斯黛拉**　太美妙了。

**科林** 我得上楼换件衣服。这身正装穿得我太难受了，得赶快脱下来才能舒服点儿，用不了几分钟。

**斯黛拉** 好吧，但我是不会等你的。

**科林** 没问题，你可以先吃，但是要留一份给我，不然我就跟你绝交。

［科林下场，斯黛拉走到落地窗边，向外喊。

**斯黛拉** 哈维斯特医生，赶快过来吃三明治，不然就凉了。

**莫里斯** 我可不想待在这儿，看你们像猪吃饲料一样狼吞虎咽。我要去睡觉了。

**斯黛拉** 你不跟我们一起喝一杯吗？

**莫里斯** 如果你不介意的话，我就不喝了。我今天实在是有些累了。

**斯黛拉** 哦，我很抱歉，莫里斯。如果你觉得累了，就没必要在这儿熬夜了。

**莫里斯** 你上楼休息之前，可以来我的房间看一眼，斯黛拉。

**斯黛拉** 我会的。但要是那会儿你已经睡着了，我就不吵醒你了。

**莫里斯** 我不会睡着的。我有点儿头疼，大概只会在黑暗中安静地躺着，等它慢慢消失。

［维兰护士正要推着莫里斯离开，塔布莱特夫人和哈维斯特医生便进来了。

**哈维斯特** 是你在喊我吗？

**斯黛拉** 是的，莫里斯准备去睡觉了。

**塔布莱特夫人** 哦，那太好了，现在这个时间已经很晚了。晚安，孩

子，好好休息。（弯下腰亲吻莫里斯的额头）

**莫里斯**　晚安，妈妈，上帝保佑你。

**哈维斯特**　让我来帮你吧，护士。

**护士**　我完全应付得来。我已经习惯推着这张病床到处走了，而且他又很轻，一点儿不费劲儿。

**莫里斯**　我身体健康的时候，体重也从没超过148磅。[1]

**哈维斯特**　不要紧，让我推他进去吧，我很乐意推一次试试。

**莫里斯**　护士，就让这位医生做点儿对得起他薪水的事情吧。（操起伦敦口音）你帮我拿药水和粉扑过来吧，亲爱的。[2]

［护士打开门，哈维斯特医生把莫里斯推了出去。

**斯黛拉**　医生，别去太久，三明治会凉透的。

［门被关上，只剩下斯黛拉和塔布莱特夫人留在房间里。

**斯黛拉**　莫里斯今晚有些神经紧张。

**塔布莱特夫人**　是啊，我也注意到了。

**斯黛拉**　我很抱歉，在这个时候我还跑出去听歌剧。

**塔布莱特夫人**　亲爱的，你平常根本不怎么出门。

**斯黛拉**　我真的没兴趣老往外跑。

**塔布莱特夫人**　我想，你一定累坏了吧。

**斯黛拉**　（微笑）简直快累死了。

1　原文为十英石八磅，约等于67公斤。

2　有别于标准的伦敦腔，伦敦东区口音在以前主要为工人阶级所使用，发音较为独特。

**塔布莱特夫人** 那你为什么不吃点儿东西呢？

**斯黛拉** 不，我等大家回来再一起吃。

**塔布莱特夫人** 我想让你知道，亲爱的，无论发生什么，我都非常感激你为莫里斯所做的一切。

**斯黛拉** （吃惊）为什么要这么说呢？你不会是觉得他的病情加重了吧？

**塔布莱特夫人** 不，我觉得他还跟往常一样。

**斯黛拉** 有时候，他确实会高度紧张、敏感焦虑。

**塔布莱特夫人** 是的，这个我知道。

**斯黛拉** 你吓到我了，我不知道你为什么突然说出这么句话。

**塔布莱特夫人** （微笑）我的话有什么问题吗？

**斯黛拉** 它听起来有点儿不吉利。

**塔布莱特夫人** 我只是想告诉你，我知道你为他做出了多大的牺牲，这么多年来一直陪在他的身边。请不要认为我会把你的付出当作理所应当。

**斯黛拉** 哦，亲爱的妈妈，请别这样说。如果我不对莫里斯的情况报以惋惜的话，我也太没人性了。可怜的家伙，这一切对他来说都太可怕了。如果我能够做些什么，让他的日子过得稍微轻松一点儿，那我会毫不犹豫去做的。

**塔布莱特夫人** 话虽如此，但你嫁给他，也不是为了一辈子照顾一个残废呀。

**斯黛拉** 生活就是如此，苦中作乐、逆来顺受。

**塔布莱特夫人** 我知道，像我这样的老女人，总是住在家里跟你们一起生活，是很让人讨厌的。要想做个受人欢迎的婆婆，实在很难呀。

**斯黛拉** （深情地）亲爱的，你一直以来都待我很好。要是没有你，我可怎么办呀？

**塔布莱特夫人** 我承认，我一直在尽力不要变成一个惹人嫌的负担，而你也一直有权利拒绝让我继续住在这里。为此，我也要感谢你的包容。

**斯黛拉** 哦，亲爱的，你都让我害羞了。

**塔布莱特夫人** 你是一个年轻漂亮的女孩子，有权利像其他任何人一样生活。可是这六年来，你为了另一个人而放弃了自己的一切，而这个人之所以成为你的丈夫，仅仅是因为法律上的仪式把你们俩联系在了一起。

**斯黛拉** 不，不是这样的。是爱把我们联系在了一起。

**塔布莱特夫人** 我可怜的孩子，我为你感到无比的难过。无论未来发生什么，我永远不会忘记你的勇气、你做出的牺牲和你给予我们的耐心。

**斯黛拉** （有些困惑，也有些害怕）我不明白你的意思。

**塔布莱特夫人** （带着宽容的微笑反问道）不明白吗？好吧，让我们假设今天是我的结婚纪念日，我的思绪一直被婚姻生活的起起落落、快乐和不幸占据着。

［科林上场，他已经脱下了晚礼服外套，换上了一件非常破旧

的高尔夫夹克。

**科林** 哟嚯，大家都到哪儿去了？

**斯黛拉** 莫里斯去睡觉了，哈维斯特医生这就过来。

**塔布莱特夫人** 来吧，孩子们。都坐下来，吃点儿东西。

**科林** 我来给你们倒酒，怎么样？

[科林倒了三杯香槟酒，斯黛拉自己拿了一块三明治吃。

**斯黛拉** 嗯，真好吃。

**塔布莱特夫人** 维兰护士的手艺不错，是不是？

**斯黛拉** 棒极了。

[哈维斯特医生上场。

**斯黛拉** 你要是再不快点儿，我就把它们全都吃完了。这三明治简直是在犯罪。

**哈维斯特** 我就吃一块，再喝杯酒，然后就走人了。现在已经不早了，明天早上我还得精神抖擞地起床呢。

**科林** 莫里斯还好吗？

**哈维斯特** 哦，还好。今天晚上他有点儿失落，我也不知道因为什么。早些时候他还好好的呢，情绪高昂得很。

**塔布莱特夫人** 我想，他只是累了吧。今天晚上他一直坐着。

**哈维斯特** 维兰护士说，好像出了点儿什么事，让他有些心烦意乱，是这样吗？

**塔布莱特夫人** 那我就不知道了。

**哈维斯特** 他说他头疼。我给他留了点儿安眠药，如果他睡不着觉，或者晚上醒来感到焦虑的话，可以吃一片。

**斯黛拉** 我睡觉之前会去看看他的。我相信，只要他今晚能睡个好觉，明天就会恢复正常。

**塔布莱特夫人** 多陪他一会儿，斯黛拉。

**斯黛拉** 当然会的。

**哈维斯特** 好了，我得走了。晚安，塔布莱特夫人，我在这儿度过了一个愉快的夜晚。

**塔布莱特夫人** 我送你出门，医生，然后我也要上床睡觉了。晚安，孩子们。

**斯黛拉** 晚安。

[塔布莱特夫人与斯黛拉互相亲吻了对方的脸颊，然后又去亲吻科林。

**塔布莱特夫人** 晚安，亲爱的科林。你们两个都不要太晚睡觉——

**科林** （抢先一步）不要忘记关灯，顺道把窗户的安全锁挂好。我会的，妈妈，放心吧。

**塔布莱特夫人** （被科林的玩笑逗笑，转头对哈维斯特说道）你看看吧，这孩子平常就是这样，对自己年迈的母亲没有任何尊重。

**科林** 却有一股深深的爱意，只是表达得比较节制。

**塔布莱特夫人** 上帝保佑你，亲爱的，此刻和永远。

**哈维斯特** 晚安。

**斯黛拉** 晚安，我们过几天会再见吧？

**哈维斯特** 我想是这样的。

**科林** 晚安，老兄。

[哈维斯特医生和塔布莱特夫人下场。科林走到窗边，关上窗户，拉上窗帘。当塔布莱特夫人关上房门的时候，斯黛拉也随即放下了她一直假装在吃的三明治。她呆呆地站在那里，两眼出神。科林关好窗户之后，也关上了大部分灯光，房间一下子黑了下来，只有一束光打在斯黛拉身上。科林转过身，面对着她。

**科林** 斯黛拉……斯黛拉……

[斯黛拉发出闷闷的哭声，回看着科林，眼中充满幽怨和痛苦。

**斯黛拉** 哦，科林。我太难受了。

**科林** （走向她）我可怜的孩子。

**斯黛拉** 不，别碰我。哦，我该怎么办？科林，我们都做了些什么啊？

**科林** 亲爱的——

**斯黛拉** 莫里斯今天晚上表现得很奇怪，我看不出来他到底在盘算些什么。我觉得，他好像已经有所怀疑了。

**科林** 不可能。

**斯黛拉** 这件事永远也不能让他知道。永远！只要能瞒住他，什么我都愿意做。

**科林** 我感到非常抱歉。

**斯黛拉** 我们现在陷入绝境了。真的是个绝境。你为什么会爱上我？我又为什么要爱上你？

**科林** 斯黛拉。

[科林伸出双臂，想要抱住斯黛拉，但斯黛拉躲开了。

**斯黛拉**　哦，我太羞愧了。

[斯黛拉用手捂住了脸。

——幕落——

# 第二幕

[场景与上一幕完全相同，时间来到了翌日，从早晨一直到中午。

[科林此刻正坐在写字台前写一封信。女仆领着利昆达警长进门，他身着一套高尔夫球装。

**爱丽丝** 利昆达警长来了。

**科林** （站起身）哦，你好吗，警长？

[女仆下场。

**利昆达** 我亲爱的孩子，发生这样的事情实在太可怕了。我才得到消息，这简直是晴天霹雳。

**科林** 你能来真是太好了。正如你所想见的那样，我们全家都非常难过。

**利昆达** 我刚才正在打高尔夫呢，今天一大早就出去了，原本九点钟有一场比赛的。我到俱乐部的时候，有人跟我说了这个消息，我几乎不敢相信自己的耳朵。

**科林** 恐怕这是事实。

**利昆达** 可莫里斯昨天晚上还好好的呢。

**科林** 起码没有比平时更糟。

**利昆达** 我本以为他状态不错呢。他昨天晚上多么风趣啊，一个劲儿地开玩笑。

**科林** 是啊，我知道。

**利昆达** 当然，实际情况我也一无所知。你认识高尔夫球俱乐部的布雷克吗？不知道你有没有跟他打过球。

**科林** 没有，但我知道这个人。

**利昆达** 我刚才正在吧台喝东西的时候，他直接朝我走过来了，上来就问："你听说了吗？莫里斯·塔布莱特昨天晚上过世了。"乔治王在上，我简直惊呆了。要知道，当你像我一样不再年轻的时候，听到你认识的人去世的消息，总会让人百感交集，半天都缓不过来。

**科林** 我想是这样的。

**利昆达** 详细的情况，布雷克也不清楚。他是不是昨天晚上突然病情恶化了？

**科林** 不，他只是说他有点儿累。斯黛拉和我打算在睡觉前吃点儿东西，他说他不等我们了。这非常正常，你知道，毕竟当时已经有点儿晚了。哈维斯特也在这里，一直陪在他身边，还有维兰护士，他们两个一起推他回房间休息了。那会儿的他，看起来一切都好。

**利昆达** 这么说，他是在睡着的时候走的？

**科林** 我想是的。

**利昆达** 那可真是太仁慈了。再也没有比这更好的方式了，不是吗？换作是我们的话，只要能让自己在最后一刻走得安详、不受痛苦，我想任何代价都是值得的。

**科林** 他确实没有遭受任何痛苦，不然早就按铃了。他枕头下面有一个按钮，直接通向维兰护士房间的电铃。但凡有一点儿声音，维兰护士都会马上赶过来的。

**利昆达** 她什么都没听到吗？

**科林** 没有。

**利昆达** 那你是什么时候发现的？

**科林** 是这样，有些时候，他头一天晚上睡得不大好，第二天就会很晚才醒。我们对这样的情况已经司空见惯了，谁也不会去打扰他的。但护士就另当别论了。哪怕你辗转反侧了一个晚上，她们也会在天亮之前就推门进来，帮你洗脸、刷牙、梳头发、整理整理床铺什么的，管你是不是还在睡觉。

**利昆达** 这一点，我深有体会。要是非让我在一个称职的护士和一场可怕的疟疾之间做出选择的话，我真会想破头的。

**科林** 后来，斯黛拉把规矩给改了。她坚持认为，在莫里斯按铃之前，任何人都不应该进他的房间去。

**利昆达** 可怜的家伙。但不管怎么说，在睡着的时候，他还是幸福的。

**科林** 我相信这是斯黛拉和维兰护士之间唯一的一次摩擦。你知道，维兰护士是个非常好的人，从来没有给这个家添过任何麻烦，总是好脾气，诸如此类的。

**利昆达** 这我知道，她给我留下了非常好的印象。

**科林** 她刚来的时候，总想在每天早上八点前就把莫里斯收拾好，就像她说的那样——规律作息，你懂的。她说，如果莫里斯觉得累的话，可以再睡个回笼觉。但是，斯黛拉坚持要按照自己的想法来。她说，别的事情她概不干涉，但在这个问题上，必须要听她的。维兰护士没办法，只能选择妥协或者离开。

**利昆达** 说得有道理。

**科林** 我们刚刚正在吃早餐，我跟斯黛拉，还有我的母亲一起，是九点半左右吧。然后维兰护士就进来了。她从来不吃早餐。她每天七点起床，早上就喝一杯可可。

**利昆达** 天啊，这些女人，她们对自己狠起来，还真是有一套。

**科林** 她一进来，我就发现她整个人脸色煞白。她说，她刚去莫里斯的房间看了看。斯黛拉说："我没听到他按铃啊。"你知道这些老房子的隔音有多差，屋里按个铃，整栋房子都能听见。

**利昆达** 没错，我住的那个房子就是这样。

**科林** 维兰护士说："他确实没按铃，可是都已经这么晚了，我就想探头进去看一眼，看看他是不是没事儿。"然后斯黛拉一拍桌子就站起来了，她说："这可不行，我已明令禁止你在他按铃之前进他的房间了，你怎么敢违背我的命令呢？"我从没见过斯黛拉的情绪如此激动。我回过头，发现维兰护士在颤抖。她的样子看起来很奇怪，好像很害怕，但并不是在怕斯黛拉。我突然觉得，事情似乎有点儿不对劲。我对斯黛拉说：先等一下，斯黛拉。然后就站起来问维兰护士：出什么事儿了吗？维兰护士紧握双手，带着哭腔说：恐怕，他已经死了。

**利昆达** 天啊！这太可怕了。

**科林** 斯黛拉突然吸了一口气，然后晕了过去。

**利昆达** 你那可怜的母亲呢?

**科林** 母亲是个非常了不起的人。你知道，有时候会同时发生很多事情，它们看起来似乎是互不相干的，实际上彼此之间都有联系。我赶紧上前一步，先把斯黛拉扶起来。她直接摔在了地板上，发出一声闷响。我不知道该怎么形容，但有那么一瞬间，我真怕这一下会要了她的命。然后我看到母亲坐在桌子旁边，手里拿着一片烤面包，就这么看着维兰护士，好像不能理解她刚说的话。渐渐地，母亲的脸色变得惨白，开始浑身颤抖。她一声不吭地缩在椅子上，突然之间好像苍老了一倍。

**利昆达** 维兰护士怎么这么傻，她为什么不把话说得婉转点儿呢?

**科林** 然后，母亲就站了起来。她恢复得比我们任何人都快。我从来不知道她竟然有这么大的勇气。

**利昆达** 她是万中无一的那种女人，这我知道。

**科林** “你最好赶快去找哈维斯特医生”，她是这么对我说的。（声音突然嘶哑起来）天呀，这句话现在还在我的脑子里，挥散不掉。

**利昆达** 挺住啊，老弟，现在可不是崩溃的时候。如果这让你不舒服的话，就别再跟我说了。

**科林** （强行振作起来）不，我没事，也没有什么可再讲的了。母亲说，她和护士会照顾好斯黛拉的，让我别管了。这话倒是让维兰护士振作了一点儿，她跟母亲一起，开始想办法让斯黛拉苏醒过来。我去了莫里斯的房间，摸了一下他的脉搏，又把手放在了他的心脏上。他看起来像是在睡觉，但我知道他已经死了。我赶紧跳上车，去医院找哈维斯特医生。那个时间，他已经开始查房了，但是医院的人大概知道他会在哪儿，我一刻不停地追了上去。幸运的是，我很快就找到他，并把他带了回来。他说，他觉得可怜的莫里斯已经死了好几个小时了。

**利昆达** 那他说到底是怎么回事了吗？

**科林** 他说可能是动脉堵塞，或者心力衰竭。

**利昆达** 斯黛拉怎么样了？

**科林** 感谢上帝，她没事，过了一会儿就苏醒过来了。老天，她真是吓了我一大跳。

**利昆达** 我完全能体会。

**科林** 哈维斯特让她上床休息，但她不肯。她这会儿在莫里斯的房间里。

**利昆达** 你母亲怎么样了？

**科林** 哈维斯特陪着她呢。不过，医院有几个病人，他必须得回去看一眼，就离开了一段时间。在你来之前，他刚刚进门。他来了。

［科林正在说话的时候，哈维斯特医生走了进来，和利昆达警长握手。

**哈维斯特** 你好吗，警长？

**利昆达** 真遗憾，我们再次见面，竟然是因为这么一件悲伤的事情。

**哈维斯特** 对于塔布莱特夫人和斯黛拉来说，这自然是一个可怕的打击。

**利昆达** 塔布莱特夫人怎么样了？

**哈维斯特** 她的心理承受能力非常强。我知道她心烦意乱，但她强忍着不让自己表现出来。这份自制力真令人敬佩。

**利昆达** 我不知道她这会儿是不是愿意见我。

**哈维斯特** 我相信她会愿意的。

**科林** 要我去问问看吗？

**利昆达** 感激不尽，科林。你告诉她，如果她不想让人打扰的话，只需要说一声就好了，我完全能够理解。我不想给她添麻烦，但如果我的到来能给她提供一点儿安慰的话，那我非常乐意效劳。

**科林** 好的。

[科林下场。

**利昆达** 你知道，我认识塔布莱特夫人有三十多年了。她丈夫之前在印度担任行政职务。[1]

**哈维斯特** 是的，这事儿她跟我说过。

**利昆达** 他们夫妻俩是我在印度认识的第一对好朋友。她人非常好，这你知道的，一直都很好，人人都喜欢她。

**哈维斯特** 当然，在过去的五年里，我和她来往了许多次，她一直对我很好。斯黛拉也一样。

---

1 原文 Indian Civil，官方全称为 Imperial Civil Service，即 1858 年至 1947 年英国殖民时期的大英帝国高级公务员制度。由英国人担任主管，印度人担任助手，统治印度各省共计三亿多人，并监督当地的政府活动。

**利昆达**　这一切终于结束了，大家还是会松一口气的。

**哈维斯特**　那个可怜的家伙，他永远也不可能康复过来的。

**利昆达**　是的，你昨天晚上也说过这话。

**哈维斯特**　当然，他或许还能一直像这样再过上几年。但那又有什么好处呢？不管对他自己，还是对与他有关的每一个人来说，都只剩下痛苦了。

**利昆达**　这一家人做得够好了，他们谁都没有吝啬自己所不得不做出的牺牲。

**哈维斯特**　没错，他们对他非常好。

**利昆达**　我只是希望，结局不要来得这么突然。

**哈维斯特**　哦，为什么不呢？他以那种方式离开，比染上肺炎或者其他的病要好太多了。他完全没有可能抵御得了任何疾病。

**利昆达**　对他个人来说，确实如此。但我考虑的，是他的母亲，还有斯黛拉。

［维兰护士穿着她的护士制服上场。

**哈维斯特**　你好吗，护士。我还以为你在休息呢。

**利昆达**　早上好。

**护士**　早上好，警长，我很高兴你能过来。塔布莱特夫人见到你会很高兴的。

**哈维斯特**　我告诉过你去躺下歇会儿的，护士。

**护士**　我做不到，我完全静不下心来。

**哈维斯特**　那你为什么不出去散散步呢？郁郁寡欢地坐在那里是没有

用的。

**利昆达** 我想，维兰护士受到的震惊和我们其他人一样大。毕竟，她照顾了莫里斯很长一段时间。

**护士** 是的，这对我来说是个很大的打击。他是个可爱的人，谁见了他都会赞不绝口的。他用如此巨大的勇气，忍受着发生在他身上的不幸。

**哈维斯特** 他出色极了，这是毫无疑问的。

**护士** 我自然而然地对他产生了好感。他总是那么乐观，不管别人为他做了什么，他都会心存感激。

**利昆达** 我想，你在开始下一份工作之前，好好地给自己放一个长假吧。

**护士** 我还没有这个打算。

**哈维斯特** 你不是有一些朋友住在南海岸那边吗？你为什么不花上几个礼拜，去他们那儿散散心呢？说老实话，你看上去已经筋疲力尽了。

**护士** （无精打采地）我有吗？

**哈维斯特** 你必须尽量跳出来，不要把这件事情看得太过沉重。

**护士** 一个护士自然不愿意失去自己的病人，特别是像现在这样，突如其来。

**哈维斯特** 他走得虽说有些突然，但也一直在预料之中。

**护士** 就好像是一根蜡烛，当你不再需要它的时候，就一口气把它吹灭了。但是，那团消失的火焰到哪里去了呢？

［哈维斯特若有所思地看着她，琢磨了一会儿。

**哈维斯特**　（友善地）亲爱的，我担心你把莫里斯的死太放在心上，那是很不明智的。

**护士**　（苦涩地）你认为他对我而言只是个病人吗？护士也是人啊。这听上去很奇怪吧，她也跟其他人一样，有着一颗跳动的心。

**哈维斯特**　她当然也有心了。但要是让泛滥的情感淹没了自己的理智，那对她和她的病人都不会有任何好处。

**护士**　你这么说，是不是觉得我不够称职？

**哈维斯特**　不，当然不是。苍天在上，你对自己向来严苛得很，我只是在想，这段时间以来，你也许已经有些力不从心了。听我的话，亲爱的，去度个假吧。你现在需要的是休息。

**护士**　您认为莫里斯·塔布莱特真正的死因是什么？

**哈维斯特**　心脏衰竭。

**护士**　每个人最后都会死于心脏衰竭。

**哈维斯特**　诚然如此。但把它写在死亡证明上，不失为一件好事。

**护士**　你要做尸检吗？

**哈维斯特**　不，为什么要这么做呢？我看完全没有必要。

**护士**　（直视着他的脸）我不同意你的看法。

**哈维斯特**　（没有任何刻薄的口气）我很抱歉，但这是我的事。如果我想要这样签署死亡证明的话，任何人都无权对此提出质疑。

**护士**　你无数次地告诉过我，莫里斯·塔布莱特也许还能活很多年。

**哈维斯特**　没错，我说的是也许。我现在也可以告诉你，他没能继续活下去，对与他有关的每个人来说，都是一桩幸事。

**护士** （非常慎重地）哈维斯特医生，莫里斯·塔布莱特是被谋杀的。

**哈维斯特** 你说什么？

**护士** 需要我再重复一遍吗？莫里斯·塔布莱特是被谋杀的。

**哈维斯特** 一派胡言。

**利昆达** 护士小姐，我敢说今天早上的你有点儿不正常了。你感到难过，这是可以理解的。但你必须试着理性起来，那些明摆着不可能的事情，你就不应该说出来。

**护士** 我理智得很，利昆达警长，我非常清楚自己在说什么。

**利昆达** 你的意思是说，你刚才所做的陈述，就是你心里认定的事实吗？

**护士** 完全正确。

**利昆达** （严肃地）你得知道，这是一个会引发严重后果的陈述。

**护士** 我知道。

**哈维斯特** 这太荒谬了。

**护士** 你认识我已经五年了，哈维斯特医生。凭你对我的了解，我是一个神经质、歇斯底里、不负责任，或者夸大其词的女人吗？

**利昆达** 让我们听听维兰护士要说什么吧。哈维斯特医生针对你的病人所采取的治疗手段，是不是让你感到不满了？

**哈维斯特** 乔治在上，我还真没这么想过。是这样吗，护士？请不要犹豫，想说什么就说什么吧，我不会有一丁点儿被冒犯的感觉。我不想装得自己很高尚，但如果有任何事情让你感到不吐不快，那还是说出来好。我会试着解释一下。

**护士** 据我所知，你为莫里斯·塔布莱特做了医学技术所能做的一切。

**利昆达** 而且，他当然也让别的专家看过。

**哈维斯特** 至少有六个医生给他看过诊。

**利昆达** 继续吧，维兰护士。

**护士** 我是一名训练有素的护士，利昆达警长，如果莫里斯·塔布莱特死于哈维斯特医生的医疗事故，我绝不会如此冷酷无情地当众提出来，让他的亲友感到惶恐不安。

**哈维斯特** 我不愿意在这种场合表现得过于轻率，但我不得不说，维兰护士，你的宽宏大量让我受之不起。

**护士** 哈维斯特医生，你轻率也好，盛气凌人也罢，或者是讽刺挖苦，对我来说都没有任何意义。

**利昆达** （带着一丝浅笑）我认为，大家彼此以礼相待——起码就眼下的情况来看——是没有任何坏处的。

**护士** 我已经提出了明确的指控，并且我会坚持自己的观点。

**哈维斯特** 你的观点就是说，某个人，或者某些人，有预谋地杀死了莫里斯·塔布莱特？

**护士** 是的。

**哈维斯特** 但是，亲爱的，为什么有人要谋杀可怜的莫里斯呢？

**护士** 根据目前的情况，这不关我的事。

**哈维斯特** 现在，听我说，护士，你跟我一样都非常清楚，所有和莫里斯有关的人没有一个不是深爱着他的。这个世界上没有谁比他所得到的关爱更多，呵护更甚。你说有人想要伤害他，这压根儿就是不可能的。

**护士**　不管可能还是不可能，我都有权保留自己的想法。我并不在法庭的证人席上。

**哈维斯特**　证人席？（讽刺地）你已经开始幻想自己站在中央刑事法庭上，[1] 做出轰动全场的证词发言了吗？

**护士**　坦率地说，如果我不得不出庭做证的话，我想不出有什么会比因此而施加在我身上的恶名更让人不寒而栗的了。

**哈维斯特**　恶名是逃不掉的，这种内容向来是媒体小报追捧的对象。行啦，维兰护士，讲点儿交情吧；你跟我都清楚得很，莫里斯是自然死亡。你在这里小题大做，搞得所有人心神不定，能有什么用处呢？

**护士**　如果他真是自然死亡的话，尸检会证明这一点，那样我就无话可说了。

**哈维斯特**　（恼怒地）我绝不会批准尸检的，你知道这对其他人来说有多么残忍。

**护士**　你害怕会出现意料之外的结果吗？

**哈维斯特**　（果断地）一点儿也不。

---

1　原文 Old Bailey，指的是位于伦敦老贝利街的中央刑事法院。老贝利街意为“旧墙”，因此处原为伦敦城墙的一部分，城墙拆除后改建为街道，故而得名。

**护士** （挑衅地）我警告你，如果你执意要签署死亡证明的话，我会直接去找验尸官提出抗议。

**哈维斯特** 我本以为塔布莱特家族的苦难已经够多的了，没想到你还要再让他们经受更多的折磨。

**护士** 利昆达警长，你之前在印度警署工作过，对这种事情应该很了解。能不能请你告诉我，如果一个护士认为她的病人死因蹊跷，那么她接下来的职责是什么呢？

**利昆达** 我真希望你没这么问。我想，她的职责应该是很清楚的。但在这么做之前，她必须确保自己有足够的理由，毕竟这个指控会把一个有恩于她的家庭暴露在大庭广众之下、承受千夫所指的痛苦。

**哈维斯特** 说得没错，你到底有哪些理由？你是提出了一个指控，但如果我没记错的话，你没有任何证据。

**护士** 如果你同意给莫里斯做尸检的话，那在结果出来之前，我们没必要说什么。但现在，你的咄咄逼人已经让我走投无路了。利昆达警长说得确实没错，这个家里的每一个人都待我不薄。我至少不想背着他们提出我的指控，毕竟这有可能直接或间接地影响他们的生活。

**哈维斯特** 你还要当着他们的面说吗？

**护士** 如果不麻烦的话。

**利昆达** 我认为这样也好。你一直言之凿凿，维兰护士，以至于哈维斯特医生和我都没办法擅自做主处理这件事情。无论这会令人多么痛苦，我认为莫里斯的家人都应该来听听你的说法。

**护士** 我已经准备好要告诉他们了。事实上，我想塔布莱特夫人正在过来的路上。

**利昆达** 斯黛拉在哪里?

**哈维斯特** 你也想叫上她吗?

**利昆达** 我认为，最好还是把她也请过来吧。

**哈维斯特** 我去找她。

**利昆达** 我想，她这会儿在莫里斯的房间里。

[哈维斯特下场。

**护士** 在你听完我的陈述之前，利昆达警长，请不要急于评判我。

**利昆达** （略带严厉地）维兰护士，我碰巧是这家人的老朋友，也和塔布莱特太太交情甚笃。你竟然认为在这个时刻往他们的伤口上撒盐是你的职责，我对此感到非常遗憾。我只希望你的陈述是站不住脚的。

**护士** 如果是那样的话，您完全可以当场把我从这个家里轰出去，我绝无怨言。

**利昆达** 这里并不是我的家，维兰护士，我不确定科林·塔布莱特是否愿意把这个愉快的任务交给我来做。

**护士** 我也很高兴能知道哪些是我的朋友，哪些是我的敌人。

[塔布莱特夫人和科林上场。她径直走到利昆达警长面前，脸上带着一丝微笑。尽管发生了如此可怕的灾难，她仍然做到了处之泰然、沉着以对。

**塔布莱特夫人** 我亲爱的老朋友。

**利昆达** 我觉得我必须过来看看你，亲爱的。我相信你知道我对你的遭遇深表同情，但如果还有什么我可以为你效劳的，不论任何事情……

**塔布莱特夫人** （微笑着打断他）你能来就很好了，就像以前一样。

**利昆达** 看到你能如此勇敢地面对这个沉痛的打击，我备受鼓舞。

**塔布莱特夫人** 我尽量把自己的感情先放到一边，只去想我的儿子终于结束了他长久以来的痛苦。他天性勇敢乐观、无所畏惧，这样的人本来就不应该一辈子被困在一张病床上。

**利昆达** 我记得，当他还是个孩子的时候，他就展现出了惊人的活力。

**塔布莱特夫人** 我不会因为他的死亡而黯然神伤，相反，我会为了他的解脱而感到欣慰。

［斯黛拉从花园里走了进来，穿着一身白色的连衣裙，紧随其后的是哈维斯特医生。

**斯黛拉** 哈维斯特医生告诉我你在这里，想和我见见面。

**利昆达** 首先，请允许我向你不幸的遭遇表示沉痛的哀悼。

**斯黛拉** 你知道，莫里斯和我经常谈论死亡的话题，他从来没有表现过丝毫的畏惧。在战争期间，他已经跟死神擦肩而过不知道多少次了，并没有特别看重这件事。他最不能忍受的，就是哀悼这件事。他希望我不要为他举哀扶丧，如果他去世了，我还要像从前一样，继续生活，继续做我想做的事情，就好像他还活着一样。

**塔布莱特夫人** 他是如此爱你，斯黛拉，他把你的幸福看得比一切都要重。

**斯黛拉** 我知道。

**科林** 史蒂文森的那句话一直在我耳边回响："远航的水手折返海港。"

**利昆达** "归来的猎人走下山冈。"[1] 对于我们这些在异国他乡度过了自己一生的人来说，这两句话格外感人至深。

**斯黛拉** 你们知道吗，就算经历了这么巨大的痛苦，莫里斯也从不相信自己的人生就此完蛋了。现在人们或多或少仍然笃定的那些事情，他有一大半都不信……

**塔布莱特夫人** （打断她）连我自己都不相信的东西，我是不会拿来教育我的孩子的。当他们两个都还小的时候，我常常在晚上坐在家里，抬头看着浩瀚群星散过印度的夜晚，思考着这样一个问题：生而为人，我们到底是怎样的一种存在？我们的生命犹如昙花一现，如此微不足道，却能承受如此之多的痛苦，释放出如此丰沛的、对美的激情。我沉默在宇宙无垠的迷思之中。我无法想象广袤的天上世界究竟缘起何处，也不知道是什么样的力量在引导它们运行，但我的心中充满了震撼与敬畏。我好像隐约地察觉到了什么，但它们实在太过于惊世骇俗了，任何人类的既有信条都无法解释得通。

1 这两句话的原文是 Home is the sailor, home from the sea. And the hunter home from the hill. 摘自十九世纪英国诗人罗伯特·路易斯·史蒂文森的《安魂曲》。

**斯黛拉**　莫里斯总是喜欢开怀大笑，要不就是开别人的玩笑。哪怕在说一些严肃的事情，他的眼睛里也总是闪烁着一丝笑意，你都说不准，他是不是在拿自己打趣。我想，他对生活抱有一些独到的信念，这信念可能是他从童年时期的保姆或者仆人身上无意中获得的，到现在都还摆脱不掉。

**塔布莱特夫人**　我们经常从印度当地聘请保姆来照顾孩子，谁知道她们都教了他些什么。

**斯黛拉**　他的这些信念，并不是建立在理智的基础上，而是以某种奇妙的方式，扎根在他的神经和心灵之上。也许，这跟东方人所笃信的灵魂转世有关吧。

**利昆达**　我觉得，一个人小时候所学到的东西，大概会跟着他一辈子吧。

**斯黛拉**　我想，在他内心深处有着这样一个信念：当他的灵魂离开他那遍体鳞伤的身体之后，会寻找到另外一处居所。他的生命力如此旺盛，以至于他会觉得，他无法再生活在这个地球之上。

**塔布莱特夫人**　啊，我多么希望自己也能拥有这种宽慰人心的信仰啊。哦，再活一次、两次，甚至三次，从一段人生走入另一段人生，洗涤自己的罪过，弥合身上的缺憾。直到最后，把自己抛入上帝的怀抱，在他那无穷无尽的灵魂世界里得到安息。

**斯黛拉**　（走向维兰护士）我有话要对你说，护士。我想你很快就要离开我们了，对吗？

**护士**　我想是的。

**斯黛拉** 我向你为莫里斯所做的一切表示谢意，希望你知道，我有多么感激你的付出。

**护士** 我只是尽了我的职责而已。

**斯黛拉** （带着迷人的微笑）哦，不，不，你做的远比那更多。如果仅仅是出于职责的话，你怎么可能总是预知莫里斯有哪些需求呢。你真是太善良了。

**护士** （有点儿不高兴地）您的丈夫是一位非常体贴的病人，他总是非常小心，尽量不给别人添麻烦。

**斯黛拉** 我有一个小计划，想和你沟通一下。我已经和塔布莱特夫人商量过了，她非常赞同。你在这里度过了一段漫长而艰辛的时光。在每年一个月的假期里，你也很少能够得到休息。你经常跟我谈起你在日本的姐姐，我知道你有多想出去旅行。如果允许的话，我请你到东方去，好好地玩一趟。

**护士** （防御性地板起脸）我不太明白你的意思。

**斯黛拉** （有点儿害羞，但又极其诚恳地）亲爱的，护士的薪水向来不高。我知道莫里斯把他所有的东西都留给了我，不过我们一直以来都生活得非常节俭，并不需要那么多钱。如果你能让我送你几百英镑，就说一千英镑吧，凑个整数，那你就可以有一次愉快的长途旅行，并且一段时间之内都不必再为生计担忧了。

**护士** （声音嘶哑，想要努力控制住自己的情绪，但仍然不住地颤抖着）你认为我会要你的钱吗？你把我当成什么人了？

**斯黛拉** （有点惊讶，但并没有把对方的话当回事）这能有什么坏处呢？来吧，护士，别不讲道理啦，你知道我没有想要冒犯你的意思。

**护士** 我已经得到了报酬。如果我对此有任何不满的话，那我只需要辞职离开就好了。

**斯黛拉** （大吃一惊，就好像突然被人打了一巴掌）护士，你怎么了？我说错什么了吗？你为什么要这么对我呢？

**哈维斯特** 你千万别拿维兰护士的话当真，她今天完全不在状态。

**利昆达** 不，哈维斯特，采取那种态度无济于事，现在的情况已经严重超出了预期。斯黛拉，我有个非常不愉快的消息要告诉你。我宁愿别给你眼下的困境增加负担，但这恐怕无法避免。

**斯黛拉** 什么事？

**利昆达** 对于莫里斯死于心脏衰竭的这个判断，维兰护士难以接受。

**斯黛拉** 可是，哈维斯特医生都这样说了呀？肯定没有人比他更清楚了。

**哈维斯特** 我已经准备好签署死亡证明了，对于死因，我没有任何怀疑。

**利昆达** 维兰护士认为应该进行尸检。

**斯黛拉** （极其坚决地）不行！绝对不行！永远不行！可怜的莫里斯，他的身体已经承受了太多的苦难了，我不会允许任何人为了满足自己无聊的好奇心，而去破坏他的遗体。这一点我坚决反对。

**利昆达** 我知道，任何人都无权进行尸检，除非得到死者直系亲属的同意。

**护士**　或者由验尸官直接下令。

**斯黛拉**　这话是什么意思?

**利昆达**　她的意思是，如果你拒绝尸检，她将去寻求权威人士的支持，并且做出一份相应的陈述，那些话她已经对我和哈维斯特医生说过了。

**斯黛拉**　她说了什么?

**利昆达**　维兰护士，你要再说一遍吗?

**护士**　（非常冷静，几乎是有些无力地）不是特别想，我并不反对你把它转述出来。

**哈维斯特**　你确定要这么做吗，护士?你对警长和我说的那番话，多少都带点儿私密性质，不是吗?你不觉得你应该再慎重考虑考虑吗?如果再说下去的话，事态必然会失控的。我想你最好掂量一下自己的态度，那可能会带来严重的伤害。

**护士**　我没办法保持沉默，那样的话，我一辈子都无法原谅我自己。

**利昆达**　维兰护士说，莫里斯并非死于疾病，而是由其他原因造成的。

**斯黛拉**　非常抱歉，但我不明白，还有什么原因可能导致他的死亡呢?

**利昆达**　她说，他是被谋杀的。

[科林和斯黛拉大为震惊，塔布莱特夫人差点喊出声来，但还是忍住了。

**斯黛拉**　谋杀?你一定是疯了，护士。

**利昆达** 哈维斯特和我都已经跟她说了，与莫里斯相关的每一个人，都深深地爱着他。

**科林** 这太荒谬了。

**斯黛拉** 经历了早晨那样巨大的震动之后，我现在几乎要笑出来了。说真的，护士，你一定是太过紧张和疲惫了，才会在脑子里产生这样的想法。这就是为什么当我说要给你一笔钱去休一年假的时候，你表现得那么奇怪的原因吗？

**护士** 我也不希望事情发展到现在这个地步。如果哈维斯特医生当时听从了我的建议，批准进行尸检的话，那么在我的怀疑被证实或被推翻之前，就没必要说这么多话了。

**哈维斯特** 愿意制造伤害，却害怕承受打击，维兰护士，我可领教了。

**护士** （回头对他说）是你把我逼到了这个份儿上，哈维斯特医生。我只是尽我的职责，把我的怀疑严肃地告诉了你。而我刚一开口，你就立刻对我充满了敌意。

**哈维斯特** 好吧，如果你想知道的话，我认为你愚蠢至极、神经错乱、歇斯底里得令人可笑。苍天在上，我行医这么长时间了，知道人说起胡话来是什么样子。打个比方吧，我要是花时间观察一下那些成天八卦的女人都是怎么造谣伤人的，那我这一天就什么也别干了。

**护士** 又或者，你是因为害怕陷入丑闻？谁都知道，声名狼藉对于一个医生来说不是件光彩的事，你不想让这件事情被报纸曝光，那样的话你就会前途尽毁。你拒绝进行尸检，也是因为害怕自己判断有误。你敢否认吗？

**哈维斯特** 我承认，我不希望引起公众的关注。我把所有的钱都投到我的诊所里了。要是我卷入了一桩说不清楚的案子当中，我的事业肯定会受到影响。

**塔布莱特夫人** 谁都希望自己的医生能像中央供暖一样——随用随到，但又不能太过招摇。

**哈维斯特** 但我可以诚实地说，只要是我的职责所在，我绝不会因为个人利益而玩忽职守。但在这个情况下，我不认为批准尸检是我的责任。我现在没有理由不在死亡证明上签字。

**科林** 这两件事情完全没有关系。维兰护士也许有她自己的理由，最好还是听她说一下吧。

**利昆达** 是的，她确实有。我认为她最好还是当着所有人的面，把事情做个说明。

**护士** 我也是这么想的，大家开诚布公，没必要藏着掖着。

**斯黛拉** 继续说吧，维兰护士。

**护士** （对利昆达）我敢说你知道，莫里斯先生经常被失眠所困扰。哈维斯特医生给他开过各种各样的镇静剂。他试过以后发现，只有克洛林的效果最好。（对哈维斯特）我说得对吗？

**哈维斯特** 完全正确。克洛林是一种新配方的药片，比我之前开给他的液态氯醛更加方便。我向莫里斯解释过，这些药物都有依赖性的危险，我还要求他不要在没有我或者维兰护士的许可下用药。[1]

**护士** 我非常确定，他从来没有违反过这个要求。

**哈维斯特** 我也很确定。他头脑清楚得很，知道我在说什么。他的自控力也不错，不会乱来的。

**护士** 能不能请你把昨天晚上给我的指示，也告诉利昆达警长一遍？

**哈维斯特** 昨天晚上他很兴奋，神经也有些紧张。我请维兰护士给了他一片的剂量。我跟他说，如果他半夜醒过来了，可以吃一片。我估计他可能会睡上半小时左右，然后醒过来，就再也睡不着了。

**护士** 我把那片药加到了半杯水里，等化开以后，放在了他的床头。我注意到，瓶子里的药只剩下五片了，就准备过两天再开一些回来。可是今天早上，瓶子却空了，一片药也不剩。

**斯黛拉** （困惑不解）这太奇怪了。

**护士** 非常奇怪！

**哈维斯特** 你是怎么注意到这个的？

**护士** 我早上起来收拾东西的时候发现的。我认为，最好把口服的药和外敷的药分门别类地整理好。

**斯黛拉** （对哈维斯特）如果他一下吃了五片的剂量，会产生致命的影响吗？

---

1 克洛林（Chloralin）和液态氯醛（Liquid Chloral）均为镇定类药物名称，成分相似，易产生毒性和副作用，现已被取代。

**护士**　一共六片。我在他床头的那杯水里放了一片。

**哈维斯特**　是的，毫无疑问，这个剂量会要了他的命的。

**斯黛拉**　这简直太难以置信了。不过还有一种可能，拿走这些药的人，是为了给自己用。

**科林**　你确定昨天晚上的瓶子里剩下了五片药吗？

**护士**　非常确定。如果有人为了自己服用而把它们给拿走了，那肯定是在我上床睡觉之后。

**斯黛拉**　但昨晚除了我以外，没有人进过莫里斯的房间。我也是为了跟他说晚安才进去的。

**利昆达**　你怎么知道没有其他人进过他的房间呢？

**斯黛拉**　有谁会去呢？只有科林和母亲。

**利昆达**　（对塔布莱特夫人说）米莉，[1] 昨天晚上当我离开的时候，你正好上楼去了。

**塔布莱特夫人**　我当时累坏了。（低头浅浅地一笑）科林、斯黛拉，还有哈维斯特医生正在吃培根三明治，我觉得没必要等他们吃完再去休息。

**利昆达**　科林，你昨晚没有去过莫里斯的房间吗？

**科林**　没有，我为什么要进去呢？我也不用靠安眠药睡觉。

**斯黛拉**　你不会认为是我把那些药给拿走了吧，维兰护士？

**哈维斯特**　如果是你拿走的，你现在手里至少还剩下四片。相信我，

1　此为塔布莱特夫人的名字。

如果你在半夜的时候服用了超过一克半的克洛林，[1] 你这会儿恐怕连站都站不稳。

**护士** 可事实是，昨天晚上有五片药不见了，它们会在哪儿呢？

**哈维斯特** 有一种可能，那些药是被有意想要闹事的人给拿走的。

**护士** 你说的是我吗，哈维斯特医生？你认为我大闹一场，会得到什么好处吗？说真的，我不知道这个愚蠢的想法，你是怎么想出来的。如果是我拿走了那些药——而且仅仅是出于恶意的考量——我为什么还要请你做尸检呢？我知道什么也不会查出来的。

**科林** 有没有可能，那些药是今天早上才被人拿走的？

**利昆达** 被谁拿走了？

**科林** 比如说女仆。

**利昆达** 克洛林并不是一种很常见的药物，我不认为一个女仆会听说过它。它不像阿司匹林或弗罗拿 [2] 那样普遍。

**哈维斯特** 那也说不好。报纸上有提到过类似的情况。我们不能百分百确定，一个女仆在无法入睡的时候，不会养成服用某种特定药物的习惯。

**斯黛拉** 好吧，这很容易确认。负责打理莫里斯的房间的人是爱丽丝。我们把她叫过来问问不就知道了。

**护士** 没有那个必要。她害怕进莫里斯的房间里，我告诉她，她可以

1 原文为 25 grains，即 25 粒。粒为一种药物计量单位，一粒相当于 64.8 毫克，25 粒大约为 1.62 克。

2 弗罗拿也是一种镇定类药物。

不用进去，我自己会打扫好房间、整理好所有东西的。我非常确定她今天早上没有进去过。

**斯黛拉** 我们该如何是好呢，妈妈？

**塔布莱特夫人** 照着你们觉得合适的路子去做就是了。

**利昆达** （对哈维斯特）莫里斯有没有可能死于氯醛中毒呢？

**哈维斯特** 我已经告诉过你了，我确定死因是自然死亡。

**利昆达** 我问的是有没有这种可能。

**哈维斯特** 当然有可能。但我根本就不信。

**护士** 我知道这一定增加了你的痛苦，塔布莱特夫人，我无法告诉你我有多么难过。你们对我这么好，我却在这里以怨报德，想想都觉得可怕。

**塔布莱特夫人** 亲爱的，我愿意相信，你只是在做你认为正确的事情，除此之外别无其他。

**斯黛拉** 我困惑极了，这太可怕了。（对护士）你真的认为莫里斯是因服用了过量的安眠药而死的吗？

**护士** （不卑不亢地直视着她的眼睛）是的。

**斯黛拉** 真是太可怕了。

**护士** （仍然看着斯黛拉）我觉得我应该告诉你，当我发现药片不见了的时候，我下意识地看了看我放在他床头的那杯掺了药的水。杯底还有一汤匙左右的液体。我已经把它放在一边了，我建议拿去化验分析一下。

**塔布莱特夫人** （带着一丝微微的嘲讽）维兰护士，你做这个职业真是屈才了。你拥有一名侦探所需要具备的全部素质。

**利昆达** 但是，一杯加了六片安眠药的水，难道不会变得非常难以入口吗？

**哈维斯特** 这杯水会变得相当苦。但是，如果一个人端起杯子来一饮而尽的话，可能在喝完之前都不太会注意得到。

**斯黛拉** 这些听上去都像是间接推测。可我担心，维兰护士的判断有可能是真的。

**科林** 但是，亲爱的，这也太荒谬了。谁会想要谋杀莫里斯呢？这完全不可能啊。

**斯黛拉** 哦，是，没错，但我说的不是这个。维兰护士不可能真的认为有人会故意给莫里斯服下过量的安眠药。但我开始担心，这些药也许是他自己吃的。

**哈维斯特** 你是说自杀？

**斯黛拉** （垂头丧气地）他昨天晚上的状态相当糟糕，表现非常奇怪。我从来没有见他这么紧张不安过。

**利昆达** 这里面有什么原因吗？

**斯黛拉** （犹豫了片刻之后）恐怕是有。你瞧，我去看了《特里斯坦与伊索尔德》。这是我们订婚的那个晚上，一起看过的一部戏。回想起过去的事情，让他感到非常沮丧。

**利昆达** 他提到过自杀吗？

**斯黛拉** 那倒没有。

**利昆达** 他曾经这样做过吗？

**斯黛拉** 从来没有，我不相信他动过这个念头。

**利昆达** 是什么让你觉得，他昨天晚上心情沮丧呢？

**斯黛拉** （想起昨晚，情绪激动起来）他做了一件以前从来没有做过的事情。这太痛苦了。他哭了。他在我怀里哭了。

**护士** 他为什么要哭呢？

**斯黛拉** （绝望地）真的，维兰小姐，有些事情我不能告诉你。我丈夫和我之间发生的事情，是我们的私事。除了我们两个以外，它跟任何人都没有关系。

**护士** 抱歉。我本以为你会出于自己的考量而坦诚相待呢。

**斯黛拉** 你这是什么意思？你是在指责我有所隐瞒吗？

**护士** 我没有指责任何人的意思。

**利昆达** 亲爱的，如果回答问题会增加你的痛苦，那我一定什么都不问。只是有一点。如果维兰小姐的判断成立，恐怕就必须得对莫里斯进行验尸了，还会有一场死因审理。而验尸官肯定会问你，你丈夫有没有说过什么话，会让人觉得他有可能想过自杀。

**斯黛拉** （深深地叹了一口气）他说，如果他当时死在那场事故里就好了。但他说这话并不是冲着他自己，而是在为我着想。

**利昆达** 这句话至关重要。

**斯黛拉** 噢，护士，别再刁难我们了。不能因为我曾经批评过你，你就用这种方式来报复我们。我的神经今天一直紧绷着，都快要崩溃了。不论如何，就算莫里斯想要自杀，这也是很自然的事情，不是吗？如果那可怜的家伙确实服用了过量的药物，你就不能凭着自己的良心，保持沉默吗？他确实没有多少活下去的理由了。你就不能让我们这家人免于承受尸检和审讯的痛苦吗？

**利昆达** 现在的问题是，哈维斯特医生是否还愿意签署死亡证明？

**哈维斯特** 我想，维兰护士有可能把药片的数量搞错了。我瞧不出有什么不该签字的理由。

**护士** （从容不迫地）可你知道，我十分确定莫里斯·塔布莱特不是自杀的。

**利昆达** 为什么这么说？

**护士** 嗯，有一个原因。他的杯子里还剩了一点儿液体，一汤匙左右。我刚刚提到过，你还记得吧。我把那个杯子放到一边去了，以便里面的液体可以拿去化验。

**利昆达** 是的，我记得。

**护士** 如果一个人想要自杀的话，他会一口气把杯子里的水全都喝掉，绝不会冒着功败垂成的风险，在杯底剩下一些残留。对于莫里斯·塔布莱特这样的人来说，尤其不会。

**科林** 在我听来，这理由也太牵强了。

**利昆达** 我必须得说，这似乎是个不那么重要的小细节。

**科林** 另外，杯子里的东西还没有化验过呢。

**利昆达** 你一口咬定他不是自杀，难道就是基于这个吗，维兰护士？

**护士** 不，不止这个。虽然莫里斯·塔布莱特人非常好，我也不相信他会在没有得到许可的情况下吃安眠药，但是我们都知道，这种药很容易上瘾，长期服用的话，谁也说不好会发生什么。哈维斯特医生，我说得对吗？

**哈维斯特** 是的，我想你说得没错。

**护士** 有时候，他会抑郁得要命。把这种能够结束生命的药放在他触手可及的地方，我并不认为这是一个明智的行为。

**斯黛拉** 我从没见他有过抑郁的表现。

**护士** （带着怨恨地）我知道你没见过。你什么都看不见。

**斯黛拉** 维兰护士，我得罪你了吗？你为什么要这样对我说话？你满脸都写着对我的不满跟仇恨，我实在是不理解。

**护士** 你真的不理解吗？

[两个女人盯着对方看了一会儿，然后斯黛拉颤抖了一下，扭过头去。

**斯黛拉** 我开始害怕你了。这五年以来，我们家里到底住了一个怎样的女人啊？

**塔布莱特夫人** （用安慰的语气）没有什么可害怕的，亲爱的，别让你自己太难受了。

**护士** （对斯黛拉）因为他只会在你面前讲笑话、逗你开心。你是不是从没想过，他有时候也会被漫无边际的痛苦给压得喘不过气？

**斯黛拉** （深深的同情）可怜的宝贝，他为什么非要把这些都瞒着我呢？

**护士** （以一种克制的但仍然富有攻击性的语气）他唯一的目的，就是让你能好过一些。无论他承受了怎样的痛苦，在你面前他都会通通隐藏起来，只为了不让你替他感到难过。

**斯黛拉** 你说的这些简直太可怕了。你让我觉得，我对他是那么的残忍。

**护士** （怨气越来越大）一切都得背着你做。当你回来的时候，那些瓶瓶罐罐，还有膏药，全都得收起来藏好，这样就不会有任何东西让你联想到他在生病了。

**斯黛拉** 我愿意承担你为他所做过的一切。我知道，他最大的愿望就是不要让我见到他病情里骇人的那一面。

**塔布莱特夫人** 这是真的，护士。斯黛拉也为莫里斯付出了她所能付出的一切，我很遗憾你不这么觉得。可是作为他的母亲，我也许比你更有资格做出评判。对于斯黛拉的无私和体贴，我所能表达的只有钦佩。

**斯黛拉** 哦，母亲。

**塔布莱特夫人** 我一直以为，我们最好按照别人想要的方式去帮助他们，而不是由着自己的意愿去帮助他们。我宁愿得到一只我渴望已久的化妆包，也不想拿着别人送我的披肩裹住我这把老骨头，我一点儿也不想要这种东西。

**利昆达** 她说得有道理，维兰护士。

**塔布莱特夫人** 我相信，在莫里斯开斯黛拉玩笑的时候，斯黛拉以同样的方式回敬给他，当他笑的时候，她也跟着一起笑，这对莫里斯的病情只会有益无害。

**护士** 我什么都算不上。我只是一个他花钱请回来的护士。他不需要向我隐藏他内心的绝望。他不需要在我的面前假装。他不需要对我和颜悦色，也不需要逗我开心。他可以情绪低落一整天，他知道我不会介意的。他也可以跟我吵架，然后说，如果伤害到了我的话，他很抱歉，他知道他不应该伤害我。为了让你开心，他会在脸上涂上面粉，把鼻子画成红色，然后去跳铁环。你只看到了这个小丑脸上的白色面具；而我看到了他赤裸的、饱受折磨的，却依然在高唱凯歌的灵魂。

**斯黛拉** （开始意识到一个事实，那就是护士也同样爱着莫里斯）你想要告诉我们什么，维兰护士？

**护士** 我正在告诉你们真相。

**斯黛拉** 我不知道你是否也感觉到了，这真相听起来有多么不可思议啊。

**利昆达** 但是，护士，你说的这些，恰恰证明了他在某些非常绝望的时刻，极有可能会动自杀的念头。我们都知道，他昨天晚上莫名地焦躁不安。如果他的死不是由自然原因引起的，那么很可能是他自己做出的决定。

**护士** 我一直高度警惕，就是为了防范这样的时刻。克洛林被我收在了浴室储物架的最上面，他不可能够得到。就连我自己，也得踩着椅子才能把它拿下来。

**利昆达** 倘若一个人下定决心要把一件事做成的话，他通常可以排除一切艰难险阻，即便这在别人看来是不可能的。

**护士** 不妨问问哈维斯特医生，莫里斯·塔布莱特有没有可能自己走到房间的另一头，进到浴室去，再搬过一把椅子来站上去？

**哈维斯特** 他腰部以下一点儿力气也使不上。那场事故让他的整个背摔断了，连脊髓都受到了严重的创伤。

**利昆达** 他不能爬到浴室里去吗？

**哈维斯特** 那对他来说会非常困难。但是，嗯，也不排除有这个可能。

**护士** 那他能站上椅子吗？

**哈维斯特** 不行。我必须得承认，这是绝不可能发生的。

**利昆达** 如果他进了浴室，他不能找根棍子之类的东西，把药瓶给捅下来吗？

**哈维斯特** 也许可以吧。

**护士** 什么叫也许可以，哈维斯特医生？你知道在没人帮忙的情况下，他连坐都没法坐直。

**哈维斯特** 我不像你那样，急于把一切事情都往最坏的地步想，维兰护士。

**护士** 就算他把那瓶药拿下来了，他又是怎么把它放回原处的呢？

**哈维斯特** （烦躁地）不管怎么说，我们还不知道莫里斯究竟是不是死于氯醛中毒。

**利昆达** 这个问题不能就这么草草了事，哈维斯特。恐怕，有必要进行一场死因审理了。

**哈维斯特** 没错，再明显不过了。我现在没法在死亡证明上签字，只能把验尸官找过来了。

**护士** 我很抱歉，哈维斯特医生。

**哈维斯特** 你当然很抱歉。我猜你一定觉得我很自私，说什么也不想跟丑闻扯上关系，对吧？我投入了全部积蓄、花了整整七年时间才建起来的诊所，眼看就要彻底玩儿完了，面对此情此景，我真应该开怀大笑，笑个人仰马翻才好。

**利昆达**　哦，别这样，情况没有那么糟糕。这次调查无疑会给莫里斯一家带来极大的苦恼，但我不认为它会对医生您有什么不好的影响。对于一个久治不愈的患者来说，吞下过量安眠药的案例并不罕见，不会引起人们太多关注的。

**哈维斯特**　才怪。

**利昆达**　对于我们大多数人来说，如果有一个人得了绝症，而他宁可安静地结束自己的生命，也不愿苟活于世、忍受无休止的痛苦，我想我们只会致以敬意。因为那对他自己和他所爱的人来说，都是一种仁慈。

**护士**　哈维斯特医生跟我一样明白，如果莫里斯·塔布莱特死于用药过量的话，那绝不可能是他自己所为。只有两个字可以解释这一切，你们都清楚，那就是谋杀。

**哈维斯特**　这就是为什么我坚持认定他是自然死亡。至于那些该死的药片到底跑哪儿去了，我也说不上来，但一定会有个合理解释的。

**科林**　最有可能的解释就是，维兰护士弄错了。如果真有什么人故意拿走了那半打药片的话，肯定会放些别的东西进去混淆视听，比如阿司匹林或者氯酸钾之类的，这样就不会被人发现了。

**护士**　没有谁能真的算无遗策。杀人犯之所以能被抓住，就是因为他们会犯错误。因为谋杀犯犯了某些错误才会被抓住。

**哈维斯特**　但是，该死的，也没有谁会毫无动机地杀人犯罪。没人想要莫里斯的命，连一丁点儿的可能性都没有。

**护士** 你怎么知道呢?

**哈维斯特** 上帝呀，我是怎么知道二加二等于四的呢?每个人都非常爱他，这我清楚得很。这并不是没有理由的，该死，他是全世界最好的人了。

**护士** 那你知道他的妻子怀孕了吗?

**斯黛拉** （倒吸一口冷气）你这个魔鬼!

**科林** （惊讶地）斯黛拉!

**护士** 她昨天晚上差点儿晕倒的时候，我就有所怀疑了。直到今天早上，我终于确定了。

**斯黛拉** 你是什么意思?你在指控我谋杀了我的丈夫吗?

**利昆达** （非常严肃地）斯黛拉，她说的是真的吗?

[场面沉寂了一会儿，斯黛拉什么话也没说，她的眼中充满了痛苦。女仆爱丽丝干脆利落地推门上场，用日常的腔调打破了紧张的氛围。

**爱丽丝** 夫人，要我推迟一下午餐吗?

**塔布莱特夫人** 已经一点钟了吗?不，不必推迟，你可以去上菜了。

**科林** 妈妈，我们现在不能吃午餐。

**塔布莱特夫人** 为什么不能?再额外加两副餐具，利昆达警长和哈维斯特医生也跟我们一起用餐。

**爱丽丝** 好的，夫人。

[爱丽丝下场。

**科林** 妈妈，这行不通。我们怎么能像什么都没发生一样，还坐在一起吃饭呢？

**塔布莱特夫人** 我认为这没什么不好的。我们接下来还有很多话要对彼此说呢，花上半小时聊点儿别的话题，对大家来说无伤大雅。

**斯黛拉** 我做不到，我做不到。让我留在这里吧。

**塔布莱特夫人** （坚定地）亲爱的，我要求你必须过来吃饭。

**哈维斯特** 我必须得回一趟家，塔布莱特夫人。我自己吃两口东西，然后马上就赶回来。

**塔布莱特夫人** 好吧。

**利昆达** 亲爱的，我不想给您添麻烦。

**塔布莱特夫人** （带着阴沉的笑容）你必须得吃点儿东西。维兰护士，你要一起来吗？

**护士** 不了。

**塔布莱特夫人** 我会吩咐人送点儿吃的到你的房间去。

**护士** 我什么也不想吃。

**塔布莱特夫人** 等东西送到了，你也许会改变主意的。

［爱丽丝上场。

**爱丽丝** 午餐已经准备好了，夫人。

**塔布莱特夫人** （向斯黛拉伸出手）走吧，斯黛拉。

——幕落——

# 第三幕

［场景与前两幕完全相同，时间已经到了半小时后。

［斯黛拉在一扇窗户前面伫立着，望向外面的花园。科林上场，他刚从餐厅回来。斯黛拉见到他，马上转过身去。

**科林** 斯黛拉。

**斯黛拉** 你已经吃好了吗？

**科林** 差不多算是吧。我跟母亲说，我想过来看看你是不是还好。

**斯黛拉** 是的，我还好。

**科林** 若无其事地坐在那儿吃饭，就好像什么都没发生一样，那感觉糟透了。我不知道母亲唱的是哪出戏，非要让大家经历这么一场闹剧。

**斯黛拉** （耸了耸肩）我敢说，这才是明智的举动。仆人们都在那儿呢，我们有什么难听的话也得吞到肚子里不可。这倒是给了我们一个机会，让大家都能收收心。

**科林** 我担心你什么也没吃。

**斯黛拉** （露出一丝微笑）反正你都替我吃过了。

**科林** 你觉得我做得很不得体吗？

**斯黛拉** 不，这样挺好的。看你狼吞虎咽地吃着羊肉和炖青豆，我突然意识到，这场噩梦并不是生活的全部。在我们的身边，世界仍然在继续运行。不论我们怎样痛苦，巴士依旧从皮卡迪利广场穿梭而过，火车也会在帕丁顿站进进出出。[1]

**科林** 斯黛拉，那是真的吗？

**斯黛拉** 什么是真的吗？

**科林** 那个女人说的，都是真的吗？

**斯黛拉** 你是说，我有没有怀上孩子？我想是吧，那是真的。

**科林** 哦，斯黛拉。

**斯黛拉** 我之前并不确定，只是十分害怕。我想，也许只是虚惊一场呢。直到最近，我才确定下来。

**科林** 你为什么不告诉我呢？

**斯黛拉** 我不想告诉你。

**科林** 一点儿都不想吗？你打算让我就这么毫不知情地离开吗？

**斯黛拉** 用不了一个月，你就要回危地马拉去了，我不想破坏这最后几周的相处时光。不能因为我自己六神无主，就让你跟我一起心神不定。

**科林** 但是，你打算怎么办呢？

**斯黛拉** 我不知道，我也一直在想办法。我想，等你走了以后，事情大概就会明朗一些吧。无论最后怎么样，我都不打算让你知道。

**科林** 为什么？

**斯黛拉** 我也不知道，或许，是因为我爱你吧。

1 皮卡迪利广场是伦敦有名的圆形广场，位于五条繁华街道的交会处，当之无愧的购物娱乐中心；帕丁顿站是伦敦市中心的交通枢纽，人类历史上的第一列地铁便是从这里驶出。

**科林** 难道我不应该陪在你的身边，分担你的烦恼吗？

**斯黛拉** 我觉得，女人们都傻得很。她们最看重的时刻，就是亲口告诉自己心爱的男人，她们怀了他的孩子。我想，她们大概会感到高兴万分，但又夹杂着一丝惊恐和畏惧。她们想要被关注，被小题大做地呵护着。但我并不指望你能分享我的喜悦和骄傲，你大概只会感到不知所措吧。

**科林** 哦，我的甜心，难道你不知道我对你的爱有多深吗？

**斯黛拉** 不，别说了。别说那些会让我心烦意乱的话，我不想变得情绪化。如果你非要跟我讨论这个问题的话，我们最好尽可能冷静地去谈论它。

**科林** 谁知道那个可怕的女人还会说些什么呢？

**斯黛拉** 我不知道，也不在乎……我这是在说什么呢，我简直害怕得要死。

**科林** 你必须咬紧牙关，坚持住。

**斯黛拉** 哦，科林，无论接下来会发生什么，你都会站在我这边的，对吗？

**科林** 当然会，我发誓。

[哈维斯特医生从花园上场。

**哈维斯特** 哦，你们两个已经吃过午餐了吗？

**斯黛拉** （强迫自己挤出一丝笑来）我恐怕无法假装自己能吃得下任何东西。我想一个人待会儿，就到这儿来了。

**科林** 我看，母亲和利昆达警长一会儿就过来了。我离开餐厅的时候，他们正喝咖啡呢。

**哈维斯特**　维兰护士在哪儿呢？我特地早一点儿赶回来，就是想找她私下谈谈。

**斯黛拉**　我猜她在自己的房间里吃午饭吧，科林会帮你把她叫来的。

**科林**　没问题。

［科林下场。

**哈维斯特**　我说，亲爱的，我希望这件事情能够得到顺利的解决。

**斯黛拉**　看起来不大可能，不是吗？

**哈维斯特**　我的天，你可真沉得住气。

**斯黛拉**　当整个世界在你面前天崩地裂的时候，像只没头苍蝇一样惊慌失措，不见得有什么作用。

**哈维斯特**　我说个建议给你，你愿意听吗？

**斯黛拉**　（略带一丝嘲讽的口吻）非常愿意，但我很可能并不会按您说的去做。

**哈维斯特**　好吧，我的建议是，如果我是你，我会非常小心地讲话，尽量不要把维兰护士给惹急了。

**斯黛拉**　她已经让整件事情变得非常难堪了，总不能更糟了吧。

**哈维斯特**　那可说不好，这就是我为什么想要私下里跟她谈谈。你知道，她这人其实不坏。既然她已经把自己关在房间里冷静了半个小时，我看她接下来会讲点儿道理的。

**斯黛拉**　换作是我，可不会对此抱有多大的期望。

**哈维斯特**　我真不明白，维兰护士有什么好闹的。

**斯黛拉** 她是个非常有责任心的女人，只是她错把怨恨我，当成了自己的职责所在。

**哈维斯特** 好心办坏事，越是这样的人越难相处，对不对？

**斯黛拉** （微笑）好在这样的人只占少数，还不至于经常给我们带来这么大的麻烦。

**哈维斯特** 维兰护士已经对你不客气了。

**斯黛拉** 哈维斯特医生，我能不能问你一个问题？

**哈维斯特** 知无不言，言无不尽。

**斯黛拉** 你觉得，莫里斯是不是已经猜到我的情况了？

**哈维斯特** 我认为不太可能。

**斯黛拉** 谢天谢地。如果他是为了不让我为这件不光彩的事情感到羞耻，才想到自寻短见的话，我就真的承受不住了。你知道，这种行为他是做得出来的。

**哈维斯特** 我恐怕，就算莫里斯真的死于用药过量，也不会是他自己动的手。

**斯黛拉** 那是谁替他做的呢？

**哈维斯特** 这就是问题所在，不是吗？

**斯黛拉** 我的脑子里浮现了一连串疯狂而夸张的可能性，每一个都叫人难以置信。

**哈维斯特** 我懂。

**斯黛拉** 为什么那个狠毒的女人不能给我一刻喘息的时间呢？让我自己沉淀一下这份悲痛。我的心在痛苦中灼烧着，我为自己的所作所为感到自责、感到羞愧万分、感到无地自容。你不知道从前的莫里斯是什么样的。他是个英雄般的人物。今天早上，在这些可怕的事情发生以前，我还在他的房间里抹眼泪。我为他哭泣，也为自己哭泣，更为这么多年来我对他的爱而哭泣。哦，死亡是一件多么残忍的事情啊。

**哈维斯特** 我知道。不管你所从事的职业让你如何频繁地跟死亡打交道，你还是会被同样的沮丧吞没掉。人死不能复生，听起来真叫人绝望。

**斯黛拉** 我不敢相信一切就这么结束了，这太不公平了。为什么莫里斯相信的那些东西不能成真呢？也许我们会重生呢？如果我把我此刻的想法告诉你，你会不会觉得我很蠢、很幼稚？我有一种奇妙的、难以名状的感觉，好像那个勇敢的灵魂已经走进了我的身体，依附在了这个孩子的身上。他已经原谅了我犯下的过错，并且将伴着这个孩子的降世而重生，继续把他还没过完的人生过完。

**哈维斯特** 有些人认为，只要你足够相信一件事情是真的，那它就会变成真的。我又有什么资格对此做出评判呢？

[科林推门上场，护士跟在他的身后。

**科林** 维兰护士来了。

**斯黛拉** 哦，护士，哈维斯特医生想和你谈谈。科林和我会去花园里待一会儿。

**护士** 你太好了。但我没有什么秘密要对哈维斯特医生讲，我也不希望他背着别人单独跟我说话。我不想搞那些小动作。

**哈维斯特** 我不会要求你搞任何小动作的。

**护士** 我知道你想对我说什么。你想说，这个家里的每个人都对我非常友好、非常慷慨。而且他们还准备对我更友好、更慷慨一点儿。如果我把这件事情闹成一桩丑闻，就会造成非常不愉快的影响，我也很难再找到下一份工作。另一条路是，我保持沉默，什么也不说，那样我就可以去日本过上一段好日子。但是抱歉，我不会那么做。

**斯黛拉** （冷静地）看来她心意已决。

**哈维斯特** 尽管如此，让我跟你聊上五分钟也不会有什么伤害吧。

**斯黛拉** 我现在也摆明一个态度，请任何人都不要以我的名义向维兰护士求情。

**科林** 我听见母亲和警长的声音了。

**哈维斯特** 看来木已成舟，说什么都来不及了。

[科林过去为他们拉开门，塔布莱特夫人和利昆达警长上场。

**塔布莱特夫人** 我们没让大家等太久吧？希望他们把你需要的东西都送过去了，护士。

**护士** 谢谢你，塔布莱特夫人，一切都好。

**塔布莱特夫人** 你要坐下来吗？没必要让自己累着。

**护士** （坐下）非常感谢。

**塔布莱特夫人** 你们刚才聊过了吗？

**哈维斯特** 我刚刚才到，塔布莱特夫人。

**塔布莱特夫人**　那我们都听维兰护士的好了。你打算怎么做，维兰护士？

**护士**　我打算履行自己的职责，塔布莱特夫人。

**塔布莱特夫人**　当然了，我们都应该履行自己的职责。但如果我们没有因此而成为别人眼中的一根刺，那还真不容易做到呢。

**护士**　塔布莱特夫人，利昆达警长在午餐前问过你的儿媳妇一个问题，她还没有回答呢。

**利昆达**　（对斯黛拉）抱歉，恐怕你一定觉得我很无礼。维兰护士说你怀孕了，而我问你，是不是有这回事。

**斯黛拉**　是的，完全正确。

**利昆达**　（努力想要缓解眼前的尴尬局面）我现在处在一个非常尴尬的位置上，我意识到，我干涉了一件完全与我无关的事情。

**斯黛拉**　亲爱的利昆达警长，我知道你的心地无比善良。你跟塔布莱特夫人已经认识好几年了，莫里斯和科林都是你看着长大的。

**利昆达**　话虽如此，也请你明白，对我来说，这样一个问题是多么难以启齿。

**斯黛拉**　那你不必开口，我直接告诉你好了。当然，莫里斯不可能是我肚子里这个孩子的父亲。自从那次意外发生以后，他只在名义上是我的丈夫。

**科林**　（走到斯黛拉身边，把手搭在她的肩上）利昆达警长，孩子的父亲是我。

**护士**　（惊讶万分）是你？

**塔布莱特夫人** （讽刺地）瞧你的反应，护士，你那双敏锐的眼睛难道没有发现，科林和斯黛拉互相都爱着对方吗？

**斯黛拉** （略带惊恐地吸了一口气）您都知道了？

**塔布莱特夫人** 要我说，现如今的年轻人总是觉得，他们的长辈不仅变老了，还变蠢了。

**斯黛拉** 哦，妈妈，你会怎么看我呢？

**塔布莱特夫人** （冷淡地）我的看法很重要吗？

**斯黛拉** 我想，我应该为自己的行为感到羞愧难当。可我必须坦诚地面对你们，我不想装出一副悔恨万分的样子，而我实际上却没有这种感觉。我无法控制自己对科林的感情，就像我无法控制雨打在树叶上，或者枯枝长出新芽一样。我为他给予我的这个孩子感到骄傲。

**护士** 你真是不知羞耻。

**斯黛拉** （对塔布莱特夫人）但你完全有权认为，我的做法对莫里斯而言是极其卑鄙的。他已经不能再承受痛苦的折磨了，可这份痛苦却被我转嫁到了你的身上，我对此感到深深的悔恨。我没有任何借口可以为自己辩解。

**塔布莱特夫人** 亲爱的，你还记得我昨晚对你说了什么吗？对于你为莫里斯所做的一切，我都非常感激。你认为我那是在胡说八道吗？我当时已经知道，你怀上了科林的孩子。

**科林** 母亲，我感到无比自责。

**斯黛拉** 亲爱的，你不该这么想。（对塔布莱特夫人）如果一个女人不希望别的男人向她献殷勤的话，她可以轻而易举地做出拒绝。我们在同一个屋檐下生活了这么久，科林没有理由不把我当成是他的一个妹妹来看待。说到底，不知羞耻的人是我。我没有拒绝他的爱意，是因为我想让他这么做，是我引诱他爱上了我。

**科林** 哦，斯黛拉，我怎么能不爱你呢？让我自责的不是这件事情，而是我明明知道自己已经爱上了你，却没有及时跑开，躲得远远的。

**塔布莱特夫人** 我猜，那个时候你已经深陷其中、无法自拔了，我说得对吗？

**科林** 妈妈，你还记不记得，当我和莫里斯还小的时候，在印度，人们曾经对我们说过，有一些孩子能够回忆起来自己前世的生活。他们认得出村子里的每一个人，认得出曾经属于自己的东西，还能找到自己之前去过地方——尽管他今生从来都没到过那儿。这就是我爱上斯黛拉时的感觉。我觉得我已经爱她很久、很久了，她的爱对我来说，就像回家一样。

**斯黛拉** 不管你怎么看我，妈妈，不管你认为我有多么糟糕，都请你相信我，我不是因为一时的心血来潮才把自己交给科林的，我全心全意地爱着他。

**塔布莱特夫人** 亲爱的，这些我都懂。你说，是你引诱科林，让他爱上了你。可你这么说，恰恰是因为你也很爱他吧。如若不然的话，你怎么说服自己去接受他也爱你的这个奇迹呢？爱情就是这么似是而非，你永远不可能搞清楚什么是爱，你只会感觉到自己已经在爱了。

**斯黛拉** 请不要觉得我没有与占据我内心的疯狂做过激烈的抗争。我对自己说，为了回报莫里斯给予我的无私的爱，我唯一能做的，就是恪守对他的忠诚。

**塔布莱特夫人** 我相信你是这样做的。

**斯黛拉** 我告诉自己，莫里斯瘫痪在床，他是一个不幸的受害者，而谁也无法预见不幸的降临。如果我在这个时候背叛他，我将会是一个卑劣不堪的女人。我试图让科林离开我，我以一种野蛮的、粗鲁的、尖刻的方式去对待他。可当我在他眼中看到那份不能言说的苦楚的时候，我的心一下子就碎了。除了把他赶走，我什么办法都试过了。可我偏偏不能赶他走，我做不到。我骗自己说，这都是为了你和莫里斯着想，毕竟你都这么久没见到他了。他这次回到家里，莫里斯兴奋坏了。

**塔布莱特夫人** 我确实有很长一段时间没有见到科林了，莫里斯对他弟弟的到来也感到非常高兴。

**护士** （愤怒地）我不理解你，塔布莱特夫人，你似乎在不遗余力地为你的儿媳妇找借口。如果你已经知道发生了什么，为什么不出面制止呢？

**塔布莱特夫人** 我的回答恐怕会让你感到震惊，维兰小姐，我尽量表述得委婉一点儿吧，但这是一个被我们英国人以审慎和伪善为名刻意丑化了的议题。斯黛拉是一个年轻、健康、正常的女性。我了解她这个年龄所拥有的那种本能，我为什么要假装她没有呢？

性本能就像饥饿一样难以掩盖，就像睡觉一样无法按捺。为什么要剥夺她满足这种欲望的权利呢？

**护士** （因为反感而打起了哆嗦）在我看来，整个现代世界都陷到性欲里面去了。难道就没有别的事情可做了吗？说一千道一万，你不能没有食物，也不能失去睡眠，但性需求完全是可以割舍得掉的。

**哈维斯特** 但你换来的代价会是神经紊乱、暴躁易怒和完全失控的不健康情绪。

**塔布莱特夫人** 那场事故发生以后，莫里斯和斯黛拉无法再像正常夫妻那样生活了，我当时问过自己，是否还应该继续支持这样一段虚假关系的存在。他们曾经像两个健康的年轻人一样彼此相爱。那份爱诚挚热烈，但它根植于性。随着时间的推移，他们的爱也许会获得更多的精神力量，生活所给予的考验也许会在他们之间孕育出更深邃的感情和更牢固的信心，而这也许会给逐渐消逝的激情之火带去新的光芒。可惜，他们没有时间了。

**护士** （带着讽刺的口气问斯黛拉）我能否问一句，你结婚多久了？

**斯黛拉** 我和莫里斯结婚差不多一年的时候，他就出了事故。

**护士** 一年。整整一年。

**塔布莱特夫人** 在莫里斯的痛苦之中，一种新形态的爱确实从他心里面涌现出来了——那是一种痛苦难捱的、依附于人的爱。我不知道斯黛拉还能满足他多久。

**护士** （苦涩地）看来你对人性没有多少信心。

**塔布莱特夫人** 我还挺有信心的。说实话，我是过来人了，我的经验告诉了我很多关于人性的道理。我知道斯黛拉的怜悯之情是没有限度的。

**斯黛拉** 哦，没有限度。我可怜的羔羊啊。

**塔布莱特夫人** 我知道，她错把怜悯当成了爱，我祈祷她永远也不要发现这个错误。因为对莫里斯而言，她就是他的全部——他的整个世界。起初，当我们都在为了让他活下来而忙前忙后的时候，情况还好一点儿。但当他逐渐变成了一个慢性病人，当我们知道他永远也不会再有任何起色的时候，我就陷入了一个恐惧的旋涡当中。我的恐惧是，会有那么一天，斯黛拉发现莫里斯所能给予她的就是这样一种悲惨无望的生活，而她再也承受不了了。如果她想离开，我认为我们无权阻拦。而我也知道，一旦她真走了，莫里斯就会死。

**斯黛拉** 我永远不会离开他的，我从来没动过这样的念头。

**塔布莱特夫人** 这种生活已经开始给她的神经带来压力了，我看在眼里。她一如既往的善良，一如既往的温柔，但这是一种努力的结果。如果你不能像花儿散发芬芳那样，自然而然地吐露你的真情，你所做的一切又有什么价值呢？

**护士** 我从来不认为只有容易做的事情才算得上是好事。

**塔布莱特夫人** 我也不这么认为，但如果一件事情做起来很难，那么真正从中受益的是做它的人，而不是它所服务的对象。这就是为什么说，施比受更有福。

**护士** 我不理解你。我认为你的话让人很不舒服，甚至有些愤世嫉俗。

**塔布莱特夫人** 那恐怕你会觉得我现在要说的话更加愤世嫉俗，更加令人不适。我发现，我至少半心半意地期望斯黛拉能去找一个情人。

**护士** （惊恐万分地）塔布莱特夫人！

**塔布莱特夫人** 只要她还和莫里斯待在一起，我愿意对其他任何事情都视而不见。我只希望她能够体贴入微、满含深情地对待他，其他的都无所谓。

**护士** （结结巴巴地）我曾经对你抱有深深的敬意，塔布莱特夫人，我无比地仰慕你。我曾经想，等我到了你这个年龄的时候，我也想要成为像你一样的女人。

**塔布莱特夫人** 科林回来以后，过了一段时间，我注意到他和斯黛拉相爱了，我没有采取任何措施来阻止这几乎不可避免的结果。我没有刻意盘算太多，害怕会被自己的想法给吓着，但我心里有一种感觉，那就是——这下莫里斯得救了。她现在不会走了，因为有一种比怜悯和仁慈更加强大的纽带，把她和这个家连接在了一起。

**利昆达** 你难道没有意识到，这会给他们带来多大的危险吗？

**塔布莱特夫人** 我当时并不在乎，我一心一意只想着莫里斯。当他们两个还是孩子的时候，我想我对他们的爱是一样的。但是自从莫里斯出事以后，我心里除了他，就再也装不下别人了。他是我的一切。为了救他，我宁愿牺牲科林和斯黛拉。（向斯黛拉做了一个恳求的手势）我希望他们能够原谅我。

**斯黛拉** 哦，亲爱的，根本没有什么原谅不原谅的。

**护士** 如果我说我感到震惊，你大概只会嘲笑我肤浅。但我真的控制不住自己的情绪，我的灵魂受到了深深的撼动。

**塔布莱特夫人** 我就怕你会这么想。

**护士** 我一直坚信你的脑子里不会有什么不洁的想法，我甚至愿意为此站到火刑柱上去。[1]你儿子的妻子跟另外一个男人在你的屋檐底下卿卿我我，这难道不会令你作呕吗？

**塔布莱特夫人** 我想，我并不是那么容易被刺激到的人。在国外生活得久了，就会知道自己的观念并不是衡量对错的唯一标准。如今我们都明白，道德律令不是放之四海而皆准的，更不是跨越千古而不变的。比如说，有很多我们英国认为是正确的事情，放在印度就可能被认为是错误的……

**利昆达** 反之亦然。

**塔布莱特夫人** 但我搞不懂的是，为什么人们不明白，即便是在同一个国家、同一个时期，每个人心中的道德观念也是千差万别的。我不确定这么说是否合适，但假设道德可以被分成三种——一种富人的、一种年轻人的、一种老年人的。只要给我们制定道德守

1 此处语态为过去将来完成时，护士的意思是，她曾对塔布莱特的人品深信不疑，没想到对方竟有如此有违常理的念头。

则的人没有忘记年轻人澎湃的激情和高昂的精神，我们就应该从不同的角度去看待现在发生的问题。如果两个年轻人只是屈服于自然所赋予他们的本能，你觉得这也算是邪恶吗？

**护士** 你就没想过这会产生严重的后果吗？

**塔布莱特夫人** 你是说那个孩子？这反倒更让我相信了斯黛拉有多么无辜和单纯。如果她是一个放荡或者堕落的女人，她会知道如何避免这样的意外发生。

**护士** （讽刺地）无论如何你都得承认，莫里斯死得很是时候，正好让她从尴尬的处境里解脱出来。

**斯黛拉** 护士，你这话说得太残忍了、太无情了！

**利昆达** （严厉地）你必须小心讲话，护士，那听起来像极了一个指控。

**护士** 我不想指控任何人。请公允地对待我吧，我一开始就说过，我对死亡原因很不认同，认为应该进行尸检，这是我的权利，也是我的职责。哈维斯特医生，是不是这样？

**哈维斯特** 我想是这样的。

**护士** 是你逼迫我这样做的。你问我谁有谋杀莫里斯·塔布莱特的动机，出于自卫，我不得不告诉你，他的妻子怀了一个孩子，而莫里斯不可能是孩子的父亲。

**斯黛拉** 说到你的职责，维兰小姐，你确定你这么做的动机，不是出于对我刻骨的恨吗？

**护士** （轻蔑地）我为什么要恨你呢？相信我，我只是鄙视你。

**斯黛拉** 你恨我，因为你爱上了莫里斯。

**护士** （激烈地）我？你在说什么？这是对我的侮辱，你怎么敢这么说？

**斯黛拉** （冷静地）你露出马脚了。我经常觉得，你对莫里斯的感情，比一般护士对待病人的感情要深得多，我还经常拿这事儿跟他开玩笑。直到今天早上，我才意识到这不是玩笑，而是事实。你说过的每一个字都是对自己职业的背叛，因为你无可救药地爱上了莫里斯。

**护士** （挑衅地）就算我是，又怎么样？

**斯黛拉** 不能怎么样？只不过现在该轮到我震惊了。我认为你的行为面目可憎、令人恶心。

**护士** （情绪越来越激动）对，我爱他。随着你对他的爱每况愈下，我的爱却在与日俱增。我爱他，因为他是如此无助、如此依赖于我。我爱他，因为他躺在我怀里的时候，就像一个孩子。我从未向他表达过我的爱意，我宁可死掉也不愿意这么做。我感到无地自容，因为有时候，我以为他看出来了。但是如果他真的看出来了，他也就理解了，并且为我感到遗憾。他知道渴望一个人的爱是件多么苦涩的事情，而这个人偏偏没有爱可以给你。我的爱对他来说无足轻重，他的心里只有你，可你却不知道该怎么爱他。他求你给他一块面包，你却丢给他一块石头。你还觉得自己很善良，很体贴。如果你像我一样爱他，你就会看到，你为他所做的一切有多么不值一提。我有一百种方法可以给他快乐，但这些对他来说通通无关紧要，可你却连想都不愿意去想。

**斯黛拉** 维兰小姐，我为我刚才说过的话向你道歉。我太愚蠢了、太讨人厌了。我想，无论是哪种类型的爱，都有它的美好之处。能不能允许我向你表达感谢？为了你曾给予我丈夫的爱。

**护士** （反应激烈地）不，你的感谢在我看来是一种无礼的行为。

**斯黛拉** 你这么想，我很遗憾……确实，我确实没能像一个女人爱一个男人那样去爱莫里斯。我深刻地意识到了这一点，也经常暗地里责备自己，因为我感受不到那种爱的存在——只有一次，我仿佛感受到了什么，但却无法控制自己。我知道，这听起来是多么忘恩负义、多么不近人情。但对我来说，他只是一位非常亲密的朋友，我为他感到难过。

**护士** 你以为他想要你的怜悯吗？

**斯黛拉** 我知道他不是这样想的，但怜悯是我唯一能够给他的。谁说怜悯和爱是彼此相通的？它们之间隔着千山万水。

**护士** （带着愤怒的激情）没错，还隔着令人作呕的性需求。

**斯黛拉** 你觉得你对莫里斯的爱里面，没有一丝性的成分吗？正因为我感到你的爱里有一种不正常的、扭曲了的性欲的存在，我才会那么反感。

**护士** （情感激烈地）不，不。我对那个可怜的孩子的爱是一尘不染的、纯粹精神的，就像我对上帝的爱一样，从未掺杂过一分一毫的私心。我的爱是基督教式的仁慈与同情。我别无所求，只希望能被准许去服侍他、照料他。能够清洗并擦干他那孱弱的四肢，在他修剪胡子的时候帮他捧着镜子，对我来说就是丰厚的回报了。我从来没有碰过他的嘴唇，直到它们因为死亡而变得冰冷。现在，我失去了一切让我的生命拥有意义的东西。他对你来说算什么？对他的母亲来说又算什么？对我，他是我的孩子，我的朋友，我的爱人，我的上帝。可你却杀了他。

**斯黛拉** 不是那样的！

**利昆达** 够了，维兰护士，你无权这么说。

**护士** （快要发疯了）事实就是这样，你知道的！

**利昆达** （不耐烦地）不，我不知道。我只知道你已经把自己搞乱了，你说了一堆毫无证据的话。

**斯黛拉** （以一种宽宏的态度耸了耸肩）亲爱的，我杀不了莫里斯，就像我走不了钢丝一样。你想过没有，我随时都可以撇下他、头也不回地转身就走？谁会因此而责备我呢？

**护士** 那你要怎么生活呢？你一分钱也没有。我听你跟莫里斯讲过一百遍，你必须在他面前谨言慎行，因为他是你唯一的生计来源。

**斯黛拉** 我确实不应该如此频繁地重复一个无聊的小玩笑。我想，我原本是可以去找份工作的。

**护士** （轻蔑地）你？

**斯黛拉** 我发现了，一个自食其力、靠工作去谋生的女人，往往会自视甚高。她永远不相信自己所做的那份工作，别人其实也有能力做好。我不一定非得当一名护士，你懂的。我之前差点儿就成了一个制帽商，还差点儿发明出一款面霜来呢。

**护士** 你觉得现在是开这种低级玩笑的时候吗？

**斯黛拉** 确实不是，可你指控我给自己的丈夫下毒，不也是个天大的玩笑吗？

**护士** 你知道工作意味着什么吗？你以为一个靠自己的双手去讨生活的女人，不知疲倦、不顾病痛地去干活儿，仅仅因为这是她的职责吗？你以为她不想去纵情享乐吗，就像别的女孩子一样？你的一生都在宠爱、呵护和纵容当中度过，而且，你就要有一个孩子了，你怎么可能理解什么是工作？

**科林** 维兰小姐，你的行为已经过火了。我们不能任由你这样去侮辱斯黛拉，这太荒唐了。

**斯黛拉** 你瞧，维兰小姐，有科林在，他是不会对我弃之不顾的。

**科林** 绝对不会。

**护士** 假如他当初真的想要娶你，你知道在那之前，你都会经历什么吗？不仅是要面对你丈夫的谴责，还有离婚法庭的审判，那不会是一个简单的案子。

**斯黛拉** 如果真是那样的话，一定非常可怕。

**护士** （指着科林）你觉得他对你的爱，能经得起这样的考验吗？你确定他不会因为你给他带来的耻辱而恨你吗？要知道，男人都是很敏感的，他们甚至比女人还要敏感，他们尤其惧怕丑闻。

**斯黛拉** 我恐怕也不是一个典型的女人，因为我也不喜欢这些东西。

**护士** （倾尽自己所有的蔑视之情）你不用跟我讲这个。为什么你还愿意让我站在这里，说这些话？因为你觉得自己可以说服我，或者收买我，让我保持沉默。这些人都是你的朋友，他们都讨厌我，可为什么他们没有把我赶出去？因为他们害怕我。他们害怕丑闻。他们害怕发生在这里的一切——连同他们自己一起——被公之于众。你敢说不是吗？

**斯黛拉** 有这个可能。

**护士** 而你，你所恐惧的不仅是丑闻，还有你自己的安危。

**斯黛拉** 不，没有那回事。

**护士** 你已经陷入了无望的绝境，而出路就只有一条。你跟我都一样清楚，你的背叛、你的残忍会叫你的丈夫肝肠寸断。你无法面对这一切，所以你宁愿杀了他。

**斯黛拉** 维兰护士，你认识我已经五年了，我不知道你怎么会认定我有能力做出这样的恶行。

**护士** 你的丈夫信任着你、深爱着你，而他又卧床不起、毫无防御之力。我知道，但凡你有一丁点儿的良心，你就不会那样对待他。既然你能够背叛他，自然也就能杀了他。

**塔布莱特夫人** （浅浅一笑）亲爱的，你是不是陷入了一个相当狭隘的偏见之中？我知道，当人们谈论一个好女人的时候，他们指的是，这个女人很贞洁。贞洁固然很好，但它并不是美德的全部内容。还有善良、勇敢和为他人着想的心性。也许还包括幽默感和理性常识吧，我不大确定。

**护士** 你是在为她对你的儿子不忠做辩护吗？

**塔布莱特夫人** 我是为她开脱，维兰护士。我知道她已经为莫里斯倾尽全力了，剩下的就不在她的能力范围之内了。

**护士** 哦，我知道你对这种事情的观点。什么都不重要。罪恶中没有罪行，美德中没有美好。

**塔布莱特夫人** 我可以给你讲一个故事吗？一个关于我自己的小故事。从前，我还是一个年轻的姑娘，有一个爱我的丈夫和两个可爱的孩子。在我丈夫所在的辖区，有一个年轻的警官，他负责管理辖区内所有的警察。我疯狂地爱上了他，他也疯狂地爱上了我。

**利昆达** 米莉！

**塔布莱特夫人** 现在，我已经成了一个老太太，他也上了年纪，是一位退休的警长。但在那段日子里，我们对彼此来说，就是整个世界。为了我的孩子，我并没有选择屈服于爱情，而那几乎令我伤心欲绝。现在，你瞧，我很高兴当时没那么做。人是可以从爱的苦痛当中恢复过来的。此刻，我望着那个古怪的、老派的警长，感到百思不得其解，他当初怎么会叫我如此心潮澎湃呢。我本可以告诉科林和斯黛拉，如果他们克制住各自心中的感情的话，三十年后，就会发现它也不过如此而已。但是话说回来，我们从别人经验里唯一学到的，就是我们什么也没有学到。

**护士** 但是你克制住了，你做出了正确的选择，这是毫无疑问的。

**塔布莱特夫人** 我认为时势造人。你知道，在那个遥远的年代，人们比现在更加重视贞洁。是的，我克制住了自己的欲望。但恰恰因为我知道那有多么痛苦，我才觉得自己有权利去原谅那些不像我那么坚定的人。或许，他们只是比我更勇敢罢了。

**护士** 我们只有通过抵制诱惑，才能够锤炼自己的灵魂。

**塔布莱特夫人** 也许吧。但我有时会发现，真正的成功是去战胜那些并不对我们产生诱惑的诱惑。当我在思考人性和诱惑这类话题的时候，我总会情不自禁地联想到一条河流和它两边的堤岸。河水从两岸之间奔腾而过，只要别太汹涌，河堤就能很好地发挥作用。可一旦洪水到来，它们就没用了。滔天的巨浪，会带来难以抵挡的灾难。

**斯黛拉** 哦，亲爱的，你真是太善良了、太有智慧了。

**塔布莱特夫人** 不，亲爱的，我只是太老了。

**利昆达** （友好而又坚定地）斯黛拉，维兰小姐的指控非常明确，你必须予以回应。

**斯黛拉** 那是一个荒谬的指控。

**利昆达** 如果莫里斯真的死于氯醛过量，那么一定是有人投毒。

**斯黛拉** 我想是这样的。

**利昆达** 能不能请你告诉我，谁会有动机想要他死呢？哪怕只是最轻微的动机。

**斯黛拉** 没有。

**利昆达** 我相信，你想要帮助我们查明真相。要是我的一些问题冒犯到了你，请你一定要原谅我。

**斯黛拉** 当然。

**利昆达** 你发现自己怀孕了的时候，有过什么打算吗？

**斯黛拉**　我吓坏了。起初是不敢相信，我不知道该如何是好。

**利昆达**　你知道这件事情是瞒不了太久的吗？

**斯黛拉**　当然知道。我担心会出事，我的心里是一团乱麻。

**利昆达**　这件事情，你有没有告诉别人？

**斯黛拉**　没有。我一度试图鼓起勇气，去向哈维斯特医生求助。我并不在乎自己会怎么样，我在乎的是莫里斯。

**利昆达**　你一定有过一些计划吧。

**斯黛拉**　哦，有过很多，我每天日思夜想的就是这件事。我想去找个什么地方，能让自己躲起来。最坏的情况是，我可以请哈维斯特医生为我打掩护，说我生病了，需要换个环境疗养。这样我就可以离开一段日子，直到孩子出生。

**利昆达**　我猜，你从来没有想过要跟莫里斯坦白？

**斯黛拉**　没有，从来没有，那会让他痛不欲生的。他最终一定会原谅我的，毕竟他是那么爱我。但我接受不了的是，他会失去对我的信任，而那对他而言意味着一切。

**利昆达**　在他活着的时候，你似乎是最后一个见过他的人？

**斯黛拉**　是的，我在睡觉之前去跟他道了一声晚安。

**利昆达**　当时你都跟他说了些什么？

**斯黛拉**　没什么特别的。

**利昆达**　你不是说他情绪低落吗？他还哭了。

**斯黛拉**　是的。就在昨晚早些时候，在他上床睡觉之前。

**利昆达**　他为什么会情绪低落呢？

**斯黛拉** 我必须要告诉你吗？这涉及我们的隐私。

**利昆达** 不，当然不是。我无权问你任何问题。只是这整件事情都非常奇怪，出于对你自身利益的考量，我想你最好能把发生过的一切都跟我们分享一下。

**斯黛拉** 他情绪崩溃了，因为他无法以他所希望的那种方式去爱我。他本来想要一个孩子的。

**利昆达** 当你跟他说晚安的时候，他没有再进一步地提到这个问题吗？

**斯黛拉** 没有，完全没有。他已经恢复过来了，精神状态非常好。

**利昆达** 他说什么了？

**斯黛拉** 他只是问我，那个三明治好不好吃。然后他对我说："你该去睡觉了。"我说："我确实累坏了。"然后我吻了他，说："晚安了，亲爱的。"

**利昆达** 你在他的房间里待了多久？

**斯黛拉** 五分钟。

**利昆达** 他有没有说他困了？

**斯黛拉** 没有。

**利昆达** 我想，你知道安眠药放在哪里吧。

**斯黛拉** 大概有数。我知道所有的瓶瓶罐罐都在浴室里，因为他讨厌房间里乱七八糟的。

**利昆达** 你走之前，他有没有问你要过什么？

**斯黛拉** 没有，他什么都没说。维兰护士已经为他舒舒服服地布置好了一切。

**护士** （冷冰冰地对斯黛拉）你真是什么都不懂。利昆达警长给了你一个机会，让你说是你丈夫管你要克洛林，而你认为无妨，就给了他。你还可以说，你亲眼看他拿出了五六片药，然后你又替他把空瓶子放回了架子上。

**斯黛拉** （带有讽刺意味）我从来没往那方面想过。但如果真是我谋杀了我的丈夫，那会是一个完美的托词。不，警长，莫里斯从来没管我要过克洛林，我也从来没有给他拿过。

**护士** 我可以问一个问题吗？

**斯黛拉** 当然可以。

**护士** 今天早上，当我过来告诉你我进了你丈夫房间的时候，你为什么那么生气？

**斯黛拉** 你指的是，你告诉我他死了的时候吗？难道你希望我若无其事地继续吃鸡蛋，好像你刚刚跟我说的是今天的天气真不错？

**护士** 不，你当时还不知道他已经死了。你不可能知道，除非你早就预见到了事情的发生。

**斯黛拉** 哦，我现在明白你的意思了。我之所以生你的气，是因为你在他没有按铃的情况下就进了他的房间。睡眠是难能可贵的，我认为不应该无缘无故地去扰人清梦。

**护士** 你确定不是担心我进去得太早了吗？假设他还活着、还有救呢？

**斯黛拉** 你已经认定是我谋杀了莫里斯，对吗？

**护士** 我不是唯一这么想的人。

**斯黛拉** 那你为什么会这么想呢?

**护士** 那你认为利昆达警长为什么要故意给你一个机会,还旁敲侧击地暗示说,是你的丈夫主动问你拿走了那几片药?

**利昆达** (相当尖刻地)你已经尽完自己的职责了,维兰小姐,做得非常出色。如果你现在还有其他事情要忙的话,我们就不耽误你的时间了。

**护士** 我这就走,这里没有我的事了。我知道你们都很讨厌我,你们认为我所做的一切,都是出自一个卑劣的动机。你们吃午饭的时候,我已经开始收拾行李了。再给我十分钟,我就能全部整理好。

**塔布莱特夫人** 慢慢来,护士,不必着急。

**护士** 相信我,你们有多想赶我走,我就有多渴望离开。如果你们能帮我叫一辆计程车的话,我将会感激不尽。

**塔布莱特夫人** 科林会帮你的。(对科林)亲爱的,你最好马上动身。

**科林** 好的,妈妈。

[科林为护士打开门,然后跟她一起下场。其他人默默地看着她离开。门被关上了。

**塔布莱特夫人** 可怜的维兰小姐。她有着十足的正义感,却觉得自己像个罪犯。一个如此富有美德但又如此缺乏魅力的女孩儿,很难不叫人为之惋惜呀。

**利昆达** 我能单独跟斯黛拉聊一会儿吗?

**塔布莱特夫人** 请便。跟我来吧，哈维斯特医生。

**哈维斯特** 乐意之至。

**塔布莱特夫人** 你浪费了这么多时间在一件与你完全不相干的事情上，这可真太糟了。

**哈维斯特** 相信我，我愿意押上一个农场，以证明你说得千真万确。

［塔布莱特夫人和哈维斯特医生下场。

**利昆达** 斯黛拉，你打算怎么办？

**斯黛拉** 我不知道。我还能做什么呢？我感觉自己像是一只掉进陷阱里的老鼠。

**利昆达** 很明显，这件事情还没有结束，而且现在已经压不下来了。

**斯黛拉** 接下来会发生什么呢？

**利昆达** 我想，哈维斯特医生不得不与验尸官取得联系。然后会有一次尸检。如果——就像我担心的那样——莫里斯被证明死于氯醛过量的话，就会有一场死因审理。我们就等着看陪审团的裁决了。

**斯黛拉** 然后呢？

**利昆达** 如果他们发现确实有人投毒的话，那么警察就会介入，我恐怕你必须为一场严峻的考验做准备了。

**斯黛拉** 你的意思是说，我会因为谋杀的罪名而受审吗？

**利昆达** 也许，检察长[1]会认为没有足够的证据来给你定罪。

---

1 Director of Public Prosecutions，英国皇家检察院的检察长，即负责此案的公诉机关。

**斯黛拉** 不管我做了什么对不起莫里斯的事情，你必须知道，我不可能犯下这样的滔天大罪。

**利昆达** 让我们把事实情况给捋清楚，这时候再遮遮掩掩是没有好处的。你怀了一个孩子，而莫里斯不是孩子的父亲，你不惜一切地想要把这件事情隐瞒下来。

**斯黛拉** 不惜一切代价。

**利昆达** 在你们之间发生了一些事情，这使他情绪低落。你是最后一个见过他的人。他早上可以不起床，继续睡懒觉，想睡多久就睡多久。你发现护士未经允许进了他的房间，你非常生气。他死了。药瓶里的五片克洛林全都不见了，他不可能自己拿到这些东西。那么是谁给了他呢?

**斯黛拉** 我怎么知道?

**利昆达** 亲爱的，你知道我有多渴望能够帮到你。你是我的朋友，而闪烁其词是没用的。你现在的处境很不乐观。

**斯黛拉** 你觉得我有罪吗?

**利昆达** 你想听实话吗?

**斯黛拉** 是的。

**利昆达** 我不知道。

**斯黛拉** （仿佛在思考着这句话）我明白了。

**利昆达** 当然，这些只是间接证据，但它们的指向性太明显了。如果怀疑到了你的头上，谁也不会觉得意外的。

**斯黛拉** （带着一丝幽默的口吻）虽说是歪打正着，但确实严丝合缝。

如果我不知道我没有给莫里斯下毒的话，我会说我一定是有罪的。不过，从另一个方面来说，我本以为任何了解我的人都会清楚地知道，我是不可能加害莫里斯的。

**利昆达** 在我的职业生涯中，我跟很多犯罪案子打过交道。让我震惊的是，那些最遵纪守法的体面人，也是有可能犯下罪行的。在我们当中，很少有人能打包票说自己绝对不会那么做。有时候，犯罪的念头似乎是意外降临到一个人身上的，就好像他走在大街上，烟囱里飘出来的烟灰偶然掉到了他的脑袋上一样。

**斯黛拉** （打了个寒战）这太可怕了。

**利昆达** 审判你并不是我的职责，我只能对你所处的可怕境地表示深深的同情。你知道我们英国人都是什么样的，也知道我们对于性犯罪的态度是多么不宽容。如果陪审团知道你跟你丈夫的弟弟有私情，他们会对你产生极大的偏见。

**斯黛拉** 可怜的科林。他也会受很多苦，是不是？

**利昆达** 你很爱他吗？

**斯黛拉** 我爱他，可我从来没有爱过莫里斯。我对莫里斯的感情是开诚布公的、阳光明媚的，就像我所呼吸的空气一样自然。我本以为它会永远持续下去。但在我对科林的爱里，却饱含了我所有的疼痛和懊悔，以及深知这份爱随时可能死去的酸楚。

**利昆达** 是啊，那确实令人心酸，不是吗？它让生活变成了一场煎熬。

**斯黛拉** 有没有可能不让科林被卷进来？

**利昆达** 哦，恐怕没有。不过，这个问题我们可以咨询一下律师。我们得找一个信得过的人替你打这场官司。有一件事，我想让你记在心里：不要对你的律师有丝毫的隐瞒。被告胜诉的唯一机会，就是对律师实话实说。

**斯黛拉** 我从始至终讲的都是实话。

**利昆达** 上帝保佑，但愿是这么回事。

[ 科林上场。斯黛拉看到他，突然感受到了强烈的焦虑不安，旋即向他扑了过去。

**斯黛拉** 哦，科林，你相信我的，对不对？他们指控我的那件事，你知道我是不可能做出来的。

**科林** （把她搂在怀里）亲爱的。亲爱的。

**斯黛拉** 哦，科林，我好害怕。

**科林** 没什么可怕的。你是无辜的，他们不能拿你怎么样。

**斯黛拉** 不管接下来会发生什么，都意味着我们完蛋了。我们的爱会变得尽人皆知、闹得满城风雨。人们会把我们形容成残暴的恶人，他们会用可怕的口吻去谈论发生在我身上的事情。他们永远不会知道，我有多么努力地克制过自己的情感。人们会因为你此刻的堕落而对你百般责难，却不会因为你过去的努力而说上一句好话。在他们眼里，过去无足轻重。

**科林** 我愿意为你付出生命，可换来的却是要你无端受苦，这太残忍了。

**斯黛拉** 在经历过这一切之后，我怎么能指望你还爱我呢？哦，这是天大的耻辱。我们应该躲到哪里去呢？

**科林** 我会永远爱你。对我，你就是全世界，就是我想要的一切。

**斯黛拉** 以前，要是有男人试图跟我调情，我准会对他们嗤之以鼻，因为那在我看来是白费力气。在你出现之前，我从来没想过我会对莫里斯不忠。我从来没有感到过不安。我只是把生活的另一面都放到一边，不去想它。等我发现自己已经爱上你的时候，却为时已晚、回头无岸了。

**科林** 我对你只有一个要求，不论发生什么事情，都不要你后悔爱过我。

**斯黛拉** 我永远不会后悔的，永远不会。

**科林** （充满柔情地）哦，我的爱人，我的甜心。

**斯黛拉** 但命运却跟我开了一个不怀好意的玩笑，让我看起来像是一个薄情寡义的坏女人，可当我直视自己的内心时，却找不到一点点邪恶的东西。这是怎样的一种惩罚啊，就因为我无法抵御那席卷而来的爱——就像客岁的枯叶抵御不了三月的春风，被它一扫而光。

**科林** 不管是什么样的惩罚，都有我和你一起承担。让我们共同去面对即将到来的审判吧，斯黛拉，无论如何，他们都别想把我们分开。

**斯黛拉** （绝望地）利昆达警长，我们该怎么办？你就不能说点儿什么来帮帮我们吗？

**利昆达** （语气低沉，非常严肃地）我能给你们什么忠告呢？我只能说，如果我处在你们的位置上，我会怎么做。

**斯黛拉** 你会怎么做?

**利昆达** 如果我是清白的，那么我会坚持到底。我会对自己说，也许我确实有罪吧，我不知道，但整个世界都在这么说，而这个世界就是我的法官。不管我做了什么，我的出发点都是因为不能自已，而我愿意为此承担即将到来的后果。但如果我真的犯了罪，如果在恐惧或者疯狂的状态之下，我犯了会被法律处以死刑的罪责，那我不会坐以待毙，等着正义降临在我的头上。我会采取一个最保险、最快速的方式，让自己逃脱法律的制裁。

**斯黛拉** 我是无辜的。

**利昆达** 但如果你不是，我会告诉你，在我写字台抽屉里有一把上了膛的左轮手枪，没人会阻止你走几步路到我的家里，顺着书房的窗户翻进去。

[斯黛拉满脸惊恐地看着他，恐惧使她的心跳急剧加快。利昆达垂下了眼睛，故意转过身去。接着是一阵骇人的沉默。随后，维兰护士上场，她已经换下了自己的职业装，穿上了大衣和裙子，手里拿着一顶帽子。斯黛拉稍微振作了一下精神。她如释重负般地向护士打了招呼，沉着冷静、举止端庄。

**斯黛拉** 护士，你的动作可真快。

**护士** 我发现几乎没什么需要打包的了，我已经让爱丽丝把我的箱子拿到楼下去了。

**斯黛拉** 园丁今天也在，他可以帮一把手。

**护士** 我走之前，可以跟塔布莱特夫人道个别吗？

**斯黛拉** 我相信她会很乐意跟你说两句的，她这会儿在花园里。

**护士** 我去找她。

**斯黛拉** 哦，不用麻烦了，科林会去叫她的。是因为利昆达上校有些话想和我私下说，她才去外面待了一会儿。

[科林走到窗边，向外面喊道。

**科林** 母亲。

**塔布莱特夫人** （声音从花园里传来）科林，是你在叫我吗？

**科林** 维兰护士就要走了，她想和你道个别。

**塔布莱特夫人** 我就来。

[场上的四个人一言不发地站在原地，若有所思。对他们所有人来说，这都是一个关键的时刻。塔布莱特夫人上场，哈维斯特医生跟在她的身后。

**塔布莱特夫人** （微微一笑，好像没发生什么严重的事情一般）你叫的车来了吗，亲爱的？

**护士** 是的，我从窗户往外看的时候，它正开过来。塔布莱特夫人，我不能一声不吭地就走了，我在这儿生活的五年时间里，你待我格外好，我必须向你道谢。

**塔布莱特夫人** 亲爱的，你从来没有给我们添过任何麻烦，对你好是自然而然的。

**护士** 你为我做了这么多，我却以给你带来困惑和不幸作为回报，真是非常抱歉。我知道，你一定很恨我。也许我的说法听起来会很可怕，但请你相信，我也无法控制自己啊。

**塔布莱特夫人** 亲爱的，在我们分别之前，我希望能够把你从苦闷当中解脱出来，让你不要那么自责。你知道，我们每个人都不是纯粹的，我们不是只有一种自我，而是有半打自我。所以，你不应该忌妒斯黛拉。你给了莫里斯其中一个自我所渴望得到的全部，而那部分的他，就是属于你的。也许，全世界的自我加在一起，可以满足每个人所需要的一切。但我们当中有谁可以满足另一个人的全部所需，又有谁可以满足我们当中任何一个人的全部所需呢？我了解一个你们谁也不曾了解过的莫里斯，我也给了他你们谁也无法给得了的东西。但我没有干涉过别人该怎么做。一份激昂的热情，把他和斯黛拉联结在了一起；一份温柔似水，又像同志般坚定的友情，把你和他联结在了一起。如果我对此耿耿于怀甚至心生怨念的话，那将是多么吝啬、多么不慷慨啊。你对我可怜的莫里斯给予了无限的善意和无私的爱，愿上帝保佑你。

[她握住维兰护士的手，在她两颊上各亲了一下。

**护士** （抽泣着）我太难过了。

**塔布莱特夫人** 哦，亲爱的，你的自制力令人敬佩，可千万不要丢了它。有得就有失，这再正常不过了。况且，由于人性的堕落，我想即使是最值得尊敬的公民，在将罪犯送上被告席的时候，也会感受到一丝不安吧。

**利昆达** 我想，你会给我们留下一个地址吧，维兰小姐。哈维斯特医生会去跟当局沟通的，他们肯定也需要与你取得联系。

**哈维斯特** 我会去见验尸官，把事情一五一十地告诉他。你要跟我一起吗，护士？

**护士** 不了。

**哈维斯特** 如果塔布莱特夫人不介意的话，我想用一下这儿的电话，看看验尸官在不在班。

**塔布莱特夫人** 当然不介意，但在你打电话之前，我能不能说几句话？

**哈维斯特** 您想说多少句都行。

**塔布莱特夫人** 我尽量言简意赅。维兰护士以为斯黛拉是最后一个见到莫里斯活着的人，其实不然。在那之后，我还去见过他，并且跟他有过交谈。

**护士** （惊讶万分）你？！

**哈维斯特** 那会儿他是清醒的吗？如果他吞下了 2 克左右的克洛林，[1] 那应该不是昏昏欲睡，就是昏迷不醒。

**塔布莱特夫人** 请等一下，哈维斯特医生，让我用自己的方式来讲完这段故事。

**哈维斯特** 请原谅。

**塔布莱特夫人** 你知道，莫里斯的房间就在我的楼下。他总是敞着窗户，当他睡不着觉的时候，打开一盏灯，我的房间里面就能看到一道反光。然后，我就会偷偷溜下去，坐到他身边，关上灯陪他

1 原文为 30 粒，约为 1.94 克。

聊天。有时候，我们会聊到他在印度的童年，我也会给他讲我年轻时候的故事。但有时候，我们也会聊一些人们羞于在大庭广众谈论的事情。他会告诉我他对斯黛拉的深切情意，以及他多么希望她能过上幸福的日子。围绕着生命这个话题，我们还会聊一些玄之又玄的内容。经常说着说着他就睡着了，然后我会静悄悄地离开。这些交谈，我们没有跟任何人提起过。（带着一丝自嘲的微笑）一个女人跟他的儿子、儿媳妇住在一起，关系总是很微妙的。我不想让斯黛拉觉得，我有想要取代她的念头。

**斯黛拉** 亲爱的，我绝不会因此而怨你。

**塔布莱特夫人** 确实没那个必要，但我们还是不应该让人性负担太大的压力。在那几个漫漫长夜里，莫里斯交给我的是一个只有我——他的母亲——才能回应的自我……昨天晚上，我辗转反侧。莫里斯的房间里并没有亮灯，很奇怪，我总觉得他也还没睡着。我下楼来到花园，透过他的窗户往里面看。他看到了我的影子，说"是你吗，妈妈？我想你可能会来"。

**哈维斯特** 那时候是几点钟？

**塔布莱特夫人** 我没留意，也许是你离开的一个小时以后吧。他告诉我，他已经吃了安眠药，但似乎没什么效果。他说，他感觉非常清醒。然后他说，"妈妈，好心再给我一片药吧，就这一次，不会有什么害处的，我真想好好睡上一觉"。

**哈维斯特** 不知道怎么回事，他昨天晚上确实非常紧张。我想，按照平时的药量，可能没有什么效果。

**塔布莱特夫人** （非常平静地）在莫里斯受伤之后不久，我曾经答应过他，如果他不堪忍受这样的生活，我会帮他结束自己的生命。

**斯黛拉** 哦，上帝啊！

**塔布莱特夫人** 我对他说，如果他的痛苦如此剧烈，以至于再也不能忍受，当他郑重其事地向我寻求帮助的时候，我不会逃避责任。我会把合适的药交到他的手上，让他可以毫无痛苦地结束这段他不愿再做留恋的生命。有时候他会问我："那个承诺还有效吗？"我会回答："是的，亲爱的，它仍然有效。"

**斯黛拉** （极度不安地）昨天晚上他问过你吗？

**塔布莱特夫人** 没有。

**利昆达** 那后来怎么样了？

**塔布莱特夫人** 我知道斯黛拉的爱对莫里斯来说意味着一切，我也知道她已经没有什么可以再给他的了，因为她已经把所有的爱都交给了科林。我们活着的动力不就是我们的幻想吗？除了允许我们继续怀抱着幻想活下去以外，我们还能向别人要求些什么呢？让莫里斯能够在苦难中支撑下去的，就是这样一种幻想。失去了它，就失去了一切。斯黛拉为他做的已经够多了，我作为莫里斯的母亲感到非常知足。继续要求她牺牲身为女人所拥有的一切？我还没有自私到那个份儿上。

**斯黛拉** 为什么你不给我一个机会去试试呢？

**塔布莱特夫人** 很多年前，为了我的两个儿子，我放弃了我对那位老警长所怀抱的巨大的爱。我当时以为，再不会有人要求我做出比这更大的牺牲了。今天我才明白，那根本算不了什么。因为我爱莫里斯，我爱他胜过一切。现在他死了，我只剩下形影相吊。他一直在做的是一个美丽的梦，而我太爱他了，不想让他从梦中醒过来。我给予了他生命，也夺走了他的生命。

**护士** （惊慌失措）塔布莱特夫人！这不可能！太可怕了！

**利昆达** 米莉！米莉！你到底在说什么？

**塔布莱特夫人** 我进到浴室，站上椅子，拿下了那瓶克洛林。我把里面的五片药全都取了出来，如你所知，维兰护士，然后把它们放进一杯水里溶化掉了。我把那杯水拿给莫里斯，他端起来一饮而尽。味道太苦了，他提到了这一点，我想这也是他为什么在杯底留下了一点儿。我坐在床边，握着他的手，直到他睡着。当我松开手的时候，我知道他永远也不会醒来了。他做了一个美丽的梦，他会永远这么做下去。

**斯黛拉** （将她拥入怀中）哦，妈妈，妈妈。你都做了什么呀？这会带来什么样的后果呢？哦，我害怕极了。

**塔布莱特夫人** （温柔地挣脱开来）亲爱的，不要为我担心。我所做的一切都是有意为之，我已经准备好承担它所带来的后果了。我不会逃避责任的。

**斯黛拉** 这是我的错，是我太软弱了。我永远也不会原谅我自己的。我都做了些什么啊？

**塔布莱特夫人** 你不要再傻了，也没必要多愁善感。你爱科林，而科林也爱着你。不要把心思放在我的身上，也不要为了我的遭遇而苦恼。你们必须离开这里，到美国去，你们可以在那里结婚生子，忘掉过去发生的一切，忘掉那些死去的人吧。因为你们都还年轻，年轻人有权拥有未来。

**科林** 妈妈，哦，我亲爱的妈妈，你让我感到无地自容。

**塔布莱特夫人** 我的儿子，我也同样地爱着你，你的幸福始终放在我的心上。

**利昆达** 米莉，我亲爱的、亲爱的米莉。

**塔布莱特夫人** （带着一丝苦涩的微笑）你瞧，维兰护士，你完全是正确的。当然，我应该放几片别的药进去，阿司匹林或者氯酸钾之类的。但如你所说，凶手经常会犯错误，而我并不是一个有经验的惯犯。

［片刻的停顿。

**护士** 哈维斯特医生，你现在还愿意在死亡证明上签字吗？

**哈维斯特** 当然。

**护士** 那就签吧。如果有谁对此提出疑问的话，我会发誓说是我把那瓶药放在莫里斯床头的。

**斯黛拉** 维兰护士！

**塔布莱特夫人** （对哈维斯特说）你这样做，会不会背上巨大的风险？

**哈维斯特** 该死的！我不在乎。

**利昆达** 哦，护士，我们向你表示感激、无尽的感激。

［维兰护士跪下来，拥抱塔布莱特夫人。

**护士**　哦，塔布莱特夫人，我真是太可恶了。我让忌妒和狭隘蒙蔽了双眼。我从来没有意识到自己有多么卑鄙。

**塔布莱特夫人**　来，过来吧，亲爱的，我们不要再放任自己的情绪肆意发酵了。现在，我们两个都是孤独的女人了。让我们紧紧拥抱在一起吧。只要我们能够把对莫里斯的爱放在心里，他就没有真的离我们而去。

# 家有美人

本剧的剧名取自十九世纪的英国歌曲《纳尔逊之死》中的一句唱词：为了英格兰，至美家园（For England，Home and Beauty）。在这里，“家”与“美”虽表意不同，但所指一致。结合本剧情节，此处亦将剧名译为“家有美人”，而非“家与美人”。

## —人物—

维多利亚：名媛

威廉：战争英雄，维多利亚的第一任丈夫

弗雷德里克：战争英雄，维多利亚的第二任丈夫

沙特尔沃斯夫人：维多利亚的母亲

莱斯特·帕顿先生：投机分子

A.B. 拉哈姆先生：律师

蒙特摩伦西小姐：未婚女士

波格森夫人：正派女士

丹尼斯小姐：美甲师

泰勒：女仆

南妮：保姆

克拉伦斯：男孩

故事发生在维多利亚位于西敏市[1]的府邸，剧情时间为 1918 年 11 月底。

1 大伦敦地区的一个自治市，位于泰晤士河北岸。

# 第一幕

[ 场景是维多利亚的卧室。这个房间主要用于休息：有一张床，挂着漂亮的帘子，铺着好看的被子；有一个大梳妆台，摆满了各种女性的化妆品。除此之外，它也可以当作一间会客厅：有几件别致典雅的家具，墙上挂着几幅颇有品位的画作，桌上摆着鲜花，壁炉里燃着明亮的火——整个房间给人以舒适、奢华、时尚的感觉。

[ 维多利亚是个漂亮的姑娘，身穿一件考究的服装，既像是茶袍，又像是睡袍。此刻，她正坐在沙发上接受美甲。丹尼斯小姐是一位整洁、利落的女士，大约二十五岁，说话带着一点伦敦口音。

**丹尼斯小姐** （刚刚给维多利亚讲完一个很长的故事）所以我最后就跟他说，哦，随你的便吧。

**维多利亚** 你知道，你终究都是要这么做的。

**丹尼斯小姐** 他问了我五次，我拒绝了五次，这真让我厌倦了。然后，你瞧，干我们这一行，接触过的人实在太多了，婚姻生活的方方面面你都能看得一清二楚。我的印象是，从长远的角度来说，你嫁给谁并不是很重要。

**维多利亚** 哦，我非常同意你的看法，跟谁结婚完全取决于你自己。当我第一任丈夫不幸去世的时候，可怜的家伙，我彻底崩溃了，整个人瘦了一圈儿。一连好几个月，我都不敢穿低胸装，就怕撑不起来。

**丹尼斯小姐**　这可太可怕了。

**维多利亚**　我就是这么喜欢他。但你知道，我对我的第二任丈夫也一样钟情。

**丹尼斯小姐**　你一定是有一种爱的本能。

**维多利亚**　当然，如果我的现任丈夫出了意外，我是绝对活不下去的。但假设真的发生了什么事——但愿没有这种假设——你知道的，我肯定无法控制自己，到头来只能再结一次婚。我知道，我会像爱我的前两任丈夫一样爱我的第三任丈夫的。

**丹尼斯小姐**　（叹息）爱情真是一件美好的事情。

**维多利亚**　哦，太美好了。当然了，我会先等上一年。在我第一任丈夫去世以后，我就等了一年。

**丹尼斯小姐**　哦，是的，我认为应该等一年再结婚。

**维多利亚**　你进来的时候，我注意到你戴着订婚戒指。

**丹尼斯小姐**　我在工作时间不应该戴戒指，但我就是喜欢它戴在手指上的那种感觉。

**维多利亚**　我非常理解你说的这种感觉。隔着手套转两下戒指，然后告诉自己：好吧，我现在名花有主了。他长得好看吗?

**丹尼斯小姐**　这个嘛，也不能说他长得有多好看，但确实有一张讨人喜欢的脸。

**维多利亚**　我的两任丈夫都是英俊的男人。你知道，人们都说男人长得怎么样并不重要，但这纯属胡说八道。没有什么比一个漂亮的男人更能衬托出一位女士的美貌。

**丹尼斯小姐** 他的皮肤很白，一白遮百丑。

**维多利亚** 当然了，这都是品位问题，但我想我自己不会喜欢那样的男人。他们总说，白面小生狡猾得很。我的两任丈夫长得都挺黑，而且他们都获得过十字勋章。[1]

**丹尼斯小姐** 这种巧合真有意思，不是吗？

**维多利亚** 我自认为在这个世界上，很少有哪个女人能先后嫁给两位十字勋章的获得者。单就这一点来说，我也算尽力了。

**丹尼斯小姐** 这是没话说的。如果不介意我八卦的话，我很想知道，在这两任丈夫里你更喜欢哪个。

**维多利亚** 哦，这我可真不能说，你懂的。

**丹尼斯小姐** 当然了，我并没有你这样的经验，但我认为你会更喜欢那个已经离你而去的。这像是人的本性使然，不是吗？

**维多利亚** 事实上，所有男人都有他们的缺点。他们自私、残忍、不懂得体贴。生活的开销有多大，他们心里完全没数。他们有太多东西不明白了，这些可怜的家伙；可他们还偏偏爱固执己见，小

1 原文为 D.S.O.，Distinguished Service Order，即杰出服务勋章，为十字形，故又称十字勋章。1886 年起，英国与英联邦成员国为奖励在军事任务中有功的军职人员而设置了这一勋章，授勋者可以在名字后面加上 D.S.O. 的字样以示荣誉。

气得很。当然，弗雷迪有时候很不讲道理，比尔也一样，[1]但是他非常爱我，要是我离开他的视线一秒钟，他就会发疯的。他们两个都这样，全都死心塌地地爱着我。

**丹尼斯小姐** 我得说，单凭这个，他们有再多的缺点也可以忽略了。

**维多利亚** 有些姑娘一天到晚都在抱怨没人理解自己，我实在是没法跟她们共情。我不想被理解，我想被爱。

［泰勒打开门，沙特尔沃斯夫人上场。她是维多利亚的母亲，穿着一席黑衣，头发灰白，年龄看上去一目了然。

**泰勒** 沙特尔沃斯夫人。

［泰勒下场。

**维多利亚** （热情地）亲爱的妈妈。

**沙特尔沃斯夫人** 我的宝贝女儿。

**维多利亚** 这位是丹尼斯小姐。她今天的档期都约满了，只能在这会儿给我做指甲了。

**沙特尔沃斯夫人** （优雅地）你好吗，小姐?

**维多利亚** 亲爱的，你不介意爬两步台阶上二楼来吧？你瞧，我们必须得节约用煤。[2]我们试过多争取一点儿份额，但就是办不到。

---

1 弗雷迪为弗雷德里克的昵称，比尔则是威廉的昵称。在爱尔兰的盖尔语中，W 的发音在某些情况下与 B 类似，因此威廉（William）的昵称威尔（Will）也会被称为比尔（Bill）。十七世纪末的英国国王威廉三世（King William Ⅲ）便被爱尔兰人戏称为比利国王（King Billy）。

2 第一次世界大战前后，作为重要资源供给的煤炭一度在英国陷入严重紧缺状态，以至于从 1916 年 10 月起，英国政府不得不根据每家每户的房屋数量进行煤炭配给。大批拒绝服兵役的成年男性在战争即将结束时被征募为矿工，以维持煤炭的供应。

**沙特尔沃斯夫人**　哦，我懂。限煤令对我这个年纪的女人来说，实在是一项粗鲁的规定。但谁也没办法，这就是政策红线，你知道的。

**维多利亚**　他们说，家里最多只能点两个火炉。当然，儿童房里必须得开一个，而我说什么也得让卧室里暖和点儿，所以我不得不在这里会客了。

**沙特尔沃斯夫人**　我那两个可爱的孩子们怎么样了？

**维多利亚**　弗雷德有点儿感冒，南妮觉得他最好待在床上休息。但小宝状态非常好，南妮马上会领他进来的。

**丹尼斯小姐**　他们俩都是男孩儿吗，朗兹夫人？

**维多利亚**　没错，都是男孩儿，但下次我一定要生一个女孩儿。

**沙特尔沃斯夫人**　弗雷德下个月就要两岁了，维多利亚。

**维多利亚**　我知道，我也开始觉得自己已经老去了。可怜的小家伙，他的父亲去世以后三个月，他才出生。

**丹尼斯小姐**　那可真不幸啊。指甲油不要太红的颜色吧？

**维多利亚**　别涂太红。

**沙特尔沃斯夫人**　她穿着那身黑色礼服服丧的时候，样子简直甜美极了。你要是能见过那个时候的她就好了，丹尼斯小姐。

**维多利亚**　妈妈，你怎么能说出这种冷血无情的话来呢？当然，我穿黑色确实很好看，这是毋庸置疑的。

**沙特尔沃斯夫人** 我坚持让她去玛蒂尔德[1]那里定制礼服。要知道，丧服必须要精工细织，否则穿在身上一点儿气场都没有。

**丹尼斯小姐** 你刚才说，你的大儿子叫弗雷德？我猜，这是以他父亲的名字命名的吧？

**维多利亚** 哦，不，我的第一任丈夫叫威廉。他特别希望这个孩子能叫弗雷德里克，向朗兹少校致敬。你知道，朗兹少校曾经是我丈夫的伴郎，他们俩一直都是最要好的朋友。

**丹尼斯小姐** 哦，我明白了。

**维多利亚** 后来，我嫁给了朗兹少校，然后又有了第二个孩子。我们觉得，用我第一任丈夫的名字来给他命名非常有纪念意义，所以我们管他叫威廉。

**沙特尔沃斯夫人** 我本人是反对这种做法的。我认为，这会让我的宝贝女儿频繁地思念起她的亡夫。

**维多利亚** 哦，但是，亲爱的母亲，我对比尔的态度完全不是这样。我永远也不会忘记他的。（指向墙上挂着的一个相框，相框里并排摆着两张相片，对丹尼斯小姐）你看，我把他们的照片并排挂在一起。

**丹尼斯小姐** 有些男人可能不太喜欢这种挂法。

**维多利亚** 现在我是弗雷迪的妻子了。就算我有时候会稍微怀念一下那个躺在法国无名坟墓里的可怜的英雄，他也不能怨我吧。

---

1 根据语境，推测为服装定制店的名字。

**沙特尔沃斯夫人** 别不高兴，亲爱的。你知道情绪低落会让你的皮肤变差。她的心太柔软了，我这个可怜的孩子。

**维多利亚** 当然，现在战争结束了，情况也不同了。但弗雷迪上前线的时候，我总是在想，如果他出了什么意外，而我又再次结婚了，我一定会在心里留一个小角落给他的。要是他知道我这么想，一定会感到很欣慰吧。

**丹尼斯小姐** 好了，今天就到这里吧，朗兹夫人。你希望我下个星期五再过来吗?

[丹尼斯小姐开始收拾她所用的各种美甲工具。

**维多利亚** （看着自己的指甲）请务必过来一趟，你做得非常漂亮。看着自己的指甲被修剪得整整齐齐，真是让人有一种说不出的满足。它能带给你一种自信的感觉，不是吗?如果我是男人的话，看到那些没有打理过的手，我是永远也不会想去握的。

**丹尼斯小姐** 我即将下嫁的那位绅士曾经对我说过，最先引起他注意的，就是我手上这些光彩照人的指甲。

**维多利亚** 一个男人会被什么东西给吸引过去，真的很难讲。

**沙特尔沃斯夫人** 就我个人而言，我是个坚定的第一印象信奉者。这就是我为什么会跟所有我认识的女孩儿说："当你们去别人家里做客的时候，在走进人家的客厅之前，一定要使劲咬一下嘴唇，再舔一舔，然后抬起头，意气风发地走进去。"男人们最喜欢的，莫过于一个红润润的樱桃小口了。别看我现在已经是个老妇人了，但每次去别人家之前，我还是会这么做的。

**丹尼斯小姐** 真是有趣，我从来没想过还有这招儿。我得找个机会试试看。

**沙特尔沃斯夫人** 这可能会让你的生活发生翻天覆地的变化。

**维多利亚** 妈妈，丹尼斯小姐已经订婚了。

**沙特尔沃斯夫人** 啊，亲爱的，你可别犯那种低级错误呀，以为自己已经拥有了一个男人，就不需要在别的男人面前展现吸引力了。

**维多利亚** 那我们就下周五见，丹尼斯小姐。

**丹尼斯小姐** 好的，朗兹夫人。还需要我为你做些什么吗？

**维多利亚** 不用了，谢谢。

**丹尼斯小姐** 我这里有一款新的乳液，刚从巴黎寄过来。你要是愿意试上一试的话，那就再好不过了。我想你的肤色用它刚刚好。

**维多利亚** 没用过的东西，我可不敢轻易尝试呀。我的皮肤非常敏感，禁不起折腾。

**丹尼斯小姐** 这款乳液是专门为你这样的皮肤而设计的，朗兹夫人。普通的护肤品对普通的皮肤来说就足够了，但对你这种吹弹可破的皮肤来说，需要特别的东西来滋养。

**维多利亚** 既然如此，我想它一定非常昂贵。而你知道，我们现在必须节俭开支，总得有人为战争的开销买单呀。

**丹尼斯小姐** 我会给你一个特别优惠价，朗兹夫人。一罐的价格通常是三英镑，而我只收你五十九先令外加六个便士。而且它是一大罐，足足有这么大（用手比画了一个约三英寸高的罐子）。我保证，这绝不是在浪费你的钱。精致的护肤品是对自己的一项投资。

**维多利亚** 好吧，下次你来的时候带上一罐。

**丹尼斯小姐** 你不会后悔的，我非常确定。祝你下午安好，朗兹夫人。（对沙特尔沃斯夫人）下午好。

［丹尼斯小姐下场。

**沙特尔沃斯夫人** 我敢说她是对的。干这一行的姑娘，经验准少不了。我总是对女孩儿们说同样的话：好好保养你的皮肤，别管账单有多长。

**维多利亚** 她刚才告诉我，约翰斯顿·布雷克夫妇快要离婚了。

**沙特尔沃斯夫人** （漠不关心地）是吗，因为什么呢？

**维多利亚** 过去的四年里，他一直在战场上打仗，他说他现在想要过安静一点儿的生活。

**沙特尔沃斯夫人** 恐怕这些常年离家在外的男人，几乎都不知道结婚以后的日子该怎么过了。我敢说，可怜的比尔能死在战场上，那是神对你的眷顾。

**维多利亚** 妈妈，亲爱的，你怎么能说出这么可怕的话来呢？

**沙特尔沃斯夫人** 我必须承认，当弗雷迪在陆军部[1]找到了一份稳定工作的时候，我简直是谢天谢地。男人和女人的区别就在于，男人天生就对婚姻无感。虽然说只要有足够的耐心和坚定的信念，再加上偶尔略施小计，你也可以训练他们接受婚姻，就像训练小狗

1 英国陆军部（War Office）成立于1857年，负责管理英军的陆上作战部队。1964年后，其职责移交至英国国防部。

用两条后腿走路一样。可狗更喜欢用四条腿走路，就像男人更喜欢无拘无束一样。婚姻就是一种习惯。

**维多利亚**　一种非常好的习惯，妈妈。

**沙特尔沃斯夫人**　诚然如此。但身在这个世界，最不幸的就是好习惯比坏习惯更容易克服。

**维多利亚**　不过，有一件事情我很确定，那就是弗雷迪跟我结婚以后，高兴得不得了。

**沙特尔沃斯夫人**　如果我是你的话，我会嫁给莱斯特·帕顿。

**维多利亚**　天哪，为什么？

**沙特尔沃斯夫人**　你难道没注意到，他总是穿着鞋套吗？[1]凡是穿鞋套的男人，都是做丈夫的上佳人选。

**维多利亚**　这也可能意味着他身体太虚，容易手脚冰凉。我猜他睡觉的时候都会穿着床袜，[2]我很看不上这种人。

**沙特尔沃斯夫人**　胡说。这意味着他头脑清晰，做事有条理。他喜欢把一切都安排得井然有序，每样东西都放在适当的位置，以便在适当的时候取用。实际上，他是一个讲习惯的人。我敢肯定，莱斯特·帕顿会在结婚六个月以后，彻底忘记他曾经作为单身汉的这段经历。

---

1　鞋套（spats），一种罩在皮鞋上，防止沾染雨水尘土弄脏鞋子的保护套。在汽车尚未普及的十九世纪末至二十世纪初，很多男士都会日常穿着鞋套，在保持衣着整洁的同时，也彰显出老派绅士的风采。

2　床袜（bedsocks），睡觉时穿着的保暖袜。

**维多利亚** 我是一个军官的遗孀。我认为嫁给一个平民百姓，不是爱国的表现。

**沙特尔沃斯夫人** 你们这些女孩子都这么说话，好像这场战争会永远打下去似的。英雄主义固然有它的市场，但是在社交场合，豪情壮志可比不上伶牙俐齿。

［泰勒上场。

**泰勒** 夫人，帕顿先生登门拜访。我对他说，不确定你是不是方便见他。

**维多利亚** 真是禁不住念叨。哦，好吧，请他上来吧。

**泰勒** 好的，夫人。

［泰勒下场。

**沙特尔沃斯夫人** 维多利亚，我都不知道你最近跟他有来往。

**维多利亚** （狡黠地）他近来对我殷勤得很。

**沙特尔沃斯夫人** 我就知道我是对的，他肯定是被你吸引了。

**维多利亚** 哦，亲爱的，你知道除了弗雷迪，我对谁都没有兴趣。不过话说回来，有人肯为你跑跑腿儿，总是有益无害的。而且不管你想要什么，他几乎都能帮你搞到手。

**沙特尔沃斯夫人** 黄油也行吗？

**维多利亚** 什么都行，亲爱的，黄油、糖、威士忌。[1]

---

1 战争期间，包括食物在内的一切资源都要优先提供给前线后勤部门，致使欧洲各国的粮食库存陷入短缺，不得不实行配给制度。

**沙特尔沃斯夫人** 咬一下你的嘴唇，亲爱的，再好好舔一舔。

[维多利亚照做。

**沙特尔沃斯夫人** 你错过了改变你人生的大好机会。

**维多利亚** 再怎么说，他也从来没向我求过婚呀。

**沙特尔沃斯夫人** 别傻了，维多利亚，你应该怂恿他向你求婚。

**维多利亚** 你知道我是爱弗雷迪的。再说了，我们结婚的时候，还不知道接下来要靠配给券过活呢。[1]

**沙特尔沃斯夫人** 说到这个，弗雷迪在哪里？

**维多利亚** 哦，亲爱的，我很生他的气。他答应要带我出去吃午餐，但是到现在都不露面，也没打个电话回来什么的，一个字儿也没有说。在我看来，他这么做实在太过分了。他可能已经死在外面了吧，我也不知道。

**沙特尔沃斯夫人** 还真是乐观呢。

[泰勒带领莱斯特·帕顿先生上场。帕顿是一个小个子男人，身材有点儿胖，但看上去似乎对生活里的一切（包括他自己）都很满意。他穿着讲究，显然非常富裕。隔着一英里远，你就看得出来他的钱已经多到自己都不知道该怎么花的地步了。他平易近人、殷勤而随和。

**泰勒** 莱斯特·帕顿先生。

---

1 即用于领取食物的兑换券，糖、茶、黄油、果酱、肉类的人均配给量约为每周 1680 卡路里，对素食者、儿童和从事繁重体力劳动的工人则有所调整。

［泰勒下场。

**维多利亚**　我希望你不介意多爬了两步台阶上二楼来。我们现在得节约用煤，这点儿份额，只够我在卧室里面生火的了。

**帕顿**　（与她握手）听你这话的意思，该不会是在煤炭配给上遇到困难了吧？你为什么不早点告诉我呢？（与沙特尔沃斯夫人握手）你好吗，夫人？

**维多利亚**　你是说，你可以帮我搞到一些煤吗？

**帕顿**　一位漂亮的女士理应得到她所想要的一切，如若不然的话，简直令人没法接受。

**维多利亚**　我跟弗雷迪提过这个问题，我觉得他肯定能设法搞一些回来的。不然的话，他在陆军部工作又有什么价值呢？

**帕顿**　把这桩差事交给我好了。为了你，我会尽力而为的。

**维多利亚**　你可真是神通广大。

**帕顿**　现在，那些上战场的人都从前线回来了，如果我们这些待在家里的可怜鬼不能让自己变得有用点儿，那就压根儿没人会看我们一眼。

**维多利亚**　你待在家里，也是在尽你的责任。

**帕顿**　你知道，我申请参军了，只不过没有等到被征召入伍的那一天。但是政府跟我说，我是造船的工匠，干脆去造船好了。于是我就奉命而为，给他们造了几艘船。

**沙特尔沃斯夫人**　你的行为非常高尚。

**帕顿**　然后，他们让我为多出来的利润额外缴税。这简直是在对一个人的爱国之心进行最高级别的试炼——千真万确，我就是这么跟首相大人说的。

**沙特尔沃斯夫人** 我听人说，政府打算把你加到下一份王室荣誉名单里面，[1] 表彰你为国家做出的巨大贡献。

**帕顿** 哦，我做这些事可不是为了获得荣誉，我只是很高兴能为自己的国家略尽一份绵力。

**维多利亚** 这话说得太对了，我也是这么认为的。

**沙特尔沃斯夫人** 要知道，维多利亚一直在拼命工作，无暇顾及其他。她到今天依然能保持身体健康，在我看来真是个奇迹。

**维多利亚** 我都不知道自己参加了多少个委员会。我出席过的义卖活动，足足有二十三场。

**帕顿** 没有什么比这更费心力的了。

**维多利亚** 战争刚开始那会儿，我还在一家餐厅工作，但后来不得不放弃，因为我忙到连出去吃午饭的时间都没有。有一阵子，我想过去医院工作，但你知道，那种地方的繁文缛节多得很——他们说我没有接受过系统的培训。

**沙特尔沃斯夫人** 我相信，你能成为一名相当出色的护士。

**维多利亚** 可我想做的，根本就不是那种普普通通的护士。那样的机会，我很乐意留给那些以此维生的可怜姑娘。不过，要是去照料

---

1 王室荣誉名单（Crown Honours List）是授予英联邦国家公民的一项荣誉。英国每年会分两次公布一份大约由1350人组成的荣誉授予名单，分别在新年和君主寿诞日公布，以表彰这些人为国家所做的特殊贡献。

那些在战争中负伤的小伙子们的话——比如给他们拍拍枕头、讲讲故事，再摆上几朵鲜花，那就完全不需要什么特别培训了，只需要有同情心就能够胜任。

**帕顿** 在我认识的人里，没有谁比你更富有同情心了。

**维多利亚** （眼睛一闪）我对喜欢的人才有同情心。

**沙特尔沃斯夫人** 你不再举办茶会了吗，亲爱的？

**维多利亚** 哦，是的，在停战协议签订以后，[1] 我就没再办过了。

**帕顿** 你还给那些受伤的士兵们举办过茶会吗？

**维多利亚** 是的，给那些英国兵。我认为搭建一些人脉关系是非常重要的。以前，我每个星期四都会邀请十几个士兵到家里来。刚开始的时候，我们都在客厅里活动，但是这群可怜的小伙子，他们太害羞了，所以我就想，也许到仆人大厅去喝茶更合适吧。[2] 我跟仆人们的关系可好了，在我认识的女人里面，我是唯一一个没有跟自己的女仆闹过矛盾的。

**沙特尔沃斯夫人** 亲爱的，我想上楼去看看我那可爱的小孙子怎么样了，我希望他得的不是流感。

**维多利亚** 去吧，妈妈，他见到你一定会非常高兴的。

［沙特尔沃斯夫人下场。莱斯特·帕顿站起身来，目送她离开，

---

1 1918年11月11日，法国元帅福煦与德国代表马蒂亚斯·埃茨贝格尔在巴黎北部的贡比涅（旧译康边）签订停战协议，标志着第一次世界大战的结束。

2 仆人大厅（servants' hall）是贵族府邸里供仆人使用的公共休息室，通常用作仆人们吃饭的餐厅。

然后挪到了维多利亚旁边的沙发上坐下。

**帕顿**　你的小孩儿出什么问题了吗?

**维多利亚**　可怜的小心肝儿，他感冒了。

**帕顿**　我很抱歉。

**维多利亚**　我敢说他没什么大事儿，但你知道一个母亲的心理是什么样的，她会感到焦虑不安。

**帕顿**　你是一位非常伟大的母亲。

**维多利亚**　我很爱我的孩子们。

**帕顿**（接着自己刚说的话）而且，你还是一个非常完美的妻子。

**维多利亚**　你这么觉得吗?

**帕顿**　你丈夫不这么觉得吗?

**维多利亚**　哦，他只是我的丈夫而已。他怎么觉得，对我来说没有多少价值。

**帕顿**　那他知道自己是多么幸运的一个男人吗?

**维多利亚**　如果他知道的话，他也一定会认为自己配得上这种幸运。

**帕顿**　我可真羡慕他。

**维多利亚**（瞥了他一眼）那你不觉得我很讨人厌吗?

**帕顿**　能否容我把对你的看法说给你听听?

**维多利亚**　不，还是别说了，你肯定会夸大其词的。你知道，我只对自己的两个品质感到骄傲：第一，我不爱慕虚荣；第二，我非常无私。

[弗雷德里克上场。他身材高大、气宇轩昂，穿着军队的制服，

衣服上挂着红色绸带和很多勋章。他向莱斯特·帕顿点头示意，然后跟他握了握手。

**维多利亚**　弗雷迪，你上哪儿去了？

**弗雷德里克**　我去了趟俱乐部。

**维多利亚**　但你答应过要带我去吃午餐的。

**弗雷德里克**　我答应你了吗？我完全不记得了，非常抱歉。

**维多利亚**　不记得了？我猜，一定是有什么新鲜事儿把你拖住了吧。

**弗雷德里克**　好吧，如果我答应过你的话，我一定是说在事情不忙的前提下，我会带你去吃午餐的。

**维多利亚**　那你忙吗？

**弗雷德里克**　很忙。

**维多利亚**　如果我想出去吃午餐的话，比尔从来不会因为事情太忙就不陪我去的。

**弗雷德里克**　那我还真想不到。

**帕顿**　我想到了，我该走了。现在战争结束了，你们这些家伙可以轻松一点儿了。而我的工作还得继续呀。

**弗雷德里克**　外面停的那辆车是你新买的，对不对？

**帕顿**　我老得四处走动，没车不行呀，你明白的。

**弗雷德里克**　我也得到处跑，但作为一个军人，我更愿意用我的两条腿走路。

**帕顿**　（与维多利亚握手）再见。

**维多利亚**　再见，谢谢你来看我。

［莱斯特·帕顿下场。

**维多利亚** 我很想知道，你为什么把我一个人丢在家里。

**弗雷德里克** 你非得在你的卧室里面接待客人吗？

**维多利亚** 你不会是忌妒了吧，亲爱的？我觉得你看起来有点儿不高兴呀。我的小可爱生气了吗？快来给他的小妻子亲一口吧。

**弗雷德里克** （烦躁地）我一点儿也不忌妒。

**维多利亚** 你这个老傻瓜。在整栋房子里，只有这个房间能生火了，这你知道的。

**弗雷德里克** 为什么不把客厅的壁炉点上呢？

**维多利亚** 我可怜的宝贝，你难道忘了我们一直处在战争当中吗？而煤炭资源恰恰是最紧缺的东西。我来告诉你为什么客厅里没有点火吧——这叫爱国主义。

**弗雷德里克** 爱国主义去见鬼吧，那地方冷得跟冰窖一样。

**维多利亚** 亲爱的，别不讲道理啦。你在战壕里熬过了两个冬天呢，我不认为那会让你变得养尊处优。你让爱国主义去见鬼只是一句玩笑话，这我清楚得很，但你不应该拿这种事情来开玩笑。

**弗雷德里克** 我真的想不明白，在客厅里生个火让大家都暖和起来，怎么就不比在卧室生火暖和你一个人强呢？凭什么在你这儿才叫爱国主义？

**维多利亚** （睁大眼睛、难以置信）亲爱的，你不会想让我把卧室里的火灭了吧？你怎么能这么自私？天哪，我不想吹嘘自己做过的贡献，但在过去的四年里，我一直在辛苦工作，我想我至少应该得到你的一点儿体贴吧。

**弗雷德里克** 孩子怎么样了？

**维多利亚** 况且，我也没有不让你到我的房间来取暖啊，你想在这儿待多久都行，我完全不介意。再说了，男人好歹还有个俱乐部，他随时可以到那儿待着去。

**弗雷德里克** 我向你道歉。你是对的，你一直都是对的。

**维多利亚** 我还以为，你可以给我一个幸福的生活呢。

**弗雷德里克** 亲爱的，我确实愿意这么做。

**维多利亚** 结婚之前你说过，让我过得开心、幸福是你这辈子最要紧的事。

**弗雷德里克** （微笑道）有妻如此，夫复何求。我实在想象不到还有什么比这更要紧了。

**维多利亚** 那就承认吧，你一直以来都表现得像个猪头。

**弗雷德里克** 一个彻头彻尾的猪头，亲爱的。

**维多利亚** （平静下来）刚才我还让你亲我一口呢，你没听见吗？我是不会轻易撤销这个请求的。

**弗雷德里克** 我相信，你也不会轻易向别人做出这个请求的。

[弗雷德里克亲吻维多利亚。

**维多利亚** 现在告诉我，你今天说好要带我出去吃午餐的，为什么会忘得一干二净？

**弗雷德里克** 我没有忘，我是有事情耽搁了。我……我自己也还没吃东西呢。我按个铃，叫厨师给我们送点儿什么上来。

**维多利亚**　我可怜的宝贝还饿着肚子呢。厨师今天早上辞职了。

**弗雷德里克**　又辞职了？

**维多利亚**　什么叫又辞职了？这是她第一次辞职。

**弗雷德里克**　活见鬼，她才干了一个礼拜啊。

**维多利亚**　你没必要因为这个生气，要说起来，我比你更郁闷呢。

**弗雷德里克**　（烦躁地）我真搞不明白，你怎么就留不住你的仆人呢。

**维多利亚**　现在没谁能留得住仆人。

**弗雷德里克**　怎么别人都可以？

**维多利亚**　请不要这么跟我讲话，弗雷迪，你这个样子让我很不习惯。

**弗雷德里克**　我想怎么跟你说话是我的事，我绝不让步。

**维多利亚**　因为吃不到东西你就要大动肝火，这实在是太小气了。你在战壕里待了整整两年呢，我本以为你会习惯这种饥一顿饱一顿的节奏。

**弗雷德里克**　看在上帝的份儿上，请你不要无理取闹。

**维多利亚**　无理取闹的是你吧？

**弗雷德里克**　维多利亚，请控制一下你自己。

**维多利亚**　我不知道你为什么要对我这么不友善。你到法国打仗的那段日子，是谁提心吊胆、担惊受怕地守在这个家里？我至少应该得到你的一点儿体贴吧。

**弗雷德里克**　可过去这一年，我都在陆军部里舒舒服服地坐办公室，安然无恙。考虑到这个因素，我认为你现在应该从为我提心吊胆的状态中恢复过来了。

**维多利亚** 难道还要我提醒你吗？我脆弱的神经早就因为比尔的死而崩溃掉了。

**弗雷德里克** 不用你提醒，但我看你倒是很乐于这么做。

**维多利亚** 医生说过，在接下来的几年里，我必须得到最好的照料和最大的关注。我不认为自己能从那段痛苦的回忆里彻底走出来。我原本指望，就算你有一天不再爱我了，至少也能对我抱有些许怜悯。我想要的就这么多，只求你能怀着宽容和善意对待我，就像对待一条喜欢你的小狗一样。（自我感动地进入一个忘我的状态）天知道，我不苛求任何东西。为了能够让你感到快乐，我竭尽所能，付出了我全部的耐心。哪怕是与我不共戴天的仇敌也得承认，我是一个无私的女人。（打断了正要说话的弗雷德里克）你没有义务非得娶我不可，我也没有要求你这么做。你只是假装喜欢我罢了。要不是因为比尔，我永远都不会嫁给你。你是他最好的朋友，正是因为你对他的肯定和赞美，才叫我爱上了你。（再次打断了正要说话的弗雷德里克，自顾自地讲了下去）都是我的错，我太爱你了，而你狭隘的灵魂承受不了如此磅礴的爱情。哦，我真是个傻瓜。我让自己被你迷住了，最后受惩罚的人也是我。（注意到弗雷德里克想要说话，抢先一步继续滔滔不绝）比尔永远不会像你这样对我。他绝不会把我这颗可怜的、充满赤诚爱意的心据为己有，再像扔掉一顶旧帽子那样把它丢到一边儿去。比尔爱我。如果他还活着，他会永远爱我如初的。而我也同样倾慕着他，那个对我关怀备至、有求必应的男人。他是我见过最无私的人，他是一个英雄，他是我在这个世界上唯一在乎过的男人。我当初发了什么疯，居然会想要跟你结婚，我真是疯了，疯了，疯了！我再也感受不到幸福了。只要能让我最最亲爱的比尔回到我的身边，我愿意付出所有的一切。

**弗雷德里克**　你这么想我很高兴，因为他再有三分钟就到咱们家了。

**维多利亚**　（突然从刚刚的状态里跳出来）什么？你说什么？

**弗雷德里克**　就在不久之前，他刚给俱乐部打了个电话。

**维多利亚**　弗雷迪，你到底在说什么？你是疯了吗？

**弗雷德里克**　不，我没疯，也没喝醉。

**维多利亚**　我没听明白，你说谁给你打电话了？

**弗雷德里克**　比尔。

**维多利亚**　比尔，哪个比尔？

**弗雷德里克**　比尔·卡杜。

**维多利亚**　但是，亲爱的，他死了呀。

**弗雷德里克**　从电话里倒是听不出来他死了。

**维多利亚**　但是，弗雷迪……哦，弗雷迪，你准是在捉弄我。你太残忍了，怎么可以对我这么冷血无情呢？

**弗雷德里克**　随你怎么说吧，反正再过一会儿，你就能亲眼见到他了。（看了看手表）大约还有两分半钟吧。

**维多利亚**　（哄着他）行啦，弗雷迪，不要报复心这么强嘛。我承认，我平常是有点儿刻薄，但我也不是故意的呀。你知道我有多么爱你。这样吧，你可以把书房的壁炉点起来，还有那些食物管控，你通通都不必去理会。我为刚才说过的话向你道歉。好了吧，现在我们没事儿了，对吗？

**弗雷德里克** 对极了，但这并不能阻止比尔在两分零十五秒以后走进这个房间来。

**维多利亚** 你再这么说，我可就要喊了。这不可能是真的。哦，弗雷迪，如果你爱过我的话，就告诉我，这不是真的。

**弗雷德里克** 那你就没必要听我的话。

**维多利亚** 但是弗雷迪，亲爱的，理智一点儿吧。可怜的比尔已经在伊普尔战争中阵亡了，[1] 人们亲眼看他倒下的，陆军部也证实了这一点。你知道当时我有多痛苦，穿着丧服什么的。我们甚至还为他举行了一场追思会呢。

**弗雷德里克** 我知道。他今天能起死回生跑到这儿来，确实需要很多的解释。

**维多利亚** 我快疯掉了，用不了一分钟，我就会精神失常的。你怎么知道电话那头的人是比尔？

**弗雷德里克** 他自己说的。

**维多利亚** 那证明不了什么，还有人说自己是恺撒大帝呢。

**弗雷德里克** 没错，但那是在精神病院里说出来的。而给我打电话的

---

1 第一次世界大战期间，协约国军队同德军于1914年、1915年和1917年在比利时西部的伊普尔地区进行了三次战役，合称为伊普尔战争。

人，当时就在哈里奇火车站。[1]

**维多利亚**　我敢说，那准是一个别的什么人，正好跟他同名。

**弗雷德里克**　这太愚蠢了，维多利亚。我听得出他的声音。

**维多利亚**　他到底说了什么？

**弗雷德里克**　他说他正在哈里奇火车站，下午三点十三分就会抵达伦敦。他还请我来把这个消息转告给你。

**维多利亚**　他一定还说别的了。

**弗雷德里克**　实际上差不多就这些。

**维多利亚**　看在上帝的份儿上，告诉我他到底说了什么——一字不差地告诉我。

**弗雷德里克**　我本来正准备带你出去吃午餐，但前台说有一个电话找我，是长途电话，从哈里奇打过来的。

**维多利亚**　我知道，那是一个港口城市。

**弗雷德里克**　我慢慢悠悠地走了过去，拿起听筒，然后我说："是你吗，亲爱的？"

**维多利亚**　谁是你亲爱的？

**弗雷德里克**　没有谁，那是接打电话时候最好用的开场白，能让对方感到亲切，放松下来。

**维多利亚**　白痴。

**弗雷德里克**　电话那头的人说："弗雷迪，是你吗？"我觉得我听出

1　位于英格兰东部的埃塞克斯郡。

了那个声音，感觉有点儿奇怪。他说："是我，比尔。比尔·卡杜。"

**维多利亚** 天啊，快点儿往下说吧。

**弗雷德里克** 我说："嘿，我还以为你已经死了呢。"他是这么回答的："我也以为自己死了呢。"我问他："你好吗？"他说："我很好。"

**维多利亚** 这是多么空洞的对话啊。

**弗雷德里克** 该死，当时那个情况，我必须得说点儿什么啊。

**维多利亚** 你有一大堆话可以问他。

**弗雷德里克** 但我们只有三分钟的通话时间。

**维多利亚** 好吧，你继续。

**弗雷德里克** 他说："我正要动身去伦敦呢，火车将在下午三点十三分到站。你能不能帮我跑一趟，去跟维多利亚说一声？"我说："好的，没问题。"他说："再见。"我也说："再见。"然后我们就挂了。

**维多利亚** 但那是在午餐时间之前啊。你为什么不当时就赶回来跟我说呢？

**弗雷德里克** 说老实话，我震住了，一时没缓过来。我觉得我首先应该做的，就是喝一杯威士忌苏打——要双倍的威士忌，只加一点点苏打水。

**维多利亚** 然后你干什么了？

**弗雷德里克** 然后我就坐下来，开始苦思冥想。我一动不动地想了几个小时。

**维多利亚** 你想到了什么?

**弗雷德里克** 什么也没想到。

**维多利亚** 那还不如把这几个小时用来吃午餐呢。

**弗雷德里克** 我现在的处境非常的尴尬。

**维多利亚** 你尴尬?那我呢?

**弗雷德里克** 比尔毕竟是我认识最久的朋友,要是他发现我娶了他的妻子,一定会觉得很荒唐的。

**维多利亚** 荒唐!

**弗雷德里克** 他也可能不这么觉得。

**维多利亚** 你为什么不在刚一进门的时候就把这件事告诉我,反而要在那儿闲扯一番呢?

**弗雷德里克** 这件事情不好说出口。我从回来以后就在寻找合适的机会,能让它顺嘴溜出来,你明不明白?

**维多利亚** (愤怒地)你又浪费了一段宝贵的准备时间。

**弗雷德里克** (平静地)亲爱的,你肯定不认为在这儿大吵大闹也是对时间的浪费吧。

**维多利亚** 我们现在没有时间做任何准备工作了,我甚至都来不及去换一条裙子。

**弗雷德里克** 都这个时候了,你换裙子干什么?

**维多利亚** 再怎么说,我也算为他守寡了。我在这儿穿着丧服等他进门,会是一个非常贴心的举动。你把事情告诉他以后,他没说什么吗？

**弗雷德里克**　把什么事儿告诉他？

**维多利亚**　你是不是傻！当然是告诉他，你和我已经结婚了。

**弗雷德里克**　我并没有这么跟他说。

**维多利亚**　你的意思是说，他现在过来找我，是觉得我仍然是他的妻子？

**弗雷德里克**　对啊，他当然会这么想了。

**维多利亚**　那你为什么不当时就把情况告诉他呢？那是唯一的办法了，你难道看不出来吗？

**弗雷德里克**　我当时没想起来。再说了，这么棘手的一件事，在电话里说未免太不合时宜了。

**维多利亚**　那么，就必须得有人当面跟他说。

**弗雷德里克**　根据我的判断，你是最合适的人选。

**维多利亚**　我？我？我？你打算把这个脏活儿推到我身上了吗？

**弗雷德里克**　我必须得说，这件事儿从我嘴里讲出来，恐怕不会太好。

**维多利亚**　我绝不会伤害我亲爱的比尔，让他承受这么沉重的打击。

**弗雷德里克**　顺便说一句——他还活着，这真是棒极了，不是吗？

**维多利亚**　好得很。

**弗雷德里克**　你也很高兴，对不对？

**维多利亚**　对，非常高兴。

**弗雷德里克**　既然如此，维多利亚，你就尽可能委婉地把这个消息告诉给他吧。

**维多利亚** （似乎在心里左右权衡）我真的不认为这事儿该由我来做。

**弗雷德里克** （施展出他所有的魅力）亲爱的，你最有才了。我从没见过有谁能像你一样，悄无声息地化尴尬于无形。你有这方面的天赋，你还有大把的同情心，再加上，你还有一副柔情似水的好心肠。

**维多利亚** 我觉得是你没有掌握正确的方法。面对这种局面，出路只有一条，那就是直截了当不讲废话。你只需要走到他的身边，拉着他的胳膊，然后对他说：听好了，老兄，现在情况变了……

**弗雷德里克** （打断她）维多利亚，这可是你表现勇气的大好时机，简直千载难逢，你不会想打退堂鼓吧？

**维多利亚** 你给我听好了，弗雷迪，我这辈子从来没求过你别的，就这么一次。你知道我有多么脆弱，我感觉糟透了，而你是我唯一可以依靠的男人。

**弗雷德里克** 没用的，维多利亚，你说什么我也不干。

**维多利亚** （暴跳如雷地）该死的。

**弗雷德里克** 乔治在上，他进来了。

**维多利亚** 我都还没有补妆呢，好在我这人没什么虚荣心。

[维多利亚发疯似的开始给自己擦粉。外面传来了上楼梯的声音，边走边喊：你好！有人吗！哈啰！紧接着，门被推开，威廉冲了进来。他是个体格健壮、心情愉悦的家伙，此刻穿着一套非常破旧的西装。

**威廉** 我们又见面了。

**维多利亚** 比尔！

**弗雷德里克** 我说什么来着？

**维多利亚** 我几乎不敢相信我的眼睛。

**威廉** 亲我一下吧，我亲爱的夫人。

[威廉把维多利亚搂在怀里，满怀热情地吻了她一下。然后他转向弗雷德里克，两人握了握手。

**威廉** 弗雷迪，老朋友，你日子过得怎么样啊？

**弗雷德里克** 好极了，谢谢你的挂念。

**威廉** 你见到我吃惊吗？

**弗雷德里克** 有那么一点儿。

**维多利亚** 不止一点儿，下巴都快掉地上了。

**威廉** 我很高兴在这儿见到你，弗雷迪，我的老伙计。坐火车过来的路上，我足足把自己骂了五次，怎么就没让你跟维多利亚一起等我回来呢？我怕你会觉得我重色轻友，没把你放在心上。

**弗雷德里克** 我？

**威廉** 你瞧，我一开始觉得，你可能会认为我想要跟维多利亚单独相处，但很快我就明白了，要是见不到你这张丑脸在这儿迎接我的话，我会觉得少了点儿什么的。顺便说一句，你们俩见到我以后，都没有表现出很高兴的样子啊。

**维多利亚** 比尔，亲爱的，我们当然很高兴了。

**弗雷德里克** 那是自然而然的。

**威廉** 我特地让弗雷迪过来跟你宣布这个消息，想想这主意还真不赖呢，是不是，维多利亚？

**维多利亚** 是的，亲爱的，特别像你能干出来的事儿。

**威廉** 听到你动不动就喊我一声亲爱的，感觉就像回到了从前一样。

**弗雷德里克** 维多利亚最爱说的就是这三个字了。

**威廉** 你知道吗，我差点就没有提前跟你们打招呼。我觉得，在半夜三更溜进你的房间，给你一个惊喜，那也是很有乐趣的嘛。

［弗雷德里克和维多利亚都微微地怔了一下。

**维多利亚** 我很高兴你没有那么做，比尔。

**威廉** 多么富有戏剧性的一幕啊。贤良淑德的睡美人躺在她的沙发上，一个穿着破旧西装的男人闯了进来，睡美人尖叫——是我，你的丈夫回来了。瞬间，画面定格。

**维多利亚** （转移话题）你说得没错，你这身衣服确实有点儿旧了。你从哪里买的？

**威廉** 我不是买的，是顺手牵过来的。我必须得说，我不介意换一身体面点儿的衣服。

［威廉朝着旁边的一扇门走去，那扇门通向维多利亚的房间之外。

**维多利亚** （急忙拦住）你要去哪儿？

**威廉** 去更衣室。说真的，我都快忘了自己有些什么衣服了。我好像有一套蓝色的哔叽西服吧，[1] 穿起来应该不错。

1 原文 serge suit，指一种精制的羊毛西服。

**维多利亚** 我把你的衣服都放起来了，亲爱的。

**威廉** 放哪儿去了？

**维多利亚** 放在一堆樟脑球里，除非拿出去重新晾一遍，不然你没法穿。

**威廉** 见鬼了！公爵夫人如是说。[1]

［沙特尔沃斯夫人上场。威廉站在门后，因此一开始并没有被她看到。

**沙特尔沃斯夫人** 我想小宝恢复得还不错，维多利亚。

**维多利亚** （吞了一口口水）妈妈。

**威廉** 我正想问一下宝宝的情况呢。

［沙特尔沃斯夫人被他吓了一跳，她回过头去，看见了威廉。

**沙特尔沃斯夫人** 你是谁？

**威廉** 你觉得我是谁呢？

**沙特尔沃斯夫人** 听这声音和这口气——只有比尔·卡杜才这么说话。你到底是谁？

**威廉** （向她走了过去）我可能变瘦了一点儿，再加上这身衣服确实太破烂了。

**沙特尔沃斯夫人** 你不要过来，不然我就喊人了。

**威廉** 你喊谁都没用，现在我要亲你一口。

---

1 原文 Hell! Said the duchess，是一个当时的流行梗，源自 1916 年 10 月 9 日发行的《伯明翰公报》上的一篇专栏文章——《公爵夫人说了什么》。该文探讨了小说家应该用怎样的开篇来吸引读者的注意力，而“见鬼了！公爵夫人如是说”被认为是一个典范。

**沙特尔沃斯夫人**　把他弄走，别让他靠近我。维多利亚，这个男人是谁？

**弗雷德里克**　沙特尔沃斯夫人，他就是比尔·卡杜。

**沙特尔沃斯夫人**　但他已经死了呀。

**弗雷德里克**　关于这一点，他好像还没意识到。

**沙特尔沃斯夫人**　这太荒唐了，我一定是在做梦。能不能来个人把我给叫醒？

**威廉**　要我掐她一下吗？如果需要的话，告诉我掐哪儿？

**沙特尔沃斯夫人**　这真是一场噩梦啊。他当然已经死了，这家伙是个骗子。

**威廉**　要不要我给你看看我左边肩膀上那个草莓形状的胎记？

**沙特尔沃斯夫人**　我告诉你，比尔·卡杜已经死了。

**威廉**　证明给我看。

**沙特尔沃斯夫人**（愤怒地）证明给你看？陆军部都已经正式宣布过了；维多利亚也都服过丧了。

**威廉**　她穿得漂亮吗？

**沙特尔沃斯夫人**　漂亮极了。我坚持让她去玛蒂尔德那里订套衣服。你知道，丧服必须要精工细织，否则穿在身上一点儿气场都没有。我们还办了一场追思会呢。

**弗雷德里克**　特地请了一个唱诗班过来。

**威廉**　维多利亚，你还为我办过追思会吗？你想得可真周到。

**维多利亚**　来了好多人。

**威廉** 这上座率还挺让我高兴的。

**弗雷德里克** 我说，老兄，不是我们想催促你，但大家都在等着听你解释呢。

**威廉** 我正准备那么做呢。我只是想多给你们点儿时间，来平复一下再次见面的激动心情。你们平复完了吗？

**弗雷德里克** 我平复完了。

**威廉** 好的，那我就开始。你知道吗，我当时受了很重的伤。

**弗雷德里克** 我知道，在伊普尔。有人看见你倒在地上了。那人说你的脑袋都让人给打穿了，他特地在那儿停了一会儿，确定你死了，然后才走的。

**威廉** 他观察得不够仔细。我没有死。我最后让人家给抬走了，带去了德国。

**维多利亚** 那你怎么不写信回来呢？

**威廉** 我想，有那么一段时间，我整个人有点儿神志不清。我不知道我在医院待了多长时间，但当我终于能坐起来吃东西的时候，我发现自己什么都记不起来了。我的记忆完全消失了。

**沙特尔沃斯夫人** 古怪。在我看来，这事儿非常古怪。

**威廉** 我想，我受的伤可能让我有点儿暴躁易怒。他们把我带到了一个营地，然后我跟一个德国军官起了争执，我打了他一拳。乔治在上，他们差点儿因为这个把我给枪毙了。总之，他们判了我大约一百五十年的监禁，并且禁止我写信，或者以任何形式表明我还活在这个世界上。

**维多利亚**　但是你的记忆都恢复了？

**威廉**　是的，一点一点都回来了。当然，我知道你们一定会觉得我已经死了，可我没有任何办法让你们了解到实情。

**弗雷德里克**　你可以从鹿特丹[1]发一封电报回来嘛。

**威廉**　通信线路太拥堵了，他们跟我说，等我回到英国的时候，电报还堵在路上呢。

**沙特尔沃斯夫人**　倒是有这种可能。

**威廉**　这段九死一生的经历，多少还是值得我拿来吹嘘一通的。不过眼下，你们可以踏踏实实地把心放在肚子里啦：我没有死，不但如此，我还打算再活上个四五十年，且死不了呢。

［泰勒上场。

**泰勒**　打扰了，夫人，我应该把先生的东西放在哪里呢？他让我把行李拿到楼上来。

**威廉**　哦，只是一些我在路上随手买的旅行用品，没什么要紧的。把它们放到化妆间去就行了。

**维多利亚**　不，泰勒，先放在外面吧，我们等一下再决定。

**泰勒**　好的，夫人。

［泰勒下场。

**威廉**　怎么了，维多利亚，放到化妆间有什么问题吗？

**维多利亚**　我可怜的宝贝，请不要忘了，你的到来对我们来说完全是

1　鹿特丹，荷兰第二大城市，原文未对此做出说明，推测威廉是从荷兰辗转回到了英国。

个意外惊喜，家里什么都没准备好呢。

**威廉** 没什么好准备的，经历了这么一遭，就算把我丢在猪圈里，我都能活得下去。（看着卧室里的床）乔治在上，多棒的弹簧床垫呀，老子今天晚上终于能睡个好觉了。

**沙特尔沃斯夫人** （坚定地）得有人做点儿什么。

**威廉** 这是什么意思？

**维多利亚** （慌乱地）我们的厨师跑了。

**威廉** 哦，那完全不叫事儿，弗雷迪和我可以负责做饭。我的拿手菜是煎牛排，你能做些什么呢，弗雷迪？

**弗雷德里克** 我会煮鸡蛋。

**威廉** 棒极了。人们都说，厨房里最难做的就是煮鸡蛋了。没什么好担心的啦。我们一会儿出去买点儿鹅肝酱，再称上几只牡蛎，就可以动手开做了。现在，把孩子领过来，让他见见自己的父亲吧。

**沙特尔沃斯夫人** 他今天不太舒服，我认为应该让他在床上休息。

**威廉** 好吧，那我过去看他。我还没见过咱们这位小老爷的面呢，他叫什么名字？

**维多利亚** （紧张不安地）你不记得了吗？就在你上战场之前，你说如果他是个男孩，你希望他叫弗雷德里克。

**威廉** 没错，我是这么说的，但是你说你宁愿见鬼去也不让他叫这个破名字。你好像已经打定主意了，准备叫他兰斯洛特。

**维多利亚** 当我得知你已经不在人世的时候，我觉得还是应该尊重你的意愿。

**威廉** 你一定是受到了不小的打击，才会选择那么做。

**维多利亚** 当然，我请弗雷迪做了孩子的教父。

**威廉** 我不在的这段时间，这个老流氓一直陪着你吗？

**维多利亚** 我……我每天都能见到他。

**威廉** 那我就放心了，有他在，你会很安全的。他这人靠得住，这你知道的。

**弗雷德里克** 我说，你们两个叙旧，就别带上我了。

**维多利亚** 在我……万分悲痛的时候，他一直在我身边。

**威廉** 亲爱的老兄，我就知道你最能干了。

**弗雷德里克** （满头大汗）我……我也没干什么，只是尽我所能罢了。

**威廉** 得啦，用不着这么谦虚。

**沙特尔沃斯夫人** （更加坚定地）我告诉你们，必须得有人做点儿什么了。

**威廉** 亲爱的维多利亚，你妈妈怎么回事儿？

**弗雷德里克** （试图转移话题）维多利亚，我想我们今晚可以放开一点儿，喝上几杯气泡酒。

**威廉** 喝，管它多少钱呢。

**弗雷德里克** 我前天让他们送一箱好酒过来，不知道现在送到了没有。

**威廉** 这么说，是你一直在打理酒窖了？把这项工作交给他可是太轻率了，维多利亚，非常轻率。

**维多利亚** 我对酒一无所知。

**威廉** 弗雷迪倒是多少懂一点儿。我说，你还记得咱们俩最后一次在一块儿喝酒的时候吗？你整个人醉得一塌糊涂。

**弗雷德里克** 去你的吧！我那天绝对没喝醉。

**威廉** 还有你带过来的那个小姑娘，她可真漂亮呀。你现在还跟她搞在一起吗？

［维多利亚听到这话，立即挺直了身子，瞪了弗雷德里克一眼。

**弗雷德里克** （义正词严地）我不知道你说的是谁。

**威廉** 哦，我亲爱的老兄，没必要这么遮遮掩掩的。维多利亚都已经结婚了，她知道咱们这样的帅小伙，撒到外面以后是什么德行。我跟你说，维多利亚，那个小姑娘可真不赖，要是我当时没跟你结婚的话，我都想从弗雷迪手里把她抢过来。

**维多利亚** （冷冰冰地）他总是跟我说，他这辈子都没正眼瞧过一个女人。

**威廉** 撒谎可不好呀，这会教坏年轻人的。这么说吧，他换女朋友的速度，比人家在流水线上给飞机引擎拧螺丝的速度还快。要细数他的风流史呀，嘿嘿，沙特尔沃斯夫人，你最好把耳朵给捂上。

**弗雷德里克** 我可怜的比尔，你的脑子乱掉了！恐怕当你恢复记忆的时候，你莫名其妙地想起了一连串压根儿就没发生过的事情。

**威廉** 我说什么来着？我一提过去的事儿，他立马就坐不住了。单是这个反应就很值得怀疑呀。

**弗雷德里克** 乔治在上，我明白了。你这可怜的家伙在跟我闹着玩儿呢，对不对？

**威廉** （没理他，继续刚才的话）我并没有责备你的意思。那句话怎么说来着，及时行乐，勿失良机。讲真心话，我对你佩服得五体投地，你能同时跟三个女人谈恋爱，还让她们全都相信自己才是你的唯一。

**沙特尔沃斯夫人** （决绝地）如果还没有人采取任何行动的话，我就要自己动手了。

**威廉** （指着沙特尔沃斯夫人，对维多利亚耳语道）你妈什么情况？[1]

［就在这时，门外传来了婴儿的啼哭声。

**维多利亚** （吸了一口冷气）威尔。

**威廉** 哎呀，那是什么声音？是孩子吗？（快步走到门口，打开门，哭声变得更加响亮了）听上去，小家伙好像往这儿来了。你不是跟我说，孩子在婴儿房里休息呢嘛。（对远处的保姆）把孩子领过来，让我好好瞧瞧。

［保姆上场，她穿着整洁的灰色制服，怀里抱着一个婴儿。

**维多利亚** （绝望地）弗雷迪，做点儿什么吧，哪怕是再愚蠢的行为，也得做点儿什么。

**弗雷德里克** 我唯一能想到的行为就是当场倒立。

**威廉** （愉快地）你好呀，你好，你好。

**弗雷德里克** 你这个蠢货，这么小的孩子，他能听得懂才怪。

---

1 原文为 air raids，直译为空袭，威廉以此形容沙特尔沃斯夫人发飙的神态。

**威廉** 他看起来也没有那么小嘛。保姆，他会说话了吗？

**保姆** 不，先生，他还不会说话。

**威廉** 发育得有点儿慢，是不是？没想到我居然会生出这么一个迟钝的儿子来。

[保姆惊讶万分地看着他，然后又看了维多利亚一眼，端出一副非常端庄的样子。

**保姆** 这么小的孩子都不会说话，先生。

**威廉** 我的意思是说，他看起来没什么特点，就是个呆头呆脑的小家伙。我想我们的下一代没指望了，维多利亚。

**保姆** （愤慨地）哦，我认为你不应该那样说，先生。他是个非常优秀的男孩儿。他现在的体重，比许多六个月大的孩子还要重呢。

**威廉** 你说什么？他多大了？

**保姆** 他上个星期二刚满四个月，先生。

**威廉** 看来我不在的时候你也没闲着啊，维多利亚。

**维多利亚** 弗雷迪，看在上帝的份儿上，说点儿什么吧，别像一兜子烂番茄一样戳在那儿。

**沙特尔沃斯夫人** 保姆，你可以出去了。

[保姆紧咬双唇，一脸好奇但又满心困惑地下场。

**弗雷德里克** （尽量轻松地）说老实话，你犯了一个相当荒谬的错误。你离开了这么长时间，当然有很多事情是你不知道的。

**威廉** 我是个单纯的人。

**弗雷德里克** 好吧，这事儿说来话长——

**威廉** 什么事儿？

**弗雷德里克** 请你不要打断我，我正在平衡咱们之间的信息差呢。这事儿说来话长，所以我就长话短说，刚才离开房间的那个孩子不是你的儿子。

**威廉** 我早就猜到了。实话跟你说吧，我就怀疑他不是我的儿子。

**维多利亚** 哦，这个傻瓜，这个没头没脑的蠢货。

**威廉** 那么，他到底是谁的孩子呢？

**弗雷德里克** 实际上，是我的。

**威廉** 你？你是说你也结婚了？

**弗雷德里克** 很多人都结婚了。在战争年代，结婚是大家喜闻乐见的业余活动。

**威廉** 那你为什么不告诉我呢？

**弗雷德里克** 见鬼，伙计，对我们来说，你已经死了三年了，我上哪儿告诉你去？

**威廉** （握住他的手）恭喜啊，老朋友，听到这个消息，我真替你高兴。我就知道你有一天也得让人给收了。过去就是一只狂野的老鹰，但现在——啊，好吧，说到底我们都是要安顿下来的嘛。我向你献上我最诚挚的祝福。

**弗雷德里克** 真是太感谢。我——呃——我住在这儿，你懂的。

**威廉** 你住在这儿？太好了。你妻子也住在这儿吗？

**弗雷德里克** 这有点儿不好解释。

**威廉** 别告诉我她只有一只眼睛。

**弗雷德里克**　你猜，我为什么会住在这儿？

**威廉**　猜不着。（扭头环视了一圈房间，眼神最后落在沙特尔沃斯夫人身上）你不会是娶了维多利亚的妈妈吧？

**弗雷德里克**　嗯……不完全是。

**威廉**　什么叫不完全是？我希望你不是在玩弄我岳母的感情。

**沙特尔沃斯夫人**　我看起来像是那个孩子的母亲吗？

**威廉**　我们生活在一个进步的时代，我们应该对任何事情都保持一个开放的心态。

**弗雷德里克**　你误会我了，比尔。

**威廉**　你和维多利亚的妈妈之间没有什么吗？

**弗雷德里克**　当然没有。

**威廉**　哦，我很抱歉。我还挺想让你当我岳父的。你没做什么对不起她的事儿吧？老实交代。

**维多利亚**　够了，比尔，不许那样说我的母亲。

**威廉**　如果他们俩之间已经有了事实，那他就应该娶了她。

**维多利亚**　他们两个之间什么也没有，他也不能娶她。

**威廉**　那我就不明白了，如果你没有娶维多利亚的妈妈，那你娶了谁呢？

**弗雷德里克**　你这个蠢货，我娶了维多利亚。

——幕落——

# 第二幕

场景是维多利亚家的客厅。这间屋子的装饰非常古怪：维多利亚聘请了一位未来主义艺术家[1]进行家装设计，最终的效果非常的现代、另类、奇幻，但并不丑陋。壁炉里并没有生火，所有的窗户都敞开着。

[幕启时，弗雷德里克穿着大衣，腿上盖着毯子，正坐在沙发上看报纸。沙特尔沃斯夫人上场。

**沙特尔沃斯夫人** 我要走了。

**弗雷德里克** 是吗？

**沙特尔沃斯夫人** 我要带我可爱的小孙子一起走。

**弗雷德里克** 是吗？

**沙特尔沃斯夫人** 你今天早上的心情似乎不怎么样嘛。

**弗雷德里克** 是的。

**沙特尔沃斯夫人** 维多利亚一会儿就下来。

**弗雷德里克** 是吗？

**沙特尔沃斯夫人** 我本以为你会问问我，她受了那么重的打击，这会儿情况怎么样了。

---

1 未来主义是一种在二十世纪初兴起的文艺流派，风格怪诞激进，充满工业时代对未来的想象，蒸汽朋克便在一定程度上受到了未来主义的影响。

**弗雷德里克**　怎么样了?

**沙特尔沃斯夫人**　她好些了，我可怜的女儿，她受到了巨大的惊吓。昨天一出事儿，我立马就让她上床休息去了，还给她塞了个热水袋。

**弗雷德里克**　这么严重?

**沙特尔沃斯夫人**　那当然了，你瞧她昨天的状态，根本没法谈论这个可怕的情况。

**弗雷德里克**　是吗?

**沙特尔沃斯夫人**　这你还看不出来吗?当时唯一的办法，就是让她安安静静地躺着，给她点儿时间恢复一下精神。

**弗雷德里克**　是吗?

**沙特尔沃斯夫人**　毫无疑问，她今天已经准备好谈论这件事情了，你一会儿就知道了。

**弗雷德里克**　是吗?

**沙特尔沃斯夫人**　如果你没什么要跟我说的，那我现在就要走了。

**弗雷德里克**　走吗?

［沙特尔沃斯夫人咬牙切齿地抿了抿她的嘴唇，然后朝门口走去。这时，泰勒上场。

**泰勒**　莱斯特·帕顿先生来访，太太。朗兹夫人说，她在沐浴更衣，能不能麻烦你替她招待一下客人。

**沙特尔沃斯夫人**　当然可以，请他进来吧。

**泰勒**　好的，太太。

［泰勒下场。

**弗雷德里克**　我回避。

**沙特尔沃斯夫人**　不知道他来干什么。

**弗雷德里克**　也许他是想征得维多利亚的同意，准备跟你求婚呢。

［弗雷德里克下场。不一会儿，泰勒引莱斯特·帕顿上场。

**泰勒**　莱斯特·帕顿先生。

［泰勒下场。

**帕顿**　今天早上，你女儿给我打了一通电话，我想我最好直接过来一趟，看看有什么能帮上忙的。

**沙特尔沃斯夫人**　你能来真是太好了。处理这种事情，你是内行，我们现在非请你出马不可了。

**帕顿**　这是一个非常棘手的情况。

**沙特尔沃斯夫人**　那还用说。我觉得比尔的做法有欠考虑，就这么突然之间冒出来，让人措手不及。

**帕顿**　可怜的维多利亚，她肯定很难过。

**沙特尔沃斯夫人**　怎么跟你说呢，经过这样一次强烈的刺激，她的卷发都给吓直了。她昨天刚烫好的波浪卷，今天早上起床一看，每一根都直得跟电线杆一样。

**帕顿**　我的天啊。

**沙特尔沃斯夫人**　她过来了。

［维多利亚上场。她穿着晨袍和卧室拖鞋。头发只修了一部分，但整体看上去依然十分迷人。

**维多利亚**　我不想让你等太久，就这么下来了，你千万不要看我。

**帕顿** 我没法不看你。

**维多利亚** 别瞎说了。我知道我看起来很丑，幸好我这人没有虚荣心，丑就丑着吧。

**帕顿** （握着她的手）发生在你身上的事情太可怕了！我想你肯定很难过。

**维多利亚** （露出一个迷人的微笑）我就知道，你一定会对我的遭遇感同身受。

**帕顿** 你现在打算怎么做呢？

**维多利亚** 就是因为我拿不定主意，所以才打电话给你。你看，你跟我说过，当我遇到解决不了的难题的时候，就把它们都丢给你去处理。

**帕顿** 除了我以外，还有谁能帮你排忧解难呢？我们必须集思广益，思考一下整件事情，讨论一下解决方案。

**维多利亚** 现在这个情况，简直无解。

**帕顿** 你能如此勇敢地面对这个难题，实在令人赞叹。我还以为见到你的时候，你会崩溃呢。

**维多利亚** （眼神一闪）有你可以依靠，我怎么会崩溃呢？

**帕顿** 我猜，你一定经历了人生中最可怕的一场变故。

**维多利亚** 我的心都碎了。你知道，他们两个人都是爱我的。

**帕顿** 那你呢？

**维多利亚** 我？我只想——尽力而为。

**帕顿** 说得太好了！这才像你说的话。

**沙特尔沃斯夫人** 如果没有什么我能帮得上忙的地方，亲爱的，我这就走了。

**维多利亚** 请吧，亲爱的。

**沙特尔沃斯夫人** （与莱斯特·帕顿握手）对她好一点儿。

**帕顿** 遵命，夫人。

[ 沙特尔沃斯夫人下场。

**维多利亚** （几乎温柔地）你能这么快过来看我，真是太好了。我还担心你事情太忙，抽不出时间呢。

**帕顿** 当你需要我的时候，你认为我会把那些无关紧要的事情放在心上吗?

**维多利亚** 哦，但你知道，我不想让你专程为了我而推掉别的工作。

**帕顿** 我希望自己可以假装如此。但事实上，我正好要去趟乡下，去看看我刚买下来的一座房子，顺道再试试我新买的劳斯莱斯，这不是一举两得嘛。

**维多利亚** 我不知道你买房子了。

**帕顿** 哦，小房子，完全不值一提，花园的面积最多超不过三百英亩，屋子里也就二十八间卧室。但你知道，我是个单身汉，这么巴掌大的地方也就够用了。

**维多利亚** 这房子在哪里呢?

**帕顿** 在纽马基特附近。[1]

1 位于伦敦以北一百公里附近的小镇，是英国最早举办赛马会的地方，被称为赛马之乡。

**维多利亚** 那地方不错。

**帕顿** 像我这种身份的人，始终肩负着为国家发展略尽绵薄之力的责任。在我看来，赞助一项有益社会的英国传统运动，给体面的人们提供一些就业机会，正是爱国之心的体现。我准备投资赛马产业。

**维多利亚** 我认为你的做法太棒了。这么多男人都把他们的钱浪费在了自私的享乐之上，能遇到一个慷慨解囊、乐此不疲的人，真是太不容易了。我经常在想，你怎么就没加入议会呢?

**帕顿** 过去四年来，我一直为了打赢这场战争而忙得焦头烂额，真没时间去操持国家行政了。

**维多利亚** 确实如此，但现在有机会了。他们需要有才干、有能力的精英，去议会出一份力。

**帕顿** 也许我很快就有机会去展示我的才能了，但绝不是在下议院。

**维多利亚** （无比激动地）这么说是在上议院了?

**帕顿** （狡黠地）啊，我答应过首相不对任何人泄露机密，你可不能让我违背自己许下的诺言呀。

**维多利亚** 你穿上红色长袍、围着白色貂绒的样子，[1]一定好看极了。

**帕顿** （殷勤地）你现在遇到了这么棘手的问题，而我却在这儿自顾自地说起来没完，可真是太失礼了。

**维多利亚** 哦，你都不知道我有多么喜欢听你的高谈阔论。从你嘴里

1 英国上议院也叫贵族院，而红色长袍搭配白色貂绒围脖是其成员的标准搭配。

说出来的每一个字，都是如此睿智机警。

**帕顿**　拥有一个懂你的听众，人就很容易变得聪明起来。

**维多利亚**　当然，比尔和弗雷迪也是不错的家伙，但你很难跟他们聊到一块儿去。在战争期间，枪支、飞机、跳蚤袋[1]这些话题是很有意思，可是现在……

**帕顿**　我完全理解你，亲爱的女士。

**维多利亚**　你为什么这样称呼我?

**帕顿**　纯粹是为了避免尴尬，因为我实在不知道，该管你叫卡杜夫人，还是朗兹夫人。

**维多利亚**　为什么不把这两个名字丢到一边去，直接叫我维多利亚?

**帕顿**　我可以吗?

**维多利亚**　（伸出手给他）这会让我觉得，你对我而言不是陌生人。

**帕顿**　（惊讶地）你的结婚戒指去哪儿了？你以前总是要戴两个呢。

**维多利亚**　从前，一想到可怜的比尔已经过世，我就忍不住地难过，说什么也不愿意忘记他。

**帕顿**　可你现在为什么要把两个戒指都摘下来呢?

**维多利亚**　我感到有些迷茫。我嫁给了两个男人，又好像两个都没有嫁。

**帕顿**　我但愿是后者。说老实话，我真心希望你两个都没嫁。

**维多利亚**　你为什么要格外强调这句话呢?

---

1　旧指睡袋，现主要用于形容廉价的低级旅馆。

**帕顿** 你猜不出来吗？

**维多利亚** （低着头）我一定是很笨吧。

**帕顿** 你难道看不出来我有多么爱你吗？我诅咒我不幸的命运，没有让我在你结婚之前遇见你。

**维多利亚** 如果我没有结婚，你会向我求婚吗？

**帕顿** 我会没日没夜地跪在你的门口，直到你同意为止。

**维多利亚** 我曾经看上一套巴黎长裙，但直到别人把它买走的那一天，我才无比地想要去拥有它。我想知道，如果我自由了，你还会想娶我吗？

**帕顿** 会，我全心全意地渴望着你。

**维多利亚** 可是我并不自由。

**帕顿** 那么——如果你自由了，你会嫁给我吗？

**维多利亚** 告诉我，你为什么要穿鞋套？

**帕顿** 它们会让你的鞋子更加整洁。

**维多利亚** 哦，不是因为你身体虚、经常手脚冰凉吗？

**帕顿** 哦，不，我的血液循环很好。

**维多利亚** 我相信，你是那种不达目的不罢休的男人。

**帕顿** 你太可爱了，还很懂我。

**维多利亚** （害羞地微笑着）我想知道，你愿不愿意带我出去吃顿午餐？

**帕顿** 给我个机会吧。

**维多利亚** 我要去换一身衣服，你半小时以后再过来吧，那个时候我们就可以出发了。

**帕顿** 好的。

**维多利亚** 那就一会儿见了。

[维多利亚和帕顿一起下场。这时，传来了威廉的声音。

**威廉** 维多利亚。（上场，发现房间里空无一人）喂！（喊）弗雷迪。

**弗雷德里克** （声音从外面传来）什么事？

**威廉** 弗雷迪。

[弗雷德里克带着毛毯和报纸上场。

**威廉** 我说，我找不着我的鞋了。

**弗雷德里克** 鞋？你找鞋干什么呢？

**威廉** 穿啊。不然还能干什么？

**弗雷德里克** 我看你那双鞋横七竖八地被扔在那儿，就把它给收起来了，省得回头绊倒别人。

**威廉** 你这个蠢货。你把它收哪儿去了？

**弗雷德里克** 让我想想。

**威廉** 这有什么可想的，你难道不知道它在什么地方吗？

**弗雷德里克** 我当然知道它在什么地方，因为就是我把它放过去的。我只是暂时有点儿想不起来了。

**威廉** 行吧，那你最好赶快想起来。

**弗雷德里克** 你不要吵。如果你吵到我，我就想不起来了。

**威廉** 请试着想一想，你把它放在哪里了。

**弗雷德里克** （怀疑地看着一只花瓶）我很确定它不在花瓶里。

**威廉**　但愿如此。

**弗雷德里克**　可能被我丢在煤斗[1]里了。

**威廉**　要是那样的话，我就用它扇你一脸煤灰。

**弗雷德里克**（兴冲冲地走到壁炉旁边，往煤斗里看）我就说它不在煤斗里嘛。

**威廉**　笨蛋。别跟我说它不在哪儿，我只想知道它在哪儿。

**弗雷德里克**　如果我知道它在哪儿的话，我就不用到处找了。

**威廉**　如果你在两秒半以内找不到我的鞋，我就把你身上的骨头一根一根全都敲断。

**弗雷德里克**　着急是没用的。如果我找不到你的鞋，那就说明它找不到了。

**威廉**（恼怒地）我说，你为什么要把所有的窗户全都打开？

**弗雷德里克**　我想让屋里面暖和一点儿。况且，人们都说多呼吸新鲜空气有助于长寿。

**威廉**　活得短一点儿，过得好一点儿，这就行了。我喜欢呼吸污浊的空气。

［威廉关上窗户。

**弗雷德里克**　关上窗户并不会让屋里更暖和，我试过了。

**威廉**　你真是傻到家了，为什么不把壁炉点上呢？

**弗雷德里克**　说什么呢，你这种思想毫无爱国精神。维多利亚必须要

1　壁炉边用来存放燃煤的置物桶。

在她的卧室里生个火，我们的婴儿房里也得生火。

**威廉** 为什么？

**弗雷德里克** 为了给孩子洗澡。

**威廉** （震惊地）什么？每天都要洗吗？

**弗雷德里克** 是的，现在的人经常要给孩子洗澡。

**威廉** 可怜的小家伙们。

**弗雷德里克** （突然跳了起来，朝威廉走去）你这套新衣服是从哪儿来的？

**威廉** 穿在我身上还挺时髦，对不对？维多利亚送给我的。

**弗雷德里克** 我在战后就买了这么一套新衣服，居然还让她送给你了。我向我的灵魂起誓，这太过分了。

**威廉** 好吧，但你不是不喜欢我昨天穿的那身衣服嘛。你不能指望我像原始人那样，穿着树叶晃来晃去吧？除非你想办法让房子里暖和起来。

**弗雷德里克** 如果你懂礼貌，肯过来问问我的意见，我也许会把我身上这身衣服送给你穿。

**威廉** 谢谢，但我不喜欢你这身。对我来说，膝盖那个位置太松垮了。

**弗雷德里克** 要是你觉得，所有的新衣服都会给你，而我只能拣旧衣服穿，那你就大错特错了。

**威廉** 如果你要为了这么点儿事闹脾气的话，那我问你，你的胸针是从哪儿来的？

**弗雷德里克**　哦，是我生日的时候，维多利亚送给我的。

**威廉**　那是我的，是她先在我过生日的时候送给了我。还有你这些袖扣，都是从哪儿买的？

**弗雷德里克**　这是维多利亚送给我的圣诞礼物。

**威廉**　哦，是吗？在你收到这份圣诞礼物之前，这些都是她给我的圣诞礼物。你最好现在就把它们摘下来。

**弗雷德里克**　在我摘下来之前，你最好先去死吧。你在遗嘱上把自己的财产都留给了她，如果她选择把这些东西送给我的话，那就不关你的事儿。

**威廉**　行吧，我不跟你吵，但我认为戴着死人的首饰耀武扬威，简直不成体统。

**弗雷德里克**　说到这个，你是不是有一个手工制作的纯金烟盒？

**威廉**　没错，那是维多利亚送给我的结婚礼物。你也收到了吗？

**弗雷德里克**　不得不说，维多利亚真会勤俭持家。

**威廉**　我说，除非现在把壁炉点上，否则我就要变成阿尔伯特纪念碑了。[1]

**弗雷德里克**　火柴就在那儿放着，去划一根试试看吧。

**威廉**　谢谢——我这就去。

［威廉划了一根火柴，火焰在壁炉里腾空而起。

1　位于伦敦西敏市的肯辛顿宫花园，维多利亚女王为缅怀她因伤寒而死的丈夫阿尔伯特亲王，于1876年修建了这座纪念碑。

**弗雷德里克**　现在，我得把外套脱下来了。维多利亚要是知道咱们在这儿生火，准会暴跳如雷。

**威廉**　那是你的事儿，你必须得担负起一家之主的责任。

**弗雷德里克**　跟我一点儿关系都没有，你是这个房子的主人。

**威廉**　完全不沾边儿，我只是你们的一位客人。

**弗雷德里克**　哦不，自打你一出现，我在这个家里的位置就变得微不足道了。

**威廉**　我亲爱的朋友，你好好想想，我昨天晚上睡在哪儿了？在客房里。这足以证明我就是个客人，仅此而已。

**弗雷德里克**　那你以为我睡在哪儿了？就在这儿。

**威廉**　你睡这儿干吗？喝多了？我昨天睡觉的时候，你还清醒得很啊。

**弗雷德里克**　维多利亚说，现在你回来了，我就不能再在她的隔壁房间睡觉了。

**威廉**　哦，好吧，我敢说你在沙发上睡得很舒服。

**弗雷德里克**　睁大眼睛瞧瞧这该死的沙发吧。

**威廉**　这家具有什么问题吗？

**弗雷德里克**　你死了以后，维多利亚感到非常难过，所以她把客厅整个重新装修了一遍。

**威廉**　我的脑子在早上起来还不是很灵光，我瞧不出这两者之间有什么关联啊。

**弗雷德里克**　你看，老房间里有太多东西会触发她痛苦的回忆，她想转移一下自己的注意力。

**威廉** 哦，我还以为你就是用来转移注意力的呢。

**弗雷德里克** （端庄大气地）我对她报以同情，你肯定也希望我这么做。

**威廉** 当然了，我并没有责怪你的意思。

**弗雷德里克** 如果你见过维多利亚掉眼泪的样子，你就知道，任何一个男人都会忍不住去安慰她的。

**威廉** 我这辈子就见过她这么一个女人，哭的时候跟笑起来一样漂亮。这真是一个了不起的能力啊。

**弗雷德里克** 我就知道，你会理解我的。

**威廉** 我理解。

**弗雷德里克** 你想让我什么时候搬出去？

**威廉** 我亲爱的伙计，你怎么会有这种想法呢？你可别觉得我打算留在这儿碍眼，一分钟也不要这样想。我待几天就走。

**弗雷德里克** 听你这么说，我表示非常遗憾。维多利亚会很失望的。当然了，这不关我的事。你跟你妻子必须得把事情安排好。

**威廉** 亲爱的老兄，你完全误会我的意思了。我不是那种会当第三者、电灯泡的人。

**弗雷德里克** 你这是什么意思？

**威廉** 听你这么说，你又是什么意思呢？

［维多利亚上场。她现在穿着一件非常漂亮的礼服，手里拿着一盒巧克力。

**维多利亚**　早上好。

［维多利亚走到威廉面前，让他亲吻她的脸颊。

**威廉**　早上好。

**维多利亚**　早上好。

［维多利亚走到弗雷德里克跟前，让他亲吻她另一边的脸颊。

**弗雷德里克**　早上好。

**维多利亚**　（用头指了指威廉，对弗雷德里克）我先去跟他打招呼，是因为跟他太久没见了。

**弗雷德里克**　人之常情，况且在你跟我结婚之前，他就已经是你的丈夫了。

**维多利亚**　我不希望你们两个彼此忌妒、争风吃醋。我对你们的爱都是一样的，不会偏袒任何一方。

**弗雷德里克**　我真搞不懂，为什么他能到客房睡觉，而我就得挤在客厅的沙发上对付一宿。

**威廉**　我倒是觉得不错。什么时候宰牛呀？[1]

**弗雷德里克**　你带配给券了吗？[2]

**维多利亚**　（看到了壁炉里的火）谁生的火？

**弗雷德里克**　是他。

**威廉**　是你给的火柴。

---

1　这句话指的是《圣经·新约·路加福音》中浪子回头的典故，一个父亲因为自己的儿子迷途知返，特地宰了一头牛表示庆贺。

2　这句话是以战争期间的食物配给制度揶揄威廉。

［维多利亚拉过一把椅子坐在火炉前，挡住热气，防止它们进入房间。

**维多利亚** （吃了一块巧克力）我们的煤不够用了，我那两个可怜的孩子会因为着凉而染上双侧肺炎，最终死去。当然了，这些你们压根儿就不在乎。在这儿生火就是在犯罪。

**威廉** 听你这么说，我的良心感觉到了一阵剧痛，追悔莫及。但是即便如此，你也没必要一个人独享这点儿暖气吧？

**维多利亚** 既然已经生火了，我也不妨跟着暖和暖和。

**弗雷德里克** 维多利亚，你吃的是巧克力吗？

**维多利亚** 是的，鲍比·柯蒂斯寄给我的，好吃极了。

**弗雷德里克** 是吗？

**维多利亚** 这年头，想买到好吃的巧克力可太难了。

**弗雷德里克** 我知道，我已经好几个月没吃到一块巧克力了。

**维多利亚** （咬了一块巧克力）哦，这块里面是软的，真讨厌。你们两个要不要尝尝？

**威廉** （讽刺地）给我吃不就浪费了嘛，维多利亚。

**维多利亚** （继续吃掉它）我想你是对的。既然是战争年代，我们也没必要太讲究了。

**威廉** 啊，你嫁给弗雷迪的时候，心里也是这么想的吧。

**维多利亚** 我那么做完全是为了你的缘故，亲爱的。毕竟，他是你的好朋友呀。

**弗雷德里克** 得知你阵亡以后，她那段日子简直伤心欲绝。

**威廉**　幸亏有你在这儿安慰她。

**维多利亚**　是弗雷迪把这个消息告诉我的，追思会也是他的提议。他每天都来看望我两次。

**威廉**　以你的务实精神，我猜你当时一定是这么想的——既然办上一场无足轻重的小仪式就可以解决这个问题，弗雷迪就没必要来来回回地折腾个没完没了，省得把皮鞋都给磨坏了。

**维多利亚**　我们等了一年才结婚呢。我跟他说，在一年的服丧期满之前，他绝不能往这方面想。

**威廉**　皮革这么贵，你还让他跑了一年？当然了，我知道你的初衷向来是好的，维多利亚。

**维多利亚**　那你一定也知道，我的生活里要是没有一个男人，我会有多么无助。我相信，你不会想让我当一辈子寡妇的。

**弗雷德里克**　我觉得，我是照顾她最合适的人选。

**威廉**　你们两个人为我做出了如此巨大的牺牲，我几乎要承受不起了。我只希望，你们没有过分勉强自己的意愿吧？

**弗雷德里克**　你这话是什么意思？

**威廉**　既然你们完全是为了我而结婚的，那你们两个之间除了——我想是互相敬重——以外，应该没有其他感情了吧？

**维多利亚**　哦，但是，亲爱的比尔，难道我没有告诉过你，我有多爱弗雷迪吗？正是他对你忠诚的友谊，最后赢得了我的好感。

**弗雷德里克**　她对你矢志不渝，比尔，要是我不向她伸出援手的话，就太没良心了。

**威廉** 谁都瞧得出来，你们俩越过了道德的边界，跨过了爱情的禁区。

**维多利亚** 亲爱的，我们是从你的尸体上跨过去的。

**弗雷德里克** 我还以为你会因此而感动呢。

**威廉** 我感动得都要吐了。

**弗雷德里克** 老兄，维多利亚从来没有忘记过你。对不对，维多利亚？

**维多利亚** 从来没有。

**弗雷德里克** 我在她心里只排第二，这一点我清楚得很。只要你还在，她就永远都不会想到我。

**威廉** 哦，这我可不敢打包票。即使是最忠贞的女人，偶尔也会想要换换口味的。

**弗雷德里克** 不，不是这样的。我知道维多利亚对你忠心不二，她永远不可能真的爱上其他任何男人。维多利亚，你知道我有多爱你，于我而言，你就是这个世界上的唯一。但我明白，我能为你做的事情只剩下一件了。比尔回来了，作为一位绅士、一个君子，摆在我面前的路只有一条。这是一条痛苦的、艰涩的牺牲之路，但我能够承受。我宣布解除我们之间的关系，放弃对你的一切权利。我会离开的，这是一个明智的选择，也是一个悲伤的决定。我把你留给比尔了。再见，维多利亚。在我们永别之前，请擦掉眼泪，给我最后一吻吧。

**维多利亚** 哦，弗雷迪，你太让人感动了，你有着一个多么美好的灵魂啊。

**弗雷德里克**　再见，维多利亚。请忘记我，和一个比我更好的男人幸福地生活下去吧。

**维多利亚**　我永远不会忘记你的，弗雷迪。再见。请快点儿走吧，不然我就要崩溃了。

［威廉一脸坚定地站在门口，弗雷德里克伸出手向他走去。

**弗雷德里克**　再见了，比尔，好好照顾她。在这个世界上，我只会为你这么做。

**威廉**　不行。

**弗雷德里克**　我将从你的生命中永远消失。

**威廉**　你别想穿着这双鞋踏出这个门。

**弗雷德里克**　这关鞋什么事儿？我穿的又不是你那双鞋。

**威廉**　我的孩子，这只是一种修辞手法。

**弗雷德里克**　我不认为现在是玩笑的时候，从门口让开。

**威廉**　你只能从我的尸体上跨过去。

**弗雷德里克**　你这叫什么话？你又没真死，我怎么可能有这样的机会嘛。

**维多利亚**　比尔，你为什么要把这个令人痛心的时刻拖得那么长呢？

**威廉**　亲爱的维多利亚，我的为人不允许我接受这样的牺牲。绝对不行。陆军部已经宣布了我的死亡，你们也为我举行了追思会，你还重新装修了这间客厅。你已经过上了幸福的生活。如果我非要破坏这份幸福的话，那我就太残忍、太自私了。我绝不会介入你们中间、拆散你们两个。

**维多利亚** 哦，比尔，你真高尚。

**威廉** 维多利亚，我是一个绅士，也是一名士兵。这个站在你面前的人，尽管他穿了一身还算过得去的西装，却仍然是一个没有身体的亡魂。从各个角度来看，我都跟死了没有任何区别，我将会永远保持我作为死者的身份。

**弗雷德里克** 现在你回来了，就算维多利亚还和我在一起，她也不会再感受到幸福了。

**威廉** 什么也别说了，她仍然是你的。

**弗雷德里克** 我亲爱的比尔，你不了解我。我这个人又懒，又自私，脾气暴躁，小气刻薄，而且痛风，还有很大几率会患上癌症、肺结核跟糖尿病。

**威廉** 我可怜的弗雷迪，这太可怕了。你必须要特别注意自己的身心健康，至于性格上的缺陷嘛，我想维多利亚会尽全力帮你纠正过来的。

**弗雷德里克** 如果你真的爱她，你不会让她跟我这样的人在一起，去过那种毫无希望的苦日子。

**威廉** 弗雷迪，老朋友，看来我再也不能对你隐瞒下去了。由于青年时期放荡生活的摧残，再加上战争带来的身心创伤，我的身体早就已经破败不堪，即将不久于人世了。况且，维多利亚非常清楚，我是个报复心强、专横跋扈、挥霍无度、虚情假意的人，跟我在一起才是受苦。

**维多利亚**　我明白了，你们两个都是品德高尚、英勇无私的人。

［泰勒上场。

**泰勒**　夫人，从亚历山德拉就业中介来的人想要见你。（递给维多利亚一张纸条）

**维多利亚**　哦，立刻让她进来。

**泰勒**　好的，夫人。

［泰勒下场。

**维多利亚**　一个厨师，一个厨师，一个厨师。

**弗雷德里克**　总算来了。不知道她是稀松普通呢，还是鬼斧神工呢？

**维多利亚**　长得普通，可是厨艺精通。

**威廉**　一听就是个好女人。

［泰勒领波格森夫人上场，然后关门离开。波格森夫人身材高大结实，带有一副不怒自威的正派气度，打扮得像是个在殡仪馆上班的寡妇。

**波格森夫人**　早上好。

**维多利亚**　早上好。

［波格森夫人环视了一圈，瞧见一把适合她的椅子，坐了下来。

**波格森夫人**　听就业中介的人说，你这里需要一个厨师。说实话我不是很喜欢这个街区，但我还是想过来看一眼，也许这个职位对我的胃口。

**维多利亚**　（讨好地）我敢肯定，这个职位会令你满意的。

**波格森夫人**　我实在是受不了那些没完没了的空袭，所以在战争之前，我都打定主意绝不回到伦敦来。这儿的街道漆黑一团，谁知道还有什么糟糕的事等着你。不过话说回来，如果没有这些的话，我还是喜欢伦敦的。

**维多利亚** 那是当然。

**波格森夫人** 既然战争已经结束了，如果能找到一份合适的工作，我也不介意回来生活。你的上一个厨师，她为什么走了？

**维多利亚** 她要结婚了。

**波格森夫人** 啊，所有的女主人都会这么说。当然，这可能是真的，但也很可能不是。

**维多利亚** 她临走之前跟我说，在这儿工作的三个月，是她人生中最快乐的时光。

**波格森夫人** 在我们继续往下谈之前，我想先弄清楚一件事——你们有车库吗？

**维多利亚** 有，但是里面没有车。我们把汽车卖掉了。

**波格森夫人** 哦，那对我来说倒是方便多了。我不管去哪儿，总是会开着我那辆福特汽车。

**维多利亚** 当然没问题了。

**波格森夫人** 你家里有男仆吗？

**维多利亚** 没有。

**波格森夫人** （严肃地）我需要男仆来帮我打下手。

**维多利亚** 你知道，自打战争以来……

**波格森夫人** 哦，你不用说了，我懂。自打战争以来，找个仆人比登天还难。我想，你这儿也没有负责厨房的女佣了吧？

**维多利亚** 付出再多的钱和真心，也换不来一个女佣。

**波格森夫人** 在这件事情上，我永远不会原谅英国政府，他们把所有的女孩子都调到军工厂去帮工了。当然，我得说，这并不是你的错。很多厨师都说，如果没有女佣帮厨，他们就不干活。但我说，战争期间，每个人都应该尽到自己的那一份力。如果实在没有女佣可用的话，那么好吧，我就不用帮手了。

**维多利亚** 看得出来，你非常富有爱国精神。

**波格森夫人** 那还用说。至于该怎么给炉子生火，你就得自己处理了。我的要求很简单，只要我在早晨做饭的时候，厨房的火能点着就行了。

**维多利亚** 哦！当然，我明白你的意思，但我不太知道应该怎么操作。

**波格森夫人** 在我上一个工作的家里，男主人每天早上都会把火生好。

**维多利亚** 哦，这点我倒是没想到。

**威廉** 如果我是你的话，维多利亚，我也想不到。

**波格森夫人** 我的上一任老板是一位非常有教养的绅士。每天早晨在我起床之前，他都会为我泡一杯茶，准备一片抹好了黄油的薄面包。

**维多利亚** 我们会不遗余力，让你感觉像在家一样。

**波格森夫人** 你需要我做什么菜？

**维多利亚** 什么都行，我完全相信你在这方面的能力，我一眼就能看出来，你是一流的厨师。

**波格森夫人** 我个人不喜欢做太复杂的东西，特别是在战争时期。要我说，有东西吃就不错了。

**维多利亚** 说得对，我知道现在很难要求太多的花样，我相信你会竭尽所能的。我们经常去外面吃午餐，晚上八点再回来吃晚餐。

**波格森夫人** 好吧，只要你们高兴怎么来都行，但我在中午之后不会再做饭了。

**维多利亚** 这有点儿麻烦。

**波格森夫人** 如果你觉得我不适合，就不必再浪费我的时间了。今天上午，还有十几位女士等着我去面试呢。

**维多利亚** 哦，这件事儿也不是不能商量。我敢说，我们可以根据你的习惯来安排好时间。

**波格森夫人** 嗯，我通常会在一点钟把饭做好，包括一道肉菜和一份牛奶布丁。如果在那之后，你还想要吃点儿什么，可以把我中午在厨房里剩下的东西当作晚餐，比如冻肉和小点心什么的。

**维多利亚** 我明白了。那么，你想要多少工钱呢?

**波格森夫人** 工钱这方面，我也不知道多少合适。我想每周两英镑的薪水，我是乐于接受的。

**维多利亚** 那可比我们之前请的厨师贵多了。

**波格森夫人** 如果你不打算付这个数，还有很多人等着我呢。

**维多利亚** 我们不打算讨价还价，我相信你值这个钱。

**波格森夫人** 我想，我没有什么问题要问你了。

**维多利亚** 嗯，我也没有问题了。你什么时候可以来上班？

**波格森夫人** 我还要去见见其他几位女士，看看她们准备给我开什么条件。如果我觉得你是最合适的，我会写信通知你的。

**维多利亚** 我真希望你能来为我们工作，你在这儿会很开心的。

**波格森夫人** 这正是我常对人说的，做人呢，最要紧就是开心。你挺对我眼缘的，我不介意跟你说，我对你很满意。

**维多利亚** 很高兴听你这么说。

**波格森夫人** 好了，我这就走了。不过在离开以前，我还有一个问题要问你。我今天的脑子就像个漏斗一样，忘这忘那的。你家里有几口人？

**维多利亚** 我有两个孩子，这会儿不在这里，但是他们一点儿也不麻烦。

**波格森夫人** 哦，我不介意孩子，我自己家里就有好几个小孩儿。

**维多利亚** 剩下的就只有我和这两位绅士。

**波格森夫人** 我猜你准是嫁给了他们当中的一个。

**维多利亚** 我不知道你这么问是什么意思，他们两个我都嫁了。

**波格森夫人** 都嫁了？这合法吗？

**维多利亚** 当然合法。

**波格森夫人** 什么？我认为这太过分了。（义愤填膺地）如果你只是结交了一位绅士朋友，那我什么也不会说。我在最上流的人家生活过，对这种情况早就司空见惯了。跟绅士相处可以让女主人保持一副好脾气，不至于因为一点儿事情就大惊小怪。如果她让这位绅士住在家里，将有助于养成良好的作息习惯，不会隔三岔五地推迟晚餐时间。但是如果你嫁给他，那就是另一回事儿了。这不公平。如果你们这些阔太太觉得自己可以同时拥有两个丈夫，而许多工薪阶层的女性却连一个也得不到，我只能说，这不公平。我一生都是个保守党人，但是感谢上帝，我现在有选举权了。我可以直截了当地告诉你，我会把这张选票投给工党。[1]

［波格森夫人趾高气扬地走出房间，猛地关上了门。

**威廉**　嘭！

**维多利亚**　（愤怒地）我受够了。我必须得有一个丈夫，为了生活的方便，一个丈夫必不可少。但只能有一个，绝不能是两个。

**弗雷德里克**　我有一个主意。

**威廉**　肯定是个馊主意。

**弗雷德里克**　我们来抽签吧。

**威廉**　我就知道是个馊主意。

**维多利亚**　弗雷迪，你在说什么呢？

**弗雷德里克**　我们拿两张纸，在其中一张上画一个叉，然后把它们折起来，扔到帽子里。我们两个来抽签，抽到带叉的那个人，就能继续跟维多利亚在一起。

---

1　保守党与工党同为英国执政党，前者重视自由经济和精英治理，后者则主张社会福利和公平正义。

**维多利亚** （平静了一些）那会很刺激的。

**威廉** 我宁愿抛硬币，我在这方面运气不错。

**弗雷德里克** 你是想说你怕了吗？

**威廉** 并不是特别怕，但风险确实太大了点儿。

**维多利亚** 我认为这个主意很浪漫。弗雷迪，去拿几张纸来。

**弗雷德里克** 好的。

**威廉** （忧心忡忡地）我不喜欢这个主意。今天不是我的幸运日，我透过窗户看到了新月，今天早上我打鸡蛋的时候，就知道肯定不会有好事的。[1]

［弗雷德里克走到桌子旁，拿起一张纸撕成两半，然后背过身来，在其中一张上面画了一个叉。

**弗雷德里克** 谁抽到白纸，谁就要当场放弃维多利亚，然后像一缕轻烟一样从这个房间里飘散出去，永远都不许再回来了。

**威廉** 我不喜欢这个主意。我要重申，尽管参加了这个活动，但我表示强烈抗议。

**维多利亚** 好了，比尔，别抱怨了，赶紧过来吧。

**弗雷德里克** 在接下来的四十年里，你有足够的时间去怨天尤人。

**维多利亚** 你似乎有些嚣张啊，弗雷迪。假如你抽到白纸呢？

1 透过窗户或任何形式的玻璃看到新月会导致不幸，而打到没有蛋黄的鸡蛋也会招来霉运。

**弗雷德里克**　我今天早上看到了一匹五花马。[1]我们把这两张纸放在哪儿呢?

**维多利亚**　废纸篓儿是最合适的。

**弗雷德里克**　我去拿。现在瞧好了，这是两张纸，其中一张上面画了个叉，我会把它们都丢到废纸篓里去，然后让维多利亚拿着它。我们讲好，谁抽到白纸，谁就必须马上离开这个家。

**威廉**　（有气无力地）好吧。

**弗雷德里克**　（把废纸篓递给维多利亚）给你，维多利亚。

**威廉**　（焦虑不安地）多摇几次。

**维多利亚**　知道了。我说，这也太刺激了，不是吗?

**弗雷德里克**　你先抽，比尔。

**威廉**　（浑身发抖）不，我不先抽，我做不到。

**弗雷德里克**　这是你的权利，你是维多利亚的第一任丈夫。

**维多利亚**　他说得对，比尔，你必须是第一个从幸运袋子里抽出纸条的人。

**威廉**　这太可怕了，我出了一身汗。

**维多利亚**　这太刺激了，我心跳得厉害。不知道你们当中的哪一个会得到我。

1　即身上有花纹和斑点的马，通常意味着这匹马的健康状况良好，在赛马场上跑得更快，更有希望赢得比赛。

**威廉**　（犹豫不决）跟这比起来，在战场上冲锋陷阵[1]简直就是小儿科。

**弗雷德里克**　拿出点儿勇气来，老兄，勇气。

**威廉**　不行，我做不到。你们要知道，在德国的监狱里关了三年以后，我已经神经崩溃了。

**维多利亚**　我看出来了，比尔，你也没有多爱我嘛。

**弗雷德里克**　闭上眼睛，老兄，向废纸篓冲锋。

**威廉**　尽快结束吧。真希望我之前是个好人，现在能换来好报。

［威廉抽出一张纸，弗雷德里克则拿了另一张。威廉紧张地盯着那张纸，不敢打开。弗雷德里克打开他的纸条，突然大叫一声，踉跄地向后退了好几步。

**弗雷德里克**　（戏剧性地）是白纸，白纸，白纸。

［威廉大吃一惊，迅速打开手上的纸条，满眼惊恐地盯着它。

**威廉**　上帝啊！

**维多利亚**　哦，可怜的弗雷迪！

**弗雷德里克**　（深情款款地）别为我难过，维多利亚。我现在需要鼓起全部的勇气，才能面对这个事实。我失去你了，我们必须永别了。

**维多利亚**　哦，弗雷迪，这太可怕了！你要经常回来看我啊。

**弗雷德里克**　不，我不能，那会让我心如刀割的。我永远也不会忘记

1　原文 going over the top，是一个起源于第一次世界大战期间的军事术语，指士兵离开战壕、穿过火线、冲向敌人阵地的行动。此后，该术语被引申为大胆冒险、冲锋陷阵之意。

你，你是我今生今世唯一爱过的女人。

［威廉听到这些话，满脸疑惑地抬起了头。

**维多利亚** 你不会再爱上别的女人了，对不对？我不愿意看到你那样。

**弗雷德里克** 失去了你，我怎么可能再爱上别人？就像你不能让我在太阳落山以后，依然看见光亮一样。

**威廉** 还可以开电灯，你知道的。

**弗雷德里克** 啊，你还有心情开玩笑，我已经快要悲恸欲绝了。

**威廉** 我只是想试着安慰你一下。

**维多利亚** 比尔，你这样做很不得体。我认为他刚才的那番话充满了浪漫的诗意。再说了，我也不想让他得到安慰，现在气氛挺好的。

**弗雷德里克** 最后给我一个吻吧，维多利亚。

**维多利亚** 亲爱的！

［弗雷德里克拥抱维多利亚，两人亲吻了一下。

**弗雷德里克** （有如一个充满浪漫色彩的英雄一般）再见了，我将要走进无尽的黑暗。

**威廉** 哦，这就要走了吗？

**弗雷德里克** 马上就走。

**威廉** 好吧，这会儿正是中午，天还亮着呢。

**弗雷德里克** （有尊严地）我那是一种修辞的说法。

**威廉** 在你走之前，请让我看看你手里的纸条，就是空白的那一张。

**弗雷德里克** （走向门口）哦，不要用这种愚蠢的琐事拖延我离去的脚步。

**威廉** （上前一步，拦住他）很抱歉，我必须得留你一会儿。

**弗雷德里克** （试图绕过他）你为什么非要看我的纸条呢？

**威廉** （阻止他）出于纯粹的好奇心。

**弗雷德里克** （试图绕到另一边）说真的，比尔，我都这么难受了，你居然还有工夫好奇，简直是无情无义。

**威廉** 我想把这两张纸条装裱起来，给这个决定性的时刻留个纪念。

**弗雷德里克** 你随便找张白纸去裱不就完了吗？我把我那张纸条扔到火堆里去了。

**威廉** 哦，才怪呢，你把它放进口袋里了。

**弗雷德里克** 我受够了。你难道看不出来，我已经痛不欲生了吗？

**威廉** 看不出来，跟我相比，你就跟没事人一样。如果你不老老实实地把那张纸交给我，就别怪我把它从你手里抢过来了。

**弗雷德里克** 去死吧！

**威廉** 交出来。

[威廉扑向弗雷德里克，弗雷德里克左躲右闪，两人一追一逃，屋里乱作一团。

**维多利亚** 怎么搞的？你们两个都疯了吗？

**威廉** 你早晚也得交出来。

**弗雷德里克** 等你死了以后再说吧。

**维多利亚** 你为什么不把纸条给他呢？

**弗雷德里克**　我就不给。

**维多利亚**　为什么呢?

**弗雷德里克**　那是在践踏我的尊严，我绝不同意。

**威廉**　如果你不把它交出来，受伤害的可就不只是尊严了。

［弗雷德里克突然向门口冲去，威廉一个箭步上前，逮住了他。

**威廉**　抓到你了。现在，你投降吗?

**弗雷德里克**　宁死不降。

**威廉**　如果你不投降的话，我就扭断你的胳膊。

**弗雷德里克**　（被弄疼）哦，你这个魔鬼！快住手，我的胳膊要断了。

**威廉**　这就是我的目的。

**弗雷德里克**　维多利亚，把拨火棍抄起来，打爆他的头。

**威廉**　别听他的，维多利亚，淑女动口不动手。

**弗雷德里克**　你这个德国鬼子。好了，我给你，就在这儿呢。

［威廉放开他，弗雷德里克从口袋里拿出了那张纸条。就在威廉以为他要把纸条交给他的时候，弗雷德里克突然把它塞进了嘴里。

**威廉**　（扼住他的喉咙）不许咽，把它从你的嘴里拿出来。

［弗雷德里克把纸条拿了出来，扔到了地上。

**弗雷德里克**　就你这副德行，怎么还好意思说自己是绅士。

［威廉捡起那张纸条，展开它。

**威廉**　你这个无耻的骗子。

**维多利亚**　怎么了?

［威廉走过去，把纸条递给维多利亚。

**威廉** 看看吧。

**维多利亚** 哦，这上面也有一个叉。

**威廉** （愤怒地）这两张纸上都画了叉。

**维多利亚** 我不明白。

**威廉** 这还不明白吗？他只是想确保我抽到的不是白纸。

［维多利亚惊讶地看着弗雷德里克。短暂的停顿。

**弗雷德里克** （高风亮节地）我这么做完全是为了你，维多利亚。我知道你心里只有比尔，但你又舍不得伤我的心，我只好替你出手、自断后路了。

**维多利亚** 你真是太好了，弗雷迪，没想到你的人品如此高尚。

**威廉** （尖酸地）高尚得我都要哭了。

**弗雷德里克** 我就是这么一个人，我按捺不住地想要为别人的幸福去牺牲自己的一切。

［泰勒上场。

**泰勒** 夫人，我能单独和你说句话吗？

**维多利亚** 现在不行，我忙得很。

**泰勒** 恐怕有件急事，夫人。

**维多利亚** 哦，好吧，我们出去说。在我回来之前，你们两个不许做任何决定。

［泰勒扶着门，待维多利亚下场后，自己也跟了下去。

**弗雷德里克** 你是怎么看出来的？

**威廉** 你要是真抽到了白纸条，才不会一脸淡定呢。

**弗雷德里克** 我那叫面如死灰。

[威廉坐在沙发上，身体往后一靠，似乎感受到有什么东西硌到了自己。他一脸疑惑地伸手在沙发靠背和坐垫之间摸来摸去，然后拿出了一只鞋，接着是另一只。

**威廉** 我的鞋！

**弗雷德里克** 我就说我把它放在什么地方了嘛。

**威廉** 你没把它放在任何地方，你把它藏起来了，你这个坏家伙。

**弗雷德里克** 胡说八道，你这双鞋又破又旧的，我藏它干什么？

**威廉** 你怕我偷偷跑了。

**弗雷德里克** 你没必要为这事生气。我只是觉得，你或许也会想要成全我，就像——就像我想要成全你一样。可能我想多了吧，但归根结底，我也是在为你着想嘛。

**威廉** 要是让别人看了，还以为你不喜欢维多利亚呢。

[弗雷德里克若有所思地盯着他看了一会儿，然后下定决心向威廉坦白。

**弗雷德里克** 比尔，我的老伙计，你知道我不是那种喜欢说我妻子坏话的人。

**威廉** 我也不喜欢听别人说我妻子的坏话。

**弗雷德里克** 可是，该死的，如果我想要心平气和地找个人聊聊自己的妻子，那除了她的第一任丈夫以外，还有谁更合适呢？

**威廉** 要我说，那就只有她的第二任丈夫了。

**弗雷德里克**　跟我说说你对维多利亚真正的看法吧。

**威廉**　她是世上最甜美的女人。

**弗雷德里克**　再没有比她更好的妻子了。

**威廉**　她很漂亮。

**弗雷德里克**　还很迷人。

**威廉**　和她在一起总是很开心。

**弗雷德里克**　我得承认，有时候我会觉得有点儿不公平。假设有一件东西，如果我想要的话，我就是自私，而她想要就是理所当然。

**威廉**　我也不介意告诉你，有个问题我百思不得其解——为什么每次都得我做出牺牲，而她坐享其成呢?

**弗雷德里克**　每次意见不合的时候，错的一定是我，因为她永远是对的，这已经让我筋疲力尽了。

**威廉**　有时候我实在不能理解，为什么我总得给她让步，而她决定好的事情，就算天塌了也得去做。

**弗雷德里克**　我有时候也问自己，为什么我的时间一点儿都不重要，而她的时间却宝贵得不得了。

**威廉**　有时候我也希望，我能为自己活两天。

**弗雷德里克**　实话实说，比尔，我配不上她。就像你说的一样，再没有比她更好的妻子了——

**威廉**　（打断他）不，这话是你说的。

**弗雷德里克**　但是我受够了。如果你死在战场上了，那我就会像个绅士一样，默默地承受这一切。但你偏偏没有死，还不请自来地找上门了，[1]那现在就请你来承担这个责任吧。[2]

**威廉**　等你死了以后，我再来负责吧。

**弗雷德里克**　她只能有一个丈夫。

**威廉**　听着，接下来只有一条路可走了，她必须得在我们之间选择一个。

**弗雷德里克**　我的胜算不大啊。

**威廉**　我不知道你在说什么，但我能做到这份儿上已经非常宽宏大量了。

**弗雷德里克**　去你的宽宏大量吧，我人品这么好，长得又这么帅，毋庸置疑维多利亚会选择我啊。

**威廉**　天知道我这人一点儿也不自负，但人们都说我拥有着近乎完美的男性魅力。我的谈吐不但风趣，还富有教育意义。

**弗雷德里克**　我宁愿抛硬币。

**威廉**　我不会冒这样的风险。你的花招我已经领教过了，别想再故技重演。

**弗雷德里克**　我以为你是一个知道进退的绅士呢。

**威廉**　她来了。

［维多利亚上场，她正在发脾气。

1　原文为 bad shilling，指摆脱不掉的纠缠。

2　原文为 white man's burden，为英国诗人吉卜林于 1899 年所作的一首诗歌的名字，描述了西方白人将殖民扩张、教化殖民地民众当作是自己神圣责任的扭曲心态。关于吉卜林的立场究竟是认同还是讽刺，后世始终争论不休。

**维多利亚**　现在好了，所有的仆人都提出要辞职了。

**弗雷德里克**　不会吧！

**维多利亚**　我为他们做了这么多，付给他们双倍的工资，让他们过得丰衣足食，还把我自己的黄油和糖都分给他们吃了。

**弗雷德里克**　因为你担心这些东西会影响你的身材，维多利亚。

**维多利亚**　他们并不知道这个意图。当我用不着他们的时候，我还经常在晚上给他们放假。我甚至让他们带了一整支英国军队的人到家里来喝茶。可他们却用辞职不干来回报我的付出。

**威廉**　我恐怕得说，这确实过分了。

**维多利亚**　我跟他们讲过理、谈过情，几乎都跪下来求过他们了，可他们根本不肯听。今天下午，他们就要离开这个家了。

**威廉**　好吧，在你找到新的仆人之前，我和弗雷迪会负责打理家务的。

**维多利亚**　你知不知道，要找到一个餐厅女仆比得到一个贵族爵位还难得多？在帕丁顿的登记处，你每天都能看到一群老光棍排着队跟女厨娘领证结婚，这是唯一能留住她们的办法。

**威廉**　说到这个，维多利亚，我们已经商量好了，眼下只有一条路可走，你必须在我们之间做出选择。

**维多利亚**　我怎么选得出来呢？你们两个我都很喜欢，况且，你们之间的差别小到可以忽略不计。

**威廉**　哦，我可不这么看，弗雷迪人品这么好，长得又这么帅。

**弗雷德里克**　你可别这么说，比尔。天知道，你这人一点儿也不自负，但我必须当面告诉你，你拥有近乎完美的男性魅力，从你嘴里说出来的话不仅幽默，还有教育意义。

**维多利亚** 我不想伤害任何人的感情。

**弗雷德里克** 在你做出决定之前，我觉得为了公平起见，我必须向你坦白一件事——这话如果不说出来，我们今后的生活就会建立在一个谎言之上。维多利亚，在我工作的部门里有一个速记员，她是女性，有一双蓝色的眼睛和一头黄色的齐脖卷发。我就说到这儿，剩下的你就发挥想象力吧。

**维多利亚** 太可怕了，亏我一直以为你心地善良呢。

**弗雷德里克** 我配不上你，这一点我太清楚了。你永远也不会原谅我的。

**威廉** 你这个卑鄙小人。

**维多利亚** 这确实让局面变得简单多了，我不认为自己愿意成为谁的后宫[1]之一。

**威廉** 在加拿大就完全没有这个风险，曼尼托巴省[2]的女性很少。

**维多利亚** 你在说什么？

**威廉** 我已经发现了，战争结束以后，英国没有我的一席之地。我准备辞去我在军队里的职务。帝国[3]重建需要有人出力，我准备参与到这项工作当中来。我们一起移民吧，维多利亚，只要你肯答

1 原文为 harem，有眷群之意，指与同一雄性动物交配的一群雌性动物。

2 加拿大中南部的一个省，为该国日照时间最长的地区之一，但冬季寒冷漫长。

3 加拿大曾为英国殖民地，1931 年成为独立国家，亦属于英联邦成员国。

应，我就会成为全世界最幸福的男人。

**维多利亚**　去加拿大？

**弗雷德里克**　那儿的貂皮特别好。

**维多利亚**　但不是最好的。

**威廉**　我准备买一个农场经营。至于你嘛，要是能把时间用来学习做菜那就再好不过了，我们将来的日子就全指望你了。我想你会洗衣服吧？

**维多利亚**　（愤怒地）我只会洗蕾丝。

**威廉**　但我认为，你还应该学学怎么给奶牛挤奶。

**维多利亚**　我不喜欢奶牛。

**威廉**　我看出来了，你喜欢我的计划。维多利亚，这将会是一种多么美妙的生活啊。你每天要做的就是生火、做饭、洗衣服、擦地，而且你还有选举权了。

**维多利亚**　那我空闲的时候应该做什么呢？

**威廉**　我们可以一起读《大英百科全书》来开发你的智力，让你变得更有思想。现在，维多利亚，好好看着我们，大声说出来你准备选谁。

**维多利亚**　说老实话，我不明白为什么一定要在你们当中做出选择。

**弗雷德里克**　该死的，你必须做出选择。

**维多利亚**　我想没人能否认，自从我嫁给你们两个以后，我在方方面面都做出了巨大的牺牲。为了让你们感到舒适，我一直在勉强自己，辛勤付出。很少有人能像你们两个人这样走运，娶到像我这样的妻子！但有些时候，我也得为自己考虑考虑。

**威廉** 完全正确。

**维多利亚** 战争已经结束了，我认为我已经尽到了自己应尽的职责。我已经嫁给过两个十字勋章了，现在我想嫁给一辆劳斯莱斯。

**弗雷德里克** （惊讶地）我还以为你爱的是我们呢。

**维多利亚** 这个嘛，我确实很爱你们两个，一个半斤，一个八两，放在一起结果就是……

**威廉** 相互抵消了。

**弗雷德里克** 等一等，这未免有点儿太过分了。你的意思是，你早就已经打定主意，要背着我们跟另外一个人结婚了？

**维多利亚** 你知道我做不出那样的事情，弗雷迪。

**弗雷德里克** 那我就不理解了。

**维多利亚** 亲爱的弗雷迪，你有没有研究过独角兽的生活习性？

**弗雷德里克** 恐怕我所受的教育里，没有关于这方面的知识。

**维多利亚** 独角兽是一种胆小而怯懦的动物，正因为这样，猎人设下的陷阱休想抓住它。但是，它却对美丽的异性格外没有抵抗力。一听到丝绸长裙沙沙作响，它就会把谨慎的本能抛在脑后。简言之，一个漂亮的女人可以牵着它的鼻子走。

[泰勒上场。

**泰勒** 莱斯特·帕顿先生在楼下的车里等你，夫人。

**维多利亚** 他开的是劳斯莱斯吗？

**泰勒** 我想是的，夫人。

**维多利亚** （露出胜利的笑意）告诉他，我这就下来。

**泰勒** 好的，夫人。

[泰勒下场。

**维多利亚** 独角兽准备带我去吃午餐了。

[维多利亚朝两个男人做了个鬼脸，然后下场。

——幕落——

# 第三幕

[场景是维多利亚家的厨房。屋子的一端有一台煤气灶，另一端有一个橱柜，里面放着盘子和碗。舞台后方有一扇门通向院子，靠近门的位置有一扇窗户，装有铁栅栏，透过它可以看到外面的台阶，如果有人登门拜访，他/她的身影也会率先出现在这里。房间正中是一张厨房桌，到处散乱着几把厨房椅，地板上铺了一层油毡。整个环境窗明几净、宽敞明亮。

[幕启时，威廉正坐在一把椅子上、把腿搭在另一把椅子上，惬意地读着一本薄薄的简装小说。这种书的价格通常在三便士左右，各个街角的报刊亭都有出售。这时，弗雷德里克拎着一桶煤上场。

**弗雷德里克** （放下桶）嘿，这桶煤差不多有一吨重了，你能不能帮我把它拎到楼上去。

**威廉** （开心地）我能，但是我不去。

**弗雷德里克** 你以为我想求你吗？还不是因为我为国效力伤到了胳膊，不像以前那么有劲儿了。

**威廉** （怀疑地）你哪只胳膊受伤了？

**弗雷德里克** （爽快地）两只胳膊都受伤了。

**威廉** 那你可以把这桶煤顶在你的脑袋上，就用不着抬胳膊了。人们都说，这样做有助于身体塑形。

**弗雷德里克** 你这个没良心的家伙。

**威廉** 老伙计，从本心来讲，我是很乐意帮你一把的。但是医生不让我搬重物，他说那会给我的心脏带来很大的负担。

**弗雷德里克** 你的心脏有什么问题？你不是说，受伤的是你的头吗？

**威廉** 此外，这也不是我的工作。我负责做饭，你不能指望我也把家务给做了。

**弗雷德里克** 你做饭了吗？我看得清清楚楚，你除了往那儿一坐，其他什么也没干。真搞不明白，为什么只有我在拼命干活呢？

**威廉** 你瞧，你的问题在于做事情没有章法。世上无难事，只怕有心人。但凡你安排得体，家务活完全不在话下。我做任何事情都有章法，这就是我的诀窍。

**弗雷德里克** 只能怪我傻，分工的时候，你让我负责家务，我稀里糊涂就答应了。我早就应该想到，你肯定会把最简单的活儿留给自己啊。

**威廉** 我当然会选择我最擅长做的事情了，这也是我的诀窍之一。做饭是一种艺术，至于做家务嘛，那种事儿狗都会干。

**弗雷德里克** 我真想马上揍你一顿。你自己擦一双鞋试试，看看有没有你说得那么轻松。

**威廉** 我不认为你会擦鞋。你擦之前是不是——“呸”——先往上面啐一口？

**弗雷德里克** 不，我只在打磨银器的时候才往上面啐。

**威廉** 你赶快把手上的活儿干完，然后把桌子摆好，我在这儿把这本书看完。

**弗雷德里克** （沮丧地）是为午餐做准备，还是为晚餐做准备呢？

**威廉** 这还不知道，但不论午餐晚餐，我们都要在这儿用餐，因为摆盘更方便。章法，明白吗？

**弗雷德里克** 维多利亚是怎么说的？

**威廉** 我还没告诉她呢。

**弗雷德里克** 她今天早上非常生气。

**威廉** 为什么？

**弗雷德里克** 因为浴室里的水不热。

**威廉** 不热吗？

**弗雷德里克** 当然不热了，你难道没感觉吗？

**威廉** 我认为洗冷水澡对身体更好。如果法律规定全民都洗冷水澡的话，就没那么多人生病了。

**弗雷德里克** 去跟海军陆战队员说吧，看看他们同不同意你的看法。[1] 要我说，就是你太懒了，不能早点起床去烧热水，问题就出在这儿。

**威廉** 你能不能专心做你自己的事儿，不要老是来打扰我？

**弗雷德里克** 你看起来一点儿也不忙。

**威廉** 怎么不忙？这个家庭教师到底能不能跟公爵结婚，全在这儿页

1 原文 tell that to the horse-marines 是一句常见的谚语，用于讽刺挖苦某事不切实际，也可译为“你简直是胡说八道。”

纸里了。等我看完了，你可以拿去读。

**弗雷德里克** 我没时间看书。我承担了一份工作，就要把它做到最好。

**威廉** 那你就闭嘴干活儿，不要嘟囔。

**弗雷德里克** 午餐吃什么？（他走到火炉边，掀开一口锅的盖子）这一坨是什么玩意儿？

**威廉** 那叫土豆。你可以拿叉子戳一戳，看看它们煮熟了没有。

**弗雷德里克** 那也太没礼貌了，不是吗？

**威廉** 哦，没关系，它们习惯了。

［弗雷德里克拿出一个叉子，试图去戳一个土豆。

**弗雷德里克** 该死的，它们就不能老老实实在那儿待着吗，老是滚来滚去的。又圆又硬一身土，被人丢到锅里煮[1]——嘿，好诗！过来吧，你这个小王八蛋。走你！

**威廉** 我说，你能不能小点儿声。我正看到最精彩的地方，公爵把他的两只手都伸到老师的头发里去了。

**弗雷德里克** 肮脏的桥段。

**威廉** 脏什么？她洗过头了。

**弗雷德里克** （用叉子叉起一个土豆）该死的，这土豆还没剥皮呢。

**威廉** 我猜你是想说“削皮”。

**弗雷德里克** 你知道我最讨厌的东西是什么吗？就是带皮的土豆。

---

1 原文为 wriggle, wriggle, little tater, how I wonder who’s your mater.

**威廉**　削皮是一种浪费，我煮土豆从来不削皮。

**弗雷德里克**　这就是你说的章法吗?

**威廉**　嗯，你要是问我的话，这确实是一种章法。

**弗雷德里克**　自从我进了陆军部，就老听他们在旁边谈论章法，但从来没人跟我解释一下，那到底是什么。现在我终于明白了。

**威廉**　（仍然在看书）那么，什么是章法呢?

**弗雷德里克**　除非你认真听我说，否则我是不会告诉你的。

**威廉**　（抬起头来）他们俩已经亲上了。你说吧?

**弗雷德里克**　所谓的章法，就是把工作全都推给别人去干，实在推不掉的话，就干脆撒手不管，让它自己野蛮生长去吧。

**威廉**　你一定觉得自己很幽默。

**弗雷德里克**　（把土豆放回锅里）牛排闻起来就快煎好了。

**威廉**　煎好了？我才刚煎了十五分钟。

**弗雷德里克**　但是你在餐厅里点一块牛排，他们十分钟就给你端上来了。

**威廉**　餐厅是餐厅。在家里做饭，就是要每磅肉煎一刻钟，这是连傻子都懂的基本常识。

**弗雷德里克**　那跟现在有什么关系呢?

**威廉**　我买了三磅的牛排，所以我要煎上四十五分钟。

**弗雷德里克**　可是它们看起来已经可以吃了。

**威廉**　那是它们在骗你。距离真正能吃，还要等上一段时间。我希望你不要打扰我，让我继续看书。

**弗雷德里克** （困惑地）但是，你瞧，如果有三块一磅重的牛排，那么你应该分别煎一刻钟。

**威廉** 没错，我就是这个意思。三块加起来，一共是四十五分钟。

**弗雷德里克** 不对不对，分开煎跟一块儿煎是一回事儿呀。

**威廉** 你是存心要累死我吧。按你的说法，三个人一起走，一小时走了四英里，换算成一个人的话，就相当于一小时走了十二英里。

**弗雷德里克** 我就是这个意思呀。

**威廉** 那你就是个蠢货，仅此而已。

**弗雷德里克** 不对，我说错了。我不是这个意思，你才是这个意思。你都把我给搞糊涂了，咱们重新来一遍吧。

**威廉** 你要是再这样没完没了的话，我就永远也看不完这本书了。

**弗雷德里克** 这是一个非常重要的问题。拿一支铅笔来，我们在纸上写明白了，必须把这件事情弄清楚。

**威廉** 看在上帝的份儿上，你去刷个碗或者干点别的什么吧，别再把精力浪费在这种无关紧要的事情上了。

**弗雷德里克** 谁要吃这块牛排？

**威廉** 你要是粗心大意没煎熟的话，就别想吃上了。

**弗雷德里克** 我粗心大意只会让它煎过头，我当然不会去吃了。

**威廉** （开始生气了）做任何事情都要讲究方法，做饭也一样，争论这种事情就像争论女人一样，一点儿意义也没有。

**弗雷德里克** 往这儿看，如果你把那块牛排切成三块，会切出一块三磅重的牛排来吗？

**威廉** 当然不会了，切出来的会是三块一磅重的牛排，这是两回事。

**弗雷德里克** 但牛排还是那块牛排，这个没变。

**威廉** （强调地）不，不是那块牛排了。切完以后，它将会是完全不同的一块牛排。

**弗雷德里克** 按你这个道理，如果你有一块一百磅重的牛排，你还要煎二十五个小时吗?

**威廉** 没错，如果我有一块一千磅重的牛排，我会煎上十天。

**弗雷德里克** 那未免也太浪费煤气了。

**威廉** 我不在乎煤气，我在乎的是逻辑。

[维多利亚走上场。

**维多利亚** 你们真是太讨厌了。我足足按了一刻钟的铃，家里明明有两个男人，却没有一个上来看看。

**威廉** 我们正在针对一个问题进行激烈的辩论。

**弗雷德里克** 让我跟你解释一下吧，维多利亚。

**威廉** 这与维多利亚无关，我是厨师，我不希望有人在我的厨房里指手画脚。

**弗雷德里克** 你必须得做点儿什么，维多利亚，不然这块牛排就没法吃了。

**维多利亚** 我不在乎，我从来都不吃牛排。

**威廉** 今天的午餐只有牛排。

**维多利亚** 我不打算在这儿吃午餐。

**威廉** 为什么不呢?

**维多利亚**　因为——因为莱斯特·帕顿先生已经正式向我求婚，而我也已经接受了。

**弗雷德里克**　可是你已经有两个丈夫了呀，维多利亚。

**维多利亚**　如果我想要重获自由的话，你们两位绅士一定不会阻挠我吧。

［门口传来门铃声。

**弗雷德里克**　嘿，谁在按铃？

**维多利亚**　那是我的律师。

**弗雷德里克**　你的什么？

**维多利亚**　是我让他尽快来一趟的。弗雷迪，你去开下门好吗？

**弗雷德里克**　他来干什么？

**维多利亚**　他来帮我搞定离婚手续。

**弗雷德里克**　你还真是一分钟都不想等啊。

［弗雷德里克下场。

**威廉**　维多利亚，你这么做未免也太极端了吧。

**维多利亚**　我必须得采取点儿行动了。你要知道，对于一个女人来说，没有仆人左右服侍，她的日子根本就过不下去。今天早上都没人来帮我穿衣服。

**威廉**　你这不是穿上了吗？

**维多利亚**　我只能穿这件不需要系扣子的衣服。

**威廉**　这也不失为一个解决困难的方法嘛。

**维多利亚**　可我最不想穿的，恰恰就是这件不需要系扣子的衣服。

**威廉**　穿在你身上，依然不减你的美丽动人。

**维多利亚**　（冷冷地）请你不要再说这种话来恭维我了，比尔。

**威廉**　有什么不好吗？

**维多利亚**　考虑到我已经和莱斯特·帕顿订婚了，我认为这样影响不好。

**威廉**　你打定主意要跟我离婚了吗？

**维多利亚**　非常确定。

**威廉**　既然如此，那我就可以把你当别人家的妻子来看待了。

**维多利亚**　你这是什么意思？

**威廉**　意思是，我完全可以向你示爱，而不至于觉得尴尬。

**维多利亚**　（微笑）我不会让你向我求爱的。

**威廉**　那你也不能阻止我告诉你，你是这世界上最可爱的女人，你的出现足以让任何一个男人神魂颠倒。

**维多利亚**　我可以捂上我的耳朵。

**威廉**　（握住她的手）你不可以，因为我会握住你的手。

**维多利亚**　我会大声喊的。

**威廉**　你不会，因为我会吻住你的双唇。

［威廉亲吻维多利亚。

**维多利亚**　哦，比尔，真遗憾我们已经结过婚了。不然的话，我相信你会是一位迷人的情圣。

**威廉**　我经常在想，做情人远比做丈夫更适合我。

**维多利亚**　希望你保重。他们马上就过来了，可不能让律师看见我还躺在自己丈夫的怀里。

**威廉** 那就太过分了，不是吗？

［弗雷德里克领着客人上场。拉哈姆先生是一位律师，除此之外，关于他就没有什么值得说的了。

**维多利亚** 你好，拉哈姆先生。你认识我的丈夫们吗？

**拉哈姆先生** 先生们，很高兴见到你们。要是能告诉我你们两个谁是谁的话，事情会方便得多。

**维多利亚** 这是我的第一任丈夫，卡杜少校，这是我的第二任丈夫，朗兹少校。

**拉哈姆先生** 啊，这就清楚了。两个人都是少校，还真是有意思的巧合呢。

**威廉** 我想朗兹夫人已经把情况都告诉你了吧，拉哈姆先生？

**拉哈姆先生** 是的，先生，我们两个昨天在我的办公室里谈了很长时间。

**弗雷德里克** 那你一定可以理解，卡杜夫人现在处在一个相当微妙的位置上。

**拉哈姆先生** （感到困惑）卡杜夫人？卡杜夫人在哪儿呢？

**弗雷德里克** 这位就是卡杜夫人。

**拉哈姆先生** 哦，我明白你的意思了。简单说吧，这确实是个困境。我们应该怎么称呼这位女士呢？是叫她卡杜夫人，还是叫她朗兹夫人？事实上，她已经决定不再使用这两个名号了。

**维多利亚** 我刚把这个决定告诉他。

**威廉** 我们仍然处在震惊当中。

**弗雷德里克** 惊魂未定。

**拉哈姆先生** 她已经下定决心，要跟你们两个集体离婚。我告诉她没这个必要，因为她显然只是你们其中一个人的妻子。

**维多利亚** （争辩道）那么，对于另一个人来说，我算什么呢？

**拉哈姆先生** 那么，卡杜夫人，或者应该说朗兹夫人？我实在不愿意对一位女士使用这个称谓，但如果你肯原谅我的话，我会说，你是另一个人的妾。

**威廉** 我喜欢这个词，好像在东方有这个说法。

**维多利亚** （愤愤不平）我从来没听说过这种事情。

**威廉** 哦，法蒂玛，[1]你的脸像满月一样珠圆玉润，你的双眸像小羚羊的眼睛一样炯炯有神。来吧！伴着鲁特琴声，为我跳上一支舞吧。

**维多利亚** 好吧，那就这么定了，我会同时跟他们两个人离婚。这是为了让所有人知道，他们两个都是我的丈夫。

**弗雷德里克** 我认为，最好还是不要冒险。

**拉哈姆先生** 夫人刚才说的，两位先生都同意吗？

**威廉** 就我而言，我愿意为了维多利亚的幸福而牺牲自己——不管这份感情有多深。

**拉哈姆先生** 非常好，言简意赅，感人肺腑。

1 法国民间故事《蓝胡子》中的人物。蓝胡子是一位杀妻成性的贵族富商，而法蒂玛则是他的第七任妻子。

**维多利亚**　他总是这么有绅士风度。

**拉哈姆先生**　（对弗雷德里克）现在轮到你了，卡杜少校。

**弗雷德里克**　我的名字是朗兹。

**拉哈姆先生**　请原谅。你是朗兹少校，毫无疑问。当你们做自我介绍的时候，我在心里默默地记了一笔。卡杜——长了一张骆驼脸。朗兹——好像准备打官司。佩尔曼记忆法[1]，你听过吧。

**弗雷德里克**　听过，不过，看上去好像没什么效果。

**拉哈姆先生**　无论如何，这不重要。你愿意将这位女士渴望已久的自由归还给她吗？

**弗雷德里克**　我愿意。（带着困惑的表情）我上次说这三个字是在什么时候？（回忆起来）想起来了，是在婚礼上。

**拉哈姆先生**　好了，就目前来看，一切都进展得很顺利。我想，到了真正离婚的时候，你们两位都不必亲自出庭。但我完全同意卡杜—朗兹夫人的意见，如果我们用同样的方式向你们两个发起离婚诉讼，可以省下不少的时间和麻烦。鉴于你们都不打算对案子进行辩护，也就用不着花钱请律师了。因此，我建议咱们现在就把事情安排妥当。

**维多利亚**　你们可以放心接受拉哈姆先生的建议。他经手的离婚案子，比任何一个英国律师都要多。

1　原文为 Cardew—camel-face，Lowndes—litigation。所谓的佩尔曼记忆法，即通过信息拆分和串联整合等方式增强记忆力的一种训练技巧，在二十世纪上半叶的英国风靡一时。

**拉哈姆先生** 我敢说，在这个国家的上流家庭中，很少有哪个没接受过我的服务——以某种方式，我都跟他们打过交道。愤愤不平的丈夫、上当受骗的妻子、共同被告或者是介入诉讼人，再有身份的人，早晚也会从这些角色里面挑一个上法庭。尽管这话说起来有点儿自卖自夸，但如果他够聪明，他就会来寻求我的帮助。而我的座右铭就是：手到擒来、药到病除、速战速决、斩草除根，绝不给客户留下任何一丝烦恼。为了向你们展示我的工作成果，我要告诉你们，有些女士在我的帮助下连着离了三四次婚，她们的名誉从未因此而受到任何丑闻的丁点儿侵扰。

**威廉** 想必你的日程一定非常繁忙。

**拉哈姆先生** 我向你保证，少校，我是整个伦敦最忙的人之一。

**威廉** 幸运的是，有些婚姻是幸福的，不用你操心。

**拉哈姆先生** 这你可别信，卡杜少校。这个世界上没有幸福的婚姻，倒是有一些勉勉强强、还能凑合过下去的。

**维多利亚** 你太悲观了，拉哈姆先生。在我的两段婚姻当中，我的两任丈夫都因为我而感受到了无比的幸福。

**拉哈姆先生** 话说回来。尽管也许没有必要，我还是要向你们两位先生做出说明，这个国家的法律需要一定的条件，才能准许那些出于他们个人原因而决定要分手的夫妻。如果丈夫想要和妻子离婚，那么他需要证明对方对婚姻不忠。但英国的法律承认男人天性多情，所以一夫多妻只能作为男性的理由。当妻子想跟丈夫离婚的时候，她就必须证明在婚姻中受到了对方的虐待，或者被对方所抛弃。我们先从这儿入手吧，你提出离婚的理由是虐待还是抛弃。

**维多利亚** 就我个人而言，我更喜欢被抛弃。

**威廉** 理应如此。我非常不情愿对你做出虐待的行为，维多利亚。

**弗雷德里克** 而且你知道，我连一只苍蝇也不忍心伤害。

**拉哈姆先生** 那么我们就用抛弃作为离婚事由。我认为这是最能展现你们绅士风度的方式，此外也更容易在法庭上被证明。程序非常简单。卡杜—朗兹夫人会写一封信给你们，至于信的内容，我会口头说给她，让她请求你们回到她的身边——最常见的说法就是“给她一个家”，而你们将会拒绝她的请求。我建议，你们现在就做出拒绝。

**威廉** （惊讶地）在我们收到信之前？

**拉哈姆先生** 一点儿没错。她写给你们的那封信将要在法庭上被当众读出来，信的内容会发自肺腑、催人泪下，以至于有一次，原本已经答应离婚的丈夫被感动到不能自已，同意回到他妻子的身边，把妻子给气坏了。从那以后，我总是坚持先得到你们的拒绝，再叫她去写信。

**威廉** 回应一封尚未收到的信是非常困难的。

**拉哈姆先生** 我完全理解你们的难处。为此，我也已经把回信的内容准备好了。你们有钢笔吗？

**威廉** 有的。

**拉哈姆先生** （从他的文件里拿出一张字条和两张信纸）如果你愿意

按我口述的内容把信写下来，我们很快就能把这件事情解决掉。这是给你的纸。

**威廉** （接过来）收信人地址是——万豪酒店。

**拉哈姆先生** 你们一会儿就会明白了。这是给你的纸，少校。

[拉哈姆先生将另一张纸递给弗雷德里克。

**弗雷德里克** 我们回信的内容一样吗?

**拉哈姆先生** 当然不一样了。我通常都会准备两封信，以备不时之需，我建议你们各取其一。这两封信里，有一封表达的是悲伤而不是愤怒，另一封则会带有一些责备的意思。至于谁写哪封，你们可以自行决定。

**维多利亚** 他们两个人都经常对我破口大骂，但我觉得比尔使用的语言更加丰富。

**拉哈姆先生** 那就这样决定了。朗兹少校，你准备好了吗?

**弗雷德里克** （做好要动笔的姿势）开口吧。

**拉哈姆先生** （口述）亲爱的维多利亚，我非常认真地考虑了你的来信。鉴于我们所共同经历的种种过往，如果我认为我们可以在将来的日子里把婚姻经营得更好，我肯定会第一个站出来，要求我们再给彼此一次机会。

**威廉** 确实很感人。

**拉哈姆先生** （继续口述）但是，我很遗憾地得出结论，回到你身边只会导致过去的不幸再次上演，而我知道，你为此所承受的痛苦不亚于我。因此，我必须明确地拒绝你的请求，我不打算在任何情况下回到你身边。此致敬礼——现在签下你的全名。

**维多利亚**　这信写得真好，弗雷迪，你真诚的样子将会永远留在我的心里。

**弗雷德里克**　这是我的优点。

**拉哈姆先生**　现在，卡杜少校，你准备好了吗？

**威廉**　来吧。

**拉哈姆先生**　亲爱的维多利亚，来信收到。你在信上说，希望我能回到你的身边。我不禁回想起了我们在一起的点点滴滴——简直是地狱一般的痛苦。我早就意识到了，我们的婚姻根本就是一个错误，一个彻头彻尾的悲剧。你的种种表现，实在令我作呕；你的争风吃醋，让我如坐针毡。如果你曾经想要让我幸福快乐，那你做得相当失败。我别无所求，只希望再也不要见到你了，没有什么比这样的生活更让人无法忍受。

**威廉**　这么狠吗？

**拉哈姆先生**　现在写最后一句，要表现得礼貌而不失刻薄：请允许我仍然向你致以最真诚的敬意——现在签下你的名字。

**威廉**　签完了。

**拉哈姆先生**　那就这么决定了。现在，我们只需要到法庭去，申请恢复婚姻权利，然后等上六个月，再提起离婚诉讼。

**维多利亚**　六个月！那我什么时候才能真正自由呢？

**拉哈姆先生**　大约需要一年的时间。

**维多利亚**　哦，这根本行不通。我必须得在——我想想——至少得在这一季结束之前拥有我的自由。

**拉哈姆先生** 这么急吗?

**维多利亚** 如果可能的话，最好赶在德比赛马会[1]之前。但无论如何，至少要在两千基尼大奖赛[2]之前让我恢复自由。

**拉哈姆先生** （耸了耸肩）那么，唯一的选择就是主张婚姻期间遭到虐待了。

**维多利亚** 恐怕没有别的办法，他们必须得虐待我了。

**弗雷德里克** 我不喜欢这个说法，维多利亚。

**维多利亚** 亲爱的，试着站在别人的立场考虑一下吧。

**威廉** 我永远也不会打女人的。

**维多利亚** 如果我都不介意，我不知道你有什么可在意的。

**拉哈姆先生** 主张虐待是有其优势的。如果有人见证了妻子遭受虐待的事实，那么相比抛弃而言，它在离婚案里更有说服力。

**维多利亚** 我妈妈会为我做证的。

**拉哈姆先生** 如果是用人的话，那就更好了。采用亲属的证言，通常会引起法官怀疑。当然了，动手的时候必须格外小心。我记得有一次，一个罪孽深重的丈夫在我的指示之下，打了我那位女委托人的下巴，不幸的是用力过猛，把她的假牙给打掉了。她准备

---

1 原文 the Derby，全称 Epsom Derby，指英国一年一度的叶森德比赛马大会。该赛事创立自 1920 年，逐渐风靡全球，以至于各地的赛马大会都以德比命名。

2 原文 Two Thousand Guineas，创立于 1809 年的赛马盛会，与叶森德比和圣烈治锦标赛并称为英国赛马三冠。基尼为旧制英国货币单位，与英镑基本等值。

再嫁的那位绅士碰巧也在场，他被吓坏了，连夜搭火车逃去了欧洲，至今杳无音信。

**威廉** 我可以很高兴地告诉你，维多利亚的牙齿都是真的。

**拉哈姆先生** 还有一次，我建议一位绅士用棍子在他妻子身上象征性地打两下。我不知道他是不是失去控制了，他结结实实地给了自己妻子一顿狠揍。

**维多利亚** 那太可怕了！

**拉哈姆先生** 可怕的还在后头呢。挨完打以后，那位妻子热烈地搂着丈夫的脖子，说自己爱他，然后再也不提离婚这件事了。她本来打算离完婚就嫁给一位上校的，那家伙因此而对我恨得咬牙切齿。到最后我不得不说，如果他再不离开我的办公室，我就要叫警察了。

**维多利亚** 你这番话可太让人泄气了。

**拉哈姆先生** 哦，我这么说，只是想让你知道可能会发生的情况。但我已经针对这个环节进行了重新设计，现在绝对万无一失。关于虐待，我会安排三幕戏。第一幕发生在餐桌上。现在，先生们，请仔细听我要说的话，然后严格按照我的指示去做。当喝过一口放在你面前的汤以后，你要狠狠地把勺子摔在地上，然后说："老天啊，这是给人喝的汤吗？你就不能找一个像样的厨师来做饭吗？"而你，女士，你这么回答他："我已经尽力而为了，亲爱的。"这时候，你就拍案而起，大吼一声："接招吧，你这个该死的傻瓜！"然后抄起盘子朝她砸过去。只要稍微注意一下，这位女士就能躲开，唯一受伤的只有桌布而已。

**维多利亚** 听起来不错。

**拉哈姆先生** 第二幕就要暴力升级了，我猜你家里有左轮手枪吧。

**威廉** 如果需要的话，我可以搞来一把。

**拉哈姆先生** 你先把里面的弹夹全都取走，然后按铃叫她过来。就在她开门的那一刹那，你拔出枪来指着这位女士，然后对她说："你这个满口谎言的魔鬼，我要杀了你。"然后你，夫人，你要发出一声尖叫，然后向女佣呼救："啊，救命啊，救命啊。"

**维多利亚** 我喜欢，非常具有戏剧性。

**拉哈姆先生** 这招一定有效果。当女佣在法庭上把她看到的事情讲出来的时候，很少有观众不会为之动容。报纸上会用四个字来报道你们的遭遇：轰动一时。

**维多利亚** （练习着）啊，救命啊，救命啊。

**拉哈姆先生** 现在，我们要讨论身体上的虐待，而不是道德上的残忍。最好能找两个证人来，看着这位先生抓住夫人的喉咙，同时大声对她咆哮："我向上帝起誓，就算要坐牢，我也非掐死你不可。"这里面最关键的是要留下一个瘀青，这样医生看到以后，就可以为她的遭遇做证。

**维多利亚** 这部分我不太喜欢。

**拉哈姆先生** 相信我，这点儿伤痛就跟补牙一样，没什么大不了的。现在，如果你们中的一位先生愿意到这位女士的面前来，我们就可以演练这个环节。我对这一幕非常重视，绝对不能出任何差错。卡杜少校，你愿意示范一下吗？

**维多利亚**　小心点儿，比尔。

**威廉**　我是用两只手掐她，还是只用一只手？

**拉哈姆先生**　一只手就行。

［威廉掐住了维多利亚的喉咙。

**拉哈姆先生**　好极了。如果他没使劲儿的话，你可以往他膝盖上踢一脚。

**威廉**　如果你敢踢我，维多利亚，我发誓我会踢回去的。

**拉哈姆先生**　这就对了。要是不暴力一点儿的话，就不会留下瘀青。现在，吼她。

**维多利亚**　我快要窒息了。

**拉哈姆先生**　吼她，凶狠一点儿。

**威廉**　我向上帝起誓，就算要坐牢，我也非掐死你不可。

**拉哈姆先生**　太棒了！简直像个艺术家。你看上去就跟已经离完婚了一样。

**维多利亚**　他的语气真到位，不是吗？我感到毛骨悚然，浑身上下都凉透了。

**弗雷德里克**　你想让我也试一试吗？

**拉哈姆先生**　既然你已经知道怎么操作了，我想你只需要和卡杜少校练习一两次就可以了。

**弗雷德里克**　好吧。

**拉哈姆先生**　接下来，我们要谈的是一个本身微不足道的问题，但是为了满足我们英国法律的要求，这一点必不可少——那就是通奸。

**威廉** 这个好办，你完全可以放心地交给我们自己处理。

**拉哈姆先生** 绝对不行，我认为那样将是非常危险的。

**威廉** 等一下，老兄，人性在这方面绝对不会让你失望。

**拉哈姆先生** 我们不是在和人性打交道，我们是在和法律打交道。

**威廉** 让法律见鬼去吧。只要口袋里有一顿饭的钱，再加上我这副讨人喜欢的做派，你想要的那种证据，我马上就能给你提供出来。

**拉哈姆先生** 你的建议当真让我感到既震惊又恐惧。难道你以为我这种身份的人会纵容道德败坏的行为吗？

**威廉** 道德败坏？好吧，不过在这种痛苦的情况下，肯定可以有一些——我是说一点点——活动的空间吧。

**拉哈姆先生** 完全不可以。在安排这部分程序的时候，我向来主张小心谨慎、一丝不苟。在我们进一步讨论之前，我想提醒你，除非你把一切暗示不端行为的想法通通摆脱掉，否则我将拒绝继续参与这件案子。

**维多利亚** 我觉得你的想法很龌龊，比尔。

**威廉** 但是，我亲爱的维多利亚，我只是想帮你减轻一点儿负担。我道歉。我会完全听从你的安排，拉哈姆先生。

**拉哈姆先生** 那么请听我说，我会在万豪酒店给你预订一个套房。还记得吧，你就是在那里给你妻子回信的，拒绝维系这段婚姻。这种巧合一定会正中法官的下怀。回头我们定一个日子，你到我的办公室来，我会安排一位女士跟你见面。

**威廉**　你的意思是说，通奸对象也由你提供吗？

**拉哈姆先生**　那当然了。

**弗雷德里克**　她长什么样？

**拉哈姆先生**　她是一位非常受人尊敬的女士，我已经跟她合作好多年了，专门处理这种案子。

**威廉**　听起来，她好像把通奸纳入自己的事业规划了。

**拉哈姆先生**　她是这么做的。

**弗雷德里克**　什么！

**拉哈姆先生**　没错，她提出了这么一个想法——我认为这点子妙极了，那就是在这个凡事都讲求专业化的时代，介入诉讼人的职责也应该由专门的人来承担。我指的就是以婚姻不忠为理由的离婚案里，与男方勾搭成奸的对象。她曾经在伦敦最好的法律事务所里工作过，在过去的十五年里，几乎所有的时髦离婚案里，都能见到她的身影。

**威廉**　这太让人惊讶了。

**拉哈姆先生**　为了照顾自己瘫痪在床的父亲，她不得不卖命地工作，而我认为自己有责任在力所能及的范围内，尽可能多给她找些活儿干。

**维多利亚**　这么说来，她的生活应该过得不差吧。

**拉哈姆先生**　如果你认识她的话，你就会发现她的出发点不在于提高生活质量，完全是为了服务大众。她是一个品格高尚、大公无私的女人。

**威廉** 她靠这个赚钱吗?

**拉哈姆先生** 只要能满足她的基本生活就行了,她只收取二十基尼[1]的服务费。

**威廉** 换作是我的话,收费肯定比她低。

**拉哈姆先生** 对于一个有修养的女士来说,这价钱一点儿也不算高。

**威廉** 好吧,对我们大多数人来说,一辈子也就离这么一次婚。

**拉哈姆先生** 那我继续说了。你从我的办公室接上这位女士,然后开车带她前往万豪酒店,用卡杜少校和卡杜夫人的名字登记入住。然后,你们会住进我为你们安排的那间套房,晚餐会给你们送到房间里,你们一起用餐,喝上两杯香槟。

**威廉** 香槟的牌子我想自己选。

**拉哈姆先生** (慷慨地)我没有意见。

**威廉** 谢谢。

**拉哈姆先生** 然后,你们一起打扑克牌。蒙特摩伦西小姐的牌技非常惊艳,她不仅对所有的双人打法知之甚详,而且还能玩儿出不少花样来。有她在,你一整个晚上都不会觉得无聊。第二天早晨,你再按铃叫早餐。

**弗雷德里克** 我不确定自己还能吃得下东西。

**拉哈姆先生** 如果我的客户想喝一杯白兰地苏打来代替早餐,我也没

1 即二十英镑。在二十世纪二十年代的英国,一个成年男性的平均薪资为每周五英镑。

有意见。当服务生提供证词的时候，这会是一个很好的切入点。付完账以后，你把蒙特摩伦西小姐送上出租车，让她回我的办公室来就可以了。

**威廉**　听上去像是一场疯狂派对。

**弗雷德里克**　我想先见见她。

**拉哈姆先生**　这好办。我知道，在这种案子里，女士们往往要亲眼见到介入诉讼人才能放心。她们有时候会非常多疑，即便是为了离婚，她们也不希望自己的丈夫——怎么说呢，不希望他们出事儿；所以我就自作主张，把蒙特摩伦西小姐带过来了。她就在门口的出租车里等着呢，如果你们不反对，我这就过去接她。

**弗雷德里克**　好极了，我去把她请进来吧。

**维多利亚**　拉哈姆先生，她是我会喜欢的那种人吗？

**拉哈姆先生**　哦，她绝对是一位淑女，出身于什罗普郡[1]的名门望族。

**维多利亚**　弗雷迪，你去把她领进来吧。现在想一想，我还是见她一面的好。男人们都太脆弱了，如果我能确保这两个可怜的小伙子不误入歧途，心里多少会踏实一点儿。

［弗雷德里克下场。

**威廉**　你的意思是说，有了这些证据，我们就能顺利离婚了吗？

**拉哈姆先生**　这一点毋庸置疑，类似的案子我办过上百个了。

**威廉**　我只是一个士兵，如果我说我脑子转不过来，你一定不会感到

1　什罗普郡位于英格兰西部，工业革命的发源地铁桥峡谷即在此地。

惊讶吧。

**拉哈姆先生** 完全不会，一点儿也不碍事。

**威廉** 事情怎么就非得走到这一步不可呢？

**拉哈姆先生** 啊，这也是一个我经常会问自己的问题。我承认，当两个已婚人士决意要分开的时候，那只是他们自己的事情，跟任何人都没有关系。我以为，只要他们在治安法官面前宣布了他们的共同决定，并且花上六个月的时间静下心来思考，以确保自己的选择完全遵从内心，那么他们的婚姻关系就应该予以解除，无须再走任何手续。很多谎言永远不会见光，很多矛盾也永远不会被搬上台面，如果能避免把亲密关系的不堪一面公之于众，那么婚姻在人们眼中就仍然是圣洁的殿堂，而不是藏污纳垢的温床。如果真能做到这一点，那会给我们的社会节约大量的时间，省下大笔的开销，保留足够的颜面。但最后，我还是想通了。

**威廉** 你的答案是什么呢？

**拉哈姆先生** 如果法律总是合情合理、恰如其分的，它就会很容易得到遵守，以至于遵守法律将成为一种人性的本能。可是，过于遵守法律并不符合社会的利益。因此，我们的祖先凭借他们的智慧，设计了一些令人不厌其烦的、荒诞不经的法律，以便于人们违反，从而自然而然地也去违反其他法律。

**威廉** 可是，为什么人们遵纪守法却不符合社会的利益呢？

**拉哈姆先生** 我亲爱的先生，如若不然的话，我们律师该如何谋生呢？

**威廉**　这我还真没想到。现在我明白你的意思了。

**拉哈姆先生**　我希望我已经说服了你。

**威廉**　心悦诚服。

[此刻，弗雷德里克上场。他脸色苍白、衣衫不整，踉踉跄跄地走进房间，像是刚刚受到了什么巨大的刺激。

**弗雷德里克**　（气喘吁吁地）白兰地！白兰地！

**威廉**　出了什么事？

**弗雷德里克**　给我白兰地！

[弗雷德里克给自己倒了半杯的白兰地，然后一饮而尽。门外传来一个女人的声音。

**蒙特摩伦西小姐**　是这边吗？

**拉哈姆先生**　蒙特摩伦西小姐，请直接进来吧。

[蒙特摩伦西小姐上场。她是一位未曾结婚的老姑娘，实际年龄不详，可能已经有五十五岁了。她看起来像是一个煮过头的鸡蛋，但举手投足间却流露出一种气定神闲的优雅。她讲话时稍微有些刻意地拉长了调子，发音精细、吐字清晰，拥有一副和蔼可亲和居高临下混合起来的态度。她或许在伦敦郊区的上等人家里面做家庭教师，这让她的体面看起来颇有些做作。

**蒙特摩伦西小姐**　但这里是厨房啊。

[威廉意味深长地看了她一眼，然后站起身来，也给自己倒了一杯白兰地。他的手颤抖得厉害，瓶颈在玻璃杯上撞了好几下。他仰起脖子，一饮而尽。

**维多利亚**　就眼下而言，恐怕这是这间房子里唯一能待的房间了。

**蒙特摩伦西小姐**　法国人有这么一句话，对于那些独具慧眼的人来说，家庭不幸的迹象跃然纸上。

**拉哈姆先生**　蒙特摩伦西小姐——弗雷德里克·朗兹夫人。

**蒙特摩伦西小姐**　（亲切地）很高兴认识你。你就是那个受到伤害的妻子，我猜对了吗？

**维多利亚**　呃——没错。

**蒙特摩伦西小姐**　真是不幸，这场战争摧毁了多少段幸福美满的婚姻啊，我的档期都排到好几个礼拜以后去了，这真是太让人伤感了。

**维多利亚**　请坐吧。

**蒙特摩伦西小姐**　谢谢。你介意我做一下笔记吗？我倾向于把事情条理清晰地写下来，毕竟岁月不饶人，我的记忆力大不如前了。

**维多利亚**　当然可以。

**蒙特摩伦西小姐**　现在，这两位先生中，哪一位是你不忠的丈夫呢？

**维多利亚**　哦，他们两个都是。

**蒙特摩伦西小姐**　哦，真的吗？那么，你离婚之后会嫁给哪一个呢？

**维多利亚**　两个都不嫁。

**蒙特摩伦西小姐**　这案子可真够奇怪的呀，拉哈姆先生。当我见到这两位绅士的时候，我还以为其中一位是弗雷德里克·朗兹夫人打算离开的前夫，而另一位是她要下嫁的后夫。你知道的，通常都是这种三角关系。

**威廉**　这个案子不是三角形，是三角体，有四个面。

**蒙特摩伦西小姐**　哦，太奇怪了。

**拉哈姆先生**　在我们的职业生涯中，见过的怪事还少吗，蒙特摩伦西小姐。

**蒙特摩伦西小姐**　你说得没错，法国人也有这么一句话。

**维多利亚**　我不想让你觉得我行为轻佻或者举止肤浅，但事实情况是，他们两个人都是我的丈夫，尽管这完全不是我的本意。

**蒙特摩伦西小姐**　（理所当然地）哦，是嘛，这可真是太有意思了。那你打算跟哪一个离婚呢？

**维多利亚**　我要跟他们两个同时离婚。

**蒙特摩伦西小姐**　哦，我明白了。太不幸了，令人伤感。

**威廉**　我们尽可能积极乐观地处理这个问题。

**蒙特摩伦西小姐**　啊，没错，这就是我经常对我的客户们说的，拿出点儿勇气来，勇气。

**弗雷德里克**　（吃了一惊）你就是这么鼓励他们的？

**维多利亚**　安静点儿，弗雷迪。

**蒙特摩伦西小姐**　我想我应该马上告诉你，我可不愿意同时跟两位先生做出——用我们的专业术语来说——不检点的行为。

**拉哈姆先生**　哦，蒙特摩伦西小姐，像你这么有经验的女人，应付这种场面还不是小菜一碟。

**蒙特摩伦西小姐**　那我也不想一口吃成个胖子。

**拉哈姆先生**　在报酬方面，蒙特摩伦西小姐，我们会非常慷慨的。

**蒙特摩伦西小姐** 我也必须得为自己的名誉着想。一位先生是例行公事，两个一起就是品行问题了。

**拉哈姆先生** 朗兹夫人希望能尽快解决掉这个问题。

**蒙特摩伦西小姐** 如果我以个人的名义向我的朋友安斯洛·杰维斯夫人求助，我敢说她是愿意帮把手的。

**维多利亚** 她信得过吗？

**蒙特摩伦西小姐** 哦，她绝对是一位淑女，名声在外，非常受人尊敬。她是一位牧师的遗孀，两个儿子在军队里服役——他们在战争期间表现得非常出色。

**拉哈姆先生** 除非我们能说服蒙特摩伦西小姐重新考虑她的决定，否则我们就得把安斯洛·杰维斯夫人也纳入计划当中了。

**蒙特摩伦西小姐** 我这人固执得很，拉哈姆先生，我认准的事情，谁也别想说动我。

**弗雷德里克** 就我个人而言，我完全支持安斯洛·杰维斯夫人入伙。

**蒙特摩伦西小姐** 那你就得跟我搭伙了，少校……你姓什么来着？

**威廉** 卡杜。

**蒙特摩伦西小姐** 我希望你会玩牌。

**威廉** 偶尔会打两把。

**蒙特摩伦西小姐** 我可是老手了。皮克、埃卡泰、克里比奇、双明手、百家乐、伯齐克，[1] 只要能叫出名字的玩法，我样样精通。能

---

1 均为可供双人进行的纸牌游戏。

碰上一个同样喜欢玩牌的绅士，真是让人松了一口气。

**威廉** 我也松了一口气，不然这一晚上想必够难熬的。

**蒙特摩伦西小姐** 哦，有我在，你绝对不会感到无聊的。我是人性研究的爱好者，就喜欢跟人讨论这些话题。不过说来奇怪，每次我跟我的客户们聊上六七个小时以后，他们就开始变得坐立不安了。

**威廉** 真令人难以置信。

**蒙特摩伦西小姐** 有一位绅士竟然说他想要上床睡觉。当然了，我告诉他那是行不通的。

**维多利亚** 请原谅我这么问——你知道男人都是什么德行——他们就从来没对你做出过任何不检点的行为吗？

**蒙特摩伦西小姐** 哦，一次也没有过。如果你是一个自尊自爱的女人，你就能让男人管住自己不乱来。况且拉哈姆先生接下来的离婚案子，客户也都是些有头有脸的人物。我只有过一次不愉快的经历，有一家教堂市[1]的律师事务所给我指派了一位客户，我打从第一眼就不喜欢他。吃晚餐的时候，他除了姜汁汽水[2]什么也不喝，那时候我就开始有所警惕了。我在心里对自己说，这家伙铁定是个毫无同情心的享乐主义者。

**维多利亚** 哦，我很明白你的意思。

**蒙特摩伦西小姐** 当他喝完第二瓶姜汁汽水以后，突然毫无预警地对

1 在英国，只要一座城镇在其范围内拥有一座教堂，便可以获得教堂市的名号。

2 姜汁汽水不含酒精却大量含糖，而糖在战争期间属于紧缺物资。

我说："我要亲你一口。"整个房间里一片寂静，连根针掉在地上都能听得一清二楚。我假装当他在开玩笑，跟他说："我们见面是为了办正经事，不是寻欢作乐。"你猜他怎么回答？他说："机会难得，我们可以把两件事情合起来做。"我没有因此而大发雷霆，而是跟他争论起来了。我告诉他，我是一个女人，手无寸铁，你这是乘人之危。他说："那不正合我意嘛。"这可真不像是绅士能说出来的话，起码不是一个正经的绅士。我请他讲讲良心，但无济于事。正当我不知道该怎么办的时候，突然计上心头，我冲到门口，把负责监视我们的侦探喊了进来，他保护了我。

**拉哈姆先生** 这很冒险，蒙特摩伦西小姐，法官可能会说你们早有串通。

**蒙特摩伦西小姐** 情急之下，逼不得已，就像那些可怕的德国人所说的那样。你要知道，拉哈姆先生，我当时害怕极了。

**威廉** 我向你保证，蒙特摩伦西小姐，我是不会乘人之危的，你大可不必担心。

**蒙特莫朗西小姐** 那是当然，请你进房间以后不要脱掉外套。

**威廉** 不仅如此，我还要在外面多套一层衣服。

**蒙特摩伦西小姐** 哦，拉哈姆先生，请别忘了，我只喝伯瑞香槟。在给特威肯姆侯爵办离婚的时候，他们送上来的是一瓶宝禄爵，[1] 我

---

1 伯瑞（Pommery）和宝禄爵（Pol Roger）均为法国知名的香槟酒品牌。

一喝这个牌子就会消化不良。幸运的是，亲爱的侯爵有胃病，随身带了一些药，否则我真不知道该怎么办才好了。

**拉哈姆先生**　我这就记下来。

**蒙特摩伦西小姐**　要 1906 年的。（对威廉）看得出来，我们之间有不少共同话题，相信我们会度过一个愉快的夜晚。

**威廉**　你这么说我太高兴了。

**蒙特摩伦西小姐**　（对弗雷德里克）你也一定会喜欢安斯洛·杰维斯夫人的。她是一位十足的淑女，行为端庄、举止优雅，给人的感觉舒服极了。她这人非常热情好客，当她丈夫在克拉克顿[1]做教区牧师的时候，那儿的人都对她赞不绝口。你知道，克拉克顿住的都是些有身份的人。

**弗雷德里克**　见到她我会很高兴的。

**蒙特摩伦西小姐**　正像法国人所说的那样，跟淑女交谈要格外留神，可千万别对她讲风骚话，[2]明白吗？当然了，她什么场面都见识过，但是作为克拉克顿教区牧师的遗孀，她总是会高看自己一眼。

**弗雷德里克**　我向你保证，我会非常小心的。

**蒙特摩伦西小姐**　不知道拉哈姆先生会不会对此做出反对，不过我们可以共用一个套间，一起打桥牌，安斯洛·杰维斯夫人的桥牌玩得棒极了。我们只打三便士一百分的牌，因为像她这种身份的

1　位于英格兰艾塞克斯郡的一个滨海选区。

2　原文为法语 risqué，意为有伤风化的。

人，是不适合赌博的，你说对不对？

**拉哈姆先生**　我一向乐于迁就你，蒙特摩伦西小姐，但我不认为这个方案可行。你知道法官都爱吹毛求疵，我们也许会碰上这么一个法官，他觉得你只是在打牌而已，除此之外什么也没有发生。

**蒙特摩伦西小姐**　我知道，他们愚不可及、烦人得很。

**拉哈姆先生**　举个例子吧，就在前几天，我碰上了一个法官，他觉得一对素不相识的陌生男女在一起待了三个小时完全没什么大不了的，他不相信这里面有事。

**蒙特摩伦西小姐**　哦，好吧，那我们还是不要冒险了，按规矩来，公事公办。只能我们两个人打牌了，卡杜少校。等你决定好哪天晚上碰面，请提前知会我一下。我的行程都约满了，必须早做准备。

**拉哈姆先生**　没问题，我们会就着你的方便来，蒙特摩伦西小姐。现在，朗兹夫人，既然一切都安排妥当了，我跟蒙特摩伦西小姐就先走一步了。

**维多利亚**　我也没有别的事情要交代了。

**蒙特摩伦西小姐**　弗雷德里克·朗兹夫人，请恕我冒昧，在解决了这个大麻烦以后，你需不需要做一个面部按摩？请收下我的名片吧。

**维多利亚**　哦，你会做面部按摩吗？

**蒙特摩伦西小姐**　只为朋友推荐的女士提供私人服务。这是我的名片。

**维多利亚** （看着名片）艾斯梅拉达。

**蒙特摩伦西小姐** 是的，这名字挺好听，不是吗？我还用这名字做过一款面霜。特威肯姆侯爵夫人在离婚的时候，那张脸简直都给毁掉了，但是相信我，经过我一个疗程十二次的治疗，她像换了个人一样，你再见面都认不出来。

**维多利亚** 我非常理解，这种事情会给一个人的神经带来很大的冲击。

**蒙特摩伦西小姐** 哦，我懂。这种情况下，再没有比面部按摩更能舒缓神经的了。

**维多利亚** 我会留着你的名片的。

**蒙特摩伦西小姐** 那就好，再会了。（对威廉）我就不跟你说再见了，因为我们很快就会再见。[1]

**威廉** 请相信我，我非常期待我们的下一次见面。

**拉哈姆先生** 祝你早安，朗兹夫人。早安。（走向另一扇门）是从这儿出去吧？

**蒙特摩伦西小姐** （略微有些吃惊）要走后门吗？哦，好吧，这种下场方式还挺老派的。我一直坚信，只要一个女人行得端、坐得正，她从哪扇门出去都一样。

［蒙特摩伦西小姐优雅地鞠了一躬，跟着拉哈姆先生一起下场。

**威廉** 你让我们陷入了一个相当尴尬的处境啊，维多利亚。

1 原文为法语 au revoir，意为再见。

**维多利亚**　亲爱的，我这辈子就求过你这一次，你就别抱怨了。

**威廉**　那我就像个烈士一样，张开双臂迎接审判吧。

**维多利亚**　现在只剩下一件事情要做了，那就是跟你们告别。

**弗雷德里克**　你这么快就要走吗？

**维多利亚**　你得明白，现在这种情况之下，我继续留在这里是不合适的。再说了，家里没有用人，我也很不自在。

**威廉**　吃过午饭再走吧。

**维多利亚**　不用了，谢谢。我去母亲那里，可以吃得更好。

**弗雷德里克**　哦，你要到她那儿去吗？

**维多利亚**　出了这么大的事儿，作为一个女人，我还能上哪儿去呢？

**威廉**　我想牛排应该差不多熟了，弗雷迪。

**弗雷德里克**　啊，我看再多煎它一两个小时吧，确保万无一失。

**维多利亚**　当然，我知道这对于你们两个来说都不好过，但正像你们说过的，拖拖拉拉解决不了任何问题。

**威廉**　说得没错。

**维多利亚**　再见了，比尔。我原谅你曾做过的一切，希望我们还能一直是好朋友。

**威廉**　再见，维多利亚。我希望这不会是你的最后一段婚姻。

**维多利亚**　等事情都安排妥当以后，你必须来跟我们吃个晚餐。我向你保证，莱斯特的葡萄酒和雪茄烟都是市面上最好的。

［维多利亚例行公事地伸出自己的侧脸。

**威廉**　（亲吻她的脸颊）再见。

**维多利亚**　轮到你了，弗雷迪。既然我们之间已经结束了，你可以把我送给你的那枚胸针还给我了。

**弗雷德里克**　（从领带上取下来）给你。

**维多利亚**　还有一个香烟盒。

**弗雷德里克**　（递给她）拿去。

**维多利亚**　人们都说，珠宝的价格打从战争以后翻了好几番呢。我会把这个香烟盒作为结婚礼物，送给我的莱斯特。

**威廉**　你一直都这么会过日子，维多利亚。

**维多利亚**　男人就喜欢这个。再见了，亲爱的弗雷迪，我会永远记得你的。

[维多利亚伸出自己的另一侧脸。

**弗雷德里克**　再见，维多利亚。

**威廉**　要帮你叫车吗?

**维多利亚**　不用了，我想锻炼一下身体。

[维多利亚从后门下场，在台阶上绊了一下，险些摔倒。

**弗雷德里克**　她可真是个了不起的女人啊。

**威廉**　我永远不会后悔娶了她。现在，我们两个吃午餐吧。

**弗雷德里克**　我可不像你，还能吃得下东西。

**威廉**　亲爱的老朋友，此情此景，难道让你倒胃口了吗?

**弗雷德里克**　倒不是胃口的问题，是牛排的问题。

**威廉**　哦，别担心，我去帮你盛好。（走到炉子旁边，试图将牛排从平底锅里夹出来）出来吧，你这块肥牛肉。怎么就夹不起来呢?

**弗雷德里克** 那是你的问题。

**威廉** （把平底锅端到桌子上）哦，来吧，我们也可以直接拿平底锅当盘子。我可以切了吗？

**弗雷德里克** （坐下）请。

[威廉拿起刀切牛排，却怎么切也切不断。他用上了劲儿，牛排也在暗中抵抗。威廉有些惊讶，索性施以蛮力，但仍然毫无效果。他开始烦躁起来，张牙舞爪、咬牙切齿，使出了吃奶的劲儿，牛排依然纹丝不动，威廉却已满头大汗。弗雷德里克一言不发，板着一张脸注视着他。最后，气急败坏的威廉把刀扔在了桌上。

**威廉** （愤怒地）你这个蠢货，你怎么不说句话呢？

**弗雷德里克** （温和地）需要我把斧子拿过来吗？

**威廉** （怒不可遏，再次抄起刀来攻击牛排）我的理论肯定没错，一磅肉煎十五分钟，三磅肉就得煎四十五分钟。

[克拉伦斯上场。他是一个小男孩，手里拎着一个长方形的、盖着盖子的大篮子，走到后门口敲门。

**弗雷德里克** 嚯，谁来了？（走过去开门）有什么事儿吗，孩子？

**克拉伦斯** 弗雷德里克·朗兹夫人住在这里吗？

**弗雷德里克** 从某种意义上来说，是的。

**克拉伦斯** （踏进门）这是从丽思酒店送过来的。

**弗雷德里克** 送的什么？先进来吧，小伙子，东西放在桌上就好。

**威廉** （看了看篮子上的标签）莱斯特·帕顿先生向你献上问候。

**弗雷德里克**　这是午餐。

**克拉伦斯**　他跟我说，要亲自把篮子交给夫人。

**弗雷德里克**　没问题，小伙子。

**克拉伦斯**　如果夫人不在这里，我就要把篮子带回去。

**威廉**　（立刻反应过来）她在，这会儿正下楼呢。（走到另一扇门口，冲里面喊道）维多利亚，亲爱的，那位好心的莱斯特·帕顿先生给你送来了一些小点心。

**弗雷德里克**　这是给你的半个皇冠，[1] 孩子，现在你可以走了。

**克拉伦斯**　谢谢，先生。

[克拉伦斯下场。

**弗雷德里克**　你想吃牛排就自己吃吧，维多利亚的午餐归我了。

**威廉**　这是一个相当不道德的行为，我跟你一起吃。

[两人急不可耐地打开了篮子。

**弗雷德里克**　（把盖子取下来）这是什么？砂锅鸡吗？

**威廉**　看着像。把那瓶酒递给我，我来打开。

[弗雷德里克把香槟递给他，威廉开始开瓶。

**弗雷德里克**　鹅肝酱。不错。有鱼子酱吗？好像没有。啊，烟熏三文鱼。这位莱斯特·帕顿先生可真是个好人。

**威廉**　别光在那儿看，把它们都拿出来。

**弗雷德里克**　午餐变宴会了。

---

1　相当于两先令六便士。

**威廉** 我开始觉得，这个满嘴跑火车的江湖骗子确实笑到了最后。

**弗雷德里克** 肉酱慕斯。别的不说，他肯定抓住了维多利亚的胃。

**威廉** 亲爱的伙计，爱情总是盲目的。

**弗雷德里克** 感谢上帝，我就是这个意思。酒开好了吗？

**威廉** 稍等，马上就好。

**弗雷德里克** 这些小点心做得真不错。亲爱的维多利亚，她对我们不错。

**威廉** 从她的立场上看，绝对没得挑。

**弗雷德里克** 这鹅肝酱可真不赖。

**威廉** （打开香槟）嘭！给我你的杯子。

**弗雷德里克** 拿着，我都快饿死了。

**威廉** 在开动之前，我们应该先祝个酒。

**弗雷德里克** 让我祝什么都行。

**威廉** （举起杯）为维多利亚的第三任丈夫干杯。

**弗雷德里克** 愿上帝保佑他！

**威廉** 还有，为我们的自由干杯。

［两人碰杯，一饮而尽。

——幕落——

周而复始

—人物—

克莱夫·钱皮恩-切尼：钱皮恩—切尼家族的上代家主，曾在外交部门任职，富有的年迈绅士。

阿诺·钱皮恩-切尼：钱皮恩-切尼家族的现任家主，下院议员。

伊丽莎白：阿诺的妻子。

凯瑟琳·钱皮恩-切尼：社交名媛凯蒂夫人，克莱夫的妻子，阿诺的母亲。

波蒂厄斯勋爵：凯蒂夫人的情人，曾经仕途坦荡的政坛才俊，克莱夫的上司及好友。

爱德华·卢顿：泰迪，阿诺和伊丽莎白的朋友。

沈思彤太太：安娜，阿诺和伊丽莎白的朋友。

故事发生在英格兰西南部多塞特郡一栋名为“阿斯顿—阿迪”的豪宅之中，

这里是钱皮恩—切尼家族的府邸。

# 第一幕

[这一幕发生在阿斯顿—阿迪的一间客厅里，厅内富丽堂皇，摆放着乔治亚王朝时期的家具，墙上还挂着多幅名画。关于阿斯顿—阿迪，《乡村生活》杂志曾以图文形式做出过详尽介绍，它不仅是一栋豪宅，更是一道风景，装潢古朴别致，主人以之为傲。透过后面的法式落地窗，屋外那座美丽的花园映入眼帘，也为舞台增色不少。

[今天，是一个美好的夏日清晨。

[阿诺上场。他大约三十五岁，身材高挑儿，相貌堂堂，皮肤白皙，胡须修得整齐利落。他看上去颇有些书卷气，但又多少给人一丝冷漠之感。此时的他衣装华丽、穿着考究。

**阿诺** （呼唤）伊丽莎白！（走到落地窗边，再次呼唤）伊丽莎白！（摇铃呼唤男仆。[1]等候期间，他打量了一遍屋中陈设，稍微调整了一把椅子的位置，然后又从壁炉架上取下一个小物件，吹了吹上面的尘土）

[男仆上

**阿诺** 噢，乔治，你去看看能不能找到切尼太太，请她好心过来

---

1　二十世纪初期，电力尚未普及，贵族需以摇铃的方式传唤仆人。摇铃装置皆为纯机械构造，通过晃动固定在房间某处的绳缆、经由钟曲柄传动、击响仆人区域的铃铛钟簧，提醒他们前来服务。

一趟。

**男仆** 好的，先生。（正准备转身离开）

**阿诺** 谁负责打理这间屋子？

**男仆** 不清楚，先生。

**阿诺** 不管是谁，我希望他们打扫完以后多留意一下，把每件东西都按照原先的位置放好。

**男仆** 好的，先生。

**阿诺** （示意他离开）去吧。

[男仆下场。阿诺又来到窗边呼唤妻子。

**阿诺** 伊丽莎白！[看见了安娜（沈思彤太太）] 噢，安娜，你知道伊丽莎白在哪儿吗？

[安娜从花园上场。她大约四十岁的年纪，举止端庄，仪态淑雅。

**安娜** 她没在打网球吗？

**阿诺** 没有，我刚去过网球场。发生了一件很棘手的事儿。

**安娜** 喔？

**阿诺** 我想知道她到底上哪儿去了。[1]

**安娜** 波蒂厄斯勋爵和凯蒂夫人什么时候过来？

**阿诺** 他们开车过来，会赶在午宴前到达。

---

1 原文中使用了“deuce”一词增强烦恼的语气，阿诺说这句话的时候带有明显的心烦意乱之意。

**安娜** 你确定要我留在这儿吗？你瞧，现在改变主意还不晚。我可以立即收拾行李，搭火车去个别的什么地方。

**阿诺** 千万不要，我们当然需要你留下。有人在场的话，事情会好办得多。你的到来实在是帮了大忙。

**安娜** 噢，瞧你说的！

**阿诺** 而且，我认为把爱德华·卢顿找来也是件好事。

**安娜** 他可真讨人喜欢，不是吗？

**阿诺** 没错，那是他的招牌。倒不是说他有多精明，但你知道，有的场合就是需要这么个直来直去的家伙，[1] 打开尴尬的局面。我打发仆人去找伊丽莎白了。

**安娜** 我敢说，她准是在换鞋呢。她要跟泰迪来一场单打。

**阿诺** 换鞋也用不了这么久吧。

**安娜** （笑道）当然不能光换鞋了，还得再补个妆，你明白的。

［伊丽莎白上场。她二十来岁，是一个格外甜蜜可人的姑娘，穿着一条浅色的夏季连衣裙。

**阿诺** 亲爱的，我到处找你呢。你干什么去了？

**伊丽莎白** 没干什么，一直待着呢。

**阿诺** 我父亲过来了。

**伊丽莎白** （惊讶）他在哪儿？

---

1 原文“a bull in a china shop”，直译为瓷器店里的公牛，指那种冒冒失失、横冲直撞的人，用在这里有“心直口快”的肯定意味。

**阿诺**　在别墅，昨晚到的。

**伊丽莎白**　该死！

**阿诺**　（和气地）我希望你别讲那种话，伊丽莎白。

**伊丽莎白**　发生了一桩“该死”的事，你不说“该死”，那什么时候才能说“该死”呢？

**阿诺**　我原本觉得你会说，“噢，麻烦来了”之类的。

**伊丽莎白**　但那不足以表达我的情绪呀。何况，你那天在颁奖典礼上致辞的时候说过，英语里就没有能够相互替换的同义词。

**安娜**　（笑道）噢，伊丽莎白！你不能指望一个政客把他在公开场合说的话，拿到私底下来当作生活标准。

**阿诺**　我向来对自己说过的话负责，英语里确实不存在同义词。

**伊丽莎白**　既然如此，我只能遗憾地说——我想什么时候说“该死”，就什么时候说“该死”。

[爱德华·卢顿在落地窗外现身。他是一个讨人喜欢的小伙子，穿着一身法兰绒套装。

**泰迪**　我说，咱们还打球吗？

**伊丽莎白**　你先进来吧，我们这正吵架呢。

**泰迪**　（上场）我就喜欢看热闹！吵什么呢？

**伊丽莎白**　英文语法。

**泰迪**　别告诉我你把动词不定式给拆分了。

**阿诺**　（微微皱了皱眉）我希望你能正经点儿，伊丽莎白，这并不是一桩令人愉快的事。

**安娜** 我想我和泰迪最好先回避一下。

**伊丽莎白** 说什么呢！你们两个都得留下。要是发生了什么不愉快的事，我们需要你们在道义上的支持，请你们来就是为了这个。

**泰迪** 我还以为你请我来，是贪恋我这双湛蓝勾人的大眼睛呢。

**伊丽莎白** 照照镜子吧！你的眼睛明明是灰褐色的。[1]

**泰迪** 所以，到底出什么事了？

**伊丽莎白** 阿诺的父亲昨晚到了。

**泰迪** 他来了？我的天啊！我以为他还在巴黎呢。

**阿诺** 我们都以为他在巴黎。他说过要在那儿再待上一个月的。

**安娜** 你见到他了吗？

**阿诺** 没有，我接到了他的电话。幸好别墅里装了个电话，他要是一言不合直接上门的话，可就彻底乱套了。

**伊丽莎白** 你告诉他你母亲也要过来了吗？

**阿诺** 当然没有。单是他的到来，就已经够让我手忙脚乱了。我想我们最好还是商量一下，该怎么办才好。

**伊丽莎白** 他要到家里来吗？

**阿诺** 对，他说要过来，我又实在找不到什么理由拒绝他。

**泰迪** 你母亲那边呢，不能拦下来吗？

**阿诺** 他们的车都在半路上了，随时可能到达，现在说不要她来已经

1 这两句的原文如下：
Teddie: And I thought I'd been asked for my blue eyes.
Elizabeth: Vain beast! And they happen to be brown.

太迟了。

**伊丽莎白** 而且也不礼貌。

**阿诺** 我知道，请他们过来是一桩蠢事，但伊丽莎白坚持要我这样做。

**伊丽莎白** 阿诺，不管怎么说，她都是你的母亲呀。

**阿诺** 她当年——抛家弃子的时候，可没在乎过自己还有个儿子。你无法想象那对现在的我而言意味着什么。

**伊丽莎白** 那毕竟是三十年前的陈年往事了，你到今天还心存怨恨，岂不是自寻烦恼吗。

**阿诺** 我没有怨恨，可她确实给我造成了难以弥补的伤害，我找不到任何理由原谅她。

**伊丽莎白** 你有试过去原谅她吗?

**阿诺** 我亲爱的伊丽莎白，旧事重提没什么好处。当时的情况非常简单，她有一个爱慕她的丈夫，有体面的社会地位，有花不完的钱，和一个五岁的孩子。可她还是跟一个有妇之夫跑了。

**伊丽莎白** 波蒂厄斯勋爵的妻子可不是能留得住丈夫的女人，阿诺。（对安娜）你知道她吗?

**安娜** （笑道）四个字，望而生畏。

**阿诺** 你们要是拿这事寻开心的话，我就没什么好说的了。

**安娜** 对不起，阿诺。

**伊丽莎白** 也许你的母亲情不自禁呢——也许她坠入情网了呢?

**阿诺** 所以她就能抛掉尊严，扔下责任，连体面也不要了吗?噢，好吧！在当时的情况下，爱情确实战胜了这一切。

**伊丽莎白** 这样说自己的母亲可不好啊。

**阿诺** 我没法把她当我的母亲来看待。

**伊丽莎白** 你耿耿于怀的，是她当时没有为你考虑。可事实情况是，有些女人更具有母性，有些女人就只是女人啊！每每想到她如此深爱着一个男人，我都不免有些心潮澎湃。为了那个人，她不惜牺牲名誉，丢掉地位，甚至跟自己的孩子骨肉分离。

**阿诺** 当你口中的这个孩子被这般对待的时候，你就不能指望他对自己的母亲还有多少爱了。

**伊丽莎白** 没错，你说得在理。但我就是觉得，这么多年过去了，你还不能和她前嫌冰释，实在是个遗憾。

**阿诺** 我不知道你能不能理解，在那样一个丑闻的阴影之下成长起来，是种什么样的体验。不论我身在何处，在学校，在牛津，后来又在伦敦，我背上都贴着“凯蒂·切尼夫人儿子”的标签。噢，那对我来说真是太残酷了，太残酷了！

**伊丽莎白** 是的，我懂，阿诺，那对你来说是段很糟糕的经历。

**阿诺** 在寻常人家，这样的丑事也够受的了，而大家的社会地位让情况更加难堪了十倍。我父亲在议院工作，波蒂厄斯也在——那时候他还没有继承爵位；他是外交部的副部长，也是个备受瞩目的公众人物。

**安娜** 我父亲以前总说，他是党内最能干的人，大家都觉得他能当上首相。

**阿诺** 你可以想象，这事对于英国大众而言，意味着怎样的一场八卦盛宴啊。已经二三十年没闹过这么大的绯闻了。当时最流行的一首歌谣，唱的就是我母亲，你们听过吗？“淘气的凯蒂夫人，她真是可怜兮兮……”

**伊丽莎白** （打断他）噢，阿诺，别这样！

**阿诺** 他俩之后也没闲着。要是他们就此在佛罗伦萨安安静静地生活，别再折腾出大动静来，这桩丑闻也许就过去了。可波蒂厄斯和他太太后来闹出的那些荒唐事，让人想忘都忘不掉。

**泰迪** 他们闹出什么事了？

**阿诺** 我父亲向我母亲提出了离婚，这是想当然的。可波蒂厄斯夫人不愿意跟她丈夫离婚。波蒂厄斯想尽一切办法逼她就范，切断经济来源、将她扫地出门，天知道还有什么手段。可就这样，他们还是经常在法庭上打得不可开交。

**安娜** 要我说，是波蒂厄斯夫人太过分了。

**阿诺** 她知道自己的丈夫想要娶我的母亲，因此对我母亲怀恨在心，这不是她的错。

**安娜** 他们那会儿的日子想必很不好过。

**阿诺** 这就是他们为什么一直住在佛罗伦萨，好在波蒂厄斯有的是钱，那儿的人也能够接纳这种事情。

**伊丽莎白** 这是他们第一次回到英国。

**阿诺** 我必须得让父亲知道他们要来，伊丽莎白。

**伊丽莎白** 是的。

**安娜** （对伊丽莎白）他跟你提过凯蒂夫人的事吗？

**伊丽莎白** 从来没有。

**阿诺** 自打三十年前，母亲从这栋房子出走以后，他就一次也没提过她的名字。

**泰迪** 老天，他们当时就住在这儿？

**阿诺** 当然。当时是一场家庭聚会，亲朋好友都过来小住几日。一天晚上，母亲和波蒂厄斯都没有下楼吃饭，大伙儿都在这儿等着，但左等右等也不来人。父亲派人去母亲的房间叫她，结果发现了一张别在针垫上的字条。

**伊丽莎白** （露出一丝不易察觉的微笑）这是中世纪传下来的方法，那会儿的人都这么做。

**阿诺** 打从那晚以后，父亲就对这栋房子产生了厌恶，再没有回来住过。我结婚的时候，他又把房子转到了我名下，只给自己在庄园里留了那间小别墅，什么时候想过来待两天了，就到那儿去住。

**伊丽莎白** 对于我们来说，这倒是方便了许多。

**阿诺** 我的一切都是父亲给的，我亏欠他太多了。现在我把那两个人请到家里来，父亲一定不会原谅我的。

**伊丽莎白** 别担心，阿诺，我会说这全是我的主意。

**阿诺** （焦躁不安地）即便如此，这局面也还是够尴尬的，我都不知道该怎么招待他们。

**伊丽莎白** 你不觉得当你见到他们的时候，一切都能迎刃而解吗？

**阿诺** 好吧，他们毕竟是我请来的客人，我会尽量像个绅士一样，热情地款待他们。

**伊丽莎白** 我可热情不起来，咱们的暖气还没修好呢。

**阿诺** （没注意到她的打趣）她会想要我亲吻她吗？

**伊丽莎白** （微笑着说）当然会了。

**阿诺** 人们一旦真情流露，我就浑身不自在。

**安娜** 可我怎么也想不明白，为什么你从来都没跟她见过面呢？

**阿诺** 我相信在我小的时候，她试图来见过我，但父亲认为还是不要见的好。

**安娜** 好吧，那你长大以后呢？

**阿诺** 她一直生活在意大利，而我从没去过意大利。

**伊丽莎白** 在我看来，要是有一天你们两个在街上相遇了，却都认不出对方来，那可真是太可悲了。

**阿诺** 这难道是我的错吗？

**伊丽莎白** 你刚才说了要对她以礼相待，做个绅士。

**阿诺** 我唯一的错，就是把波蒂厄斯也给请过来了，好像事情在我这儿已经翻篇了一样。我该怎么面对他呢？跟他热情握手、勾肩搭背吗？他毕竟毁了我父亲的人生啊。

**伊丽莎白** （笑道）要是能设计一场恰到好处的车祸，把他们拦在半路上，你愿意出多少钱？

**阿诺** 我本来都打定主意了，结果中途让你给说服了，现在想想真是后悔啊。

**伊丽莎白** （和颜悦色地）幸好安娜和泰迪都在这儿，我预感到了，这场聚会恐怕会节外生枝。

**阿诺** 我只好尽力而为了。我答应你要做个绅士，就一定会做到。但父亲那边，我可不敢打包票。

**安娜** 你父亲来了。

[克莱夫·钱皮恩-切尼从一扇法式落地窗后面现身。

**克莱夫** 我是直接从这窗户爬进去呢，还是让哪个没眼力见儿的下人通报一声，再把我领进门呢？

**伊丽莎白** 快进来吧，我们正盼着您呢。

**克莱夫** 希望你已经等得不耐烦了，我亲爱的孩子。

[克莱夫·钱皮恩-切尼进屋，他大约六十岁出头，身材瘦高、满头银发，一张睿智的脸上带有几分禁欲主义的色彩。他衣着华丽、打扮精心，是一位非常讲究的绅士，虽然上了年纪，但仍不失那份潇洒自如。他上前亲吻了伊丽莎白，然后和阿诺握了握手。

**伊丽莎白** 我们还以为您会在巴黎再待上一个月呢。

**克莱夫** 你好吗，阿诺？我向来给自己保留着随心所欲的特权，这大概是上了年纪的老先生跟年轻靓丽的小姑娘之间唯一的共通之处了。

**伊丽莎白** 您还记得安娜吧。

**克莱夫** （与安娜握手）当然记得。见到你真是太高兴了！你会在这儿多待一阵子吗？

**安娜** 只要大家不嫌我多余的话。

**伊丽莎白** 这位是卢顿先生。

**克莱夫** 幸会之至。你会打桥牌吗？

**泰迪** 会的。

**克莱夫** 棒极了。手上没好牌的时候，你还会叫牌吗？

**泰迪** 绝不。

**克莱夫** 这就对了！[1] 我看得出来，你是个好小伙子。

**泰迪** 但是，就跟所有的好小伙子一样，我穷得很。

**克莱夫** 那不叫事儿；只要你的原则得当，可以下十先令的注，打一百分的牌，毫无经济风险。我自己打牌向来都是这个数，不多，也不少。

**阿诺** 那您——您打算在这儿多待一阵子吗，父亲？

**克莱夫** 你要留我吃午饭的话，我就吃完了再走吧。

［阿诺不堪重负地看了伊丽莎白一眼。

**伊丽莎白** 那太好了。

**阿诺** 我不是那个意思，当然我们会留您吃饭了。我的意思是，您打算在这边住多久？

**克莱夫** 住上一个星期吧。

［停顿片刻，除了克莱夫外，大家都有些面露尴尬。

**泰迪** 我看咱们还是先别打网球了。

---

1 原文“of such is the kingdom of heaven”，直译为“如此这般，即为天国”。克莱夫以牌品断人品，表示对泰迪的赞许。

**伊丽莎白** 没错。我想听父亲[1]讲一讲，这个星期的巴黎流行穿什么样的衣服呢。

**泰迪** 我去把球拍收起来。

[泰迪下场。

**阿诺** 都快一点了，伊丽莎白。

**伊丽莎白** 这么晚了，我都没注意。

**安娜** （对阿诺）不知道你愿不愿意在午饭前去花园里走一圈？

**阿诺** （顺水推舟地）乐意之至。（正要跟着安娜从落地窗出去，又犹豫不决地回来对父亲说）我想让您看看我刚买的这把椅子，我认为挺不错的。

**克莱夫** 不错。

**阿诺** 我估计是1750年前后的古董，很有设计感，而且没修补过，品相完整。

**克莱夫** 看上去棒极了。

**阿诺** 我认为这东西买得很划算，您说呢？

**克莱夫** 噢，我亲爱的儿子，你知道我对这些东西一窍不通。

**阿诺** 我就是对这个时代的物件情有独钟……好了，午宴的时候见吧。

[阿诺和安娜一起由落地窗下场。

**克莱夫** 刚才那个年轻人是谁？

**伊丽莎白** 卢顿先生。他刚退伍，现在管理着一家马来的橡胶种

1 原文“father-in-law”直译为公公。

植园。

**克莱夫** 马来的全称叫什么来着？[1]

**伊丽莎白** 马来联邦。[2]战争一开始，他就参军了，现在刚回到那边去。

**克莱夫** 怎么这会儿就剩下我们两个了？好像大伙儿要故意躲开似的。

**伊丽莎白** 是吗？我都没注意到。

**克莱夫** 我想你们年轻人可能有所不解，我只是变老了，并不是变傻了。

**伊丽莎白** 我从来没那么想过，大家都认为您非常精明。

**克莱夫** 他们说对了，这也是我经常告诉他们的。你怎么看上去有点儿紧张？

**伊丽莎白** 让我测测自己的心跳。（把手指按在自己的手腕上）完全正常。

**克莱夫** 我刚才说要留下来吃午饭的时候，阿诺的脸色变得就跟瓶蓖麻油[3]一样，那叫一个难看呀。

**伊丽莎白** 我想请您坐下来。

**克莱夫** 我坐下你会自在点儿吗？（坐下）很明显，你有些不那么令

---

1 原文为"And what are the F.M.S. when they' re at home?"，是以一种强调而又不失幽默的口吻询问某事物身份的方式。

2 原文写作"F.M.S."，即 Federated Malay States，由马来半岛上四个受英国殖民管辖的政权共同组成，正式成立于 1895 年，解体于 1946 年，在剧情发生的年代仍处在英国政府的控制之下。

3 一种淡黄色的植物油，有泻药的功效。

人愉快的事情要告诉我。

**伊丽莎白** 我说了您不会生气吧？

**克莱夫** 你今年多大了？

**伊丽莎白** 二十五岁。

**克莱夫** 我从不跟三十岁以下的女人置气。

**伊丽莎白** 噢，那我还有十年。

**克莱夫** 你要不再算算？

**伊丽莎白** 不必了，我可以靠化妆让自己再年轻五岁。

**克莱夫** 你要说什么？

**伊丽莎白** （思忖着）我想，我要是坐在您的腿上，就更好说话了。

**克莱夫** 你的爱好很特别，可是要当心点儿，别把我这把老骨头给压坏了。

［伊丽莎白坐在克莱夫的腿上。

**伊丽莎白** 我是不是太瘦了？

**克莱夫** 恰恰相反……你要说什么，我听着呢。

**伊丽莎白** 凯瑟琳夫人要到这儿来。

**克莱夫** 谁是凯瑟琳夫人？

**伊丽莎白** 你的——阿诺的母亲。

**克莱夫** 她要来？

［克莱夫紧了紧身子，伊丽莎白连忙站起来。

**伊丽莎白** 请您一定不要责怪阿诺，这完全是我的责任。是我坚持要请她过来，阿诺本来是反对的，但我一直在他耳边唠叨，直到他让步同意。然后我给凯瑟琳夫人写了信，邀请她到家里来。

**克莱夫**　我都不知道你还认识她。

**伊丽莎白**　我不认识她。但我听说她回到伦敦了，住在克拉里奇酒店。我想要是完全不理她的话，未免也太薄情了。

**克莱夫**　她什么时候过来？

**伊丽莎白**　我们在等她吃午饭。

**克莱夫**　那不是很快了吗？我明白了，这事确实尴尬。

**伊丽莎白**　您瞧，我们并不知道您也会来，还以为您要在巴黎再待一个月呢。

**克莱夫**　亲爱的孩子，这房子现在是你们的了，想邀请谁来做客都可以，完全没有任何理由不这样做。

**伊丽莎白**　总之，不管她犯了什么错，她都还是阿诺的母亲，要让一对母子老死不相往来，实在是说不过去。一想到那个孤独寂寞的命苦女人，我就心痛。

**克莱夫**　她可一点儿都不孤独寂寞，当然也不命苦。

**伊丽莎白**　还有一件事。我不能只邀请她一个人，那样的话太……太不礼貌了。所以我也邀请了波蒂厄斯勋爵。

**克莱夫**　我懂了。

**伊丽莎白**　我认为您不会想见到他们的。

**克莱夫**　我认为他们也不会想见到我的。我可以回别墅去，在那儿好好吃上一顿午餐。我发现当你心血来潮的时候，哪怕是到仆人们的餐厅，[1]跟他们吃一样的东西，那也是最美味的。

**伊丽莎白**　从没有人跟我说过凯蒂夫人的事，好像大家都避免谈论这个话题，我甚至连一张她的照片都没见过。

**克莱夫**　她离开的时候，这房子里到处都是她的照片。我记得，是我叫管家把它们都清走，扔到垃圾箱去了。说老实话，她很上相。

**伊丽莎白**　您愿不愿意和我说说，她长什么样？

**克莱夫**　她长得和你差不多，伊丽莎白，只不过头发是黑色的，不是你这种红色。

**伊丽莎白**　可怜的人啊！她的头发现在一定全都白了。

**克莱夫**　我想是的。她从前可是个漂亮的姑娘。

**伊丽莎白**　听说她当年一笑倾城，大家都夸她又可爱又迷人。

**克莱夫**　我还记得她那小巧可爱的鼻子，就像你的一样……

**伊丽莎白**　您觉得我的鼻子好看吗？

**克莱夫**　她娇小可人、体态婀娜、步履轻快，就像是一位从法国喜剧里走出来的侯爵夫人。是的，她非常可爱。

**伊丽莎白**　我想她现在依然如此。

**克莱夫**　你要知道，岁月不饶人啊。

**伊丽莎白**　对于这个问题，您可不能指望我和阿诺的看法像您一样。当您也像她那样怀揣着如此炽烈的爱意，或许您会变老，但您会

1　英国早期的贵族传统向来注重主仆有别、泾渭分明，不仅仆人不能随意出入主人的房间，主人直接跑到仆人的活动区域也是失礼的行为。克莱夫说这番话，颇有些苦中作乐的弦外之音。

优雅地老去。

**克莱夫**　你的想法当真非常浪漫。

**伊丽莎白**　如果大家没有对这件事讳莫如深的话，我大概也不会有现在这样的感觉。我知道她亏欠了您和阿诺很多，我愿意承认这一点。

**克莱夫**　感谢你的善意。

**伊丽莎白**　但她毕竟爱过，而且敢于把她的爱付诸行动。浪漫的爱情就是这么叫人神魂颠倒，我在书上读到过，却很少有机会亲眼见到，我无法不为此感到心潮澎湃。

**克莱夫**　令人痛心的是，遭遇了这种事的丈夫往往都浪漫不起来。

**伊丽莎白**　曾经的她，几乎拥有一切。您给了她殷实的生活，她也是个社会名流。可到头来，她还是为了爱情放弃了这一切。

**克莱夫**（冷淡地）我开始觉得，你邀请她过来，不仅仅是为了她和阿诺的缘故吧。

**伊丽莎白**　虽然未曾谋面，但我觉得，自己好像早就认识她了。我仿佛能看到，她那张带着一丝忧郁的脸，毕竟这样浓烈的爱不会让人欢愉，倒会令人悲伤。但我相信，她苍白的脸上连一道皱纹也不会有，还像个孩子一样。

**克莱夫**　亲爱的，你怎么能放任自己这么胡乱想象呢！

**伊丽莎白**　我想象中的她，身材娇小，甚至有些羸弱。

**克莱夫**　她确实有些体弱。

**伊丽莎白**　还有一双纤细的手和雪白的头发。我常常想象她住在一间文艺复兴时期的宫殿里，墙上挂满名画，四周雕栏玉砌。而她就坐在那儿，穿着带蕾丝花边的黑丝绸连衣裙，戴着老式的钻石项链。您瞧，我从没见过自己的母亲；她在我很小的时候就去世了。我也没办法跟那些姑妈婶婶们推心置腹，她们有一大家子的事操心不完呢。我多希望阿诺的母亲也能成为我的母亲啊，我有好多话想和她说。

**克莱夫** 你和阿诺过得幸福吗?

**伊丽莎白** 有什么不幸福的呢?

**克莱夫** 那你们怎么还没要孩子?

**伊丽莎白** 过一阵子再说吧，我们才结婚三年。

**克莱夫** 不知道休伊现在是个什么样子!

**伊丽莎白** 您是说波蒂厄斯勋爵?

**克莱夫** 全伦敦就属他打扮得最讲究。假如他一直留在政坛工作，现在应该都当上首相了。

**伊丽莎白** 他从前是什么样子?

**克莱夫** 一个美男子，出色的骑手。我想，他确实散发着一股吸引力，金发碧眼，身材也好。我很喜欢他，那会儿我是他的政务秘书，他还做了阿诺的教父。

**伊丽莎白** 这我知道。

**克莱夫** 这么多年过去了，不知道他有没有后悔过?

**伊丽莎白** 如果我是他，倒不见得会后悔。

**克莱夫** 好了，我现在要溜达回别墅去啦。

**伊丽莎白** 您不会生我的气了吧？

**克莱夫** 一点儿也不。

[ 伊丽莎白扬起脸，克莱夫在她的双颊各亲了一下，然后下场。少顷，泰迪在窗口出现。

**泰迪** 我看见那个讨人厌的老家伙走掉了。

**伊丽莎白** 进来吧。

**泰迪** 一切还好吗？

**伊丽莎白** 噢，还可以。他倒也没说什么，主动回避了。

**泰迪** 费了很大劲吧？

**伊丽莎白** 不，他并没有为难我。他是一个善良的老人。

**泰迪** 你刚才看上去有点儿害怕。

**伊丽莎白** 有点儿，我现在也怕，不知道为什么。

**泰迪** 我猜你就在怕。所以我才过来，在道义上支持你一把。这是个好主意，不是吗？

**伊丽莎白** 非常好。

**泰迪** 等我回到马来邦以后，回想起这件事，还是会很开心的。

**伊丽莎白** 你在那边不会想家吗？

**泰迪** 噢，每个人都有思乡心切的时候，你懂的。

**伊丽莎白** 要是你想的话，也可以在英国找份工作，对吧？

**泰迪** 噢，可我喜欢外面的生活。回到英国当然让人兴奋，但我没法在这儿长期生活。这么说吧，当你跟一个女人分隔两地的时候，你会爱她爱得发疯，可当你们生活在一起的时候，你又会叫她给逼疯。

**伊丽莎白** （笑道）英国哪儿惹你了？

**泰迪** 英国没惹我，是我自己的问题。我离家太久，都不适应了。在我看来，英国上下尽是一群奇怪的人，他们整天忙到焦头烂额，却仅仅是在完成别人的要求，丝毫没有为自己而活。

**伊丽莎白** 这不就是大家口中所说的高度文明社会吗？

**泰迪** 我看大家都太虚伪了。你去伦敦参加聚会，会发现人人都在高谈阔论，聊艺术呀什么的，但你能感觉到，在他们心里，艺术连两便士都不值。他们也会去读那些流行的书，只是为了聊天的时候有点谈资，不至于说不上话。在马来，我们没多少书可看，只能翻来覆去地读手上那几本，那对我们来说意义重大。我不认为那儿的人有英国人一半聪明，但你就是能更了解他们。你瞧，我们那里的人口少得可怜，所以大家必须团结一致、上下一心。

**伊丽莎白** 我想，人们在马来不大会端着架子，[1]那一定很让人舒服。

**泰迪** 在那样一个人人对你知根知底，连你挣多少钱都一清二楚的地方，装腔作势带不来什么好处。

**伊丽莎白** 可我也不认为过分坦诚于社会有益，那相当于在纸牌屋里

1 原文“I imagine that frills are not much worn in the F.M.S.”直译为“我想那些带荷叶边的衣服在马来邦没有多少人穿”。Frill（荷叶边）意为不实用的装饰，这里引申为拿腔拿调之意。

竖起一根钢梁。[1]

**泰迪** 还有，你知道吗，那地方美极了。当你习惯了那样清澈湛蓝的天空，回到英国就不免要怀念起来。

**伊丽莎白** 那你一天到晚都做些什么呢？

**泰迪** 噢，卖力气地干活儿。要想成为一个种植园主，首先得有一个强健的体魄。还有，在那儿洗海水浴也是绝佳的体验。要知道，那儿的海美极了，沙滩上全是成排的棕榈树。还有打猎！我们时不时也会把留声机打开，来一场小舞会。

**伊丽莎白** （佯装逗趣）我想一定有个年轻姑娘在那儿等着你呢，泰迪。

**泰迪** （急切地）这可没有！

[泰迪否认的态度一本正经、十分坚决，这让伊丽莎白或多或少有些吃惊。沉默片刻后，她恢复了自如。

**伊丽莎白** 但你迟早有一天得结婚成家、安顿下来，你明白的。

**泰迪** 我倒是想呢，可事情哪有那么容易。

**伊丽莎白** 我不明白，难不成在那边成家要比在别处更难吗？

**泰迪** 在英国，要是人们合不来，可以干脆分道扬镳、各过各的，跟着社会趋势走就行了。可到了那样一个人生地不熟的所在，你过得好坏就只能全凭自己了。

---

1 原文“I don’t think you want too much sincerity in society, It would be like an iron girder in a house of cards.”此为毛姆常被引用的名言之一，在他之前，马基雅维利、富兰克林、萧伯纳等名家亦曾出言警示过分坦诚所可能带来的危害。

**伊丽莎白** 诚然如此。

**泰迪** 很多姑娘走出国门，以为外面的世界更精彩。但如果她们肤浅无知的话，到哪儿去都是一样的枯燥乏味、没戏可唱。要是她们碰巧嫁了个有钱人的话，还能打道回府、在家待着，过上那种守活寡的日子。

**伊丽莎白** 我见过这种女人，她们似乎对这种生活状态很满意。

**泰迪** 她们的丈夫就遭殃了。

**伊丽莎白** 要是她们的丈夫负担不起这种生活呢?

**泰迪** 噢，那她们就会借酒浇愁，从早喝到晚。

**伊丽莎白** 这种日子可不好过。

**泰迪** 但如果这姑娘还不错的话，这日子她也能过得惯。说一千道一万，是我们这群人造就了大英帝国啊。

**伊丽莎白** 什么样的女人才称得上不错?

**泰迪** 一个有勇气、有耐性、诚心诚意的女人。当然，这样的女人往往是没有未来的，除非她能和自己的丈夫长相厮守。

[泰迪情真意切地看着伊丽莎白，而她也抬起头，注视了泰迪良久。两人都沉默了。

**泰迪** 我的房子建在山坡上，成排的椰子树一路延伸到海边。花园里开满了杜鹃花、山茶花，还有各种各样美极了的花朵。眼前是蜿蜒的海岸线，尽头是湛蓝的大海。（停顿）你知道我一直爱着你吗?

**伊丽莎白** （严肃地）我不太确定，但我想知道。

**泰迪** 那你爱我吗？（伊丽莎白缓缓点头）我还从来没有亲吻过你呢。

**伊丽莎白** 我不想让你这么做。

[他们同时看着对方，神情都很严肃。这时，阿诺匆匆忙忙地闯了进来。

**阿诺** 他们到了，伊丽莎白。

**伊丽莎白** （恍恍惚惚地）谁？

**阿诺** （不耐烦地）当然是我母亲了，亲爱的！他们的车已经开进来了。

**泰迪** 需不需要我回避一下？

**阿诺** 不，不！看在上帝的份儿上，留下。

**伊丽莎白** 我们最好去迎一下他们，阿诺。

**阿诺** 不，不，我想最好还是让仆人领他们进来。我紧张得要命，太难受了。

[安娜从花园上场。

**安娜** 你们的客人到了。

**伊丽莎白** 是的，我知道。

**阿诺** 我已经吩咐下去了，马上准备午餐。

**伊丽莎白** 干吗这么急？还不到一点半呢。

**阿诺** 我认为这样比较好，当你不知道该说些什么的时候，埋头吃就行了。

[管家上场。

**管家** 凯瑟琳·钱皮恩-切尼夫人！波蒂厄斯勋爵！

[凯蒂夫人上场，波蒂厄斯勋爵紧随其后，管家下场。凯蒂夫人是一位娇小可人的漂亮女士，头上染着红发，脸上擦着腮红，穿衣打扮看起来甚至有些浮夸。在她的心里，自己还是从前那个二十五岁的小美人儿，她的行为举止也像那样。波蒂厄斯勋爵是一位颇显老态的绅士，已经完全没了头发，穿着宽松的、多少有些古怪的服饰。他性情火暴，似乎总是焦躁不安。两人与伊丽莎白的想象截然不同，她瞪大眼睛，盯了他们好一会儿。凯蒂夫人走向她，伸出双手。

**凯蒂夫人** 伊丽莎白！伊丽莎白！（热情奔放地亲吻对方）真是个惹人爱的小家伙！（对波蒂厄斯）休伊，她真可爱，不是吗？

**波蒂厄斯** （嘟囔）哈！

[伊丽莎白缓过神来，微笑着向波蒂厄斯伸出手。

**伊丽莎白** 您好。

**波蒂厄斯** 你们这儿的路真够难走的！你好吗，亲爱的？英格兰怎么能修出这么一条该死的路来！

[凯蒂夫人看了看泰迪，然后张开双臂走了过去，打算抱住他。

**凯蒂夫人** 我的孩子！我的孩子！我到哪儿都能认得出你！

**伊丽莎白** （急忙地）这个是阿诺。

**凯蒂夫人** （毫不犹豫地转过身）长得跟他父亲一模一样！我到哪儿都认得出来！（搂住他的脖子）我的孩子！我的孩子！

**波蒂厄斯** （嘟囔）哈！

**凯蒂夫人** 告诉我，你还能认得出我来吗？我有没有变样？

**阿诺** 我当时才五岁，您知道的，当您……呃，当您……

**凯蒂夫人** （情绪激动地）我记得一清二楚，就好像是昨天发生的一样。我走上楼，来到你的房间。（突然改变口气）顺便说一句，我一直怀疑那个保姆在偷偷喝酒，你们后来弄清楚没有？

**波蒂厄斯** 真是活见鬼，他怎么可能知道这事呢，凯蒂？

**凯蒂夫人** 你从来没有过孩子，休伊，你怎么说得准他们知道什么，不知道什么呢？

**伊丽莎白** （连忙上前解围）波蒂厄斯勋爵，这就是阿诺。

**波蒂厄斯** （跟他握手）你好吗？我跟你父亲很熟。

**阿诺** 是的，我知道。

**波蒂厄斯** 他还活着吗？

**阿诺** 是的。

**波蒂厄斯** 他一定过得不错。他过得不错吗？

**阿诺** 很不错。

**波蒂厄斯** 哈！我猜他知道怎么照顾自己。我就不行了，这该死的天气老跟我不对付。

**伊丽莎白** （对凯蒂夫人）这位是沈思彤太太。还有这位是卢顿先生。我们凑了一场小聚会，希望你们不介意。

**凯蒂夫人** （和安娜与泰迪握手）噢，一点儿也不，我喜欢聚会，我以前在这儿办过不少聚会呢。出于政治上的诉求，你懂的。你们把这间屋子布置得真好！

**伊丽莎白** 噢，那都是阿诺做的。

**阿诺** （紧张地）您觉得这把椅子怎么样？我刚买来的，我就喜欢这个年代的东西。

**波蒂厄斯** （粗鲁地）这是把赝品！

**阿诺** （义愤填膺地）我完全不这么认为。

**波蒂厄斯** 椅子腿不对。

**阿诺** 我不知道您怎么能这么说，这椅子好就好在这几条腿上。

**凯蒂夫人** 我想这些椅子腿没什么问题。

**波蒂厄斯** 凯蒂，你对这方面一窍不通。

**凯蒂夫人** 那是你的看法，我觉得这把椅子挺漂亮的。海波怀特风，[1]对吗？

**阿诺** 不，其实是谢拉顿风。[2]

**凯蒂夫人** 噢，我知道，他写过一出戏，叫《造谣学校》。[3]

**波蒂厄斯** 谢拉顿，亲爱的，不是谢里丹。

**凯蒂夫人** 对，我说的就是他。我在佛罗伦萨的业余剧团里演过他的戏，就是屏风那一场。埃尔梅特·诺维利[4]——就是那个了不起的意大利悲剧作家——跟我说，他从没见过谁能把提索夫人演得像

1 即乔治亚·海波怀特（1700—1786）开创的家具风格，对欧美家具发展影响深远，其设计的一大特征就是采用直线型的锥形腿作为家具的支撑。

2 即乔治亚·谢拉顿（1751—1806）开创的家具风格，作为海波怀特的门徒，其设计的特点强调纵向线条，喜欢用上粗下细的圆形家具腿。

3 《造谣学校》是英国剧作家谢里丹在1777年创作的喜剧，此处凯蒂夫人搞混了作者的名字。

4 Ermete Novelli，活跃于十九世纪下半叶至二十世纪初的意大利演员和剧作家。

我这么好。

**波蒂厄斯** 哈!

**凯蒂夫人** (对伊丽莎白)你演戏吗?

**伊丽莎白** 噢,我可不会,我太容易紧张了。

**凯蒂夫人** 我从来都不紧张,天生就是做演员的料。如果人生能重来一次,我一定会从事舞台事业。你知道,她们都能青春永驻,这太令人惊讶了——我指的是那些女演员们,我想这是因为她们总在扮演不同的角色。休伊,你看阿诺是像我,还是像他的父亲?我觉得他跟我简直是一个模子刻出来的。阿诺,我想我应该告诉你,我去年冬天获准加入了天主教会。这事我想了足有好几年,直到去年,我们在蒙特卡洛[1]遇见了一个非常好心的主教,我跟他讲了自己的不幸经历,而他也真是一个好人。我知道休伊不会愿意我入教的,所以我一直没告诉他。(对伊丽莎白)你对宗教感兴趣吗?我认为宗教棒极了,我们哪天一定得好好聊聊这件事。(指着她的连衣裙)这条裙子是在卡洛[2]家做的吗?

**伊丽莎白** 不,是在沃斯[3]那里做的。

**凯蒂夫人** 我就知道,不是沃斯就是卡洛。当然,衣服的线条是最重要的。我自己也去沃斯那儿做衣服,我总是对他说,“线条,我亲爱的沃斯,要有线条”。你怎么了,休伊?

1 Monte Carlo,摩纳哥城市名,以繁荣的赌博业闻名于世。

2 Callot,二十世纪初期流行的法国时装设计师品牌。

3 Worth,二十世纪初期流行的法国时装设计师品牌。

**波蒂厄斯** 我新镶的这几颗假牙真是别扭得要死。

**凯蒂夫人** 男人可真够呛，这么一点儿小小的不舒服都忍受不了。这有什么的，女人从早晨起床到晚上睡觉，没有一刻是舒服的。你觉得脸上敷着面膜睡觉好受吗？

**波蒂厄斯** 好像没镶好，有点儿歪了。

**凯蒂夫人** 那根本不是牙齿的问题，是你的牙床有毛病。

**波蒂厄斯** 该死的牙医！他才是问题所在。

**凯蒂夫人** 我认为那个牙医人还不错，他跟我说，我的牙齿到五十岁之前不会出任何问题。他的诊所里有一间中国风的屋子，实在太有意思了；他会一边给你刮牙齿，一边给你讲慈禧太后的故事。你对中国感兴趣吗？我认为中国实在是棒极了。你知道，他们现在都不留辫子了，真有点儿可惜，我觉得辫子本身有一种古雅的美感。

[管家上场。

**管家** 午餐准备好了，先生。

**伊丽莎白** 你们要先到房间去安顿一下吗？

**波蒂厄斯** 我们可以吃完午饭再去。

**凯蒂夫人** 我得往鼻子上补点粉，休伊。

**波蒂厄斯** 就在这擦吧。

**凯蒂夫人** 我从没见过这么不懂体贴的人。

**波蒂厄斯** 没半个小时你完不了事，我还不知道你吗。

**凯蒂夫人** （伸手在她的包里摸索着什么）噢，好吧，就像拱北伯爵说的那样，不能置气、息事宁人[1]。

**波蒂厄斯** 这家伙说了一大堆蠢话，凯蒂，但刚才这句他可没说过。

[凯蒂夫人脸色忽变，先是困惑，然后逐渐变成了失望，接着变为愕然。

**凯蒂夫人** 噢！

**伊丽莎白** 出什么事儿了？

**凯蒂夫人** （苦恼地）我的口红！

**伊丽莎白** 找不到了吗？

**凯蒂夫人** 我在车里还用过呢。休伊，你还记得吗，我在车里用过的。

**波蒂厄斯** 我完全没印象有这么个东西。

**凯蒂夫人** 别犯傻了，休伊。我们开进大门的时候，我一边喊着“到家了！到家了！”一边拿出口红在嘴上擦了几下。

**伊丽莎白** 说不定落在车里了。

**凯蒂夫人** 看在上帝的份儿上，派个人去找一下吧。

**阿诺** 我去摇铃。

**凯蒂夫人** 没有口红我会不知所措的。能不能借你的给我用一下，亲爱的？

---

1 拱北伯爵原名本杰明·迪斯累里（1804—1881），是英国的第29任首相。凯蒂夫人口中的“不能置气、息事宁人”，原文为“peace at any price”，即“不惜代价维护和平”。但这里其实是凯蒂夫人记错了，拱北伯爵的原话是“peace with honor”，即“有尊严的和平”。

**伊丽莎白** 真是非常抱歉，我恐怕得说，我一支口红也没有。

**凯蒂夫人** 你是说你都不用口红的吗？

**伊丽莎白** 从没用过。

**波蒂厄斯** 看看她的嘴唇，见鬼，你觉得她有必要往那上面抹烂泥吗？

**凯蒂夫人** 噢，亲爱的，这可真是大错特错！你必须要用口红，它对你的嘴唇有好处，而且男人们也爱看，你懂的。要是没有口红，我简直活不下去。

［克莱夫从窗口出现，高举着一只手，手上托着一个金色的小盒子。

**克莱夫** （边进来边说）这个小盒子是谁丢的？如果我没搞错的话，这里面装的应该是化妆品吧。

［阿诺和伊丽莎白见此情景，如遭雷劈一般待在原地，泰迪和安娜也吓了一跳，满脸愕然。唯有凯蒂夫人喜不自胜。

**凯蒂夫人** 我的口红！

**克莱夫** 我在外面的车道上捡到，就冒昧拿进来了。

**凯蒂夫人** 圣安东尼显灵了。我刚才翻包的时候，顺便向他祷告了几句。

**波蒂厄斯** 圣安东尼你个头！是克莱夫，上帝呀！

**凯蒂夫人** （大吃一惊，注意力瞬间从口红上移开）克莱夫！

**克莱夫** 你没认出我来，毕竟我们已经多年没见了。

**凯蒂夫人** 我可怜的克莱夫，你的头发全都白了！

**克莱夫** （伸出一只手）我希望你从伦敦过来，一路都好。

**凯蒂夫人** （伸出脸颊）你可以亲亲我，克莱夫。

**克莱夫** （亲她的脸）你不介意吧，休伊？

**波蒂厄斯** （嘟囔）哈！

**克莱夫** （和蔼地走向他）你还好吗，我亲爱的休伊？

**波蒂厄斯** 你非要问的话，我患上了该死的风湿病。这个国家的气候简直糟透了！

**克莱夫** 你不跟我握手吗，休伊？

**波蒂厄斯** 我不反对跟你握个手。

**克莱夫** 我可怜的休伊，你老了不少。

**波蒂厄斯** 前两天刚有人问我高寿了呢。

**克莱夫** 你告诉他们你岁数的时候，他们有没有吓一跳？

**波蒂厄斯** 吓了一大跳！他们说“你怎么没死啊”。

［管家上场。

**管家** 先生，您叫我？

**阿诺** 不。啊，对，我刚才有事儿叫你，现在已经没事了。

**克莱夫** （管家正要离开的时候，叫住了他）等一下。亲爱的伊丽莎白，我来请你行个方便，我的仆人们都忙他们自己的事呢，别墅里一点我能吃的东西也没有了。

**伊丽莎白** 噢，我们非常欢迎你来共进午餐。

**克莱夫** 如果你不这么说，我就只好饿死了。可以吗，阿诺？

**阿诺** 我亲爱的父亲大人啊！

**伊丽莎白** （对管家）切尼先生会在这儿一起用餐。

**管家** 好的，夫人。

**克莱夫** （对凯蒂夫人）你觉得阿诺怎么样？

**凯蒂夫人** 我太喜欢他了。

**克莱夫** 他长大了，不是吗？可你总当他是个孩子。[1]

**阿诺** 看在上帝的份儿上，我们都吃饭去吧！

—— 幕落 ——

1 原文为“But then you'd expect him to do that in thirty years”，直译为“但你就是希望他过三十年再长大”。

# 第二幕

［场景与第一幕相同，时间来到了某一天的下午。幕起时，波蒂厄斯、凯蒂夫人、安娜和泰迪四个人正在打桥牌。伊丽莎白和克莱夫在一旁看着。波蒂厄斯和凯蒂夫人一组。

**克莱夫** 伊丽莎白，阿诺什么时候回来？

**伊丽莎白** 我看快了吧。

**克莱夫** 他是要在大会上讲话吗？

**伊丽莎白** 不，只是跟他的代理，还有一两个选民代表在一起开个小讨论会。

**波蒂厄斯** （不高兴地）周围一直有人大声喧哗，这牌还怎么玩儿啊，真是搞不懂。

**伊丽莎白** （笑道）我很抱歉。

**安娜** 我都能看见你的牌了，波蒂厄斯勋爵。

**波蒂厄斯** 那可便宜你了。

**凯蒂夫人** 我跟你说过多少遍了，把牌竖起来拿好。要是让人不留神看见了自己的牌，这局就毁了。

**波蒂厄斯** 又没人逼他看。

**凯蒂夫人** 上次选举，阿诺赢了多少票？

**伊丽莎白** 大概七百多票。

**克莱夫** 要想继续坐在这个位子上，他就得花大力气去争取。

**波蒂厄斯** 我们到底是打桥牌呢，还是干脆聊政治呢？

**凯蒂夫人** 我从来没觉得聊天会耽误打牌。

**波蒂厄斯** 那是因为你说不说话，牌都打得一样臭。

**凯蒂夫人** 休伊，我认为你这么说话非常失礼。就因为我打牌的习惯跟你不一样，你就说我不会玩儿。

**波蒂厄斯** 我很高兴你意识到了这一点。看在上帝的份儿上，你这种玩儿法，为什么还管它叫桥牌呢？

**克莱夫** 在这件事上，我跟凯蒂站在一边。我讨厌人们玩儿牌的时候，像头一次参加葬礼似的一板一眼。

**波蒂厄斯** 你当然维护她了。

**凯蒂夫人** 这是他起码能做的。

**克莱夫** 我可是个天生的乐天派。

**波蒂厄斯** 那倒是，从来没有什么事能改变你这一点。

**凯蒂夫人** 我不知道你这话是什么意思，休伊。

**波蒂厄斯** （努力克制自己）你非得吃了我的A吗？

**凯蒂夫人** （天真地）噢，这张A是你打的吗，亲爱的？

**波蒂厄斯** （暴跳如雷）没错，是我打的。

**凯蒂夫人** 噢，好吧，我手上也只剩这张牌了，刚才确实不应该打出去。

**波蒂厄斯** 你没必要当众把这话讲出来，现在她都知道我的老底儿了。

**凯蒂夫人** 她刚才就知道了。

**波蒂厄斯**　她怎么可能知道?

**凯蒂夫人**　她不是说看见你的牌了吗?

**安娜**　噢，并没有，我是说“我能看见你的牌了”。

**凯蒂夫人**　好吧，我只是自然而然地认为，如果她能看见，那她就是看了。

**波蒂厄斯**　说真的，凯蒂，你的想法真独特。

**克莱夫**　我一点儿也不这么觉得，假如真有人傻到把手上的牌摊开来让我看，我当然会去看了。

**波蒂厄斯**　（气得直冒烟）如果你学过哪怕一丁点儿桥牌的规矩，你就会知道，看客不应该对牌局指手画脚。

**克莱夫**　我亲爱的休伊，你说的这是社交礼节的规矩，不是桥牌本身的规矩。

**安娜**　无论如何，这局我赢了，连胜。

**泰迪**　我得声明，有人违规，没按花色跟牌。

**波蒂厄斯**　谁犯规了?

**泰迪**　你呀。

**波蒂厄斯**　胡说八道。我这辈子就没有跟错过牌。

**泰迪**　我给你找出来。（他翻开前几轮的牌，把花色展示给大家看）你在打第三轮红心的时候，出了一张草花，但你手上明明还有一张红心。

**波蒂厄斯**　我手里的红心牌从来就没有超过两张。

**泰迪**　噢，可是您有。看这儿，这是您倒数第二轮打的牌。

**凯蒂夫人** （因为有人抓住了波蒂厄斯犯规而感到高兴）这毫无疑问是犯规，休伊，你跟错牌了。

**波蒂厄斯** 我说过了，我没跟错牌，我从来就没有跟错过牌。

**克莱夫** 你跟错了，休伊，真不知道你刚才出牌的时候想什么呢。

**波蒂厄斯** 要是一直有人在你打牌的时候絮絮叨叨、吵个没完，你不跟错牌才怪呢。

**泰迪** 好了，我们再加一百分。

**波蒂厄斯** （对克莱夫）我希望你别对着我的脖子吹气。打桥牌的时候，一有人对着我的脖子吹气，我就打不好。

［众人从桥牌桌前起身，在屋里分散开来。

**安娜** 好了，我准备拿本书，去吊床上躺着看一会儿，等到该换衣服吃晚饭的时候再过来。

**泰迪** （一直在计算分数）我把刚才的比分记在账上吧，怎么样？

**波蒂厄斯** （一直在牌桌旁没有动，整理好一叠牌开始玩空当接龙[1]）行，行，记下吧。我向来不会跟错牌的。

［安娜下场。

**凯蒂夫人** 休伊，你想不想到外面走走？

**波蒂厄斯** 为什么呢？

**凯蒂夫人** 为了锻炼身体呀。

---

1 Patience，一种单人纸牌接龙游戏，将 52 张牌打乱，分成 7 摞排号，依照花色和点数顺序来回移动，直到全部组合成同花顺。

**波蒂厄斯**　我讨厌锻炼身体。

**克莱夫**　（看着波蒂厄斯的接龙牌局）这张 7 可以连那张 8。

［波蒂厄斯不予回应。

**凯蒂夫人**　他说用这张 7 去连那张 8，休伊。

**波蒂厄斯**　我不打算照他说的那样做。

**克莱夫**　这张 J 可以连那张 Q。

**波蒂厄斯**　我自己看得见，谢谢你了。

**凯蒂夫人**　这张 3 可以连那张 4。

**克莱夫**　然后这一摞牌都可以接过去。

**波蒂厄斯**　（火冒三丈）是我在玩儿接龙，还是你们两个玩儿呢？

**凯蒂夫人**　但是这些牌你都没连上啊。

**波蒂厄斯**　那是我自己的事。

**克莱夫**　为了玩儿牌可犯不上大动肝火，休伊。

**波蒂厄斯**　你们两个都给我走开，到一边儿去，别来烦我。

**凯蒂夫人**　我们只是想帮你出出主意，休伊。

**波蒂厄斯**　我不需要帮忙，我想自己一个人玩儿牌。

**凯蒂夫人**　休伊，我认为你表现得太没礼貌了，这很糟糕。

**波蒂厄斯**　当你玩单人接龙的时候，一直有两个家伙在旁边嘀嘀咕咕、指手画脚，那才叫糟糕呢。

**克莱夫**　我们一句话也不说了。

**波蒂厄斯**　把这张 3 连过去。我相信就快成功了。我刚才要是像个傻子似的用这张 7 去连那张 8，现在这一摞牌就都别想接过去了。

［波蒂厄斯按照自己的方式移了几张牌，克莱夫和凯蒂夫人在旁边安安静静地看了他一会儿。

**克莱夫/凯蒂夫人** （异口同声地）4连5。

**波蒂厄斯** （气急败坏地把牌摔在地上）该死的！你们怎么就不能让我一个人待着？真是受不了！

**克莱夫** 老兄，马上就要成功了。

**波蒂厄斯** 我知道快成功了，用不着你说，讨厌！

**凯蒂夫人** 休伊，你的气量怎么这么小呢！

**波蒂厄斯** 我气量小？该死的！我一而再、再而三地告诉过你们了，我自己玩儿牌的时候，别过来烦我。

**凯蒂夫人** 休伊，不准用这种口气对我说话。

**波蒂厄斯** 我想用什么口气对你说话，就用什么口气对你说话。

**凯蒂夫人** （开始哭泣）噢，你这个粗鲁的家伙！你这个野蛮的家伙！（愤然地从房间里跑了出去）

**波蒂厄斯** 噢，该死！现在她哭起来了。

［波蒂厄斯踉踉跄跄地朝花园走去，屋里只剩下了克莱夫、伊丽莎白和泰迪。片刻的停顿后，克莱夫看了看泰迪，又看了看伊丽莎白，脸上露出了讥讽的笑容。

**克莱夫** 平心而论，他们怕是已经结婚了，不然吵不成这个样子。

**伊丽莎白** （冷冷地）真是谢谢您在他们到来之后一个劲地往这儿跑，您让事情顺当多了。

**克莱夫** 我好像听出了讽刺的味道？在这个神圣的地方，这块土地上，这片疆域里，这个大英帝国的国境线之内，讽刺可不是一个受欢迎的修辞方式啊。

**伊丽莎白** 您到底想要达到什么目的?

**克莱夫** 现在的姑娘们，说话可真不讲究！我看出来了，一定是阿诺太过注重谈吐，反倒把你给推到另一个极端去了。

**伊丽莎白** 反正您知道我是什么意思。

**克莱夫** （微笑着）这话说得我隐隐约约有点儿怀疑。

**伊丽莎白** 您答应过要回避一下的。可为什么他们前脚刚到家里，您后脚就迫不及待地跟过来了?

**克莱夫** 好奇心作祟，我亲爱的孩子。人人都有点儿好奇心，这不为过。

**伊丽莎白** 从那个时候开始，您就没完没了地往这儿跑。以前您去别墅住的时候，可是很少屈尊过来看我们的。

**克莱夫** 我在这儿消遣得格外开心。

**伊丽莎白** 每次他们两个一开始拌嘴，您就在旁边煽风点火、幸灾乐祸，这真是太让我吃惊了。

**克莱夫** 我没觉得他们之间的感情因此受到了什么伤害，你说呢?

［泰迪正打算离开房间。

**伊丽莎白** 别走，泰迪。

**克莱夫** 对，请别走，我再待一小会儿就离开。凯蒂夫人那天到访之前，我们正好在谈论她。（对伊丽莎白）你还记得吗？一位肤色苍白、楚楚可怜的贵妇人，穿着带蕾丝花边的黑丝绸连衣裙。

**伊丽莎白** （轻轻地笑了一声）您知道吗，您简直是个恶魔。

**克莱夫** 哈，好吧，恶魔们通常都美名远扬，因为他们既有幽默感，又不乏绅士风度。

**伊丽莎白** 亲爱的恶魔，您料想到她会变成现在这副模样了吗？

**克莱夫** 亲爱的孩子，我一点儿数也没有。你那天问过我，她离家出走的时候，大概是个什么样子，而我只跟你透露了一小部分。那时候的她是多么美丽动人，简直是天生丽质。谁又能想到，曾经的那份落落大方，到今天竟然变成了轻浮愚蠢，曾经的那种热情洋溢，现在看来也愈加的矫揉造作？

**伊丽莎白** 听您用这种口吻说她，简直让我毛骨悚然。

**克莱夫** 让你毛骨悚然的是事实本身，不是我的口气。

**伊丽莎白** 您曾经爱过她，难道现在连一丝好感都剩不下了吗？

**克莱夫** 一丁点儿也没剩。我为什么还要对她抱有好感呢？

**伊丽莎白** 她是您儿子的母亲。

**克莱夫** 我亲爱的孩子，你就和从前的她一样，天性善良，单纯直率。可别让那些欺世惑众的虚情假意，蒙蔽了你的常识判断。

**伊丽莎白** 我们压根儿就没有权利评判她，她才刚在这儿住了两天，我们对她还一无所知。

**克莱夫** 亲爱的，她的灵魂就跟她那张脸一样，粉擦得太厚，做作得要命。如今的她，没有一丝情感是真挚的，不过做做样子、装装门面罢了。你以为我是一个愤世嫉俗、不近人情的老头子，可我一想起她从前的样子，再看看她如今的这副尊容，我要是不放声大笑的话，恐怕就只能号啕大哭了。

**伊丽莎白**　可就算她一直没走，仍然是你的妻子，您又怎么知道她不会变得跟现在一样呢？您真觉得您陪在她身边，会对她产生多少好的影响吗？

**克莱夫**　（愉快地打趣道）我喜欢你这副尖酸刻薄、傲慢无礼的样子。

**伊丽莎白**　既然如此，您愿意解答一下我的疑惑吗？

**克莱夫**　她离家出走的时候，不过才二十七岁。她的未来充满了各种可能性，甚至有可能成为你想象中的那个样子。可英雄造时势的毕竟是极少数，我们大多数人只能随波逐流、随遇而安罢了。她之所以成了一个糟糕透顶、一文不值的女人，是因为她选择了一种糟糕透顶、一文不值的生活。

**伊丽莎白**　（心烦意乱地）您今天实在太可怕了。

**克莱夫**　我不敢说我原本有能力阻止她自甘堕落，从当初那个娇小可人的淑女变成今天这个滑稽可笑的小丑，但生活可以。如果她一直生活在这儿的话，她会拥有和她身份地位相仿的朋友、体面的社交活动、健康有益的兴趣爱好。去问问她，这些年过的是什么样的日子吧，成天周旋在一群离了婚的女人、被包养的女人，还有跟她们厮混在一起的男人中间。没有比这种穷奢极欲的享乐主义更可悲的生活追求了。

**伊丽莎白**　不管怎么说，她毕竟爱过，而且爱得赤诚热烈。对她，我只有同情和怜爱。

**克莱夫**　倘若她真像你说的这样爱过，那么当她意识到自己毁了休伊的人生以后，你觉得她会做何感想？瞧瞧他吧，昨天晚餐刚过，他就喝得醉醺醺的，前天晚上也是。

**伊丽莎白** 我知道。

**克莱夫** 而凯蒂对此完全不以为然。你知道他像现在这样，每天晚上把自己灌得烂醉如泥，有多久了吗？你觉得他三十年前也这样吗？你都无法想象，这家伙曾经是个一表人才的青年才俊，所有人都以为他能当上首相呢。再瞧瞧他现在的样子，一个戾气冲天的糟老头子，整天把自己泡在酒精里，牙都坏掉了。

**伊丽莎白** 你的牙也坏了。

**克莱夫** 没错，但我这几颗该死的假牙镶得还算合适。她毁了他一辈子的前程，她对此心知肚明。

**伊丽莎白** （疑惑地看着他）您为什么要对我说这些呢？

**克莱夫** 我伤害到你的感情了吗？

**伊丽莎白** 我想我现在已经听够了。

**克莱夫** 我这就走，去瞅瞅那几条金鱼。阿诺回来以后，我得见见他。（礼貌地）恐怕我们叨扰卢顿先生了。

**泰迪** 完全没有。

**克莱夫** 你什么时候回马来去？

**泰迪** 大概一个月以后吧。

**克莱夫** 我知道了。

[克莱夫下场。

**伊丽莎白** 真不知道在他那个脑袋里面，一天到晚都盘算着些什么。

**泰迪**　你觉不觉得他是在含沙射影，说给你听的？

**伊丽莎白**　谁知道呢，他比猴儿还精。

［两人沉默了一会儿，泰迪犹豫着要说些什么，当他开口讲话的时候，语气完全不同此前，格外严肃认真，夹杂着一点儿紧张。

**泰迪**　想要单独跟你待上几分钟简直太难了，不知道你是不是在有意躲着我？

**伊丽莎白**　我需要一些时间思考。[1]

**泰迪**　我已经决定了，明天就离开这里。

**伊丽莎白**　为什么这么着急？

**泰迪**　我想要你整个属于我，不然我就彻底离开你。

**伊丽莎白**　你未免也太霸道了。

**泰迪**　你说过的，你……你说你在乎我。

**伊丽莎白**　我确实在乎。

**泰迪**　我们再好好聊聊这件事，你介意吗？

**伊丽莎白**　不介意。

**泰迪**　（皱着眉头）我实在是有些开不了口，真想找个地缝钻进去。我早就把想要对你说的话在头脑里过了一遍又一遍，可现在话到嘴边儿，又觉得它们是如此微不足道。

**伊丽莎白**　我怕自己快要哭了。

1　原文“I wanted to think”使用了过去时，即伊丽莎白承认自己在刻意回避泰迪。

**泰迪** 我想这是一件非常严肃的事情，我们应该避免感情用事，可是你已经有些情不自禁了，对吗？

**伊丽莎白** （流下眼泪，却仍面带微笑）在这件事情上，你也一样。

**泰迪** 正因如此，我才想把所有准备对你说的话，尽量说得言简意赅。倘若我用热烈的方式向你求爱，对你掏心掏肺，把你感动得不能自已，那就有些乘人之危了。所以我把这些话给写了下来，原本打算离开以后寄给你的。

**伊丽莎白** 那你为什么没这么做呢？

**泰迪** 我有点儿不安，临阵退缩了。写信实在太过于……太过于冷冰冰的，而我毕竟热烈地爱着你。

**伊丽莎白** 看在上帝的份儿上，别说这种话了。

**泰迪** 你一定不要哭啊。请别哭，不然我会崩溃的。

**伊丽莎白** （努力保持微笑）真对不起。我哭也没有什么特别的含义，只是泪水不受控制地流出眼眶罢了。

**泰迪** 事到如今，我们只有尽量克制自己的感情，平淡、务实地讨论这件事情。

［泰迪顿了一下，发现还是很难控制住自己的情绪。他清了清嗓子，眉头紧皱，对自己的表态颇为不满。

**伊丽莎白** 你怎么了？

**泰迪** 我感觉嗓子有点堵得慌，这实在是太愚蠢了。我想我得抽根烟，冷静一下。

［泰迪点了一根烟，伊丽莎白安静地注视着他，两人都没有

出声。

**泰迪** 你瞧，我以前从没有跟谁坠入过爱河，没有真正爱过谁。现在就好像吃了一记闷棍，整个人晕头转向的。如今要是没有了你，我都不知道该怎么活下去。那个老家伙知道我爱上你了吗？

**伊丽莎白** 我想他知道。

**泰迪** 当他讲到凯蒂夫人如何毁了波蒂厄斯勋爵的前程，那话里仿佛有一丝旁敲侧击的味道。

**伊丽莎白** 我想，他是在劝我不要把你的前程也给毁了。

**泰迪** 他可真是太替别人着想了，可我偏偏没有什么前程可供摧毁的。我倒是想有呢。我这辈子从没有像今天这样希望自己是个有头有脸的人物，那样我就可以为了你抛下一切，让你看看你在我心里到底有多重要。

**伊丽莎白** （情意绵绵地）泰迪，你可真是个讨人喜欢的家伙。

**泰迪** 你瞧，我实在不了解那些表白求爱的技巧套路，但是即便我知道，这会儿也做不出来，因为我的情感是绝对真挚和实在的。

**伊丽莎白** （打趣道）我很高兴你不懂那些套路，不然的话，我还真有点承受不起呢。

**泰迪** 你看，我完全不是个浪漫的家伙。我只是个普普通通的商人，经营着一家普普通通的种植园。而现在这一切都是极其严肃的，绝对不可以儿戏，我想我们都应该头脑清醒地看待这件事情。

**伊丽莎白** （一时间有点张口结舌）你这个笨嘴拙舌的家伙！

**泰迪** 别，伊丽莎白，别对我说这样的话。我想要你把一切都摊在眼前，好好想清楚这里面的得失利弊。我说这话的时候心都快从嗓子眼儿里跳出来了，我爱你！我爱你！我爱你！

**伊丽莎白** （一声情深意切地长叹）噢，我的宝贝儿！

**泰迪** （表现得有些不耐烦，但并非针对伊丽莎白，而是对自己失去了耐心）别傻了，伊丽莎白，我不会对你说什么“没有你我活不下去”之类的废话。你知道的，你对我来说就是整个世界。（说了半天还是词不达意，无计可施地长叹一声）噢，上帝啊！

**伊丽莎白** （声音有些打战）你难道觉得我不知道你想要对我说的是什么吗？[1]

**泰迪** （绝望地）可我想说的话，到现在一个字儿也没说出来。我是一个商人，我想用谈生意的方式，把所有的话一五一十地都讲出来，如果你明白我的意思。

**伊丽莎白** （笑道）在我看来，你可不是一个合格的商人。

**泰迪** （急切地）你这么说的话，可就太不了解我了。做商人，我是一流的，但是在处理这件事情上并非如此。（万念俱灰地）我真是想不明白，为什么这事我就搞不定呢。

**伊丽莎白** 事已至此，我们应该怎么办好呢？

**泰迪** 你瞧，我并不单是因为你美得令人发指才爱上你的。哪怕你已经青春不再、变得又老又丑，我也一样会爱上你。因为我爱的是

---

1 在这两句对话中，泰迪被情感冲昏了头脑，有些语无伦次，为此感到懊恼，而伊丽莎白安慰他，表示自己完全懂得他的心意。

你，不是你的样子。这不仅仅只是爱情；爱情见了我，也会大吃一惊的！因为我无可救药地沉沦于你，在我眼中，你是一切美好的化身，我只想和你在一起。哪怕只是想到你在我身边，这念头会叫我感到无与伦比的幸福。我真的非常，非常在乎你。

**伊丽莎白** （笑着流泪）我实在搞不清楚，你都是这么跟人谈生意的吗？

**泰迪** 该死的！简直没办法跟你好好说话。

**伊丽莎白** 你说我是“该死的”？

**泰迪** 我就是那个意思。

**伊丽莎白** 我听得出来你是什么意思，你这个笨嘴拙舌的鸭子！

**泰迪** 说真的，伊丽莎白，你真是让人受不了。

**伊丽莎白** 我什么也没做呀。

**泰迪** 不，你做了，你把我的心搅得一团乱麻。我要说的话再简单不过，我是一个普普通通的商人。

**伊丽莎白** 你之前说过了。

**泰迪** （生气地）你闭上嘴，听我说。除了我挣下的那点儿钱之外，我没有社会地位，什么都没有。而你，有钱，有身份，有地位，人们想要的那些东西，你应有尽有。哪怕我跟你说一句话，都会是非常不得体的一件事。但归根结底，这个世界上真正值得在意的东西只有一样，那就是爱。我爱你，伊丽莎白，抛掉一切，跟我走吧。

**伊丽莎白** 你还在生我的气吗？

**泰迪** 我都要气爆炸了。

**伊丽莎白** 亲爱的!

**泰迪** 如果你不想要我，就请马上告诉我，我立刻从这里消失。

**伊丽莎白** 泰迪，这个世界上的一切对我而言都无关紧要，除了你。我愿意跟你走，不论天涯海角。我爱你。

**泰迪** （彻底被击溃）噢，上帝啊!

**伊丽莎白** 我对你来说有这么重要吗?噢，泰迪!

**泰迪** （努力控制自己）别说这种傻话，伊丽莎白。

**伊丽莎白** 傻的人是你，你都把我弄哭了。

**泰迪** 该死，你实在太情绪化了。

**伊丽莎白** 你自己才情绪化得要命呢。我现在非常确定，你是个糟糕透顶的商人。

**泰迪** 我不在乎你怎么想我，你让我感到幸福至极。我说，今后的生活该有多么美妙啊!

**伊丽莎白** 泰迪，你真是个天使。

**泰迪** 让我们赶紧离开这儿吧，浪费时间可一点儿好处都没有。伊丽莎白。

**伊丽莎白** 什么?

**泰迪** 没什么，我就是喜欢喊你伊丽莎白。

**伊丽莎白** 你这个傻瓜!

**泰迪** 我说，你会打猎吗?

**伊丽莎白** 不会。

**泰迪** 我会教你的。你不知道天一拂晓就从营地出发，然后穿过层层密林，那感觉有多棒。到了晚上你筋疲力尽，抬头望见漫天的星光，又是何种绝顶的享受。当然了，我刚才一直没提这些事，是想等你做出决定以后再说。我说过，在这件事情上要实实在在的。

**伊丽莎白** （打趣道）你可就说过一句实在的话，那就是——这世界上真正值得在意的东西，只有爱。

**泰迪** （开心地）给我留点面子吧，好吗？等我下次弄出了什么比今天更大的洋相，你再笑我也不迟。

**伊丽莎白** 你爱上了一个人，而那个人正好也爱着你，这难道不是一桩值得开怀大笑的事情吗？

**泰迪** 要我说，我最好还是赶快离开，你觉得呢？继续留在这儿——在这栋房子里，实在没有什么好处。

**伊丽莎白** 今晚你可走不了，没有火车了。

**泰迪** 那我就明天走。我会先到伦敦去，等你准备好了就来找我。

**伊丽莎白** 我不会像凯蒂夫人那样，在针垫上别一张字条，就消失得无影无踪，你懂我的。我得告诉阿诺。

**泰迪** 你确定要这么做吗？你不觉得这会让局面变得很难收场吗？

**伊丽莎白** 我必须得面对这件事。我不想耍手段，搞蒙混过关那一套。

**泰迪** 那好，既然如此，就让我们一起面对吧。

**伊丽莎白** 不，我得跟阿诺单独谈，就我自己。

**泰迪** 你不会受他影响、动摇心意吧？

**伊丽莎白** 不会的。

[泰迪伸出一只手，伊丽莎白上前紧紧握住。他们互相凝视着对方的双眼，满怀深情，却又认真笃定。这时候，屋外传来了汽车驶来的声音，由远及近。

**伊丽莎白** 是汽车的声音，阿诺回来了。我得去洗把脸、擦擦眼睛，不能让人看出来我哭过。

**泰迪** 好吧。（当伊丽莎白正要离开的时候）伊丽莎白。

**伊丽莎白** （停住脚步）怎么？

**泰迪** 祝你好运。

**伊丽莎白** （情意绵绵地）你这个傻瓜！

[伊丽莎白从屋门下，泰迪由落地窗离开，前往花园。有那么一会儿，屋内空无一人，然后阿诺上场。他坐下来，从公文包里取出几份文件。这时凯蒂夫人上场，他起身相迎。

**凯蒂夫人** 我瞧见你进来了。噢，我亲爱的孩子，不用站起来。你完全没有必要这么客气，太见外了。

**阿诺** 我刚叫人给我送杯茶，还以为是端过来了呢。

**凯蒂夫人** 也许我们能趁这个工夫聊上一小会儿。我们单独在一起的时间，连五分钟都没有。我很想跟你熟络一些，你明白的。

**阿诺** 我想请您知道，父亲的到访并非我的本意。

**凯蒂夫人** 但我还挺想见见他的。

**阿诺** 恐怕您和波蒂厄斯勋爵一定觉得很尴尬吧。

**凯蒂夫人** 噢，没有的事。休伊跟他是最好的朋友，他们一块儿在伊顿念书，后来又都考上了牛津。自打我上次见到你父亲以后，他的变化可不小。年轻时候，他不怎么好看，现在倒是英俊了不少。

［男仆上场，他端着一托盘的茶具，布置好后下场。

**凯蒂夫人** 要我帮你倒茶吗？

**阿诺** 感激不尽。

**凯蒂夫人** 要加糖吗？

**阿诺** 不要，我自打参军以后就戒糖了。

**凯蒂夫人** 这可真是个好习惯。当然，除了爱国情怀以外，[1]吃糖也不利于保持身材。我居然还问自己的孩子要不要吃糖，这简直太可笑了，不是吗？生活就是这么古怪，当然，也充满了悲伤，但说到底还是够古怪的！我常在夜不能寐的时候，躺在床上思考人生的古怪，想得直发笑。

**阿诺** 而我恐怕是个不苟言笑的人。

**凯蒂夫人** 阿诺，你今年多大了？

**阿诺** 三十五岁。

**凯蒂夫人** 你都这么大了？想想也是，我跟你父亲结婚的时候，自己还是个孩子呢。

---

1 “一战”期间，作为战略储备物资的糖时常短缺、极难获取，素来喜糖的英国人不得不咬紧牙关，在没有糖的情况下坚持作战，凯蒂夫人因此将不吃糖与爱国联系在一起。

**阿诺** 是吗，父亲总跟我说，您跟他结婚的时候是二十二岁。

**凯蒂夫人** 噢，别听他胡说八道。我相当于幼儿园一毕业就结婚了，在婚礼那天，我才第一次把头发扎起来。

**阿诺** 波蒂厄斯勋爵去哪儿了？

**凯蒂夫人** 我的孩子，你总喊他波蒂厄斯勋爵，听起来实在太怪了。为什么你就不能叫他……休伊叔叔呢？

**阿诺** 他又不是我的叔叔。

**凯蒂夫人** 当然不是，但他是你的教父，这你知道的。我相信等你足够了解他以后，肯定会喜欢上他的。我非常盼望你和伊丽莎白可以一起到佛罗伦萨来，跟我们待上一段时间。我太喜欢伊丽莎白了，她长得可真漂亮。

**阿诺** 她的头发很好看。

**凯蒂夫人** 那颜色不是染的吧？

**阿诺** 噢，当然不是。

**凯蒂夫人** 我只是有点儿好奇，她的发色刚好跟我的一模一样，我想这表明，你跟你父亲都对同样的事物一见倾心。遗传基因这个东西真是太有趣了，不是吗？

**阿诺** 非常有趣。

**凯蒂夫人** 当然，加入天主教会以后，我就不再相信什么遗传了，包括达尔文和那套叫什么进化论的东西。实在太可怕了，简直是异端邪说，你懂的。除此之外，那也有失体统，不是吗？

［克莱夫从花园上场。

**克莱夫**　我打扰到你们了吗?

**凯蒂夫人**　进来吧，克莱夫，阿诺和我正在这儿愉快地谈心呢。

**克莱夫**　那可真不错。

**阿诺**　父亲，我回来的路上，顺道去哈维家看了一眼。他们把自家的房子搞得不成样，简直是在犯罪。

**克莱夫**　他们做什么了?

**阿诺**　那房子完完全全是乔治亚样式的，他们却往里面硬塞了一堆维多利亚风格的家具，效果可怕极了。我就着这个问题向他们提出了我的看法，可是一点儿用也没有，他们说就喜欢那些家具。

**克莱夫**　阿诺应当去做室内装潢设计师的。

**凯蒂夫人**　他的品位相当高雅，这一点随我。

**阿诺**　我觉得自己有这方面的天赋。对于装房子这件事，我充满了激情。

**凯蒂夫人**　你把这座房子装点得非常漂亮。

**克莱夫**　凯蒂，你还记得吗，我们在这儿住的时候，房子里就只有几块印花棉布做的窗帘，和几把还算舒服的椅子。

**凯蒂夫人**　而且难看得要命，不是吗?

**克莱夫**　那时候，不管绅士还是名媛，都没什么品位可言。

**阿诺**　你们知道，我一直在看这把椅子。自从波蒂厄斯勋爵说它的椅子腿不对头以后，我就浑身不自在。

**凯蒂夫人**　他当时心情不好，所以才那么说的。

**克莱夫**　凯蒂，我看他这些天的脾气可不怎么样啊。

**凯蒂夫人** 噢，可不是吗。

**阿诺** 可我总觉得他知道自己在说什么，而且对自己的判断非常笃定。我在这把椅子上花了整整七十五英镑。我很少有吃亏上当的时候，我向来认为，要是淘到了一件好货，你自己是能感觉出来的。

**克莱夫** 好了，别为这件事搞得连觉都睡不好。

**阿诺** 但是，父亲，这事确实打扰了我的睡眠。昨天晚上，我就做了这么一个噩梦。

**凯蒂夫人** 休伊来了。

**阿诺** 我得去把我那本讲古代英国家具的书找出来，那上面有一幅插图，画得跟这把椅子一模一样。

[波蒂厄斯上场。

**波蒂厄斯** 好家伙，这儿有场家庭聚会呢！

**克莱夫** 我刚才正在想，咱们几个刚好凑成一幅非常赏心悦目的典型英国家庭肖像画。

**阿诺** 我有样东西想拿给您看，波蒂厄斯勋爵，等我五分钟就好。

[阿诺下场。

**克莱夫** 休伊，你想不想跟我玩一把皮克牌？[1]

**波蒂厄斯** 并没有很想。

**克莱夫** 你打皮克牌向来不在行，对不对？

**波蒂厄斯** 我亲爱的克莱夫，在英国，像你这样的人根本不懂什么叫

---

1 Pique，一种两人对玩的纸牌游戏，互相比较手中牌面的大小。

皮克牌。

**克莱夫** 那就让我们来玩儿一把好了，说不定你能赢钱呢。

**波蒂厄斯** 我不乐意跟你玩儿。

**凯蒂夫人** 休伊，我搞不懂你为什么不跟他玩儿。

**波蒂厄斯** 那我就告诉你，我不喜欢他的态度。

**克莱夫** 那可太对不起了，到我这个年纪，恐怕想改也改不了喽。

**波蒂厄斯** 我就纳闷了，你为什么没完没了地在这儿晃悠。

**克莱夫** 再自然不过了，我爱我的家嘛。

**波蒂厄斯** 但凡你懂点儿人情世故，就应该在我们造访的这些日子，躲得远远的。

**克莱夫** 我亲爱的休伊，你的这副态度，我真是一点儿都不能理解。如果我都愿意让过去的事情就此过去，为什么你反倒不情愿呢？

**波蒂厄斯** 去你的吧，那些事情压根儿就过不去！

**克莱夫** 不管怎么说，我到底是受到伤害的一方。

**波蒂厄斯** 你这该死的家伙怎么就成受害者了？

**克莱夫** 这个嘛，毕竟是你拐走了我的妻子，不是吗？

**凯蒂夫人** 就此打住吧，我们没必要翻旧账。我真是不明白，大家怎么就不能像朋友一样和平相处呢。

**波蒂厄斯** 我拜托你不要插嘴，凯蒂。

**凯蒂夫人** 我很喜欢克莱夫。

**波蒂厄斯** 你压根儿就没在乎过克莱夫，你这么说，只是为了刺激我。

**凯蒂夫人** 完全不是这么回事。我巴不得他可以去找我们，跟我们待上一阵子。[1]

**克莱夫**　我非常乐意。我想，春天的佛罗伦萨一定令人心旷神怡。你们那儿有暖气吧？

**波蒂厄斯**　我以前就不喜欢你，现在依然不喜欢你，将来也没可能会喜欢你。

**克莱夫**　这可真是太不幸了！因为我一直就很喜欢你，我现在也喜欢你，将来还会继续喜欢下去的。

**凯蒂夫人**　克莱夫，你人可太好了。

**波蒂厄斯**　该死的，如果你真这么认为，当年为什么还要离开他？

**凯蒂夫人**　因为我当时爱上了你，难道你现在要拿这个来责备我吗？你实在是太，太，太让人讨厌了！

**克莱夫**　行啦，行啦，你们两个不要再吵了。

**凯蒂夫人**　这全都是他的错。在这个世界上，没有谁比我更好相处了。但说真的，跟他在一起生活，就算是圣人也没那个耐心。

**克莱夫**　好了，好了，别生气，凯蒂。两个人生活在一起，就是你敬我一尺，我让你一丈，总要互相迁就的嘛。

**波蒂厄斯**　我完全听不懂你这番鬼话。

**克莱夫**　我注意到了，你们两个动不动就爱闹矛盾。很多夫妻到最后

1　原文“I don’t see why he shouldn’t come and stay with us”，直译为“我不明白他为什么不应该去找我们，和我们待上一阵子”。这句话是凯蒂夫人对波蒂厄斯指责自己不在乎克莱夫的回应，表达的意思是她非常在意克莱夫，甚至愿意接纳他到佛罗伦萨生活一段日子，并以反问的方式增强语气。这里为了避免语义含混，依其真实意思译出。

都会过成这样，我认为这实在令人遗憾。

**波蒂厄斯** 那你能不能行行好，别管我们俩的闲事？

**凯蒂夫人** 这对他来说不是闲事，他当然希望我能过得幸福了。

**克莱夫** 我对凯蒂怀着最真挚的情意。

**波蒂厄斯** 那你这该死的家伙当初为什么不好好地照顾她？

**克莱夫** 亲爱的休伊，你曾经是我最好的朋友，我信任你，才把她托付给你的。现在看来，这想法可能过于草率了。

**波蒂厄斯** 这想法简直不可原谅。

**凯蒂夫人** 我不明白你说这话是什么意思，休伊。

**波蒂厄斯** 不，不，不，别想要拿这种态度来绑架我。

**凯蒂夫人** 噢，我懂你的意思了。

**波蒂厄斯** 那你为什么要活见鬼地说你不明白！

**凯蒂夫人** 因为我一想到自己为了那个男人牺牲了所有的一切，三十年来不得不住在一个脏兮兮的大理石宫殿里，连起码的卫生设备都没有的时候，我就不明白，他怎么能说出那样的话来。

**克莱夫** 你的意思是说，你们那儿没有浴室吗？

**凯蒂夫人** 我只能在一个盆里洗澡。

**克莱夫** 我可怜的凯蒂，你吃了多少苦啊！

**波蒂厄斯** 说真的，凯蒂，我已经听腻了你没完没了地嘀咕自己那点儿牺牲。我想你一定是觉得我什么也没牺牲吧。要不是因为你，我早就当上首相了。

**凯蒂夫人** 我看你是信口雌黄！

**波蒂厄斯**　你这话是什么意思？当初人人都说，我能当上首相。克莱夫，你说我是不是早就应该当上首相了？

**克莱夫**　当初大家确实都这么觉得。

**波蒂厄斯**　在当时，我是最被看好的年轻人，前途无量。要是我参加了下一届的选举，准能进入内阁，拥有自己的一席之地。

**凯蒂夫人**　然后他们就会把你看个清清楚楚，就像我现在已经完全看清你了一样。你总说是我毁了你的前程，我听都听烦了。你压根儿就没有什么前程可以让人拿去毁的，还首相呢，你根本没有那个脑子，你就不是那块料！

**克莱夫**　你知道，要是脸皮够厚，敢拼敢闯，再加上一副能把空话说上天的伶牙俐齿，也能大有作为。

**凯蒂夫人**　还有，在政坛混的男人充其量只是花瓶，他们背后的女人才是关键。要是我愿意，我早就让克莱夫当上内阁大臣了。

**波蒂厄斯**　克莱夫？

**凯蒂夫人**　凭借我的美貌、气场、人格魅力跟社交智慧，做任何事情都不在话下。

**波蒂厄斯**　克莱夫不过就是我的一个行政秘书，除此之外他屁都不算。要是我做了首相，也许会给他个殖民地总督当当。比方说西澳大利亚，[1]假如我大发善心的话，或许会把你们派到那儿去当差。

---

1　在英国的海外扩张历史中，西澳大利亚最初是囚犯的流放地，后逐步成为殖民地。那里地广人稀，以热带沙漠气候为主，生存条件较为艰苦。

**凯蒂夫人** （圆睁双目）你觉得我会让自己的人生埋没在西澳大利亚吗？把我的美貌、我的魅力断送在那样的地方？

**波蒂厄斯** 或者巴巴多斯[1]也可以，谁知道呢。

**凯蒂夫人** （怒不可遏）巴巴多斯！让那个鬼地方——见鬼去吧。

**波蒂厄斯** 你们也只配到这些地方去了。

**凯蒂夫人** 一派胡言！我起码能配得上印度。

**波蒂厄斯** 我永远不会把印度交给你的。

**凯蒂夫人** 你就得给我印度。

**波蒂厄斯** 我就是不给。

**凯蒂夫人** 国王会给我印度的，整个国家都会支持我在印度掌权，我非得当上个总督夫人不可。

**波蒂厄斯** 我告诉你，为了大英帝国的利益——该死的，我的假牙都掉出来了！

［*波蒂厄斯急匆匆地离开房间。*

**凯蒂夫人** 这太过分了，我受不了了。我已经忍受了他三十年，现在我的一丁点儿耐心也剩不下了。

**克莱夫** 冷静一下，我亲爱的凯蒂。

**凯蒂夫人** 别跟我说话，我一个字也听不进去。我已经下定决心了，结束吧，结束吧，结束吧。（语气有所改变）听说打从我离开以后，你就再没有在这房子里住过，这真是太令我感动了。

---

1 位于加勒比海西印度群岛的最东端，是英国海外第一个奴隶制的殖民地。

**克莱夫** 这儿的布谷鸟[1]着实不少，这种鸟儿的习性实在是不怎么样，我触景伤情，感到分外难以接受。

**凯蒂夫人** 看到你这么多年一直没再结婚，我不禁会想，你是不是仍然爱着我。

**克莱夫** 在我认识的人里头，只有极少数懂得吃一堑长一智的道理，我就是其中之一。

**凯蒂夫人** 从教义上讲，我仍然还是你的妻子。教会是明智的，它早就洞悉了一切，它知道一个女人终究要回到她最初的爱人身边。克莱夫，我愿意回到你身边来。

**克莱夫** 我亲爱的凯蒂，我不能乘人之危，在你和休伊闹矛盾的关头乘虚而入。倘若你现在意气用事，将来可是要后悔的。

**凯蒂夫人** 可是你已经等了我这么久。看在阿诺的份儿上。

**克莱夫** 你真觉得我们有必要替阿诺担心吗？事情已经过去三十年了，他对眼下的情形早就司空见惯了。

**凯蒂夫人** （浅笑道）克莱夫，这种荒唐的日子，我想我已经过够了。

**克莱夫** 可我还没荒唐够呢。凯蒂，过去的我一直是个正派的青年人。

**凯蒂夫人** 这我知道。

**克莱夫** 想到这儿我就高兴，因为我现在有机会去做一个邪恶的老家

1 布谷鸟的习性是在别的鸟巢中下蛋，让别的鸟代劳孵蛋和养育雏鸟，与生活中夫妻一方出轨，另一方却蒙在鼓里的情形类似。因此，在英语中 cuckoo（布谷鸟）有 cuckold（戴绿帽的丈夫）和 cuckquean（被出轨的妻子）的引申义。

伙了。

**凯蒂夫人** 我不懂你这话是什么意思。

[阿诺上场，手里拿着一本又大又厚的书。

**阿诺** 你看，我找了好半天，终于找到这本书了。噢！波蒂厄斯勋爵不在这儿吗？

**凯蒂夫人** 阿诺，等一下再说，我跟你父亲有要紧的事在忙。

**阿诺** 非常抱歉。

[阿诺离开，前往花园。

**凯蒂夫人** 克莱夫，请解释一下你刚才说的话。

**克莱夫** 当你弃我而去的时候，凯蒂，我整个人自怨自艾、又气又恼。但最要命的是，我觉得自己变成了一个大傻瓜。

**凯蒂夫人** 你们男人就是这么要面子。

**克莱夫** 不过，我熟读历史，于是，很快我就意识到，我所经历的这段不幸，几乎所有伟大的人物都曾经历过。

**凯蒂夫人** 我自己也爱看书，但看书时候的感觉总是叫我很不舒服。

**克莱夫** 这里面的道理非常简单。女人不喜欢动脑子，当她们发现自己的丈夫有头脑的时候，就会想要把自己感受到的不满报复在对方的身上。而她们能采取的唯一一种方式——就是像你对我所做的那样。

**凯蒂夫人** 这话听着倒新鲜，不过，也有可能是对的。

**克莱夫** 我觉得，我这辈子该尽的社会义务已经全都尽完了。在余生里，我决定要为自己的快乐而活。下议院那些乱七八糟的工作一直把我烦得够呛，而你跟我离婚的丑闻正好给了我一个退下来的机会。我发现，地球没了谁都照样转，这个国家少了我，也还是发展得不错。

**凯蒂夫人** 可是，难道你的生活里就不曾有过爱情的位置吗？

**克莱夫** 扪心自问地说，凯蒂，你不觉得人们对于爱情这件事，实在有些过于小题大做了吗？

**凯蒂夫人** 爱是世界上最美好的事情。

**克莱夫** 你可真是旧习难改，难道你真觉得为了爱情牺牲一切是值得的吗？

**凯蒂夫人** 我亲爱的克莱夫，不怕告诉你，如果时间能够重来一次的话，我依然还是会背叛你，但是不大会离开你。

**克莱夫** 有那么几年，咱俩之间的这段往事闹得满城风雨，我成了大伙儿眼中一个顾影自怜的完美受害者。于是，一大批漂亮姑娘抢着来安慰我，到最后竟然让我感到疲于应付。出于身体健康的考虑，我后来就不再出入那些梅菲尔[1]的豪宅客厅了。

**凯蒂夫人** 那之后呢？

**克莱夫** 那之后，我就找到了别的方式来排遣寂寞。我会在经济上，对一批招人疼的小姑娘予以些许资助。她们差不多都二十来岁，超不过二十五，出身比较低下。

---

1 Mayfair，伦敦著名的上流社区，地处市中心，夹在海德公园和苏活区之间。因十七世纪后期以来每年都在五月举办一场市集而得名，十八世纪后成为顶级的富人住宅区。克莱夫在这里点出了自己曾经的那段奢靡生活。

**凯蒂夫人**　我实在弄不明白，男人怎么都对年轻的女孩子如此迷恋。在我看来，她们的头脑都够迟钝的。

**克莱夫**　事关个人的品位问题。我喜欢陈年美酒，喜欢跟老朋友欢聚一堂，喜欢读古时候的经典名著，但对于女人，我只喜欢年轻的。到她们二十五岁生日的时候，我会送上一枚钻石戒指，告诉她们不要再把自己的青春和美貌，浪费在我这样的老头子身上。离别的一幕总是凄美动人，我在这方面的套路可以说是炉火纯青了。送走这一个，再投入下一个，周而复始，乐此不疲。

**凯蒂夫人**　克莱夫，你可真是个邪恶的老家伙。

**克莱夫**　这就是我刚对你说过的。但是，乔治在上，这种日子可是真不错。

**凯蒂夫人**　现在看来，我只剩下一条路可走了。

**克莱夫**　是什么呢？

**凯蒂夫人**（脸上闪过一丝微笑）换衣服，吃晚餐。

**克莱夫**　对极了，我也正打算这么办。

［凯蒂夫人下场时，与正上场的伊丽莎白擦肩而过。

**伊丽莎白**　阿诺在哪儿呢？

**克莱夫**　他到露台去了，我帮你叫他。

**伊丽莎白**　不用麻烦了。

**克莱夫**　一点儿也不麻烦，我正好要溜达回我的别墅去，换件衣服来吃晚饭。（踱步下场，边走边喊）阿诺。

**阿诺**　来啦！（上场）噢，伊丽莎白，我刚在这本书里找到了一幅插图，跟我买回来的这把椅子一模一样。上面说了，这是件 1750 年的古董，你看！

**伊丽莎白** 真有意思。

**阿诺** 我要拿给波蒂厄斯看看。（将一把放错位置的椅子挪回原位）你知道，要是有人乱动我的东西，我会非常不高兴的。我刚把它们摆正，就叫人给碰歪了，我收拾的速度都赶不上他们捣乱的速度。

**伊丽莎白** 这肯定叫你非常闹心。

**阿诺** 可不是嘛。最让我闹心的就是你。我搞不懂，你为什么不能像我一样，对这房子怀抱些许的敬意呢。再怎么说，这也是郡上的一道景观呀。

**伊丽莎白** 看来你对我有很多的不满。

**阿诺** （和颜悦色地）那倒也没有。不过，我人生的两大主题——搞政治跟装房子，这两件事，你可是一丁点儿也不关心。我要是连这也看不出来，岂不是个傻瓜。

**伊丽莎白** 阿诺，我们之间实在是没有多少共同语言，你说是不是？

**阿诺** 依我看，这事你可怪不着我。

**伊丽莎白** 我没有怪你，我对你毫无怨言，我在你身上挑不出任何应该被责备的地方。

**阿诺** （对她郑重其事的口气感到吃惊）我的天啊！你说这些话是什么意思？

**伊丽莎白** 好吧，我看也没必要拐弯抹角，我就直截了当地告诉你吧，我希望你能让我走。

**阿诺** 走？去哪儿？

**伊丽莎白** 离开这儿，永远地离开，再也不回来了。

**阿诺** 我的宝贝儿，你到底在说些什么啊？

**伊丽莎白** 我想要你放我自由。

**阿诺** （并未因她的话而惊慌失措，反而被逗乐了）亲爱的，别说这种傻话好吗。我打赌，你是腻烦了现在的日子，想要换换心情。你要是愿意的话，我可以带你到巴黎去玩两周。

**伊丽莎白** 我如果没有打定主意，是不会跟你说这些话的。我们已经结婚三年了，这三年来的婚姻生活实在称不上美满。老实说，你想要我过的这种日子，在我看来索然无味。

**阿诺** 好吧，如果你非要我这么说的话，我就告诉你，这全都是你的错。我们过的是一种品位高雅、于社会有益的生活，就连我们的社交圈子都高人一等。

**伊丽莎白** 我非常愿意接受你对我的指责，错在于我。可这有什么用呢？我才只有二十五岁，如果我犯了一个错误，那我还有足够的时间来纠正它。

**阿诺** 我完全不觉得你这是在负责任地讲话。

**伊丽莎白** 你看，我并不爱你。

**阿诺** 好吧，你这么想，我感到十分遗憾。可是并没有人逼你要跟我结婚，你自己选的路，咬着牙也得走下去。

**伊丽莎白** 在英文里，再没有比这更糟糕的谚语了。假如你不情愿的话，为什么非要一条路走到黑呢？总还有别的路可以走。

**阿诺** 看在上帝的份儿上，伊丽莎白，别再开玩笑了。

**伊丽莎白** 我已经下定决心要离开你了，阿诺。

**阿诺** 好了，好了，伊丽莎白，理智一点吧，你完全没有理由要离开我啊。

**伊丽莎白** 为什么你非得把一个渴求自由的女人，死死地拴在自己身边呢？

**阿诺** 因为我偏偏很爱你。

**伊丽莎白** 很久没有听到你说这句话了，以前或许有吧。

**阿诺** 这么想当然的事情，我认为不用说你也知道的。你不能指望一个男人在结婚三年后，还能天天向自己的妻子表白示爱。我很忙的。我一心扑在政治事业上，而且为了把这所房子打理得漂亮，我累得毫无喘息之机。当然了，男人成婚是为了能有个家，但同时也是为了不再为那些男欢女爱的琐事浪费精力。打从我第一眼看见你，我就爱上你了，这份爱从来就没有改变过。

**伊丽莎白** 我很抱歉，但如果你不爱这个男人的话，他对你有再多爱也于事无补。

**阿诺** 你说这话可太没良心了。我为你付出了这么多，我把整个世界都给了你。

**伊丽莎白** 你一直以来都待我很好，这我承认。可你却要我去过一种我并不想过，也不适合过的生活。如果我给你造成了伤害，那我深感抱歉，但现在，你必须得让我走。

**阿诺** 一派胡言！我比你大很多，因此也比你更加清醒和理智。为了你好，同时也为我自己好，我绝不会同意这样做的。

**伊丽莎白** （笑道）可你又能拿什么来阻止我呢？总不能把我关进笼子里锁起来吧。

**阿诺** 请不要这么跟我说话，好像我是个没头脑的傻小子。你是我的妻子，并且还将继续做我的妻子。

**伊丽莎白** 那样的话，你觉得我们会过上一种什么样的生活呢？我已经很不幸福了，难道你还会感受到比我更多的幸福吗？

**阿诺** 那你到底想要怎么样？

**伊丽莎白** 我想要离婚，希望你能同意。

**阿诺** （深感震惊）和我离婚？你觉得我会冒着牺牲自己事业的风险，去满足你这个心血来潮的想法吗？

**伊丽莎白** 离婚怎么会牵扯到你的事业？

**阿诺** 我现在的位子本来就坐得不稳，摇摇欲坠。假如再背上一个离婚的官司，你觉得我还能保得住职位吗？哪怕像现在大多数的离婚诉讼一样，办个假离婚，也会要了我的命的。

**伊丽莎白** 对于一个女人来说，离婚更是一件痛苦的事情。

**阿诺** （正要说话，突然迟疑了一下）你说这话是什么意思？难不成你爱上了别人吗？

**伊丽莎白** 没错。

**阿诺** 是谁？

**伊丽莎白** 泰迪·卢顿。

[阿诺震惊了片刻，然后抑制不住地放声大笑。

**阿诺** 我可怜的孩子，你怎么这么愚蠢呢？哎呀，他就是个身无分文的穷小子，简直普通得不能再普通了。我想对你生气都生不起来，这真是太荒唐了。

**伊丽莎白** 我已经不可救药地爱上他了，阿诺。

**阿诺** 好吧，那你最好再不可救药地忘了他。

**伊丽莎白** 他想要娶我。

**阿诺** 我猜他一定是这么想的，让他自己想去吧。

**伊丽莎白** 就算你这么说也改变不了什么。

**阿诺** 他是你的情夫吗？

**伊丽莎白** 不，当然不是。

**阿诺** 那他就是个卑鄙小人，利用了我的盛情款待，借机勾引你出轨。

**伊丽莎白** 他连亲都没亲过我。

**阿诺** 我要是你，就把这话写在脸上，有人信你才怪。

**伊丽莎白** 就是因为我不想做任何越轨的举动，才把事情原原本本地告诉你。

**阿诺** 这件事你盘算多久了？

**伊丽莎白** 自从我认识泰迪的那一刻，我就爱上了他。

**阿诺** 看来你从来就没把我当回事过。

**伊丽莎白** 噢，不，我在乎你。我心里非常痛苦，但却无法自拔。我希望自己爱过你，但事实非我所愿。

**阿诺**　在你做任何傻事之前，我建议你仔仔细细地考虑清楚。

**伊丽莎白**　我已经非常周详地考虑过了。

**阿诺**　上帝啊！我不知道自己为什么不狠狠地揍你一顿。也许用这种方式，能让你那发昏的头脑恢复一些理智。

**伊丽莎白**　噢，阿诺，不要用这种方式去面对问题。

**阿诺**　那你觉得我应该怎么去面对这个问题？你来到我面前，若无其事地跟我说，“我已经受够你了，我们已经结婚三年了，现在我想换个人结婚。能不能给我个机会，让我把这个家给毁掉呢？我已经跟你过腻了！咱们离个婚好不好？什么？这会摧毁你的前程？那太遗憾了！”噢，亲爱的，这不行，我也许是个傻瓜，但我还没傻到任人愚弄的份儿上！

**伊丽莎白**　泰迪会搭明天早上的第一班火车离开这儿，我想你知道，等他安排好一切，我就会追随他一起走。

**阿诺**　他在哪儿呢？

**伊丽莎白**　我不知道，我想这会儿在他自己的房间里吧。

[阿诺走到门口，大声疾呼。

**阿诺**　乔治！

[他坐立不安地在屋里来回走了一小会儿，伊丽莎白就在旁边看着他。

[男仆上场。

**男仆**　是的，先生。

**阿诺**　去找卢顿先生，让他立刻马上到这儿来。

**伊丽莎白** 问一下卢顿先生，他是否介意过来一下。

**男仆** 好的，夫人。

[ 男仆下场。

**伊丽莎白** 你打算对他说些什么呢？

**阿诺** 那是我自己的事。

**伊丽莎白** 如果我是你的话，就不会让事情闹得太大。

**阿诺** 我不准备闹事儿。（两人都安静地等了一小会儿）你为什么一定要把我母亲喊到家里来？

**伊丽莎白** 你这么问实在太荒唐了，好像我是受到了她的影响，才想要——

**阿诺** （打断她）才想要步她的后尘。好了，现在你们见过面了，你对她作何评价？你觉得她是一个成功的女人吗？你觉得会有任何人希望自己的母亲是那样一个形象吗？

**伊丽莎白** 我一直为此感到羞愧难当，也感到非常抱歉。事情发展得这么糟糕，真是可怕。今天早上，我碰巧在花园里看到一株玫瑰，它已经开败了，蔫头耷脑地垂在那里，浑身沾满泥土和污水，看上去就像一个浓妆艳抹的老妇人。我记得在一两天前，我还见过这朵花，那时候它正在盛开，看起来美艳动人、闻起来香气扑鼻。今时今日的它诚然面目可憎，但这并不能否定它曾经拥有过美好，这毕竟是事实。

**阿诺** 上帝啊，你可真有诗意！好像现在是个值得诗兴大发的好时候似的！

［泰迪上场，他已经换上了一身晚餐时候的装束。

**泰迪** （问伊丽莎白）你找我吗?

**阿诺** 是我找你。（泰迪看了看他，又看了看伊丽莎白，看出了这里出了问题）您什么时候方便离开寒舍啊?

**泰迪** 我打算明天一早离开。不过，如果你需要的话，我也可以现在就走。

**阿诺** 我非常需要。

**泰迪** 那好吧。除此之外，你还有什么要吩咐我的吗?

**阿诺** 我想问你，你到我家来做客，然后又勾引我的妻子，你觉得这样做很光彩吗?

**泰迪** 不，我完全不这么觉得。对于这件事，我也一直觉得很难堪，所以我才想要离开的。

**阿诺** 确实如此，你的脑子还算清楚。

**泰迪** 恐怕现在再说对不起之类的话已经没什么用了。

**阿诺** 你真的想要娶伊丽莎白吗?

**泰迪** 是真的，要是情况允许的话，我想马上就跟她结婚。

**阿诺** 你就没想过，这里还有个我吗?你这是在拆散我美满的家庭，摧毁我毕生的幸福，难道你就一点儿都不惭愧?

**泰迪** 要是伊丽莎白不在乎你的话，我看不出来你还能有多少幸福可言。

**阿诺** 我明白告诉你，一个兜比脸还干净的投机分子，想要利用一个妇人的愚蠢，来破坏我的家庭，这我绝不允许！我绝对不会离婚！我也许不能阻止我的妻子去做一个心甘情愿被你蒙骗的糊涂蛋，但我把话放在这儿：我说什么也不离婚！

**伊丽莎白** 阿诺，如果你真打算这么做，那就太可怕了。

**泰迪** 我们有办法让你离婚的。

**阿诺** 你有什么办法？

**泰迪** 如果我们把私奔的事情公之于众，你就不得不上诉提出离婚。

**阿诺** 好啊，你们离开这座房子二十四小时之内，我就能找个女演员一起到布莱顿[1]去寻欢作乐，那样一来，咱们两边都是过错方，谁也不能提出离婚了。我们这个家庭离婚离得够多了。现在，你们都给我出去，出去，出去！

[泰迪犹豫地看着伊丽莎白。

**伊丽莎白** （笑道）不用担心我，我不会有事的。

**阿诺** 滚出去！滚出去！

——幕落——

1 英国南部滨海城市，以其铺满鹅卵石的海滩而闻名于世。

# 第三幕

[场景与前两幕相同，时间来到了第二幕当天的夜晚（晚餐后）。幕启后，舞台上出现的是克莱夫和阿诺，两人都穿着晚宴时的装束，克莱夫端坐在桌前，阿诺则焦躁不安地在房间里来回踱步。

**克莱夫** 依我看，你要是能踏踏实实听从我的建议，照我说的去做，这事就能摆得平。

**阿诺** 您知道我不喜欢那样，那完全跟我的行事原则背道而驰。

**克莱夫** 亲爱的阿诺，我们大家都对你的前途寄予厚望，希望你能在政坛上风生水起，但你要学的还多着呢。这个世界上最重要的原则叫能屈能伸。出于权宜考量，这点儿牺牲不算什么。

**阿诺** 可是万一出了差池，又该怎么收场呢？女人能做出什么事来，可不好估计啊。

**克莱夫** 胡说八道！浪漫、多情，那都是男人的特质。对于一个女人来说，只要机会合适，她就一定会奋不顾身地牺牲自己，这是她实现自我放纵的最佳途径，她爱的就是这个。

**阿诺** 我真不知道，到底该说您风趣呢，还是该说您愤世嫉俗呢，父亲。

**克莱夫** 我哪个都不是，亲爱的儿子，我不过是在实话实说罢了。不过我发现，人们都不太爱听实话，总觉得那不是在开玩笑，就是在冷嘲热讽。

**阿诺** （愤愤不平地）这种事情居然也会发生在我身上，实在太不公平了。

**克莱夫** 冷静一点，我的孩子，照我说的做就是了。

［凯蒂夫人和伊丽莎白上场。凯蒂夫人穿了一件华丽的晚宴长裙。

**伊丽莎白** 波蒂厄斯勋爵去哪儿了？

**克莱夫** 他到露台去了，在那儿抽雪茄呢。（走到窗口）休伊！

［波蒂厄斯上场。

**波蒂厄斯** （嘟囔道）嗯？沈思彤太太不在吗？

**伊丽莎白** 噢，她有些头疼，已经睡下了。

［波蒂厄斯进来的时候，凯蒂夫人非常轻蔑地撇了一下嘴，然后拿起一张画报看了起来；波蒂厄斯也很不高兴地瞥了她一眼，同样拿起一张画报，坐到屋子的另一边去；两个人正处在互不理睬的冷战阶段。

**克莱夫** 阿诺刚刚跟我到别墅去了一趟。

**伊丽莎白** 我还奇怪你们到哪儿去了呢。

**克莱夫** 今天下午，我偶然间翻出来一本老相册，本来想趁着晚餐之前带过来，结果给忘了，于是我们两个又折回去取了一趟。

**伊丽莎白** 噢，快让我看看！我就喜欢老照片。

［克莱夫将相册递给她，伊丽莎白接过之后端坐下来，将相册摊在腿上翻阅。克莱夫站到她的身后，凯蒂夫人和波蒂厄斯一

边看着画报，一边偷瞄着对方。

**克莱夫** 我想，你大概会很有兴趣看看三十五年以前的漂亮姑娘都长什么样子，那可是个美女如云的年代啊。

**伊丽莎白** 您认为那个时候的美女比现在的还要漂亮吗？

**克莱夫** 噢，漂亮多了。今天的标致女孩儿倒是不少，但能真正称得上美女的寥寥无几。

**伊丽莎白** 她们现在的穿衣打扮也很滑稽，不是吗？

**克莱夫** （指着一张照片说）这是朗特里夫人。[1]

**伊丽莎白** 她的鼻子可真好看。

**克莱夫** 她可是那个年代的花魁。每次她到别人家里去做客，一进客厅，那些有身份的贵族遗孀都争先恐后地跳到椅子上去，就为了能一睹芳容。我跟她骑过一次马，她上马的时候，我们都得把马厩的门给死死地堵上，因为门口慕名而来的人实在太多了，里三层外三层的，差点没直接冲进来。

**伊丽莎白** 这个人又是谁？

**克莱夫** 这是朗斯戴尔夫人，旁边那个是黛德丽夫人。

**伊丽莎白** 这个人是一位女演员，对不对？

**克莱夫** 没错，爱伦·泰瑞，一位名演员。上帝啊，我那时候可太喜欢这个女人了。

---

1 莉莉·朗特里（Lillie Langtry），活跃于十九世纪末至二十世纪初的英国社交名媛，曾与当时的多位政要传出绯闻。在接下来的谈话里，克莱夫提到的许多名字都在历史上确有其人。

**伊丽莎白**　（笑道）了不起的爱伦·泰瑞。

**克莱夫**　这是瓦伯斯，我这辈子再没见过比他更时髦的美男子了。还有，奥利弗·蒙太古，旁边那个戴眼镜的是亨利·麦纳斯。

**伊丽莎白**　他长得可真帅气，不是吗？这个人是谁？

**克莱夫**　那是玛丽·安德森，也是一位女演员。你要是见过她在《冬天的故事》[1]里的表演就明白了，简直美得令人窒息。噢，看！这是兰道芙夫人。博纳尔·奥斯本，我认识的人里面，就数他最精明。

**伊丽莎白**　这些真是太美好了。我喜欢她们穿的撑裙和那些紧绷绷的袖子，多有趣啊。

**克莱夫**　她们的身材多棒啊！那年头的女人，可不流行瘦得像根竹竿、薄得像张纸片。

**伊丽莎白**　啊，但是她们不都要穿束腰的吗？身体怎么承受得了啊？

**克莱夫**　反正她们那会儿不需要打高尔夫球，也不用做一些乱七八糟的活动，你懂的。她们打猎，戴着高高的帽子，穿着黑色的长袍，举止端庄优雅，碰见村子里的穷人也会慷慨解囊。

**伊丽莎白**　那些穷苦的人喜欢她们吗？

**克莱夫**　穷人家的日子本来就不好过，要是不接受她们的乐善好施，就更揭不开锅了。这些女士们在伦敦的时候，每天下午都会去公园里开车兜风，再找个地方用上一顿十道菜晚宴，餐桌上全是熟

1　莎士比亚晚期创作的著名传奇剧。

人，一张生面孔也不会有。当帕蒂[1]或者阿尔巴尼夫人[2]开唱献演的时候，她们准会在剧院里订好包厢捧场。

**伊丽莎白** 噢，这个娇小玲珑的姑娘可太漂亮了！她到底是谁呀？

**克莱夫** 你是说她？

**伊丽莎白** 她看起来是多么柔弱纤细，像一件精致的小瓷娃娃，身上裹着厚厚的毛皮大衣，一张小脸紧贴着暖手筒，周围大雪纷飞。

**克莱夫** 没错，当时的雪下得又大又急，简直像是舞台上造出来的暴风雪景[3]一样，完全不像真的。

**伊丽莎白** 瞧她笑得多甜呀，如此调皮可爱、真诚坦率，甚至还有一股倜傥不羁的劲头。噢，我真希望自己笑起来的时候也能有这么美好！快告诉我，她是谁！

**克莱夫** 你认不出来吗？

**伊丽莎白** 我不认识她呀。

**克莱夫** 哎呀——这是凯蒂。

**伊丽莎白** 凯蒂夫人！（向着凯蒂夫人）噢，亲爱的，快来看看！您有多迷人呀。（不能自已地捧着相册来到凯蒂夫人面前）您怎么不告诉我，您之前有这么漂亮呀？肯定所有人都为您神魂颠倒。

1 阿德琳娜·帕蒂（Adelina Patti），十九世纪知名的意大利歌剧演唱家。

2 艾玛·阿尔巴尼（Emma Albani），活跃于十九世纪后期至二十世纪初期的加拿大裔歌剧女高音。

3 原文使用的“artificial snowstorm”，直译为“人造暴风雪”。但造雪机发明于1950年，直到1952年，美国纽约才实现了世界上第一场人工降雪。本剧首演于1921年，彼时并无人工降雪的概念，故结合全剧语境，将其译为“舞台上造出来的暴风雪景”。

[凯蒂夫人接过相册端详起来，少顷，相册从她手中滑落到地上，她开始掩面而泣。

**伊丽莎白** （惊慌失措地）亲爱的，您怎么了？噢，我都做了些什么啊？实在是太抱歉了。

**凯蒂夫人** 别，别跟我说话，让我一个人静静。我真是太愚蠢了。

[伊丽莎白茫然无措地看了她一会儿，然后转身走到克莱夫身边，挽过他的胳膊，拉着他往露台走。

**伊丽莎白** （边走边低声耳语道）您是不是故意搞了这一出？

[波蒂厄斯起身，来到凯蒂夫人身边，把手搭在她的肩膀上，两人就这样待了一小会儿。

**波蒂厄斯** 凯蒂，晚餐前，我恐怕对你太过粗鲁了。

**凯蒂夫人** （握着他放在自己肩上的手）没关系，我当时也一定很惹你生气。

**波蒂厄斯** 我说那些话都是无心的，完全不是那个意思，你知道的。

**凯蒂夫人** 我也不是故意的。

**波蒂厄斯** 我当然很清楚，自己永远也当不上首相。

**凯蒂夫人** 你怎么能说这种傻话呢，休伊？如果你还在从政的话，谁也别想从你手上抢走那个位置。

**波蒂厄斯** 我不是那块料。

**凯蒂夫人** 你比我见过的任何人都合适当首相。

**波蒂厄斯** 再说了，我也不觉得自己有多想当首相。

**凯蒂夫人** 噢，但我原本可以为你感到骄傲的，你完全有机会成为首相。

**波蒂厄斯**　要是我当上了首相，我一定会把印度分给你，这你知道的，任何人都不会对此抱有疑义。

**凯蒂夫人**　我根本就不在乎什么印度。给我个西澳大利亚，我就知足了。

**波蒂厄斯**　亲爱的，你觉得我会让你埋没在西澳大利亚那样的地方吗？

**凯蒂夫人**　那巴巴多斯也不错。

**波蒂厄斯**　不可能，那地方听着像治牛皮癣的偏方似的。我会把你留在伦敦的。

[ 波蒂厄斯捡起相册，正打算看看凯蒂夫人年轻时候的照片。这时，凯蒂夫人伸手盖住了相册。

**凯蒂夫人**　不，别看。

[ 波蒂厄斯拿开她的手。

**波蒂厄斯**　别这么傻。

**凯蒂夫人**　难道容颜衰老不令人看了生厌吗？

**波蒂厄斯**　你要知道，你压根儿没变多少。

**凯蒂夫人**　（陶醉地）噢，休伊，你怎么能用这种话来骗我呢？

**波蒂厄斯**　非要说的话，你当然是变得成熟了一点儿，但仅此而已。女人，越成熟越有味道。

**凯蒂夫人**　你真这么觉得吗？

**波蒂厄斯**　我可以起誓，我讲的是实话。

**凯蒂夫人**　你不是为了哄我开心才这么说的？

**波蒂厄斯** 不，绝对不是。

**凯蒂夫人** 让我再看看这张照片。（她拿过相册，重新端详那张照片，沉醉其中）事实上，只要你的底子好，年龄就不怎么看得出来，你也能一直永葆青春。

**波蒂厄斯** （带着一丝微笑，像是在和一个小孩子说话般地）别动不动就哭鼻子了，多傻呀。

**凯蒂夫人** 我的睫毛没给弄花吧？

**波蒂厄斯** 完全没有。

**凯蒂夫人** 我现在用的这款睫毛膏真是不错，它也不会把你的睫毛粘在一起。

**波蒂厄斯** 我说，凯蒂，你还想在这儿待多久呢？

**凯蒂夫人** 噢，你想什么时候离开都行，我随时可以跟你走。

**波蒂厄斯** 克莱夫真快把我给逼疯了。他老围在你身边转来转去的，我看着就烦。

**凯蒂夫人** （诧异了一下，然后被逗乐了，愉快地）休伊，你这不是在吃克莱夫的醋吧？就为了那个可怜的家伙？

**波蒂厄斯** 我当然没有吃他的醋了，但是他看你的那个眼神，我瞧着就是不痛快、很讨厌。

**凯蒂夫人** 休伊，你可以把我像艾米·罗布萨特[1]那样丢下楼梯，或

1 Amy Robsart，十六世纪的英国莱斯特伯爵罗伯特·达德利的第一任妻子。两人结婚十年后，罗布萨特因跌下楼梯而蹊跷地死去。传言认为，是她的丈夫为了追求英国女王伊丽莎白一世而制造了这起谋杀。

者拽着我的头发，从屋里拖出去；我不怕惹你生气，你就是吃醋了。我永远也不会变老的，你有的是醋可吃。

**波蒂厄斯** 该死的，那家伙毕竟做过你的丈夫。

**凯蒂夫人** 我亲爱的休伊，他从来都没有你的这份风度。想想吧，每次你一进门，屋里所有人都会看着你目瞪口呆："嚯，来了个什么人物啊？"

**波蒂厄斯** 什么？你真这么觉得吗？好吧，我想你说得有道理。那些该死的激进党人爱说什么就说去吧，但是，以上帝的名义，凯蒂！只要你是一个有身份的绅士——噢，该死的，你知道我要说什么。

**凯蒂夫人** 我觉得，自打咱们两个离开克莱夫以后，他这几年堕落得吓人。

**波蒂厄斯** 你觉得我们在回意大利的路上抄个近道，从圣米凯莱[1]走怎么样？

**凯蒂夫人** 噢，休伊！我们都好几年没去过那儿了。

**波蒂厄斯** 你想不想再过去瞧瞧——就瞧一次？

**凯蒂夫人** 你还记得我们第一次到那儿去的情景吗？那是我这辈子见过最美的地方，简直是天堂。我们才刚离开英国一个月，我就说想把余生都花在那里。

---

1 San Michele，意大利北部的一个矩形小岛，是威尼斯的公共墓园，风光优美，人迹罕至。

**波蒂厄斯**　我当然记得了。我们在那儿待了两个星期，这期间，那地方完完全全就属于你一个人。

**凯蒂夫人**　我们在那儿度过了一段开心的时光，休伊。

**波蒂厄斯**　那就让我们再去快活一次吧。

**凯蒂夫人**　我不敢去。那里到处都是我们过去的影子，像幽灵一样挥之不去。倘若有什么地方曾让你感到过幸福，是断不该故地重游的，那会叫我肝肠寸断。

**波蒂厄斯**　你还记不记得，我们曾经坐在那个老城堡的露台上，一起望着亚德里亚海？那个时候，好像整个世界就剩下我们两个人了，凯蒂，就你和我。

**凯蒂夫人**　（伤感地）当时咱们还觉得，你我之间的这份爱永远也不会褪色呢。

［克莱夫上场。

**波蒂厄斯**　今儿晚上有机会玩儿把桥牌吗？

**克莱夫**　咱们可凑不齐四个人。

**波蒂厄斯**　那个小伙子就这么蔫不出溜地跑了，真是不像话！他牌打得不差。

**克莱夫**　你是说泰迪·卢顿？

**凯蒂夫人**　他没跟任何人道别就走了，真是古怪。

**克莱夫**　现如今的年轻人都随性得很。

**波蒂厄斯**　我还以为今儿晚上没火车了呢。

**克莱夫**　是没了，最后一班车五点四十五就开走了。

**波蒂厄斯** 那他怎么走的?

**克莱夫** 用两条腿走的。[1]

**波蒂厄斯** 要我说这不叫随性，叫任性。

**凯蒂夫人** (饶有兴致地)他为什么要走呢，克莱夫?

[克莱夫盯着凯蒂夫人看了一会儿，显然是在深思熟虑。

**克莱夫** 我得向你们宣布一桩非常严重的事情，伊丽莎白想要离开阿诺。

**凯蒂夫人** 克莱夫! 这到底是怎么回事?

**克莱夫** 她爱上了泰迪，所以这家伙才这么急着跑掉了。我们这个家庭的男性成员，当真都非常不幸啊。

**波蒂厄斯** 她打算要跟这小子私奔吗?

**凯蒂夫人** (惊慌失措地)我的天啊，现在能做些什么呢?

**克莱夫** 我觉得，这件事能不能解决，就全看你了。

**凯蒂夫人** 我? 你这是什么意思?

**克莱夫** 你得告诉她，告诉她这意味着什么。

[克莱夫目不转睛地盯着她，凯蒂夫人也回看着他。

**凯蒂夫人** 噢，不不，不行!

**克莱夫** 她还是个孩子，就算不为阿诺，为了她，你也必须得跟她谈谈。

**凯蒂夫人** 你不明白这个要求意味着什么。

1 强调泰迪步行离开。

**克莱夫**　恰恰相反，我明白得很。

**凯蒂夫人**　休伊，我该怎么办呢？

**波蒂厄斯**　你想怎么办就怎么办，不管结果是什么样，我都不会责怪你的。

［男仆上场，手里端着一个金属托盘，盘中有一封信。他扫了一眼屋内，见伊丽莎白并不在场，有些犹豫不决。

**克莱夫**　怎么了？

**男仆**　我来找钱皮恩-切尼夫人，先生。

**克莱夫**　她不在这儿，那是一封信吗？

**男仆**　是的，先生。这是刚从“冠军火药库”那边送来的。

**克莱夫**　放在这儿吧，我会把它交给切尼夫人的。

**男仆**　好的，先生。

［男仆把托盘端到克莱夫面前，后者把信取走，他转身下场。

**波蒂厄斯**　这个什么“冠军火药库”，是一间本地酒吧吗？

**克莱夫**　（目不转睛地盯着那封信）也是一家旅馆，但我从没听说有谁在那儿住过店。

**凯蒂夫人**　要是现在没火车了，我猜他只能去那儿落脚了。

**克莱夫**　说得没错，不知道他在信里写了些什么！（他走到通向花园的窗子旁）伊丽莎白！

**伊丽莎白**　（声音从外面传来）我在这儿。

**克莱夫**　这儿有封给你的信。

［沉静片刻，众人静候着伊丽莎白的到来。伊丽莎白上场。

**伊丽莎白**　今天晚上的花园实在太美了。

**克莱夫**　这儿有一封信，是刚从“冠军火药库”送过来的。

**伊丽莎白**　谢谢。

［她当众把信拆开，丝毫没有任何避讳。当她读信的时候，众人都在一旁看着她。这封信足有三页纸，读完以后，她将信收进随身的小包里。

**凯蒂夫人**　休伊，我请你帮我拿一件披风过来，我想到花园去散散步。在意大利住了三十年，我觉得英国的夏天有点儿凉。

［波蒂厄斯不发一言，下场离开。伊丽莎白沉浸在思绪之中。

**凯蒂夫人**　我想跟伊丽莎白谈谈，克莱夫。

**克莱夫**　那我就不打扰你们了。

［克莱夫下场。

**凯蒂夫人**　他在信里说了些什么？

**伊丽莎白**　谁？

**凯蒂夫人**　卢顿先生。

**伊丽莎白**　（稍稍有些惊讶，然后看着凯蒂夫人）他们都告诉您了？

**凯蒂夫人**　是的，而且他们觉得，我对这种事情再熟悉不过了。

**伊丽莎白**　我不奢望您能对我有多少同情，阿诺毕竟是您的儿子。

**凯蒂夫人**　非常遗憾，我对你的同情少得可怜。

**伊丽莎白**　我不适合过这种生活。阿诺希望我像他设计的那样，接受自己的社会地位。噢，我对伦敦那些高端聚会实在厌烦到家了。一群化着浓妆的中年女人，成天打扮得花枝招展，在别人家的舞厅里进进出出，跟那些韶华已逝的青年男子打得火热。还有那些没完没了的午餐会，大家聚在一起叽叽喳喳，八卦着别人的桃色绯闻。

**凯蒂夫人** 你很爱卢顿先生吗？

**伊丽莎白** 我全心全意地爱着他。

**凯蒂夫人** 他对你呢？

**伊丽莎白** 他自始至终只在乎过我一个人，以后也会一样如此。

**凯蒂夫人** 阿诺会同意跟你离婚吗？

**伊丽莎白** 不会，他听都不想听，甚至连离婚两个字都不愿意提。

**凯蒂夫人** 为什么呢？

**伊丽莎白** 他害怕这样一件丑闻，又会叫大家对那些前尘过往旧事重提，最终闹得满城风雨。

**凯蒂夫人** 噢，我可怜的孩子啊！

**伊丽莎白** 事情已经没有挽回的余地了，我愿意接受全部后果。

**凯蒂夫人** 你不明白，一个男人一无所有、仅凭自己的信誉和你厮守在一起，那结果会有多糟糕。结了婚的人要是合不来，还可以选择分开，可是没结婚的人根本断都断不干净，这种束缚，只有死亡才能斩断。

**伊丽莎白** 要是泰迪有一天不在乎我了，我连五分钟也不想和他待在一起。

**凯蒂夫人** 你现在坚信他爱你，当然会这么说，但如果有一天这感觉变了——噢，那情况就截然不同了。到那个时候，你就只能拼死拼活地求他继续爱你，那将是你唯一能做的。

**伊丽莎白** 我是一个独立的人，完全可以靠自己过活。

**凯蒂夫人** 你自己身上有存款吗？

**伊丽莎白** 一分也没有。

**凯蒂夫人** 那你拿什么谈独立生活啊？我知道，你觉得我是一个轻佻的蠢女人，站着说话不腰疼，我可是吃了许多苦头，才跟你讲这些经验之谈。这是一个男人的世界，他们可以随心所欲地制订法律，赋予我们选举权，但归根结底，为生活付账买单的也是他们。只有当女人也跟男人一样去赚钱谋生的时候，她才有资格谈平等。

**伊丽莎白** （笑道）听到您这样说，感觉真是古怪。

**凯蒂夫人** 要是一女厨娘嫁给了一个男管家，她大可以对着他的脸吆五喝六，因为他们俩赚得一样多。但是一个身份地位与你我相当的女人，就只能依附于男人的尊宠过日子，靠他们养活着。

**伊丽莎白** 我并不想过奢侈的生活。你不明白我有多么痛恨这些金玉其外的名贵家具，这栋装饰得富丽堂皇的房子就像一座监狱一样，困得我喘不过气来。每当我穿着一身名贵的卡洛套装坐上那辆劳斯莱斯的时候，都会羡慕那些衣着朴素的女售货员，我看见她们穿着普通的外套和半身裙，一下子跳到公交车的尾板上，灵活极了。

**凯蒂夫人** 你是想说，如果有必要的话，你也可以赚钱养活自己吗？

**伊丽莎白** 没错。

**凯蒂夫人** 那你能做些什么工作呢？护士还是打字员？这根本是无稽之谈。奢侈的生活会消磨女人的意志，让她变得养尊处优。当她意识到这一点的时候，就再也离不开这种生活了。

**伊丽莎白** 那也要看是什么样的女人。

**凯蒂夫人** 年轻的时候，我们都觉得自己与众不同，等到年龄稍大一些，就会发现这不过是自己的一厢情愿，大家从来都是差不多的。

**伊丽莎白** 您真是太好了，为我的事情操了这么多心。

**凯蒂夫人** 一想到你将要重蹈我的覆辙、重复我犯的错，我就心疼得不得了。

**伊丽莎白** 噢，别这么说，那不是个错误，不是的。

**凯蒂夫人** 看看我，伊丽莎白，再看看休伊，你认为我们过得美满吗？如果时间能重来一次，你觉得我还会做出同样的选择吗？你觉得他还会那么做吗？

**伊丽莎白** 您瞧，您不知道我有多爱泰迪。

**凯蒂夫人** 难道你以为我不爱休伊吗？还是说，你觉得他不够爱我？

**伊丽莎白** 我相信他非常爱您。

**凯蒂夫人** 噢，那是当然了，我们一开始确实过得很好，天堂一般的日子。我们是如此充满勇气、如此地心潮澎湃、如此地深深相爱，头两年实在是幸福。人们在背后议论我、中伤我，可我一点儿也不在乎，你明白那种心情。我觉得爱情就是一切。可是当你在街上遇见了一个老朋友，热情地朝她走过去，说你很高兴见到她，而她却不为所动、对你冷眼相待的时候，那感觉还是挺不舒服的。

**伊丽莎白** 您觉得这样的朋友，留着还有什么用？

**凯蒂夫人** 或许他们也拿不准该如何回应，或许他们只是被吓了一跳。总之，如果可能的话，最好还是不要让自己的朋友经受这样的考验。毕竟真相是残酷的，一个人不会有多少真正的朋友。

**伊丽莎白** 但总归还是有几个的。

**凯蒂夫人** 对，这些朋友也会邀请你去家里做客，只要他们确定那些讨厌你的人不会在场。如若不然，他们就会跟你说："噢，亲爱的，你知道我有多么想见你，那些流言蜚语我完全没有放在心上，可是我家里还有个女儿，她正处在青春期——我想你明白我的意思；要是我不能邀请你到家里来做客，你不会怪我不讲情面吧？"

**伊丽莎白** （笑道）在我看来，这不是什么大不了的事。

**凯蒂夫人** 一开始我也一样，感觉松了一口气，因为这样一来，我反倒有更多时间和休伊享受二人世界了。但是你知道，男人总是很古怪，即便在热恋期，他们也不是一天到晚都在热恋中，他们渴望有所调剂，有点儿娱乐消遣。

**伊丽莎白** 我并不打算为此去责怪他们，他们也怪可怜的。

**凯蒂夫人** 后来，我们定居在了佛罗伦萨。而且，因为过去的朋友圈子抛弃了我们，我们就只好从头再来，跟那些能够接纳我们的圈子混在一起。那种圈子里可没什么好东西，尽是一些水性杨花的女人和恶毒刻薄的男人。唯利是图的势利眼，专爱光顾那些有个一官半职的大户人家；来路不明的意大利王子，就喜欢问休伊借钱；声名狼藉的伯爵夫人，没事儿就跟我到卡斯宁[1]开车兜风。久而久之，休伊也怀念起了他从前的生活，总想着去参加那种盛大的打猎活动，但我说什么也不敢让他去。我害怕他一离开家，再也不会回来了。

**伊丽莎白** 但您知道他是爱您的。

**凯蒂夫人** 噢，亲爱的，对于女人来说，婚姻是多么神圣的好制度啊，她们却要去破坏它，简直愚不可及！教会早就洞悉了一切，所以他们才坚持不予拆——呃，拆除——

**伊丽莎白** 解除。

**凯蒂夫人** 不予解除婚姻。相信我，这不是开玩笑的，你必须依靠自己的力量去留住一个男人的心。就拿我来说吧，我必须想方设法保持容颜不老，因为我担不起衰老的代价。亲爱的，我要告诉你一个秘密，这话我从来没对任何人说过。

**伊丽莎白** 什么秘密？

**凯蒂夫人** 我的头发并非天然就是这个颜色。

**伊丽莎白** 真的吗？

**凯蒂夫人** 我把它染成了这个颜色。要是我不跟你说的话，你永远也猜不到，不是吗？

---

1 Cascine，佛罗伦萨最大的公园。

**伊丽莎白** 完全料想不到。

**凯蒂夫人** 没人看得出来。亲爱的，我的头发全都白了，当然，这有点未老先衰，但它就是不可挽回地全都白了。我一直觉得，这可能就是我所过的生活的象征。你对象征主义感兴趣吗？我认为那太有趣了。

**伊丽莎白** 我不觉得自己对象征主义有多少了解。

**凯蒂夫人** 无论活得多累，我都必须强迫自己保持这种活力四射、优雅绰约的姿态。我从来没有让休伊见过，我这双爱笑的眼睛背后，隐藏着一颗酸楚的心。

**伊丽莎白** （被她逗乐了，同时也深为所动）亲爱的，您真是太不容易了。

**凯蒂夫人** 每当我发现休伊的目光被别的姑娘给带跑了的时候，我都会叫恐惧和忌妒的感觉给严严实实地包裹起来！你瞧，我不敢像一个明媒正娶的妻子那样大吵大闹——我就只能装作什么也没看见。

**伊丽莎白** （大吃一惊）您这话的意思，该不是说他爱上了别的什么人吧？

**凯蒂夫人** 当然，他曾经出过这样的事。

**伊丽莎白** （一时语塞，不知道该说些什么好）那您一定感到非常难过。

**凯蒂夫人** 噢，有那么一阵，我难过得不行。一连好几个晚上，我都痛哭流涕到不能自拔，休伊跟我说他要去俱乐部玩牌，可我知道他是在跟一个杀千刀的女人共度良宵。当然，这并不是说，就没有一票男人争先恐后地要来安抚我受伤的心。我的生活里从来就不缺男人，这你知道的。

**伊丽莎白** 噢，我当然知道，而且也能理解您的处境。

**凯蒂夫人** 可是我得懂得自重。我认为，不管休伊做了什么出格的事，我都不能破罐破摔，以免将来追悔莫及。

**伊丽莎白** 您现在一定非常庆幸当初的决定吧。

**凯蒂夫人** 噢，是的。尽管我浑身上下散发着勾人的气质，但我在精神上是绝对忠于休伊的。

**伊丽莎白** 我好像有点儿听不明白了。

**凯蒂夫人** 哎呀，曾经有这么一个可怜的意大利小伙儿，年轻的卡斯泰尔·乔瓦尼伯爵，他不可救药地爱上我了。连他的母亲都跑过来恳求我，要我别对他太残忍。她担心自己的儿子会因为相思过度，患上肺痨。那我还能说什么呢？后来，噢，好多年以后了，又出现一个叫安东尼奥·梅利塔的人，他说他要吞枪自尽，除非我跟他——噢，你懂的，我可不能让那个可怜的男孩儿把自己给崩了。

**伊丽莎白** 您真以为他会开枪打死自己吗？

**凯蒂夫人** 噢，谁知道呢，没人说得准，这些意大利人都热情奔放着呢。而他，就像一只小羊羔一样，长着一双无比漂亮的眼睛。

［伊丽莎白盯着她看了好一阵，这个放荡不羁、涂脂抹粉的妇人突然叫她感到毛骨悚然。

**伊丽莎白** （声音沙哑地）噢，但我觉得这真有点儿——有点儿可怕呢。

**凯蒂夫人** 吓到你了吗？一个人为了爱情而牺牲了自己的一切，后来却发现，爱情不过只是昙花一现。爱情的悲剧并不在于死亡或分离，这些都是能克服的。爱情的悲剧，在于相爱的两个人最终形同陌路。

［阿诺上场。

**阿诺** 我能跟你简单聊两句吗，伊丽莎白？

**伊丽莎白** 当然可以。

**阿诺** 我们到花园去散一会儿步，好吗？

**伊丽莎白** 如果你想的话。

**凯蒂夫人** 别费心了，就待在这儿吧，我正要躲开呢。

［凯蒂夫人下场。

**阿诺** 我想请你听我讲几句话，伊丽莎白，几分钟就好。之前，我被你说的话吓到了，所以有点儿头脑不清、丧失理智。现在想想实在是太荒唐了，我请求你的原谅，我对你说了一些让自己后悔万分的话。

**伊丽莎白** 噢，这不是你的错。该道歉的是我，我应该给你合适的时机去讲那些话的。

**阿诺** 我来是想问你，你是不是已经下定决心要离开了。

**伊丽莎白** 是这样的。

**阿诺** 刚才我好像讲了一大堆有的没的，但真心想说的一句也没说出来。我实在是太愚蠢了，笨嘴拙舌的，我从来没有对你表达过我是多么深爱着你。

**伊丽莎白** 噢，阿诺！

**阿诺** 请让我说下去吧，真的很难以启齿。如果说，我因为沉浸在政治生涯和装饰房子这类事情上，而忽略了对你的关心，那我感到无比抱歉。我想当然地认为你能理解我对你的爱，这想法实在是太愚蠢了。

**伊丽莎白** 可是，阿诺，我并没有在责怪你啊。

**阿诺** 但我责怪我自己。我就是缺心眼、一根筋，把你忽略了那么久。可是我想请你相信我，这些并非因为我不爱你。你能原谅我吗？

**伊丽莎白** 根本谈不上原谅不原谅的。

**阿诺** 一直到今天，你说你要离开我，我才意识到自己有多么爱你。

**伊丽莎白** 我们都结婚三年了，你现在才意识到吗？

**阿诺** 我为你感到骄傲，我倾慕你。每次一聚会，当我看到你那如同出水芙蓉般清新脱俗、光彩照人的样子，看到人人都对你赞叹不已的时候，我就暗自觉得庆幸。因为你是我的妻子，当这些灯红酒绿散场以后，你会跟我一起回家。

**伊丽莎白** 噢，阿诺，你话说得太夸张了。

**阿诺** 我无法想象，这个家没有你会是什么样子。我的人生将会是一片荒芜、毫无价值。噢，伊丽莎白，你难道就一点儿都不爱我吗？

**伊丽莎白**　我想最好还是坦诚地对你说，我并不爱你。

**阿诺**　难道我的爱对你来说，就这么一文不值吗？

**伊丽莎白**　我对你心存感激，对于给你造成的痛苦，我感到非常抱歉。可我就这么一天到晚愁眉苦脸地待在你身边，又有什么意义呢？

**阿诺**　你就那么爱那个家伙吗？爱到对我的忧心忡忡、熟视无睹、郁郁寡欢毫不在乎？

**伊丽莎白**　我当然在乎了，做出这个决定，我的心也要碎了。你看，我以前从不知道自己在你心里有这么重要，你那番话深深地触动了我。我很难过，阿诺，我真的难过极了，可我也没有办法啊。

**阿诺**　可怜的孩子，是我太残忍，把你折磨成了这样。

**伊丽莎白**　噢，阿诺，相信我，我已经倾尽所有了。我倾尽所有地尝试着去爱你，但就是办不到。说到底，爱就是爱，不爱就是不爱，再怎么努力也没有用。现在的我已经无计可施、走投无路了。不管有什么样的后果——我必须跟随自己内心的渴望，去做我真正想做的事。

**阿诺**　可怜的孩子，我好怕你会过得不快乐，我好怕你有一天会后悔。

**伊丽莎白**　你必须放我走，让我自己面对命运的安排。希望你能忘了我，忘了所有那些我带给你的不快乐。

**阿诺**　（停顿片刻，他在屋里来回踱步，边走边沉思，然后停下来，转身面对她）如果你真的爱他，如果你真愿意跟他走，那我不会再阻拦你了。我唯一的心愿，就是让你去过你想过的生活，要过得好好的。

**伊丽莎白** 阿诺，你真的是太善良了。如果我之前愧对了你，至少我要让你知道，对于你为我所做的一切，我都心怀感激。

**阿诺** 不过，我想请你帮我一个忙，你愿意吗？

**伊丽莎白** 噢，阿诺，不论你有什么要求，我都会尽力办到的。

**阿诺** 泰迪这人没什么钱，而你已经过惯了一定程度的奢侈生活，一想到你将要白手起家、从头再来，我就感到难过。如果你节衣缩食地清贫度日，那简直比杀了我还难受。

**伊丽莎白** 噢，泰迪会赚够家用的，而且说到底，我们也用不到那么多钱。

**阿诺** 恐怕我母亲的生活不怎么尽如人意，但很显然，她这么多年还能过得下去，就是因为波蒂厄斯有钱。我希望你能允许我，每年资助你两千英镑的津贴。

**伊丽莎白** 噢，不，我不能接受，这太不像话了。

**阿诺** 我请求你收下它，你不知道，这能给你的生活带来多大的改观。

**伊丽莎白** 你能这么做实在太好心了，阿诺。但即便只是谈到这个话题，我都想找个地缝钻进去。我无论如何也不能从你这儿拿钱，一个子儿也不行。

**阿诺** 就算你这么说，你也不能阻止我在银行里给你开个账户，就开在你的名下。你用也好，不用也好，反正我每个季度都会按时往里面汇款。万一你哪天日子吃紧了，这笔钱就在那儿等着你花。

**伊丽莎白** 你让我不知道该如何是好了，阿诺。我想请你为我做的事情只有一件，就是尽快和我离婚吧，我会感激不尽的。

**阿诺** 不，我不会这么做，但我会给你足够的理由向我提出离婚的。

**伊丽莎白** 你不能那么做！

**阿诺** 我当然能，只是得等一段时间，这期间你务必要小心行事。我会尽快办妥这一切的，但恐怕再怎么快，你也得要半年左右才能重获自由。

**伊丽莎白** 可是，阿诺，你的工作、你的政治生涯该怎么办！

**阿诺** 噢，得了吧，我父亲不也在相同的情况下放弃了他的前程吗。远离了仕途，他倒是一直活得舒心惬意。

**伊丽莎白** 但那是你人生的全部啊。

**阿诺** 说一千道一万，鱼和熊掌无法兼得，你不能一边信着上帝，一边又拜财神。如果想要事情办得漂亮，就得做好付出代价的准备。

**伊丽莎白** 可我不想让你承担那些代价。

**阿诺** 起初，我举棋不定，就是因为害怕那些流言蜚语。但我敢说，那是我唯一的弱点了。在这样的情况下，我想还是能不上离婚法庭就别上离婚法庭。

**伊丽莎白** 阿诺，你这么做，简直让我无地自容了。

**阿诺** 你在晚饭之前说的那番话很对，离婚对于男人没有多大伤害，但对于女人来说就另当别论了。我首先得为你考虑，这再自然不过了。

**伊丽莎白** 这太荒唐了，绝对不能这么办，如果有任何后果的话，都应该由我来承担。

**阿诺** 我向你提出的要求并不算高，伊丽莎白。

**伊丽莎白** 这是要我夺走你的一切。

**阿诺** 我就开这一个条件，而且心意已决。我绝不要向你提出离婚，但我会制造机会，好让你能提得出来。

**伊丽莎白** 噢，阿诺，你对我宽宏大量，却对自己如此残忍。

**阿诺** 这根本不是什么宽宏大量，我只能用这种方式向你表明，我对你的爱有多么深厚、多么炽烈、多么真诚。（片刻的沉静后，他伸出一只手来）晚安吧，在睡觉之前，我还有很多事情需要处理呢。

**伊丽莎白** 晚安。

**阿诺** 再让我吻你一下，好吗？

**伊丽莎白** （悲恸欲绝）噢，阿诺！

[阿诺神情严肃地亲吻了她的额头，然后下场离开。伊丽莎白茫然地站在原地，她心乱如麻。凯蒂夫人和波蒂厄斯上场，凯蒂夫人穿了一件披风。

**凯蒂夫人** 就你自己吗，伊丽莎白？

**伊丽莎白** 凯蒂夫人，您之前问我，泰迪在信里说了些什么……

**凯蒂夫人** 他说什么？

**伊丽莎白** 他说想在离开之前，跟我好好谈谈，他这会儿就在网球场旁边的凉亭里等着我呢。能不能请波蒂厄斯勋爵去一趟，要他到这里来？

**波蒂厄斯** 当然，没问题。

**伊丽莎白** 劳烦您了，非常抱歉，只是这事实在重要。

**波蒂厄斯** 一点儿都不麻烦。

[波蒂厄斯下场。

**凯蒂夫人** 等他过来，我跟休伊就走，不打扰你们谈话。

**伊丽莎白** 请留下来吧，我不想独自面对他。

**凯蒂夫人** 你打算跟他说些什么呢？

**伊丽莎白** （绝望地）请不要问我问题了，我难过得受不了。

**凯蒂夫人** 可怜的孩子！

**伊丽莎白** 噢，人生怎么会如此艰难。为什么一个人的幸福非要建立在另一个人的痛苦之上，就不能人人都得到幸福吗？

**凯蒂夫人** 我真希望自己知道该怎么帮你，我对你是毫无任何保留的。（她努力在头脑中思索该做些什么或说些什么好）你觉得我的口红怎么样？

**伊丽莎白** （破涕为笑）谢谢您，但我从来不用口红。

**凯蒂夫人** 噢，但你可以试试涂一下，当你思绪不宁的时候，它能给你点儿慰藉。

[波蒂厄斯和泰迪上场。

**波蒂厄斯** 我硬把他给拽来了，他说他打死也不愿意到这儿来。

**凯蒂夫人** 一位女士特意叫人请他，他还不愿意来？现在的小伙子难道都是这副态度吗?

**泰迪** 人家都义正词严地把你扫地出门了，你还非要若无其事地觍着脸回来，这才叫唐突无礼呢。

**伊丽莎白** 泰迪，我希望你能严肃一点儿。

**泰迪** 亲爱的，你不知道我刚在那间酒吧里吃了多么糟糕的晚饭，这种情况下你还叫我严肃，我真是要哭了。

**伊丽莎白** 别像个傻瓜似的，泰迪。（她的声音哆嗦打战）我实在是太难受了。

［泰迪神情严肃地盯着她看了一会儿。

**泰迪** 发生什么事儿了?

**伊丽莎白** 我不能跟你走了，泰迪。

**泰迪** 为什么不能?

**伊丽莎白** （扭过头去，脸色难堪）我并没有那么爱你。

**泰迪** 胡扯!

**伊丽莎白** （面露一丝愠色）别对我说浑话。

**泰迪** 我想对你说什么话，就对你说什么话。

**伊丽莎白** 我不要受你的威胁。

**泰迪** 现在听我说，伊丽莎白，你非常清楚我爱着你，我也非常清楚你是爱我的。所以我想问，你为什么要讲这种胡话呢?

**伊丽莎白** （声音哽咽）你如果要对我发火，我就不说了。

**泰迪** （温柔地笑着）我没对你发火，小傻瓜。

**伊丽莎白** 你现在这个样子，我感觉更难开口了。

**泰迪** （咯咯直笑）你可真是难伺候，我这话没说错吧？

**伊丽莎白** 噢，这太可怕了。我本来心里有一团火，已经准备好要不顾一切、放手一搏了，现在，你彻底把它给扑灭了。我感觉自己像一个吹鼓了的气球，被人拿一根针给戳了个洞。（突然盯着他看）你是故意的吗？

**泰迪** 我发誓，我完全不明白你在说什么。

**伊丽莎白** 我搞不明白，你是真糊涂，还是在跟我装糊涂。

**泰迪** （握着她的手，领她坐下）现在，把你想说的话都告诉我吧。还有，你想让凯蒂夫人和波蒂厄斯勋爵戳在这儿吗？

**伊丽莎白** 我想。

**凯蒂夫人** 伊丽莎白要我们留下来。

**泰迪** 噢，我完全不介意，上帝保佑你们。我只是在想，你们或许会觉得自己有点儿碍事？

**凯蒂夫人** （态度冷淡地）一位有教养的女士从来不觉得自己会碍着谁的事，卢顿先生。

**泰迪** 你就不能直接喊我泰迪吗？大家都这么叫我，这名字挺好听的。

[凯蒂夫人想要严厉地瞪他一眼，但她实在难以控制自己不露出微笑。泰迪轻抚着伊丽莎白的双手，后者把手缩了回去。

**伊丽莎白** 别，别这样。泰迪，我刚刚说自己不爱你，是在说假话。我当然是爱你的，但阿诺也爱着我，我以前并不知道他对我的爱有多深。

**泰迪** 他刚才都对你说了些什么？

**伊丽莎白** 他对我很好，非常体贴。我从前都不知道，他人竟然这么好。他说，要让我来提出离婚。

**泰迪** 他这么做确实够大度。

**伊丽莎白** 你难道没看出来吗，这绑住了我的双手，我怎么能够接受他做出如此巨大的牺牲呢？要是我利用了他的宽宏大量，那我永远都不会原谅自己。

**泰迪** 假如我和另一个人都快饿死了，而我们之间只剩下了一块羊排，但凡他对我说一句："给你吃吧"，我一准儿不会把时间浪费在相互推辞上。在他改变主意之前，我就会一口把它吞下去。

**伊丽莎白** 别说这种话，只会让我心烦意乱，我只是想努力做出正确的选择。

**泰迪** 你不爱阿诺，你爱的是我。你要是为了这么点儿言情小说式的柔情蜜意就牺牲自己的整个人生，未免太不值当了。

**伊丽莎白** 不管怎么说，我毕竟和他有段婚姻。

**泰迪** 没错，这是你犯下的一个错误，没有爱的婚姻根本就不叫婚姻。

**伊丽莎白** 既然犯错的是我，为什么要由他承受苦果呢？如果说有人要为此付出代价的话，那个人也应该是我才对。

**泰迪** 你好好想想，继续跟他生活在一起，生活会是什么样子的？两个结了婚的人，要是其中一个人过得不快乐，另一个人也会跟着不快乐的。

**伊丽莎白** 我就是不能利用他的慷慨大度。

**泰迪**　我敢说他就等着你这么做呢，这准会叫他感到心满意足。

**伊丽莎白**　你太过分了，泰迪。他只是单纯的人好心善而已，我以前从来不知道他有这么优秀的特质，如此品德高尚。

**泰迪**　你又开始说胡话了，伊丽莎白。

**伊丽莎白**　我真不知道，你能不能做到那个份儿上。

**泰迪**　哪个份儿上？

**伊丽莎白**　如果你我结了婚，有一天我跑到你的面前，告诉你我爱上了别人，准备离开你，你会怎么做呢？

**泰迪**　伊丽莎白，你有一双非常漂亮的蓝眼睛。倘若真有那么一天，我会先一拳打青你的左眼，再一拳打青你的右眼，然后你就等着瞧吧。

**伊丽莎白**　你这个该死的混蛋！

**泰迪**　我经常在想，我也许压根儿就不是个当绅士的料，你难道就不觉得吗？

［他们互相对视了一会儿。

**伊丽莎白**　你知道，你一直在利用我、占我的便宜，这不公平。我感觉自己轻信了你的承诺，就这么毫无防备地来到你身边，而你却趁我不注意的时候，在背后踢了我一脚。

**泰迪**　你难道就不觉得，我们两个要是在一起，能过得还不错吗？

**波蒂厄斯**　伊丽莎白要是抛弃了自己的丈夫，那她就是个大傻瓜。离婚对男人来说已经够糟糕的了，但对于女人而言——那简直是灾难。我不是在替阿诺说话，那小子玩起桥牌来就像个弱智。原谅我说话直，凯蒂，我看他是个自以为是的蠢货。

**凯蒂夫人** 我的小糊涂虫，他父亲在他这个年纪，也够自以为是的。我敢说，给他点儿时间，他是能长大的。

**波蒂厄斯** 你可不能放手啊，伊丽莎白，抓住了他。人是群居动物，我们都是这个族群当中的一员。要是你坏了族群的规矩，准会遭到报应。那种报应，我们俩都遭够了。

**凯蒂夫人** 噢，伊丽莎白，我的孩子，不要走呀，那不值得，完完全全地不值得。相信我说的话，为了爱情，我把一切都牺牲了。

［停顿片刻。

**伊丽莎白** 我害怕。

**泰迪** （低声耳语道）伊丽莎白。

**伊丽莎白** 我无法面对这一切，我承受不起。让我们互道珍重吧，泰迪，能做的只有这个了。可怜可怜我吧，我把一切对于幸福的渴望全给放弃了。

［泰迪上前，来到伊丽莎白面前，凝视着她的双眼。

**泰迪** 可我从来没说过要带给你幸福啊，我不认为我的这种爱能通向幸福。我爱吃醋，也并不是一个很好相处的人。我还经常乱发脾气，点火就着。在未来的某些时候，我会对你感到厌烦透顶，而你也会对我同样厌恶。我敢说我们掐起架来，准会像猫跟狗一样满地打滚儿，甚至还有些时候，我们会对彼此恨之入骨。你会时常感到狼狈不堪、无聊得要命，你也会经常乡愁泛滥，为自己放弃的那一切感到后悔不已。那些蠢女人不会给你什么好脸色，因为我们是私奔出来的，她们当中甚至会有人往你的伤口上撒盐。

我要带给你的不是平静和安宁，我要给你躁动和不安。我要带给你的不是幸福，我要给你爱情。

**伊丽莎白** （张开双臂）你这个讨厌的家伙，我实在是太喜欢你了！

［泰迪也伸开双臂搂住了她，热情奔放地与她接吻。

**凯蒂夫人** 我就说嘛，当他说要打她个乌眼儿青的时候，我就知道这事儿已经定了。

**波蒂厄斯** （心情愉快地）凯蒂，你真是个傻瓜。

**凯蒂夫人** 我知道我是有点儿傻，但我就是控制不了。

**泰迪** 我们现在赶快溜之大吉吧。

**伊丽莎白** 现在吗？

**泰迪** 就现在。

**波蒂厄斯** 你们这俩该死的傻瓜，两个都是，超级大傻瓜！你们要是愿意的话，可以开我的车走。

**泰迪** 您这么说真是太好心了。事实上，我刚才已经把车从车库里开出来了，这会儿就停在路边上。

**波蒂厄斯** （愤然地）你说什么，你已经把车开出来了？

**泰迪** 这个嘛，我原本觉得我们会被一大堆麻烦给缠上，没法脱身呢。所以我想，对我跟伊丽莎白而言，最好还是先准备好退路。去做就好了。对于我这种经商的人来说，这话简直太实用了。

**波蒂厄斯** 你要干的事儿，就是偷走我的汽车？

**泰迪** 说得不准确，我是打算把它变成……“共享汽车”，这么说就对了。

**波蒂厄斯** 我无话可说，完全无话可说了。

**泰迪** 您就别说我了，我总不能一路把伊丽莎白背到伦敦去吧，她丰满得吓人啊。

**伊丽莎白** 你这个下流的混账！

**波蒂厄斯** （嘟囔着）哼，哼，哼……（抑制不住地开心）我喜欢这小子，凯蒂，假装不喜欢都不行，我就是喜欢他。

**泰迪** 月色正明，伊丽莎白，我们就趁着月光，连夜开走吧。

**波蒂厄斯** 他们最好到圣米凯莱去，我一会儿就发个电报，叫那边儿做好接应。

**凯蒂夫人** 那是我们俩去过的地方，当我和休伊私……（声音颤抖着）噢，亲爱的孩子们，我多羡慕你们呀！

**波蒂厄斯** （一边擦着自己的眼泪一边说）别哭啦，凯蒂，控制一下，别哭啦。

**泰迪** 走吧，亲爱的。

**伊丽莎白** 但我不能就这么走了。

**泰迪** 有什么不行的！凯蒂夫人会把她的披风借给你用的。您会吧？

**凯蒂夫人** （脱下披风）我要是不给，你还不得从身上给我扯下来。

**泰迪** （把披风搭在伊丽莎白身上）等早上到了伦敦，我们先去给你买个牙刷。

**凯蒂夫人** 她得给阿诺留张字条，我会帮她别在针垫上的。

**泰迪** 让针垫见鬼去吧！来吧，亲爱的，我们现在开走，一路穿过黎明，还能看见日出。

**伊丽莎白** （亲吻凯蒂夫人和波蒂厄斯）再见。再见了。

［泰迪向伊丽莎白伸出手，伊丽莎白握住，两人牵着手走出门外，消失在夜幕之中。

**凯蒂夫人** 噢，休伊，那些前尘过往一下子又回来了。他们也会像我们那样受苦受罪吗？我们遭的那些罪，难道都白受了吗？

**波蒂厄斯** 亲爱的，我真不知道，原来在生活中“你做了什么事”和“你是个什么人”同样重要。没有谁能从别人经验里吃一堑长一智，因为他们遇到的情况是不同的。如果咱们把日子过得稀里哗啦，那也许是因为咱们本身就是鸡零狗碎的人。在这个世界上，你想做什么都没人拦着，只要你做好准备承担后果；至于是什么样的后果，那就取决于你是个什么人了。

［克莱夫上场，兴奋地搓着双手，他高兴的样子像极了木偶戏里的潘趣。[1]

**克莱夫** 行啦，我想我已经让那个年轻人知难而退了。

**凯蒂夫人** 噢！

**克莱夫** 所谓道高一尺魔高一丈，要是真想高出鄙人一头，你还得早睡早起，勤加修炼才是。

［外面传来汽车发动的声音。

**凯蒂夫人** 那是什么声音？

1 1662 年开始在英国流行的木偶戏《潘趣与朱迪》（*Punch and Judy*）中的主人公，是一个戴着高帽子、长着鹰钩鼻、一脸坏相又充满喜感的老头儿形象。

**克莱夫**　听起来像是谁开车呢。我估计是你们那位司机，带着我的哪个女仆出去兜风了。

**波蒂厄斯**　你刚才说让谁知难而退了？

**克莱夫**　爱德华·卢顿先生，我亲爱的休伊。我手把手教阿诺该怎么做，他一步不差地全都照办了。监狱是拿什么造的？就是栏杆加螺栓。把这些都拿掉，犯人就不想着要逃跑了。聪明绝顶，我都佩服我自己。

**波蒂厄斯**　你一向精明得很，克莱夫，不过这会儿，你话说得还是太含糊。

**克莱夫**　我让阿诺主动去找伊丽莎白谈，告诉她，我还你自由。我教他要处处做自我牺牲，一路牺牲到底。我了解女人是怎么回事，当所有阻拦她和泰迪·卢顿结婚的障碍都给清除了，这事儿也就没那么有劲了，私奔出走的动力直接减少一半。

**凯蒂夫人**　阿诺真这么做了？

**克莱夫**　他按照我的指示，一字不差地做完了。我刚看见阿诺了。伊丽莎白也动摇了。我愿意跟你赌五百英镑，她绝对跑不了了。姜还是老的辣，是不是？又老又辣，老辣。

［克莱夫大笑不止，凯蒂夫人和波蒂厄斯也跟着笑起来，三个人笑得差点背过气去。

——幕落——

信

## —人物—

罗伯特·克罗斯比：种植园主。

莱斯利：克罗斯比的妻子。

霍华德·乔伊斯：律师，克罗斯比的朋友。

约翰·威瑟斯：当地治安官。

杰弗里·哈蒙德：莱斯利的情人。

王志诚：律师，乔伊斯的助手。

乔伊斯夫人：乔伊斯的妻子。

帕克夫人：监狱的女看守。

钟禧：杂货商。

一位锡克警长，一名亚裔女子，几个华人仆人和几个马来仆人。

故事发生在马来半岛的一个种植园内，部分场景设定在新加坡。

本剧于 1927 年 2 月 24 日在伦敦西区的剧场剧院（Playhouse Theatre）首演，由名噪一时的杰拉尔德·杜穆里埃爵士[1]制作推出。

1 Gerald du Maurier，英国著名演员和剧院经理，是传奇作家达芙妮·杜穆里埃的父亲。

# 第一幕

［这一幕发生在克罗斯比家的洋房客厅。整个场景的后面是一个门廊，沿着台阶可以直通外面的花园。房间显得舒适而温馨，但布置得比较简单，散落了几把铺着坐垫的藤椅；桌子上摆着几只盛有鲜花的碗状花瓶，还有几件马来风格的银器。墙上有几幅水彩画，还有几个装着短剑和弯刀[1]的陈列壁挂；旁边还挂着几只马来野牛[2]的牛角和一对虎头标本。地板上铺了一条藤垫。有一架钢琴，上面放着一本翻开的乐谱，屋里只有一盏落地灯，立在一张小桌旁边，桌上放着莱斯利绣的枕头花边。另一盏灯挂在阳台的天花板正中。

［大幕拉开时，传来一声枪响和哈蒙德的一声惊叫。哈蒙德步履蹒跚地朝门廊走去，莱斯利在他身后又开了一枪。

**哈蒙德**　哦，上帝啊！

［哈蒙德重重地倒在了地上。莱斯利跟了上去，再次扣动扳机，然后站在他的头顶，对着他瘫倒在地的身体又快速地开了两三枪。当她再次机械地扣动扳机时，传来了一声轻响。六发子弹

1　短剑指的是 kris，即波状刃短剑；弯刀则为 parang，即帕朗刀。两者均为马来西亚常见的武器工具。

2　原文 sladang，指的是一种名为马来貘的哺乳动物。但貘科动物并没有角，因此作者很可能在这里拼错了 seladang 一词，即马来野牛，一种常见于东南亚地区的大型野牛。

都已经打空了。她低下头，看着这把左轮手枪从手中颓然滑落；然后，她的目光落在了哈蒙德的尸体之上。她的眼睛瞪得很大，仿佛就要从眼眶里跳出来了，一股恐惧之情涌上心头，然后爬上了她的脸庞。她看着地上的那具尸体，打了个寒战，然后慢慢退回到了房间里，可双眼仍然目不转睛地盯着那个可怕的景象，好像收不回来了。花园里传来一阵叽叽喳喳的吵闹声，莱斯利听到以后，才如梦方醒地吓了一跳。紧接着，管家带着另外一个仆人上场，在他们说话的时候，又有两三个仆人陆续上场了。这几个仆人都是华人，穿着白色的裤子和无袖单衣，后面上场的则是马来仆人，穿着纱笼[1]。管家是华人，长得不高，大约四十岁的年纪。

**管家** 夫人！夫人！[2]发生什么事了？我听到了枪声。（看到了地上的尸体）哦！

[跟管家一起上场的仆人心急火燎地用中文跟他交谈了几句。

**莱斯利** 他死了吗？

**管家** 夫人！夫人！是谁杀了他？（他弯下腰查看尸体）这是哈蒙德先生。

**莱斯利** 他死了吗？

---

1 即 sarong，马来人的传统服装，是一条长方形布料裹成的筒裙，通常系于腰间。

2 原文为 missy，直译为小姐，也可音译为米茜。考虑到剧本写作时期的殖民语境可能带来的偏颇，这里根据莱斯利的身份将之译为夫人。剧中华人在说英语时均表现出不同程度的生硬，且时常出现语法错误，是为作者对于殖民地人群的刻板印象，这里均不做译出。

［管家跪下来，摸了摸男人的脖子，其他仆人围在一旁，互相交头接耳、议论纷纷。

**管家** 是的，我想他死了。

**莱斯利** 哦，上帝啊！

**管家** （站起来）夫人，您为什么要这么做呢？

**莱斯利** 你知道治安官[1]住在哪里吗？

**管家** 您是说威瑟斯先生吗，夫人？是的，我知道。他住的地方离这儿很远。

**莱斯利** 去把他叫来。

**管家** 我想，最好还是等到天亮再去吧，夫人。

**莱斯利** 没有什么可害怕的，让哈桑开车载你过去。哈桑在吗？

**管家** 在呢，夫人。（指向人群中的其中一位马来人）

**莱斯利** 如果威瑟斯先生在睡觉，就叫醒他，告诉他务必立刻过来一趟。就说这儿出事了，哈蒙德先生死了。

**管家** 好的，夫人。

**莱斯利** 你现在就走。

［管家走向司机哈桑，用马来语同他交流，让他去准备车子。哈桑点头示意，走下门廊的台阶，下场。

**管家** 夫人，我看最好还是把尸体抬进来吧，放到客房的床上去。

1 Assistant District Officer，简称 A.D.O.，区务助理行政官，通常也是治安官，负责协助管理大英帝国海外殖民领土的某一个地区。这里根据语境译为治安官。

**莱斯利** （带着哭腔）不，别碰它。

**管家** 那也不能把它留在那儿啊，夫人。

**莱斯利** 不要碰它，等威瑟斯先生来了，他会告诉我们应该怎么办的。

**管家** 好的，夫人，那我让阿星在这儿守着您吧。

**莱斯利** 随你便吧……谁去通知一下克罗斯比先生，让他回家。

**管家** 现在邮局都关门了，夫人，得等到明天早上才能打长途电话。

**莱斯利** 现在几点钟了？

**管家** 我看，差不多已经半夜十二点了。

**莱斯利** 你路上去一趟邮局，想办法把他们叫醒，让他们无论如何也要跟新加坡取得联系。要是不行的话，就到警察局去，也许他们可以帮得上忙。

**管家** 好的，夫人，我会去试试的。

**莱斯利** 给邮局里那些人几块钱，[1]不管用什么方法，一定要让他们打给克罗斯比先生。

**管家** 要是电话接通了，我怎么跟克罗斯比先生说呢，夫人？

**莱斯利** 我给你写两句话，你带在身上。

**管家** 好的，夫人，您写吧。

［莱斯利在桌子旁坐下，拿起一张纸，试着想要写点儿什么。

1 原文为dollar，其所指并非美元，而是英国殖民政府于1939年发行的马来西亚和英属婆罗洲元。该币种取代了此前的在当地流通的叻币。根据彼时汇率，一马来元约等于两先令四便士。

**莱斯利** 哦，我的手！我连笔都握不住。（愤怒地一拳捶在桌子上，然后又拿起铅笔，写下几句话，然后拿着纸站起身）就这两句话，底下是电话号码。克罗斯比先生今晚会在乔伊斯先生家过夜。

**管家** 我知道的，是那位律师先生。

**莱斯利** 告诉他们，如果没人接，就一直打，打到接通为止。他们可以用马来语把这消息传过去。我先给你念一遍，你看看清不清楚。

**管家** 好的，夫人，我明白。

**莱斯利** （念字条）马上回来，家里发生了一件很可怕的事情，哈蒙德死了。

**管家** 非常清楚，夫人。

[外面传来汽车发动的声音。

**莱斯利** 车来了，赶快去办！

**管家** 好的，夫人。（从门廊下场）

[莱斯利呆呆地站了一会儿，低头看着地板，几个马来女仆悄无声息地走了过来，站上台阶。她们看着尸体，低声交头接耳。莱斯利意识到了她们的存在。

**莱斯利** 你们还待在这儿干什么？快走，全都离开这儿。

[女仆们悄无声息地下场，只剩下阿星——一个华人男仆——留了下来。莱斯利深深地看了一眼尸体，然后走进房间，回到她自己的卧室里去了。莱斯利下场后，传来一声锁门的声音。

阿星走进房间，从桌子上的烟盒里熟练地拿出了一支烟，给自己点上；他转身坐在扶手椅上，跷着二郎腿，扬起头来吞云吐雾。

[幕落。

[一分钟后，幕启，表示剧情时间已经过了三个小时，场景仍和刚才一样。当幕布拉开时，约翰·威瑟斯正在房间里踱来踱去。此时，尸体已经被抬走了。管家上场。

**管家** 我好像听见外面有汽车的声音。

[威瑟斯走到门廊，仔细听了听。

**威瑟斯** 我什么也没听见。（颇为烦躁）我真搞不懂，他怎么这么半天还没到。

[外面传来微弱的汽车鸣笛声。

**威瑟斯** 哦，乔治在上！确实是汽车的声音，谢天谢地，他总算回来了。

[约翰·威瑟斯是一位年轻男子，穿着一身整洁的白色帆布制服，一旁的桌子上放着他的太阳帽。他走到莱斯利卧室门口，敲门。

**威瑟斯** 克罗斯比夫人。（房间里无人应答，又敲了一遍）克罗斯比夫人。

**莱斯利** （从屋里传来回答）什么事？

**威瑟斯** 外面有辆车开过来了，我想一定是你的丈夫。

[莱斯利没有回答。威瑟斯听了一会儿，仍然不见回复，于是

做了个不耐烦的手势，转身走到门廊。汽车的声音由远及近，然后停了下来。

**威瑟斯**　克罗斯比，是你吗？

**克罗斯比**　是我。

**威瑟斯**　感谢上帝，我以为你不回来了呢。

[克罗斯比走上门廊的台阶。他是个四十岁的男人，四方脸，身材魁梧，皮肤被晒成了古铜色；他穿着一身卡其色的外套，戴着一顶宽檐帽。

**克罗斯比**　莱斯利在哪里？

**威瑟斯**　她在自己的房间里，把门锁上了。在你回来之前，她都不肯出来见我。

**克罗斯比**　发生了什么事？（走到莱斯利的卧室门前，急切地敲门）莱斯利！莱斯利！

[房间里无人应答。片刻的停顿后，乔伊斯上场。他是一位四十五岁左右的男子，身材瘦削，胡子刮得干干净净，看起来一丝不苟，乔伊斯穿着一身帆布套装，戴着太阳帽。他和威瑟斯握手。

**乔伊斯**　你好，我叫乔伊斯。你就是治安官吗？

**威瑟斯**　是的，威瑟斯。

**乔伊斯**　克罗斯比今晚正好和我在一起，我想最好还是跟他一道过来看看。

**克罗斯比**　莱斯利！是我！开门！

**威瑟斯** （对乔伊斯）哦，你就是那位律师？

**乔伊斯** 是的，乔伊斯和辛普森事务所。

**威瑟斯** 我知道，久仰大名。

[传来了门锁拧开的声音，卧室的房门被缓慢打开。莱斯利从里面走出来，关上门，靠在门上。

**克罗斯比** （伸出双手，想要拥抱她）莱斯利。

**莱斯利** （做出一个阻止他的手势）哦，不要碰我。

**克罗斯比** 到底怎么了？发生了什么事？

**莱斯利** 他们没有在电话里跟你说吗？

**克罗斯比** 他们说哈蒙德被杀了。

**莱斯利** （向门廊看去）它还在那儿吗？

**威瑟斯** 不在了。我已经让人把尸体抬走了。

[莱斯利用疲惫的眼神看了看眼前的三个男人，然后仰起头。

**莱斯利** 他要强奸我，我开枪把他打死了。

**克罗斯比** 莱斯利！

**威瑟斯** 我的上帝啊！

**莱斯利** 哦，罗伯特，我很高兴你回来了。

**克罗斯比** 亲爱的！亲爱的！

[莱斯利一下子扑进克罗斯比的怀里，克罗斯比也紧紧地将她抱在怀里。此刻，莱斯利紧绷的神经终于松懈下来，情绪如决堤一般喷涌而出，颤抖地哭出声来。

**莱斯利** 抱紧我，别松手。我害怕极了。哦，罗伯特，罗伯特。

**克罗斯比**　没事了，没什么可害怕的。坚持住，不要让自己垮掉。

**莱斯利**　你不会离开的，对吗？哦，罗伯特，我该怎么办啊？我太崩溃了。

**克罗斯比**　亲爱的！

**莱斯利**　抱紧我。

**威瑟斯**　能否请你告诉我们，到底发生了什么？

**莱斯利**　现在吗？

**克罗斯比**　来，坐下来，亲爱的，你太累了。

［克罗斯比把她领到一张长椅上，莱斯利疲惫不堪地坐了下来。

**威瑟斯**　很抱歉，也许这话听起来很不近人情，但我的职责是……

**莱斯利**　哦，我知道，我当然知道。我会尽我所能，把我知道的都告诉你们。我会试着让自己振作起来的。（对克罗斯比）给我你的手绢。（主动从他的口袋里拿出手绢，擦了擦眼睛）

**克罗斯比**　别着急，亲爱的，慢慢来。

**莱斯利**　（勉强地挤出来一丝微笑）很高兴你在这儿。

**克罗斯比**　我们很幸运，霍华德也来了。

**莱斯利**　哦，乔伊斯先生，见到你真高兴！（跟对方握手）都这么晚了，还让你走这么远的路过来，我真不知道该说什么好！

**乔伊斯**　哦，这没什么。

**莱斯利**　多萝西[1]还好吗？

1　多萝西是乔伊斯夫人的名字。

**乔伊斯** 哦，她很好，谢谢你的关心。

**莱斯利** 我感觉头晕得要命。

**克罗斯比** 你想喝一点威士忌吗？

**莱斯利** （闭上眼睛）桌子上有。

［克罗斯比走到桌子旁，调了一杯威士忌苏打。莱斯利瘫倒在长椅上，闭着眼睛，脸色苍白。

**乔伊斯** （低声对威瑟斯）你在这儿待多久了？

**威瑟斯** 哦，有一个多小时了。我睡得正香呢，一个仆人叫醒了我，说克罗斯比的管家过来了，想要立刻跟我见面。

**乔伊斯** 原来如此。

**威瑟斯** 我一下就从床上跳起来了。那个管家就在门廊等我呢。他告诉我，哈蒙德中枪了，让我立刻到这儿来一趟。

**乔伊斯** 他告诉你是她开的枪吗？

**威瑟斯** 他说了。当我到这儿的时候，克罗斯比太太已经把自己锁在了房间里，不肯出来，直到她丈夫回来。

**乔伊斯** 哈蒙德死了吗？

**威瑟斯** 哦，死得不能再死了，他身上全是弹孔。

**乔伊斯** （有点惊讶的语气）哦？

**威瑟斯** （从口袋里掏出手枪）这就是那把左轮手枪，六个弹膛都打空了。

［莱斯利慢慢地睁开眼睛，安静地听着眼前两个男人的谈话。乔伊斯接过手枪，仔细地看了看。

**乔伊斯** （对正端着威士忌走过来的克罗斯比）这是你的枪吗，鲍勃？[1]

**克罗斯比** 是的。（走到莱斯利跟前，扶她起身喝威士忌）

**乔伊斯** （对威瑟斯）你跟那些仆人问过话了吗？

**威瑟斯** 问过了，他们什么都不知道。他们正在宿舍里睡觉，突然被枪声给惊醒了。等他们赶到这里的时候，发现哈蒙德已经倒在地上了。

**乔伊斯** 具体倒在哪儿了？

**威瑟斯** （指着）就在那儿，在门廊下那盏灯的底下。

**莱斯利** 谢谢，我待一会儿就会好起来的。给你们添麻烦了，真的非常抱歉。

**乔伊斯** 你现在能说话了吗？

**莱斯利** 我想可以了。

**克罗斯比** 你用不着这么着急。（对众人）她现在的情况，不适合做长时间的陈述。

**乔伊斯** 这些话早晚是要说清楚的。

**莱斯利** 没关系，罗伯特，真的。我现在感觉好多了，完全没有问题。

**乔伊斯** 我认为，我们应该尽可能地把事实了解清楚，好为后面做打算。

---

1 鲍勃（Bob）为罗伯特（Robert）的简称。

**威瑟斯**　请慢慢来，克罗斯比夫人。毕竟在这儿，我们大家都是朋友。

**莱斯利**　你需要我做什么吗？如果有问题的话，就尽管问好了，我会尽我所能回答你。

**乔伊斯**　也许，你最好还是用自己的方式，把整件事情的来龙去脉给我们说一遍。你觉得行吗？

**莱斯利**　我试试看吧。（从椅子上站了起来）

**克罗斯比**　你要干什么？

**莱斯利**　我想坐直一点儿。（再次坐下来，稍稍犹豫了一下）

[克罗斯比和威瑟斯站着，乔伊斯坐在她的对面，所有人的目光都集中在她的脸上。

**莱斯利**　（对威瑟斯）罗伯特当时正在新加坡过夜，这你是知道的。

**威瑟斯**　是的，你的仆人告诉我了。

**莱斯利**　我本来打算和他一起去的，但我觉得身体有些不大舒服，所以就想还是留下来吧。我从来都不介意独处。（半笑地看着克罗斯比）种植园主的妻子早就习惯这种生活了，你们明白的。

**克罗斯比**　确实是这样。

**莱斯利**　我晚饭吃得相当晚，吃完以后就开始绣花边了。（指着小桌上的枕头，上面有一块半成品的枕头花边，用小别针别住）

**克罗斯比**　我的妻子很善于做这些手工。

**威瑟斯**　是的，我知道，这我有所耳闻。

**莱斯利**　我不知道自己到底做了多久。这件事情让我很着迷，你懂的，我完全失去了时间感。突然间，我听到门外有脚步声，有人走上了门廊的台阶，说："晚上好，我能进来吗？"我吓了一大跳，因为我没听到有车开过来的声音。

**威瑟斯** 哈蒙德把他的车停在了大约四分之一英里外的路边，停在了树底下。我们开车过来的时候，你的司机注意到了它。

**乔伊斯** 这很奇怪，哈蒙德为什么把车停在那儿呢？

**威瑟斯** 可能不想让别人听到他开车进来了。

**乔伊斯** 请继续说，克罗斯比夫人。

**莱斯利** 起初我看不清是谁。你们知道，我扎花边的时候都戴眼镜的，再加上门廊那儿半明半暗的，我实在是谁也认不出。"是谁？"我冲外面问。"杰夫·哈蒙德。"[1]"哦，当然了，请进来喝一杯吧，"我是这么说的。然后我摘下了眼镜，站起来跟他握手。

**乔伊斯** 你见到他很惊讶吗？

**莱斯利** 说实话，有点儿惊讶。他好久没来过我们家了，对吧，罗伯特？

**克罗斯比** 我想，至少得有三个月了。

**莱斯利** 我告诉他，罗伯特今天不在家，他去新加坡出差了。

**威瑟斯** 他是怎么回答你的？

**莱斯利** 他说："哦，对不起。今天晚上，我感到有点儿孤单，所以想来看看你过得怎么样。"我问他是怎么过来的，因为我没有听

1 杰夫（Geoff）是杰弗里（Geoffrey）的简称。

到汽车的声音，他说他把车停在路边了，因为他觉得我们可能已经躺下了，他不想吵醒我们。

**乔伊斯** 我明白了。

**莱斯利** 罗伯特不在家，屋里也没有威士忌，但我以为仆人们已经睡觉了，就没有喊他们过来。我自己去外面拿了一瓶威士忌回来。哈蒙德调了一杯酒，然后点上了他的烟斗。

**乔伊斯** 他看起来意识清醒吗？

**莱斯利** 这我没有想过。我想他可能是喝了酒才过来的吧，但当时我并没有往这方面想。

**乔伊斯** 后来怎么样了呢？

**莱斯利** 哦，也没有什么特别的；我又戴上眼镜，继续做我的针线活。我们有一搭没一搭地聊了一些事情。他问我，罗伯特有没有听说，两三天以前路上跑出来一只老虎。它杀了一对山羊，村民们都非常担心。他说，他准备在这个周末想办法把老虎搞定。

**克罗斯比** 哦，是的，我知道这件事。我昨天在午餐的时候跟你聊过这个，你不记得了吗？

**莱斯利** 有吗？我想你确实提到过吧。

**威瑟斯** 请继续，克罗斯比夫人。

**莱斯利** 我们就这么聊着，然后他突然说了一些愚蠢的话。

**乔伊斯** 他说什么？

**莱斯利** 没什么值得重复的，他小小地恭维了我两句。

**乔伊斯** 我想，也许你还是把他具体说了些什么都告诉我们比较好。

**莱斯利**　他说：“我不知道你是怎么想的，戴了这么一副难看的眼镜，它简直让你的美貌黯然失色。你的眼睛非常漂亮，不应该把它们藏起来。”

**乔伊斯**　他以前跟你说过这样的话吗？

**莱斯利**　不，从来没有。说实话，我有点儿吃惊，但我觉得还是大事化小的好。我说：“我向来不认为自己是个美女。”他回答：“但你就是。”这种蠢话重复起来，真叫人难以启齿。

**乔伊斯**　没关系，请告诉我们他的原话。

**莱斯利**　好吧，他说：“你居然想把自己打扮成一副平庸的样子，这也太可惜了。但是谢天谢地，还好你并没有做到。”（平淡地做了一个自谦的眼神）我耸了耸肩膀。我认为他这么对我讲话，实在有点儿不成体统。

**克罗斯比**　是这样没错，毫无疑问。

**乔伊斯**　你说什么了吗？

**莱斯利**　是的，我说：“要是你直截了当地问我，我一定会说，我一点儿也不在乎你对我的看法。”我这么说是想打击他一下，谁知道他反而笑了起来，他说：“即便如此，我还是要告诉你，你是我这么多年来见过的最漂亮的女人。”我回答说：“你可真会说话，但是在这种情况下，我只能认为你愚蠢至极。”他又笑了。他进来以后一直坐在那边，这会儿他站起来了，在我干活的桌子边上拉了一把椅子，对我说：“有一件事你没法否认，那就是你有着世界上最漂亮的一双巧手。”实话实说，我的手不怎么好看，我不希望别人谈论它们。只有一个愚不可及的女人才会希望在她最差的方面得到夸奖。

**克罗斯比** 莱斯利，亲爱的。（握着她的一只手，亲了一下）

**莱斯利** 哦，罗伯特，你这个小傻瓜。

**乔伊斯** 那么，当哈蒙德说这些话的时候，他是不是一直坐在那儿、抱着肩膀？

**莱斯利** 哦，不，他想要抓住我的一只手，但是我轻轻地拍了他一下，要他别这么做。我并没有特别生气，因为我觉得他只是在犯傻。我对他说："别傻了，坐到你之前的位置上，说话理智一点儿，不然我就要请你回家去了。"

**威瑟斯** 但是，克罗斯比夫人，我很奇怪你为什么没有当场把他踢出去。

**莱斯利** 我并不想小题大做。你知道，有些男人觉得，只要机会合适，跟女人调情就是他们的责任义务。我相信，他们觉得女人就等着他们这么做呢，据我所知，许多女人确实如此。但我不这么认为，对吧，罗伯特？

**克罗斯比** 你从来不像她们那样肤浅。

**莱斯利** 不过，对于一个女人而言，如果每次男人奉承她两句话，她都大惊小怪地闹别扭，那她只会让自己显得像个傻瓜。女人不需要太多的社会经验就能够发现，这样的赞美没有任何意义。我之前压根儿没觉得哈蒙德会是认真的。

**乔伊斯** 那你是什么时候有所察觉的？

**莱斯利**　就在他说了接下来的那句话之后。他坐在那儿一动也不动，直勾勾盯看着我，说："难道你不知道，我深深地爱着你吗？"

**克罗斯比**　下流！

**莱斯利**　我说："我不知道。"你瞧，这对我来说没什么意义，所以我毫不费力地就能够保持冷静。我说："我一点儿也不信。即使你说的是真的，我也不希望你说出来。"

**乔伊斯**　你吃了一惊吗？

**莱斯利**　当然吃惊了。这么说吧，我们都认识他七年了，对吧？罗伯特。

**克罗斯比**　是的，战争结束以后，他就到这儿来了。[1]

**莱斯利**　他从来没有正眼瞧过我，我认为他甚至连我的眼睛是什么颜色都说不上来。如果你问我的话，我会说我在他面前毫无存在感。

**克罗斯比**　（对乔伊斯）你得知道，我们跟他都没见过几次面。

**莱斯利**　他刚到这儿没两天就病倒了，我好心让罗伯特去接他；他一个人住在那栋房子里，连个朋友也没有。

**乔伊斯**　他的房子在哪儿？

**克罗斯比**　离这儿六七英里远的地方。

**莱斯利**　一想到他形单影只地躺在家里、没人照顾，我就于心不忍。于是我们就把他接到这儿来，悉心照料，直到他恢复健康。在那

1　本剧写作于 1927 年，剧中的战争指的是第一次世界大战（1914—1918）。

以后，我们又见过他几次，但实在没有什么共同话题可聊，所以我们也没有变得很熟络。

**克罗斯比** 过去这两年，我们几乎就没见过他。说句实话，他生病的时候，莱斯利把他照顾得无微不至，可他后来却不怎么跟我们走动，我觉得这人未免也太随便了。

**莱斯利** 他过去时不时会过来跟我们打网球，我们偶尔也会在别人家的聚会上碰到他。但是我想，我已经有一个月没见着他了。

**乔伊斯** 我明白了。

**莱斯利** 然后，他又给自己倒了一杯威士忌苏打水。我开始想，他之前是不是就喝多了。不论如何，我觉得他已经喝得够多了。“如果我是你，我就不会再喝了。”我当时的语气非常友好，一点儿也不害怕，因为我完全没想到自己会应付不了他。但是他没有理会我说的话。他把剩下的酒一饮而尽，然后放下杯子，用一种奇怪而突然的口气问我：“你以为我跟你说这些，是因为我喝醉了吗？”我说：“这是再明显不过的了，不是吗？”哦，跟你们说这些实在是太难堪了。这非常不光彩，简直是耻辱。

**乔伊斯** 我知道，这做起来很难。但是为了你自己，我请求你把事情的来龙去脉原原本本都告诉我们吧。

**威瑟斯** 如果克罗斯比夫人想要缓一缓的话，我觉得也没什么大问题。

**莱斯利** 不，如果迟早要说的话，我现在就一口气全说出来吧。等来等去又有什么好处呢？我的脑袋现在简直要爆炸了。

**克罗斯比** 别再逼她了，霍华德[1]。

**莱斯利** 他没有逼我。

**乔伊斯** 但愿我没有。你刚才说："这是再明显不过的了"。

**莱斯利** 他说："不，我根本没有喝醉。自从第一次见到你的那天起，我就爱上你了。我已经按捺了很久，现在再也控制不住了。我必须让你知道，我爱你。我爱你。我爱你。"他就像这样不断地重复着。

**克罗斯比** （咬牙切齿地）卑鄙小人。

**莱斯利** （从椅子上站起来）我站了起来，把我的花边枕头收了起来，然后向他伸出手。"晚安。"我说。但是他没有接话，只是一动不动地站在那儿看着我，眼神古怪极了。他说："我现在还不打算走。"于是，我开始大发雷霆了。我觉得自己已经忍他太久了。我自认为是一个情绪稳定的女人，但当我被激怒的时候，我完全不在乎自己会说出什么话来。"你这个不可救药的傻瓜，"我冲他嚷嚷起来，"你难道不知道，除了罗伯特，我从来没有爱过任何人。就算我不爱他了，你也会是我最不可能在乎的人。"他说："我才不管这么多呢，罗伯特不在这儿。"

**克罗斯比** 杂种，这个狗杂种。哦，我的上帝……

**乔伊斯** 安静点儿，鲍勃。

**莱斯利** 这就是压垮我的最后一根稻草吧，我完全失去理智了。但即

1 霍华德指乔伊斯。

便是那样，我也没有一丝一毫的害怕。我从未想过他胆敢……他竟然胆敢……我太生气了。我认为他是一头卑劣的猪，知道罗伯特不在家，就敢这样跟我说话。“如果你现在不马上离开的话，”我对他说，“我会喊用人过来，让他们把你扔出去。”他用他那肮脏的眼神瞪了我一眼，然后说：“他们听不到的。”我快步从他身边走了过去。我想去门廊上，这样我就可以喊人了，我知道他们会听到的。但是他一把抓住了我的胳膊，把我拉了回来。“放开我！”我尖叫着，像发疯一样。“想都别想，”他说，“我已经抓住你了。”我大声朝外面喊：“来人啊！来人啊！”但他一下捂住了我的嘴……哦，太可怕了，我说不下去了。这对我来说实在是难以承受。太可耻了，太可耻了。

**克罗斯比** 哦，莱斯利，我亲爱的。我向上帝发誓，我真希望自己今天晚上没有离开你。

**莱斯利** 哦，太可怕了。（心碎地哭了起来）

**乔伊斯** 我恳求你，控制住自己的情绪。到现在为止，你都做得非常出色。我知道这很难，但你必须告诉我们一切。

**莱斯利** 我不知道他在做什么。他从后面抱住了我，用他的胳膊紧紧地把我箍住了。他开始亲我。我拼命地挣扎。他的嘴唇滚烫，我一个劲地想要躲开。“不！不！不！”我尖叫着，“放开我！我不要！”我开始放声大哭，试图挣脱他，但他整个人就像是疯了一样。

**克罗斯比** 我听不下去了。

**乔伊斯** 安静点儿，鲍勃。

**莱斯利** 我不知道发生了什么。我一片混乱，害怕极了。他好像在讲话，讲了好多好多话。他一直在说他有多么爱我，多么想要得到我。哦，回想起这一切，我太痛苦了！他紧紧地抱着我，我根本动不了。我从来不知道他居然有这么大的力气。我感觉自己是一只老鼠，苍白无力、束手无策，那感觉真像是场噩梦。我想把一切都告诉你们，但我那时的意识太模糊了。我感觉自己越来越虚弱，马上就要晕倒过去了。而他灼热的喘息扑在我的脸上，让我感到非常的恶心。

**威瑟斯** 那个畜生!

**莱斯利** 他亲了我。他亲了我的脖子。哦，多么可怕啊！他紧紧地抱着我，我都快没法呼吸了。然后他把我整个抱了起来。我拼命地踢他，但他只是抱得更紧了。然后我觉得他把我扛了起来。他没有说话，我也没有看他。但不知道怎么回事，我好像瞥见了他的脸，他的脸白得像纸一样，眼睛好像着了火。他不是人，而是变成了一头野兽；我的心跳得飞快，就快要从身体里跳出来了……不要看我，我不希望你们当中的任何一个人盯着我看。我突然间明白了，他正在把我往卧室里面拖。哦!

**克罗斯比** 要是他还活着，我会亲手把他给掐死。

**莱斯利** 一切都发生得太快了。他突然间摔了一跤。我不知道是怎么回事儿。我不清楚他是不是被什么东西给绊倒了，或者仅仅是没留神。我和他一起摔倒在地，这给了我一个机会。他不自觉地松开了手，我也趁机挣脱了出来。这完全都出自于本能；而且是一瞬间的事情；我完全不知道自己在做什么。我跳了起来，绕到沙发后面去。他的动作有点儿慢，过了一会儿才站起来。

**威瑟斯** 他的腿受过伤。

**克罗斯比** 没错。在战场上，他的膝盖骨整个碎掉了。

**莱斯利** 然后，他朝我冲了过来。桌上放着一把左轮手枪，我一把抓过来。我甚至都不知道自己开枪了。我听到了一声枪响，然后看到他踉跄了一下。他大喊一声，好像说了些什么。我不知道他到底说了哪些内容，我已经失去理智了。我陷入了彻底的疯狂。他脚步蹒跚地跌出了房间，来到了走廊，我就跟在他的后面。我什么也不记得了。我听到了枪响，一声接着一声。我不指望你们能相信我，但我真的不知道自己一直在扣动扳机。我看见哈蒙德倒在了地上，然后突然间听到了一声奇怪的轻响。我意识到我打完了所有的子弹，手枪弹夹都已经空了。只有到那个时候，我才知道自己干了什么。我的视线终于不再那么模糊了，我一下子注意到了哈蒙德，他像烂泥一样地瘫倒在那边。

**克罗斯比** （将她拥入怀中）我可怜的孩子。

**莱斯利** 哦，罗伯特，我做了什么啊？

**克罗斯比** 处在你的位置上，任何一个女人都会这么做的，只不过她们十个里面有九个都没有你的胆量。

**乔伊斯** 那把枪怎么会放在那儿呢？

**克罗斯比** 我很少留莱斯利独自一个人在家过夜，但非要这样不可的时候，我总觉得她手边有件武器会更安全，我也能更放心一些。我在离开家以前，特地查看了一下，确保每个弹膛里都上了子弹。感谢上帝，还好我这么做了。

**莱斯利** 威瑟斯先生，这就是刚刚发生过的一切。请原谅我没有一开始就从房间里出来见你，但我一心只想着我的丈夫。

**威瑟斯** 我完全理解。请允许我多说一句，我认为你的表现非常了不起。很抱歉我们不得不让你承受回忆这场噩梦的折磨，但我认为乔伊斯先生是对的，我们应该尽可能掌握所有的事实，刻不容缓。

**莱斯利** 哦，我知道。

**威瑟斯** 很明显，这个家伙喝醉了，而他也为自己的行为付出了代价。

**莱斯利** 但是如果能叫他起死回生的话，我什么都愿意做。一想到是我杀了他，我就不寒而栗。

**克罗斯比** 他就这么死了，倒是便宜他了。上帝做证，我会让他生不如死的……

**莱斯利** 不，罗伯特，别这样。这个人已经死了。

**乔伊斯** 我可以看一下尸体吗？

**威瑟斯** 当然可以，我带你过去。

**莱斯利** （略微颤抖）你不会让我也跟着一起去吧？

**乔伊斯** 不，当然不会，没这个必要。你和鲍勃在这里等着，我们很快就会回来的。

[ 乔伊斯和威瑟斯下场。

**莱斯利** 我太累了，简直是筋疲力尽。

**克罗斯比** 亲爱的，我知道你累坏了，只要能让你好过一点儿，要我做什么我都心甘情愿。只是眼下看来，我似乎什么也做不了。

**莱斯利** 你可以爱我。

**克罗斯比** 我一直都很爱你，全心全意。

**莱斯利** 我知道，可现在呢？

**克罗斯比** 只要我能再多爱你一点儿，我现在就会这么做的。

**莱斯利** 你不会怪我吗？

**克罗斯比** 怪你？我认为你已经表现得相当出色了。上帝做证，你真是一个勇敢无畏的小家伙儿。

**莱斯利** （温柔地）亲爱的，我知道这会给你带来不少麻烦，你一定会很焦虑的。

**克罗斯比** 别管我，我不重要，你现在只需要关心自己就好了。

**莱斯利** 他们会拿我怎么样呢？

**克罗斯比** 拿你怎么样？我倒要看看有谁敢拿你怎么样。事实情况是，在这个殖民地，没有一个人不会因为认识你而倍感骄傲的。

**莱斯利** 一想到大家将要对发生在我身上的事情评头论足，我就讨厌得不得了。

**克罗斯比** 我懂，亲爱的。

**莱斯利** 无论人们说我做错了什么，你都永远不会相信他们的，对吗？

**克罗斯比** 当然不会。他们还能说什么呢？

**莱斯利** 我怎么知道？可人心就是这样啊，如此的不善良。他们或许会若无其事地说，如果我没有勾引他，他就不会对我有所表示。

**克罗斯比** 我认为任何一个见过你的人，都不会冒出这样的想法。

**莱斯利** 你很爱我吗，罗伯特？

**克罗斯比** 我没有办法形容我对你的爱。

**莱斯利** 这些年来，我们一直生活得很幸福，不是吗？

**克罗斯比** 乔治在上，当然是这样了！我们结婚已经有十年了，但每次回想起来，都好像是发生在昨天一样。不知道你注意到没有，我们甚至都没有吵过架？

**莱斯利** （微笑着）你这么善良，这么通情达理，谁会想要跟你吵架呢？

**克罗斯比** 莱斯利，你知道的，我这个人笨嘴拙舌，有时候不愿意说太多。我确实不像那些伶牙俐齿的人那样，能变着法儿地哄你开心。但我想让你知道，我是多么感激你为我所做的一切。

**莱斯利** 哦，亲爱的，你在说什么呢？

**克罗斯比** 你瞧，我一点儿也不聪明，长得又丑，简直是个没头脑的傻大个儿。说起来的话，我连给你擦鞋都不配。我一直想不通，你为什么会选择和我结婚。对任何一个男人来说，你都是他所能梦想到的一切。能娶到你这样的妻子，这辈子也就无憾了。

**莱斯利** 哦，胡说八道！你说的这些太荒唐了。

**克罗斯比** 哦，不，这并不荒唐。虽然我的话不多，但你千万不要以为我想的就一定很少。我不知道自己怎么会拥有这么好的运气。

**莱斯利** 亲爱的！听到你这么说，真是太好了。

[克罗斯比将莱斯利搂在怀里，缠绵而忘情地吻着她。乔伊斯和威瑟斯这时候上场。莱斯利下意识地从丈夫的怀抱中挣脱开来，面向那两个男人。

**莱斯利** 你们想吃点儿什么吗？我想你们一定都饿坏了吧。

**威瑟斯** 哦，不，别麻烦了，克罗斯比夫人。

**莱斯利** 一点儿也不麻烦。我想仆人们这会儿一定还没睡呢。就算他们已经睡下了，我自己也可以轻而易举地给你们热上两道菜。[1]

**乔伊斯** 就我个人而言，我一点儿都不饿。

**莱斯利** 罗伯特呢？

**克罗斯比** 不用了，亲爱的。

**乔伊斯** 事实上，我想我们是时候出发去新加坡了。

**莱斯利** （有些惊讶）现在就走吗？

**乔伊斯** 等我们到那儿的时候，天就该亮了。等你洗个澡，再吃点儿早餐，也就八点钟了。我们会给检察长打个电话，问问什么时候能去见他。怎么样，威瑟斯，你觉得我们是不是最好照这样办？

**威瑟斯** 是的，我想这是最佳方案。

**乔伊斯** 你会跟我们一起走吧？

---

1 原文为 chafing-dish，一种类似于中国火锅的法式炊具，通过在托盘底部点火来加热和烹制食材。

**威瑟斯** 我想我最好还是去一趟，把这儿的情况当面跟检察长说清楚，你觉得呢？

**莱斯利** 我会被抓起来吗？

**乔伊斯** （看了看威瑟斯）依我看，你现在差不多已经算是被扣押了。

**威瑟斯** 这只是个形式上的问题而已，克罗斯比夫人。乔伊斯先生的意思是，你应该去找检察长自首……当然了，这些事情都不在我的职权范围之内，我实在不清楚自己应该做什么。

**莱斯利** 威瑟斯先生，请代我向您的夫人道歉，给你们添了这么多麻烦，我非常过意不去。

**威瑟斯** 哦，用不着为我操心。对我来说，最坏的情况也不过是因为做错了事情而受到责备。

**莱斯利** （微微一笑）你也因此失去了一个晚上的休息时间。

**乔伊斯** 那么，我们准备好了就出发吧，亲爱的。

**莱斯利** 我会被关进监狱吗？

**乔伊斯** 那得看检察长怎么判了。我希望在你把事情经过都告诉他以后，我们能说服他准予你保释。这取决于具体的罪名是什么。

**克罗斯比** 他是个正派的人，我相信他会尽力而为的。

**乔伊斯** 他必须尽到自己的职责。

**克罗斯比** 你这是什么意思？

**乔伊斯** 我认为他很可能会说，罪名只有一个。在那种情况下，我恐怕申请保释也是没有用的。

**莱斯利** 什么罪名？

**乔伊斯** 谋杀。

［片刻的停顿。莱斯利听到这个词以后，表情并没有多大的变化，只是握紧了一只手，以示她震惊的心情。但是她需要付出相当大的努力，才能保持接下来说话时的语气平稳冷静、不出乱子。

**莱斯利** 我去换一件外套，再戴上一顶帽子，很快就好。

**乔伊斯** 哦，好极了。你最好去帮把手，鲍勃，需要有人帮她收拾一下。

**莱斯利** 哦，不，不用麻烦了，我自己能应付得来。穿件衣服没那么复杂，我可怜的朋友，不用系扣子，套上就行。

**乔伊斯** 不用吗？我都忘了。但我想你最好还是跟她一起去，老兄。

**莱斯利** 我可没有打算自杀，你知道的。

**乔伊斯** 哪儿的话，我从来就没这么想过，我只是想跟威瑟斯单独说几句话。

**莱斯利** 来吧，罗伯特。

［莱斯利和克罗斯比走进卧室，并没有关门。乔伊斯走过去，把门关上了。

**威瑟斯** 乔治在上！这个女人可真不一般。

**乔伊斯** （和颜悦色地）你指的是哪些方面？

**威瑟斯** 我这辈子都没见过这么沉着冷静的人，她的自制力绝对是一流的。她的胆子一定是铁打的。

**乔伊斯** 她确实是个了不得的角色，比我想象中顽强得多。

**威瑟斯** 你跟她认识好多年了，对吧？

**乔伊斯** 自从她嫁给克罗斯比以后，我就认识她了。克罗斯比是我在殖民地最好的朋友，我们是老相识了。但说到莱斯利，我从来没有很好地了解过她。她几乎没怎么来过新加坡。我总觉得她这个人拘谨得很，也许是害羞吧。但我妻子在这边待了很久，她对她赞不绝口。她说，等你真正了解她以后，会发现她是个美妙的女人。

**威瑟斯** 她当然是个美妙的女人。

**乔伊斯** （带着微弱的讽刺口吻）她肯定是个美丽的女人，这一点毋庸置疑。

**威瑟斯** 她经历了一件那么可怕的事情，却能像刚才那样一五一十地把它给讲出来，这让我深受感动。

**乔伊斯** 我希望她能把一些细节再描述得明确一点。接近尾声的时候，显得有一点儿混乱。

**威瑟斯** 我亲爱的朋友，你还能指望她怎么做呢？你完全能看到，她是拼了命才坚持下来的。在我看来，她能把事情完整地讲下来，这已经是个奇迹了。要我说，那个男人真是太卑鄙了！

**乔伊斯** 顺便问一句，你认识哈蒙德吗？

**威瑟斯** 是的，我算认识他吧，并不是很熟。我在这里只工作了三个月，这你是知道的。

**乔伊斯** 这是你作为治安官的第一份工作吗？

**威瑟斯** 是的。

**乔伊斯**　哈蒙德这个人向来是个酒鬼吗？

**威瑟斯**　我也不知道他是不是。他确实很能喝，但我从没见过他真正喝醉以后是什么样子。

**乔伊斯**　当然，我也听说过他，但是从来没见过。他好像很受女孩子们的欢迎，对不对？

**威瑟斯**　他是个很英俊的家伙。你知道这种人，成天闲不住，做事不拘小节，花钱又很大方。

**乔伊斯**　没错，这种人向来很有女人缘。

**威瑟斯**　我一直觉得他是整个殖民地极受欢迎的人之一。听说在他参军打仗把腿弄伤之前，他一直是网球冠军呢。还有人说，整个槟城[1]和新加坡加起来，也找不到比他更会跳舞的人了。

**乔伊斯**　你喜欢他吗？

**威瑟斯**　他是那种你没法不喜欢的混蛋。应该这么说，我想象不到他在这个世界上会有仇人。

**乔伊斯**　那在你看起来，他是能做出这种事情的人吗？

**威瑟斯**　我怎么知道？一个喝醉了的男人能做出什么样的举动，谁也说不好。

**乔伊斯**　我个人的看法是，如果一个人在喝醉了的时候是个混蛋，那么他清醒时也一定是个混蛋。

---

1　旧称槟榔屿，十八世纪末被英国占领，1957 年宣布独立，成为马来西亚的十三个联邦州之一。推测剧中克罗斯比一家便驻扎在此地。

**威瑟斯**　那你打算怎么做呢？

**乔伊斯**　很明显，我们必须把他的情况调查清楚。

［莱斯利从卧室走出来，手里拿着一顶帽子，克罗斯比跟在她的身后。

**莱斯利**　我没有让你们等太久吧？

**乔伊斯**　我会拿你作为一个例子，好好教教多萝西什么叫雷厉风行。

**莱斯利**　你的动作可能比她要慢上一倍呢。罗伯特换一件衣服的时间，我都能换四件了。

**克罗斯比**　我先出去把车开过来。

**威瑟斯**　有我的位置吗？还是我要搭别人的车过去？

**克罗斯比**　哦，位置多得很。

［克罗斯比和威瑟斯下场，莱斯利正准备跟他们一起出去。

**乔伊斯**　请留步，我还有一个小问题想问你。

**莱斯利**　问吧，什么问题？

**乔伊斯**　刚才我去看哈蒙德尸体的时候，我发现有几枪是在他倒在地上以后才能打出来的。这不禁让我觉得，你是站到他身上，对他接连开了那几枪的。

**莱斯利**　（疲倦不堪地用手扶着额头）我刚想把这事儿抛到脑后去。

**乔伊斯**　你为什么要那么做呢？

**莱斯利**　我都不知道自己那么做了。

**乔伊斯**　这个问题迟早会有人问你，你必须为此做好准备。

**莱斯利**　我担心你会觉得我太过冷血无情了。但事实是，我完全不记得了。这件事情发生以后，一切都变得越来越模糊、越来越混乱了。我很抱歉。

**乔伊斯** 那就不要让这件事情再给你增添烦恼了。我敢说，换作是谁，都会跟你有一样的感觉，这再自然不过了。我很抱歉，这种时候还跟你提这个。

**莱斯利** 我们可以走了吗?

**乔伊斯** 来吧。

[乔伊斯和莱斯利下场。管家走进来，拉上了通往门廊的百叶窗，关上灯，悄然下场。房间陷入一片黑暗。

——幕落——

# 第二幕

[地点来到了新加坡，场景是监狱的探监室。这是一间光秃秃的屋子，墙壁被刷成了白色，其中一面墙上挂着一幅巨大的马来半岛地图，另一面墙上则挂着英国国王乔治五世的照片。屋内唯一的家具是一张打磨光亮的松木桌子和六把椅子，左右两侧各有一扇门。窗户上装了铁栅栏，透过它，可以看到外面枝繁叶茂的绿色热带植物，以及一抹蓝天。

[大幕拉开时，罗伯特·克罗斯比正站在窗前向外望着。他的脸上写满了沮丧。他穿着一件卡其色的衬衫和一条短裤，这是他经常在种植园里穿着的便服；他的手里拿着他那顶破旧的帽子。他深深地叹了一口气。这时，左侧的门被推开了，乔伊斯上场，王志诚拿着公文包跟在他的身后。王志诚是广东籍的华侨，个头不高，但身材修长；他收拾得干净利索，穿着一身白色的帆布套装，脚上是一双漆皮鞋和漂亮的男士长筒袜。他戴着一块金表和一副无框的夹鼻眼镜，胸前的口袋里插着一支金色的钢笔。

**克罗斯比**　霍华德。

**乔伊斯**　我听说你到这儿来了。

**克罗斯比**　我正等着见莱斯利呢。

**乔伊斯**　我也是过来见她的。

**克罗斯比** 你需要我出去吗?

**乔伊斯** 不，当然不用。等会儿他们叫你进去探视的时候，你尽管去就是了。我可以等你出来再谈接下来的事情。

**克罗斯比** 我希望他们能让我在这儿跟她见面。要是进到牢房里的话，那几个看守总是阴魂不散地跟在旁边，那太吓人了。

**乔伊斯** 我还以为你今天早上会去办公室找我呢。

**克罗斯比** 我实在脱不开身。毕竟种植园的工作不能停，如果我不在那儿盯着的话，一切都会变得一团糟。事情一办完，我就马不停蹄地赶到新加坡来了。哦，那个该死的种植园，我讨厌那个地方!

**乔伊斯** 说实话，我不认为这是一件坏事。在过去的这个礼拜里，好歹有一些事情能让你分分心。

**克罗斯比** 我敢说事情并不像你想的这样，有时候我都感觉自己要疯掉了。

**乔伊斯** 你必须振作起来，老伙计，这个时候可不能崩溃啊，你知道的。

**克罗斯比** 哦，不用担心我。

**乔伊斯** 你看上去好像一个星期没洗澡了。

**克罗斯比** 哦，我洗过澡了。我知道我穿得有点儿邋遢，但在种植园里干活，这一套正合适。我实在没心思换衣服，所以就这么过来了。

**乔伊斯** 说来说去，在这件事情上，你妻子的状态可比你好太多了，她连眼睛都没眨一下。

**克罗斯比** 她的意志力比我要强上十倍，这一点我清楚得很。我确实心力交瘁了，我不介意承认。莱斯利不在身边，我感觉自己变成了一只迷路的羊羔。自打结婚以来，这是我们头一次分开超过一天。没有她，我孤独得难以忍受。（注意到了王志诚，看向他）他是谁？

**乔伊斯** 哦，这是我的助手，王志诚。

［王志诚微微鞠了一躬，向克罗斯比示以友好的微笑，露出了一口洁白的牙齿。

**克罗斯比** 他在这儿干什么？

**乔伊斯** 是我带他过来的，以防我需要他做点儿什么。王志诚也是一名律师，就跟我一样。他在香港大学拿的学位，本领不赖。等他从我这儿学到了足够多的东西，就会开一家自己的事务所，变成我的竞争对手。

**王志诚** 嗨，你好。

**乔伊斯** 王，我想你最好还是在外面等一等。有需要你的地方，我会叫你的。

**王志诚** 好的，先生，我会待在能听见您喊我的地方。

**乔伊斯** 没问题，只要你随叫随到就行。

［王志诚下场。

**克罗斯比** 哦，霍华德，你不知道我这几个礼拜以来，过的都是什么样的日子。即便是我最痛恨的敌人，我也不想让他跟我一样经受这痛苦的煎熬。

**乔伊斯** 你看起来好像最近都没怎么睡觉啊，老伙计。

**克罗斯比** 确实如此，我想我已经连续三个晚上都没有合过眼了。

**乔伊斯** 感谢上帝，好在明天这一切就会结束了。顺便说一句，你得整理一下自己的形象，为了出庭考虑，好不好？

**克罗斯比** 是的，当然。今晚我去你那儿住。

**乔伊斯** 哦，是吗？那太好了。等审判结束以后，你们两个都到我家来歇歇脚，多萝西打算庆祝一下。

**克罗斯比** 把莱斯利关在这么个肮脏的监狱里，简直是惨无人道。

**乔伊斯** 我想他们这么做，也是不得已而为之吧。

**克罗斯比** 为什么不能把她保释出来呢？

**乔伊斯** 恐怕她面临的是一个非常严重的指控。

**克罗斯比** 哦，这些繁文缛节，这些官僚主义。处在她当时的位置上，任何一个正派的女人都会做出同样的行动。莱斯利是天底下最好的女孩儿了，她连一只苍蝇都舍不得伤害。哦，听我说，伙计，我都跟她结婚十年了，难道你认为我不了解她吗？天哪，如果让我抓住那个男人，我一定会扭断他的脖子，我会毫不犹豫地把他杀掉，换作是你也一样。

**乔伊斯** 我亲爱的朋友，大家都站在你这边。

**克罗斯比** 感谢上帝，没有人替哈蒙德说好话。

**乔伊斯** 我想，陪审团里的每一个人都已经在出庭之前拿定了主意，他们一定会做出无罪的裁决。

**克罗斯比**　那么整个审判就是一场彻头彻尾的闹剧。她一开始就不应该被逮捕，在这个可怜的女孩儿经历了那么多以后，还要把她送上法庭，这太残忍了。我在新加坡遇到的每一个人，不管是男人还是女人，没有一个不对我说莱斯利的行为是绝对正确的。

**乔伊斯**　法律就是法律。她亲口承认自己杀死了那个男人，这是一件相当可怕的事情。对于你们两个人所经历的这些，我只能说非常抱歉——尤其是对她。

**克罗斯比**　我自己一点儿也不重要。

**乔伊斯**　不管怎么说，客观事实是，谋杀已经发生了。而在一个文明的社会里，一场审判是说什么也避免不了的。

**克罗斯比**　消灭一个社会害虫也能算是谋杀吗？她打死哈蒙德跟枪毙一条疯狗，完全没有任何区别。

**乔伊斯**　身为你的法律顾问，有句话不得不跟你挑明了说，不然就是我的失职。事实上，有一个问题困扰了我很久。假如你的妻子只朝哈蒙德开了一枪，那么整件事情就很明朗了。不幸的是，她足足开了六枪。

**克罗斯比**　这件事情，她已经非常明白地解释过了。在那种情况下，任何人都会采取同样的措施。

**乔伊斯**　我敢说是这样没错。在我看来，这个解释非常合理。

**克罗斯比**　那你还有什么可困扰的呢？

**乔伊斯**　掩耳盗铃无济于事，最好还是把自己放到一个旁观者的角度去看问题。我不能否认，如果是我代表政府提起公诉的话，那会是我调查的重点。

**克罗斯比**　为什么这么说?

**乔伊斯**　这表明促使她扣下扳机的是无法遏制的愤怒，而不是无能为力的恐慌。按照你妻子所描述的那个情形，人们会觉得，一个女人在这种场合下也许会六神无主，但绝不至于恼羞成怒。

**克罗斯比**　哦，难道这个解释没有一点儿牵强吗?

**乔伊斯**　也许吧。我只是认为在庭审上，这会是一个值得关注的焦点。

**克罗斯比**　要我说，真正的焦点应该是哈蒙德的人品，况且，老天啊！他到底长了一副什么样的嘴脸，我们已经知道得一清二楚了。

**乔伊斯**　我想你的意思是说，我们已经发现了他生前正跟一名亚裔女子秘密同居，对不对?

**克罗斯比**　没错，那还不够吗?

**乔伊斯**　我想够用了。对他的那群朋友来说，这个消息肯定会带来极大的冲击。

**克罗斯比**　那个女人已经在他的房子里住了八个月了。

**乔伊斯**　很奇怪，这件事情竟然会让人们感到如此愤怒。不过话说回来，让公众对他产生反感，这一点比什么都重要。

**克罗斯比**　这么跟你说吧，要是我知道他在干这么个勾当，我永远也不会让他踏入我家一步的。

**乔伊斯**　真不知道他是怎么做到金屋藏娇又秘而不宣的。

**克罗斯比**　她会成为证人之一吗？

**乔伊斯**　我不会传唤她的。我只会拿出证据，证明他们两个已经生活在了一起。并且，考虑到大众的舆论，我想陪审团会接受这个说法的——哈蒙德是一个品行顽劣的花花公子。

［锡克警长上场，他身材高大、蓄着胡子、皮肤黝黑，身穿一套蓝色制服。

**锡克警长**　（对克罗斯比）请跟我来，先生。

**克罗斯比**　总算等到了。

**乔伊斯**　你也等不了多久了。再过二十四个小时，她就会重获自由。你为什么不带她去哪儿旅行一趟呢？尽管我们几乎可以肯定，莱斯利将被无罪释放，但这样一场审判也会把人搞得焦头烂额，你们俩都需要好好休息休息。

**克罗斯比**　我想，我比莱斯利更需要休息。她坚强得就像块石头一样。你知道吗，我这几次去看她的时候，根本就不是我在给她打气，反倒是她在给我鼓劲。上帝啊！她可真是一个英勇无畏的女人啊，霍华德。

**乔伊斯**　我完全同意你的看法。她的自制力着实叫人吃惊。

**克罗斯比**　我不会占用她太长时间的，我知道你们俩还有很多事情要准备。

**乔伊斯**　谢谢你。

［克罗斯比跟随锡克警长走了出去。

**乔伊斯**　警官，我的助手在外面吗？

［乔伊斯话音刚落，王志诚就利索地走了进来。

**乔伊斯**　把你手上的那些文件给我，好吗？

**王志诚**　好的，先生。

［王志诚从公文包里拿出一沓文件递给乔伊斯，乔伊斯在桌子前坐好，埋头看文件。

**乔伊斯**　好了，王，如果还需要干什么，我会喊你的。

**王志诚**　可不可以麻烦您一小会儿，先生？我有两句话，想私下跟您聊一聊。

［王志诚的表述清晰无误；英语对他而言是一门外语，但他说得非常流利；只是有时候会分不清R和L该怎么发音，这让他讲话总是分外小心，谨慎得让人感到一丝不自在。

**乔伊斯**　（微微一笑）一点儿也不麻烦，王，请说吧。

**王志诚**　先生，我要跟您谈的这个话题非常敏感，也非常私密。

**乔伊斯**　用不了五分钟，克罗斯比夫人就过来了。如果你是想跟我谈心的话，我们不如另找一个更合适的机会吧。

**王志诚**　先生，我要跟您说的事情，跟这个案子有密切的关系。

**乔伊斯**　哦？

**王志诚**　就是这么回事儿，先生。

**乔伊斯**　我非常欣赏你的聪明才智，王。作为克罗斯比夫人的辩护律师，我相信你不会跟我说任何我不应该知道的内容。

**王志诚**　先生，我做事向来谨慎，您完全可以放心。我毕竟是香港大学的毕业生，还获得过英语写作的校长奖。

**乔伊斯** 那就说吧。

**王志诚** 我得知了一个情况，先生，这个情况也许会让案子走向一个新的局面。

**乔伊斯** 什么情况?

**王志诚** 据我所知，先生，有这么一封信的存在，是被告写给这场悲剧里那个不幸的受害人的。

**乔伊斯** 我一点儿也不觉得惊讶。在过去的七年里，克罗斯比夫人与哈蒙德先生之间肯定常有通信往来。

**王志诚** 确实有这种可能，先生。克罗斯比夫人一定经常跟死者联系，比如邀请他共进晚餐，或者是约他一起打网球等。这也是我得知此事后的第一个想法。但这封信，却是在已故的哈蒙德先生被害当天写的。

[瞬间的停顿，乔伊斯眼中闪过了一丝饶有兴致的淡淡笑意，他继续盯着王志诚。

**乔伊斯** 这是谁告诉你的?

**王志诚** 先生，这个情况，是我的一个朋友跟我讲的。

**乔伊斯** 你的谨慎是无可挑剔的，王，我向来这么认为。

**王志诚** 您毫无疑问还记得，先生，克罗斯比夫人说，她在命案发生的那晚之前，有好几个星期没有跟哈蒙德先生联系过了。

**乔伊斯** 是的，我记得。

**王志诚** 在我看来，这封信的存在，表明克罗斯比夫人的陈述并不完全准确。

548

549

**乔伊斯** （伸出手，好像要接过那封信）那封信你拿到了吗？

**王志诚** 没有，先生。

**乔伊斯** 哦！那么我猜，你一定知道信上的内容了。

**王志诚** 我的那位朋友人非常好，他给了我一份副本。您要看一下吗，先生？

**乔伊斯** 拿给我吧。

[王志诚从衣服内侧的兜里拿出一个厚厚的钱包，里面塞满了各种各样的文件、零钱和香烟卡片。

**乔伊斯** 啊，我看到了，你还有收集香烟卡片的爱好呢。

**王志诚** 是的，先生。我可以很高兴地说，我的藏品几乎都是独一无二的，而且非常全面。

[王志诚从这堆乱七八糟的东西中抽出一张纸，放在乔伊斯的面前。

**乔伊斯** （缓慢地读着，几乎不敢相信自己的眼睛）“罗伯特今晚不在家。我必须得见你一面。我会在十一点钟等你。我已经走投无路了，如果你不来的话，我不敢保证接下来会发生什么……把车停在远一点儿的地方。——莱斯利……”这到底是什么意思？

**王志诚** 这个得由您来判断了，先生。

**乔伊斯** 你凭什么认定这封信是克罗斯比夫人写的？

**王志诚** 我对信息的真实性很有信心，先生。

**乔伊斯** 我可没你这么笃定。

**王志诚** 这件事情非常容易被证实。毫无疑问，克罗斯比夫人会立即告诉你，她有没有写过这么一封信。

[ 乔伊斯从椅子上站起来，在屋里来回走了一两趟，然后停下来，转身面对王志诚。

**乔伊斯** 克罗斯比夫人不可能写这样的信。

**王志诚** 如果这是您的看法，先生，这件事情当然可以结束了。我的那位朋友之所以会跟我说起这个话题，只是因为他觉得，既然我在您的事务所里工作，那么您可能会想在跟检察官[1]通报之前，了解一下这封信的存在。

**乔伊斯** 原件在谁手上？

**王志诚** 您一定还记得，先生，哈蒙德先生遇害以后，人们发现他曾经与一位亚裔女子有染。这封信目前就在她的手里。

[ 两人默默地对视了一会儿。

**乔伊斯** 谢谢你，王，这件事情我会好好考虑的。

**王志诚** 好的，先生，您希望我向我的朋友传达这个意思吗？

**乔伊斯** 我敢说，如果你能跟他保持联系，那就再好不过了。

**王志诚** 好的，先生。

[ 王志诚下场。乔伊斯眉头紧皱，他又仔细地读了一遍这封信；突然传来一阵声音，他意识到是莱斯利来了，便把信的副本放在了桌上的那堆文件上面。莱斯利和女看守一起上场。女看守是一位中年英国女性，身材结实，穿着一身白色的制服。莱斯

---

1 Police Prosecutor，受雇于警方的检察官，负责对案件提起公诉。

利的穿着非常简单，但十分干净整洁；她的头发像往常一样，梳得一丝不苟；她表现得冷静自持。

**乔伊斯** 早上好，克罗斯比夫人。

[莱斯利亲切地走了过来，泰然若素地与乔伊斯握手，就像是在自己的客厅里接待他一样。

**莱斯利** 你还好吗？我没想到你会来得这么早。

**乔伊斯** 你今天怎么样？

**莱斯利** 我的身体情况非常好，谢谢你的关心。这个地方很适合休息疗养，帕克夫人对我照料有加，就像是母亲一样。

**乔伊斯** 你好吗，帕克夫人？

**帕克夫人** 我很好，先生，谢谢你。有句话我必须得说，克罗斯比夫人，没有人比你更通情达理了，跟你相处一点儿也不麻烦。你离开的话，我会非常难过的，这是实话。

**莱斯利** （带着亲切的微笑）你一直对我很好，帕克夫人。

**帕克夫人** 我只是一直陪着你而已。待在这种地方，你要是不习惯的话，会感到无比孤独的。要我说，他们把你关在这里，实在是太不应该了。

**乔伊斯** 帕克夫人，如果你不介意的话，我和克罗斯比夫人有事情要商量。

**帕克夫人** 没问题，先生。

[帕克夫人下场。

**莱斯利** 她实在太健谈了，有时候都要把我给逼疯了，这个可怜的人。很少有人能意识到，跟自己独处的时候才是最惬意的时候，这难道不奇怪吗？

**乔伊斯** 你最近肯定拥有大把这样的时光。

**莱斯利** 确实是这样，我读了很多书，还做了不少针线活。

**乔伊斯** 不用说，你晚上一定也睡得不错了。

**莱斯利** 我睡得好极了。时间过得可真快呀。

**乔伊斯** 时光飞逝这话一点儿也不假。你看起来比几个星期前好多了，气色也不错。

**莱斯利** 跟罗伯特比起来，我过得算好了。我可怜的宝贝，他完全垮掉了。为了他着想，我很庆幸这一切明天就能结束了。我想他都快要崩溃了。

**乔伊斯** 他看起来可比你自己还要担心你的安危。

**莱斯利** 你不坐吗？

**乔伊斯** 谢谢。

［两人坐下来。乔伊斯坐在桌子旁，面前摆着那一堆文件。

**莱斯利** 你知道，我可一点儿也不期待这场审判。

**乔伊斯** 有一件事情让我印象深刻，那就是每次你讲起事情经过的时候，措辞用语都完全相同，一个字也没变过。

**莱斯利** （轻松地揶揄他）对你那套缜密的法律思维来说，这意味着什么呢？

**乔伊斯** 这表明，你要么有着非凡的记忆力，要么就是在陈述一个未经任何修饰的客观事实。

**莱斯利** 恐怕我的记忆力并不怎么好。

**乔伊斯** 我想，你在那场灾难发生前的几个星期里，都没跟哈蒙德有过任何联络，对吧？

**莱斯利** （带着一丝友善的微笑）哦，没错，关于这点我很确定。我跟他最后一次见面是在麦克法兰家的网球聚会上，我记得我们连两句话都没说上。麦克法兰有两个球场，你知道的，而我们恰好不在同一个小组。

**乔伊斯** 你没有给他写信吗？

**莱斯利** 哦，没有。

**乔伊斯** 你确定吗？

**莱斯利** 哦，确定极了。除了邀请他共进晚餐或者打网球，我没什么好跟他讲的，而这两项活动，我都好几个月没做了。

**乔伊斯** 你曾经跟他有过相当亲密的关系，为什么突然之间就不再请他过来了？

**莱斯利** （微微地耸了耸肩）一个人总会对繁复的社交感到厌倦的。我们并没有太多的共同语言可聊。当然了，在他生病的那段时间，罗伯特和我尽了一切的努力去帮助他，但是最近这一两年，他自己过得不错。他成了一个风云人物，走到哪儿都很受欢迎，人们争先恐后地请他聚会赴宴，似乎没有必要再给他增加一份请柬了。

**乔伊斯** 这就是你跟他的全部交集了吗？

［莱斯利犹豫了一会儿，低下头若有所思。

**莱斯利**　当然了，我知道那个亚裔女人的事。实际上，我还见过她一面。

**乔伊斯**　哦！从没听你提起来过。

**莱斯利**　这并不是一件很愉快的事情。而且我知道，通过调查，你们很快也会发现的。在这种情况下，如果我成了第一个把他的私生活和盘托出的人，未必是一个明智的举动。

**乔伊斯**　她是个什么样的女人？

[ 莱斯利微微一愣，脸上突然闪过一丝复杂的神色。

**莱斯利**　哦，相当可怕。魁梧健硕，浓妆艳抹，浑身上下珠光宝气的。她不年轻了，甚至比我的年纪还要大。

**乔伊斯**　那么，在见过她以后，你就不再跟哈蒙德有联系了？

**莱斯利**　是的，没错。

**乔伊斯**　但你没有跟你的丈夫说起过这件事。

**莱斯利**　这种事情，我可不愿意跟罗伯特谈论。

[ 乔伊斯注视了她片刻。当莱斯利刚刚谈起那位亚裔女子时，她的脸上出现了一系列复杂的神色。现在，那些都消失不见了，她又恢复了惯常的冷静和自信。

**乔伊斯**　我想我有必要告诉你，我们发现了一封写给杰弗里·哈蒙德的信，是你的手笔。

**莱斯利**　过去，当我知道他要去新加坡的时候，我经常会给他写小纸条，请他帮我一些小忙，比如买东西什么的。

**乔伊斯**　这封信的内容恰恰相反，是让他来见你，因为罗伯特要去新加坡出差了。

**莱斯利** （微笑）那是不可能的。我从来没有这样做过。

**乔伊斯** 你最好自己看一下。

[乔伊斯从面前的文件中拿出那封信并递给莱斯利，后者接过来瞥了一眼，旋即递了回去。

**莱斯利** 这不是我的笔迹。

**乔伊斯** 我知道。据说这是那封原件的副本，内容精确、一字不差。

[莱斯利再次拿起那封信，仔细看了起来。当她读的时候，面容却发生了可怕的变化，她的脸色越发苍白，表情渐显凝重，血肉仿佛一下子被抽干，只剩下皮肤紧紧地贴在骨头上。她瞪大眼睛盯着乔伊斯，眼睛几乎要从眼眶里掉出来了。

**莱斯利** （低声耳语）这是什么意思?

**乔伊斯** 恐怕得由你来告诉我。

**莱斯利** 这不是我写的。我可以发誓，我绝没有写过这么一封信。

**乔伊斯** 请你一定要小心措辞，如果那封原件是你的笔迹，再怎么否认都无济于事。

**莱斯利** 那一定是有人伪造了我的笔迹。

**乔伊斯** 要证明这一点是很困难的。相比来说，证明它是真的要容易得多。

[莱斯利的身体猛烈地颤抖了一下。她拿出一块手帕来擦拭手心，然后又看了看那封信。

**莱斯利** 这上面没有写日期。假设我真的写过这么一封信，然后又忘得一干二净，那它完全有可能是好几年前写的了。如果你能给我点儿时间的话，我会努力回忆一下当时的情况。

**乔伊斯**　确实没有日期，我注意到了。但如果这封信落到了检方的手里，他们会去盘问你家里的仆人。他们很快就能发现，有没有人在哈蒙德死亡的那一天给他送过信。

［莱斯利猛地握紧了双手，身体开始不受控制地在椅子上摇晃，仿佛马上要晕过去了。

**莱斯利**　我向你保证，那封信不是我写的。

**乔伊斯**　既然如此，我们就不需要进一步讨论这个问题了。如果拿到这封信的人决定把它交给检方的话，你要做好应对的准备。

［一个很长的停顿，乔伊斯在等待莱斯利开口，但她只是直勾勾地盯着眼前的空气出神。

**乔伊斯**　如果你没什么要对我说的，我想我该回办公室了。

**莱斯利**　（仍然在出神，眼睛并没有看他）看到这封信的人，会倾向于做出什么样的解读呢？

**乔伊斯**　他会知道，你有意编造了一套谎言。

**莱斯利**　在什么时候？

**乔伊斯**　在你明确表示你至少六个礼拜都没有跟哈蒙德联系过的时候。

**莱斯利**　整件事情对我造成了极其严重的打击。发生在那天晚上的一切，对我而言都是不堪回首的梦魇。如果有一个细节被我遗忘了，那也没什么好奇怪的。

**乔伊斯** 你清晰准确地记住了你跟哈蒙德谈话的每一个细节，却偏偏忘记了最重要的一个点——在他死亡的那天晚上，是你把他叫到家里来的，这难道还不奇怪吗？

**莱斯利** 我没有忘记。

**乔伊斯** 那你为什么不提出来呢？

**莱斯利** 因为我害怕。我怕一旦我承认他是被我邀请过来的，你们就没一个人会相信我说的话了。我明白，这么做太愚蠢了。我都不知道自己当时在想什么。可我已经说了，我跟哈蒙德没再有过任何联系，那我就只能把这个说法坚持下去了。

**乔伊斯** 那么，你得解释一下，你为什么要让哈蒙德趁罗伯特外出过夜的时候来找你。

**莱斯利** （声音忽高忽低、断断续续的）这是我给罗伯特准备的一个生日惊喜。我知道他想要一把枪，而且，你瞧，我对这方面的事情一窍不通，所以我就把杰夫找过来一起商量，我想让他帮我下个订单。

**乔伊斯** 也许，信里面的措辞，你已经记不清楚了。你要不再看一眼？

**莱斯利** （急忙向后躲）不，我不想看。

**乔伊斯** 那我就给你读一遍吧。“罗伯特今晚不在家。我必须得见你一面。我会在十一点钟等你。我已经走投无路了，如果你不来的话，我不敢保证接下来会发生什么……把车停在远一点儿的地方。——莱斯利”。在你看来，这像是一个女人对一个泛泛之交说出来的话吗？就为了让他帮自己买把枪？

**莱斯利** 我敢说，这确实有点儿小题大做和感情用事了。但我平常说话就是这样，你知道的。我很乐意承认，这么做是非常愚蠢的。

**乔伊斯** 那我一定是搞错了。因为我一直觉得你是一个非常含蓄、非常矜持的女人。

**莱斯利** 毕竟，杰夫·哈蒙德也不算是泛泛之交。他生病的时候，我对他照顾得无微不至，就像妈妈对孩子一样。

**乔伊斯** 顺便问一下，你平常都叫他杰夫吗？

**莱斯利** 大家都这么叫他。他也不是那种一本正经的、谁见了他都想叫一声哈蒙德先生的人。

**乔伊斯** 那你为什么要让他在那么晚的时候过来？

**莱斯利** （重新恢复到一个自制的状态）十一点很晚吗？他总是在外面吃饭、聚会什么的。我是想让他在回家的路上，顺道来聊两句。

**乔伊斯** 那你为什么要求他不要开车呢？

**莱斯利** （耸了耸肩）你知道那些仆人们有多爱说闲话。如果让他们听到他来了，那他们肯定会觉得这里面有什么不可告人的情况。

[乔伊斯站起来，在房间里来回走了两趟，然后靠在椅背上，开始用一种非常严肃的口吻说话。

**乔伊斯** 克罗斯比夫人，我想非常、非常严肃地跟你谈谈。这个案子的进展相对来说还算一帆风顺，只有一点在我看来是需要解释的。根据我的判断，当哈蒙德倒在地上的时候，你朝他开了至少四枪。很难想象，一个文质彬彬、生性温和、品格高雅，又有教养的女人，在受到惊吓以后，竟然能做出这种无法控制的狂暴行为。但是，当然了，这在法庭上是可以被接受的。虽然杰弗里·哈蒙德很受欢迎，人们对他的评价总体来说也非常高，但我准备证明，他是一个可能会犯下你所指责他的那种罪行的人。在他死后，我们发现了一个事实，那就是他一直在和一个亚裔女人同居，这给我们提供了非常明确的依据。这样一种有违公序良俗的关系，会让他失去得到同情的机会。所有正派的人都会因此而对他产生厌恶，我们决定充分利用这一点来赢得诉讼。我刚才告诉你丈夫，你肯定会被无罪释放的。我这么说并不是为了安慰他。我相信，陪审团在这个案子上甚至都不用讨论。

[他们互相注视着对方的眼睛。莱斯利一动不动，表情怪异，像是一只小鸟正盯着自己眼前的一条蛇，仿佛被麻痹了一般地出着神。

**乔伊斯** 但是这封信的出现，完全改变了眼下的情况。我是你的法律顾问。我将在法庭上代表你。我会根据你告诉给我的故事，援引法律条款来对你进行辩护。我也许会相信你的陈述，也许会保持怀疑的态度。律师的职责是说服陪审团，让他们明白，摆在他们眼前的证据不足以让他们做出有罪的裁断。至于他对客户是否有罪的个人看法，在整个程序里面完全无关紧要。

**莱斯利** 我不明白你想说什么。

**乔伊斯** 我想，你不会否认哈蒙德是在你的紧急邀请——我甚至可以说是歇斯底里的邀请——之下，才来找你的吧？

［莱斯利沉默了一会儿，似乎是在考虑。

**莱斯利** 是的，他们可以证明，这封信是我叫一个男仆骑车送去他家的。

**乔伊斯** 你不能以为别人都比你笨，这封信会让人们产生前所未有的怀疑。我不会跟你说我在看到这封信的内容的时候，心里是怎么想的。我也不想听你说那些无关紧要的话，我只想你告诉我必要的信息，我好用它来救你的命。

［莱斯利的身体突然蜷缩起来，还没等乔伊斯上前，她就昏倒在地上。乔伊斯环顾房间，想找一瓶水，可哪儿都没有。他瞥了一眼门口，但没有开口呼救。他不希望在这个关键时刻被人打扰。他跪在莱斯利身边，静静地等她恢复过来。终于，莱斯利睁开了眼睛。

**乔伊斯** 安静地躺着，你很快就会好起来的。

**莱斯利** 别让人进来。

**乔伊斯** 不会有人来的。

**莱斯利** 乔伊斯先生，你不会让他们吊死我吧。

［莱斯利开始歇斯底里地哭泣，乔伊斯则压低声音，试图去安抚她。

**乔伊斯** 嘘，嘘！别出声。嘘，嘘！不会有事的。别，别，别！看在上帝的份儿上，拜托你振作起来。

**莱斯利** 请给我一分钟。

[莱斯利努力地控制自己的情绪，不一会儿，她平静了下来。

**乔伊斯** （很不情愿地佩服她）你很勇敢，我想没人能否认这一点。

**莱斯利** 扶我起来吧，我这么晕过去真是太傻了。

[乔伊斯伸出手扶她站起来，然后将她带到一张椅子旁。莱斯利疲倦地坐了下来。

**乔伊斯** 你感觉好些了吗？

**莱斯利** （闭着眼睛）请不要跟我说话，让我休息一小会儿。

**乔伊斯** 好的。

[短暂的停顿。

**莱斯利** （终于轻轻地叹了口气）我想，我把事情搞砸了。

**乔伊斯** 我感到很抱歉。

**莱斯利** 你是为罗伯特感到抱歉，而不是为我。从一开始，你就不信任我。

**乔伊斯** 那已经不重要了。

[莱斯利看了他一眼，然后低下了头。

**莱斯利** 难道就不能把那封信要回来吗？

**乔伊斯** （皱了皱眉，掩饰自己的尴尬）我想，如果拿着这封信的人不打算开价出售的话，就不会跑过来跟我联系了。

**莱斯利** 它现在在谁手里？

**乔伊斯** 跟哈蒙德住在一起的那个亚裔女人。

[莱斯利本能地握紧了双手，但又控制住了自己。

**莱斯利** 她的要求很高吗？

**乔伊斯** 我想，她对这封信的价值非常清楚。除非拿出一大笔钱来，否则我不认为我们可以要得回来。

**莱斯利** （声嘶力竭地）你打算让我被绞死吗？

**乔伊斯** （有些恼怒地）要把一件对你极其不利的证据拿到手，你以为这很简单吗？

**莱斯利** 你刚才说，那位女士准备卖掉它。

**乔伊斯** 但我不确定自己是不是准备买下它。

**莱斯利** 为什么不呢？

**乔伊斯** 你不明白你这个要求对我来说意味着什么。苍天在上，我不想故作清高，但我一直认为自己是一个正直的人。你要求我做的事情，跟收买证人没有什么区别。

**莱斯利** （提高音量）你的意思是说，你可以救我，但是你不愿意吗？我在什么地方得罪过你吗？你竟然对我这么残忍。

**乔伊斯** 如果这听起来很残忍的话，那我很抱歉。我愿意为你的案子竭尽所能，克罗斯比夫人。但律师不仅对自己的客户负有责任，也对自己的职业操守负有责任。

**莱斯利** （惊愕地）那我会怎么样呢？

**乔伊斯** （非常严肃地）正义必须得到伸张。

[莱斯利的脸色变得煞白，她的身体不由自主地颤抖了一下。当她说出下面这句话的时候，声音低沉而平静。

**莱斯利** 不论如何，我把我的命运交给你了。我当然没有权利去要求你违背自己的良知。我那么说，更多是为了罗伯特，而不是为我自己。但我相信，如果你对事情的前因后果都有所了解的话，你一定也会可怜我的。

**乔伊斯** 鲍勃，我可怜的老朋友，这件事情会要了他的命。他对此毫无心理准备。

**莱斯利** 就算我被处以死刑，也没有办法让杰夫·哈蒙德再活过来。

［片刻的沉默，乔伊斯思考着眼下的整个局面。

**乔伊斯** （几乎是自言自语）有时我想，当我们打着荣誉的旗号拒绝做一些事情的时候，我们实际上是在自欺欺人。因为我们真正的动机不是荣誉，是虚荣心。我问我自己，那封信究竟意味着什么？我不敢拿这话来问你。如果逼着你去承认，你在无缘无故的情况下杀死了哈蒙德，那委实太不公允。（动情地）哦，亲爱的鲍勃，你可怎么办啊。我对他的担忧几乎到了一个荒谬的地步，这我知道，可我们毕竟认识这么久了。他的人生很可能会就此毁掉。

**莱斯利** 我知道我无权要求你为我做任何事情，但罗伯特是如此的善良，如此的单纯和美好。我想，他这辈子从来没有伤害过任何人。你就不能把他从这种痛苦和耻辱当中解救出来吗？

**乔伊斯** 他对你意味着全世界，对吧？

**莱斯利** 我想是的。他所给予我的这份爱，我无以为报。

**乔伊斯** （做出了一个决定）我会尽我所能帮你脱罪的。（看到莱斯利松了一口气）但不要以为我不知道我在做一件错事，我心里清楚得很。我不会对此视而不见的。

**莱斯利** 拯救一个女人脱离苦难的折磨，这有什么错？你不会给别人带来半点儿伤害的。

**乔伊斯** 你不明白，凡事都要分清是非对错，这是再自然不过的。我们不要再讨论这个话题了……你了解鲍勃现在的经济情况吗？

**莱斯利** 他有很多锡矿的股份，还有两三个橡胶种植园的部分效益，我想他可以筹到钱的。

**乔伊斯** 他得知道自己为什么要筹钱。

**莱斯利** 有必要给他看那封信吗？

**乔伊斯** 你想让他看吗？

**莱斯利** 不，不想。

**乔伊斯** 我会尽力不让他知道这件事情的，直到审判结束。他会是一个非常重要的证人，我认为有必要让他保持现在的态度，对你的清白深信不疑。

**莱斯利** 那这之后呢？

**乔伊斯** 为了你，我还是会尽力而为的。

**莱斯利** 不是为我，是为了他。如果他失去了对我的信任，他就会失去一切。

**乔伊斯** 一个男人可以和一个女人生活十年，却仍然对她一无所知，这真是一件怪事。仔细想想，甚至让人不寒而栗。

**莱斯利** 他知道他爱我，这就够了，其他的事情都不重要。

**乔伊斯** （走到门口，打开门）帕克夫人，我这就走了。

[帕克夫人再次上场。

**帕克夫人** 天啊，克罗斯比夫人，你的脸色白得吓人。乔伊斯先生没有惹你不开心吧？你看起来简直像个幽灵。

**莱斯利** （优雅而和蔼地微笑着，本能地恢复了她的社交状态）不，他自始至终都非常友好。我敢说，这案子带来的压力已经让我有些吃不消了。（和乔伊斯握手）再见，乔伊斯先生。你为我的事情费了这么多心思，实在是太让人感动了。我对此感激不尽。

**乔伊斯** 我不会再来打扰你了，我们明天在法庭上见吧。

**莱斯利** 在庭审开始之前，我还有很多事情要做呢。我正在给帕克夫人织一条花边领子，在离开这里之前，我无论如何也要做完呀。

**帕克夫人** 那个领子漂亮极了，我都舍不得穿上它。克罗斯比夫人的手艺简直无与伦比，你见了准会惊讶的。

**乔伊斯** 我知道，她很擅长做针线活。

**莱斯利** 除了这个，我恐怕什么也做不好了。

**乔伊斯** 日安，帕克夫人。

**帕克夫人** 日安，先生。

［帕克夫人陪着莱斯利走出房间，两人双双下场。乔伊斯整理着桌上的文件。此时外面传来了敲门声。

**乔伊斯** 进来。

［门被打开，王志诚走了进来。

**王志诚** 我来提醒您一下，先生，您和里德先生约好了要在十二点半见面，就是波洛克·里德先生。

**乔伊斯** （看了一眼手表）恐怕得让他等上一会儿了。

**王志诚** 好的，先生。（走到门口正要出去，然后仿佛突然想到了什么，停了下来）您还有什么话要我转告我的朋友吗，先生？

**乔伊斯** 什么朋友？

**王志诚** 关于克罗斯比夫人写给已故的哈蒙德先生的那封信，先生。

**乔伊斯** （非常随意地）哦，我都忘了这回事儿了。我刚跟克罗斯比夫人提了一句，她否认曾写过这样的信。很显然，那是伪造的。

［乔伊斯从桌上的那堆文件里拿出了信件的副本，递给王志诚。王志诚没有理会这一举动。

**王志诚** 那么，先生，如果我的朋友把这封信交给检方的话，你们应该不会反对吧。

**乔伊斯** 一点儿也不。但我不太明白，这对你的那位朋友来说有什么好处。

**王志诚** 伸张正义，先生，我的朋友认为这是他的责任。

**乔伊斯** （冷冷地）如果有谁想要履行他的职责，王，我是绝对不会擅加干涉的。

**王志诚** 我完全理解，先生，但是根据我对这个案子的研究，我认为检方拿出这样一封信，会对我们客户的利益带来损害。

**乔伊斯** 我一向很看好你的法律眼光，王志诚。

**王志诚** 我突然有个想法，先生，如果我能说服我的朋友，让那位亚裔女士把信交到我们的手上，就可以省去许多不必要的麻烦了。

**乔伊斯** 我猜，你这个朋友肯定很有生意头脑。你认为在什么样的条件下，他才会愿意把信让出来呢？

**王志诚** 信并不在他的手上。

**乔伊斯**　哦，那是在你朋友的朋友手上了？

**王志诚**　这封信目前在那位亚裔女士的手上，我的朋友只是碰巧认识她而已。她是个无知的女人，她根本不知道这封信的价值，直到我的朋友跟她讲了以后，她才明白过来。

**乔伊斯**　他认为这封信值多少钱？

**王志诚**　一万块，先生。

**乔伊斯**　上帝啊！你觉得克罗斯比夫人能从哪儿弄到一万块？我告诉你，这封信是伪造的。

**王志诚**　克罗斯比先生拥有贝孔橡胶园八分之一的股份，以及吉兰丹河橡胶园六分之一的股份。[1]如果他肯用这些作抵押的话，我还有一个朋友，愿意为他提供贷款。

**乔伊斯**　你的朋友还真不少啊，王志诚。

**王志诚**　是的，先生。

**乔伊斯**　好吧，你可以告诉你这些朋友，让他们全都滚蛋。我不会建议克罗斯比先生在这封假信上花超过五千块的，多一个子儿都没门儿。

**王志诚**　这位亚裔女士本来不打算出售这封信的，先生。我的朋友花费了很长时间劝说她，如果出价低于这个数目，那只会徒劳无功的。

---

1　文中的贝孔（Bekong）在马来西亚地图上查无此地，其所指的可能是位于砂拉越州的勿洞（Betong）；而文中的吉兰丹河（Kelanton River）也出现了拼写错误，应为 Kelantan River。

**乔伊斯** 一万块太多了。

**王志诚** 克罗斯比先生肯定会选择支付这笔钱，而不是看着他的妻子被送上绞刑架，先生。

**乔伊斯** 你的朋友为什么要坚持这个数目?

**王志诚** 我不会对您有所隐瞒的，先生。经过一系列的调查，我的朋友得出结论，一万块是克罗斯比先生所能拿出的最大数额。

**乔伊斯** 啊，这正是我想到的。好吧，我会跟克罗斯比先生谈一谈的。

**王志诚** 克罗斯比先生还在这里，先生。

**乔伊斯** 哦！他在这儿干什么?

**王志诚** 我们的时间不多了，先生，在我看来，这件事情刻不容缓。

**乔伊斯** 那就请你长话短说，王。

**王志诚** 我觉得，您可能会想跟克罗斯比先生当面谈一谈。因此，我冒昧地请他在这儿稍候片刻。如果您方便的话，先生，现在是一个跟他说话的好时机。我吃过午饭会再回来，到时我会把您的决定转告给我的朋友。

**乔伊斯** 这位亚裔女士现在在哪里?

**王志诚** 她住在我朋友的家里，先生。

**乔伊斯** 她愿意到我的办公室来一趟吗?

**王志诚** 我认为，更好的办法是您去见她，先生。我今晚可以带您到她家去，她会把信交到您手里的。但她是个极为浅薄的女人，她不会兑支票。

**乔伊斯** 我没有打算要给她支票，我会带着现金过来。

**王志诚** 如果少于一万块的话，就只会是浪费时间，先生。

**乔伊斯** 我完全明白。

**王志诚** 我要告诉克罗斯比先生您想见他吗，先生？

**乔伊斯** 王志诚。

**王志诚** 是的，先生。

**乔伊斯** 你还知道其他什么吗？

**王志诚** 没有了，先生。我认为一名助手不应该对他的雇主有一丝一毫的隐瞒。请问您何出此言呢，先生？

**乔伊斯** 叫克罗斯比先生过来吧。

**王志诚** 好的，先生。

［王志诚走出去了。过了一会儿，他又推开了门，让克罗斯比进来。

**乔伊斯** 让你久等了，老兄，还好你没走。

**克罗斯比** 你的助手说，你特别吩咐让我等你一会儿。

**乔伊斯** （尽可能随意地）发生了一件相当不愉快的事情，鲍勃。看起来，你妻子在哈蒙德被杀的那个晚上给他写过一封信，让他到家里来见个面。

**克罗斯比** 那是不可能的。她再三强调，自己跟哈蒙德没有任何联系。据我所知，他们两个已经有几个月没见过面了。

**乔伊斯** 但事实上确实有这么一封信。它就在跟哈蒙德同居过的那个亚裔女人的手上。

**克罗斯比** 她为什么要给他写信呢？

**乔伊斯** 你妻子打算在你生日的时候送你一份礼物，她想让哈蒙德帮她采购。你的生日差不多就在那会儿，对吧？

**克罗斯比** 是的。事实上，就在两个星期以前的今天。

**乔伊斯** 在那场悲剧发生以后，她的情绪过于激动，以至于忘了自己曾经写过这么一封信。既然已经一口咬定没跟哈蒙德联系过，她就只能继续坚持下去了，因为她害怕承认自己犯了这么大的一个错误。

**克罗斯比** 她为什么会这么想呢？

**乔伊斯** 我亲爱的朋友，节外生枝当然是非常不幸的，但我敢说这也是人之常情。

**克罗斯比** 这可不像莱斯利。我从来没见过她害怕什么。

**乔伊斯** 当时的情况非常特殊。

**克罗斯比** 这会产生很大的影响吗？就算有人问起来，她完全可以解释啊。

**乔伊斯** 如果这封信件落到了检方手里，情况会变得非常尴尬。你的妻子已经撒了谎，她将会面临一系列难以回答的问题。

**克罗斯比** 我了解莱斯利，她绝对不会故意说谎的，除非事出有因。

**乔伊斯** （略微有一丝不耐烦）我亲爱的鲍勃，你必须试着去理解眼下的局面。如果哈蒙德不是一位私闯民宅的不速之客，而是受到邀请才来你家的，事情会发生很大的变化，难道你意识不到吗？这很容易引起陪审团的怀疑，让他们在下判断的时候举棋不定。

**克罗斯比**　也许我非常愚蠢，但我确实不明白。你们当律师的，好像很容易小题大做、杞人忧天。毕竟，霍华德，你不仅是我的律师，也是我在这个世界上最要好的朋友。

**乔伊斯**　我知道。这就是我为什么要采取进一步的行动，我不指望你能明白这里面的严重性，但我希望你相信我。我们必须得拿到那封信。我想让你授权我去把它买下来。

**克罗斯比**　只要你认为这是正确的，那我就照办。

**乔伊斯**　我不认为这是正确的，但我认为这是必要的。陪审团非常愚蠢。我们最好不要用超出他们常规处理能力的证据来困扰他们，这是个权宜之计。

**克罗斯比**　好吧，我并不想假装自己理解了，但我会全权把事情交给你去办的。你认为怎么合适就怎么做吧，我付钱就是了。

**乔伊斯**　好的。现在，把这件事情忘掉吧。

**克罗斯比**　那倒容易。如果你跟我说，莱斯利曾经做过一些不可告人的阴暗勾当，我是永远也不会相信的。

**乔伊斯**　让我们到俱乐部去吧，我现在非常需要来一杯威士忌苏打。

——幕落——

# 第三幕

## 第一场

[场景是新加坡华人区的一个小房间。四面墙全都刷成了白色，但显得破旧斑驳、脏乱不堪；其中一面墙上挂着一幅看起来很廉价的中式油画，上面已经污渍斑斑、变了颜色；另外一面墙上则用图钉钉了一幅裸体女性的画报，没有画框，显然是来自报纸的插图。屋内仅有的家具是一口檀香木的箱子和一张低矮的木板床，床上有一个上了漆的颈枕。后面的墙上有一扇紧闭的窗户，右边有一扇门。此时已经是晚上，房间里只亮着一只没有灯罩的电灯泡。

[幕启时，钟禧正躺在那张矮床上，他正在读一份报纸。他是一个体态较胖的华人男性，穿着白色的裤子和背心，脚上是一双中式拖鞋。旁边还有一名男仆，跟他穿着同样的衣服，此时正坐在那口檀香木的箱子上，漫不经心地吹着一支竹笛，曲调听起来有些怪异。门口传来轻轻的敲门声，钟禧用中文说了几句话，仆人起身前去开门。仆人和门口的人说过两句话之后，仍然站在门口，回头又对钟禧说了什么。之后，门被推开，王志诚走了进来。

**王志诚**　这边走，先生，请进来吧。

[乔伊斯上场，头上戴着一顶太阳帽。

**乔伊斯** 我差点儿在那些楼梯上摔了一个跟头。

**王志诚** 这就是我的那位朋友，先生。

**乔伊斯** 他会说英语吗？

**钟禧** 是的，我的英语说得非常好。你好吗，先生？我希望你一切都好，快请进。

**乔伊斯** 晚上好。我说，这儿的空气有点儿糟糕啊，我们不能把窗户打开吗？

**钟禧** 晚上的空气非常不好，先生，会带来发烧的风险。

**乔伊斯** 让我们冒一下险吧。

**王志诚** 好的，先生，我来开窗户。（走到舞台后面，打开了窗户）

**乔伊斯** 我们还是赶紧把正事儿办了吧。

**王志诚** 好的，先生。就像人们说的那样，咱们公事公办。

**乔伊斯** 你的朋友叫什么名字，王？

**钟禧** 我的名字叫钟禧。你没看见外面挂的那块儿牌子吗？钟禧。我是个杂货商。

**乔伊斯** 我想，你知道我是来干什么的吧？

**钟禧** 是的，先生。非常高兴能在我家中见到你。我给你一张我的名片，好吗？

**乔伊斯** 我觉得我用不着。

**钟禧** 我可以卖你一些上好的中国茶叶，从苏州运过来的，品质一流。我卖的可比你在商店里买到的那些要便宜得多。

**乔伊斯**　我不想喝茶。

**钟禧**　我还可以卖你几匹汕头来的丝绸，质量好极了，即便是在中国，你也找不到比我店里更好的了，拿来做西装绝对适合。我可以给你非常低的价格。

**乔伊斯**　我不想买丝绸。

**钟禧**　好极了，你拿上我的名片吧，钟禧，杂货商，维多利亚街 264 号，也许你明天或者后天就会用到一些呢。

**乔伊斯**　那封信在你手上吗？

**钟禧**　那个亚裔女人拿着呢。

**乔伊斯**　她在哪里？

**钟禧**　她马上就来。

**乔伊斯**　她现在怎么不在这儿？

**钟禧**　她在等着你呢，一会儿就到。她要等你到了，才能上来，明白吗？

**王志诚**　我想你最好还是让她快点儿过来吧。

**钟禧**　好的，我告诉她现在就来。

[钟禧用中文对那个仆人说了几句话，仆人简单地回答了一个字，然后走了出去。

**钟禧**　（对乔伊斯）你坐下吧，好吗？

**乔伊斯**　我宁愿站着。

**钟禧**　（递给他一个绿色的香烟盒）抽支烟吧，这烟棒极了，跟三炮台一样好。[1]

**乔伊斯** 我不想抽烟。

**钟禧** （对乔伊斯）那你想买便宜的茶叶吗，绝对品质一流。

**乔伊斯** 不。

**钟禧** 好的，我不说话了。也许你想买汕头的丝绸？不！你想买翡翠吗？我这儿有一条上好的翡翠项链，一千块卖给你，送给你太太再合适不过了。

**乔伊斯** 不。

**钟禧** 好的，我自己抽烟吧。

［门开了，仆人再次上场，手里端着一个托盘，托盘上面有几只茶碗。他把托盘放到乔伊斯面前，乔伊斯摇了摇头，转身躲开了。其他人各自拿了一只茶碗。

**乔伊斯** 这个女人怎么还不来？

**王志诚** 先生，我想她应该快上来了。

［门外响起了敲门声。

**乔伊斯** 我还挺想见见她的。

**王志诚** 我的朋友说，可怜的哈蒙德先生完全被她迷住了。

**钟禧** 她不懂英语，她只会讲马来语和汉语。

［与此同时，仆人已经来到门口，打开了门。人们口中的那位亚裔女子走了进来。她穿着一条丝绸裙子和一件长长的薄纱外

---

1 Three Castles，英国香烟品牌，曾在民国时期引入国内，为便于营销译为三炮台。

套，手上戴了几只看上去沉甸甸的金手镯，脖子上戴着一条金项链，乌黑闪亮的头发上别着几根金发簪和金发卡。她的脸颊上抹了胭红，嘴唇上涂着鲜艳的口红，脸上擦了一层厚厚的粉；柳叶弯眉有如两条细细的黑线，挂在眼睛上方。她缓步走了进来，坐到床边，两腿悬着。王志诚用中文跟她交流了两句，她简短地回答了一句，并没有注意到眼前的这个白人。

**乔伊斯** 信在她手上吗？

**王志诚** 是的，先生。

**乔伊斯** 在哪里？

**王志诚** 正如我跟您提到过的，先生，她是一个非常浅薄的女人。她想在把信交给您之前，先看看钱。

**乔伊斯** 好的。

[亚裔女子拿出一支香烟点燃了，似乎没怎么关注到他们所说的话。乔伊斯数出了一万块，递给王志诚。王志诚自己数了一遍，钟禧在旁边看着。他们看起来都很严肃，一脸公事公办的样子，只有那位女子表现出了无所谓的神态。

**王志诚** 数目准确，先生。

[亚裔女子从衣服里面取出了一封信，递给王志诚。王志诚检查了一遍。

**王志诚** 就是这封信，先生。

[他把信递给了乔伊斯，乔伊斯默默地读着。

**乔伊斯**　这封信可不值这么多钱啊。

**王志诚**　我敢肯定您不会为此后悔的，先生。考虑到现在所处的局势，这是一笔物美价廉的买卖。

**乔伊斯**　（讽刺地）我知道，你对我好得很，一定不会让我花冤枉钱的。

**王志诚**　先生，您今晚还需要我做什么吗？

**乔伊斯**　我想不用了。

**王志诚**　既然如此，先生，如果方便的话，我想留在这里，和我的朋友聊聊天。

**乔伊斯**　（嘲讽地）我猜，你们是准备分赃吧。

**王志诚**　很抱歉，先生，在我的求学生涯里，从来没有接触过这个词。

**乔伊斯**　你最去好查一下词典。

**王志诚**　好的，先生，我马上就去查。

**乔伊斯**　我一直在想，你能从这笔交易里面拿到多少好处，王志诚。

**王志诚**　正如我们的主所说的那样，先生，一分耕耘、一分收获。

**乔伊斯**　我不知道你是个基督徒，王。

**王志诚**　据我所知，先生，我并不是基督徒。

**乔伊斯**　那么他肯定也不是你的主了。

**王志诚**　我只是引用了一句再寻常不过的谚语，先生。事实上，我自认为是赫伯特·斯宾塞的追随者。尼采、萧伯纳和威尔斯也给了我很大的启发。[1]

**乔伊斯**　难怪我不是你的对手。

［当乔伊斯下场时，幕布迅速地落下。

## 第二场

［场景与第一幕完全相同，回到了克罗斯比家的客厅。时间正值下午五点左右，屋内光线柔和而温暖。

［幕启时，舞台上空无一人。随后，外面传来了汽车停下的声音。乔伊斯夫人和威瑟斯上场，两人沿着门廊的台阶走进房间。领班和另一个亚裔仆人紧随其后，一个人帮他们拎着箱子，另一个人手里提着一个大篮子。乔伊斯夫人是一位四十岁左右的女人，身材丰满，面色红润，妩媚动人。

**乔伊斯夫人**　天哪，这个地方可真荒凉呀。你一眼就能瞧出来，女主人已经很久没在家了。

**威瑟斯**　我必须说，这儿看起来确实有点阴沉。

**乔伊斯夫人**　说得没错，我从骨子里就感觉到了。这就是我为什么执意要在莱斯利回家之前先过来一趟，我想，我们可以提前帮她做点儿什么。

---

1　赫伯特·斯宾塞，英国哲学家，被誉为社会达尔文主义之父，主张优胜劣汰、适者生存的法则。尼采为德国哲学家，萧伯纳为爱尔兰剧作家，赫伯特·乔治·威尔斯为英国小说家，三人都曾表达过类似的“进化论”观点。

[乔伊斯夫人走到钢琴旁边，翻开琴盖，在谱架上放了一篇乐谱。

**威瑟斯** 摆上几朵鲜花，看起来会好一些的。

**乔伊斯夫人** 不知道这些可怜的孩子们愿不愿意去摘几朵回来。（回头对提着大篮子的领班说）篮子里的冰块还好吗？

**领班** 都好，夫人。

**乔伊斯夫人** 好的，找个地方把它放起来吧，别化掉了。这儿有鲜花吗？

**领班** 我得去看看。

**乔伊斯夫人** （对着另外一名男仆）哦，那是我的包，请把它放到客房去吧。

**威瑟斯** 你知道吗，我一直在想，克罗斯比太太怎么能有勇气再回到这里呢。

**乔伊斯夫人** 我可怜的朋友，克罗斯比家又不是那种房产遍天下的富豪。当你只有这么一栋房子的时候，我想无论发生过什么，你都只能继续住下去了。

**威瑟斯** 不管怎么说，我总觉得，再等一等可能会好些。

**乔伊斯夫人** 我也希望她能缓缓再回来。我已经做好了周全的准备，就等他们在审判结束后到我家去住了。我打算让他们俩跟我待上一阵子，直到他们想通了，到哪儿去度个假。

**威瑟斯** 我认为这是最明智的做法。

**乔伊斯夫人** 但他们不愿意。鲍勃说他不能离开庄园，莱斯利说她不能离开鲍勃。所以我就说，干脆我跟霍华德过来陪你们住得了。我想，如果有人能陪他们一两天的话，日子会好过得多。

**威瑟斯** （微笑着）依我看，你是心心念念着要给他们办的那场庆祝宴，说什么也不能取消了。

**乔伊斯夫人** （愉快地）你还没尝过我调的鸡尾酒呢吧？我告诉你，我的配方至少价值一百万块，整个马来邦的人都抢着要喝。当莱斯利被逮捕的时候，我发誓说，在她被宣判无罪之前，我一杯酒也不会调了。我一直在等着这一天呢，谁也别想剥夺我享受的权利。

**威瑟斯** 啊，所以你才要买这么多冰块，对不对？

**乔伊斯夫人** 对极了，我聪明的朋友。等其他人都到了以后，我就开始大显身手，做我的鸡尾酒了。

**威瑟斯** 你亲手做吗？

**乔伊斯夫人** 当然是我亲手做。我不介意告诉你，在调鸡尾酒这件事情上，我要是排第二，就没人能称第一了。

**威瑟斯** （微笑着）你知道，我们都觉得自己做的鸡尾酒比别人做的要好上千百倍。

**乔伊斯夫人** （愉快地）是啊，但很可惜，你们都错了，只有我才是正确的。

**威瑟斯** 话可别说得太满了，毕竟事事难预料。

[管家和男仆上场，他们拿着一大捧花，这里插一朵，那里插一朵。渐渐地，屋子里变得温馨起来了，看上去和第一幕完全

一样。

**乔伊斯夫人** 哦，棒极了。这屋子看上去总算像是人住的了。

**威瑟斯** 他们应该就快到了。

**乔伊斯夫人** 你知道，我们这一路上车开得挺快。而且我敢说，有不少人都想跟莱斯利说上几句话呢。我想，他们没那么快能走得开。

[管家和男仆下场。

**威瑟斯** 我等他们来了再走，好吗？

**乔伊斯夫人** 你当然不能走了。

**威瑟斯** 我认为，这次的检察长可真是个好人。

**乔伊斯夫人** 他就是这么个人。你知道吗，我认识他的妻子，她觉得莱斯利根本就不应该受审。当然了，男人的世界就是这么奇怪。

**威瑟斯** 我永远忘不了那个景象，当陪审团回到法庭上，说出“被告无罪”这句话的时候，全场沸腾般的欢呼雀跃。

**乔伊斯夫人** 那可真叫人激动，不是吗？还有莱斯利，她对此完全无动于衷，镇定自如地坐在那儿，仿佛这一切都与她无关似的。

**威瑟斯** 她在法庭上为自己申辩时的姿态，也叫我印象深刻。天哪，她可是个奇迹。

**乔伊斯夫人** 那场面真是美极了，我都忍不住哭出来了。她是那么的谦逊、那么的克制。霍华德总说我情绪化、喜欢感情用事，他那天就对我说，他从没见过哪个女人能像莱斯利这样，有这么强的自制力。这赞美绝对是由衷的，因为我不觉得他有多喜欢她。

**威瑟斯** 他为什么不喜欢莱斯利呢？

**乔伊斯夫人** 哦，你们男人不都是这样吗，对自己朋友的妻子并不十分关心。

［领班拿着一个蒙着布的枕头上场。

**威瑟斯** 哦，这是什么？

**领班** 夫人绣的枕头花边。

**乔伊斯夫人** （走过去把蒙在枕头上的布拿掉）哦，你把这个也拿来了？

**领班** 我想，或许夫人会用得着。

［领班把枕头放在桌子上，正是它在第一幕中所在的位置。

**乔伊斯夫人** 我相信她喜欢的。你想得可真周到，亲爱的。（领班下场后，对威瑟斯）你知道，这些仆人干活颠三倒四，有时候你恨不得杀了他们，但是转眼间，他们又会做出一些温柔体贴的事情来，让你原谅他们的一切。

**威瑟斯** （看着枕头花边）乔治在上，这东西可真漂亮，你说是不是？这不就是你期待她做的吗，找点儿别的事儿干，转移一下注意力。

**乔伊斯夫人** 威瑟斯先生，我想问你一件相当不愉快的事情。当你那天晚上到这儿来的时候，哈蒙德的尸体确切是在哪里？

**威瑟斯** 在门廊上，就在那盏灯的下面。上帝啊，我跑上台阶的时候，差点儿被它绊了个跟头，真够吓人的。

**乔伊斯夫人** 你有没有想过，每次莱斯利进屋的时候，她都得从那具尸体原先所在的位置跨过去，这可有点儿恐怖啊。

**威瑟斯** 也许这吓不着她。

**乔伊斯夫人** 幸运的是，她不像我这样，是个容易崩溃的傻瓜。要是我的话——哦，老天，我估计再也睡不着觉了。

[外面传来汽车驶入的声音。

**威瑟斯** 他们到了，看来路上也没花太长时间。

**乔伊斯夫人** （走到门廊上）不，他们肯定是跟在我们后面就出发了，中间隔不了十分钟。（冲外面喊）莱斯利！莱斯利！

[莱斯利出现了，后面跟着克罗斯比和乔伊斯。克罗斯比穿着一套整洁的帆布西服，莱斯利则围着一条丝绸披肩，戴着一顶帽子。

**莱斯利** 你们没在这儿等太久吧？

**乔伊斯夫人** （张开双臂给了她一个拥抱）欢迎。欢迎回到你的家里来。

**莱斯利** （从她怀里松开自己）亲爱的。（环顾四周）多么舒适和美好的感觉啊，我几乎没觉得自己离开过这里。

**乔伊斯夫人** 你累不累？想进去躺一下吗？

**莱斯利** 累？哦，一点儿也不。过去六个星期，我除了休息什么都没做。

**乔伊斯夫人** 哦，鲍勃，她终于回来了，你难道不觉得高兴吗？

**乔伊斯** 行了，多萝西，别情绪一上头就念叨个没完。你要真有那么多话要说，就对我说吧。

**乔伊斯夫人** 我对你无话可说，你这个粗鲁的老头子。人家忙得焦头烂额，你又干了什么呢？

**莱斯利** （过去拉着乔伊斯的手，露出了迷人的微笑）他为我做了他能做的一切，我感激他都来不及呢。你不知道，在这段漫长无聊的等待当中，他的帮助对我有多么重要。

**乔伊斯夫人** 我不介意承认，霍华德，你在法庭上的那段辩护词讲得倒是不错。

**乔伊斯** 谢谢你的夸奖。

**乔伊斯夫人** 依我看，你完全可以再投入一点儿，更有激情一点儿，那伤不着你。

**威瑟斯** 我不同意你的看法，乔伊斯夫人。恰恰因为那份辩护词冷静得体、进退有度，所以才能起到那么好的效果。

**乔伊斯** 让我们喝一杯你调的鸡尾酒吧，多萝西，你都念叨好几天了。

**乔伊斯夫人** 过来帮我一把，威瑟斯先生。我做鸡尾酒的时候，打下手的人越多越好。

**莱斯利** （脱下帽子）是你那款价值一百万块的鸡尾酒吗，多萝西？做起来一定很烦琐吧。

**乔伊斯夫人** （带着威瑟斯离开）耐心点儿，这可急不得，我得按部就班地来。

**莱斯利** 我去收拾一下自己。

**克罗斯比** 没这个必要，你看上去一尘不染、利落极了。

**莱斯利** 我很快就好。

**克罗斯比** 有件事情，我想跟你商量一下。

**乔伊斯** 我走开。

**克罗斯比** 不，我需要你，老兄。我需要你的法律意见。

**乔伊斯** 哦，是吗？说说看。

**克罗斯比** 是这么回事儿，我想尽快带莱斯利离开这儿，越快越好。

**乔伊斯** 我想，给自己放个假对你们两个都有好处。

**莱斯利** 你能走得开吗，罗伯特？哪怕只有两三个星期，我也就心满意足了。

**克罗斯比** 两三个星期有什么用？我们必须彻底离开这里，再也不回来了。

**莱斯利** 我们怎么能就这么一走了之呢？

**乔伊斯** 就这么撒手不干了，确实不是个好主意啊。再也找不到这么好的工作了，你懂的。

**克罗斯比** 你错了，我已经有了一个更好的计划。我们两个都无法再在这里生活下去了，一点儿可能也没有。在这个房子里，我们经历了太多太多的事情。我们怎么能忘得掉呢……

**莱斯利** （打了个寒战）不，别这样，鲍勃，别这样。

**克罗斯比** （对乔伊斯）你瞧，天知道，莱斯利有着钢铁一般的意志力，可人的忍耐终归是有限度的。你知道这儿的日子有多么的孤独。我在外面干活的时候，只要一想到她形单影只地一个人守在这个房子里，我的心里就不会有片刻的安宁。这件事情一点儿余地都没有。

**莱斯利**　哦，别为我担心了，鲍勃。你刚来的时候，这里还是一片荒芜，什么也没有，是你一砖一瓦地建造了这个庄园，它就像你的孩子一样，是你最宝贝的东西。

**克罗斯比**　可我现在讨厌它。我讨厌这儿的每一棵树。我必须得离开，你也一样。你不会想留下来的，对吗？

**莱斯利**　发生过的一切都那么令人不堪回首。可我不想再让局面变得更艰难了。

**克罗斯比**　我明白，我们唯一可以获得平静的机会就是到一个新的地方去，把这里发生过的事情统统抛到脑后。

**乔伊斯**　但是你在别的地方能找到工作吗？

**克罗斯比**　对，这就是问题所在，而最近正好出现了一个转机，这就是我为什么想要赶紧跟你商量一下。这个机会就在苏门答腊岛上。我们可以马上动身，远远地离开，那个地方全是荷兰人，没人知道我们是谁。[1]我们会开始新的生活，结交新的朋友。唯一的问题就是，亲爱的，你恐怕会感到非常的独孤。

**莱斯利**　哦，我完全不介意，我已经习惯了孤独的生活。（一咬牙，下定了决心）我愿意和你走，罗伯特，我也不想再待在这儿了。

**克罗斯比**　那就这么说定了。我这就开始准备，很快就能把事情安排好的。

---

1　苏门答腊岛位于印度尼西亚，在剧情发生的时候处在荷兰的殖民统治之下。

**乔伊斯**　能像在这儿一样，赚到那么多钱吗？

**克罗斯比**　我估计会比在这儿赚得多。总之，我会自己当老板的，而不是给一家半死不活的伦敦公司打工。

**乔伊斯**　（吃了一惊）你这话是什么意思？你不准备再包种植园了吗？

**克罗斯比**　哦，我会包一个种植园的。可我为什么要继续为了别人累死累活呢？这是个千载难逢的机会。那个种植园原本属于一个马六甲的中国华侨，他现在经济上出现了困难。只要我能在后天之前筹到三万块钱的话，他就乐意按这个价格转让给我。

**乔伊斯**　但你上哪儿去搞三万块呢？

**克罗斯比**　自从我来到这边以后，已经攒了差不多一万块。至于剩下的两万块，查理·梅多斯愿意为我提供抵押贷款。

[莱斯利和乔伊斯交换了一个惊恐的眼神。

**乔伊斯**　把所有的鸡蛋放在一个篮子里，这似乎有点儿冒险啊。

**莱斯利**　我不希望你为了我去冒这种风险，罗伯特。你完全不用替我担心，真的，我在这儿也能过得很舒服。

**克罗斯比**　别说傻话了，亲爱的，刚才你还说你愿意走呢。

**莱斯利**　我刚才有些头脑发热。我认为草草离开会是一个错误，明智的做法是坚持下去。大家都对我们这么好，没理由觉得他们会抛弃我们。我相信，朋友们都会向我们伸出援手，让生活变得好起来的。

**克罗斯比**　可你知道，亲爱的，不能因为一点儿风险就畏缩不前。只有承担更大的风险，才能换来更大的收益。

**乔伊斯** 再说了，这些低价转让的庄园，向来都不怎么靠谱。这些华商大都粗心得很，管理产业没什么章法。

**克罗斯比** 这个情况不一样。这个庄园主是一位非常开明、非常上进的华人，他还雇了一个欧洲人帮他打点经营。我绝对不是在乱下赌注，这是一个相当可靠的计划。我估计在十年之内，我就可以赚够钱退休养老了。然后我们会回到英格兰安顿下来，过上贵族的那种生活。

**莱斯利** 说实话，罗伯特，我宁愿留在这里，我对这个地方有感情。给我一点儿时间，我就能忘掉发生过的一切……

**克罗斯比** 你怎么可能忘得掉呢?

**乔伊斯** 不管怎么说，在没有考虑周全之前，我不建议你仓促行事。你肯定想先去趟苏门答腊岛，实地考察一下。

**克罗斯比** 用不着，就这么办吧。这个报价的有效期只有三十六个小时，我必须得立刻做出决定。

**乔伊斯** 但是，我亲爱的朋友，你不能在没有调查的情况下就贸然付给他三万块钱。我知道，你们这些经营种植园的，都不太喜欢按套路出牌，但凡事都要讲个节制。

**克罗斯比** 我确实不精明，但你也别把我想得太傻嘛。我已经做过调查了，如果它现在值一块钱的话，未来就会值五万块。那些文件就在我的办公室里，我现在就给你拿过来，你一看就明白了。那儿的房子也不错，我正好有几张照片，可以让莱斯利也瞧瞧。

**莱斯利** 我不想看。

**克罗斯比** 哦，得啦，亲爱的，你只是分离焦虑罢了。这恰恰说明了，你有多么迫切地需要离开这里。亲爱的，这次你必须让我放手一搏。毕竟我也想换个环境，我没法再待在这里了。

**莱斯利** （痛苦地）哦，你为什么要这么固执？

**克罗斯比** 来吧，来吧，亲爱的，别无理取闹了，让我把文件拿过来吧。我去去就来。

[克罗斯比下场。屋子里安静了一会儿。莱斯利一脸恐慌地望着乔伊斯；乔伊斯绝望地挥了挥手。

**乔伊斯** 那一万块钱，我已经拿来买这封信了。

**莱斯利** 现在该怎么办？

**乔伊斯** （沮丧地）现在还能怎么办呢？

**莱斯利** 哦，不，还不能告诉他。再给我点儿时间。我实在是一点儿力气都没有了，我快要撑不下去了。

**乔伊斯** 你听见他是怎么说的了。他想要马上把钱支出来，买下那个产业。但他做不到，因为他一个子儿都没了。

**莱斯利** 再给我点儿时间。

**乔伊斯** 我不可能从哪儿变出这么大一笔钱来，解他的燃眉之急。

**莱斯利** 不，我没指望你去筹钱。也许，我能想个法子弄到。

**乔伊斯** 怎么弄？你知道这是不可能的。我给我的几个孩子存了一笔教育基金，本来是给他们上学用的。我很乐意先借给你应急，我也不介意等上几个星期……

**莱斯利** （打断他）只要给我一个月的时间就好，到时候我就能想出办法来了。我会让罗伯特有所准备，再慢慢跟他解释清楚。我会找一个合适的时机的。

**乔伊斯** 如果他真的买下了这个庄园，那岂不是连我的钱都没有了。不，不，不，我不能让他这么做。我不想伤害你，但我不能眼看着我的钱化为乌有。

**莱斯利** 那封信在哪里？

**乔伊斯** 在我的口袋里。

**莱斯利** 哦，我该怎么办啊？

**乔伊斯** 我为你感到非常难过。

**莱斯利** 哦，别为我难过。我无所谓，重要的是罗伯特。这会把他的心撕得碎碎的。

**乔伊斯** 要是能有别的办法就好了，我现在也束手无策。

**莱斯利** 我想你是对的，眼下只有一条路可走了。告诉他吧。把一切都告诉他，然后把这件事情彻底了结掉。我已经走投无路了。

［克罗斯比上场，手里拿着一叠文件和两张大幅照片。

**克罗斯比** 当然，要不是为了等莱斯利的庭审结束，我原本打算上个礼拜去一趟苏门答腊岛的。不过现在，你们先看一下我收到的这份报告吧。

**乔伊斯** 听着，鲍勃，你有没有想过这次要花多少成本在这上面？[1]

1 此处指的是用于庭审的一系列法律开支，而非购置新种植园的费用。

**克罗斯比** 我知道，你们这些当律师的都是强盗。我敢说，买下这个庄园以后，我就没什么现钱了。但是，我想你不介意等我安顿好以后，再慢慢还钱吧。你知道我是个信得过的人，如果你愿意，我甚至可以付你利息。

**乔伊斯** 我觉得你并没有意识到，这笔数目有多么的巨大。当然，我也不是在逼你，但我们不能留下一个填不上的大窟窿。我想我应该提醒你，当这场官司的费用结清以后，你剩不下多少钱来进行这项冒险的投资了。

**克罗斯比** 上帝啊，你这话快把我吓死了。我们到底要花多少钱？

**乔伊斯** 就我个人的法律服务来说，我是不会向你收取任何费用的。我所做的一切都是出于纯粹的友谊。但有一些额外的成本，恐怕需要你来支付。

**克罗斯比** 没问题。你不向我收费真是太好了，但我不确定是否应该接受你的好意。你说的那些额外开支，具体有多少？

**乔伊斯** 你还记不记得我昨天跟你说过，有一封关于莱斯利的信，我认为我们应该把它拿到手。

**克罗斯比** 当然记得。说真的，我没觉得那有什么大不了的。但话又说回来，在这件案子上，我完全听你的安排。我只是觉得你在这么一件无关紧要的事情上大费周章，未必有点儿自寻烦恼。

**乔伊斯** 你授权要我放手去做，所以我就把这封信从它的持有者手上买了下来，花了一大笔钱。

**克罗斯比** 多此一举！不过，如果你确实认为有这个必要，我也没什么好抱怨的。你花了多少钱？

**乔伊斯** 恐怕我不得不为此支付一万块钱。

**克罗斯比** （惊恐万分）一万块！哦，那简直是个天文数字。我以为你会说一两百块呢。你一定疯了。

**乔伊斯** 相信我，如果有讨价还价的空间，我一分钱也不会多掏的。

**克罗斯比** 但那是我的全部家当啊。这么说，我破产了。

**乔伊斯** 也不至于那么严重。但你必须明白，你现在没有多余的钱来购置产业了。

**克罗斯比** 你为什么不让他们把信拿到法庭上，然后告诉他们哪儿凉快哪儿待着去呢？

**乔伊斯** 我不敢这么做。

**克罗斯比** 你的意思是说，这封信上的内容必须被压下来吗？

**乔伊斯** 如果你想让你妻子无罪释放的话，是的。

**克罗斯比** 可是……可是……我不明白。你不会是想告诉我，他们原本会判她有罪吧？总不能因为莱斯利消灭了一只害虫，就把她送上绞刑架去。

**乔伊斯** 当然不会，死刑裁决有些言过其实了。但他们有可能会判她过失杀人。我敢说，两到三年的监禁她是躲不开的。

**克罗斯比** 三年。我的莱斯利，我的小莱斯利，这跟要她的命没什么区别……但是，那封信上到底写了什么内容呢？

**乔伊斯** 昨天我已经跟你说过了。

**莱斯利** 我当时蠢极了，我——

**克罗斯比** （打断她）我现在想起来了。你给哈蒙德写信，请他来我们家。

**莱斯利** 是的。

**克罗斯比** 你想让他帮你买个什么东西，对吧？

**莱斯利** 是的，我想为你准备一份生日礼物。

**克罗斯比** 那你找他来干什么呢？

**莱斯利** 我想给你买一把枪，而他恰恰是这方面的行家。你知道我对这些东西一窍不通。

**克罗斯比** 伯蒂·卡梅隆有一把全新的枪，他想卖掉。我在哈蒙德死的那个晚上去新加坡，就是为了把它买下来。为什么你还想再送一个同样的礼物给我呢？

**莱斯利** 我怎么知道你是去买枪的？

**克罗斯比** （猛地回忆起来）因为我告诉过你。

**莱斯利** 那我一定是忘了。我不可能记得所有的事情。

**克罗斯比** 这件事情你一定不会忘的。

**莱斯利** 你这是什么意思，罗伯特？你为什么要这样跟我说话？

**克罗斯比** （对乔伊斯）买下那封信是违法的，不是吗？

**乔伊斯** （试图不把事情讲得太严重）在通常情况下，遵守职业道德的律师是不会这么干的。

**克罗斯比** （步步紧逼）那你是承认犯过罪了？

**乔伊斯** 我一直在尽量说服自己不去往那方面想。但如果你坚持要一个明确的答案，恐怕我必须承认是这么回事儿。

**克罗斯比**　那你为什么还要那么做？在所有人当中，偏偏是你。你想要为我挽救些什么吗？

**乔伊斯**　我已经告诉过你了。我觉得——

**克罗斯比**　（强硬而严厉地）不，你没跟我说过。

**乔伊斯**　行了，行了，鲍勃，别装傻了。我不知道你是什么意思。我跟你说了，陪审团是很愚蠢的，你一定不想往他们脑袋里再塞个想法，让他们变得更加愚蠢。

**克罗斯比**　那封信现在在哪儿？在你手里吗？

**乔伊斯**　是的。

**克罗斯比**　放在哪儿？

**乔伊斯**　你问这干什么？

**克罗斯比**　（激烈地）该死的，拿给我看看。

**乔伊斯**　我没有权利把它给你看。

**克罗斯比**　你是用的你的钱买的，还是用我的钱买的？我为那封信件花了整整一万块，上帝啊，我要看到它。至少让我知道，我的钱花在什么地方了。

**莱斯利**　给他看吧。

［乔伊斯没有说话，他从上衣口袋里拿出自己的钱包，取出信件递给了克罗斯比。克罗斯比读起来。

**克罗斯比**　哦，简直是耻辱。

**莱斯利**　是我叫他来的，是我告诉他，我必须要见他。你已经读过信了，我在写下这些话的时候，整个人都疯掉了。我不知道自己在做什么，我也不在乎在做什么。我们当时已经十天没有见面了，对我来说，那十天就像一生一样漫长。我们最后一次分别的时候，他把我搂在怀里，用情地亲吻着我，告诉我没什么好担心的。然后他就离开了我，投向了那个女人的怀抱。

**乔伊斯** 他是个无赖。他一直都是个无赖。

**莱斯利** 那封信。我们一直都非常谨小慎微，他总是在读完我的信之后就立刻把它撕掉，我不知道他这次为什么没有这么做。阅读之后立刻撕毁我写给他的任何东西。我怎么知道他会留下那一封呢？

**乔伊斯** 现在这已经不重要了。

**莱斯利** 他按我说的过来了，我告诉他，我知道他和那个亚裔女人的事情了。他矢口否认，说那只是个捕风捉影的谣言。我再也控制不住情绪，不知道自己都对他说了什么。哦，我当时恨他，我恨死他了，因为他让我鄙视自己。我恨不得把他大卸八块，撕成碎片。我说了一切我能想到的话去伤害他，我羞辱他，我甚至还可能朝他的脸上吐了口水。终于，他受不了了，他对我破口大骂，说他已经受够我了，再也不想见到我了。他说，我让他感到厌恶至极。然后他承认了，关于他和那个亚裔女人的事情确有其事。他说他们认识很多年了，她是唯一一个对他有真正意义的女人，其他人都只是消遣。他说他很高兴我知道了真相，现在我终于可以离他远点儿了。他对我说的那些话让我感到难以置信，一个男人怎么可以对一个女人如此狠毒。就算我是街上的妓女，他也不可能表现得比这更卑劣了。我不知道接下来发生了什么，我失去了理智，我拿起桌上的手枪，朝着他开枪了。他哀号了一声，我知道我打中他了。他摇摇晃晃地走向了门廊。我追了上去，又开了一枪。这次他倒下了。然后我站到了他身上，不停地扣动扳机，直到一发子弹也打不出来了。

[这时候有一个短暂的停顿，然后克罗斯比走到莱斯利面前。

**克罗斯比** 莱斯利，你怎么能够这样对我呢？

**莱斯利** 不，我不能，我不该这样，我是个卑鄙小人。我没有任何借口为自己辩解，是我背叛了你。

**克罗斯比** 那你现在有什么打算？

**莱斯利** 我听从你的发落。

**克罗斯比** 我是出于为你考虑，才想要离开这儿的。那笔钱，我也是为你存下来的。现在，我必须得留在这儿了，而你要回到英格兰去。我会设法给你提供足够的经济支持，让你能在那边生活下去。

**莱斯利** 就算回去了，我还能去哪儿呢？我没有家人，也没有朋友，只能一个人孤苦伶仃地活在这个世界上。哦，我太难过了。

**克罗斯比** 你怎么能这样，莱斯利？我到底做错了什么，让你不再爱我了？

**莱斯利** 我能说什么呢？我并不想要欺骗你，我也并没有真的爱上别人。是一种莫名的疯狂攫取了我，让我像发高烧一样无法自制。那份爱并没有给我带来丝毫的幸福，它只给我带来了羞耻和悔恨。

**克罗斯比** 最可怕的是，尽管发生了这么多，我仍然还爱着你。哦，上帝，你一定很看不起我！我都看不起我自己。

［莱斯利慢慢地摇了摇头。

**莱斯利** 我不知道自己怎样才配得上你的爱。我一无是处、糟糕透顶。哦，如果我能把责任统统推到别人身上就好了。但我不能。我所遭受的一切都是咎由自取，我活该如此。哦，我亲爱的罗伯特。

［克罗斯比转过身去，捂着脸低下了头。

**克罗斯比** 哦，我该怎么办？我什么都没有了，全都没有了。

［克罗斯比开始失声痛哭。他是一个不常掉眼泪的男人，所以哭得格外剧烈、痛苦、难以克制。莱斯利跪在他的身边。

**莱斯利** 哦，别哭了，亲爱的。亲爱的。

［克罗斯比猛然站起身来，把莱斯利推到一边。

**克罗斯比** 我是个傻瓜，没必要在这儿丢人现眼了。请原谅。

［克罗斯比匆匆下场。莱斯利站了起来。

**乔伊斯** 先别去找他，让他一个人静静吧。

**莱斯利** 我为他感到非常抱歉。

**乔伊斯** 他会原谅你的，他离不开你。

**莱斯利** 如果他愿意再给我一次机会就好了。

**乔伊斯** 你就一点儿都不爱他吗？

**莱斯利** 不爱。上帝啊，我真希望自己能爱上他。

**乔伊斯**　那你接下来准备怎么办呢?

**莱斯利**　我会把我的生命献给他，从今往后，只把心思放在他的身上。我向你保证，我会尽全力让他幸福的。我会弥补我犯下的错，让他忘掉那些不愉快。他永远也不会知道我不爱他——我不能像他想要被爱的那样去爱他。

**乔伊斯**　和一个你不爱的男人在一起生活并不容易。但你能以那样强大的勇气和意志力去犯罪，也许你也能用同样的勇气和意志力来赎罪。就把这当作你的报应吧。

**莱斯利**　不，那不是我的报应。我有能力这么做，而且我很乐意这么做。他是如此的善良，如此的温柔。我的报应远比这来得更加残酷，因为我仍然全心全意地爱着那个被我杀死的男人。

—— 幕落 ——

# 附录[1]

一部剧本的出版绝不仅仅是为了满足作者的虚荣心，也是为了方便为戏剧爱好者们提供参考。因此，我认为在这里附上剧场剧院（Playhouse Theatre）演出时所修改的结尾是有必要的。经过两三次排练，我采用“回溯”的方式取代了莱斯利·克罗斯比最后的忏悔部分。我认为在一部戏中，连续呈现两段长篇叙述段落会不可避免地让观众感到乏味。因此，我相信作家可以通过一些冒险的改动来回避这类情况的发生。

[乔伊斯默不作声，他从上衣口袋里拿出钱包，将里面的信拿了出来，递给克罗斯比。后者读信。

**克罗斯比** （声音嘶哑地）这是什么意思?

**莱斯利** 这意味着杰夫·哈蒙德是我的情人。

**克罗斯比** （双手捂住脸）不，这不可能。

**乔伊斯** 你为什么要杀死他?

**莱斯利** 多年以来，他一直都是我的情人。

**克罗斯比** （痛苦地）这不是真的。

**莱斯利** 这种事情持续了很多年。然后，他突然变了。我不知道是怎

1 此为作者本人在出版的剧本中加入的增改内容。

么回事。我不敢相信他对我不再关心了。我爱他，可我不想爱他。我深陷其中，无法自拔。我恨自己爱上了他，但他已经成了我生活的全部。他成了我生命的全部。后来我听说，他和一个亚裔女人住在一起。我不敢相信自己的耳朵，我不愿意相信这个消息。直到我看见了她。我亲眼看见了她，戴着金手镯和项链走在村子里——那个亚裔女人。哦，我的天都塌了！整个村子里的人都知道，她是他的情妇。当我从她身边经过的时候，她回头看了看我。我明白了，她知道我也是他的情妇。于是，我就把哈蒙德叫了过来。

［灯光熄灭，舞台暗了一会儿。当灯光再起亮起来时，莱斯利穿着她在第一幕所穿的裙子，坐在桌子旁继续绣着她的花边。杰弗里·哈蒙德上场。他是一个三十多岁的英俊青年，风度翩翩、自信满满。

**莱斯利**　杰夫！我以为你不会来了。

**哈蒙德**　你那个没安好心的丈夫把你一个人扔在家，跑到新加坡干什么去了？

**莱斯利**　他去找伯蒂·卡梅隆买一把枪。

**哈蒙德**　我猜，他准是想把当地人都在谈论的那只老虎给打回来。但是我敢跟你打赌，我会抢在他之前成功的。喝上一杯怎么样？

**莱斯利**　请自便。

［哈蒙德走到桌子旁，给自己调了杯威士忌苏打。

**哈蒙德**　我说，你找我来有什么事儿吗？你的那张字条显得有点儿急不可耐啊。

**莱斯利** 你把它放在哪儿了？

**哈蒙德** 当然是看完就立刻撕掉了，你把我当成什么人了？

**莱斯利** （突然地）杰夫，我不能再这样继续下去了，我已经受不了了。

**哈蒙德** 你怎么了？

**莱斯利** 哦，别装作若无其事了，那有什么好处呢？你为什么这么久都不和我联系？

**哈蒙德** 我很忙的，有好多事情要做呢。

**莱斯利** 你还没有忙到抽不出几分钟给我写封信的地步吧。

**哈蒙德** 没有必要去冒那些无谓的风险。如果我们不想结束这段关系的话，就必须采取一些基本的预防措施。到目前为止，我们还算走运。如果在这时候把事情搞砸了，那就太蠢了。

**莱斯利** 不要把我当成一个傻瓜。

**哈蒙德** 听我说，莱斯利，亲爱的，如果你把我叫过来，就是为了闹脾气，那我还不如干脆回去得好。总是这样吵来吵去的，我都烦死了。

**莱斯利** 闹脾气？你难道不知道我有多爱你吗？

**哈蒙德** 好吧，亲爱的，你表达爱情的方式可真够让人难受的。

**莱斯利** 是你逼得我走投无路。

[哈蒙德盯着莱斯利，若有所思地看了一会儿，然后双手插在口袋里，好像下定了什么决心似的，径直走到她面前。

**哈蒙德**　莱斯利，我不知道你有没有发现，我们现在没有一次见面是不吵架的。

**莱斯利**　这是我的错吗？

**哈蒙德**　我没说是你的错。我敢说，这全都是我的错。但是当这种情况频繁地发生在两个像你我这样的人之间的时候，我们的关系就会变得相当脆弱、岌岌可危。

**莱斯利**　你这是什么意思？

**哈蒙德**　好吧，在这种情况下，我不确定理智的做法是不是应该这样说："我们度过了一段非常美好的时光，但天下没有不散的筵席，我们不如就此一别两宽、各生欢喜。趁现在还没闹得太僵，说不定以后还能做个朋友。"

**莱斯利**　（吓坏了）杰夫。

**哈蒙德**　我赞成面对现实。

**莱斯利**　（突然火冒三丈地）现实？那个亚裔女人在你家里做什么？

**哈蒙德**　亲爱的，你在说些什么呀？

**莱斯利**　你已经跟一个女人在一起生活好几个月了，你以为我不知道吗？

**哈蒙德**　胡说八道。

**莱斯利**　你当我是傻瓜吗？你的这点儿破事，整个村子里早就传开了。

**哈蒙德**　（耸了耸肩）亲爱的，如果你非要听信那些闲言碎语的话……

**莱斯利**　（打断他）那她在你的房子里做什么？

**哈蒙德** 我压根儿就不知道什么亚裔女人。我也不关心我的仆人们私下里都在干什么，只要他们按时把工作完成就行了。

**莱斯利** 这是什么意思？

**哈蒙德** 意思是，如果我的哪个仆人领了个女孩儿回来过日子，我是不会大惊小怪的。只要她不碍我的事儿，我管她干什么呢？

**莱斯利** 我见过她。

**哈蒙德** 她长什么样子？

**莱斯利** 又老又胖。

**哈蒙德** 你说话可真不中听，我的贴身管家也是又老又胖的。

**莱斯利** 你的贴身管家可不会买五块钱一码[1]的绸缎给一个女人做衣服。她身上还戴着价值几百英镑的珠宝。

**哈蒙德** 听上去她还挺节俭的。也许她是用这种方式投资理财呢。

**莱斯利** 你敢发誓她不是你的情妇吗？

**哈蒙德** 当然。

**莱斯利** 以你的名誉担保？

**哈蒙德** 以我的名誉担保。

**莱斯利** （激烈地）你在说谎。

**哈蒙德** 好吧，我是在说谎。但既然如此，你为什么不让我走呢？

**莱斯利** 因为，即便是这样，我依然全心全意地爱着你。我不能就这么让你走了，你对我来说就是整个世界。如果你已经不再爱我

1 英美的长度单位，一码约为 0.9 米。

了，那至少可怜可怜我吧。没有了你，我就不知道该怎么办了。哦，杰夫，我爱你。没有人会像我这么爱你。我知道我经常对你很粗鲁，那非常可怕，但要知道，我也很难过啊。

**哈蒙德** 亲爱的，我并不想让你难过，但拐弯抹角是没有用的。我们之间已经结束了，你现在必须让我走。说真的，你没有别的选择。

**莱斯利** 哦，不，杰夫，你不是这个意思，你不可能是这个意思。

**哈蒙德** 结束了就是结束了，再说什么也没有用。我已经做出决定了，就这样吧。

**莱斯利** 多么残酷！多么无情啊！就算我是一条狗，你也不能这么对待我。

**哈蒙德** 我不爱你了，那就是我的错吗？该死的，人无非就是爱和不爱，有什么大不了的。

**莱斯利** 哦，你太冷血了，你简直是铁石心肠。我什么都愿意为你做，可你却连个机会也不肯给我。

**哈蒙德** 哦，上帝啊，你怎么就不能讲讲道理呢？我告诉你，我已经对这一切感到厌倦了。你想要我用直白的话告诉你，你在我眼里已经一文不值了？难道你看不出来吗？难道你感觉不到吗？我看你一定是瞎了。

**莱斯利** （绝望地）是的，我知道，我知道得一清二楚。我也早就感觉到了，但我不在乎。在我心里沸腾着的已经不再是爱，而是疯狂；对我来说，见到你是一种折磨，见不到你更是十倍的折磨。

如果你现在离开我，我就死在你的面前。（拿起桌子上的左轮手枪）我向上帝发誓，我会开枪的。

**哈蒙德** （不耐烦地）哦，别说这种该死的胡话了！

**莱斯利** 你以为我不是认真的吗？你以为我不敢这么做吗？

**哈蒙德** （恼羞成怒、大发雷霆）我已经受够你了。任何人待在你身边，都会被你逼疯的。要是你也厌倦了我，你还会犹豫着不肯让我走吗？一分钟也不会的。你以为我不了解女人吗？

**莱斯利** 你摧毁了我的人生，现在你对我没兴趣了，就想把我像一件旧衣服一样丢在路边。不，不，这绝不可能！

**哈蒙德** 你想说什么就去说吧，想做什么就去做吧。但我把话放在这儿，我们已经结束了。

**莱斯利** 我永远也不会让你走的。永远！永远不会！

［莱斯利上前，搂住哈蒙德的脖子，但被他粗暴地挣脱开了。她的触碰令他感到恼火。

**哈蒙德** 我已经受够了，受够了。现在我看到你就烦。

**莱斯利** 不，不是这样的，不是这样的。

**哈蒙德** （激烈地）如果你想知道真相，那我就告诉你。没错，你看到的那个女人就是我的情妇，我不在乎都有谁知道这件事。如果让我在你和她之间做出选择的话，我会毫不犹豫地选择她。不管选多少次都一样。现在，看在上帝的份儿上，让我走吧。

**莱斯利** 你这个骗子！

［莱斯利拿起左轮手枪朝他开枪。他踉跄着倒了下去。灯光熄

灭，舞台再次转入黑暗。

**莱斯利** （声音在黑暗中）我追了上去，又开了一枪。这次他倒下了。然后我站到了他身上，不停地扣动扳机，直到一发子弹也打不出来了。

[灯光再次亮起，克罗斯比和乔伊斯正在听着莱斯利讲述这段故事。她穿着和第三幕第二场一样的服装。

**克罗斯比** 莱斯利，你怎么能够这样对我呢？

**莱斯利** 不，我不能，我不该这样，我是个卑鄙小人。我没有任何借口为自己辩解，是我背叛了你。

**克罗斯比** 那你现在有什么打算？

**莱斯利** 我听从你的发落。

**克罗斯比** 我是出于为你考虑，才想要离开这儿的。那笔钱，我也是为你存下来的。现在，我必须得留在这儿了，而你要回到英格兰去。我会设法给你提供足够的经济支持，让你能在那边生活下去。

**莱斯利** 就算回去了，我还能去哪儿呢？我没有家人，也没有朋友，只能一个人孤苦伶仃地活在这个世界上。哦，我太难过了。

**克罗斯比** 你怎么能这样，莱斯利？我到底做错了什么，让你不再爱我了？

**莱斯利** 我能说什么呢？我并不想要欺骗你，我也并没有真的爱上别人。是一种莫名的疯狂攫取了我，让我像发高烧一样无法自制。那份爱并没有给我带来丝毫的幸福，它只给我带来了羞耻和悔恨。

**克罗斯比** 最可怕的是，尽管发生了这么多，我仍然还爱着你。哦，上帝，你一定很看不起我！我都看不起我自己。

［莱斯利慢慢地摇了摇头。

**莱斯利** 我不知道自己怎样才能配得上你的爱。我一无是处、糟糕透顶。哦，如果我能把责任统统推到别人身上就好了。但我不能。我所遭受的一切都是咎由自取，我活该如此。哦，我亲爱的罗伯特。

［克罗斯比转过身去，捂着脸低下了头。

**克罗斯比** 哦，我该怎么办？我什么都没有了，全都没有了。

［克罗斯比开始失声痛哭。他是一个不常掉眼泪的男人，所以哭得格外剧烈、痛苦、难以克制。莱斯利跪在他的身边。

**莱斯利** 哦，别哭了，亲爱的。亲爱的。

［克罗斯比猛然站起身来，把莱斯利推到一边。

**克罗斯比** 我是个傻瓜，没必要在这儿丢人现眼了。请原谅。

［克罗斯比匆匆下场。莱斯利站了起来。

**乔伊斯** 先别去找他，让他一个人静静吧。

**莱斯利** 我为他感到非常抱歉。

**乔伊斯** 他会原谅你的，他离不开你。

**莱斯利** 如果他愿意再给我一次机会就好了。

**乔伊斯** 你就一点儿都不爱他吗？

**莱斯利** 不爱。上帝啊，我真希望自己能爱上他。

**乔伊斯** 那你接下来准备怎么办呢？

**莱斯利** 我会把我的生命献给他，从今往后，只把心思放在他的身上。我向你保证，我会尽全力让他幸福的。我会弥补我犯下的错，让他忘掉那些不愉快。他永远也不会知道我不爱他——我不能像他想要被爱的那样去爱他。

**乔伊斯** 和一个你不爱的男人在一起生活并不容易。但你能以那样强大的勇气和意志力去犯罪，也许你也能用同样的勇气和意志力来赎罪。就把这当作你的报应吧。

**莱斯利** 不，那不是我的报应。我有能力这么做，而且我很乐意这么做。他是如此的善良，如此的温柔。我的报应远比这来得更加残酷，因为我仍然全心全意地爱着那个被我杀死的男人。

——幕落——

# 译后记

2023 年春末，毛姆的名作《周而复始》再度登陆伦敦西区的橘子树剧场。首演前夕，英国《卫报》刊载了一篇回顾毛姆戏剧生涯的评论文章，形象地称他为“一名狡猾的剧作家”，一面颇有微词地批评戏剧是“供人消遣”的“低级艺术”，“难以有效地向人类福祉与社会文明投诸关切”，一面却频频在自己的创作中“夹带私货”，巧妙地搅动着潮水的流向。

相较于小说家毛姆所享有的极高声誉，我们对戏剧家毛姆似乎知之甚少。事实上，戏剧为毛姆带来了更多世俗意义上的“成功”——他的作品不仅在英伦三岛长演不衰，也在大洋彼岸的百老汇风靡一时，更多次被好莱坞搬上大银幕，令他成为二十世纪三十年代收入最高的作家。对于寻常的创作者而言，这已是难以企及的非凡成就，可毛姆向来意不在此。当他的《刀锋》被电影公司买下版权后，他毫不犹豫地赶赴美国，以零酬劳撰写剧本，只为确保改编质量。遗憾的是，该版剧本最终未被采纳。制作方将小说删繁就简，拍成了一部通俗易懂的流行片，一举捧获四项奥斯卡大奖。而毛姆的剧本则几经辗转，以文献的形式留存在纽约市公共图书馆内。由是，不难理解他对娱乐产业的苛责。

依照德国理论家斯丛狄的表述，西方戏剧在二十世纪之交经历了一次影响深远的危机，日渐式微的传统剧作不得不向更为现代的小说叙事让渡空间，以换取行之有效的表达手段。身处在这个变革时期，毛姆的创作鲜明地体现了这一趋势：他分明对十九世纪以来流行的佳构剧法则游刃有余，却乐于在编排中挑战常规和打乱预期，不断撩拨着观众的心绪与神经。仅就在舞台上使用“回溯”技巧而言，他的尝试便比美国剧作家阿瑟·米勒早了二十二年。除此之外，他对于严肃话题的讨论也极大地延展了戏剧作品的文学生命。我们固然能从字里行间瞥见那个妙语连珠、犀利尖刻的毛姆，但这并不是他的全部。在作者必须隐匿的剧场之中，他将自己分裂为多个角色，于循环往复的自我拉扯间探索着社会苦难、道德困境与精神危机的出路。而这些，构成了我们在今日——以及任何时刻——阅读毛姆的必要。

本次翻译的五部作品分属于毛姆戏剧的几个重要类别：

《神圣爱火》是一部包裹着悬疑外衣的伦理剧，以一桩谋杀案的侦破过程为线索，将几段不同层次的爱情故事交织在一起，讨论了“爱”与“死”的殊途同归。该剧写作期间，毛姆的妻子西莉向他提出离婚，这段经历促使他对剧本进行了一场“语言实验”，即大量使用充满文学色彩的深情独白扰乱推理进程，试图在两者之间寻找或制造新的平衡。

《家有美人》是一出令人捧腹的闹剧，创作于毛姆因感染肺结核而在苏格兰疗养院休养期间。故事本身并不复杂，仅从一个古老的幽默桥段生发而来，但毛姆却将其植入“一战”后的背景之下，于戏谑间展示了英国社会的经济萧条与道德凋敝，给剧中角色荒诞不经的行为铺垫了一层反思底色。

《周而复始》是一部轻松愉快的喜剧，也是毛姆作品中上演次数最多的一部，名列英国国家剧院提出的二十世纪百大经典剧作之一。正如剧名 The Circle 所暗示的那样，该剧主线是两段时隔三十年的三角恋情的循环往复，并由此出发，探讨了男性与女性、贫穷与富有、虚伪与真诚等二元议题，及其在生活中所遭遇的双重标准。

《信》是一部以殖民地为背景的情节剧，由毛姆根据他的同名小说执笔改编，并在首演前基于排练情况做了再度调整。该剧融合了毛姆亲赴远东的旅行见闻和他对异域情调的浪漫想象，并对小说中未能深入讨论的婚姻、欲念、背叛等话题做了新的阐释。本作曾在 1940 年被好莱坞改编为同名电影，并根据《海斯法典》的原则设定了一个“恶有恶报”的全新结局。

《理发师谢皮》是一出讽刺剧，也是毛姆创作的最后一部戏剧作品。

该剧讲述了一个饱含寓言意味的故事——一个理发师在得到一笔意外之财后，突然决定去过一种乐善好施的生活，却因此被旁人视为精神错乱，成了社会负担。我们在《月亮与六便士》中见过毛姆关于“命运突转”的选择沉思，《理发师谢皮》则把前作中对艺术的追求置换成为对整个社会的关切，并通过一个充满魔幻色彩的结局将问题交还给了观众。

本次翻译所参照的英文版本，均出自英国古典出版公司（Vintage Classics）在 2017 年发行的两册《毛姆剧作选》。出于弥合时代距离与文化差异的考虑，笔者在最大限度保持原文韵律的前提下，进行了一定程度的意译补充，并针对历史背景、环境信息、特殊名词、双关语、民俗梗等内容做了尽可能详细的注解。然而挂一漏万，力所未及之处，还请广大读者予以指正。

需要格外强调的是，本书从一个念头，到日渐成型，再到最终面世，完全有赖于尺寸图书的李骁、宋杨两位编辑老师的鼎力支持与不倦付出，在此表示由衷感谢！

回忆起在伦敦访学的那段时间，每每从温德姆街的毛姆旧居前经过，总能看见那句刻写在外墙铭牌上的格言：阅读是一座随身携带的避难所。

愿这座避难所卓立于舞台之上。

冯瀚辰

2023.9.1

图书在版编目（CIP）数据

毛姆戏剧五种 /（英）威廉·萨默塞特·毛姆著；冯瀚辰译. —北京：中国工人出版社，2023.8

ISBN 978-7-5008-8138-4

Ⅰ. ①毛… Ⅱ. ①威… ②冯… Ⅲ. ①戏剧文学－剧本－作品集－英国－现代
Ⅳ. ①I561.35

中国国家版本馆CIP数据核字（2023）第167227号

毛姆戏剧五种

出 版 人　董　宽
责任编辑　宋　杨　李　骁
责任校对　张　彦
责任印制　黄　丽
出版发行　中国工人出版社
地　　址　北京市东城区鼓楼外大街45号　邮编：100120
网　　址　http://www.wp-china.com
电　　话　（010）62005043（总编室）
　　　　　（010）62005039（印制管理中心）
　　　　　（010）62379038（社科文艺分社）
发行热线　（010）82029051　62383056
经　　销　各地书店
印　　刷　北京盛通印刷股份有限公司
开　　本　880毫米×1230毫米　1/32
印　　张　19.5
字　　数　266千字
版　　次　2023年11月第1版　2023年11月第1次印刷
定　　价　78.00元